JN182548

中世往生伝と説話の視界

田嶋一夫
Tajima Kazuo

笠間書院

中世往生伝と説話の視界　目次

Ⅰ　中世往生伝の視界

Ⅱ　神道集と神明説話

Ⅲ　中世の説話と歴史叙述

Ⅳ ちりめん本の世界

Ⅴ エッセイ

Ⅵ　略歴及び著述目録　621

序文 ――田嶋さんの心

錦　仁（新潟大学名誉教授）

研究者にも作家にも、この人の書いたものをすべて読んでみたい、と思う人がいるものだ。私にとって田嶋さんはその一人である。田嶋さんは今、病床にあるという。ならば、畏友小峯和明さんと著作集を刊行しようということになって、私も微力を尽すことになった。山のごとき膨大な論文の中から、いかにも田嶋さんらしいものを優先して選び、エッセイなども加えて、かなり厚めの一冊を刊行することになった。

こうして読んでいると、田嶋さんがなにを研究テーマに選び、どんな方法で追究し、心の底でなにを語ろうとしていたのか、よくわかる。

「Ⅰ　中世往生伝の視界」に収めた一〇の論文は主として、これまで古代と近世の往生伝は注目されてきたが、その狭間にあって存在すら疑われていた中世の往生伝を発見し、その内実を解明したものである。研究史を批判し、新しい視界を切り開いている。「Ⅱ　神道集と神明説話」の七つの論文は、田嶋さんの故郷である群馬県の中世的現実、すなわち南北朝期の農民・民衆の心意を汲み上げて成立した『神道集』の研究である。やはり従来の研究史をくつがえしている。「Ⅲ　中世の説話と歴史叙述」は、御伽草子や説話に関する一一の論文であるが、とりわけ私の心を惹きつけるのは、田嶋さんの物事を見つめるときの発想が露岩していることだ。その中の「説話文学――仏教の庶民化と地方化」のまとめに、次のような一文があるので引用しよう。

中世は永い四〇〇年の間、激しい時代の変革の中にあった。古代から近代への永い変革の時代であった。この間、絶えず地方は中央を窺い、中央は地方を窺い続けた。文学の世界では常に地方が中央への活性剤となって、世界を拡大し続けるとともに、より豊かな世界を形成し続けてきた。かつては都とその周辺だけしか見ようとしなかったのが、地方に目を配り、遂にはヨーロッパをも視野に入れてきたのである。

田嶋さんは、中央と地方のどちらにも創造のエネルギーがあるのを見いだし、それらが対立し葛藤する中から古代とはまるで異質な中世文学が生み出されたと主張している。ここでいう中世とは、院政期から江戸幕府が成立するまでをさす。こうした発想は、説話や伝承などの研究者ならばともかく、優美を尊重する和歌の研究者などには、ほとんど思いつかないことではなかろうか。いきおい京都を中心に日本の文学・歴史・文化を考えてしまう。

中央は政治・文化を創造し、地方は強いられ忍従した。あるいは、独創的な文化を生み出せず、享受し模倣した。こういう見方が分厚い常識となって、今なお私たちの無意識に流れているのではないか。

田嶋さんがこうした頑迷さをさらりと捨てて、独自の発想を伸びやかに展開できたのはなぜだろうか。私は、田嶋さんの本書を優れた研究書として読む一方で、もうひとつの眼で見つめてみたくなる。心底にひそむものはなにか、と。

やはり気づくのは、右の引用文と同じ波長の発言が見られることである。たとえば本書の巻頭を飾る「中世往生伝」という論文は、このように書き出される。

私の住んでいる田舎町でもセレモニーホールなるものが林立している。ここ数年の顕著な現象である。これにともなって通夜も大きく変化した。十数年前に父の葬儀を自宅で行った。前夜の通夜も自宅であり、そこには親類縁者が集まり、故人を守り、夜更けまで故人を偲び思い出話が続いていた。そんなとき誰言うともなく故人の信心深い態度が語り出された。具体的なエピソードを語るものもいた。語り出す役割を誰かが担っていた。これは故人を浄土に向けるはなむけであるとともに、人は眼前の死を自らに向け、自分の死の恐怖と闘っているのであろう。往生を願う往生語りは同時に如何にして死の恐怖から逃れるか、あるいは如何にして安らかな死を迎えられるかの願いであった。

田嶋さんは、父上の通夜における親類縁者の「往生語り」を思い出している。この論文を読み進めてゆくと、そのときの「往生語り」と同じ心を古代の「往生伝」に見いだし、近世のそれにも見いだしている。そして、今もわたしの故郷で行われているのだから、中世にもそのような「往生伝」があったはずだ、と考えている。

「往生語り」は遠い古代から中世・近世を経て今も行われている。都でも地方でも、庶民であれ貴族であれ行っていたのであり、いつの時代にも個性的な「往生伝」が生み出された。筆者が思うに、明治以降に編纂・刊行された「妙好人伝」もその類といえるだろう。「往生伝」という表現ジャンルが一本の太い綱のように続いている。田嶋さんはこういう文学史的構想のもとに中世往生伝を発見し研究を進めてきたのである。

生まれ育った故郷の体験を土台に日本文学を俯瞰する。これが田嶋さんの姿勢である。故郷を土台に日本をとらえ、人間の本質を照らし出す。揺れることなく動くことなく、いつも同じ位置から光を放ち続けている。光源は、かれの故郷なのであった。田嶋さんは、庶民と貴族を対立させてとらえない。人間という普遍の相において観察し、そして認識する。また、中央と地方という研究者の陥りやすい相対的な物の見方をしない。それは優劣の判断を誘い、片方を無意識のうちに切り捨ててしまう。そうはならずに、どちらをも考察の投網にとらえて、作品が生まれるダイナミズムを日本文化の深層構造を通して把握する。民俗学にも似た発想を底に沈めて、文学作品のまっとうな研究に立ち向かう。本書は、田嶋さんの研究の集大成であるとともに、次代の研究を担う若い人々に光明を与える貴重な書である。

最近の田嶋さんは、「Ⅳ　ちりめん本の世界」に収めた七つの論文と文献目録からわかるように、ことのほか幕末から明治にかけて出版された「ちりめん本」の研究に打ち込んでいる。御伽草子や中世説話の研究から、この分野へとたどり着いたわけだが、重厚な論考の中に日本文学史の多様な流れを高い見地から眺めて楽しむ境地が見て取れる。

「Ⅴ　エッセイ」は、田嶋さんの趣味である馬術に関するものも収めた。馬術はいわき明星大学のカリキュラムに取り入れてもらい、みずから指導もしたのだから、単なる趣味とはいえない。また、国文学研究資料館に勤務していた頃の、コンピュータを活用した国文学の研究法に関するエッセイなども収めた。田嶋さんがその方面の先駆者・開拓者であることを、わたしたちは忘れてはいけない。資料館を立ち上げる創生期は、同僚ともども苦労の多い日々であったが、それに耐えて任務のひとつでもあった新しい研究法の確立に取り組んだのである。

わたしは、平成一二年から二四年まで、二年に一度、田嶋さんの依頼を受けて、いわき明星大学の院生に和歌についての集中講義をしてきた。数えてみると、都合七回に及ぶ。なにゆえにわたしなのか少し疑問であったが、本書を読んでいると、どこかしら通じ合う姿勢があるような気がする。それで呼んでくださったのか、と思った。二人で語り合っているような気持ちで読み終えられたのは、わたしに明るい幸福感をもたらしてくれた。

集中講義の期間中、田嶋さんの教育指導の現場に何度も立ち会ったが、実に厳しくて、実に優しかった。あんなふうに丁寧に教えられ、ときに叱られ、愛情を注がれたら、良き社会人が育たないわけがない。大学当局はもとより、周囲のだれもが知っていることだが、田嶋さんは数多くの若人を育て、研究に勤しむ人をたくさん育てた。編集・校正に協力してくれた、目黒将史さん、齋藤祐佳里さんも薫陶よろしき学究である。

——田嶋さんの回復を切願して、筆を擱く。

平成二七年七月二九日

Ⅰ 中世往生伝の視界

1　中世往生伝

一、はじめに――往生語りの喪失と現代

私の住んでいる田舎町でもセレモニーホールなるものが林立している。ここ数年の顕著な現象である。これにともなって通夜も大きく変化した。十数年前に父の葬儀を自宅で行った。前夜の通夜も自宅であり、そこには親類縁者が集まり、故人を守り、夜更け近くまで故人を偲び思い出話が続いていた。そんなとき誰言うともなく故人の信心深い態度が語り出された。具体的なエピソードを語るものもいた。語り出す役割を誰かが担っていた。これは故人を浄土に向けるはなむけであるとともに、人は眼前の死を自らに向け、自分の死の恐怖と闘っているのであろう。往生を願う往生語りは同時に如何にして死の恐怖から逃れるか、あるいは如何にして安らかな死を迎えられるかの願いであった。

三年前の母の葬儀の際には、セレモニーホールを使った。家から近いところにあり、駐車場も広く、参加者にとっても便利であった。その世の通夜には二、三人が泊まれるだけの部屋が用意されていた。親類縁者が集まり、故人を守るなど不可能であった。もはや通夜は形だけのものであった。また看病疲れからか、看病から解放されたややほっとした気分もあり、死者を悼む気持ちはやや薄かった。この現象は決してこの地だけのものではない。私の体験も私だけのものではあるまい。多くの地方都市に共通して目立つものはセレモニーホールの看板である。家庭で、共同体の中で行われる葬儀は次第に姿を消して、業者の手際よい進行の中、滞りなく進められる。皆で葬儀のしきたりを守り、その中で重要な死者を悼み、往生を祈る心はもはや影が薄くなって

いる。

かつて往生語りは日本の宗教文化の中に脈々と流れていた。

二、往生語り

『中右記』（藤原宗忠の日記）の保安元年二月一二日（一一二〇）の条には、次のような往生譚が記されている。

三井寺僧慶禅がやってきて語ったことである。法成寺の法橋隆尊は、妻子を持つ破戒僧であった。また寺物の私物化も激しかった。その罪は計り知れぬ程大きかった。老臥するに及び三井寺に入った。一、二ヶ月念仏に専念し、終日沐浴し、弟子を集めては合掌せしめ、西方に向かって、睡眠人のようにして滅していった。見る人は希有のことと思った。後日、比叡山僧が遙か南の方に紫雲をみた。夢中に人が現れて、これは三井寺隆尊法橋の往生の相であると語った。すぐに三井寺を訪ねてみると、隆尊法橋入滅の日であった。

と語った。『中右記』はこれに続いて破戒僧静暹阿闍梨の往生の記事を載せる。宗忠は二人の往生を記した後に、件の二人は破戒無慙の僧である。それが念仏力によって往生を遂げた。これは弥陀の本願が重罪人といえども棄てなかったからである。だから往生の志あるものは念仏を修すべきなのである。希有のことであるので記録しておいたと書いている。

ここには往生の証としての奇瑞、第三者の確認、往生の共有が語られており、往生語りが人から人に語られているのである。日記ではこれに続けて、「誠に末法に臨むといえども、仏日未だ滅せざるか」と結んでいる。宗忠は往生譚を聞き、往生を信ずることによって、己の不安と闘い、たとえ末法の世であるからと言えども仏法を信じようとしているのである。

往生譚は説話集をひもとくまでもなく貴族僧の日記の中にも多く見られる。また何らかの形で伝を語る資料、たとえば『僧綱補任』や『尊卑分脈』等の中には、「往生人」の記述をよく見かける。古代や中世社会において往生譚がしばしば語られていたであろうことを十分に理解できよう。

三、最初の往生伝の編纂と古代の往生伝

往生伝として最初に編纂されたのは貞観三年(九八六)の『日本往生極楽記』であった。序文によれば、著者の慶滋保胤は、幼いときから阿弥陀仏を念じていたが、四〇歳を過ぎた頃からその思いがより強くなり、念仏を唱え、極楽浄土を観想していた。唐の『瑞応伝』の中に牛を屠る者の往生譚などをみて心動かされた。そこで国史、諸人の別伝や古老の聞き書きによって探したわが国の異相往生者四十余人を収録した。目的は極楽往生を願う者の結縁のためであり、難しい聖旨を理解するための往生者の実例の提示であり、自らの往生も願ったと記す。また永観二年(九八四)一一月から翌四月にかけて執筆された源信の『往生要集』の中に「我が朝にも、往生せる者、具には慶氏の日本往生記にあり」(日本思想大系『源信』三六八頁)とあることから、『往生要集』と『極楽記』はほとんど同時進行的に執筆がすすめられたこと、保胤が主催し、源信が指導した勧学会の仲間の協力、彼らの強い期待の中に成立したものであった。その後院政期に入り『続本朝往生伝』『拾遺往生伝』『後拾遺往生伝』『三外往生記』『本朝新修往生伝』と編纂され続けた。

四、古代の往生伝の編者

往生伝の編纂者に焦点を当てて見ると、古代の往生伝の編纂は、文人貴族である。文人貴族たちが現世否定の浄土教に傾斜していった理由については、律令体制の解体、摂関専制体制の出現と把握されてきたが、小原仁は加えて文人貴族独自の存在理由であった文章経国思想の衰退にあることを示している(『文人貴族の系譜』吉川弘文館、昭和六二年)。無力感が、現世を否定し、極楽浄土への往生に向かっていった要因のひとつであった。しかし極楽への傾斜は源信や法然らが自らの凡夫観、人間としての根元的な罪の意識から、救済としての浄土を思い描いたのに対して編者たちの内在的な意識は弱かった。往生者の内面性に迫るより

も往生者があったことを確認する意識の方が優先していたのである。しかし編者たちが往生伝を編纂する意識を子細に見ていくならば、編者たちの意識に微妙な変化があることを読みとりうる。『極楽記』の保胤においては、往生への前提やプロセスではなく、往生者の奇瑞や証拠を確認することに関心があった。『続本朝往生伝』の大江匡房もまた往生の奇瑞の超現実的ありように興味があった。『拾遺往生伝』の三善為康になると、慶滋家、大江家の事業継承の意志に加えて、結縁・勧進が強調されており、強く弥陀にすがるような意識、往生者の内面に迫ろうとする意図も読み取れる。さらに『三外往生記』の蓮禅になると、自らを愚頑と表現し、編集意図を「見者の発心のため」としている。次第に凡夫観が萌芽し、往生の前提である発心が関心にのぼっているのである。これは文人的気質から脱却し、凡夫の認識を徹底し、信仰を内面化してゆくプロセスである。中世往生伝は、この延長線上にある。

五、中世における往生伝

文治三年（一一八七）もしくはそれより以降に『高野山往生伝』が編纂された以降、往生伝は研究者の目にとまりにくい時期があった。そのため中世には往生伝はなかったとの見方が根強く存在する。たとえば『日本古典文学大辞典』（岩波書店、昭和六一年）では「鎌倉仏教の世界には中世を通じて往生伝は生まれなかった」と極論している。『往生伝・法華験記』（日本思想大系、岩波書店、昭和四九年）では、中世の往生伝を「古代往生伝の残照」とするとらえ方であり、『岩波仏教辞典』（中村元他編、岩波書店、平成元年）では、「新興浄土諸宗の平易な実修と布教が往生伝の作成を必要としなくなった。往生伝の編纂は、江戸時代にいたって、浄土宗・浄土真宗の僧によってふたたび始められる」と説明している。

しかし中世に往生伝が生まれなかったとの指摘は、田嶋の「中世往生伝研究」（『国文学研究資料館紀要』一一号、昭和六〇年）によって明確に否定される。また近世や明治になってたくさん往生伝が編纂されるという現象、しかも多く浄土真宗の僧によって編纂されているという事実は説明しにくい。さらには往生語りがつい最近まで語られ続けているという事実を説明できない。中世の往生伝を否定するのではなく、往生伝があったという事実を認め、なぜ影が薄くなっているかという問題を究明することの方が有効である。

保胤の『極楽記』では、なぜ弥陀を信ずるに至ったかの往生者の内面はまったく描かれていない。速見侑が指摘するように「往生者の内なる現世否定・来世願望の切実さとか、信心の深さなどは、関心の埒外」（「往生伝」岩波講座『日本文学と仏教』第三巻、平成六年）であったのである。こうした文学的課題は、その後の往生伝の中に次第に芽ばえつつあった。為康以降の往生伝の編者たちは、次第に来迎を期待する心、弥陀にすがる心を強めていった。また現世否定をより深め、より徹底させ、迷いの中にもより凡夫の認識を徹底させていった。文人的気質から脱却し、凡夫の認識を徹底して、信仰を内面化することである。中世の往生伝が担った文学的課題は、信仰の内面化、より徹底して弥陀への信を深めていく往生者の叙述、編者自身の「信」の獲得の方向に、また往生伝の記録性を超えて伝の文学として成立させる方向である。

中世往生伝としては、古代の往生伝と中世往生伝の橋渡し的な位置にある『高野山往生伝』をはじめとして、『三井往生伝』『三国往生伝』、金沢文庫本の『念仏往生伝』等がある。また実態は明らかではないが、書名のみ伝えられるものに『浄土真宗教典誌』が伝える『今撰往生伝』一巻（叡山証真作）、『蓮門類聚経籍録』の伝える『新撰往生伝』（叡山証真）がある。また四八巻本『法然上人絵伝』の巻一二には、右京権大夫隆信朝臣が、法然上人に帰依し、念仏往生を遂げ「日本往生伝」に記入せられたとある。『蓮門類聚経籍録』には「日本往生伝二巻良誉上人」「往生伝一巻吉田兼好」の記述もみられる。これらを裏付ける資料は未だ見あたらないが、中世往生伝として存在した可能性はある。

六、中世往生伝の編者と作品

『高野山往生伝』は、序文の記すところによれば、元暦の年、高野山に登ったところ、山内の僧から高野山には多くの念仏者がいて、異相往生の者が多いことを聞かされた。そこで慶内史（慶滋保胤）や、江都督（大江匡房）の先規にならい、高野山のただ一寺に限って、往生伝を記すことにしたとなっている。往生者の配列を見ると、ほぼ完全に往生年代順になっている。往生者の社会的地位は全く配慮されていない。往生の前にはすべての往生者が平等に扱われている。作者は、如寂と伝えられてきたが、その伝は従来明確ではなかった。しかし如寂が日野資長であることは、田嶋（「高野山往生伝の作者如寂をめぐって」国東文麿編『中世説話とその周辺』明治書院、昭和六二年）や志村の研究（「高野山往生伝と如寂」「相模女子大学紀要」五一、昭和六二年）によってほぼ明確である。この資長は文人貴族でありつつも日野山荘に阿弥陀堂を持ちしばしばそこに籠もっていた。また大原の念仏僧とも深い交流を持っていた。ついに治承五年六四歳の時、「年来の素懐」（『玉葉』の記述）「多年の蓄念」（『尊卑分脈』）を遂げて、日野山荘において出家を果たした。資長は単なる文人貴族ではなく、聖的緇流（しりゅう）の徒に近づいた人なのである。『高野山往生伝』は、古代往生伝の棹尾を飾る作品であるとともに、中世往生伝の性格を見せている作品なのである。

『三井往生伝』は、上巻のみで下巻は発見されていない。しかし修験道の御教書である『両峯問答秘鈔』の中に下巻の二話に相当する逸文（行尊伝、増誉伝）が見つかり下巻の存在が確認された。これによって『三井往生伝』の中にある対叡山意識が明確に確認できる。それ以上に序文の中に、日本の往生伝が延暦寺系が中心であると認識し、叡山外の智証の遺風を仰ぐとする親三井寺の立場が示され、叡山側の高僧と対峙する話が多い。往生伝の記述には、法系の記述、ついで法歴の記述、最後に極楽往生の記述を以って終わっている。古代の往生伝では、往生者の出自を記す傾向が顕著であった。つまり『三井往生伝』では、僧伝化の傾向を見せているのである。成立は建保五年（一二一七）（序文）である。作者は「沙門昇蓮撰」（序文）と記されている。昇蓮は、明遍、隆寛らを師とし、覚明房長西、敬仏房、乗願房宗源を同朋とする、法然教団の念仏聖であった。

金沢文庫本『念仏往生伝』は、中間も首尾も欠く残闕本であり、書名も仮のものである。現存するものは首または尾闕を欠くものを含めて一七話のみであるが、四九番の番号があるから四九話ないしそれ以上の往生伝があったものと思える。ここに見られる往生者はすべて都から遠く離れた地方の往生者である。編者は上野国山上に坊を持つ行仙であり、都から遠く離れた上野国で編纂された。伝の記述においては、往生の瑞相、霊夢の描写が後退し、同朋の仲間を確認する意識が濃厚である。法然義においては、法然との出会いの意味こそがより大きな問題である。中世における往生思想の地域的な拡大、往生思想の内面的進展が瑞相、霊夢の後退をもたらしているのである。行仙房の往生論は、一念を重視し行よりも信を重視した専修的念仏観（『一言芳談』下）である。その思想は『念仏往生伝』の中にも反映している。

『三国往生伝』は、沙門良季の著作である『普通唱導集』の中で伝えられてきたものである。その内容は、天竺、震旦、本朝の往生者六〇数名を取り上げ一書にしたものである。『普通唱導集』は、唱導の記録ではなく、時に応じて必要な課題を選び、章句を決め座の趣旨にあわせて、適切な唱導をするための資料集、表現辞典であった。その中に『三国往生伝』は収載されている。ここでの往生伝の役割は感応因縁であった。唱導の場で往生伝が重要かつ効果的な資料として用いられていたことを示している。唱導のための資料であり、テキストそのものではない。往生伝化の方法等は今後の課題であるが、ここでは「感応因縁」発心を勧める性格を持っていること、作者が良季という僧侶、緇流の徒であることを確認しておきたい。『今撰往生伝』もまた編者は宝地房証真という緇流の徒であった。

七、法然義以降の往生譚

『念仏往生伝』二八「上野国紀内男」の往生譚は次のように語られている。

盛年の頃、博奕（ばくち）を業としていた赤堀の庄紀内男のところへ建長五年のある夜、二人の僧がやってきて近日中の往生極楽を予言して出家を勧める。ほどなくして紀内男の住まいの西側の垣根はすべて破られ、内男は遙かに西方に向かって逝去していった。

ここには瑞相も、霊夢も、往生の実見者も語られていない。語られているのは内男がいたこと、内男が死んだこと、垣根が破られていたことの事実だけである。あるとき内男は突然に、極楽を信じて出家し、極楽に向かい往生したのである。内男の内面は直接には表現されていない。しかし十分にそう読める。もう一例、三六話「伊豆御山妙真房」の往生譚である。

勇猛精進の比丘尼が『法華経』を読誦し、秘密行を兼修していた。法然上人に対するやいなや忽ちに行を捨て、ひとえに一向念仏にうちこんでいた。あるとき、明日の往生を告げ、時が至るや端座合掌して往生した。

雑修→法然との出会い（発心）→専修念仏→往生へと至る一連の動きが、漢文体特有のテンポと飾りを捨てきった叙述の中に描写されていると言えよう。またここには往生の瑞相も霊夢の描写もない。法然との出会いが強く描かれている。しかし発心者の内面からは描かれていない。

八、おわりに

中世往生伝は確実に編纂されていた。その作者たちはすべて緇流の徒、それも念仏聖と呼ばれるような求道者であった。それは古代の往生伝の編者が文人貴族によって担われながら次第に自己認識、凡夫観を見せ始めていた延長線上にある。往生の確認、瑞相の描写は後退した。かわって一山、一宗を中心とした往生伝の専修化、僧伝化の傾向を見せる。法然義が成立すると、念仏行の意味は後退し、法然との出会い（発心）こそが重要な意味を持つ。しかし往生者自らが発心を描くことはない。極楽への道は論を中心とする世界、往生論や人との出会いが大きな意味を持つ時代に変わっているのである。

2 往生伝

一、現代における往生語り

通夜の席などにおいてよく故人の生前の姿が偲び語られる。故人がいくつであったとか、何をしていたとか、聞くとはなしにまた語るとはなしに故人の生前の姿が語られる。家庭における一面、職場での一面などその優れた人間性の一端、仕事ぶりの一端などが語られる。それも相当に美化されて語られる。そんな時必ずと言ってよいほどに、故人の仏教信仰の一端も語られる。どこそこの寺の参拝を毎年欠かさなかったとか、毎朝仏の供養を欠かさなかったとかいう類の話題である。たとえその人に語るべきほどの信仰の様相が見られなかった場合においても同じように語られる。聞く人もたとえ反論する材料がたくさんあっても決して反論はしない。あたかも反論が仏への罪つくりをしてしまうかのように考えて。そしてまた死を予期していたかのような現象、たとえば妙に友人たちに電話していたとか、妙に片付けをしていたといった類、が語られる。このような有様はしばしば体験する。それは古いしきたり、文化を残していると考えられがちな田舎だけで見られる現象ではないようだ。

このような場に遭遇するたびに往生を語る伝統が脈々と現代につながっていることを感ずる。この伝統は決して中断することなく数百年にわたって受け継がれて来たであろう。

日本の歴史の中には往生伝が多く登場する。その嚆矢となった慶滋保胤の『日本往生極楽記』は、日本の浄土教の展開上きわめて大きな意味を持つ源信僧都の『往生要集』ときわめて深い関係の中から生まれた。その後の往生伝の編纂も浄土教の展開と大きくかかわっている。しかしその往生伝を「平安浄土教の発達を背景に生まれ、平安浄土教の終焉とともに、その役割を終えた一群の伝文学」[注1]と見るか、現在にもかかわる往生語りや、専修念仏成立以降の浄土宗の展開の中にも位置付けて考えるかは、往生伝を研究する際の基本的な問題である。それは後述するように無視され続けている中世往生伝の把握とも大きくかかわる。

私は古代社会に成立した往生伝は中世を経て近世社会に至るまで編纂され続けたととらえている。また現代においても往生は語られている。今後も語られ続けるものと思う。課題はそれが歴史の上に大きく現れてきた時期がいつであったか、何故消えたように見えるのか、その意味を明らかにすることであると思う。そのためには編纂された往生伝のみを問題とするのではなく、往生譚を含めた広い文化・文学状況の中でとらえる必要がある。当然のことながら往生伝は阿弥陀の極楽浄土に往生するのが中心であるが、単にそれだけではない。弥勒菩薩のいる兜率天に往生する兜率天往生、観音菩薩の補陀落山に往生する補陀落往生、薬師如来の浄瑠璃世界に往生する往生、大日如来の密厳浄土への往生、さらに釈迦の霊山、毘盧遮那仏の蓮花蔵世界への往生などにも配慮が必要であろう。

本稿ではこのような問題意識の中から、往生伝の全体像の把握を念頭におく。

二、往生伝とは何か

『中右記』の天永二年七月二六日条（一一一一）に次のような往生譚が語られている。

> 或人来云、近曽上野守敦遠妻卒去（故行宗朝臣女也）、已往生極楽云々、或人夢、五条大宮辺紫雲聳来、菩薩聖衆発音楽驚夢、差使者相尋其辺之処、件夜其人卒去也。生年四十六、一生之間常含慈心、久修善也、誠雖末代已聞如此事、在世之人猶可企往生之業歟。（『増補史料大成』）

ある人が来て語ることには、高階敦遠の妻が亡くなったがすでに極楽に往生している。その人の夢に五条大宮辺に紫雲がたなびき、菩薩聖衆が音楽を演奏するのを見て目が覚めた。不思議に思い使者をしてその辺を尋ねさせると、その夜敦遠の妻が亡くなったということであると。ここには、ある人が宗忠のところにやって来て往生語りをする場面がある。その人は夢告を受けて往生を知ったのであった。いわば夢想による往生の共同幻想を体験し、それを語っているのである。

同じ『中右記』の保安元年二月一二日（一一二〇）の条には、

三井寺僧慶禅来談云。法成寺上座法橋隆尊多年之間破戒提携妻子、執行法成寺、行往座臥所用之仏物也、恩其罪業不可謝尽、臨老臥病席入三井寺、棄妻子不見、一両月程専念仏無他事、終日先以沐浴、集弟子令合掌、乍座向西方自無余念、専念仏如睡眠人滅已了、見人為希有事、後日比叡山有僧、遥見送南方望紫雲、夢中有人云、是三井寺隆尊法橋往生之相也、夢驚後経月日尋三井寺之所、当彼隆尊法橋入滅日也、定知決定往生之人（続いて妻子持ちの静暹阿闍梨の往生を語るが省略）件二人破戒無慚之僧也、而依念仏力遂往生、思是弥陀之本願不棄重罪人也、依之有往生志人只可修念仏也者、依為希有事所記置也、誠雖臨末法、仏日未滅歟。

法成寺の法橋隆尊は長い間妻子を伴った破戒僧であった。老臥するにおよび妻子を捨てて三井寺に入った。そこで一両月念仏に専念し沐浴し、西方に向かいひたすら念仏を続け眠るがごとく入滅した。後日比叡山僧が紫雲を見、隆尊の往生の相である旨の夢告を受けた。ここでは、三井寺僧慶禅が藤原宗忠のもとにやって来て、隆尊の往生を語った。その往生語りの中には妻子もちの破戒僧隆尊が晩年妻子を捨てて念仏に専念し西方極楽に往生した。それを比叡山の僧が夢告を得て知った。この往生語りを聞いた宗忠は、念仏の力を確信し、弥陀に心を寄せ、末法の世にも仏法未だ尽きざることを知り希望を見出している。ここでも叡山の僧を始めとして周辺の人々によって往生が確認されている。

このように往生語りが藤原宗忠の日記『中右記』の中に見られる。そこには「或人来云」とか具体的に「三井寺僧慶前来談云」のごとく往生が話としてまとまっていた（敦遠の妻の往生譚は『拾遺往生伝』にも採録されているが大筋において話の展開が共通する。はなしとしてすでに自立していたことを思わせる）ことを示している。

これらを見ると、往生伝とは往生者、往生の証としての奇瑞、それを第三者が確認・共有するという要素があってなりたっている。多くの場合その往生の確認者が最初の語り手である。また往生伝にとって必要なものは往生への確信である。いかにして往生を願うに至ったか、いかにして仏への道をこころざしたかは発心譚の世界である。往生譚あるいは往生伝は発心譚の世界までは含んでいないと言える。

三、古代往生伝の世界

往生譚があり往生の語りがあることを確認した。次には往生伝として、往生伝の集として成立するか、の問題を考えてみよう。往生伝とそれに関連の深い若干の作品を整理すると表1のようになる。最初に成立した『日本往生極楽記』以来、法然が専修念仏の思想を確立する以前に成立した往生伝は現存六作品である。最初の『極楽記』を除けばすべて院政期の成立である。以下、主として序文を分析しながら編者の側から往生伝の編纂・成立の問題を考えてみよう。

表1　往生伝及びその関連事項年表

年代	往生伝類	伝を多く含む説話集等	関連事項
永観二年（九八四）～寛和元年			往生要集（源信）
寛和元年（九八五）頃	日本往生極楽記（慶保胤）		
	楞厳院二十五三昧結縁過去帳		
長久年間（一〇四〇～四四）	大日本国法華経験記（鎮源）		
			平等院阿弥陀堂供養
康和三年（一一〇一）以後	続本朝往生伝（大江匡房）		
天仁二年（一一〇九）以前	本朝神仙伝（大江匡房）		
天永二年（一一一一）頃	拾遺往生伝（三善為康）		

保延三年（一一三七）後	後拾遺往生伝（三善為康）		
保延五年（一一三九）後	三外往生記（沙弥蓮禅＝藤原資基）		
		今昔物語集	
仁平元年（一一五一）	本朝新修往生伝（藤原宗友）		源空（法然）専修念仏
文治（一一八五～九〇）頃	高野山往生伝（法界寺沙門如寂＝日野資長）		
	今撰往生伝（証真）〈佚書〉		
		宇治拾遺物語	
		発心集（鴨長明）	
建保五年（一二一七）	三井往生伝（昇蓮）		
承久四年（一二二二）頃		閑居の友（慶政）	親鸞　浄土真宗
元仁元年（一二二四）			歎異抄（唯円）
正嘉元年（一二五七）		私聚百因縁集（住信）	
文永・弘安（一二六四～八七）頃		撰集抄	
	明義進行集（信瑞）		
文永の頃（一二七〇～七五）	[念仏往生伝（行仙）]		
弘安二年～六年（一二七九～八三）		沙石集（無住）	一言芳談
		法然上人絵伝	
永仁五年（一二九七）	[三国往生伝]〈佚書〉（普通唱導集の内に残）		
元亨二年（一三二二）		元亨釈書（虎関師錬）	
正中二年（一三二五）		真言伝（栄海）	
暦応四年（一三四一）以降	日本往生伝（了誉）〈佚書〉		
	（『蓮門類聚経籍録』より）		
（室町中期）		三国伝記（玄棟）	

万治元年（一六五八）	扶桑往生伝（勇大）		
寛文五年（一六六五）	和漢往生伝		
延宝元年（一六七三）	扶桑寄帰往生伝（独湛性瑩）		
貞享二年（一六八五）	女人往生伝（向西）		
元禄元年（一六八八）	緇白往生伝（了智）		
元禄二年（一六八九）	浄土勧化往生伝		
元禄八年（一六九五）	近世往生伝（如幻明春）		
元禄一四年（一七〇一）	妙祐往生伝（渋谷芳忠）		
正徳元年（一七一一）	新聞顕験往生伝（珂然、真宗）		
享保一六年（一七三一）	遂懐往生伝（龍淵）		
元文二年（一七三七）	新撰往生伝（性均）		
同	待定法師忍行念仏伝（月泉）		
元文五年（一七四〇）	遺身往生伝（大法、真宗）		
同	現証往生伝（桂鳳）		
天明五年（一七八五）	随聞往生記（関通）		
天明六年（一七八六）	勢州緇素往生験記（大順）		
文化三年（一八〇六）	近世念仏往生伝（隆円）		
文久三年（一八六三）	専念往生伝（音空）		
慶応元年（一八六五）	入水往生伝		

一、文人貴族の極楽願望――『日本往生極楽記』の成立――

『極楽記』の序文は次のように記されている。

叙曰。予自少日念弥陀仏。行年四十以降。其志弥劇。口唱名号。心観相好。行住坐臥暫不忘。造次顛沛必於是。夫堂舎塔廟。有弥陀像有浄土図者。莫不敬礼。道俗男女。有志極楽有願往生者。莫不結縁。経論疏記。説其功徳述其因縁者。莫不披閲。大唐弘法寺釈迦才。撰浄土論。其中戴往生者二十人。迦才曰。上引経論二教証往生事。実為良験。但衆生智浅。不達聖旨。若不記現往生者。不得勧進其心。誠哉斯言。又瑞応伝所載四十余人。此中有屠牛販鶏者。逢善知識十念往生。予毎見此輩弥固其志。念検国史及諸人別伝等。有異相往生者。兼亦於故老。都盧得四十余人。予感歎伏膺卿記操行。号曰日本往生極楽記矣。後之見此記者。莫生疑惑。願我与一切衆生。往生安楽国焉。（『往生伝　法華験記』注2 五〇〇頁）

幼い時から阿弥陀仏を念じていたが、四〇歳を過ぎてからいよいよ強くなり、南無阿弥陀仏をとなえ、阿弥陀を観想していた（傍線①）。唐の迦才の『浄土論』、『瑞応伝』中の往生人、中でも牛を屠殺するなどの仏教的には悪人たちの往生譚などをみて心動かされた（傍線③⑤）。先行の二書にならって国史、諸人別伝や故老からの聞書きによってさがしえた我が国の異相往生者四十余人を収録した（傍線⑥）ものである。その目的は極楽に往生を願うものの結縁の為であり（傍線②）、往生伝が果す役割は「達し難い聖旨」を理解するために現に往生者の実例を記すことであった（傍線④）。また自らの往生を願うため（傍線⑦）であった。永観二年（九八四）一一月から翌四月にかけて執筆された源信の『往生要集』の文中に、

震旦には、東晋より已来、唐朝に至るまで、阿弥陀仏を念じて浄土に往生せし者、道俗・男女、合せて五十余人ありて、浄土論并に瑞応伝に出でたり。わが朝にも、往生せる者、またその数あり。具には慶氏の日本往生記にあり。（大文七　日本思想大系『源信』三八六頁、原漢文）

とあること。『極楽記』の行基伝の後に、寂心が在俗時代に草稿本が出来あがっていたが、中書大王（兼明親王）に補筆を頼んだ。実現しないうちに大王が亡くなったので自ら行基、聖徳太子の伝を加えて完成させた旨の注記がある（同前一九頁）。こうしてみ

ると、『往生要集』と『極楽記』はほとんど同時進行的に執筆が進められたこと、保胤が主催した勧学会の仲間の協力あるいは彼等の強い期待の中に成立したのである。源信や保胤等を中心として起こってきた浄土教への関心・信仰・修行の中から生まれてきたものであった。『往生要集』の大文七は、念仏の利益を説いているところで、日本往生記の紹介は、引例勧進、つまり例を引いて念仏信仰を勧めているところである。ここには両者の間に理論と実践の関係が成り立っていることを意味している。また保胤らの文人貴族が現世否定の浄土教にどう傾斜したかについては、従来、律令体制の解体、摂関専制体制の出現の中で把握されていた。これに加えて、小原仁は、文人貴族独自の存在理由であった文章経国思想の衰退の認識にあることを明確に示した。[注3]

具体的に往生伝を見てみよう。

東大寺戒壇和尚律師明祐。一生持斎。全護戒律。毎夜参堂不宿房舎。及于命終。念仏不休、天徳五年二月十八日入滅焉。(以下奇瑞を描写)(第八話、五〇三頁)

①東大寺の律師明祐が持斎し戒律を守り、命終まで念仏を休まなかった。
②天徳五年二月一八日入滅した。
③後日談(奇瑞)一両日前より具合が悪く食もすすまなかった。明祐には音楽が聞こえていた。

という伝の構成になっている。つまり往生伝では、念仏から往生へのプロセスを描いている。いかなるプロセスで念仏に至ったかはまったく描かれていない。

次の兼算の伝もほぼ同様である。

梵釈寺十禅師兼算。性好布施。心少瞋恚。自少年時念弥陀仏。帰不動尊。往年夢。有人告曰。汝是前生帰弥陀仏一乞人也。兼算臥病辛苦。七日之後忽然起居。心神明了。語弟子僧曰。我命将終。空中有微細伎楽。諸人聞不。便与諸弟子一心念仏。

少而又臥。口不廃念仏。手不乱定印而入滅矣。（第一三話、五〇五頁）

①兼算は布施を好み性格穏やかであった。

②少年の頃から弥陀を念じ、不動尊に帰依していた。

③夢告を得て臨終に至り伎楽を聞き往生した。

ここでも少年の時より弥陀仏を念じてと紹介されているが、なぜ弥陀を信ずるに至ったかについては全く触れていない。保胤の関心事、つまり往生者の描き方は異相往生したものを描こうとするところにある。来世願望に至るプロセス、現世を否定する機縁には全く関心を示していないのである。速水侑が指摘するごとく「往生者の内なる現世否定・来世願望の切実さとか、信心の深さなどは、関心の埒外であった[注4]」のである。

二、往生の奇瑞への関心——『続本朝往生伝』

『極楽記』の成立後一〇〇年余り往生伝の編纂は行われなかったようだ。次の往生伝は大江匡房の『続本朝往生伝』であった。序は次のように記されている。

夫極楽世界者。不退之浄土也。花池宝閣易往無人。予奔車年迫。漸霜露之惟重。覆瓫性愚。待日月之曲照。功徳之池。雖遠賢聖思斉。生死之山。雖高恃誓欲越。何況我朝念西方遂素意之者。古今不絶。寛和年中。著作郎慶保胤作往生記伝於世。其後百余年。亦往々而在。近有所感。故詢蒭蕘訪朝野。或採前記之所遺漏。或接其後事而□康和。上自国王大臣。下至僧俗婦女。都盧四十二人。粗記行業。備諸結縁云爾。（五七〇頁）

ここではまず「極楽浄土に往生すると再び穢土に戻ることはない」と宣言し、この著作が往生極楽を願う浄土教信仰の著述であることを述べている。次には「寛和年中に、著作郎慶保胤が、往生の記を作りて世に伝へたり」として往生伝の嚆矢としての『極楽記』を紹介し、その上で、『極楽記』の遺漏を補い、さらにその後の往生者を書き継ぐとしている。資料源として保胤の場合には、国史や諸人別伝などを主に使ったことを明記していたが、匡房の場合には、「蒭蕘に詢ひ朝野を訪ねて」とあり、文献以外のもの、つまり口承によって集めたらしい。収集の範囲も圧倒的に叡山、それも横川の僧たちが中心になっている。保胤の場合にははやくより阿弥陀への信仰があったことを述べていたのに対し、この序文の中には自らの強い浄土願望は表現されていない。

具体的に伝を見ると、

砂門助慶者。園城寺之碩学也。寺中之人。大概莫不帰伏。慶祚阿闍梨弟子也。住随心院。偏求後生。長抛名聞。念仏講経資極楽。唯所愁者依伝法操（深カ）義之事。後生郡（群カ）集耳。臨終正念。瑞相太多。（二五話、五七六頁）

まず助慶を園城寺の碩学として紹介する。後生を求め名聞を捨て念仏も講経もすべて極楽のために行った。臨終にあたって瑞相が多かった。と一気に書ききっているが、叙述はすべて具体性がない。いきなり碩学として紹介されており人間的な迷いなど微塵も見せないような仏者像と言えよう。この他にも「一山の亀鏡なり」（八話　覚運）、「延暦寺の碩学なり」（一一話　桓舜）、「興福寺の英才なり」（一三話　仁賀）、「延暦寺楞厳院の高才なり」（一五話　寛印）のごとく高い人物評の言葉が目につく。往生者の配列も天皇・公卿・僧綱位の僧・一般の人・尼・女性の順になっている。次の日円の場合は、

砂門日円者。本天台学徒。後発菩提心。隠身於巌谷。住於金峰山之三石窟。長断米穀。殆似神仙。後移住美作国真島山。当国隣国欽仰如仏。為礼清涼山。附大宋商船渡海。後聞於彼朝天台山国清寺入滅。臨終之相。往生無疑。（三〇話、五七七頁）

日円は菩提心を起こしてより隠棲、米穀断ちと修行しているが念仏行は何も紹介されていない。往生の証もない。渡海後の様子はすべて「入滅すと聞けり」と伝聞で記録し、「臨終の相、往生疑ひなし」と結んでいる。米穀断ちに対して「殆ど神仙に似たり」と評している。

序文の中に強い浄土願望は読み取れなかったが、伝の中においても読み取りがたい。この点、匡房の宗教生活を追求した篠原昭二が「往生伝の撰述という事実から推測されるような、強い浄土信仰を匡房に於いて見出すことができなかった」[注5]とした上で、「出家して寂心となった保胤よりも文人としての保胤を重く見ている。文人としての保胤の業であった往生伝の撰述を、匡房もまた文人として継承しようとしたのではあるまいか」[注6]と結論している。小原も匡房の関心が浄土往生の一点に集約していく側面と、逆に、仏教の諸領域に拡散していく側面の両方に分裂していたと分析し、後者の側面が神仙や狐媚の妖といった隋唐の志怪・伝奇の世界に連なるものとみた。その上で保胤も範とすべき先輩の文人であり、隋唐を意識することで自己の文人貴族としての立場を確認しようとしたもの[注7]と結論した。匡房は『極楽記』に続けて極楽への往生伝を描こうとしたのではなく、保胤の文人貴族としての往生伝の編纂、往生の奇瑞の超現実的なありようにより深い興味があったものと思われる。

三、暮年の変節、採訪の情熱――『拾遺往生伝』

『続本朝往生伝』の編纂から一〇年後、三善為康の『拾遺往生伝』が編纂される。『拾遺往生伝』はこれまでの往生伝に較べ著しい変化が見られる。何よりも著者三善為康は上中下三巻に合計九五名の往生者を集め、さらに『後拾遺往生伝』を編纂し、ここにも六六名（ある本では七五名）の往生者を採集した。序文は次のように記されている。

予所慕者極楽也。所帰者観音也。毎修善事。不論麁細。尽以其業。廻向彼土。即発願曰。吾於順次生。必往生極楽。疾得無生忍。深入諸三昧。以弥陀願為吾願。以普賢行為吾行。以観音心為吾心。於此娑婆国土。当利一切衆生。乃至利益十方世界。亦復如是。発此願之後。歳月其徂焉。而間。承徳二年八月四日己卯暁夢。已終生涯。将入死路。修最後十念。只在此一時。故揚声称南無。送眼望西方。暗夜自破。光明忽見。既而弥陀如来。丈六特尊。穿虚空之色。現真金之膚。高坐蓮台上。徐来草廬前。舒金色手。授白紙書。予敬持此書。仰瞻其尊。即傍人告曰。汝命根未尽。此度不迎。爾有質直心。先所来告也云々。忽兮夢覚。恍兮神残。便知。質直之心。往生之門也。経云。柔和質直者。即皆見我身。恐此之謂歟。但夢境難信。妄想誰識。重祈冥顕。欲験虚実。爰康和元年九月十三日。参天王寺。修念仏行。経九箇日。満百万遍。于時往詣金堂。奉礼舎利。即祈請曰。

吾順次往生之願。弥陀現前之夢。倶非虚妄者。舎利併可出現。若不然者勿顕現。救世観音。護世四王。太子聖霊。護法青竜。同可証明。如此再三祈請。奉写舎利。琉璃嚢裹。有金玉声。予合掌念之。寄眼見之。舎利三粒。依数出現。予歓悦之涙不覚而下。随喜之人不期而多。信敬已訖。作礼而去。接江家続往生之伝。予記其古今遺漏之輩。不更為名聞為利養而記。只為結縁為勧進而記矣。若使知我之者。必為往生之人。故述此言。以置序首云爾。（五八七頁）

次の『後拾遺往生伝』の序は、

夫弥陀有誓于娑婆。雖一念不捨。南浮縁于西土。雖十悪無嫌。屠児終命之暁。覚月照発露之窓。猟徒瞑目之時。奇香薫見火之室。彼何人乎。誰不庶幾。是以一為結縁。一為勧進。接慶江両家之記。拾古今数代之遺。都盧九十五人。勒載一部三巻。名曰拾遺往生伝。世以知之。欲罷不能。今亦記之。故以後拾遺往生伝。続為其名矣。冀以今生結集之業。必為来世値遇之縁。毀誉此記之人。亦復如是云爾。（六四一頁）

『拾遺往生伝』では、願うところは極楽、帰するところは観音と書き起こし、順次生においては必ず極楽に往生すると力づよく宣言する。さらに弥陀の願を自らの願とする。その上で自ら得た夢告を紹介する。その夢告によって教えられた質直の心が往生への道と理解する。さらにその夢告を確認しようとして天王寺に参籠する。そこでよりいっそうの確信を得たことを記す。さらに江家匡房の『続往生伝』を継いで「古今遺漏」の往生者を記す。あくまでも名聞・利養のためではない。結縁、勧進のためであると強調する。『後拾遺往生伝』でも結縁、勧進のためであると記し、この往生伝の採集・編集事業が慶滋家、大江家の事業を継ぐものであるとする。最後には再び今世における往生伝結集事業が来世で弥陀に逢う縁となることを期している。全体に真剣にして強く弥陀にすがるような意志が伝わってくるようである。下巻の巻頭にも末法の時代の認識が示されている。

具体的な伝の叙述においても変化がみられる。たとえば下巻の二五に収載された上野介高階敦遠の妻の往生伝では、その伝記が整然ととのえられ行業も詳細に記されている。『中右記』で天永二年七月二六日の条（本稿二章に引用）に「近曽」と記されていたのは、「七月一日往生」と具体的になる。「或人夢」は「常陸介藤原実宗後房、字肥後内侍夢」となる。「一生之間常含慈心、久修善事」は、「法華経の読誦、丈六の阿弥陀仏の造顕供養」と具体的になる。奇瑞の描写などには基本的な変化はみられない。しかし「生年廿歳、始厭有為。更畏無常」と現実の世界を厭い無常の世を畏れたと描かれている。現実を厭った苦しみなどは描写されておらず表現として十分なものではない。しかし往生者の内面に迫ろうとする為康の意欲は読み取れよう。

藤原宗友『本朝新修往生伝』の二二話には為康の往生伝が記されている。小原仁はこの往生伝と為康の信仰を分析し、伝に「非啻通算道。兼学紀伝。望在郷貢。屢省試遂処不第。呑恨而罷。暮年変節」とあること。つまり何度か試みた省試にすべて落第し、やむなく恨みを呑んでやめ、晩年になって節を変じたという。この記述と為康の信仰の軌跡を通観し、五〇歳前後から急激に密度の濃い信仰が展開していることに着目した。そして変節とは、「文章経国思想に裏うちされた文人貴族の理念を、依拠すべき価値観とはせず、それを放棄したことを示し」[注8]ていること。暮年とはほぼ五〇歳前後のことで、この処世観の変節が信仰面でも大転換をもたらし、順次往生の夢告、四天王寺参籠、往生者採訪に現れていることを論述した。次に為康の信仰の特色を、①多数功徳主義、②夢告の意義の重大性、③信仰の内面化としての「信」の重視の三点に整理し、①②が院政期浄土教の特質に立脚したものであるとした。また心情の純粋性を強調することによって「信」に繋がりうるとする思考があり、それが「質直心」「信心」の強調にあるとする。「信」を基調として「質直」に念仏するという為康の信仰は、「素朴ではあるが、院政期浄土教の数量主義に立脚しながらも、それから一歩抜け出ようとする信仰の地点に立っていたのではないか」とのとらえかたを提起している。源信から法然に至る日本浄土教の展開を明確に踏まえ適切に論を展開している。

私もまた為康の序文の中に弥陀の前に自らを投出すような緊張感に満ちた筆致、往生者採訪への情熱を読み取りたい。また、具体的な往生伝の叙述の中に見られた素朴ではあるが、往生者の内面に迫ろうとするような意図も理解できる。

四、愚頑の自覚――『三外往生記』

次の蓮禅の『三外往生記』では、

昔慶内史作往生伝。為見者発心。以伝於世矣。其後江納言善為康等各記其人。亦後続之。尊卑道俗。随喜居多也。予雖愚頑。盍慕賢跡。肆普訪古今之間。粗得遺漏之輩。重為貽方来。聊以録行状。前規多存。寔知易往之国。後昆咸励。宜専難行之心。願与一切衆生。共遷九品浄土云爾。（六七一頁）

先行の往生伝の遺漏を補おうとする意図が示され、「三外」の意味は、保胤、匡房、為康の往生伝以外である。短い序文であるが「予愚頑たりといえども、なんぞ賢跡を慕はざらんや」の一文に注目したい。たとえ謙譲の意味が含まれていると考えても自らを愚頑と表現する意志は無視できない。小原仁は経歴の不明な蓮禅について調査し、生年を応徳元年（一〇八四）と推定し、『三外記』の編纂が五〇歳の頃から数年の間に実施されたこと。文友である数人の文人貴族とは詩作上、信仰上で深い係わりがあったことを推測した。また浄土教信仰の内容を分析し、『法華経』と阿弥陀如来に対する信仰を併せ持つ。『法華経』の中では提婆品と観音品を重視していたことから、自己を悪人提婆達多と重ねあわせてみる自己認識、人間の弱さを認識してその上で観音の救いを求める信仰であったと結論した。ここに蓮禅の迷いを読み取り、その迷いの中から析出してくる凡夫観の朋芽を評価した。[注9] 序文の中で自らを愚頑と表現した意識は明らかに凡夫観から生まれてくるものであろう。また序の冒頭で慶滋保胤が往生伝を作ったと書出した後に「見者の発心のためなり」としているが、言うまでもなく発心とは往生の前提条件である。保胤においては往生への前提やプロセスではなく往生者のどのような奇瑞、証拠を確認するかに重点があった。ここに至ってはじめて『極楽記』の中に往生の前提を見ようとする往生伝のとらえなおしが芽生えてきたといえよう。

五、現往生者への関心――『本朝新修往生伝』

古代往生伝の最後に位置するのが、藤原宗友の『本朝新修往生伝』である。序は、

日本往生伝者。寛和年中。著作郎慶保胤所作也。康和之比。黄門侍郎江匡房作続本朝往生伝弘於世。其後算学博士善為康亦作拾遺往生伝。後拾遺往生伝継之。近有往生人。世所希有也。今課未聞。粗記大概。惣載四十一人。名曰本朝新修往生伝。

爰訪古風。更動新情。願記南浮濁世発心之人。以為西方浄土往生引接之縁。于時仁平元年臘月一日。朝市隠藤宗友序。(六八三頁)

ここではこれまでの往生伝の編纂を『後拾遺往生伝』までたどっている。以下編纂の趣意を書いているが、編者に近い時代の往生人の収載が意図されている。そして往生伝編纂の意図を「願はくは南浮濁世の発心の人、以て西方浄土往生引接の縁とす」と、つまり西方浄土往生引接の縁となるのが発心の人であり、往生者を意味している。発心は往生するための前提である。その前提の部分に重点をおいた発心の人が使われている。それは宗友の信仰の中に極楽へのプロセスがより重くなっているであろうことを伺わせる。また編者に近い時代の往生人が意識されているが、収載された往生人にも同時代の人が多くなっている。宗友の往生への関心は常に現在の往生者の上に注がれていた。これが『新修伝』の特色になっている。小原仁は宗友に関する乏しい資料を駆使して宗友が文章道の学生であったことを確認し、官人としては不遇であったらしいと推測している。[注10]

六、文人貴族の無力感から凡夫の認識へ

以上、古代往生伝の世界を分析し明らかになったことは、その編者たちがいずれも、かつて文章経国思想をもって国家に奉仕する文人貴族たちであったことである。それも匡房を除けば位も低く官僚としてはめぐまれた存在ではない。中級以下のインテリ層である。彼等は自らのインテリジェンスだけでは国家に奉仕しえない人々であった。彼等の無力感が、現世を否定する方向に、つまりは極楽浄土への往生に向って行った要因の一つであったのである。彼等の極楽への傾斜は、宗教者源信や法然らが自らの凡夫観、人間としての根源的な罪の意識から、救済としての浄土を思い描いていった姿と重ねあわせる時、必ずしも十分な内在的な認識には至りえなかったのかもしれない。往生伝叙述のスタイルは、往生者が如何にして浄土を思い描いたかを叙述するよりも、往生者があったことを認識する意識の方が、はるかに優先されていたことから考えられよう。

しかし為康以降の編者たちは、次第に来迎を期待する心を、弥陀にすがる心を強めていった。それは浄土教の思想的深化ともパラレルの関係にあったことであろう。と同時に自らを愚頑と表現するような、現世否定をより深め、より徹底させたことをも意味する。それは文人的気質から脱却し、迷いの中にもより凡夫の認識を徹底していくプロセス、信仰が次第に内面化してくる

プロセスであった。したがってこの後に展開する中世往生伝は、信仰の内面化、より徹底して弥陀への信を深めていく往生者の叙述、編者自身の「信」の獲得の方向上に、また往生伝の記録性を超えて伝の文学として成立させる方向が希まれた。この点が大きな課題であった。

四、中世往生伝の世界へ

一、『高野山往生伝』序文に伺える文章家の自負

『本朝新修往生伝』におくれること二〇年余、おおよそ文治の頃に成立したのが『高野山往生伝』である。その序文は次のように記されている。

> 夫以釈迦者東土之教主也。早建撥遣之願。弥陀者西方之世尊也。普設摂取之光。爾来厭五濁境。遊八功池之輩。始自五竺至于吾朝。往生有之。世世無絶。是以新生菩薩。宛如駛雨之滂陀。久住大士。屢成恒沙之集会。寔是華池易往之界。誰謂宝閣無人之場。予外雖纏下界之繁機。内猶修西土之行業。遂遁俗塵。専事斗藪。元暦歳夏四月。暫辞故山之幽居。攀躋高野之霊窟。雖慚小量之微躬。忝列大師之末弟。五智水潔。酌余滴以洗心。三密風閑。聴遺韻以驚夢。青嵐皓月之天。纔聞山鳥之唱三宝。黄葉緑苔之地。自喜林鹿之為吾朋。三秋之素律漸蘭。百日之精祈欲満。爰雪眉僧侶露胆相語。久住斯山永従逝水之人。見其臨終行儀。多有往生異相。雖凝随喜之思。既無甄銀之文。斯言若墜。将来可悲。汝勒大概宣伝後代。予耳底聞之。涙下潜然。恣課末学。忽勘先規。寛和慶内史。広撿国史以得四十人。康和江都督。又諮朝野以記四十人。今限一寺且載四十人。恣以庸浅之身。恐追方聞之跡。不整文草。無餝詞華。只伝来葉将植善根而已。精勤誠苦。我之念仏多年。引接誓弘。仏之迎我何日。必遂往生於順次。得載名字於伝記云爾。[注11]（六九五頁）

この序文の内容、特色等について分析してみよう。対句が駆使されており文飾に満ちた表現である。まず釈迦を東土の教主、弥陀を西方の世尊と対し、そこに阿弥陀の光明を説き、極楽浄土の世界に遊ぶものはインドから本朝にまで及んでいると説き起こす。次に編者が外面的、社会的には慌ただしく仕事に追われていた時にも、内面的には西方往生行を修行していたが、ついには俗塵を遁れ出家したこと。元暦の年四月、しばらくふるさとを離れ高野山にのぼり、美しい自然の中一〇〇日の修行を行ったこと。そこで「雪眉僧侶」と逢いともに語りあった。その老僧は久しく住山し、多くの異相往生の人々を見とどけてきた。その記録がないのは悲しいことだ。往生者の伝を記して後代に伝えてください、と。そこで先例を考えると寛和には慶滋保胤が、康和には大江匡房がそれぞれ四〇人の伝を記録している。今、私は一寺に限って四〇人を記録しよう。私は浅はかなものであるが、念仏は多年にわたっている。私も必ず仏の迎えを得よう。必ず順次の往生を遂げよう。との内容である。伝に入って巻頭の教懐伝においても元暦元年の四月に高野山にのぼりここで老僧より教懐の伝を聞いたと記しており、この序文に対応している。編者は内面的にははやくより西方浄土行を修していたが、ある時念願がかなって出家を遂げることが出来た。元暦の年四月高野山に一〇〇日参籠をし、そこで老僧と出会い往生伝の編纂を勧められたこと。執筆にあたって先規を考慮しているが、慶滋保胤の『日本往生極楽記』と大江匡房の『続本朝往生伝』の二つのみをあげていること。特に一寺に限って編纂するとしている。念仏が多年にわたっているから、必ず来迎が有り、自ら順次の往生を遂げることを強く宣言している。

さて、この序文の中に従来の往生伝には見られなかった点がいくつかある。その一つは老僧より往生伝の編纂を勧められたとしている点と、先行する往生伝の著者として保胤と匡房の二名のみを挙げている点、そして高野山一寺に限って伝を編纂するとしている点である。最後の点は『三井往生伝』が、それまでの往生伝が延暦寺の往生者に偏っているとみて三井寺一寺の往生者に限って編纂するとした意識と共通し、中世往生伝の持つ一宗一派でまとめる専修意識[注12]という重要な属性の一つが表れていると見られる。

第一の点は考えるまでもなく虚構である。その虚構の裏側には、儒家官人としての自負が読み取れよう。このことと第二の点は裏腹の関係にある。保胤の生き方への敬慕がある[注13]。官人としての、また浄土行、往生伝編纂上の先駆者としての評価・追慕である。匡房に対するものは知識官僚、往生伝編纂者としての追随意識であろう。他の編纂者は身分的に比肩しえない人々との意識があったものであろう[注14]。

以上序文を分析すると、著者の往生への願望は表現されている。しかし往生伝編纂に至る経緯の中からは、自ら内在的に伝を記録する意識とは読み取れない。己に対する自負が強く、伝の記録の依頼を受けたと設定する。そこから敬慕する保胤、匡房に自らを重ね合せ、伝の執筆に入ったものと読み取れる。そこには自らの凡夫観を前提として、凡夫観から阿弥陀にすがるといった強い信の意識は読み取り難い。

二、往生者と往生相

次には具体的にどのような人物を往生者として採録し、それをどう表現しているかを分析してみよう。

表2は『高野山往生伝』中の往生者をその高野山に至る前歴、そこにおける行、具体的な往生相、往生年月日、往生時年齢について整理したものである。

表2　『高野山往生伝』・往生人一覧

話順	姓名・俗称	前歴	行・往生相・その他	往生年月日
1	教懐 小田原迎接房聖	興福寺の住 山城国小田原より	両界修練、弥陀行法、受持大仏頂陀羅尼誦念阿弥陀真言。念仏合殺。入滅の日瑞相あり。	寛治七年五月二七日（93）
2	清原正国	大和国人。少好武芸無悪不造	六一才で俄かに出家。毎日念仏十万遍を修す。偏に往生を慕う。或上人に夢告あり。	寛治七年一〇月一一日（87）
3	阿闍梨維範 南院阿闍梨	紀伊国人。顕密瑩性。山林接心。長高野之雲に入る。	偏厭下界。専望西土。口唱弥陀如来宝号。兼以五色糸。	嘉保三年二月三日
4	沙門蓮侍 石蔵上人	土佐国人。仁和寺に長住。金峰山、金剛定寺を経て承徳二年五月高野入り	壮年以後道心堅固。日夜苦行。金峰山に籠り断塩穀味。	承徳二年六月七日（86）

5 6	南筑紫上人 北筑紫上人	鎮西の人	日夜行道、恒時之勤、敢て退転無し。阿弥陀仏に向て結跏趺坐。衆僧招請宝号を合唱、念仏不断。異香満庵。	長治元年春（80）
7	隠岐入道明寂	隠岐守大江安成の息虚空蔵菩薩を本尊とし、求聞持法を修す。その後高野山住	両部大法を受け五穀断ち、身には絹錦を着けず、口には塩酢を嘗めず。偏に菩薩を求める。口誦真言、手に密印を結び十念成就。忽然即世。（即身成仏）	天治年月日
8	経得上人 小房聖	高野山持明院内	六千部法華経を読み、六趣冥路を塞ぐ。身に弥陀像を安じ、西方に向って高声念仏。当山参籠中の寛暁、仁和寺居住中の宗寛に夢想。	
9	蓮意上人	和州の人。早く旧郷を出て久しく斯寺に住。	常に生死の定理を厭い、行住を嫌わず。千住、弥陀、不動像を造り安置、年々八講を修す。五色の綵を引いて乍坐入滅。	長承元年暮秋
10	西楽房迎西	不知誰人	偏に弥陀に仕え久しく極楽を慕う。小浴をして浄土に詣でる。	長承四年三月一八日
11	検校阿闍梨良善 小聖	紀伊国神崎人。金剛峰寺に登。	北室の行明の弟子、大随求大仏頂、両部大法等を受く。山門を閉じ俗塵を顧みず厭離穢土、欣求浄土。不動尊、御影堂を拝した後、西方に向い心身不動、忽然遷化。（西方極楽浄土）	保延五年二月二一日（92）
12	律師行意	伏見修理大夫俊綱の息。幼児期父に伴われて高野山に登り、出家。	専ら勇猛精進し五戒十善を保つ。臨終に至って弥陀像に向い、宝号を唱え、定印不乱、奄然として告別、気絶後も容色不変。（即身成仏的）	保延七年七月八日

13	宝生房教尋	元園城寺、高野山に移る。	行業不退、広学八宗。文殊を本尊とする。三尺の文殊の予告を受けて臨終。弟子に提婆品を読ませ、真言を唱えさせて禅定。忽然即世。入滅以後一日端坐、身体不動。（即身成仏）	永治元年三月二三日
14	検校阿闍梨琳賢	紀州那賀郡の人。東大寺で華厳宗を学び、後に高野山に。	浄財を捨て堂舎を建立。弥陀像を安置し、手に密印を結んで名号を口唱して息絶えた。（弥勒往生）	久安六年八月中旬
15	能仁上人	和州人	阿弥陀尊勝陀羅尼等を持念。牛馬の痛みを思い草を刈り与える。盛夏にも撓まず、厳寒にも休まず。病悩なく眠るがごとく入滅。（念仏往生）	久安の頃
16	調御房定厳	紀州相賀人 高野山から多武峰、天台に行き戻る	弥陀の秘宝を受け法華読誦、晩年に至って言語を断つ。弥陀百万遍の称念を修める。入滅時念仏無断、定印不乱。	仁平三年八月二三日
17	兼海上人 小聖	紀州人。久しく当山に住す。	大日如来を帰敬、丈六の大日の形像を安置。小恙相浸、忽然逝去。臨終正念。諸人称往生。	久寿二年五月三〇日
18	澄賢入道	当国人	両部諸尊法を受く。理趣経礼懺文を読誦。念仏逝去。（念仏往生）	保元三年三月一一日
19	円長山籠	紀州人	理趣弥陀尊勝仏頂を持経。戒行日積精進齢闌。三部大法の勤行を重ねる。一心念仏、双眼早閉。誠是寿尽時歓喜。（念仏往生）	永万元年正月一八日
20	増延山籠	和泉国人	精進の行、勇猛不怠。毎朝大仏頂理趣経尊勝陀羅尼二千遍、不勤慈救呪一万遍。即至臨終、永不退転。入滅後勿修仏事。（極楽中品中生への往生）	永万元年一〇月二二日

21	暹与上人	紀州人 今は金堂預	私財で両壇の仏器香炉等を整える。大仏頂陀羅尼を誦す。非眠非覚、安祥而即世。	永万元年一二月一六日
22	聖誉上人 西谷勝宝房	元仁和寺僧、久しく此寺に住。	不動明王を本尊とする。天命殆危。十座千日行法。已九百九十九日に満つ。明日是密厳国土に生ずべきの日なり。（密厳浄土への往生）	仁安二年二月二九日
23	智明房頼西 号伊勢上人	二五歳に至って発心修行	心俗塵に染めず、三時行法、一心念仏。仏前にて結印誦明。正念而終焉。	仁安二年一一月五日
24	澄恵山籠	紀州人	心性質直、徳行尤高。加えて三部大法習学。洗浴浄衣、安祥端坐逝。（即身成仏）	仁安四年八月二二日
25	妙蓮房明暹	紀州人	弥陀不動尊を祈る。礼盤に登り端坐合掌。容儀不変。念仏気絶。（即身成仏的）	嘉応元年六月一五日
26	定仁上人	金堂預	常に地蔵尊を念ず。其後心念動かず。身儀傾かず、安祥而滅。（即身成仏）	嘉応三年春
27	正直上人	覚鑁上人の弟子	念仏観法而入寂。	安元三年正月一一日
28	検校阿闍梨宗賢	紀州三谷郷人、幼にして此山に登。興福寺、醍醐山に学ぶ。	当山にて三間四面堂一宇を建立。大日釈迦弥陀の宝前にて尊勝法華光明真言の行法を修す。薫修実久。	不明
29	信濃入道西念	信州人。幼時故郷を離れ長じて此山に住む。	心蓮上人に会い弥陀行法を受ける。多年の間勤行不倦。一夕病患無くして念仏命終。	治承二年
30	心蓮上人 理覚房		心を極楽世界に懸け眼を顕密法門に養う。口に初め神呪を誦し、手に猶印契を動かさず。	治承五年夏四月

31	検校阿闍梨済俊	紀州佐田郡人	其心清直。身行妙道。琳賢阿闍梨について両部大法諸尊秘要を究む。病悩なくして遷化。得脱の人。（即身成仏）	治承三年三月三日
32	厳実上人	大和国虚空蔵巌の住侶、両眼盲によって当山に参籠	三年の間一心祈請、忽然として眼開く。終焉時到り弥陀像に向い香華を備え名号を唱える。安坐して即世。身後の得脱。（即身成仏）	
33	能願上人	和州人。大師の恩徳を仰ぎ、永く当山の住侶	朝暮念阿弥陀仏。一期の運将に終ろうとして手に五色の縷、向西気絶。	
34	上座尋禅	元禅僧	暮齢に及び念仏に専念。臨終時、沐浴潔斎、浄衣を着て安坐して終る。深く来迎の誓を憑み安養を慕う。	
35	宰相阿闍梨心覚	園城寺の住僧（参議平実親の息）二五年光明山に住みその後当寺へ。	諸尊秘法、両界灌頂、三時行業を究む。朝暮礼懺、存生の間休息せず。死期を知って起立端坐、結印誦明、奄然として滅す。（即身成仏）	養和二年四月頃
36	浄心上人十義坊	紀州花園村人	常に仏尊を祈る。死期を知り端坐仏前、結印入滅。	永万二年七月一三日
37	密厳房阿闍梨禅慧		心念撓ず、称名益々競い観念休み無く安祥にして滅す。定印猶解けず。	元暦元年九月九日（85）
38	大乗房証印	伝法院学頭密厳院院主。	学は顕密に長ず。安心端坐、大日五字呪を誦し、門弟を勧誘し不動慈救呪を誦せしむ。禅定に入るがごとく、遷化す。	文治三年七月一二日（83）

これによって往生者の配列を見ると、ほぼ完全に往生年代順になっている。往生者の身分とか、社会的な地位は全く配慮していない。往生の前にはすべての人々が平等に扱われている。またこれら往生人の中に西楽房迎西（10）のように「不知誰人」としてほとんど名を知られることも無く、修行者としてのみ記録された人や、暹与（21）や定仁（26）のように、身分的には低い階層の人も含まれている。さらに往生者の中に聖的な人物が多く含まれている。教懐は迎接房聖（1）と、経得上人は小房聖（8）、良禅は小聖（11）と、兼海上人も小聖と呼ばれていた旨、具体的に伝の中に描かれている。この他、琳賢（14）、澄賢（18）、円長（19）、増延（20）、宗賢（28）、済俊（31）等も聖と呼ばれてしかるべき人々であろう。

これらの事実を通して考えると、著者は往生者に対して社会的な身分関係を持込んでいない。往生という目的に向って真摯な営みこそが著者の関心事であつた。

往生者の思想的側面、往生行を見てみよう。三八人の往生者は阿弥陀仏を称念し西方の極楽に往生するのが基本である。しかしその往生行は、「両界修練、弥陀行法、受持大仏頂陀羅尼、誦念阿弥陀真言」（1教懐の伝）のように真言行と念仏行との雑修が見られる。また大日釈迦弥陀の宝前にて尊勝法華光明真言の行法を修して往生して行った阿闍梨宗賢（28）のように複数の雑修も見られる。これらの他に高野山に入って以来諸尊法を受けているが、臨終が近付くと「安弥勒像、繫五色幡、手結密印」と、弥勒への往生を期した琳賢（14）の伝もある。

次の場合は密厳浄土への往生を説いた聖誉の往生伝である。聖誉はふだんより不動明王を本尊として真言行に励んでいたが、天命近いことを知った後、弟子に向って、

十座千日行法。已満九百九十九日。明日是可生密厳国土之日也。運明日時。今日欲終。所残之時。総是十座也。其十座内。終結座前供養。於後供養。於彼国宣結願也。（22、七〇一頁）

つまり、明日が密厳浄土に生まれる日である。今日中に明日のことは済ましておいて、最後の結座の供養は明日行い結願したい、と語った。その後は残りの行も終り入滅した。この伝の最後は、

是人於証道、決定無有疑。

と、伝を証道と結んでいる。往生ではなく証道、つまりは即身成仏である。著者の認識は密厳浄土への往生を極楽浄土への往生とは同じようには認めたくない意志があるように見える。

この他圧倒的に多く見られるパターンが「忽然即世」の語である。隠岐の入道明寂は、五穀断ちの後臨終を迎え、

口誦真言、手結密印、一心不乱、十念成就、不歴時刻、忽然即世。(7)

宝生房教尋の場合は、広学八宗、文殊を本尊としていたが臨終に及んで、弟子に提婆品を読ませ真言を唱えさせて禅定したが、

忽然即世、入滅以後一日端坐、身体不動。(13)

と表現している、同様な表現には「洗浴浄衣、安祥端坐」(24澄恵山籠)、「端坐合掌、容儀不変、念仏気絶」(25明暹)、「身儀無傾、安祥而滅」(26定仁)等の表現が自立つ。さらに検校済俊の伝(31)では、心清直にして行動にもすぐれていた済俊は琳賢阿闍梨について両部大法諸尊秘要を究めていたが、病無くして遷化した。そう語った後に著者は「熟思生前之行業終焉之儀容。定為得脱之人」として、生前の行動と終焉の様相から得脱と判断しようとしている。得脱とは解脱を得たことである。類似の例が厳実上人の伝(32)にも見られる。両眼盲目のため高野山に参籠した厳実は三年間一心に祈請したところ、忽然として開眼した。終焉の時が来ると、弥陀像に向い香華を備え名号を唱えたと紹介する。その後に「安座而即世、眼前之悉地已成。身後之得脱豈疑」と書き加える。ここでも安座即世から死後の得脱を信じようとしている。つまり往生を得脱ととらえているのであり、即身成仏的なとらえ方がある。こうしてみると明寂(7)、行意(12)、教尋(13)、能仁(15)、澄恵(24)、明暹(25)、定仁(26)、心覚(35)

等も即身成仏的にとらえられているとみえる。

こうしてみると著者の往生観が気になる。序文では「必遂往生於順次」と、順次往生を願っていた。順次往生は次の世で浄土に至ること、浄土に生まれることである。現身での往生である即身成仏との間には違いがある。

著者はしばしば伝の記述の中で往生に対する疑問ごときものを書きつけている。明暹(25)の伝では、明暹が弥陀不動尊に祈り、多年の間精勤して堂舎の修理に励み、死期を迎えた時「端坐合掌、容儀不変、念仏気絶」して終った。その後に、

暗知往生浄刹之人。


と書き記す。端坐のままの気絶、即身成仏的なこのスタイルもまた浄土往生であることを自らに納得させようとしているようである。

律師行意(12)の場合も、勇猛精進して五戒十善を保ち、臨終にあたって「向弥陀像、唱其宝号、定印不乱、奄然告別、気絶之後、容色不変」であったと記し、その後に、

往生之相、誰生疑殆。


と書きつけている。誰が疑い危ぶむことがあろうかとは、疑いが有るかもしれないことを前提とした言葉である。それは自らの心そのものであったかもしれない。

琳賢(14)の場合はすでに引用しているが、ここでは、阿弥陀の導きで極楽世界に往生するのか、弥勒のお迎えに先んじて兜率に行こうとするのか、理解できないことだ。如何なる縁によるか、人間にははかりがたいことだ、の意味であろう。批判は密印を結んだ真言の行に対して、その同じ手で五色の糸を握ったところから起こっている。ここには著者の往生観が阿弥陀と密厳浄土との間でゆれ動き、格闘しているやに見える。

能仁(15)の場合は少し異なる。能仁は阿弥陀尊勝陀羅尼等を持念していたが、牛馬の痛みを思いやり草を刈り与えていた。その彼が「漸及衰耄、弥修念仏、然久安之比、無病悩、如眠入滅」とめでたく入滅した。その後に、

思其所修行、可謂往生人者歟。

と記している。この言葉は、純粋に往生に対する疑問と読み取れるであろう。これだけで往生人と言えるかという疑問である。伝の中に「心念撓まず」(37)、「多年の間勤行不倦」(29)、「勇猛精進」(12)のように克己的に意志の強さを求めるところが多く見られる。著者の感覚は易行念仏にはほど遠いところにある。

著者の中に往生観、念仏観に対する変化が訪れている。阿弥陀の極楽のみならず密厳浄土も弥勒の兜率天も顕われてきた。その上順次の往生を超えるような即身成仏の世界も多く広がってきた。そのような新しい体験が往生に対する疑問の言葉を記させたのであろう。

三、作者における公私の矛盾

『高野山往生伝』の序文には、作者の己に対する自負、捨てきれぬ自己が顔を覗かせているように思える。伝を記述する時には、身分にはとらわれていない。身分や社会的地位を超えて往生者を描き上げていく、往生の前に真摯で求道的な作者の姿がある。序文と伝との間にはズレがある。そのズレとは外と内との間のギャップであろう。社会的公的側面と個人的私的側面である。序文は前者をより多く意識し、伝の方には後者がより多く表れている。伝を記述する作者の前には、作者の常識、それは阿弥陀への念仏を中心とした往生行、それを超えるような新しい事実が提示されてくる。そこに往生への疑問、これも往生なのかという積極的な疑問が生まれてきたのである。それは作者の信仰をいっそう内在化させるものであった。信仰の内在化とはこの往生伝を編纂・執筆していく中から深められてゆくものであった。しかし未だそれを文学的に表現する手段を持っていなかった。そこに『高野山往生伝』が成立している。

五、その後の往生伝

『高野山往生伝』を往生伝の史的展開の中に位置付ける時、明確に打ち出された高野山一寺に限って編纂する一山意識は、明らかにその後の中世往生伝の世界に直結するものであった。編纂する意識も古代往生伝では基本的には文章経国思想が崩壊した後の文人たちに支えられていた。そこには信仰の面ではもう一つ内在化しえない限界を持っていた。中世往生伝はそれをどう展開させるかに大きな課題を持っていた。ここに中世往生伝の編纂に緇流の徒ことに念仏聖だちが登場してくる必然性があったのである。『高野山往生伝』はこの点でも古代往生伝を超えて中世往生伝の世界を伺いつつあった。明らかに古代往生伝と中世往生伝との間に過渡的に位置付けられる往生伝であった。[注15]

表1に示したごとく、中世往生伝もいくつか編纂されている。しかし完全な形で残っているものはない。この時代には往生が伝によって語られる時代は過去のものとなりつつあった。法然や親鸞の語る直接の往生論や起請文が利用される時代に変りつつあったのである。往生譚も仏教説話集の中にとりこまれ直接作者の言葉を吹きかけられる中で、また往生伝が切り捨てた発心とも結びつく中で文学的に展開していったのである。[注16]

近世往生伝は、今まで確認し得た作品だけでも表1に示したごとく多数存在する。しかしこれらの世界は近世の社会体制の中に組込まれ、浄土系諸宗によって民衆の教化策として活用されている。もはや文学の世界からは遠く離れてしまったのである。

注

1　速水侑「往生伝」、岩波講座『日本文学と仏教』三巻第三部「来世願望」岩波書店、一九九四年所収。

2　井上光貞・大曽根章介編『往生伝・法華験記』日本思想大系、岩波書店、一九七四年。以下往生伝本文の引用はこれにより、頁のみ記す。

3　小原仁『文人貴族の系譜』第二「摂関期文人貴族の浄土教信仰の思想的契機」吉川弘文館、一九八七年、四〇頁。

4　注1に同じ、九八頁。
5　古典遺産の会編『往生伝の研究』新読書社、一九六八年、一三四頁。
6　注5に同じ、一三七頁。
7　小原前掲書第五「大江匡房の思想と信仰」一八五頁。
8　小原前掲書第六「三善為康の思想と信仰」二〇六頁。
9　小原前掲書第七「蓮禅の思想と信仰」凡夫観の萌芽の指摘は二六九頁。
10　小原前掲書第八「藤原宗友の思想と信仰」二七七頁。
11　本文は延宝五年板本による。参考として『往生伝・法華験記』の頁を示す。
12　拙稿「中世往生伝研究――往生伝の諸相と作品構造――」、『国文学研究資料館紀要』一一号、一九八五年三月。
13　今村みゑ子「高野山往生伝作者考――資長作者の可能性をめぐる――」（『人間文化研究年報』一二号、一九八九年三月）では、この対句表現が保胤の在俗時代の内外両立の生き方を示す表現を踏襲したものであることを実証している。
14　教懐伝（1）、清原正国伝（2）、維範伝（3）、蓮待伝（4）は、『拾遺往生伝』から採録、南筑紫、北筑紫上人伝は、『三外往生記』からの採録は明白であるから、他の往生伝も意識していたことは明らかである。
15　中世往生伝全体像を鳥瞰した論文に注12がある。新資料の紹介と作品の史的位置付けを試みた論文に「教林文庫本『三井往生伝』翻刻と研究」（伊地知鐵男編『中世文学　資料と論考』笠間書院、一九七八年）、作者論に「『三井往生伝』編者考――昇蓮と法然教団との関わりを中心として――」（西尾光一編『論集説話と説話文学』笠間書院、一九七八年）、「高野山往生伝の編者如寂をめぐって――日野資長説の可能性――」（国東文麿編『中世説話とその周辺』明治書院、一九八七年）がある。
16　拙稿「説話文学――仏教の庶民化と地方化――」、江本裕・渡辺昭五編『庶民仏教と古典文芸』世界思想社、一九八九年。

3 中世往生伝研究

――往生伝の諸相と作品構造――

一、はじめに

極楽往生を達成した人々の伝記をあつめた往生伝は、古代社会の中で慶滋保胤の『日本往生極楽記』以降、いくつかの作品を成立させてきた。これらが源信以降の浄土思想の普及、発展を背景として生まれてきたことは、もはや自明のことと言えようか。またこれら古代の往生伝は、他のジャンル、主として古代から中世の往生譚、発心譚を含んだ説話集群の中に、昇華したとする考え方もなりたつであろう。この意味において、往生伝という作品形態は、古代社会固有のものとしての様相も示している。しかし、近世以降、明治時代に至るまでも、往生伝が編纂され続けたことも事実である。このことは次第に研究者に意識され、その実態の解明もすすんできている。[注1]

古代と近世との間隙にある中世の時代には、説話文学や高祖伝等の中に、豊富にまた色とりどりに往生譚が散りばめられている。このために中世の往生譚の研究は、けっこう研究者の関心にのぼり、いくつかの研究がある。[注2] しかし作品としての往生伝については、その研究関心も薄く、またその実態についても、ごく一部を除いてほとんど明らかにされていない。従ってその作品評価も古代往生伝の〝残照〟[注3]といった安易なとらえ方、それどころか、「鎌倉仏教の世界には中世を通じて往生伝は生まれなかった」[注4]とする極論まであらわれている。

こうした事情を考え、極楽往生を達成した人々の伝を集成し、中世において成立した作品としての〝中世往生伝〟について、可能な限りその実態を明らかにし、中世往生伝の意義を考察したいと思う。言わば本稿の目的は、往生伝の形で集成し、語り伝えたかったものが何であったか、往生伝が文学史上に何を意味づけていったのか、等を明らかにすることである。

二、中世往生伝の諸相

具体的な作品としての中世往生伝として、どのような作品を考えるかは、古代の往生伝との訣別をどこにおくか、という点で、多少の問題があるが、一応、法然上人が浄土宗の開宗を明確に意識したと思われる、安元元年（一一七五）以降と考えよう。浄土教における念仏の様相、ことにその往生へのプロセスが大きく変ったのがこの時点と考えられるからである。

この観点で言えば、最初に位置づけられるのは、『高野山往生伝』である。

一、高野山往生伝

本書の成立について序文の記すところによれば、元暦の年、暫く「故山之幽居」を去って、高野山に上ったところ、山内の僧から高野山には多くの念仏者が居て、異相往生の者が多いことを聞かされた。そこで慶内史（保胤、『極楽記』）や、江都督（匡房、『続本朝往生伝』）の先規にならい、高野山のただの一寺に限って、往生伝を記すことにした、となっている。成立年時は、序文では元暦の年（一一八四）高野山に登ったことになっているが、収載された往生者の中で大乗房証印（第三八）の遷化の年が、文治三年（一一八七）であるから、その年もしくはそれ以降の成立となる。撰者は、日野法界寺の沙門如寂（延宝五年の刊本の序文による）である。如寂については、経歴不明である。『本朝高僧伝』巻一二には、次のような伝を載せているが、生没年を欠き、不明な点が多い。典拠も明らかにされていない。逆に『高野山往生伝』を資料としているようであり、あまり信用できない。

河州法界寺沙門如寂伝

釈如寂。不レ知二氏産一。住二法界寺一。宗国二真言一。傍修二浄土一。元暦年中捨レ院。抖藪登二高野山一。九旬修練。有レ僧謂曰。

此間浄邦報生之人。雖レ熟二見聞一而無二椽筆之力一。公其記レ実宜レ伝二後世一。寂因纂二述高野往生伝一。於レ今行レ世。其序略云。以二庸浅之身一迫二方聞之跡一。不レ整二文章一。無レ飾二詞華一。只伝二来葉一。将レ植二善根一而已。我念仏多年。引接誓弘。寂末後堅固取レ滅云。（『大日本仏教全書』六三巻より）

ここでは、本書が沙門如寂という緇徒によって編集されたこと。高野山一寺に限って専修したこと、の二点を確認することにとどめる。

二、三井往生伝

本書は筆者が発見し、まず『説話文学研究』に紹介し[注5]、ついで本文の翻刻及び研究を、小峯和明、播磨光寿との共同研究[注6]で行ったものである。書名の如く、また後述するように、三井寺の往生者の伝をまとめたものである。成立はその序文の記すところにより、建保五年（一二一七）のことであり、長明の『方丈記』から遅れること五年。多くの往生譚を吸収した『発心集』とほぼ同じ頃の成立である。

本書の内容は、序文により上下二巻からなり、各巻に二四人の往生者が収録されていたことが、明らかであった[注7]。しかし上巻のみしか発見されていない為、下巻にどのような往生者が載せられているか不明であり、本当に上下の二巻本として成立していたものか確証はなく、研究の上にも若干の不安があった。幸い下巻の二話に相当すると思われる逸文が見つかり、下巻も確かに存在したことが確認された。修験道の御教書である『両峯問答秘鈔』[注8]の中に、次のような記述がある。

（A）沙門昇蓮撰二三井往生伝一云。大僧正法務増誉者俗号二一乗寺一。乗延法橋之入室。権大納言経輔之息也。生年六歳入レ寺。於二唐院智証大師之影前一出家剃髪之師ハ行円法橋。成定之日入二大峯葛城一難行苦行。華族之人未レ有二其例一。是始也。修験掲焉。世呼曰二一乗寺御室戸白河堀河御宇无二無三験徳一也。承暦四年隆明法印奉レ勅建二立羅惹院一置二三口阿闍梨一。増誉法印又奉レ勅建二立明王院一置二三口阿闍梨一。八月一日同時被二宣下一。朝家帰依无二高卑一之至也。康和二年補二長吏一。長治二年任二座主一。又康和三年権僧正法務トシテ参二鳥羽番論議証誠一。嘉承二年大僧正トシテ参二公家最勝講証誠一。又建二立聖護院一勧二請熊野神一。法験神威王臣悉靡。其後高陽院点二彼神領一建二立福勝院一。土木之初庭生二霊木（奈岐木也）数本一。親父知足院入道殿下猶不レ憚二霊異一。成風終レ功。高欄鉾木亦生。其後不レ経二幾年一女院権勢女房六人相継夭亡。女院又以崩矣。世称二奇異一。依二其霊異一奉二施信達庄毎年献済物一。康和五年正月二十六日女御苡子卒。皇子誕生之後経二十一箇日一。召二僧正一曰。至二于寿限一者仏神猶不レ救更非レ所レ延。請以二法験一今一度欲レ示二言語一。僧正依レ勅一時加持。敢無二其験一。于レ時搓二念珠一責曰。増誉昔於二唐院道場一修二両秘法一。毎二彼尊尊一満二一洛叉一。行法之志未レ望二今生一。今蒙二詔勅一顕二法験一。縦雖二定業一可レ発二一言一也。誦二神咒一致二加持一。女御蘇生言談一時王臣嗟嘆。如レ斯験異其数甚多。行法之終必礼唱云二南元大聖不動明王臨終正念往生極楽一。永久四年二月十九日。坐二諸尊前一殊礼二明王弥陀之二像一。慧心不レ乱向レ西遷化。春秋八十五。

（B）同伝云。大僧正法務行尊者大僧正永円之弟子。小一条院之孫。難行苦行〓（マイハノ）験者也。於二熊野山一有二競レ験事一。対番之輩悉皆負去。佐家郷臨二其座一恠曰。修験之体無レ可レ競者一是誰人乎。大僧正伝聞詠曰。

心古曾与遠波須天志賀伊津乃末爾
須賀多毛人爾和須良礼爾気利

凡歌仙能筆名留二後代一。永久四年補二長吏一。（法印大僧都。行年六十。）同年任二権僧正一（超二天台座主仁豪一。）元永元年補二天王寺別当一。保安四年補二天台座主一。天承元年参二最勝講証義者一。（大僧正法務。）同年七月三日奉二為白河院一被レ始二行法勝寺御八講一。証義者大僧正一人也。長承二年国母待賢門院邪霊尤強。内法外術有レ増無レ減。有レ勅召二大僧正一令レ降二邪気一。悪霊退散身心平安。勧賞之日大僧正奏曰。去保安二年両門闘乱シテ金堂回録。土木未レ畢被二造立一者尤以為レ可。勅許忽下。国母仙院為レ除二玉体之厄会一欲レ企二金堂之造営一。願念成就身心安楽。便令下二一国之宰吏一造中立二階之精舎上。中尊弥勒大僧正奉レ造二立之一。脇士无着世親太上天皇奉二造立一。長承三年八月二十七日供二養之一。御導師法印権大僧都証観。咒願権大僧都禅仁。公卿十人。雲客四十人。楽人八十人。法会厳重皆出二於貫首大僧正之効験一。臨二於老後一深修二浄土一。護摩別法熏修積レ功。造二立等身弥陀仏像一為二臨終之本尊一。保延元年正月之末風痾相侵。録二所修善一於二弥陀前一日日読レ之。称二讃浄土一願二求西方一。二月五日手ニ執二五色之糸一眼礼二弥陀之像一。頭北面西右脇臥。太上天皇有二御追善一。造仏写経シ即於二平等院一被レ供二養之一。御導師ハ興福寺覚誉僧

都也。月卿雲客入レ寺有レ数。世称二遺徳之美一。（已上彼伝取要）

この『両峯問答秘鈔』は、大峯山、熊野三山、金峯山に関する霊場の由来、諸神仏奉斎の縁起、入峰儀礼、修験道の衣鉢、熊野詣などについて、本山派修験の立場から説いた書である。撰者は顕密修験の三道兼学の先達とされる知見院猷助権僧正である。本書の成立年時ははっきりしないが、猷助が一五世紀末より一六世紀の前半に活躍しているので、ほぼその頃の成立と思われる。

　これによって、上巻には見られない行尊と増誉の二人の伝が『三井往生伝』にあったことが確認できる。ここに引用した部分は、熊野検校職最初の名匠と讃えられる増誉と行尊が、いかなる人物であるかを問われた答の中に引用されたものである。まず（A）の増誉伝を見ると、法系の記述、ついで法歴の記述、最後に極楽往生の記述をもって終っている。これは古代の往生伝が、概して出自を記す傾向を示しているのと異なっており、『三井往生伝』上巻中の往生譚のパターンと共通する。この逸文は『三井往生伝』本文の忠実な引用と見てよい。（B）の行尊伝は、伝の最後のところに「已上彼伝取要」とあるから、『三井往生伝』そのものの本文とは、若干異なると思われる。しかし「大僧正法務行尊者大僧正永円之弟子」とまず法系を記し、ついで法歴を記し、さらにその功績を讃え、往生の記述をもって終っている。ここからすると伝の最後のところに「已上彼伝取要」とあるものの、これも相当忠実な引用であると思われる。

　ところでこの両名は、ともに天台座主職に即いている。増誉は慶期のあとを次いで、三九代になっているが、わずかに「歴二ヶ日」で辞している。その原因は「則山中依レ無レ承引一辞之」[注9]であった。山門との抗争はすでに激しさを増していたのである。増誉の出自を見ると、帥大納言経輔卿の子である。法系は明尊の弟子となる。三山の検校職もつとめ、三井寺と修験派との関係など、智証門徒の中でも特に活躍が目立ち、当代における最重要人物の一人であったと言える。一方の行尊も、四四代の天台座主となっているが、これもわずか「歴六カ日」[注10]で終っている。頼豪阿闍梨の灌頂の弟子であり、また明尊の弟子でもあり、覚円（明尊の弟子、三四代座主、歴三ケ日）大僧正の弟子でもある。つまりこの二人は、ともに智証門徒明尊の法系につらなる人物である。叡山との対立抗争の激しい中で、三井寺側の指導的立場にある、重要人物たちであった。

　この下巻二話の発見によって、『三井往生伝』の中にある対叡山意識を、いっそう明確に確認できたと言えよう。

序文には明確に「沙門昇蓮撰」と記されており、編者が昇蓮であることは動かしがたいところである。またこの昇蓮が、いかなる人物であるか、についても、すでに拙稿[注11]で考察ずみである。その結論だけを示せば、昇蓮は、明遍、隆寛らを師とし、覚明房長西、敬仏房、乗願房宗源等を同朋とする、法然教団の念仏聖であった。

このように本書は、書名どおり三井寺派の人々だけの往生譚を採録している。その採録された人物から考えても、対叡山意識を明白に看取できること。また法然教団内の念仏聖によって撰せられていること。等々の基礎的な性格をここで確認しておこう。

三、今撰往生伝

『今撰往生伝』は、現在までにテキストで発見できず、すでに佚書となってしまったと思われる。しかし中世往生伝研究の中では、きわめて重要な意味を持つと思われるので、可能な限り、どのようなものであったか、想定を試みようと思う。

『法然上人絵伝』（四八巻）の第五には、宝地房証真が、法然を「天台宗の達者たるうへ、あまさへ諸宗にわたりて、あまねくこれを習学して、智恵深遠なる事つねの人にこえたり」と評し、同朋を〝返答かなはずして、物いはずとおもふ僻見さらにをこすべからず」と、たしなめたことを記し、さらに証真が、つねに法然に親近して、法門を談じていること、法然の智恵のほどを知っていたこと、等を紹介したうえで、「往生伝をつくりて、我身をかきいれられけるとかや[注12]」と記している。

この話は、一連の『法然上人絵伝』の中で、四八巻伝より前に成立している九巻本（琳阿本とも）や九巻伝（法然の法語や消息などの教説、帰依者、武人たちの往生譚などを多くとり入れた伝本）等には見えない。四八巻伝の段階ではじめて取り入れられた話と思われる。ここに記された天台の学僧である証真が、法然上人と親しかったとし、さらに往生伝を作ったとする記述は、大いに注目される。まず、この証真作の往生伝が、ほんとうに存在したものか、いつ頃成立したものか、どのような作品であったのか、等々について、可能な限りの追跡を試みようと思う。

『浄土真宗教典志[注13]』の巻三の〝往生伝類〟の項には、

今撰往生伝一巻

叡山証真作。舜昌伝五云。真著二往生伝一。預載二自伝一。一書云。慶氏至二証真一七部。此為二本邦六家十一巻往生伝一。

の記事がある。舜昌伝とは、四八巻伝のことである。ここで証真が往生伝を著し、預め自伝を載すとする記述は、先に紹介した四八巻伝の記事を説明しているにすぎないが、次に記されている往生伝の編纂が、慶滋保胤以降証真に至る七部（極楽記、一巻。続本朝往生伝、一巻。拾遺往生伝、三巻。後拾遺往生伝、三巻。三外往生記、一巻。本朝新修往生伝、一巻。今撰往生伝、一巻を意味するか）の往生伝、それが六家（保胤、匡房、為康、蓮禅、宗友、証真を意味するか）によって、一一巻であったとするこの一説は当時における往生伝の理解を知る上で重要である。つまり証真の作った往生伝が、『今撰往生伝』であったこと、それが『日本往生極楽記』以降成立した七部一一巻の中に数えられていたのである。

また『蓮門類聚経籍録』[注14]巻下には、和漢の往生伝記類があげられている。その中に、

新撰往生伝一巻　叡山証真

とあげられている。書名が『新撰往生伝』となっているが、ここでも証真作の往生伝を伝えている。これとは別に、大福寺了吟の〝新撰往生伝八巻〟もあげている。この新撰往生伝八巻は、いわゆる近世往生伝であるが、その序文（了吟は浄土宗鎮西派の学僧で、漸誉と号す、序文は弟子の了回が寛政五年に書いたもの）の冒頭部分に、

慶滋氏暨証真法印文献既是。縦令非無他力。但信之徒多是。上智上根之機也。伝僅有六家十一巻可以徴矣。我宗祖之興也。（浄土宗全書・一七）

と記されている。慶滋氏より証真法印にいたる間の、古来の往生伝の六家一一巻を継いで、浄土往生を願う者の伝をえらぶ、との方針が示されている。ここでも証真編の往生伝が存在したことを伝えている。

成立時期不確かな資料ではあるが、『為盛発心集』注15には、次のような記事がある。

菩薩造羅什三蔵譚也。誰貽疑。此上三国往生伝之唐朝戒珠往生伝。新修往生伝。浄土往生伝。瑞応三伝等。楽邦文類等也。我朝六家十一巻往生伝有之。一慶滋保胤日本往生極楽記一巻。二大江匡房続本朝往生伝一巻。三三善為康拾遺往生伝三巻。四同人後拾遺往生伝三巻。五蓮禅上人三外往生伝一巻。六藤原宗友本朝新修往生伝一巻。七証真法印今撰往生伝一巻。已上六家十一巻アリ凡唐朝諸伝所記猶如一滴。不載所如一海。（続群書二八輯下）

この部分は、熊谷、平山の教化により法然の前にやってきた角戸三郎為盛が、往生者の例を尋ねたのに対し、天竺、唐土にも実例が多くあり、この国にも多数ある、と答えた、というところである。保胤の『日本往生極楽記』以降の往生伝の系譜の中に、証真の『今撰往生伝』一巻を数えている。

以上のように資料をさがしてみると、証真による『今撰往生伝』一巻、または『新撰往生伝』一巻が存在したことは、ほぼ間違いないように思われる。しかしすでに佚書となってしまった現在、その内容を見ることはできない。成立時期の推測や、証真の思想を垣間見る中で、どのような往生伝であったかについて、もう少しふみこんでみよう。

宝地房証真の名は、断片的にはすでに触れた『法然上人絵伝』関係の諸本や、凝然の『三国仏法伝通縁起』の下巻の天台宗の項などに散見する。また『沙石集』第一の「神明道心ヲ尊ビ給フ事」の中に、夢の中で十禅師に会い、老母の貧しきことを思い出し「彼老母養程ノ事御計ヒ候ヘ」と尋ねたところ、十禅師がすっかりやせ衰え物思い姿になってしまったので、あわてて世間のことではなく、後世菩提のことをたずね直したところ、もとのごとく元気になられたので、いよいよ道心を深くした、とする説話がある。十禅師側からの説話と思われるが、証真の人間像の一端を示しているとすれば、貴重なものと言えようか。しかし中世においてはまとまった伝記が見当らない。伝の形を持ったものは、近世に入ってから元政の『扶桑隠逸伝』（寛文三年序）や、宝永四年刊の『本朝高僧伝』の巻一三などにはじめて、あらわれる。ここに記されているところは、およそ次のような伝である。

隆慧永弁の二師に従って、慧心壇那の両流を兼学す。宝処院に入って世を離れ戸を閉じ、大蔵を翻閲すること一六遍、源平の擾乱を知らなかった。後に蓮華王院に住して大いに講席を張る。さらに宝地房を構えて著述を任とした。文治五年、論義の探題となり、ついで法印に任ぜられた。源空に謁して円頓戒を受け、専修念仏の主旨を問う。元久元年座主慈鎮に勧めて四谷の碩才二七〇人を選んで、根本中堂に九旬安居して法華、仁王経等を決択せしめた。

この伝は法歴を中心に叙述されており、ほぼ生涯の主だった仕事が記されているのであろう。しかしこの伝からは生没年がはっきりしない。

「宝地房証真の研究序説」[注16]（佐藤哲英執筆）は、証真の著作物の全体的把握と生年の推測を行っている。ここでは証真の名の文献上の初見が仁平三年（一一五三）で、ここに「立者証真」とあること。二五歳以前に竪者に選ばれたとは考えられないから、仮にこの時を二五歳とすると、生年が大治四年（一一二九）となること。建保二年（一二一四）六月に座主に変って上皇の御所にうかがった記録が見られること。生年を大治四年とすれば、この時八六歳となり、この年かあるいは数年を出でずして、入寂したと考えられること。文治二年（一一八六）秋には、顕真などとともに、法然上人を大原勝林院に招いて談義したこと。また証真の著作は、『法華玄義私記』『阿弥陀経私記』等の三七部が数えられ、この中に『今撰往生伝』も数えられ、その成立年時は文治二年で、叡山文庫にあるやに示されている。しかしいかなる資料にもとづいてこのように示されたかは不明である。

ところで証真と法然ないしは法然義との関連であるが、先に示した『本朝高僧伝』の記述には、「嘗謁二源空一。稟二円頓戒一。問二専念旨一。」（巻一三）とある。『浄土伝灯総系譜』の巻下従他帰入第三の項には、顕真、澄憲、明遍らとともに、彼の名もありそこには次のように記されている。

文治之間伝二円戒於円光大師一。又諮二専念一頻修二浄業一作二往生伝一。以勧二道俗一。又有二三大部私記等所述数部一、世伝二地蔵菩薩応化一。（浄土宗全書一九）

円光大師（法然）から円戒を受けたことが記されている。『本朝高僧伝』は本書を資料としたものと思われるが、往生伝を作ったとする記述は採用されなかった。さらに地蔵の応化とする伝承を記しているが、これは『法然上人絵伝』巻五の記述と共通する。この他大原勝林院における法然との談義は、すでに触れたところである。

以上、やや長々しく考察を続けてきた。この結果、証真の生没年の確実なことは、わからないが、古代末（一二世紀のはじめ）に生を受け、中世にかけての一三世紀初頭まで活躍したことは確実である。また文治の頃、法然とのかかわりが深く、彼の良き理解者であったろうことも確認できた。往生伝の編纂もほぼこの時期であったろうと思う。そして往生伝の内容も、法然の念仏思想に影響を受けた念仏者の極楽往生伝、つまり中世往生伝であったと推測することは、ほぼまちがいないであろう。またその書名は、『今撰往生伝』であったと思う（ただし特に論拠はない）。

四、金沢文庫本『念仏往生伝』

昭和八年に熊原政男により金沢文庫で発見された。[注17] 中間も首尾も欠く残闕本であり、書名は仮に付されたものである。現存するものは不完全な話（首または尾闕を含めて）も含めて、一七話のみであるが、現存する往生譚に四九の番号が付けられていることから考えて、もとは四九話ないしそれ以上の往生譚があったものと思われる。次に標題を掲げるが、ここからあきらかに読みとれるごとく現存する往生譚は、そのほとんどが京から遠く離れた地方の往生者のものである。

24 （首闕）（嵯峨の正信房湛空）
25 禅門寂如
26 武蔵国吉田郷尼
27 上野国淵名庄波志江市小中次太郎母
28 同国赤堀紀内男
29 同国同所懸入道
30 同所布須島尼（尾闕）
34 ？（首闕）

35　信濃国小田切四郎滋野遠平
36　伊豆御山尼妙真房
37　武蔵国阿保比丘尼
38　比丘尼青蓮
39～45　？（首闕）（禅勝房）
46　上野国大胡小四郎秀村
47　同国細井尼
48　小柴新左衛門尉国頼
49　摂津国井戸庄小野左衛門親光（尾闕）

家永、永井の研究[注18・19]によれば、編者は本文中の分析から行仙であると確認できる。弘長二年以後弘安元年以前に、上野国で編纂されたものと思われる。

以上、『念仏往生伝』は法然の専修念仏開宗以後に成立した往生伝であること。また坂東の上野国で著わされたものであること。の二点を確認しておく。その他詳細な分析は次章以降において行う。

五、三国往生伝

これは『普通唱導集』中の往生伝である。同書下末の「感応因縁」の項に「勘三国往生伝并因縁引規事」として、「三国往生伝」の名が見え、さらに目次と本文がある。独立した一書と見るには多少問題がある。しかしここに挙げられている往生者は、天竺七人、震旦二三人、本朝三七人、計六七人を数える。これは往生伝としては決して小さくはなく、『拾遺往生伝』九四人、『後拾遺往生伝』七五人に次ぐ数である。

また震旦の往生人について、他書との関連を見ると、『三宝感応要略録』や『瑞応伝』中の往生譚と関係あるものが多く、『拾遺往生伝』と共通する往生人も多い。また本朝往生人の部につき、『三国往生伝』の往生者と、共通する往生者を載せる先行の往生伝との関係を整理してみると、次のようになる。

表1

1	一条院御事	続本朝往生伝
2	後三条院御事	続本朝往生伝
3	左大臣源俊房事	三外往生記（後拾遺往生伝）
4	右大臣藤原朝臣良相事	拾遺往生伝
5	大納言源朝臣雅俊事	三外往生記
6	権中納言源朝臣頼基事	続本朝往生伝
7	左近中将源朝臣雅通事	拾遺往生伝
8	左近少将藤原義孝事	日本往生極楽記
9	少将源時叙事	拾遺往生伝
10	前常陸守源経隆事	拾遺往生伝
11	信濃守藤原永清事	拾遺往生伝
12	散位源伝事	
13	慶保胤事	続本朝往生伝
14	僧正遍照事	続本朝往生伝
15	権少僧都源信事	続本朝往生伝
16	権律師明実事	拾遺往生伝
17	阿闍梨以円事	拾遺往生伝
18	沙門仁慶事	拾遺往生伝

19	沙門広清事	拾遺往生伝
20	智光頼光事	日本往生極楽記
21	源空上人事	
22	空阿上人事	目次題のみ、本文なし
23	貞慶己講事	
24	高弁上人事	
25	尼妙法事	三外往生記（拾遺往生伝）
26	参議兼経卿妻京事	続本朝往生伝
27	権中納言基忠卿京事	後拾遺往生伝
28	漏山女人事	後拾遺往生伝
29	南京女人事	拾遺往生伝
30	藤原資平卿女事	三外往生記
31	上野国小女事	
32	源忠遠妻事	続本朝往生伝
33	小野氏女弟子事	
34	頼俊女子事	続本朝往生伝
35	安養尼事	続本朝往生伝
36	永観律師事	拾遺往生伝

これを見て明らかなごとく、その多くが先行往生伝と関連している。ことに『続本朝往生伝』と『拾遺往生伝』との関連が深い。目次には三七箇条であるが、実際は36の永観までが往生譚である。また22の空阿は該当する本文がない。したがって本朝の往生人は三五人である。このうち関連話不明のものは六話のみである。今後関連する往生伝があらわれる可能性はある。いずれにしてもこれらの往生譚は、先行の往生伝一つに片寄っているのではなく、数種にわたっている。一作品からの単純な引き写し的伝承ではなく、編者の意志的な選択が行われていると思われる。また、源空、貞慶、高弁ら中世初頭の高僧たちの伝も含まれている。

以上のおおよそ三点を中心に考えて、『三国往生伝』は、独立した一作品として、しかも中世往生伝の一つとしてとらえることが可能であろう。

『普通唱導集』を紹介した高野辰之によって、作者は真言僧の良秀（建長三年の生れ）であること。その成立は、序末に永仁五年（一二九七）とあることから、この時の成立であることが明らかにされている。

本書が作られたのは、「感応因縁」の為であり、これらの往生譚が、説経・唱導の為であることは明白である。この意味では、古代往生伝の世界よりは、近世往生伝の世界により近接していると言えよう。また、天竺、震旦、本朝の三国の意識のもとに往生伝として、まとめられている点も注目すべきである。

六、その他の中世往生伝

『法然上人絵伝』の巻一二には、次のような記述がある。

右京権大夫隆信朝臣は、深く上人に帰依し、余仏・余行を差し置きて、唯弥陀の一尊を崇め、偏に念仏の一行を勤む。遂に上人に従ひて、建仁元年に出家を遂げ、法名を戒心と号す。一向専念の外、他事無かりけり。生年六十四の春、所労危急に及ぶ。上人聞き給ひて、住蓮・安楽、二人の門弟を遣はして、知識とせられけり。既に終はりに臨むに、二人の僧を左右に置きて、病名と知識と同音に念仏し、来迎の讃を唱へ、端坐合掌して往生を遂ぐ。元久元年二月廿二日なり。紫雲・音楽以下の奇瑞、一に非ず。後に正信房、彼の墓所に向かひて、念仏し給ふに、異香猶失せず。「日本往生伝」に記し入れられけ

るとなむ。（『続日本絵巻大成』一）

右京権大夫源隆信が、念仏往生を遂げ、「日本往生伝」に記入せられたとある。隆信は源平の争乱期、つまり古代末から中世初にかけての時期に、色好みで知られた人物である。[注21] 本書名の往生伝が存在したとすれば、中世往生伝の一つと言えるであろう。

『蓮門類聚経籍録』の下には、他の往生伝類に並んで、

日本往生伝　二巻　了誉上人

なる記述が見られる。しかしこれは『法然上人絵伝』の伝える「日本往生伝」とは別書であろう。了誉上人がもし了誉聖冏であるとするならば、了誉は江戸伝通院の開山で知られる上人である。暦応四年（一三四一）の生れなので、『法然上人絵伝』の成立期と矛盾するからである。

さらに、同書中には、

往生伝　一巻　吉田兼好

なる記述が見られる。これを裏づける資料は、見当らないようである。大胆な推測を言えば、兼好に仮託した偽書であろうか。

しかしこれ等の事例が示しているように、現在では佚書となってしまった往生伝は、いくつか存在したのである。この他にも存在したと十分考えられる。いわば中世に至っても往生伝編纂の意図は、連綿として確実に続いていた。このような事実を確認することなしには、古代の往生伝も、また近世に至り、再び表面にあらわれてくる近世往生伝の把握も、十分なものとはなりえないであろう。

七、まとめ――中世往生伝の鳥瞰

以上の如く、中世往生伝を列挙してみると、まず次の数点が指摘できよう。

①『三井往生伝』が三井寺の往生者を、『念仏往生伝』が法然教団の往生者を、『高野山往生伝』が高野山一山の往生者を、と言うように、一宗一派による編纂が見られること。ここにはさまざまな宗派の往生者を、まとめるのではなく、雑修性に対することばとしての専修性を指摘できよう。

②編者はいずれも文人貴族ではなく、緇流の徒である。それも〝聖〟と呼ばれる人々が多くなっている。

③実態の明らかなものが少なく、その多くが歴史上から忘れ去られようとしていた(当然すでに忘れ去られたものもあろう)。

以上のような特色を見ると、あきらかにこれらの往生伝の中に、古代の往生伝とは異なった、中世往生伝独自の世界が開けてくるであろう。

次に中世往生伝の世界が、いかなるものであったか、具体例に即した分析に入りたいと思う。

三、中世往生伝の構造

前章において中世往生伝研究の基礎として、具体的な往生伝の確認を試み、その種々相について管見してきた。本章では、中世往生伝の中から主として、『三井往生伝』と『念仏往生伝』をとりあげ、作品成立論の一端として、往生伝としての構造の確認を試みたいと思う。

三―一、『三井往生伝』の作品構造

図1

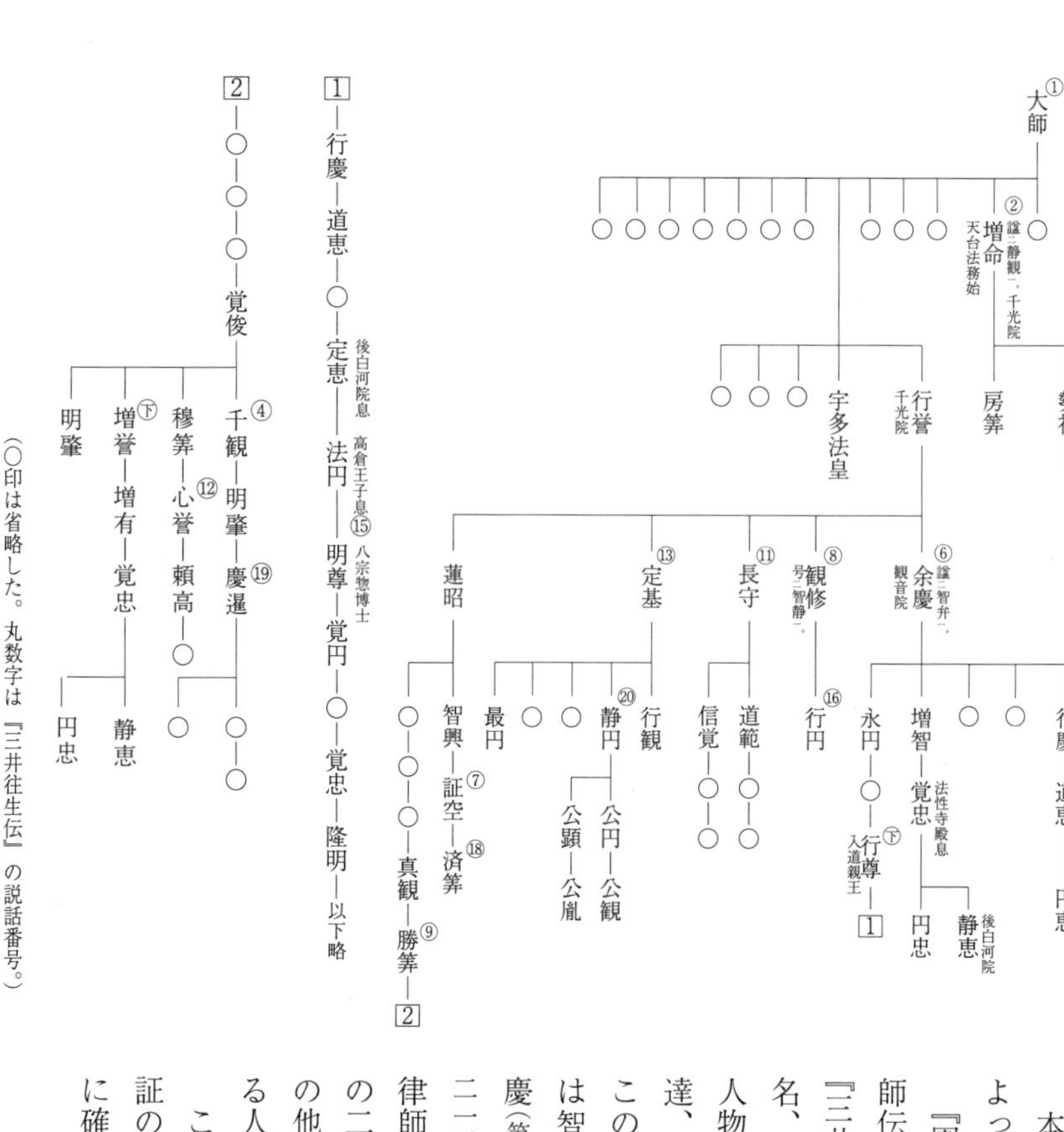

（○印は省略した。丸数字は『三井往生伝』の説話番号。）

一、

本書は、先に示した下巻に相当する二話の佚文発見によって、全体像の解明により近づいた。

『園城寺伝記』（『大日本仏教全書』八六巻所収）巻六にある〝大師伝法次第〟には、次のような僧が示されている。これと『三井往生伝』中の往生者とを対比してみると、上巻二四名、下巻二名の往生者中、一九名がこの大師伝法次第中の人物であることがわかる。ここに登場していないのは、明達、増祐、助慶、頼増、元範、利慶、定暹の七名である。この七名も『三井往生伝』中の記述によれば、明達（第三話）は智証大師の弟子、増祐（第五話）は静観僧正の弟子、助慶（第一七話）は慶祚の弟子と記されている。この他の頼増（第二二話）は、入道親王悟円の弟子、定暹（第二四話）は頼増律師の弟子と記されている。元範（第二二話）、利慶（第二三話）の二人のみ法系を示されていないので、不明であるが、その他の人物はすべて、この大師伝法者の近縁に位置している人々である。

このように見ると、智証大師の伝法者を中心として、智証の遺風を仰ぎつつ往生伝が集められていることが明らかに確認できよう。

二、

次に顕著な点は、いくつかの例外を除いて、左に例示するごとく、法系を明記していることである。

静観僧正臨終聖衆来集正念入寂第二
静観僧正者智証大師伝法之弟子、寛平法皇灌頂之師範也。
権律師明達繫₂念ₛₜₑ西方₁夢見₂極楽₁第三
律師明達者智証大師入室之弟子、摂津国人也。
智弁権僧正室内ₙᵢ香薫ₛᵢ堂上奇雲第六
智弁僧正者明仙律師入室之弟子、行誉律師伝法之門徒也。
大阿闍梨右将軍夢紫雲天楽第十
大阿闍梨慶祚者真言之龍猛止観之智者也。智弁僧正之弟子、源泉僧正之師範矣。

この型になっていないのは、八話の智静伝、一九の慶暹伝、二二の元範伝、二三の利慶伝の四例のみである。このように法系を明記することは、意識的になされたものと考えられる。第五話の増祐伝の場合など、同話が『日本往生極楽記』『今昔物語集』『扶桑略記』等に見られる。『極楽記』では、「沙門増祐。播磨国賀古郡蜂目郷之人也。少日入京住如寺」と、その出自を記すところからはじまっているのに対し、『三井往生伝』では、次の如く法系から書きおこし、出自に関しては「播磨国也」と触れるだけである。

沙門増祐天ₙᵢ聞₂念仏₁指₂西方₁行第五
沙門増祐者静観僧正入室之弟子、播磨国也。四教五時頗捜₂幽旨₁、衰邁之後在₂如意寺₁。念仏読経造次不懈。天延四年身有₂小病₁、寝膳乖ₗₑ例ₙᵢ傍有ₗₑ人夢増祐方前ₙᵢ有ₗₑ車怪而問之車中ₙᵢ有声曰、為ₗₑ迎₂増祐上人₁自₂西方₁来也。増祐知₂其死期₁ₒ

被扶二弟子一即向二葬処一、先レ是去二寺五六町許一穿二一大穴一点シテ為二墓所一、上人入二於穴中一ニ念仏即世矣。此時寺南廿許人唱二
弥陀名号一、指二西方一行、遙聞有レ声尋見无人矣。

つまりあきらかに先行する資料に左右されることなく、『三井往生伝』の型の中にとりこんでいるのである。

三、

また、説話内容を分析してみると、叡山側の高僧と対峙する話が多い。このことはすでに小峯和明によって指摘されていると[注22]ころもあるが、もう少し細かく眺めてみよう。

第八話の智静伝の中で、実因は次の如く描かれている。

権少僧都実因有二法性寺座主之望一、朝家不許、実因作レ霊奉悩主上、有勅召大僧正降レ伏其霊一、実因之霊忽以露顕。僧正責曰、公者昔天台ノ碩学也。霊若実ナラハ者当レ誦二所学ノ法文一。霊曰、名字観行隔生即妄我昔所レ学也、況於二理即ノ身一乎。今怖二験徳一ニ速可二罷去一、其後玉躰平安天下嘔歌。

つまり実因が法性寺の座主を望んだが、朝廷がそれを許さなかったので、実因は霊となって主上を悩ました。勅命によって召された智静が、霊を降伏し、実因を露顕させ、教えさとした、とするもので智静側にたった話である。ところが実因は、『続本朝往生伝』第一話の伝えるところでは、源信、慶祚とともに学徳としてあげられている。また『法華験記』四三話の「叡山西塔具足坊実因大僧都」の中では、実因が広学博覧にして、問答決疑は肩を並ぶる輩なく、説法教化、聞く者涙を流せりと記した後に「日本の迦旃延、辺州の満慈子ならくのみ」と評している。言うまでもなく、迦旃延は釈迦の十大弟子の一人で論議第一と称された人、満慈子は富楼那の別名。これも十大弟子の一人で説法第一と評された人である。このような実因が、望みかなわなかったが故に霊となり、それが忽のうちに智静に降伏された、とするはなしは、いかにも反実因側、さらに言えば三井寺側の伝承世

界が反映していると見られよう。

同じような例をもう一つ示そう。第一三の定基伝における寛印の描写である。叡山の内論義で、源信の弟子寛印と、慶祚の門弟定基とが相番となる。この論義に敗れた寛印は、すっかり気落ちし、その後まもなく丹州に蟄居してしまった。一方の定基は天王寺の別当に補せられた。これが寺門補任のはじめである、とするはなしである。あたかも丹州蟄居の原因を、定基との論義にあったとするかの如き描き方である。この寛印も『続本朝往生伝』第一五の伝えるところによれば、宋人の朱仁聡に会見するため、源信とともに越前の敦賀まで出かけ、そこで朱仁聡のテストにも耐え、日本の体面を保った学才の持主と描かれている。またその後に諸国を経歴して、丹後国に行った、とも描かれている。また『古事談』巻三には、寛印が丹後迎講を始行したと伝えられている。

これらからして、寛印の丹後行きは、内論義に敗れたが故の、蟄居の為でないことは明らかであり、もう少し積極的な理由があったように思われる。

実因と寛印の二例に見られた、『三井往生伝』の描写は、序文に明らかに示されている、「日本ノ往生伝者初メ慶保胤訪二於源信僧都一、続ハ江匡房求二於慶朝法印一、多載延暦寺一不伝二諸寺一」とする認識から、ことさらに叡山外に資料を求め、三井寺側の資料を尊重することになったことと、「扇二智証之遺風一」とする親三井寺側の作者の場から、とらえられたものであろう。

四、

以上分析してきたように、『三井往生伝』は、智証大師伝法の法系につながる僧を中心に、各往生伝が構成されていること。法系を示す型を守り強調していること。叡山側の高僧と対峙する話が多く、典拠とした資料や描写において、相当意識的であったことがうかがえること。等が指摘できるのである。

このことは、対叡山意識をもって諸伝を構想していること。寺門派を讃仰する側面が強調されていること。智証大師を中心とする寺門派の往生者だけで集を形成しようとする専修的意識があること。等々の意味を示しているのである。これらが『三井往生伝』の強固な編纂糸となっているものと考えられるのである。個々の往生譚は、それぞれの役割を荷いつつ、全体として寺門派を讃える役割を果たしているのである。

三―二、『念仏往生伝』に見る往生の確認

かつての古代往生伝の世界では、臨終時のあり方がにぎにぎしく、力をこめて描かれていた。往生伝の作者たちは、往生人の平常の行業よりも臨終時の描写に、それも奇瑞と死後の夢告について熱心に記していた。それは奇瑞、夢告が決定往生のあかしであったからであり、また死後の世界と、この世との唯一のかけ橋であり、これによってのみ死後の世界を知りえたからである。そしてこの往生の確認こそは往生伝成立の重要な契機でもあったからである。

今、問題にしている中世往生伝においては、この点はやや後退していると思われる。『三井往生伝』の場合では、次に示す例の如く、往生の確認にはそれほど意を用いていないように見える。

> 正暦二年閏二月十八日遷化　春秋七十三、室内ニ妙香芬馥堂上ニ奇雲垂布ス。寛弘四年二月廿五日勅諡号智弁。（第六智弁伝）

> 大僧正常ニ向二西方一観二念浄土一。長保四年造二立白檀阿弥陀三尊一、安二置解脱寺ノ常行堂一ニ。願状ニ云、弟子自二少日一経二多年一、心二懸二極楽之境界一、口唱二弥陀之宝号一。毎年秋九月三箇日夜修二不断念仏一。以為二往生之勝業一。寛弘五年七月八日合掌向レ西称二念弥陀一、寂然入滅。春秋六十四矣。遺弟夢大僧正誦二坐蓮花中宝座之上ノ文一。飛空西行云々。（第八智静伝）

第六における描写などは、小気味よいほどの簡略化ぶりで、淡々として遷化から奇雲垂布と語り、最後は記録者的に勅諡智弁と号す、と語り終えている。第八の智静伝では、彼の念仏が傍線を付したごとく、心に極楽の境界を懸けとしているように、観想念仏的なものであるとともに、口唱念仏でもあることを語っている。その往生のさまは、波線を付したごとく、合掌して西に向って弥陀を称念して、寂然として入滅したとする、むしろさめた描き方で記録者的でもある。

『念仏往生伝』の場合を見てみよう。

まず、本書に見られる往生思想は一向念仏、一向称名、一念の念仏者など、あきらかに法然義以降の念仏思想にもとづくものが含まれている。この点は他の往生伝と著しく異なる点である。

次に示すものは、現存する本書中の最初の往生譚である。

（欠）（嵯峨の正信房湛空）

□性閑院一家也。始学円乗。昇明律位。後□世一念。念仏者也。中年已後。住嵯峨之辺。内□外儀。悉改替之。剰伝於法蓮上人大乗戒。□□慈覚大師御袈裟等。為一天四海之戒師。建長五年七月廿三日申剋臨終。拝化仏而往生。滅後瑞相。霊夢尤多云々。

この往生譚の前半は、すでに失われ現存していない。しかし内容からして嵯峨の正信房湛空の伝である。これを見ると、波線を付したように、往生と往生のあかしとしての瑞相と霊夢のあったことが、淡々と語られている。飾りをほとんど捨て去った文体が、妙に鋭く事実を伝えていると言えよう。

次の第二五の寂如の伝は次のようである。

第廿五　禅門寂如

俗姓者京兆源氏也。出家已後。住摂津国濃勢郡木代庄大麻利郷。多年念仏。薫習既積。常自云。我遂往生。諸人被讃云々。此□洛陽有女人。夢云。彼禅門之辺。諸大菩薩□雲集。彼菩薩言。汝所見者。纔少分也。十方薩埵。悉皆来集。雲上山外。非眼界之所及云々。夢後為結縁。彼濃勢郡尋来。又北白河有僧。同得往生夢。尋来結縁。其後無程臨終。[a]瑞相甚多。或聞音楽。或聞異香。又□後七日々々。瑞相不絶云々。[b]子息円浄房語之。又是高野山蓮台（見セ消チ、「花」ト傍書）谷宮阿弥陀仏御弟子。厳阿弥陀仏者。円浄房之舎兄也。

波線aのように本書の中ではややめずらしく、瑞相として音楽と異香が語られている。注目すべきは、これに続く傍線bの個所である。人々は瑞相があったことを聞いて信じたのではない。誰が語ったのか、それはどんな人なのかと、それが問題にされているのである。ニュースソースは何か、とするような背後の厳しい質問に応えるかの如く、子息円浄房の語りであること。円浄房は空阿弥陀仏（明遍、「宮」はあきらかに「空」の誤写）の弟子であり、かつ厳阿弥陀仏と兄弟であることを語っている。

次も往生の実見者を記している例である。

第廿九　同国同所懸入道

自在俗之時。常高声念仏。至老年遂以出家。至建長三年五月廿四日。仏来告云。来六月二日辰時可往生云々。仍廿五日樹市中。告諸人云。来月二日可往生。諸人可来結縁云々。人々不信之。或人至其期。相尋之処。至其門辺。聞有火急之声。即是彼最後念仏也。看病云。只今沐浴潔済。着紙衣袈裟。端坐向西。火急念仏。五十余遍。即臨終了。智阿弥陀□止見之語之。

同国同所は、前前話により上野国淵名庄波志江の市である。ここの懸入道の往生譚である。ここでも「火急念仏、五十余遍、即臨終了」と、たたみかけるような描写には、なかなかの迫力がある。そのつぎに「智阿弥陀仏カ止見之語之」と、ここでも、わざわざ智阿弥陀仏が、見て語ったこと、確認者、実見者であることを強調している。

あと一例だけ示して見よう。

（欠）（禅勝房）

顕之。或人有敵人。彼敵人者。是有勢人也。我是不肖身也。不能討。而或武士云。若憑我者。可討汝敵。仍即依付此。不違約束。討敵人了。憑武士者。至誠心也。依付而無二心者深心也。討敵者廻向心也。如此討煩悩敵。到不退土者。是偏阿弥陀仏本願。大悲之他力也云。又言。汝一人非可出生死之器。猶来可習浄土法門云々。其後参詣三度。合四ケ度也。即於往生浄土法門。生決定心了。彼禅勝房自云。念仏往生之信心決定同。我身可死。更無一念疑殆之心云々。其後齢八十五。正嘉二年

〈戊午〉十月四日入滅。兼五六日。夢奉見源上人。同三日戌時語人云。蓮花雨下。人々見之哉云々。又云。只今有迎講之儀式。正臨終云。観音勢至已来迎云々。即至寅初起居。合掌念仏三反。即気止了。従高野山。上野国山上。下向上人二人。一人名専阿弥陀仏。一人名誓阿弥陀仏。親拝見彼往生。而来語之。

これは前の方が欠けているが、内容からして禅勝房の往生譚である。禅勝房は、『一言芳談』にもその法語がいくつか採録されている。熊谷蓮生房のすすめで法然に会い、専修念仏に転じたという人である。八五歳にして、一念の疑もなく往生とは、まさしく大往生であるが、この往生者に対し、高野山から上野国山上（作者行仙の坊のあるところである）に下向してきた、専阿弥陀仏と誓阿弥陀仏の二人が、親しく拝見してきて語ったとしている。

これら実見した確認者たちは、中世における聖の文化活動を知る上でも、高野聖の活動を知る上でも、上野国山上という一地方における宗教生活を知る上でも、興味のつきないものがある。しかしそれ以上に当面する往生伝の問題として見た場合に、重要なことは、往生の瑞相、霊夢の描写が後退し、かわってこのような実見した確認者を記録していることである。

この意味は、まず往生の事実の確認の意味の後退にある。それは一つには、往生伝が単に往生伝であるよりは、僧伝への傾きを強くしていることと関連する。『三井往生伝』の場合には、この傾向が顕著である。第二は、同朋の仲間の確認である。慶滋保胤らの時代、つまり古代往生伝の世界では、往生の確認は、勧学会の中、つまり狭い地域内での確認であった。ことさら実見者を強調し、確認しなくとも、ごく身近なところに往生者があり、互いに確認しあえたと考えられよう。それが中世往生伝、ことに『念仏往生伝』の場合には、高野山から上野国山上という、数百キロの広い空間をとびこえて往生譚が、語られているのである。かりに古代往生伝の世界が、〝等しく浄土を欣求する同朋からなる座の文学の世界〟と評することができるとするならば、中世往生伝の世界は、浄土願生者の地域的階層的拡大から、〝等しく欣求〟の意味がやや弱くなり、〝浄土を欣求する同朋からなる地域的サークルの文学の世界〟へと拡散している、と言えるであろう。そして第三は、法然義の問題である。古代浄土教の世界における極楽浄土への往生思想は、観想念仏、ないしは観想的思考に裏うちされた念仏であった。ここでは往生にいたる修行、心の動きこそがより問題になるであろう。法然義においては、法然の教えとの出会い、法然にいたる出会いの意味こそがより大きく問題になるのである。このような中世における往生思想の地域的な拡大、往生思想の内面的進展が、往生譚における瑞相、霊夢の後退をもたらしたのである。

四、中世往生伝における作者

前章において、中世往生伝の構造の解明を試み、成立基盤の一端を明らかにした。本章では中世往生伝の作者と、作品とのかかわりを明らかにし、その性格をいっそう明確にしたいと思う。

古代の往生伝における編者ないし作者は、現存する往生伝を見る限り、『日本往生極楽記』以下、全六編の往生伝ともに、熱心な浄土願生者であり、いずれも文人貴族という点で一致していた。これに対し中世往生伝においては、『高野山往生伝』における如寂、『三井往生伝』における昇蓮、『今撰往生伝』における宝地房証真、『三国往生伝』における良季、『念仏往生伝』における行仙等いずれも緇徒である。

作者が文人ではなく緇流の徒であること。このことが往生伝の作品形象とどのようにかかわっているのであろうか。このことを『念仏往生伝』の場合を例として考えてみよう。

『念仏往生伝』の作者行仙房の伝は、『本朝高僧伝』の巻一二に記されているが、この伝のもとになったものは、『沙石集』一〇末の「行仙上人事」である。これによれば、上野国山上に住し、もとは静遍僧都の弟子で真言師であった。行仙自身の往生のさまは、往生の前年より、明年の臨終のこと、病になる日、入滅の日までを、あらかじめ日記し、箱の底に入れて置いた。弟子共は気付かないでいたが、彼の往生の後、開けてみると、そこにあらかじめ書かれた予定どおりの往生であったという。その念仏は観想念仏であった。臨終の様子は端座して遷化、紫の衣を覆えるが如く紫雲靡き、異香室々に満ちわたった、という。あたかも典型的な古代往生伝中の往生者の如く描かれ、念仏ぎらいであった無住さえが、「コノ上人ノ風情、ウラヤマシクコソ」と評している。このような往生のスタイルは、行仙房の往生思想そのものであった。

『一言芳談』の中で、行仙は往生論を展開しているが、その中に次のような往生に関する二つの法語を残している。

〔一一二〕行仙房のいはく、「ある人問うて、いはく、『我身の無道心を顧みて、往生をうら思ふと、涯分を顧みず、決定往生と思ふと、いづれがよく候ふべき』答へて、いはく、『我、昔、小蔵入道に謁えたりき。「往生は、最初の一念に決定せり。報命尽きざれば、依身のいまだ消えざるばかりなり」と、申されしが、殊縁の往生を遂げられき。熊谷入道も、この定に申されけるとなむ承りき』」

〔一一三〕「禅勝房、又、『生あるものの必ず死するが如く、往生におきては、決定なり』と、申されけるが、殊縁の往生を遂げられたり。この両三人は、同上人面授の人々にて、かの御教訓なり。しかれば、決定往生の思ひをなすべきなり（これ、慈心上人問、行仙上人答なり。）」（簗瀬一雄『一言芳談』角川文庫より）

複雑な文脈であるが、前半の法語は往生できるのかどうか不安に思いつつ、修行にはげむのと、己の修行のほどは考えず、必ず往生できると信じているのと、どちらがよいかの問に対して、行仙は小蔵入道のことばと彼の往生の事実を示すことによって、最初の一念の重要性を説いている。熊谷蓮生房も同趣旨であるとつけ加えている。後半の法語も、同趣旨であり、決定往生の思いをなすことを主張している（『一言芳談』のこれらの法語から、禅勝房、小蔵入道、熊谷蓮生房、行仙らが、法然門下の同朋として、同質の念仏観にあることを示している点も興味を魅く点である）。

これから見ると、行仙房の往生論は、最初の一念の重視、決定往生の思いをなす、等のことばに表現されているように、観想的な念仏ではなく、一念を重視し、どちらかと言えば、行よりも信を重視した専修的念仏観である。

このような行仙の念仏観、往生論は、無住の伝える説話によれば、彼が自らの往生という事実の中に、実践をもって示したことである。また彼が編集した『念仏往生伝』の中にも、よく反映している。一例だけを示せば、二五の禅門如寂の往生譚（本文は前章に示してある）である。如寂が多年にわたって念仏を続け、常に自らに対して「我遂往生」と、念仏往生を信じきった強い意志で臨んでいたという。

『三井往生伝』の作者、昇蓮の場合は、どうであろうか。具体的に昇蓮の念仏観、往生観を伝える資料は少ない。わずかに『一言芳談』の中に、覚明房と語りあうところで、〝昔の遁世聖だちは、後世を願う心を持っているかどうかを問題としたのに対し、今の者達は教理を研究する才能のあることを後世者の資格と思っている〟旨の発言[注23]をしているところがあるのみである。しかし昇蓮が師とし、あるいは同朋とした明遍、隆寛、乗願、敬仏、覚明らの人々は、いずれも法然門下の人々である。明遍のように法然義以前の浄土教の伝統をひくもの。徹底した専修念仏を貫いた隆寛、徹底した遁世聖の敬仏、晩年は観想念仏に帰っていった覚明房らのように、その思想は一つではない。昇蓮自身もまたこうした念仏聖たちとのつきあいの中で、一つの念仏観、往生観を確定することは不可能であるが、当代の修行者たちが、教理に走り、念仏行を忘れがちな世相への批判精神をもっていたであろうことはまちがいない。

『三井往生伝』の中で往生の年が明らかになっている往生者は、行尊（長承四年〈一一三五〉往生）が最も新しい。しかしそれでも法然義以前に生きた人である。このためか往生譚の中には、明確な専修念仏観はあらわれていない。しかし次に示すように専修念仏的にとらえようとした傾きが看取できる。

大僧正法務明尊の往生（第一五話）は、ある夜長谷寺の観音から夢の中で、「必ず阿弥陀仏を念ぜよ」と命ぜられ、ただちに、

夢覚以来専念二弥陀一欣二求西方一、康平六年六月六日一心念仏向西取滅。

と記されている。夢告によりただちに弥陀を専念し、西方欣求し、一心に念仏して西に向って往生したとするこれらの描写は、専修念仏的である。

また、大僧正源泉（一四話）の場合も、晩年に至って専ら浄土を求め、転経念誦し、極楽に回向せしめんとした。寿命を知りかれこれの用心をした後に、

哺時向二弥陀像一念仏、称名一心不乱、最後ニ唱曰　寿尽時歓喜猶如捨衆病、両三偏後低頭合掌向西而卒。

として往生したと描かれている。ここにも明らかに源泉が、念仏のみで往生したことを記している。

これらの例から考えると、何人かの往生者を、他行を捨て、観想を排し専修念仏的にとらえようとしている作者昇蓮の姿勢が、ほぼ看取できるであろう。

このように、往生伝作者の言行一致の強い思想が、より明白に往生伝の中に反映しているのである。往生伝の対象たる往生者と、作者主体との間は、きわめて近いものになっているのである。

五、中世往生伝の意味と課題

ところで、先にも少しふれたように、法然義以降の往生譚の形成においては、往生にいたる心の動きよりも、法然ないしは法然義にいたる出会いの意義が意味をもつ。このことは往生にいたる修行のありさまや、心の葛藤を描く余地を残す古代の往生伝に比べれば、いっそう文学としての往生伝のなりたちにくさを意味していよう。

しかしこの時にいたり、往生伝の文学性を支えたものは、漢文体の「伝」のスタイル、正当な「伝」のあり方と、作者たちが文人から緇徒に変化したところに認められよう。

『念仏往生伝』第二八上野国赤堀の庄紀内男の往生譚は、次のように記されている。

盛年之比。以博奕為業。而建長元年潤十二月或時戌剋許。僧二人出来告云。汝近日可生極楽。早遂出家也。件僧経一夜。至其朝不知行方。其後出家。俄痢病更発。兼以十余日。前両僧又来。毎夜教訓之至。同月廿二日。所在西方墻等悉破去。遙向西方天逝去了。

盛年の頃、博奕を業としていた赤堀の庄紀内男のところへ、建長五年の暮もおし迫ったある夜、二人の僧がやってきて、近日中の往生極楽を予言し、出家を勧めていった。それからほどなくして、紀内男の住いの西側の墻はすべて破り去られており、内男は遙かな西方に向って逝去していった、と伝えている。この往生譚の中には、瑞相も、霊夢も、往生の実見者も語られていない。語られているのは博奕を業としていた内男が居たこと、僧がやってきて出家をすすめたこと、内男が死んだこと、その時彼の住いの墻がすべて破られていたという事実だけである。ここに描かれた事実の中から、誰しも西方往生を疑う者はあるまい。また内男が二人の僧から出家をすすめられる前に、極楽往生の信仰を持っていたとは語られていない。あるとき、内男は突然に、極楽を思い極楽を信じ出家し、極楽に向い往生したのである。事実の重みを叙述する漢文体の往生譚において、そのような内男の内面が、見事に描ききれていると読みとれよう。

もう一例見てみよう。

勇猛精進之比丘尼。読誦法花経。兼修秘密行。後対法然上人。忽捨余行。一向念仏。其功漸至。常拝化仏。余人不知之。唯語甚深。同行一人。或時告云。我明日申剋可往生。至剋限。端坐合掌。念仏気絶。

これも『念仏往生伝』三六話「伊豆御山尼妙真房」の往生譚である。この往生譚において、勇猛精進の比丘尼が、『法華経』を読誦し、秘密行を兼修していた。ある時法然上人に対面したことから、忽に余行を捨て、ただ偏に一向念仏にうちこむ。他人に知られることもなく、唯甚深の同行一人にかたって往生していった、と伝えるこの往生譚は、法然義の影響下に成立した典型的な往生譚と言えよう。ここでは雑修→法然上人との出会い→一向専修念仏→往生へと至る一連の動きが、漢文体特有のテンポと、虚飾を捨てきって事実のみを伝える叙述体の中に確かな描写となって生きている。往生伝特有の神韻とした空気が、淡々とした描写であるが故に、いっそうつよく漂ってくると言えようか。この往生譚は、『法然上人伝記』の中の九巻伝の中に、利用されているが、ここでは次に示すように漢文体を捨てて、和文体で書かれているが、漢文体の中で獲得したテンポも、事実のみを伝えようとする叙述体も失われ、やや緊張を失ったものとなっている。

尼妙真往生事

伊豆国走湯山に侍し尼妙真は、専ら法花を読誦し、兼ては秘密を修行せり。事の縁によりて上洛せし時、法然上人に参りて念仏往生の道を承て後は、忽に余行をすて偏に念仏を行ず。其功やゝたけて化仏を拝する事常にあり。只甚深の同行一人にかたる。余人更に是をしらず。ある時明日申の剋に往生すべきよし同行に告ぐ。翌日時剋にたがはず、端坐合掌高声念仏して往生せり。妓楽天に聞え、異香室にみてり。不思議の奇特、其此の口遊にてぞ有ける。

これらと対比してみると、あきらかに中世往生伝は、漢文体の正当な「伝」のスタイルの中に、その文学性を獲得したと言えようか。

六、まとめとして

以上によってこれまで顧みられること少なかった中世往生伝について、作品実態を明らかにするとともに、その作品構造の解明を試みた。

これらの結果、ほぼ作品実在を明らかにしえたものだけでも、五種にわたるのである。これは実在する古代の往生伝とも、ほぼ匹敵する作品数である。

また、『三井往生伝』と『念仏往生伝』を中心にすすめた作品構造の解明の試みについては、次の諸点を指摘した。

まず『三井往生伝』が、対叡山意識をもって諸伝を構想し、寺門派を讃仰する側面が強調されていること。智証大師を中心とする寺門派の往生者だけで、伝を形成しようとする専修的意識があること。これらが強固な編纂糸となっていること、等を明らかにした。

また、『念仏往生伝』を中心に分析し、ここでは往生の奇瑞、夢告等による往生を確認する行為の描写が後退していること。かわりに往生を確認した実見者を記録していること、等を指摘した。これが中世において、往生の事実の確認の意味の後退にあるととらえ、そこに中世における往生思想の地域的拡大と、内面的な進展があることを分析した。

このような中世往生伝の様相は、往生伝が単に往生伝であることにとどまらず、僧伝化の方向に歩み出していることを意味する。この方向は、『真言伝』や『元亨釈書』等に見られるような僧伝の集成化に向っていくことになる。これら中世往生伝は、往生譚の集成から、僧伝の集成への明確な流れの中に位置づけられよう。

往生伝の専修的な意識は、往生伝の作者たちが、それぞれに多かれ少かれ、教団や各派を背負っていることを意味する。このことはいきおい往生伝の語りの自己閉鎖的なあり方は許されず、作者たちが外に向っていく積極的なあり方を示すことになる。

次に、中世往生伝の作者は、古代往生伝における文人貴族にかわって、緇流の徒に変っていること、それも行仙房や昇蓮の如く、法然系の念仏聖に変っていることである。また『沙石集』の行仙伝に見たごとく、作者たち自身も往生者であり、往生譚を持っていることである。古代往生伝の世界では、素材であった信仰者たちによって担われているのである。これを象徴するのが、『法然上人絵伝』において、宝地房証真が「往生伝をつくりて我身をかきいれられけるとかや」とされているところである。こうしたことにより作者の念仏観、往生観が往生伝に積極的に反映しているのである。作品に描く対象に対して、積極的に描く主体をかかわらせていったことを意味する。この時『念仏往生伝』の妙真房や、紀内男の往生譚に見たような、漢文体の「伝」のスタイルの中に、法然との出会いの意味を文学的に獲得したのである。

しかし中世往生伝は、その多くが埋もれ、中には佚書となってしまっていたのである。現在もごくわずかしか明らかになっていないのである。ここに中世往生伝研究の重要なキーワードが潜んでいる。同時に中世をとらえる普遍的な問題があろう。往生が〝伝〟をもって説かれる時代は、もはやすぎ去ろうとしていたのである。

注

1　笠原一男編『近世往生伝集成』(一)～(三)(山川出版社、一九七八～八〇年)には、主要な近世往生伝と明治期の往生伝の一、二が収録されている。

2　美濃部重克「閑居友と往生伝の異質性について」(『語文』三一号、大阪大学国語国文学会、一九七三年七月)、広田哲通「往生伝の変質――

往生伝と発心集を視座として」（『文学史研究』一七・一八、一九七八年四月）など。

3 井上光貞『往生伝・法華験記』（日本思想大系七、岩波書店、一九七四年）の文献解題。

4 笠原一男編著『近世往生伝の世界』序章、教育社歴史新書、一九七八年。

5 拙稿「資料紹介　教林文庫蔵『三井往生伝』」、『説話文学研究』八号、一九七三年六月。

6 「教林文庫本『三井往生伝』翻刻と研究」、伊地知鐵男編『中世文学　資料と論考』笠間書院、一九七八年所収。

7 注5及び6。

8 鈴木学術財団編『修験道章疏』四所収。引用本文は『日本大蔵経』九五巻（鈴木学術財団編、講談社、一九七七年）より。

9 『天台座主記』による。

10 注9に同じ。

11 「『三井往生伝』編者考――昇蓮と法然教団とのかかわりを中心として――」、『論纂　説話と説話文学』（西尾光一教授定年退官記念論集）、笠間書院、一九七九年所収。

12 小松茂美編『続日本絵巻大成』一巻（中央公論社、一九八一年）を使用。以下四八巻伝はこの本文を使用する。九巻本や九巻伝を使用する場合は、井川定慶編『法然上人伝全集』（増補版、法然上人伝全集刊行会、一九六七年）による。

13 『大日本仏教全書』九六巻（目録部二）及び『真宗全書』七四巻所収。なお本書は浄土真宗関係の典籍目録で安永七年（一七七八）の成立。

14 『大日本仏教全書』九六巻（目録部二）所収。本書は浄土教の書目を集めた経典目録。原録は寛保年中（一七四一～四四）に成立し、増補版は文久二年（一八六二）に成立している。

15 群書解題の説（松浦貞俊執筆）では、中世末期に談義僧によって書かれたか、とされている。

16 佐藤哲英・小寺文頴・源弘之・福原隆善「宝地房証真の共同研究」、『印度学仏教学研究』一八巻二号、一九七〇年三月。

17 熊原政男は昭和八年一一月、金沢文庫で発見し、翌一二月謄写印刷本を作って紹介したという。

18 家永三郎「金沢文庫本念仏往生伝の研究」、『仏教史学』二巻二号、一九五一年五月（『中世仏教思想史研究』法蔵館、一九四七年所収）。

19 永井義憲「念仏往生伝の撰者行仙」、『宗教文化』一一号、一九五六年三月。

20 高野辰之『古文学踏査』大岡山書店、一九三四年。
21 三木紀人「遅く来た色好み――隆信」、『国文学』二一巻一一号、一九七六年九月。
22 注6の文献中の〝特色〟の項。
23 拙稿の注11の論文。尚該論文では、昇蓮の同朋としての隆寛、乗願、敬仏らについて、その念仏観、往生観等を分析している。
※本稿において用いた本文は、『三井往生伝』は、注6の翻刻本文、『念仏往生伝』は、井上光貞、大曾根章介『往生伝・法華験記』（日本思想大系）である。
※本稿は日文協第四回研究発表大会中世部会（昭和五九年七月六日、於東京女子大）における発表を基本としたものであることを付記する。

4 往生伝の世界

――人は死後に何を望んできたか――

一、はじめに――脳死という言葉のおぞましさ

ご記憶の方も多いかと思いますが、今からちょうど二〇年ほど前、札幌医大の和田寿郎教授によって、日本ではじめて心臓移植が行なわれ、各方面にさまざまな反応を呼びました。私自身も心臓移植という言葉を聞いたとき、強い衝撃を受けたことを思い出します。

心臓というものが、一度停止した、つまり死体から取り出して、生きている人に移し変えられて、それが再び動き出すものであれば、問題は少なかったのでしょうが、残念ながらそのようなものではなかったのですね。どういう状態で心臓を取り出すのか、という素朴な疑問がおこり、それから衝撃を受けたわけです。私は人間の死というものは、心臓が止まり、脳の働きも止まって、すべてのものが消滅し、いささかも意識のなくなった時点が、人間の死であると考えていました。しかし医学的に見ると、死というものに対して、もう一つ別の見方ができるということでした。つまりは人間の死というものが何かという問題が、ここであらためて大きくクローズアップされました。この時以来脳死という目新しい言葉が新聞を賑わしました。

不起訴処分にはなりましたが、提供者の死の判定をめぐって和田教授が、告訴されたこととあいまってその後は日本では行なわれていないようです。心臓よりはもう少し死との間に距離があると考えられるのか、心臓以外の臓器の移植の問題が、表に出てきたようであります。

また、本日、往生伝の話をしようと思いましたきっかけは、しばらく前になりますけれども、加藤一郎教授を座長とする日本医師会の生命倫理懇談会が、新しい見解を打出し、再び人間の死の定義をめぐる問題が、新聞やテレビを賑わしていることにあります。

こうした放送や議論を聞いておりますと、私はなにかやりきれぬ思いが致します。そうした私のやりきれなさは、医療技術や科学技術が進歩し、技術が一人歩きを始めると、人間の生や死という倫理的でかつ論理的でなければならないはずの問題が、技術に振り回される畏れが在ると、もっと言うならば、時には人為的操作を可能とする、そういうような側面も在るのではないかと、私が感じてしまうこと、私が猜疑心を抱いてしまうからであろうと思います。

私はこの問題を否定的と申しますか、躊躇する立場で申し上げているわけですが……。当然のことながらこの逆の立場もあるわけです。自分の息子が心臓病で、移植以外に方法がないとすれば、親とすればそれを望むのは当然のことです。私の身近にもそのような事例はいくつも有ります。したがってこのような問題が一面的に切り離せる問題でないということは十分承知しているつもりです。……しかしこの話になりますと長くなりますので少し先に進みます。

基本的に、私は人間の死とか、その判定といったような問題、そういう人間の尊厳と根源に関わるような問題は、基本的に保守的に考えるべきであると思っています。長い時間をかけて、国民的な否それ以上に、全人類的な議論の中で、合意を形成して行くものであると思います。最近の報道を聞いておりますとどれだけ広い議論ができるのだろうか。日本人がどれだけ関心を持っているのだろうかと、疑問を感じるわけであります。

私は日本文学、中でも中世文学を研究している者であります。中世と言う時代はどんな時代であったかと申しますと、鎌倉時代から始まりまして、織田、豊臣、この時代ころまでの数百年間でありますけれども、その時代と言いますのは、言うまでもなく日本全体が大きな変革期でありました。他の時代に比べれば、遙かに戦乱の多い時代でありました。それは古代社会が崩壊して、新しい中世社会ないしは、近代の社会というものを作りだそうとする、変革の時代でありました。そういう時代ですと人々は宗教に魅(ひ)かれていきます。宗教的関心はどの時代よりも強い時代であったと思います。それと同時に近代ほどではありませんけれども、人間が、他人とは異なる自分、自己の自我に気づき始める、そしてより強く、自己をみつめることが行なわれた時代であるというふうに私は考えております。

そのような時代によく生きる、あるいは良き死を選ぶために、この世の生を使い果たすという人生が有り、それが書き綴られていた。ひたすら生死の道、日常性を乗り越えようとして必死の修行を進め、死に方を求め、死の彼方からも生に意味を与えようとする、そういう人々の群があった、またそれを記録していた時代があった、と私は考えております。

それは主として院政期という時代にもっとも盛んになり、中世という時代を迎えて、あざやかに花を咲かせ、さらに近世を通じて記録されつづけていた、そういうものがあった。それがこれからお話しする往生伝の世界ということでございます。

いささか前置が長くなりましたが、これから一、二の往生譚を読み、私たち日本人の先祖が、死をどのように考え、死後の世界に何を望んでいたのかということの一端を考えてみたいと思います。

二、往生伝の成立

はじめに往生伝というものが、どういうプロセスで成立してきたのか、ということをご説明しておきたいと思います。資料として往生伝及びその関連事項をまとめました。また『往生要集』の項目を挙げ、簡単に内容を紹介しておきました。具体的に往生譚を読みながらこれらの資料に触れたいと思います。

はじめに往生伝がいかなるもので、どのように成立し展開したものであるかを見ておきたいと思います。

往生伝として最初に成立致しましたのは、慶滋保胤の『日本往生極楽記』でした。この作品を読んでみますと、序には保胤の阿弥陀信仰は四〇才を過ぎてから激しくなったと書かれておりますが、実際には四〇才以前の早い時期からあったようです。彼が大学の学生、当時の言葉で言いますと、大学寮の学生(がくしょう)であった頃の康保元年（九六四）から、学生たちと叡山の僧侶たちの間に、勧学会なる集会を主催しておりました。ここでは春秋二回会し、『法華経』の講読と法華経中の一句を題して詩を詠み合う（詩会）、それから阿弥陀の念仏等を行なうことを常としておりました。この会は二〇年ほど続いておりましたが、保胤が寛和二年（九八六）に出家して楞厳院(りょうごんいん)に籠ることとなり、自然解消したものです。保胤は出家の前後から源信という人と親交があり、二十五三昧会という念仏結社を組織しています。保胤と源信は念仏に関して盛んに意見を交換する機会が有ったようです。こうした中から源信は『往生要集』の執筆に、保胤は往生伝の編纂を進めて行ったもののようです。

二人に共通することは、源信は仏教教理は頑魯の者には困難であると言い、保胤は、一般衆生は智恵浅く、心の救いが理解できない。そこで実際に往生したものの伝を記すことで衆生の心を仏法に誘うと言っておりますので、既成の仏教教義が、難解であるにもかかわらず、教団の人々が易しく説くことの努力を怠っているとの思いであるようです。

この往生伝は浄土信仰が勃興してくる時代の、きわめて熾烈な信仰に支えられていた時代の記録として貴重なものとなりました。またこの二人の仕事の意味は、浄土というものは、悟りを開いた仏、あるいは悟りを開くべき菩薩の住む処のことですが、極楽浄土ばかりではなく数ある浄土の中から、阿弥陀様の住む極楽浄土をクローズアップしたところにも有ると言えましょう。そして阿弥陀の浄土に至る道として念仏を生み出した、というところにあります。

ここでもう一度『往生要集』の内容にもどっていただきますが、『往生要集』は全部で一〇項目に分かれています。まず最初の章段で「厭離穢土」ということを語っております。そしてこの世の三界六道、それを離れるべきことを説いております。そして人の世が苦汁に満ちたものであることと、地獄の恐ろしさを語り、浄土を願わなければならないということを書いています。次の「欣求浄土」のところでは、極楽へ往生することの楽しみを説いております。三章の「極楽の証拠」では、極楽の浄土が、他の浄土よりも優れているということを説いています。特に兜率の浄土を最初に取り出して、極楽浄土がその兜率の浄土よりも優れたものであると語っています。四章の「正修念仏」では、阿弥陀の観想ということを説いています。ここで源信が説いておりますす念仏は、観想念仏といわれるものです。これは極楽浄土というものを頭の中にイメージしながら、念仏を唱えていくというところにあります。五章の「助念の方法」は、四章の補助にあたるところで、源信の念仏観、往生には念仏が本をなす、と説いております。六章の「別時念仏」は、これまでの念仏を平生と臨終に分けています。ことに臨終の念仏について丁寧に語っています。七章以下はこれまでの補則的な部分になっています。「念仏の利益」（念仏を修することによって得るところの利益）、「念仏の証拠」（諸行の中から念仏を勧める根拠）、「往生の諸行」（極楽浄土に往生するための念仏以外の行業）、「問答料簡」となっております。この中では、地獄の恐さ、極楽の楽しさ、念仏の方法等が重要な意味をもっているでしょう。

三、往生伝を読む

具体的に往生伝を読んでみたいと思います。

まず『日本往生極楽記』の中の一つです。原文を読むことは省略させていただき、私の解釈を申し上げます。

一、勝如の伝

勝尾寺の住僧勝如は、寺とは別に草庵を構え、そこに籠居し、一〇年余にわたって無言の行を続けておりました。弟子さえも顔を合わせることは稀でした。それが昨晩のこと、時ならぬ時刻にコツコツと戸を叩く音が致します。言葉断ちの修行中でありましたので、「どなたじゃ」とも声をかけることができませんでした。ただ「ごほん」と咳払いをして見せたところ、来訪者もことを察したようで、

「私は播磨の国賀古の駅の北に住居する沙弥で、教信と申します。これより極楽に参ります。あなたさまは明年の今月、極楽よりお迎えをえらるる由、お伝えすべく参上致しました次第。」

とだけ言って立ち去って行きました。

緊張で眠れぬ夜を過ごした勝如は、翌朝、弟子の勝鑑を賀古の駅に走らせました。

勝鑑は次のように衝撃的な報告を致します。

「駅の北には竹の庵がございまして、そこに無残な死体が横たわり、狗どもが群がっておりました。庵の中を覗きますと、老女と一人の子供がおり、共に肩を震わせて泣いておりました。わけを尋ねますと、死人は私の夫で沙弥教信でございます。一生の間、寝ても覚めても、阿弥陀の名号を唱えておりました。里の人々からは阿弥陀丸と呼ばれていたくらいでございます。この年になって後に残されたのが悲しうございます。」

これを聞いて勝如はしみじみと言いました。「私の無言の行は、教信の念仏に遙かに及ばぬ。」

その後勝如は、翻然として無言の行を止め、集落に出向いては、念仏を唱え、人にも勧め、ついに予告された一年の後に、忽然として入寂致しました。

こういう話でございます。

ここで少しだけ言葉の背景を説明させていただきますと、「沙弥」というのは、本来は出家して十戒を守って具足戒を受けて僧侶になるのですが、その僧侶になる前の男子のことを言います。奈良時代には中国の律令制度をまねて、律令制をとりました。それにより僧侶になるにも国家の承認が必要だったわけです。しかし制度の弛みが生じますと税金を逃れるために僧侶になるものも現われます。政府による官製の仏教にあきたらず、より真摯な仏教を求めて、寺に属さず在野にあって修行にはげむ僧侶たちもおりました。この中には妻子を持っているものもおりました。『日本霊異記』という説話集には、このような僧侶たちが多く描かれています。剃髪しながら妻子を持って家業を営んでいた僧侶たちのことも沙弥と言っております。この教信も沙弥であり妻子を伴っていたのです。

説話にもどりますと、この勝如という人物は、他の資料、たとえば『元亨釈書』などの資料に拠りますと、天応元年（七八一）に生れ、貞観八年（八六六）の八月に入寂しておりますので、教信の来訪を受けましたのは、その前年八四才の時ということになります。そのときすでに無言の行を続けて五〇年余りを経過していたことになります。

さてここで注意していただきたいのは、勝鑑の報告を聞いた勝如が発した言葉です。彼は何と言ったかと申しますと「我の言語なきは、教信の念仏にしかず」とだけ言ったわけです。その屍は犬に喰われていたのです。妻子は庵の中で泣き悲しんでいたのです。その教信の屍への慨嘆でもなければ、悲しみに泣く遺族への同情でもありませんでした。勝如にとって問題であったのは、極楽往生への確実な手立てでありました。勝如にとって教信の死の確認は、教信が疑いもなき往生人であり、我もまた往生人へのお墨つきを得られた喜びでありました。同時に尊敬する教信の生き方へ自分の転向でもありました。それが勝如をして

無言の行から念仏へ
閑居の修善から巷での勧進布教へ

と大きな転向をなさしめたのです。彼の五〇年にあまる精進は、往生への切符をえさしめ、念仏こそが最上の往生行であることを確信させたのです。

そして教信の往生を最初に語ったのは、往生譚が成立するには、その往生を語った人、往生を認めた承認者が必要ですが、それは悲嘆に暮れる妻であり、次には念仏行者勝鑑でありました。

次の『拾遺往生伝』の阿闍梨聖金の伝は、毎日の念仏一万遍、極楽浄土の変像（仏の本生や、仏、菩薩、浄土の変現の相を画図彫刻したもの）等々とありますように、きわめて困難な修行を続けた結果、往生したことが記されています。

ところで源信が教え説いた念仏思想は、いくつかある浄土往生の中から、阿弥陀様のおられる極楽浄土を選び、それにいたる方法の一つとして、念仏行を取り上げたことでした。ここでの念仏は、観想念仏と言われるもので、浄土の様子を頭の中に思い浮べながら、たくさんの念仏を唱えるというものでありました。最近、スポーツ選手の間で行なわれているイメージトレーニングのようなものであろうと思います。オリンピックで銅メダルをとりました黒岩選手のトレーニングの中にこれがありました。これは察しますに、自分の最良の状態を頭の中に思い浮かべ、万全の状態でレースをしていることを頭の中に描き続けることのようです。おそらく、この観想念仏というものは、まさにイメージトレーニングの様なものであったと思います。極楽浄土の様子を頭の中に思い浮べながらその上で念仏を唱えて、ひたすらに往生を信じていく、そういうものであったのでございます。ところが、極楽のイメージを思い浮べると言っても、誰も見たことのない世界です。見たこともない世界を思い描くことは大変難しいわけです。

皆様も本日、いらっしゃる前に、「往生伝の世界」という題を聞き、それを講演する人間はどんな様子であろうかと、想像なさったことでしょう。ある方はもう少し歳をとつた貫禄のある人を想像されたでしょう。あるいはもっと若々しい人を期待された方もあったかと思います。その想像と、いま目の前にある現実とは、多少違っていると思います。しかしそれはあくまでも多少の違いであったかと思います。多少の違いで済んだと思いますのは、皆様が人間を知っているからです。大学にいる人間が、たとえどこから来た人であろうと、普通の人間であることは、常識としてわかっていて、その常識としてわかっている範囲のイメージ、そこから思い描いていたはずです。

ところがこの当時の人々にとって極楽とは、何によって知るかと言いますと、経典の中や、源信の『往生要集』の中の文字を通して知ったわけです。見たことがないわけです。きわめて抽象的な世界なのです。

ちょっと話はそれますが、人間が抽象的な思考ができるようになったのは、それほど古い歴史ではないわけです。『万葉集』の時代の人たちは、抽象的な思考はできなかったと私は思っております。たとえばこういうふうに爪があるわけです。それがこの掌（たなごころ）のところで一つになっているわけです。つまりある現象があって、それが分析され、抽象化されると一つにまとまるという様な思考はできなかった、と思うのです。つまり、極楽浄土と言ってもですね、それをイメージすること、観想することは、きわめて難しかったのだ、ということです。経典の中に書かれていることであり、誰も見たことのない世界です。何かのより所がなければ、決して簡単に思い浮べられるものではなかったのです。

そこで権力や財力の有るものは、極楽浄土をこの世の中に作り出し、そこで念仏を唱えようと考えました。藤原頼通（「この世をばわが世とぞ思ふ望月のかけたることもなしと思へば」の和歌で知られる権力の頂点を極めた道長の長男です）が、宇治の別荘を仏寺としてそこに阿弥陀堂を建てたのも、この世の中に極楽を作らんとする試みでありました。こうした動きは都の貴族のみならず、地方の有力な武士たちにも広がっていきました。現存する浄土教建築で見ますと（プリント一枚目参照）、天治元年（一一二四）に藤原清衡の建てました中尊寺の金色堂も、永暦元年（一一六〇）に岩城則道の室が建てました白水の阿弥陀堂もその浄土教建築であります。これらは今日から見ますと浄土教というものが、いかに当時の人々の心を捉え、かつ広範囲に普及していたかをしのぶ、貴重な資料と申せましょう。ちなみに平安時代に造立された阿弥陀堂で現存しておりますのは、いま申し上げました三つの外に、京都の外れの国宝三重の搭で知られる浄瑠璃寺の阿弥陀堂を加えました四つだけであります。白水の阿弥陀堂はきわめて貴重な文化財なのです。

つまり浄土を観想するということは、きわめて難しいことでありましたので、観想できるように具体的なものを作ろうとしたということであります。

しかし観想することも困難でありましたが、念仏をたくさん唱えることも大変困難なことでありました。さらにその他の補助法、たとえば『法華経』を読むなどですが、これも行なわなければならなかったのです。ことに一般の庶民にとっては、まだまだ余りにも遠く、時間と金を要する貴族的な仏教でありました。やがて人々は、もう少し緩やかな方法で極楽に救われることを望みます。

ここに登場してくるのが法然上人でありました。法然の思想的変遷をたどってみますと、法然は比叡山第一の学僧と言われておりました。最初の頃は『往生要集』に傾倒していた時代がありました。次に中国浄土教の善導和尚に傾倒し、彼の著作を読みあさっていた時代もありました。そうした時代を経過して、やがて自らの主体、自らが如何に生きるべきかについて、一つの選択を見い出します。それはこの法然の時代が、仏教伝来すでに五百数十年が経過しており、さまざまな教えが中国から入ってきておりました。仏教の様々な実践行の中から、念仏ただ一つを選択したのです。余行をいっさい捨て念仏のみの行を選びとったのです。法然の代表的な著作として『選択本願念仏集』がございますが、漢字では「選択」と書きますが、その選択とは、様々な実践行の中から念仏一つを選びとったという意味でございます。念仏以外の余行をいっさい捨てて念仏だけを選びとったということです。

法然がこのような思想に達しました時、それはちょうど、古代社会が崩れ去り、新しい中世社会が生れようとしている時代でありました。源信が念仏を説きましてから、二百数十年、その間に大きく時代は変化致しました。

次に三つ目にあげました橘大夫の往生譚を読んでみましょう。

二、橘大夫の往生譚

これも全部読んでおりますと時間がなくなりますので、先ほどの様に説明させていただきます。

伊予の国の老国司が死にました。長い間生活を共にしてきたその妻の目にさえ、徹底した背教者としか映らなかった人でした。まちがいなく彼は地獄行きであろうと人々は思っておりました。ところが意外にも瑞相めでたく極楽往生を遂げたのでした。そこにいかなる事情が隠されていたのかと誰しもが興味をひかれました。今から考えますと、この老人にも晩年ひそかに発心がおとずれていたのでした。妻の証言に拠りますと、おととしの六月頃から、毎日夕方になると必ず、一枚の紙をとりだして西に向って読んでいたということでした。さらにその紙を調べてみますと、彼が毎日読んでいたのは、十念往生の願文で、万一最後の十念を欠くような不慮の障害の際にも、平生の十念をもってこれに代え、極楽往生させてほしいという趣旨が記されていました。「十念往生」と申しますのは、死の直前に唱える十度の念仏のことですが、『往生要集』(中)には、「臨終の一念は百年の業に優る」と書いてあります。臨終の一念、死ぬ直前の一回の念仏というのは、一〇〇年間の修行にも勝る効果があるということです。本文の方を見ていただきますと、終りの方に「これを見る人、涙を落として貴びけり」とあります。その後に「その後、あまねくこの文を書き採りて、信じ行ひて、証を見たる人多かりけり」と書かれております。橘大夫守助の十念往生の願文を多くの人が書き写し持っていたとあることです。これに符合する事実が発見されています。実は確かな証拠が残されていたのです。京都に醍醐寺という古刹がありますが、ここに成賢という僧侶の書いた『臨終行儀』一巻が、伝存しております。ここに守助は、仏教に対して大変な悪人であったが、この願文によって往生を遂げた。よってこれを書き写して所持する、という趣旨のことが書かれているのです。これから見ますと、守助の往生は、当時から世間の評判となり、願文を書き写してその行為を模倣しようとする者が多かったことを示しています。彼の往生は当時の人々の大多数によって信じられていたのです。

この往生譚の提起する重要な宗教的主題は、最後の十念の重さを説くと共に、実践方法や、修行の期間を問わず、要はただ熱心に求めさえすれば、往生は可能だとする、そこに有るのです。

これは、これまでの往生観とかなり違った側面を見せています。守助の往生譚は、厳しく苛酷な修行の結果往生したというような話ではなく、普段はたいしたことを行なっていなかったけれども、最後の十念をきちんと唱えたことによって往生できた、という話になっているわけです。

この往生譚を書きとどめたのは、『方丈記』で知られる鴨長明ですけれども、彼はこの話を「常に無常を思ひて、往生を心にかけんこと、要が中の要なり」と言いきっております。鴨長明は、往生に至ろうとする人間の心の在り方そのものを問題にしているのです。またこの往生譚を伝えております『発心集』は、中世になってから成立してきた説話集です。院政期に成立した往生伝では、往生が実現したかどうか、その往生を誰が確認したか、というようなことが中心でした。また古代の往生譚では、往生をひたすら信じ修行にうちこむ強い人間が好まれ、とりあげられておりましたが、中世になりますと、文学の主題としても、弱い人間、社会の脱落者と見られるような人間、そういう人たちにも目が向けられてきているのです。

さて往生伝は、源信の『往生要集』の深い影響下にありましたので、阿弥陀の西方極楽浄土への往生を中心に展開してきました。今日はその往生伝を二つ読んでみたわけです。しかし浄土はこの西方極楽浄土の他にも、弥勒菩薩のおります兜率天があります。観音菩薩のおります補陀落世界、さらに薬師仏のおります東方浄瑠璃世界、阿閦仏の東方妙喜世界等が有ります。往生伝の中には、圧倒的に極楽浄土への往生が多いのですが、極楽浄土以外への往生譚もいくつかあります。それらの中から一つ取上げてみましょう。

三、補陀落往生

すなわち補陀落世界への往生譚を読んでみたいと思います。これも前の二話と同じように、私の解釈で説明させていただきます。


長い間往生を願っていたさる入道は、病気によって死ぬことを極度に怖れました。臨終の時、病気にうち負けて意識を失い、そのため往生を念じて息を引取れなかったならば、どうなるか、という心配を致します。そのため、「病なくて死なんばかりこそ、臨終正念ならめ」と考えました。臨終正念と申しますのは、臨終の際に心乱れず、仏を信じ、往生を疑わない心を持って往生していくことですが、病気になって、気が弱くなりますと、強い心で往生を迎えられないのではないか、そのことを彼は心配したのでした。そこで彼は、なんと身燈しようと考えたのでした。身燈というのはわが身に火を点じて燃やし、仏にまつる灯(ともしび)とすることです。簡単に申しますと焼身往生を図ろうとしたのです。彼は何をしたかと申しますと、総身を燃やして仏に供養するために、鋤を真っ赤になるまで焼いて、左右の脇に挟みます。目もあてられぬすごさだったのですが、彼はそれを「ことにもあらざりけり」と言って、中止してしまいました。身体が燃え上がらなかったからです。

そうした中で、ふと心に思い当ることが有りました。身を殺して極楽へ参るのでは意味がないではないか。凡夫のことだから最後になって往生への疑問が生じないとも限らない、と思ったのです。そこで彼は「補陀落山こそ、この世の中のうちにて、この身ながらも詣でぬべきところなれ。しからばかれへ詣でん」と思ったのです。補陀落山というところは、この世の中にあるもので、このまま生きたままで詣でるところである、それならばそこに行こうではないか、と彼は考えたわけです。そこで彼は用意周到な計画を立てます。まず土佐の国の知人を頼って行き、そこで小舟一つを作り、朝夕これに乗り漁師についてかじ取りをならったのです。その後そのかじ取りと交渉して「北風のたゆみなく吹き強まりぬらん時は、告げよ」と頼み込んで承知させたのでした。ついに北風のくる季節となりました。男はただ一人南を指して漕ぎ出して行ったのです。

補陀落の世界を信じ、かじ取りを練習して北風を選んで船出して行ったこの男は、強烈な意志と、用意周到な計画性を持った男でした。言うまでもなく後に残された妻子は泣き悲しみました。また時の人たちは、「心ざしの至り浅からず、必ず参りぬらん」と、その強烈な意志を評価し、その補陀落往生を信じきっておりました。

この話を書き留めた著者の鴨長明は、「賀東ひじりの跡を追うとして補陀落に出かけて行ったのであろう」と結びました。これは『地蔵菩薩霊験記』という説話集の中に、長徳三年（九九七）に四国の足摺岬から船出して行った賀登上人のことが載っておりますが、そのことを指しています。補陀落渡海には先例があったのです。

熊野の浄土教を管理した、新宮の本願である梅本庵主に伝わる『熊野年代記』には、

貞観十年（八六八）、慶龍上人
延喜十九年（九一九）、祐真上人、奥州の人十三人を道行渡海
天承元年（一一三一）、高巌上人

と、補陀落に出かけていった人のことを記録しています。驚くべきことに、これのみならず鎌倉幕府の正史である『吾妻鏡』にも補陀落往生が記録されています。天福元年（一二三三）五月二七日の条に、去る三月七日に熊野那智浦から、智定房という僧が、補陀落山へ渡ったとのことを、鎌倉で聞いたこととして記録しているのです。これによりますと、渡海の準備は三〇日分の食べ物と油を積んで、屋形舟に乗り、外から釘で密閉して貰ったものだと書かれています。

ところで補陀落山は、インドの南海岸にある山で、そこに観音菩薩が住んでいるとされています。その位置はインドの外に、

中国の揚子江口に近い舟山列島の普陀山、落迦山との説もあります。チベットのラサという説もあります。この補陀落信仰とは何であるかということについていくつかの考えがあります。そのすべてを紹介するわけには参りませんが、その一つだけを紹介致します。『熊野那智参詣曼荼羅』というものがございます。これは熊野大社、那智大社の参詣を絵画化したものですが、この曼荼羅の下方の方に船が描かれております。明らかに補陀落往生者の船と思われますが、この船の絵をみますと、もがり船と解釈できます。そう致しますと補陀落渡海を水葬儀礼と解釈することも可能であると思います。事実そう解釈している人もあります。

『吾妻鏡』に記されたところは、三〇日分の食料と油を積んだということですから、生きながらそこに行ったことを信じようとしていたはずであります。再び『発心集』の往生譚に戻ってみたいと思います。ここでは補陀落への渡海を「かならずまいりぬらん」と見ておりました。一方、この説話には、三宝の功徳の宣伝、誇示はまったく見られません。ただここにあるものは、いかに我が身を攻め、いかに救いを求めたかの信仰の実践のプロセスだけです。それだけを問題にしているのです。また船出のさまの描写を見ますと、「妻子ありけれど、……なき悲しみける」とあります。用意周到な計画の上に我が身は生きながら観音菩薩の国へ詣でようとしているのに、なぜか妻子を同行しようとはしていないのです。これはいったい何を意味しているのでしょうか。

私は熱しきった信仰心の中の冷やかな自覚を思います。主観としての補陀落世界、これは《生》の世界です。客観としての補陀落渡海、これは《死》の世界です。これらが微妙に重なりあって、その微妙な重なり合いの意識の中に、この説話が形成されていると思います。

四、往生伝の成立とその展開

以上によって往生譚を三つほど読みながら、往生伝が浄土教の思想と共に展開してきたことを見てまいりました。

従来の研究では、往生伝は、古代社会の院政期に盛んになり、中世に入ると消滅し、近世になって突然復活するというふうに考えられてきました。しかし中世においても盛んに編纂され続けていたのです。プリントを見ていただければおわかりいただけると思います。この他にも『蓮門類聚経籍録』（寛保年間一七四一～四四成立の浄土真宗の書籍目録）や、『浄土真宗教典志』（安永七年一七七八成立の浄土真宗の書籍目録）等を見ますと、多くの往生伝があったことがわかります。その多くが現存せず、今はなくなってしまっている（佚書）のです。

一方、中世の他のジャンルの作品を見ますと、たとえば説話集や軍記物、ことに『平家物語』ですが、ここに往生伝がちりばめられております。また文学的にもおもしろく展開しております。

さらに中世では、法然や親鸞の著作類がたくさん読まれていました。法然の『選択本願念仏集』、親鸞で言えば、『教行信証』、そのような作品が書かれ、読まれておりました。また、仏教者たちの言葉を綴った法語の類、たとえば『一言芳談』のような法語類も読まれていたようです。さらに色々な往生論が書かれ、読まれておりました。

このようなところから考えてみますと、中世は往生が伝によって語られる時代ではなく、論によって語られ、実践する時代になっていたことがわかります。このような時代の変化が往生伝の相対的な位置を軽くし、その結果現存するものが少なくなっているのであると考えられます。

近世の往生伝を見ますと、圧倒的に浄土真宗の僧侶による編纂物が多くなっております。明らかに布教手段として位置付けられていたようです。

その時代によって変化はありながらも、ずっと書きつがれ、語られているのです。現代においても、通夜の席などでよくその人のことを語り合います。その時何か一つでも仏様への供養を強調して語ることがあると思います。それらは往生伝を語る歴史の中に位置付けられるのだと思います。このように往生伝というものは、時代を超えて今日にまで語り伝えられてきています。それは人間が生と死を真剣に追及して生きている限り、絶えることのない主題でもあります。

五、おわりに

死後の世界の存在を堅く信じながら生きていた人々がいたのです。彼等は現世的な幸福の追及をさけ、自己の内なる俗的な欲望を押し殺しました。それを超越した境地に至ろうとしました。このことは別な見方をすれば、この世の生を使い果たす、人生を全うするということでもありました。この世の人生を仏の前に充実させるということ、それがこれらの話の主題になっていたわけです。そして生の意識と死の意識の微妙な重なりあいの中にこれらの話が存在していたわけです。生と死との間に簡単に線を引くようなことは不可能だったのです。このように考えた時、私たちはこれら過去の往生者との間にどれだけの隔たりがあるのでしょうか。

冒頭に申し上げた死の定義をめぐる論争に関連づけて申し上げるならば、ここで見てきたような生・死の問題を十分検討することなしに脳死が定義付けられていくならば、感覚的、感情的に納得のいかないことが多くなるのではないかと思うのです。医療技術も含め、科学技術と人間の幸福とはいかなる関係にあるのだろうか。といった哲学こそ、いま重要なのだろうと思います。

統一テーマに関して

今回の統一テーマは、国際化の中の日本ということでした。私もここ十数年来外国に行く機会が多くなりました。また国際会議等で外国の方を迎える機会も多くありました。そこでの印象を申し上げて結びたいと思います。外国に永く住んでいる日本人、彼等から常に求められるものは、日本に関し、日本の文化に関し、熱心に質問され、議論することであります。外国で何年か暮していている者のだいたいの共通したパターンだと思います。こうした現象の背景は、彼等日本人が、外国という異文化の中で生活し、その結果として日本を、ふるさとをもう一度知りたくなってきたことにあるでしょう。それは同時に彼等の接している外国人が、おしなべて自分たちの文化をかたくなに守って生きている、そういう姿を見たことも影響していることでしょう。

このことは国際化ということの原点を明確に示しているように思います。つまり国際化の第一歩は、己をよく知ること、日本の文化を愛し理解することにあると思います。その上ではじめて相手の文化がよく理解できるのです。それからはじめて国際的な協調が成り立つものであると思います。日本の独自性、日本的なことと思っていたことを外国で見かけることもよくあります。そこから自分の信じていた日本的なるものとは何であったのか。根源的な疑問にとりつかれます。こうして観念的な日本論を脱却して国際人に近付くのであると思います。そうなった時が真の国際人であり、国際化であると考えます。

私がここでお話し致しましたことが、自分たち自身を知る、日本を日本人を知る、考える一つのきっかけになりますならば幸いです。

資料1　往生伝およびその関連事項年表

	往生伝	往生伝を多く含む説話集	関連事項
永観二年（九八四）～			往生要集（源信）
寛和元年			
寛和元年（九八五）頃	日本往生極楽記（慶保胤）		
	楞厳院二十五三昧結縁過去帳		
長久年間（一〇四〇～四四）	大日本国法華経験記（鎮源）		頼通、宇治の別業を仏寺平等院とする
			頼通、平等院阿弥陀堂供養
康和三年（一一〇一）以後	続本朝往生伝（大江匡房）		
天仁二年（一一〇九）以前	本朝神仙伝（大江匡房）		
天永二年（一一一一）頃	拾遺往生伝（三善為康）		
保延三年（一一三七）後	後拾遺往生伝（三善為康）		
保延五年（一一三九）後	三外往生記（沙弥蓮禅＝藤原資基）	今昔物語集	
仁平元年（一一五一）	本朝新修往生伝（藤原宗友）		

英暦元年（一一六〇）			白水の阿弥陀堂建立 源空（法然）専修念仏
文治の頃（一一八五〜九〇）	高野山往生伝（法界寺沙門如寂＝日野資長） 金撰往生伝（証真）	宇治拾遺物語 発心集（鴨長明）	
建保五年（一二一七）	三井往生伝（昇蓮）		
承久四年（一二二二）頃		閑居友（慶政）	
元仁元年（一二二四）			親鸞　浄土真宗 歎異抄（唯円）
正嘉元年（一二五七）		私聚百因縁集（住信）	
文永の頃（一二七〇）	[念仏往生伝（行仙）] 法然上人絵伝		一言芳談
永仁五年（一二九七）	[三国往生伝]（普通唱導集の内、佚書）		
室町中期		三国伝記（玄棟）	
万治元年（一六五八）	扶桑往生伝（勇大）		
寛文五年（一六六五）	和漢往生伝		
延宝元年（一六七三）	扶桑寄帰往生伝（独湛性瑩）		
貞享二年（一六八五）	女人往生伝（向西）		
元禄元年（一六八八）	緇白往生伝（了智）		
同　二年（一六八九）	浄土勧化往生伝		
同　八年（一六九五）	近世往生伝（如幻明春）		
同一〇四年（一七〇一）	妙祐往生伝（渋谷芳忠）		
正徳元年（一七一一）	新聞顕験往生伝（珂然、真宗）		
享保一六年（一七三一）	遂懐往生伝（龍淵）		

元文二年（一七三七）	新撰往生伝（性均） 待定法師忍行念仏伝（月泉）		
元文五年（一七四〇）	遺身往生伝（大法、真宗） 現証往生伝（桂鳳）		
天明五年（一七八五）	随聞往生記（関通）		
同　六年（一七八六）	勢州緇素往生験記（大順）		
文化三年（一八〇六）	近世念仏往生伝（隆円）		
文久三年（一八六三）	専念往生伝（音空）		
慶応元年（一八六五）	入水往生伝		

資料2　『往生要集』（源信）の内容

序　往生極楽の教えは濁世末代の目足であること
　仏教修行は自分のような頑魯の者には困難である。↓念仏の一門を書く。

第1　厭離穢土　三界六道を厭離すべきこと。地獄の恐ろしさ。浄土の願い。

第2　欣求浄土　極楽に往生する楽しみ。

第3　極楽の証拠　極楽の浄土が他の浄土よりも優れている、ことに兜率よりも。

第4　正修念仏　阿弥陀仏の観想、往生の想を抱いての称念。

第5　助念の方法　源信の念仏観。往生には念仏が本をなす。

第6　別時念仏　平生と臨終の念仏、病者に対する念仏の勧め方。

第7　念仏の利益

第8　念仏の証拠

第9　往生の修行

第10　問答料簡

資料3　往生譚を読む

(1) 摂津の国島下郡勝尾寺の住僧勝如は、別に草庵を造て、その中に蟄居せり。十余年の間言語を禁断す。弟子童子、相見ること稀なり。夜中に人あり、来たりて柴の戸を叩きぬ。勝如言語を忌むをもて、問ふことを得ず。ただ咳（しはぶき）の声をもて、人ありと知らしむ。戸外にて陳べて云く、我はこれ播磨の国賀古郡賀古駅の北の辺に居住せる沙弥教信なり。今日極楽に往生せむと欲す。上人年月ありて、その迎へを得べし。この由を告げむがために、故にもて来れるなりといふ。言訖りて去りぬ。

勝如驚き怪びて、明旦弟子の僧勝鑑を遣し、かの処を尋ねしめ真偽を撿せむと欲せり。勝鑑還り来たりて曰く、駅の家の北に竹の廬あり。廬の前に死人あり。群がれる狗競ひ食せり。廬の内に一の老嫗・一の童子あり。相共に哀哭せり。勝鑑便ち悲べる情を問ふに、嫗の曰く、死人はこれ我が夫沙弥教信なり。一生の間弥陀の号を称へて、昼夜休まず、もて己の業となせり。隣里の雇ひ用ゐるの人、呼びて阿弥陀丸となす。今嫗老いて後に相別れぬ。これをもて哭くなり。この童子は即ち教信の児なりといへり。勝如この言を聞きて自ら謂へらく、我の言語なきは、教信の念仏に如かずとおもへり。故に聚落に往き詣りて自他念仏す。期の月に及びて、急ちにもて入滅せり。（『日本往生極楽記』原漢文）

(2) 阿闍梨聖金は、元慶寺の住侶なり。山城国乙訓郡石作寺に籠居して、十五年往生の行を修せり。毎日の三時に弥陀の供養法を修して、毎日の六時に念仏一万遍、十二時に時を逐ひて礼拝すること百遍なり。長和四年二月、謂ひて曰く、我が命の限りは、ただ今年にありといへり。同じき七月二十三日、風病更に発りぬ。その十月の中、極楽浄土の変像を迎へ奉りて、一向に念仏せり。（略）善知識をして、往生要集の中の臨終の行儀を、義理を問答せしめて、悲しび泣き涙をおとせり。（以下略）（『拾遺往生伝』下）

(3) 橘大夫発願往生の事

中ごろ、常盤の橘大夫守助といふものあり。年八十にあまりて、仏法を知らず、斎日といへども、精進せず。法師を見れども、貴む心なし。もし、教へ勧むる人あれば、返ってこれをあざむく。すべて愚痴極れる人とぞ見えける。而るを伊予の国に知る処ありて下りけり。ころは永長の秋、異る病もなくて、臨終正念にして往生せり。須磨の方より紫の雲あらはれて、馨しき香充ち満ちて、目出度き瑞相あらたなりけり。これを見る人あやしんで、その妻に「いかなる勤をかせし」と問ふ。妻が言はく、「心もとより邪見にて功徳つくることなし。但し、おととしの六月より、夕べごとに、不浄をかへりみず、衣服をととのへず、西に向うて、一枚ばかりなる文を読みて、掌を合せてをがむことこそありしか」と言ふ。その文を尋ね出して見るに、発願の文あり。その詞に言はく、「弟子敬って西方極楽化主阿弥陀如来観音勢至諸々の聖衆を驚して申す。我受けがたき人身を受けて、たまたま仏法に遇へりといへども、心もとより愚痴にして、更に勤め行ふことなし。徒に明かし暮して、空しく三途に帰りなんとす。然るを、阿弥陀如来、我等と縁深くおはしますに依って、濁れる末の世の衆生を救はんがため、大願を発し給へることありき。その趣を尋ぬれば、たとひ四重五逆を作れる人なりとも、命終らん時、我が国に生れんと願ひ、南無阿弥陀仏と十度申さば、必ず迎へんと誓ひ給へり。今この本願を憑むが故に、今日より後、命を限にて夕ごとに西に向ひて宝号をとなふ。願はくは、今夜まどろめるうちにも命尽きなんことあらば、これを終りの十念として、本願あやまたず、極楽へ迎へ給へ。たとひ残りの命あって、こよひ過ぎたりとも、終り願ひの如くならずして、弥陀を唱へずは、日ごろの念仏を以て終りの十念とせん。我罪重しといへども、いまだ五逆を作らず。功徳少しといへども、深く極楽を願ふ。即ち本願にそむくことなし。必ず引摂し給へ」と書けり。これを見る人、涙を落して貴びけり。その後、あまねくこの文を書き採りて、信じ行ひて、証を見たる人多かりけり。

また、ある聖人、かやうに発願の文をよむことはなけれども、夜まどろめるほかには、時のかはるごとに最後の思を成して、十念を唱へつつ、これればかりを行として、往生をとげたりとなん。勤るところは少なけれども、常に無常を思ひて、往生を心にかけんこと、要が中の要なり。「もし人、心に忘れず極楽を思へば、命終る時、必ず生ず。たとへば、樹のまがれる方へ倒るるが如し」なんど言へり。(『発心集』第二)

(4) ある禅師補陀落山に詣づる事 付けたり 賀東上人の事

近く讃岐の三位といふ人いまそかり。かの乳母の男にて、年ごろ往生を願ふ入道ありけり。心に思ひけるやう、この身のあり様、よろづのこと心に叶はず、もし悪しき病なんど受けて、終り思ふやうならずは、本意とげんこと極めてかたし。病なくて死なんばかりこそ、臨終正念ならめと思ひて、身燈せんと思ふ。さても堪へぬべきかとて、鍬(すき)といふものを二つあかくなるまで焼きて、左右の脇にさしはさみて、しばしばかりあるに、焼け焦るる様目も当てられず。とばかりありて、「ことにもあらざりけり」と言ひて、その構へどもしける程に、又思ふやう、身燈はやすくしつべし。されど、この生を改めて極楽へまうでん詮もなく、又凡夫なれば、もし終りに至りて、いかがなほ疑ふ心もあらん。補陀落山こそ、この世の中のうちにて、この身ながらも詣でぬべき所なれ。しからば、かれへ詣でんと思ふなり。又即ち脇をつくろひやめて、土佐の國に知る所ありければ、行きて、新しき小舟一つまうけて、朝夕これに乗りて、梶取るわざを習ふ。その後、梶取りを語らひ、「北風のたゆみなく吹き強りぬらん時は、告げよ」と契りて、その風を待ち得て、かの小舟に帆かけて、ただ一人乗りて、南を指して去りにけり。妻子ありけれど、か程に思ひ立ちたることなれば、留むるにかひなし。空しく行きかくれぬる方を見やりてなん、泣き悲しみける。これを時の人、心ざしの至り浅からず、必ず参りぬらんとぞ推し測りける。一条院の御時も、賀東ひじりといひける人、この定にしてぞ、弟子独り相具して参られける由を、人々語り伝へけり。その跡を追ひけるにや。(『発心集』第三)

5 中世往生伝をめぐる諸問題
――『高野山往生伝』の編者如寂を中心に――

一、はじめに――往生を語る伝統とその喪失の危機

通夜の席で誰とはなしに故人の信仰心を語る。特別信仰心の厚い人ではなかったとしても誰かが故人の仏教信仰を語り出す。皆が相づちを打って、ある者は逸話を加えていく。これが私の体験している通夜であった。このことは往生を語ることにつながっている。故人を往生に誘い、そこに自らと結ぶ、結縁として語られていた。体験するたびに『中右記』に語られていた往生語りを思い出し、往生語りの伝統が脈々として続いていることを感じていた。[注1]

しかし最近はこのようなことが無くなったように思う。私の住む田舎でも葬儀を家庭で行うことはほとんどなくなりセレモニーホールで行うことが多くなった。セレモニーホールには多くの人が宿泊して通夜をするような場所がない。葬儀屋は通夜の形式化を推し進め通夜の本質を失わせている。同時に往生語りの喪失が急速に進んでいる。加えて二〇一一年三月の東日本を襲った大災害。崩れたお墓の前で途方に暮れる人々、避難している住職、ばらばらになる家族、私たちの文化の中で、お墓参りのかたちで結ばれていた家族的な絆もまた喪失の危機にある。

日本文化の根底にある仏教、日本人の仏心、是をキーとしてつながる家族。日本文化の中には往生を語る伝統と先祖を大切に供養する精神があった。この伝統は、「あの世」に往生した人々の往生の様を語る往生伝を形成してきた。この日本文化の伝統

は今急速に失われつつあるようにみえる。

二、無視される中世往生伝

往生を語ることがつい最近まで身近に存在していたことを考えると、古代社会には往生伝が編纂され、中世ではなくなり、近世で再び編纂されたなどという解釈には大きな疑問を持たざるを得ない。

中世往生伝の研究を振り返ると、一九三三年に熊原政男によって「残闕本「念仏往生伝」の発見」が報告され[注2]、続いて宮崎円遵による「金沢文庫新出の往生伝」[注3]、三谷光順の「金沢文庫新出念仏往生伝（仮題）について」[注4]が発表された。一九五一年には家永三郎の「金沢文庫本念仏往生伝の研究」が発表された[注5]。家永の研究は法然浄土門の宗教活動の中に作品成立を位置づけたものであった。この家永の研究を受け止めたのは歴史学の世界ではなく、国文学者の永井義憲であった。永井は一九五六年三月に撰者行仙を明らかにして[注6]、念仏聖の問題を文学研究の側で対象化する糸口を作ったのである。

田嶋は一九七三年六月、教林文庫蔵の『三井往生伝』を紹介し[注7]、一九七八年一一月には、小峯和明、播磨光寿とともに「教林文庫蔵『三井往生伝』翻刻と研究」を発表し[注8]、中世往生伝の作品を明らかにした。一九七九年七月には「『三井往生伝』編者考」によって編者昇蓮が法然門徒の念仏聖であることを明らかにして[注9]、永井義憲の研究につなげた。さらに一九八五年三月には「中世往生伝研究――往生伝の諸相と作品構造――」を発表し[注10]、中世往生伝の存在を実証し、その文学的、歴史的意義も明らかにした。この間、志村有弘も『往生伝研究序説――説話文学の一側面』を公刊し[注11]、その中に『三井往生伝』を紹介・分析した。このように中世往生伝についてその存在と歴史的な意義づけが行われていたのであるが、中世往生伝の研究はなかなか認知されなかった。

一九七四年、井上光貞は『往生伝・法華験記』（日本思想大系）の文献解題の中で、鎌倉時代にも、天台僧証真の『新撰往生伝』等が『蓮門類聚経籍録』『浄土真宗教典志』等に著録されているが今日には伝わらず、蒙古襲来のころ行仙の編んだ『念仏往生伝』（仮称）が残簡ながら現存する。往生伝は江戸時代に入るとまた多く作られるが、以上はそれとは別のグループをなして平安朝に特有なものであり、鎌倉中期の『念仏往生伝』の如きもその残照というべきものである[注12]」として中世往生伝はほぼ否定した。一九八三年、『日本古典文学大辞典』の「往生伝」を担当した平林盛得も「（鎌倉時代）完全なものは知られておらず、わずかに行仙著『念仏往生伝』（仮称、残欠）、宝地房証真著『新撰往生伝』（『今撰』とも、散佚）等が知られるだけである。法然・親鸞の専修念仏の教理が弘まり、往生の確認よりも教理の宣布が問題となり、関心を惹いたことによるのであろう」として往生伝成立基盤の変化を問題にして、その重要性は指摘されたが、中世往生伝はほぼ否定した。[注13]西口順子もまた「（往生伝は、平安時代末期まで撰述され）浄土願生者のテキストとして受容された。また往生者の話は説話集に再録され、中古―中世の説話文学に影響を与えている。中世往生伝はほとんど編纂されず、浄土宗系の行仙の「念仏往生伝」残簡が伝わるのみである」[注14]。きわめつけは一九九四年の岩波講座『日本文学と仏教』第三巻の「往生伝」を執筆した速水侑である。「鎌倉時代に往生伝の編纂は中絶するが、江戸時代になると、再び多数の往生伝が編纂されるようになる。（中略）往生伝の編纂は、法然以後の鎌倉新仏教成立の下で衰退したと考えられる。（中略）いわゆる往生伝とは、平安浄土教の発達を背景に生まれ、平安浄土教の終焉とともに、その役割を終えた一群の伝文学といえよう[注15]」として中世往生伝はほぼ完全に葬られた。

このように文学研究では明らかにその存在を実証した中世往生伝は、それに対する反論もないまま無視され、ほぼ完全に否定されているのである。

三、往生伝・往生譚の存在と中世往生伝

中世往生伝研究が無視され、否定されている状況を見てくると、そこに根本的な問題点が浮上してくる。私は冒頭で述べたようにかつて往生語りがあり、現代でも形を変えた往生祈願があることを述べた。中世の説話文学の中には、様々な往生伝や往生譚がある。浄土の極楽のみならず補陀落浄土への往生譚、兜率の浄土への往生譚、東方の瑠璃光世界への往生譚等、多様な往生伝の世界があること。この実態から往生伝を考える立場を取ってきた。また中世文学の研究の中には、往生譚が説話世界の中に溶解する形で継承されていること、説話文学が往生の集としての性格を持つこと、往生譚の発生と伝承を結縁に求めた研究、軍記文学における往生の問題等多様な研究視点が提起されている。[注16]

歴史学の立場では、往生伝研究では、源信の浄土教の世界にしか関心が集まっていない。法然義以降の浄土門の分裂・抗争には目が向けられているが、そこから生み出されたもの（文学の問題）については、関心が向けられていない。ここに根本的な差異がある。

中世の文学に大量の往生譚があること。往生語りがあったこと。念仏聖の集団形成や思想形成があること。文学研究の立場では、往生譚が作られ、語られ、利用され、機能している実態を把握することが大きな課題であり、その研究が推進されているのである。こうした研究課題を踏まえ、これまでに田嶋が明らかにしてきた中世往生伝類は表のようになる。このうち『明義進行集』（信瑞）と『法然上人絵伝』が中世往生伝であることを明らかにしたのは谷山俊英である。[注17]

表で明らかなように、往生伝と名付けられた作品だけでも六点になる。『蓮門類聚経籍録』・『浄土真宗教典志』等にはこの他にも往生伝の書名が伝えられている。

また、これらを分析して、

①佚書が多いこと
②作者・編者層の変化
③編集意識の変化
④唱導とのかかわりの重要性等

を指摘した。そして①の佚書が多いことを、往生伝の役割の変化ととらえた。中世においては、伝から論の時代に変化していること。特に法然の『一枚起請文』以降この傾向が顕著であること。しかし説話集の中で往生譚として展開していること。したがって往生伝の世界が無くなったのではないことを主張した。②の作者・編者層の変化は、文人貴族から念仏聖、つまり緇流の徒（行仙、昇蓮ともに法然門の念仏聖）に変化していることを明らかにした。③の編集意識の変化は、一宗一派でまとめる専修意識、一山意識が見られるとして中世文化の特質の中で捉えた。④の唱導とのかかわりの重要性は、『普通唱導集』の中の『三国往生伝』が、「感応因縁」に位置づけられていることを明らかにした。このほか、奇瑞・夢告（往生の確認）の記述の後退、往生実見者の確認の記述があること。僧伝化の傾向が見られること等の問題も明らかにしてきた。[注18]

表1　中世往生伝年表

年代	往生伝類	往生伝を多く含む説話集	関連事項
文治（一一八五～九〇）頃	高野山往生伝（如寂）		
	今撰往生伝（証真）佚書		
建久九年（一一九八）			選択本願念仏集
		発心集（鴨長明）	
建保五年（一二一七）	三井往生伝（昇蓮）残闕本		
承久四年（一二二二）頃		閑居友（慶政）	
正嘉元年（一二五七）		私聚百因縁集（住信）	
文永・弘安（一二六四～八七）頃	念仏往生伝（行仙）残闕本	撰集抄	
	明義進行集（信瑞）		
弘安二年～六年（一二七九～八七）		沙石集（無住）	一言芳談
	法然上人絵伝		
永仁五年（一二九七）	三国往生伝　佚書（普通唱導集の内に残）		
元亨二年（一三二二）			元亨釈書（虎関師練）
正中二年（一三二五）		真言伝（栄海）	
暦応四年（一三四一）以降	日本往生伝（了誉）佚書（蓮門類聚経籍録より）		

以上の研究の中で重要な意味を持つのが『高野山往生伝』の作者如寂の位置づけであった。そこで以下、その後の研究の進展を踏まえつつ、この点を分析したいと思う。

四、『高野山往生伝』の編者「如寂」の再考

一、如寂の伝

『高野山往生伝』の編者は、延宝五年刊の版に付された序文に「法界寺沙門如寂撰」となっていることから如寂と考えられるが、その伝は明らかではなかった。しかし『本朝高僧伝』(元禄一五年自序　作者は師蛮)に「河州法界寺沙門如寂伝」として、

釈如寂伝。不知氏産。住法界寺。宗因真言。傍修浄土。元暦年中捨院。抖擻登高野山。九旬修練。有僧謂曰。此間浄邦報生之人。雖熟見聞而無。筆之力。公其記実宣伝後世。寂因纂述高野往生伝。於今行世。其序略云。以庸浅之身追放聞之跡。不整文章。無飾詞華。只伝来葉。将植善根而已。我念仏多年。引接誓弘。寂末後堅固取滅云。(『大日本仏教全書』)

と説明していた。しかしここには生没年は書かれてなく、伝としては不十分である。しかもこの記述は『高野山往生伝』の序文に依存している。[注19]ここに如寂についての研究が求められた。

この課題の中で、田嶋は如寂が日野資長であることと、出家する前から、阿弥陀信仰を持っていることを明らかにした。[注20]これは中世往生伝研究では大きな意味を持つ。『三井往生伝』の編者昇蓮は法然門徒であり、『念仏往生伝』の編者行仙も念仏聖であり、彼らと同じ緇流の徒である。また日野家は名家であり、代々儒道によって朝廷に仕える専門職である。特に資長は源平の革命期、この時代に兼実を支え、兼実とともに日本の政治を支えていた。如寂が資長であることを明らかにすることによって、往生伝の編者が文人貴族から仏教者、求道者への変化の中に、古代の往生伝と中世の往生伝の違いの一つを見出せると考えたからである。このため『高野山往生伝』を中間的なものと位置づけた。ほぼ時を同じくして志村、今村も日野資長説を出した。[注21]しか

図1　日野氏系図（尊卑分脈より抄出）

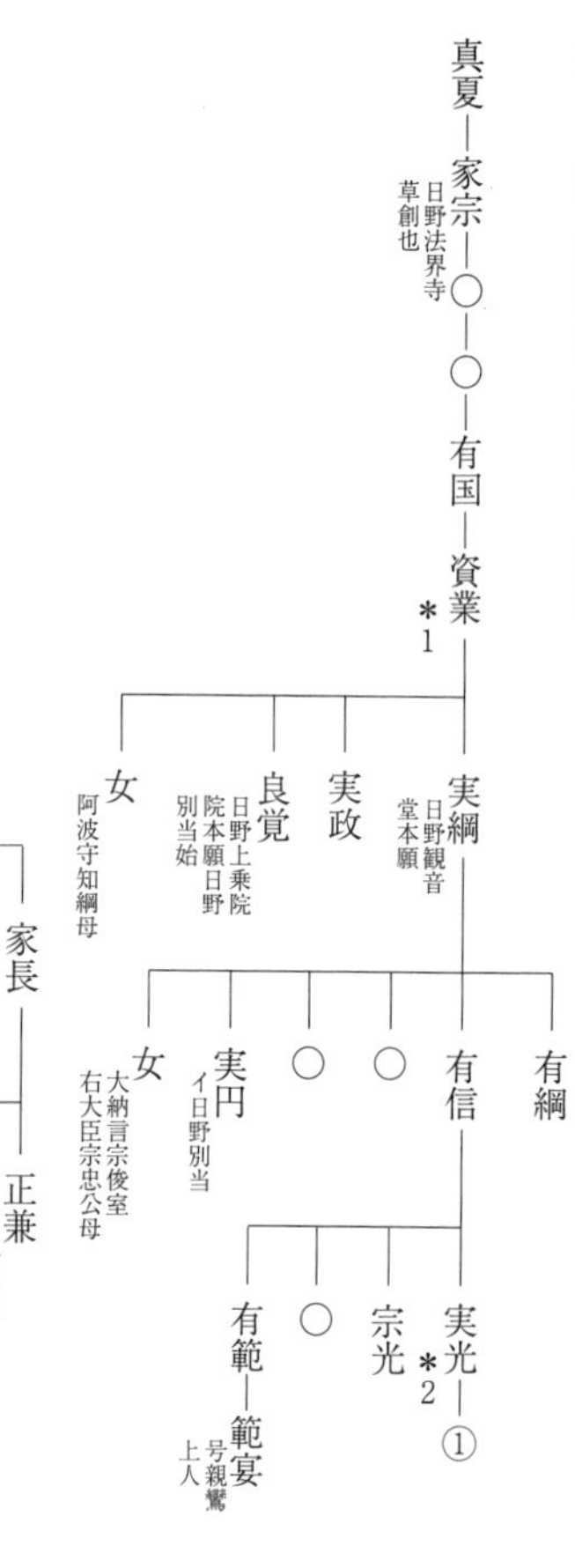

＊1　従三位　侍読後一条　左中弁　文章博士　建立法界寺薬師堂　号日野三位
永承六年二月一五日出家六十四　法名素舜　延久二年九月二四日薨八十三

＊2　従二位　左大弁　二代侍読鳥羽崇徳　大宰権帥　権中納言
天養元年十月二六日出家七十六　西寂　久安三年五月二一日薨七十九　号日野師

＊3　正二位　左大弁　民部卿　文章博士
治承五年二月二九日出家如寂六十三　建久六年十月二十六日薨七十六
イ号日野民部卿又日野入道

し今村は資長による『高野山往生伝』の編纂は、文人としての自負心による大きな業績と見るべき」[注22]として如寂を聖系の緇流の徒と捉える田嶋の論を否定した。これに対して苫米地は「如寂の立場を儒者文人官僚として捉えるだけで、出家者としての、また真言宗の信仰についての側面には十分な考慮を払われていないように思える」[注23]とされた。田嶋は、如寂を出家者として捉えることは行ってきたが、真言的立場の問題と往生伝編集の内在性については分析できていなかった。

二、日野の仏教的環境

ここで日野の仏教的環境について整理しておきたい。まず『尊卑分脈』より図1に系図を整理した。藤原氏北家で、右大臣内麿の息真夏を祖とする。名家であり代々儒道及び歌道の家であるが、家宗の日野法界寺の草創、資業の法界寺薬師堂の建立と続き、一族で日野の仏教的環境を形成していることが窺える。『中右記』を残した藤原宗忠の母は実綱の娘であるが、宗忠は早世した愛娘と母のために日野で供養を行っている。寛治六年（一〇九二）九月二日の条には、日野観音堂が伊予三位入道（資業）の建立で伝教大師自作の薬師仏を安置しており、一家の大宝としていること、観音堂は実綱の建立であることが記されている。藤原知信（資業の孫）は郁芳門院の乳母子であるが、女院が亡くなると菩提心を起こして出家して、

一堂ヲ日野ノ南辺ニ建立シ、思ヲ西方ニ懸ク。（承徳元年一一月二六日の条[注24]）

宗忠は、

阿弥陀小呪一百遍毎日祈念奉ルベキノ由、今日ヨリ実円闍梨ニ云付了ヌ。是偏ニ臨終正念往生極楽ノ為ナリ。彼ノ闍梨八年来日野ニ籠居シ往生業ヲ修ス。（承徳元年一二月一四日の条）

また、

此間、日野ニ籠居シテ……朝ニ法華懺法ヲ聞キ、六根ノ罪障ヲ滅ス。夕ニ弥陀念仏ヲ唱へ、偏ニ九品ノ往生ヲ祈ル。（保安元年九月二九日の条）

とあるように、一族で日野の仏教施設を充実させるとともに、念仏信仰が濃くなってきているのである。

資長は一族の所領である日野において出家したのであり、そこは山荘であるが、日野寺と称し（『玉葉』承安三年一二月八日の条）ていた。また『叡岳要記』には、伝教大師自造の三寸像が内麿に対して、慈覚大師より直接渡されたことが記されている。[注25]それを資業の時に道場を建てて安置し、一家の大宝として大切にしていること、実綱の時に観音堂を建立している（『中右記』寛治六年九月二日の条）。明らかに天台系の寺であった。ここでは阿弥陀信仰も盛んであり、資長自身も阿弥陀信仰に基づく往生業を行っ

ていることは十分に推測できることであった。

以上から資長が如寂として往生伝を編纂する環境は十分実証的に考えられるのであるが、資長と高野山との関係は明確ではない。また如寂が『高野山往生伝』を編纂する意識との関係も同様である。

三、如寂と高野山

これに対して如寂と高野山との関係に大胆に踏み込んだのが苫米地である。[注26] 苫米地は、『高野山往生伝』の成立期とされる文治三年（一一八七）～建久（一一九五）ないし建久五年（一一九四）を踏まえ、この当時の高野山は、覚鑁によって創建された仁和寺別所としての大伝法院・密厳院が美福門院得子や八条院暲子等の帰依を得て旧来の金剛寺方を凌駕していた時期であると把握する。

作者如寂について、藤原資長は、養和元年（一一八一）に出家、自らを法界寺沙門と称しているから日野法界寺の僧であり、法界寺は日野流藤原氏出身の延暦寺僧が別当を勤めているから如寂は天台宗僧となった。『高野山往生伝』の序文で「大師の末弟に列なる」といっているから真言宗へ転向した。また「五智の水を酌む」とは灌頂受法の常套的表現であるから、真言宗の伝法灌頂を受法した、とされた。つまり元暦元年四月に高野山に登った如寂は、五、六月の中に伝法灌頂を受法し、続く秋の三ヶ月に一〇〇日の行法を修した、と結論し、如寂を真言僧であること、高野山の伝法灌頂受法者ととらえた。

次に成立時期を往生者の入滅年次を分析し、一番目の教懐から三〇番目の心蓮までは入滅年次順、三一～三八は、三一の済俊は三〇の心蓮よりも前の往生者である。三二の厳実、三三の能願、三四の尋禅は入滅年次不詳、三六の浄心は永万二年（一一六六）、三五の心覚、三七の禅恵、三八の証印は年次順で、最後の証印は文治三年（一一八七）であることを明らかにし、「初め編年的に三〇人の伝を表した。後に八人を加えた。」と結論し、当初の成立時期は、証印入滅の文治三年七月一二日以前と結論した。また元暦歳夏四月（一一八四）に高野山に登り、雪眉の僧侶の話を聞いたのはその年か翌文治元年の一〇月頃と推定し、依頼を受けすぐに執筆に取りかかったとして、当初の成立は元暦二年の初め頃と想定した。

また採録された往生者三八人を分析し、先行往生伝からの採録者には如寂による訂正があり、その情報源は院家（僧院）であったと思われること。覚鑁の高野山入山、大伝法院建立以降の往生者一二名は、大伝法院僧か、仁和寺僧であること、等を明らかにして、大伝法院との関係の深さ、大伝法院が仁和寺末であることから、仁和寺との関係も明らかにされた。つまり、苫米地は如寂の高野山入山と伝法灌頂の受法を明らかにし、その時期を元暦元年四月（一一八四）、五、六月中に伝法灌頂を受法したと見たのである。

ここでこの頃の如寂の行動を追って見よう。『高野山往生伝』の三七は密厳房禅恵の往生譚である。禅恵の往生は元暦元年九月九日である。最後が、

予後日参仁和寺宮。或人語云。彼臨終依有瑞相。諸人群集拝之。自聞此言。弥増信仰而已。

と結ばれている。禅恵の往生を九月九日以降に仁和寺宮を訪れて或人から臨終の瑞相を聞いたとある。ここから考えると、元暦元年四月高野山に登り、五、六月に伝法灌頂を受法して後、遅くとも九月八日には高野山を下りていることになる。また序文には、「三秋之素律漸闌。百日之精祈欲満」とある。この意味は、秋も終わって（九月）一〇〇日の祈願も満たされようとしていると解釈できる。九月九日には高野山に滞在していたこととなるが、元暦元年の年ではない。元暦元年（高野山入山）以降の資長の動向を見ると、『玉葉』の元暦二年二月二六日の条に、

辰刻、参詣日野、相伴三位中将、所作了羞食、資長入道所儲也、未刻帰洛。[注27]

とあり、兼実は日野で出家後の資長に会っているのである。また文治三年二月四日の条には、兼実が地震、戦乱等国家が乱れる中で、王法仏法相依論の立場から遁世者にも意見を求める。その意見を求められた人々の中に、

入道納言二人、資長、長方

がいる。兼実が資長、長方（葉室の祖藤原顕隆の孫、元暦二年六月に中風の為出家（『公卿補任』）しているが、出家前は従二位で権中納言）に意見を求めている。資長は元暦二年二月二六日には日野にいた。文治三年二月にも日野にいた可能性がある。つまり元暦二年二月には高野山を下りて日野にいた可能性が高い。また高野参籠も雪眉の翁から執筆を依頼されたのも元暦元年のことになる。こうしてみると苫米地の推定する元暦元年四月入山、五、六月伝法灌頂受法はそのまま首肯される。雪眉の翁から執筆依頼は元暦元年に限定される。

以上によって名家としての官僚生活を送っていた藤原資長が出家後、如寂として高野山に登り伝法灌頂をうけ、修行僧としても真摯な活動を送っていたこと、修行後には再び日野に戻り出家生活を送っていたことが確認できる。

四、『高野山往生伝』編纂の内在性

次には高野山の往生伝を編纂する内在性の問題である。

序文（原文は注19）によれば、自然と一体となって修行し、秋も更けて、折からの一〇〇日の誓願も満たされようとしていたとき、一人の老僧に逢い親しく語り合う。老僧は高野山に住んで多くの人々、その人々の中には臨終の行儀正しく、往生異相を示す人々をたくさん見てきた。それに深い感動を覚えるものの、それを記録した物がない。この言葉が終われば（記録が残らなければ）、将来に禍根を残す。あなたが記録してほしいと頼まれる。それを聞いた如寂は、その言葉が耳の底にこびりつき、ひそかに涙が流れた。愚かにも浅学の身である自分に課して先例を考えてみると、寛和の慶内史は広く国史を検して四〇人の往生者をえた。康和の大江匡房は朝野に求めて四〇人を記した。私は一寺に限ってしばらく三〇人を載せる。やぶさかに浅はかな身をもって方聞（行も正しく、知識も広い）の方々の跡を追うことを恐れようか。文章も整わない。美しい言葉で飾ることもない。ただひたすら子孫に伝え、善根を植えようとするだけである。これに専心することは苦しい。私は永いこと念仏を続けてきた。仏の導きは広い。いずれの日にか迎えてくれるだろう。必ず順治の往生を遂げて名前を往生伝に残したいものだ。と記されている。

ここに書かれていることは、「雪眉の僧侶」との出会いが、「百日の精析が満てんと欲す」る時、「臨終の行儀」正しき異相往生者の存在を知らされたこと、記録への意識を呼び覚まされたことによって、老僧の言葉が、耳底に響き、ひそかに涙を流し、浅学の身をも顧みず、往生伝編纂を思い立ったと記していることである。いわば自らの修行を成し遂げた、高調した意識の中で決意したこと、そこで先行する往生伝を見渡したとき、「一寺に限って編纂」しようと決意したと書かれていることである。また編纂する意識が自ら多年にわたって念仏をしてきて引接の誓い、仏が自らを極楽に迎えてくれるだろうとの自負と願い、これらがここに表現されていると読むことができよう。このように読んでくると如寂の高野山以前の逐年の思いと阿弥陀への帰依、加えて高野山での修行の出会いが述べられているのである。つまり往生伝編纂の内在性が表現されているのである。今村の指摘する「フィクションや誇張を含んだ設定」として「文章能力と社会的影響力が自他共に認めるものであるとの、作者すなわち資長の自負心を見てとるべきであろう」[注28]との見解とは異なる。

五、『高野山往生伝』に見える「当山」意識

次の課題は、高野山一寺に限って編纂しようとする編者如寂の意識が往生伝の中にどのように現れているかである。『高野山往生伝』の往生譚には、「当山」「此山」「此寺」等の語が見える。たとえば第七話であるが、

隠岐入道明寂ハ、時棟ノ孫。隠岐守大江安成カ息ナリ。遂ニ俗網ヲ遁ル。初メ尸羅ヲ受シヨリ以降、虚空蔵菩薩ヲ以テ久ク本尊ト為シテ、求聞持法ヲ修シ、即チ悉地ヲ成ス。其ノ後当山ニ住シ、良禅阿闍梨ニ随テ両部ノ大法ヲ受ク。一生ノ間永ク五穀ヲ断ジ身ニ絹綿ヲ著セズ。口ニ塩酢ヲ嘗メズ、偏ニ菩提ヲ求テ永ク休退セズ。然ル間、天治年月日之ヲ失フ。聊カ小悩有レバ、兼テ終時ト知リ傍ニ鑁字ヲ懸ケ、手ニ綵幡ヲ引キ、口ニ真言ヲ誦シ、手ニ密印ヲ結ビ一心乱レズ。十念成就シ、時刻ヲ歴セズ、忽然トシテ即世ス。或云ク、人夢想有リ。暗ニ声有テ云ク、五ノ室ノ菩薩往生ス。礼シ奉ルベシト。或ル説ニハ五ノ室ノ菩薩ハ別人ノ号ナリト。尋ネ決スベシ。[注29]

長い間虚空蔵菩薩を本尊として求聞持法を修して悉地（さとり）を得ていた明寂が、のちに高野山に止住して良禅より両部大

法を受けた。一生の間五穀断ち等厳しく生き、終時を悟った時鍐字を首に懸け、手に綵幡を引いて、口に真言を唱え、手で密印を結んで一心不乱に念仏を唱えて往生したとする往生伝である。ここで高野山に入ったことを「当山」と書いていることである。八話の経得上人の場合は「当山持明院ノ内ニ年来居住スル所ナリ」と紹介され、その往生を語ったのに続けて、

時ニ華蔵院宮僧正寛暁ハ、当山ニ参籠シ、近江阿闍梨宗寛ハ、仁和寺ニ居住セリ。飛廉ヲ差シテ、僧正ニ申シテ云ク、「夢想ニ云ク、一旒ノ綵幡有リ、西方ヨリ飛来テ高野ヲ指シテ、即チ去ル。幾程ヲ経ズ、元ノ如ク西方ニ飛ビ帰レリ。恐ラクハ当山ノ内ニ往生ノ人有ンカト。」即チ其ノ時日ヲ尋ルニ、已ニ小房終焉ノ期ニ当レリ。一山ノ僧徒忽ニ以テ悲泣ス。彼ノ僧正随喜ノ余リ、中陰ノ仏事ヲ修セラルト云云。

と語る。仁和寺の僧寛暁が高野山に参籠していた。宗寛は仁和寺に居住していた。宗寛は五色のあやぎぬ（綵幡）が、西方より高野山に向かって飛んだという奇瑞を見たことを仁和寺にいる寛暁に伝える。経得上人の往生の奇瑞の現れを知った高野山の僧侶たちが感動し、寛暁も中陰の仏事を執り行ったとする往生譚である。ここでも高野山を当山としているのである。

同じように一七話の兼海上人が「久ク当山ニ住シテ仏道ヲ修行ス」、二三話の智明房頼西が「当山ノ霊蹤ニト居ス」、三二話の厳実上人では「大和国虚空蔵巌ノ住侶也。壮年ノ始メ両眼共ニ盲タリ。業障ヲ懺センカ為ニ当山ニ参籠ス」。三三話の能願上人では、「偏ニ大師ノ御徳ヲ仰テ。永ク当山ノ住侶ト為ルコト六十余年」と表現している。

ほぼ同義の表現であるが、二二話では「聖誉上人ハ人ト之レヲ西谷ノ勝宝房ト号ス。元トハ仁和寺ノ住僧也。永ク彼寺ヲ離テ久ク此ノ寺ニ住ス」として仁和寺を「彼ノ寺」、高野山を「此ノ寺」ト対比して表現している。

表記は異なるが九話の蓮意上人では、「早ク旧郷ヲ出テ、久ク斯寺ニ住ス」である。二九話は信濃入道西念であるが「信州人也。幼ニシテ生土ヲ離レ、長ジテ此ノ山ニ住ス」。

一六話の調御房定厳の場合は「初メ高野ノ山ニ登リ、大師ノ遺弟ニ列リ、次ニ多武峰ネニ住シテ、天台ノ法門ヲ学ビ、遂ニ本山ノ旧室ニ帰リ」とする。

二八話の検校阿闍利宗賢ノ場合は、「幼ニシテ此ノ山ニ登リ、早ク比丘ト為ル。其ノ性明敏ニシテ学ハ顕密ヲ兼ス。或ハ興福寺ニ住テ法相大乗ノ流レヲ汲ミ、或ハ醍醐山ニ在テ胎金両部ノ源ヲ伝フ。後チニ当山ニ於テ、三間四面ノ堂一宇ヲ建立シ」として「此ノ山」「当山」と表現する。

三五話の宰相阿闍梨心覚の場合は、「園城寺ノ住僧、参議平ノ実親卿ノ息也。智証ノ門弟ニ列テ、天台ノ教観ヲ学ビ、綱維ノ崇班ヲ楽ハズ。只菩提ヲ以テ望ト為ス。廿五年光明山ニ住ス。其ノ後彼ノ山ヲ出テ当寺ニ住ス」とする。

以上の例からは作者が高野山を「当山」「此ノ山」「此ノ寺」との表現が確実に見られた。また高野山と他を対比する、対象化する表現も見られたのである。この対比をより明確に示すのが次の場合である。

一二話である。全文を示す。

律師行意ハ伏見ノ修理ノ太夫俊綱朝臣ノ息也。童稚ノ昔、厳閤ニ相伴ツテ当山ニ攀ヂ登ル。彼ノ朝臣誡ヲ加テ云ク、「汝ヂ必ス大師ノ御弟子ト為ルベシ」ト。仍テ奥ノ院ニ参テ、出家ヲ企テ長和法親王ヲ請シ奉テ、戒師ト為ス。専ラ勇猛精進ヲ致ス。殊ニ五戒十善ヲ持シ其ノ後チ又タ彼ノ御室ヲ以テ人壇灌頂ノ師ト為セリ。保延七年七月ノ比、頗ル風痺ニ纏ハレ、漸ク日数ヲ送ル。紫衣ヲ著シテモ何ニニカセン。金台ヲ祈テ以テ足ンヌベシト。同月八日、臨終期至リ弥陀ノ像ニ向ヒ、其ノ宝号ヲ唱ヘ、定印乱レズ、奄然トシテ別ヲ告ク。気絶フルノ後チ容色変ゼズ。往生ノ相誰レカ疑殆ヲ生ゼン。之レヲ大夫ノ律師ト号シ、又ハ沢ノ律師ト称ス。予今度其ノ庵室ヲ訪フニ、柱石猶ヲ残レリ。彼辺ニ寄宿ス。芳縁ヲ結ンカ為也。

行意は幼児の頃当山に登った。勇猛に精進を重ね、五戒十善を持し、御室の性信法親王より灌頂を受けた。保延七年の七月死期を悟ると、弥陀像に向かって名号をとなえ、定印乱れず、ぴったりと別れを告げ、息絶えた後も容色が変わらなかった。誰もが往生を疑わなかったと往生を語る。自分の属する当山の往生者を自ら確認し、自分もそれと結縁を結ぼうとする意識が読みとれよう。

一三話は、宝生房教尋の往生伝である。まず、もと園城寺に住し、後に高野山に移った。普段の行業は広く八宗を兼学し、五

部の大乗経に通じ、文殊菩薩の信仰厚く本尊としていた。諸流を伝えていたが、ついに終焉の時を迎えた。その語りに続けて、

永治元年三月廿日申ノ刻ニ、三尺ノ文殊忽ニ以テ影現シテ上人ニ告テ云ク、「却後三日寅ノ刻ニ一万菩薩ト倶ニ来テ、金色世界ニ引接スベキ者ナリ」。時ニ上人合掌シテ頌シテ曰ク、「唯願妙吉莊祥為我現金身、不捨本誓願即作開導師」ト。其ノ後チ本土ニ還リ玉フ。昔シ法照禅師ノ生身ニ逢ヒ、往生ヲ西方浄土ノ月ニ告ゲ、今教尋上人ノ影現ヲ感ズル。引接ヲ金色世界ノ雲ニ約ス。文殊ノ応化、古今相ヒ同キモノカ。同ク廿三日ノ夜寅ノ剋ニ及テ、忽ニ異香ヲ発ス。人信心ヲ起ス。爰ニ上人弟子等ニ示シテ云ク、「汝ヂ提婆ノ一品ヲ読ミ文殊ノ真言ヲ唱ヘヨ」ト。上人即チ密印ヲ結同シ、禅定ニ入ルガ如ニシテ忽然トシテ即世ス。入滅ノ以後一日端坐、身体動ゼズ、手印元ノ如シト云云。仏厳房聖心ハ当山伝法院ノ学頭也。談義ノ間近日住山ス。師弟ノ好ミシ委曲ヲ知ル人也。仍テ予之ヲ相尋ル処、記録斯ノ如シ。

文殊菩薩の信仰厚かった教尋が永治元年（一一四一）三月二〇日申の刻に文殊菩薩から金色世界への来迎の夢告を得る。予告通り二三日の寅の刻になると異香がただよってくる。教尋は弟子たちに提婆品の読経と文殊の真言を唱えさせる。果たして教尋はあたかも禅定に入るように入滅した。其の後一日中身体も動かず密印もそのままであったと語る。そして当山の伝法院の学頭であり住山中の仏厳房聖心に自分が聞いたのであると誇らかに語っているのである。当山の聖心に自分が聞いたと語っているのである。

以上で明らかなように「当山」「此ノ山」「此ノ寺」と書かれている往生譚が多い。三八話中一二話に及んでいる。これは自らがそこ（高野山）にある者にして言えることであり、当山（高野山）と自分とを結びつける、一体化させる意識である。一一、一三話では、それはより積極的に「当山」と「予」が結びつけているのである。

さらに自分の寺の往生者、他を意識して自分の寺、宗派の中の往生者をまとめる意識を読み取ることが可能であろう。『高野山往生伝』の編者は、単なる往生伝の記録者でも、編纂者でもない。自分の寺の往生者を確認し、主張する、自らの往生をも意識している編者なのである。

六、まとめとして

伝教大師自造の薬師仏を伝える日野の法界寺の僧如寂が、なぜ高野山の往生伝を編纂したのかという課題に対して、『高野山往生伝』の序文の分析と、収載された往生伝、如寂の行動について分析した。その結果、高野山での修行間もない如寂（修行を全うした興奮の中にある）が、高野山の往生伝を編纂しようと決意、実行に入ったこと。編纂された往生伝の中に高野山を「当山」「此ノ山」と表現している往生伝があること、さらに「当山」と「予」を結びつけた往生伝があることを確認した。これは高野山の内部の者、自分を内部者と意識できる者の表現である。当然そこには他も意識される。模範としての先人の存在の確認と自らの体験を一体化させているのである。この意識は往生伝編纂における一山意識にもつながる。かくして如寂（日野資長）が高野山僧として『高野山往生伝』を編纂したことが理解できるのである。

五、おわりに

往生伝を語る文化、仏心を中心としてつながる家族、それらは今、多少危機的な状況にある。往生はいつの時代でも重要な関心事であり、往生語りや往生譚は存在し続け、中世には中世往生伝が存在したのである。

『高野山往生伝』の編者如寂が日野資長であることはすでに実証されていたが、如寂を高野山僧として捉えるには課題があった。『高野山往生伝』の序文の読み取りから、如寂を伝法灌頂の受法者、百日修行の修了者と捉えると、従来の課題は大きく解決する。往生伝自体からも編者を内部者と捉える表現が多く見出せる。

『高野山往生伝』の編者、如寂を一時期でも高野山に籠もり、聖の中に身を置いた念仏僧として捉えると『三井往生伝』の編者、昇蓮が法然門の念仏聖であったこと。『念仏往生伝』の編者、行仙も念仏聖であったことと重なり、中世往生伝の編者そのものに近いことになる。また一山意識につながる側面の存在も読み取れた。『高野山往生伝』は、古代往生伝と中世往生伝との、中間的なものと捉えるよりも一歩中世往生伝に近づいた往生伝であると評価できよう。

注

1 「往生伝」(『仏教文学講座』第六巻〈僧伝・寺社縁起・絵巻・絵伝〉勉誠社、一九九五年)でも指摘している。
2 熊原政男は、昭和八年一一月、金沢文庫で発見し、翌一二月謄写印刷本を作って紹介した。
3 「金沢文庫新出の往生伝」、『龍谷史壇』第一二号、一九三四年三月。
4 「金沢文庫新出念仏往生伝(仮題)について」、『専修学報』第二号、一九三四年四月。
5 「金沢文庫本念仏往生伝の研究」、『仏教史学』二巻二号、一九五一年五月。
6 「念仏往生伝の撰者行仙」、『宗教文化』第一一輯、一九五六年三月。
7 「資料紹介 教林文庫蔵『三井往生伝』」、『説話文学研究』八号、一九七三年六月。
8 田嶋一夫・小峯和明・播摩光寿「『三井往生伝』翻刻と研究」、伊地知鐵男編『中世文学 資料と論考』笠間書院、一九七八年。
9 「『三井往生伝』編者考――昇蓮と法然教団とのかかわりを中心として――」、西尾光一編『論纂 説話と説話文学』笠間書院、一九七九年。
10 「中世往生伝研究――往生伝の諸相と作品構造――」、『国文学研究資料館紀要』一一号、一九八五年三月。
11 『往生伝研究序説――説話文学の一側面』楓風社、一九七六年。
12 「文献解題――成立と特色――」、『往生伝・法華験記』、日本思想大系、岩波書店、一九七四年。
13 「往生伝」、『日本古典文学大辞典』第一巻、岩波書店、一九八三年。
14 「往生伝」、『日本史大事典』第一巻、平凡社、一九九二年。
15 「往生伝」、『日本文学と仏教』第三巻、岩波講座、岩波書店、一九九四年。
16 谷山俊英「中世往生伝研究の課題と周縁の作品群」(『中世往生伝の形成と法然浄土教団』勉誠社、二〇一二年、二九～三七頁)に適切な課題の整理がある。
17 注16に挙げた文献中に論がある。

18　主に注8・9・10の論文の他、次の論文で論究した。
・「説話文学――仏教の庶民化と地方化――」、江本裕・渡辺昭五編『庶民仏教と古典文芸』世界思想社、一九八九年。
・「『三国往生伝』考」、今成元昭編『仏教文学の構想』新典社、一九九六年。

19　『高野山往生伝』序は次のとおりである。

「法界寺沙門如寂撰
　夫以釈迦者東土之教主也。早建撥遣之願。弥陀者西方之世尊也。普設摂取之光。爾来厭五濁境、遊八功池之輩。始自五竺至于吾朝。往往有之。世世無絶。是以新生菩薩。宛如駛雨之滂沱。久住大士。屡成恒沙之集会。寔是華池易往之界。誰謂宝閣無人之場。予外雖纏下界之繋機。内猶修西土之行業。遂遁俗塵。専事斗藪。元暦歳夏四月。暫辞故山之幽居。攀躋高野之霊窟。雖漸小量之微躬。忝列大師之末弟。五智水潔。酌余滴以洗心。三密風閑。聴遺韻以驚夢。青嵐皓月之天。纔聞山鳥之唱三宝。黄葉緑苔之地。自喜林鹿之為吾朋。三秋之素律漸蘭。百日之精祈欲満。爰雪眉僧侶露胆相語。久住斯山永従逝水之人。見其臨終行儀。多有往生異相。雖凝随喜之思。既無甄録之文。斯言若墜。将来可悲。汝勒大概宜伝後代。予耳底聞之。涙下潸然。愁課末学。忽勘先規。寛和慶内史。広換国史以得四十人。康和江都督。又諮朝野以記四十人。今限一寺且載三十人。悉以庸浅之身。恐追方聞之跡。不整文草。無飾詞華。只伝来葉将殖善根而已。精勤誠苦。我之念仏多年。引接誓弘。仏之迎我何日。必遂往生於順次。得載名字於伝記云爾。（テキストは『往生伝・法華験記』日本思想大系。ただし誤植と思われるところは、延宝五年刊の版本によって訂正した）

20　「高野山往生伝の編者如寂をめぐって――日野資長説の可能性――」、国東文麿編『中世説話とその周辺』明治書院、一九八七年。

21　志村有弘「高野山往生伝と如寂」、『相模女子大学紀要』五一、一九八七年。なお、志村はこの論文以前に『説話文学史――説話文学小辞典――』（明治書院、一九八七年）のコラムで如寂が資長であることを指摘していた。
今村みゑ子「高野山往生伝作者考」、お茶の水女子大学『人間文化研究年報』一二号、一九八九年三月。

22　今村みゑ子『鴨長明とその周辺』和泉書院、二〇〇八年、四三二頁（注21の論文は本書に収録されている）。

23　苫米地誠一「『高野山往生伝』の成立について――高野山大伝法院方との関係をめぐって――」、速水侑編『奈良・平安仏教の展開』吉川弘文館、二〇〇六年。

24 『増補史料大成』による。もとは漢文体であるが書き下して引用する。

25 『群書類従』巻四三九所収、「日野薬師事」。

26 注23の論考。

27 国書刊行会本（明治三九年）を影印した芸林舎版による。

28 前掲書（注22）四二三頁。

29 日本思想大系『往生伝・法華験記』によるが、読み下しに当たって延宝八年刊本によって補った。なお櫛田良洪『覚鑁の研究』（吉川弘文館、一九七五年）第四章に「覚鑁は、初めこの良雅相伝の求聞持法の相承をうけ、明寂に師事して修したものではあるまいか」（二〇五頁）として覚鑁との関係の深さを指摘している。第二章では、教尋と覚鑁との関係の深さ、仁和寺と高野山との関係を指摘（八三頁）している。

6『高野山往生伝』の編者如寂をめぐって

――日野資長説の可能性――

一、作者像を求めて

古代に成立した諸往生伝が、慶滋保胤、大江匡房、三善為康等の出家者というよりは、むしろ文人学者と称すべき人々によって編纂されたことの指摘は、往生伝の特質を考える上で重要な問題である。[注1] 私はこれに続く中世往生伝が、聖的な緇流の徒によって編纂されていることを明らかにした。[注2] この意味において、文人学者と古代往生伝、聖的な緇流の徒と中世往生伝という構図は、作品属性の重要な部分を担っているように思われる。往生伝の世界において、作者論、編纂者論は、作品属性の一部を明らかにする重要なキーワードである。

こうした立場から本稿においては、『高野山往生伝』の編者、「法界寺沙門如寂」が、如何なる人物であるのか具体的な把握を試みたいと思う。

『高野山往生伝』は、現存する唯一種類の伝本である延宝五年版本の序文に「法界寺の沙門如寂撰」と記されていることを唯一の手掛かりとして如寂撰とされている。この限りにおいて如寂撰は明確なのであるが、この如寂が如何なる人物であるのかはっきりしていない。如寂の伝を伝える資料が、元禄一五年(一七〇二)に編纂された『本朝高僧伝』を除いて見つからないからである。

二、僧「如寂」の伝

まず『本朝高僧伝』にどのように記されているか見てゆこう。この巻一二には次のように記されている。

河州法界寺沙門如寂伝

釈如寂。不レ知二氏産一。住二法界寺一。宗因二真言一。傍修二浄土一。元暦年中捨レ院。抖藪登二高野山一。九旬修練。有僧謂曰。此間浄邦報生之人。雖レ熟二見聞一而無二椽筆之力一。公其記実宜レ伝二後世一。寂因纂二述高野往生伝一。於今行レ世。其序略云。以二庸浅之身一迫二方聞之跡一。不レ整二文章一。無レ飾二詞華一。只伝二来葉一。将レ植二善根一而已。我念仏多年。引接誓弘。寂末後堅固取滅云。（『大日本仏教全書』六三巻）

これによれば如寂の出身は不明。法界寺に住して宗は真言であった。その傍ら浄土教を修めた。元暦年中に高野山に登り、九〇日間にわたる修業を行った。ここである僧から高野における往生者の話を訊き、それを率直に筆録整理したものが、『高野山往生伝』であると言う。

これは僧伝としてきわめて不自然である。まず生没が記されていないのみならず、法系も記されていない。また傍線を付したところは『高野山往生伝』の序文にほぼ同文がある。何よりも如寂の伝であるよりは、『高野山往生伝』の序文に近くなっている。こうした点から見て、山田昭全が解説するごとく[注3]延宝本の序文より得た解説である。しかも法界寺に住して真言宗であったとしているが、如寂が住した頃の中世の法界寺は天台宗であった。現在は真言宗醍醐派別格本山であるが、この転宗は江戸時代であったのである。『本朝高僧伝』の編者卍元師蛮は、多くの場合典拠とした資料を掲出している。また法系や生没年の記されているものが多い。このような点から考えて、如寂の伝は、『高野山往生伝』の序文以外にはほとんど資料が得られず、それのみを頼りに、まとめたものと見ることができよう。

ところがこの序文の伝えるところも、「爰雪眉僧侶盧胆相語」のごとく、文飾の多い、創作性の強い文章である。残念なことに、『高野山往生伝』は、延宝五年（一六七七）の版本を除いて、それ以前の古い写本が見つからない。従ってこの如寂伝がいつ頃から伝えられているのか不明である。『本朝高僧伝』が編纂された二十数年前の延宝五年の版の段階で付けられた可能性が考えられよう。

ここで『本朝高僧伝』以外の僧如寂を渉猟して見よう。

沙門「如寂」と言う人物をさがすと、『尊卑分脈』の中に次の二名が見出される。その一人は、権中納言藤原資長である。これによれば治承五年（一一八一）一月二九日に出家（時に六一歳）、法名を「如寂」と称し、建久六年（一一九六）一〇月二六日死去（七二歳）したとなっている。『高野山往生伝』の成立を文治三年（一一八七）以後まもなくの成立と見るならば時代的には矛盾がない。[注4]

他の一人は左衛門尉秀弘である。秀弘も法名如寂と記されている。伯父の勢恵は元三井寺法印で後に高野山明遍僧都の門弟となった旨記されている。いつごろの人であったか直接の記事はないが、「仁和寺御室性助法親王若宮之清撰衆一労」とあること。その子秀時が元亨四年（一三二四）に五一歳で死去している。その父であるから、如何に晩年の子であったと仮定しても一二〇〇年以前の生まれとは考えられないから、『高野山往生伝』の編者とは年代の上から該当しない。

もう一人「如寂」なる人物がいる。僧祐宝が編纂した『続伝燈広録』巻九に法名が円静で字を「如寂」と称する真言僧の伝が記されている。[注5]

醍醐山法師円静伝

法師名ハ円静。字ハ如寂。俗名尚書郎、大宰帥藤資実。便チ勝賢之兄也。父信西之緈ニ堪ヘズシテ世ヲ遯レテ入道シ、座主僧都ノ法ヲ受ク。成賢、静ガ為ニ両部ノ修儀ヲ撰シ題シテ都督ノ次第ト曰フ。弥進ンデ金剛乗宗ヲ修学シ名声ヲ播ス。惜イカナ。曲記ナシ。

これによれば、真言宗醍醐山の法師であり、信西（通憲）の子供で勝賢の兄であること。成賢より教えをうけたことになっている。成賢は権中納言成範の子で信西の孫にあたる。一族に醍醐座主を勤めているものが多く、勝賢も成賢もともに醍醐寺の座主を勤めている。『尊卑分脈』を見ると勝賢の兄としては、空阿弥陀仏明遍や安居院の澄憲などがいるが、資実の名は見えない。勝賢に従った人として脩範（五男）が、寿永二年に出家し、「偏ニ真言ヲ学ビ勝賢僧正ニ従ツテ入壇」だったと、記されているのがやや気になるところである。これとて大宰帥を勤めた記録はない。たくさんの子供をもうけ個性ある僧を輩出させた通憲入道信西のことであるから、『尊卑分脈』にのっていない子供が有ることは否定できないかもしれない。ところが藤原資実の名は、代々日野に住し日野氏を称する藤原資長の子兼光の子の中に見出せる。資実は『千載集』に初出する歌詠みでもあるが、大宰帥、中納言、文章博士等の後の承久二年（一二二〇）に出家し、知寂と称した旨記されている。『公卿補任』には建仁二年の条に正四位下、左大弁に転じた旨記されている。続いて建暦元年一〇月二日には大宰権帥に遷り、建保五年までこの任にあったようである（この年一月二八日に藤原隆衡が大宰権帥となっている）。それから二年後の承久二年七月三日に出家している。こうして見ると、大宰帥藤原資実と日野資実は同一人であろう。しかしそれが僧円静であったかは大いに疑問がある。想像を逞しくすれば、「字は如寂、俗名尚書郎、大宰帥藤資実」までの部分が、円静の伝記の中に紛れ込んだのではないかと思う。編者祐宝の誤解が考えられるが、それが信西一門と、日野氏に係わる人脈の人であったところや、法界寺と醍醐寺との距離的な近さ等に一片の真実が隠されているように思われる。

以上の様に見てくるならば、これらの資料の中から「如寂」の可能性を持つのは、藤原資長一人である。むしろ法界寺、如寂、と続くともはや資長説は動かし難い気もする。

暫く次章以降において資長説の可能性を探って見よう。

三、『高野山往生伝』のニュースソース

まず作品の内部から考えて見よう。本書の著作意図について如寂は、序文の中で俗界の繁雑さの中にも西方往生への業を積ん

でいたが、ついに山林修業を専らにするようにした。元暦の歳（一一八四）四月にしばらくふるさとの山居を離れ、高野に登ったところ、山内の僧侶から、高野山には多くの異相往生のものがあることを知った。そこで寛和の慶内史（保胤＝『日本往生極楽記』）、康和の江都督（匡房＝『続本朝往生伝』の先規を考えて四〇人を集めた（実際は三八人で終わっている））。ただし高野山一寺に限ってのことである、としている。これに続けて往生の確信の言葉を、

庸浅の身、文章整わず、詞華を飾ることなく、ただ伝来するところを伝え、善根を植えんとするのみである。私はひたすらに多年の間仏を念じ続けてきた。必ずや来迎があるだろう。必ずや順次の往生を得られるだろう。（原漢文、以下同じ）

と書き記している。この言葉から見ると、如寂の往生観の中には、往生伝の著作を通して自らの来迎を期待する心と、順次の往生を得んとする心が濃厚に現れている。

如寂はこの三八人の往生伝をどこで如何にして採録したのであろうか。

まず巻頭の教懐伝、二の清原正国伝、三の維範伝、四の蓮待伝は、いずれも『拾遺往生伝』（それぞれ順に上の一〇、中の二〇、上の一一、上の一七）に、また五の南筑紫の上人、六の北筑紫の上人の二伝が『三外往生記』の一六に拠ったものであることは、すでに井上光貞の指摘[注6]にもあるとおり、二つの本文を比較して見れば明白である。

七の隠岐入道明寂以降は、典拠としたと思われる明確な資料が見出し難い。おそらくこれらの中には著者自身の聞書きに拠ったと思われるものが相当数あるものと思う。わずかではあるが明確に著者自らの採訪による聞書きや記録を指摘できるものがある。

巻頭の教懐伝では、『拾遺往生伝』とほぼ同文の往生譚が終わった後に、著者自らの体験を次のように、

元暦元年四月の頃、予は高野に参籠した。彼の上人の聖跡を訪ねんと小田原別所に行った。すると古老の住僧が出てきて、教懐の親は讃州刺史の時罪人を召し捕り、苛酷の責を加えた。教懐は幼きながらも憐愍の心を示していた。罪人は霜刑に絶

えず命を失った。為に悪霊となって怨念をなし子孫皆夭亡したが、教懐一人生き残り、その霊に謝する為高野山にやってきた。そこを小田原と称するが、その庵の跡は今なお在ると。人はそれを咽涙断腸の思いで聞いたが、著者は結縁の為に教懐の真影を拝しに行った。その画図は古くなっていたが、形貌は新しきがごとく、その舌はあざやかに、眼は瞬の如くあたかも唱滅の体であった。

と語り伝えている。

一二の律師行意の往生を伝えた後に、

予今度其庵室を訪う。柱石猶残れり。彼辺に寄宿して、芳縁を結ばん為なり。

と書き記している。往生のさまを自らの眼と足で確認し、伝えようとする実証的態度である。

一三の宝生房教尋の伝においても、その往生を記した後に、

仏厳房聖心は、当山伝法院学頭なり。談義之間。近日住山。師弟之好。委曲を知るの人なり。仍、予相尋ねるの処。記録斯の如し。

と書き記している。これも聖心（仏厳房）が、教尋と師弟の好あり、詳しく知っている。そのくわしい聖心から聞いた話であるとわざわざ断っているのである。この仏厳房は初期高野聖の中心であった覚鑁が失脚した後、伝法院学頭として高野聖の指導的立場に在った人であった。その行動を見るとしばしば京に現れている。兼実のところには『玉葉』に現れただけでも、承安三年（一一七三）から建久五年（一一九四）までの二一年間で一〇〇回余りに及んでおり、京との頻繁な往復ぶりを物語っている。その多くは恒例念仏の導師を勤めるとか、受戒による病気治療等の他、兼実と法文を談じたことなどが記されている。また『十念極

楽易往集』を執筆し、兼実に見せたところ珍重の書と評価されるとともに誤りも指摘され、感心して暫く言談して帰ったこと（『玉葉』安元二年一月三〇日の条）などがある。この書を後にじっくり読んだであろう兼実は、「広才之書」と評価し、法皇の詔旨によって撰集したものであることを紹介している（『玉葉』治承元年一〇月二日の条[注7]）。

また三七の密厳房禅慧の場合も、弥陀の定印の相ありと往生を確認した後に、

予、後日仁和寺の宮に参る。或人語りて云く。彼の臨終に瑞相あり。諸人群集して之を拝す。自らこの言を聞て弥信仰を増すのみ。

と記している。仁和寺の宮は後白河院の第八皇子。後高野御室と号した。尊性から道法と改めた人である（『仁和寺御伝』、『本朝皇胤紹運録』に拠る）。この後日談は仁和寺の宮を囲んで往生譚が語られていたことを雄弁に物語っている。また往生譚の役割が、それを語りあう人々の中に、信仰への確信を確立していく働きをもったものであることも示している。

この他経得上人の往生譚（八）は、経得上人終焉の時、華蔵院宮僧正寛暁は高野山に参籠していた。近江阿闍梨宗寛は仁和寺に居住していた。風の神を使って僧正に次の様な夢想を伝えた。一旒の綵幡が西方から飛来して高野を指して行くやに見えた。いくほどもなく元のごとく西方に飛び帰った。これは山内に往生人あるかと尋ねると、果たしてそのとおりであった、と語られている。これは仁和寺が高野山と意外に深い関係にあったことと、この話が当然宗寛の口を通じて仁和寺においても語られていたであろうことを示しているものと思う。

以上のように『高野山往生伝』は序文をみると、高野山ですべて採録したように読み取れるが、往生伝全体の各伝のソースを分析して見ると、全てを高野山で採録したものでないことは明白であろう。あきらかに京で採録したと思われるものも幾つか確認できるのである。恐らくここで確認した以上のものが京で採録されていたものと思う。仁和寺も往生伝採録の有力な一つの場であったものと思う。と考えるならば著者は京在住のものであったことが十分考えられるであろう。また高野聖聖心との係わりも大きかったものと思う。また教懐の画図を見つめる鋭さ、行意伝のごとく、自らの目で確認しようとする精神など、主知的で

行動的な人物像が浮かび上がってくる。

四、日野と法界寺

如寂が住した法界寺のある日野とはいかなる所であろうか。

『尊卑分脈』に拠ると、藤原内麿（北家）より三代目に当たる家宗（元慶元年二月一四日薨）のところに「日野法界寺草創也」と記されている。八代目の資業（延久二年九月二四日薨）のところに「建立日野法界寺薬師堂」、その子実綱（永保二年三月二三日薨）のところに「日野観音堂本願」と、その末子実円に日野別当、実綱の長子有信の子の権中納言実光のところに日野師と、さらにその子の資長に日野民部卿、同じく子の光澄に日野別当、資長の末子覚玄にも日野別当と記されている。また資実（資長の孫）のところにも日野後帥、その子の家光に後日野と称されたことが記されている。

また『叡岳要記』に日野薬師に関する記事が有るが、そこには、

伝教大師自造二三寸像一。太政大臣房前孫子左大臣内麿。自二慈覚大師御手一奉レ伝レ手之。為二本尊一相続及二数代一。資業三品之時造二大仏像一。奉レ納二御身一畢。建レ寺号二法界寺一。（『群書類従』二四、釈家）

と記されている。つまり伝教大師自造の三寸像を内麿が慈覚大師の御手より伝えられ、数代にわたって本尊として相続してきたが、資業の時に大仏像を作って御身を納め、寺を立て法界寺と号した旨を伝えているのである。

また実綱の外孫藤原宗忠は、その日記『中右記』の中で、日野に設置する仏像について何度か記している。保安元年（一一二〇）八月二二日の条では、

今日、年来所二造営一之日野法界寺中塔婆供養也。

と塔婆供養を、大治二年（一一二七）二月三〇日の条では、

今日丈六仏二体奉二安置一新造二日野堂一。雖レ未レ造畢、依レ為二旧像一且奉レ渡也。渡二一条之堂一後、此八九年奉二居本丈六堂一也。以二従僧十三人一為二此堂供僧一、従二今日一且始二黄昏例時一。其次可レ奉レ唱二阿弥陀小呪一百遍一由仰二諸僧一、是依二最小所作一、永年長日以二安所一為レ先也。

と、丈六仏を新造の日野堂に安置し、従僧一三人をあて、作法を行った後、阿弥陀の小呪一百遍を唱えたことを記している。続いて同年の七月一四日の条にも、

今日以二日野上座一作二始二尺五寸地蔵菩薩像一、是為二後世菩提一也。……供三依レ例送二日野丈六堂一也。

と二尺五寸の地蔵菩薩像を作り始めたことを記している。こうした記述を見ると、いずれを見ても法界寺の創建は明確ではない。それは藤原内麿の一門が、この日野の地一帯に邸宅を構え、その一部に薬師堂をはじめとする諸堂が建立され、そのなかで次第に、資業からその子実綱、外孫の宗忠等の人々によって法界寺の寺号を確立し、充実させていったからであると読み取れよう。またわずかではあるが阿弥陀の小呪が行われており、浄土念仏と極めて近い所にあったのである。そしてこの実綱を曾祖父にもつのが資長なのである。また、資長の時に寺域の拡張を図っている。『醍醐雑事記』の巻五の終わりの方に、

当寺領南堺法界寺領。北堺聊有レ論。（中略）法界寺敷地者浄妙寺領也。日野本領資業三位、始建二立件寺一之時、二町申二請宇治殿一所レ被レ立也。今中納言資長、又一町申請宇治前大僧正覚忠御坊所レ加レ領也。

の記述がある。これによると資業が寺を建立し、さらに資長の時に寺域が拡張され、より一層充実されていったであろうことがうかがえるのである。

また実綱の子有信までは法名が記されていないが、その子の実光以降は、晩年に至って出家し、法名にことごとく「寂」の字を用いている。実光は天養元年一〇月に出家し、西寂を、兼光（資長の子）は建久七年に出家し、玄寂を、その子の資実は知寂を、家光は嘉禎二年に出家し光寂を称している。この他にも一族中に寂の字を用いているものが多い。

こうしたことから考えると、この一族の多くが日野某と呼ばれていた事実と重ねあわせても、出家後も日野の地に住し日野を仏道の場としていたことは間違いないであろう。

ところで、兼実の『玉葉』を見ていると、兼実はしばしば日野に参詣している。その日野において尊勝陀羅尼千反を供養（元暦元年九月一五日の条）とか、日野薬師堂において、胎蔵大日五字真言の所作を始む（建久六年一月八日）等とあり、日野における修法に真言的要素が強かったことをうかがわせている。また参詣の折資長の山荘に立寄り、持仏を巡検して帰るとか（承安三年一二月八日）、資長と参会し暫く言談して申の刻に帰ったとか（安元三年六月九日の条）あるように、しばしばここで資長に会っているのである。それのみならず次の例に示すように、願蓮房とも会っている。

巳刻乗レ船、頗指レ上、即詣二日野一、供二養経一、其次礼二宣旨堂并資長入道堂一、及願蓮房見之、即帰レ京。（建久四年一〇月二八日）

願蓮房は俗名藤原家頼のことである。平治の乱で斬首された信頼の同母弟であるが、ふだんは大原にあって他の念仏聖たちと共にある人である。こうした事実は日野の地が大原とも深い交流の有ったことを如実に語っている。ここでも大原で盛んであった念仏信仰と阿弥陀の極楽への信仰との係わりが想像されるのである。そして兼実の参詣記事の中に「巳刻参二詣日野一狩衣直衣毎年礼事密々事也」（承安五年九月五日）、「此日、密々参二詣日野一、以二母堂尼上参籠一為レ名」（治承三年三月一二日）の如く密かに参詣しようとしている。ことに次の場合などは最密の義として一段と密かに行っている。

今日内大臣参籠日野薬師堂、先年下官参籠依レ有二効験一、所レ追二彼吉例一也、渡レ物気之後、雖レ当レ時無為、連々之病悩、始終不便、仍以二公事之隙一、所二参籠一也、用二人車一、共人六七人許共、又五六人女房、車相具、其室最密々令レ参云々、最密之儀也、供二一壇御読経一、十二口、念誦、三口、又有二加持等一、皆余二参籠之例一也。

内大臣は兼実の長子良通であるが、息子の日頃の病悩ぶりに悩む父兼実が、自ら効果があり密かに参籠していた日野薬師堂にひときわ密かに参籠させているのである。こうした兼実の行動の背景には、日野が何らかのパッションを兼実に与え、兼実がそれを密かに信じていたからに他ならないであろう。

以上によると、日野の地一帯は、日野氏一族の邸宅と共に日常性と分かち難い所に法界寺があり、出家後の資長も居住していたこと、日野薬師堂の霊験を兼実は深く信頼し、密かに参詣を続けていたこと、そこでしばしば資長と会談している。また大原とも明らかに交流していたこと、等々のことがうかがえるのである。以上のように日野の地ははっきりと捉えることはできない。しかしこのような神秘性の中に当時も今もあるように思われる。

五、資長の出家

資長には『日野中納言資長卿記』として日記が伝えられている。[注8] しかし仁安二年一二月の条が残闕日記として残されているだけであって、しかもほとんどが記録であって、この日記の中から資長の生涯や信仰、心情をうかがうことはできない。後のものではあるが、『日野家譜』[注9]の記すところによると、元永元年（一一一八）に入道従二位前権中納言実光卿二男として生まれ（母は高階重仲の女）ている。その主な経歴を示すと、

長承二年九月（16）　穀倉院学問料を給う
同　四年　　（18）　文章得業生

保延四年四月(21)　従五位下
保元二年十月(40)　従四位上　造営賞次皇嘉門院
同　三年三月(41)　正四位下　春日行幸行事賞
平治二年四月(43)　蔵人頭
同　二年十月　　　参議
長寛三年八月(48)　権中納言
仁安二年一月(50)　正三位　行幸院行事賞
承安五年四月(58)　従二位
治承三年一月(62)　民部卿、正二位
同　五年二月(64)　出家於日野山荘
建久六年二月(78)　薨

である。父実光が従二位権中納言であったことを考えれば、位は父より一つ上がっていることになる。ここから見ればまずは順調な貴族生活であったろうことが推測される。しかも叙爵の理由として、春日行幸行事賞、行幸院行事賞、石清水加茂行幸行事賞等記されている所を見ると、彼の官僚としての能力の冴えによって昇進して行ったさまがうかがえよう。

ところがこの資長は、治承五年の二月二六日、長い長い綿密な計画を実行し、あたかも本懐を遂げ得た喜びに浸るが如く、自らの日野山荘において出家を遂げたのである。兼実はその時の驚きと落胆を、その翌日次のように記している。

民部卿資長、一昨日於㆓日野㆒出家、今日使季長朝臣等之、無㆓指疾㆒、只遂㆓年来之素懐㆒也、雖㆑遇㆓乱世㆒、未㆑曾㆑当㆓其殃㆒、次第昇進無㆑怨、昇㆓正二位中納言㆒、又任㆓民部卿㆒、其息、帝者侍読、四位中弁也、涯分栄望、専為㆑足、遂㆓以遂本懐㆒、誠末代之幸人也、（治承五年二月二七日）

兼実は、九条家の氏の長者として、近衛家や松殿家との血を分けた肉親との軋轢に耐え、さらに清盛からの懐柔と圧力に耐えて、九条家を守り発展させてきた自負がある。たとえ現在が乱世であるとはいえ、資長にはさしたる疾も、その身へのとがめもなかったではないか、しかもその昇進も正二位、中納言と進み、民部卿に任ぜられ、その子息も相応の栄望を得ているではないか、との思いが噴出したようである。同時に兼実は、日記にやや興奮のおももちで、怒りまじりに書き記しながらも、次第にそれが資長の年来の素懐であったことに思い至り、「末代之幸人」として羨望の言葉を以て結ばねばならなかったのである。ここで兼実が「年来之素懐」と記した資長の出家への思いは、『尊卑分脈』にも「依多年蓄念也」と記されている。ここからすると彼の願望は、志を近くする一部の人々には深く知れわたっていたであろうことが想像される。おそらくそれには仁和寺等における往生語りの場の存在を背景にしていると思われる。ここにこの時代の精神を見る思いがする。また如何に兼実が資長を頼りにしていたかも表れているように思われる。事実治承五年の出家以前に於て資長は『玉葉』の中にしばしば現れている。[注10]

それを見ると「やや久しく談話」（嘉応二年四月三日）、「衆事を談ず」（嘉応二年四月五日）、「暫く談語して亥の刻に及んで帰る」（安元三年六月九日）、「（兼実が）神事の間之事を問う」（承安二年一〇月一五日）とあるように極めて多様な話題を話しあっていたようである。また資長が勘文の制作に当たっていたことも知られる（安元三年五月二八日、治承元年八月五日等）。また安元の大火による文書の焼失の後で、

宮中文書払底歟、凡実定、隆季、資長、忠親、雅頼、俊経皆富文書家也。（安元三年四月二九日）

と書き記し、さらにこれらの災いが本朝の衰滅の時が来たことを表しているかとおおげさに嘆いているが、資長の家が文書を多く保存していたことが知られる。日野家における図書の収集と保存は資業の法界寺文庫以来の伝統であるが、こうした資長の知的性格によって兼実は年長の資長を信頼していたのであろう。資長もまた兼実に忠実に従っているのである。出家の報を聞いた兼実の落胆、驚きのほどは、このような二人の親しき仲を凝縮して表現していると読み取れるのである。

ところが出家後の資長は、すっかりと言ってもよいほど『玉葉』の世界から遠ざかっている。わずか数回しか登場しない。まず養和元年一二月五日の条である。この前日皇嘉門院（兼実の異母姉）が入滅し、その翌日の葬儀の「渡二御御墓所一事」の中で、兼実らとともに随従したのであるが、その時のことが、

余（兼実）及大将（良通）、僧都、資長、頼輔入道、経光法師等候之、其外役人六人也、又侍役人六人、此外一切不二参入一也。

と記されている。兼実の第一子の良通は早くより女院に養われていた。死に面した女院は「大将＝良通之外無二思置事一之由」（養和元年一二月四日）と遺言したと記されている。兼実も皇嘉門院とは経済的にも少なからぬ関係があり、その後も忌日には仏事を営み続けている。そのなかに自らの他に資長を加えたことは、兼実の資長に対する信頼の表れであろう。また兼実、良通以外は、僧侶であり、あるいは彼も僧侶として招かれたのかもしれない。次も皇嘉門院の二七日にあたる養和元年一二月一八日の条である。

入レ夜資長入道来、件人籠二候御忌一、今日着二御色一、即参二宿近辺一也、於二御堂一謁之。（養和元年一二月一八日）

件の人は資長のことかと思われるが、彼はお籠りをし、喪服を着し、この日近くに仮の宿をして法事に参加している。そして兼実に会っているのである。この事実は出家後の資長が時折京に来ていることを示している。次の二例はいずれも日野に居る資長と兼実が会う場面である。元暦元年二月二八日に三位の中将を伴って日野に参詣した時、所作が終わった後に資長入道が食事を用意したとする記事である。建久四年一〇月二八日の条は、日野参詣にやって来た兼実が資長入道堂を礼したとする記事である。

このように『玉葉』の記事から資長の行動を垣間見ると、その出家の意味するところは、単に僧体への表面的な変化だけではない。まったく生活を変えた求道僧としての生活が見えてくるのである。資長にとって出家に至るまでの多年の蓄念の思いとは、

俗界と近い所に在りつつもつねに求道の心を持ち続けていた、そのことにあったのであろう。

六、日野資長説の可能性

以上見てきたように、資長の出家が治承五年であり、『高野山往生伝』の成立が、文治三年以降まもなくの成立と見るならば、資長が出家後数年の間にこれを執筆したとするには時間的な矛盾はない。また出家後の資長が、出家者として求道的な僧侶としての生活を送っていたであろうことも確認した。さらに兼実を中心とした往生語りの世界との交流も続いていたのである。また念仏僧の多かった大原との交流もあったのである。また、ここに浮かび上がってきたような資長の人物像は、『高野山往生伝』の作品内容とも十分通いあうものがあった。

これらの根拠をより積極的に捉えるならば、日野資長、法名如寂を『高野山往生伝』の作者法界寺の如寂とみなすことは、ほぼ首肯されるであろう。そして兼実とともに政治の第一線で活躍した資長のような人物が往生伝の作者として顔を出してくるところに、古代末から中世初頭の変換期の様相がある。如寂の世界は保胤や匡房のような文人的学者の世界とも、また『三井往生伝』の編者昇蓮や『念仏往生伝』の編者行仙房のような聖的緇流の徒とも同じではない。まさにこれらとの中間にあると言えよう。このようなところからも『高野山往生伝』は、古代往生伝の燕尾を語る作品であるとともに、わずかながら中世往生伝の性格を見せはじめているのである。

注

1 小林保治「日本往生極楽記」（往生伝類解題）、『往生伝の研究』新読書社、一九六八年。

2 拙稿「中世往生伝の研究」、『国文学研究資料館紀要』一一号、一九八五年三月。

3 山田昭全「高野山往生伝」解題、『群書解題』第四上。

4　井上光貞・大曽根章介『往生伝・法華験記』、日本思想大系、岩波書店、一九七四年。

5　「伝燈広録」（八巻）、「続伝燈広録」（一三巻）、「伝燈広録後」（五巻）の三部よりなる真言宗の高僧伝。成立は不明であるが、一八世紀初頭と思われる。該テキストは東京大学史料編纂所において明治三六年に富田学純の蔵本を書写したものによる。なお、祐宝は「伝燈広録」の記事中によれば、肥前佐嘉護国福満寺の一〇八世、後に醍醐山上に在りと言う。

6　注4に同じ。

7　五来重は、『高野聖』（角川書店、一九七五年）において、大屋徳城、井上光貞の研究の上に仏厳房聖心を高野聖と位置付けている。

8　黒川春村編『歴代残闕日記』巻二七（臨川書店、一九七〇年）に所収。

9　東京大学史料編纂所蔵本。同所の奥書には「今般系譜事蹟等可差出旨御達ニ付家記謄写（中略）明治八年五月　正五位日野資貴」とある。

10　ちなみに多賀宗隼編『玉葉索引』（吉川弘文館、一九七四年）で検するに、出家以前の仁安元年からの一五年間で一三〇回あまり登場している。

7 『三井往生伝』編者考

――昇蓮と法然教団のかかわりを中心として――

一

明遍が善光寺参詣の途次、四天王寺で法然に遭遇し、「このたびいかゞして、生死をはなれ候べき」、「南無阿弥陀仏と唱えて、往生をとぐるにはしかずとこそ存候へ」、「念仏のとき心の散乱し、妄念のおこり候をば、いかゞし候べき」、「心はちりみだれ、妄念はひきおこるといへども、口に名号をとなへば、弥陀の願力に乗じて、決定往生すべし」、「これうけ給候はむために、まいりて候つるなり」と言って、そのまま別れていったという話は、『法然上人行状絵図』に伝えられている。[注1] これのみならず、法然の信仰を適確に伝える語録として『一言芳談』にも採られている。また視点を変えて、求道者明遍の姿を伝える話として『明義進行集』にもあり、かなり著名な話となっている。私には、聖である明遍が単に高野にひきこもってばかりいたのではなく、時に善光寺へ出かけ、また四天王寺界隈を徘徊していた事実を伝えるものとして、なかなかに興味のわく話である。[注2]

いったいに、遁世聖ということばのイメージから、『撰集抄』の伝える聖のイメージ、ひとところにひきこもり一途に求道生活にいそしむ姿を思い浮かべがちであるが、必ずしもそういうものではないであろう。

中世の、聖と呼ばれる人々は、いったいどのような形で社会的かかわりをもっていたのであろうか。これを明らかにすることは、中世文学を考える際にきわめて重要なことと思われる。

私は『三井往生伝』を翻刻、紹介した際に、その序文に「沙門昇蓮撰」、「建保五年七月十五日」とあることから、資料の中に昇蓮の名前をさがし、『三井往生伝』が成立した建保五年の頃確かに存在していたことを明らかにしておいた。[注3] しかしそこでは〝沙門昇蓮〟がいかなる人物であるのか、また作品成立の必然性は何か、といった問題はまったく考察することができなかった。

編者像を具体的に想定することの中から、建保五年という時代において、往生伝が、しかも三井寺の往生者に限定して作られたことの社会的背景を明らかにすること、つまりは文人貴族によって作られた院政期の往生伝から、中世往生伝への変質の意味を明らかにしたいとするのが本稿の目的である。

二

前稿[注4]とも重複するところがあるが、まず、昇蓮の名の見える資料を整理してみたいと思う。

『浄土伝灯総系譜』[注5]の中には、巻一五に、念仏上人の弟子として「照蓮」の名が、巻三一には、

明遍僧都─┬─敬仏─西願
　　　　　├─願性─助阿
　　　　　├─浄念松蔭住
　　　　　└─昇蓮仁和寺住

と二人の〝ショウレン〟が見出される。

民部卿広橋経光の日記である『民経記』の安貞元年八月三〇日の条には、延暦寺の訴によって、専修念仏僧隆寛、空阿弥陀仏（明遍）、幸西を遠流に処し、専修念仏を停止せしめたという事件を伝えている。[注6] この時の記事の中に「余党可搦出事」として念仏僧が挙げられているが、その中に〝ショウレン〟の音を持つ僧として、

聖蓮 菩提院
照蓮 城外

の二名の名がある。このうち照蓮の方は、『浄土伝灯総系譜』の伝える念仏上人の弟子と同一人物と思われるので、別人と思われる。菩提院に住した聖蓮は、菩提院が永万元年（一一六五）の頃、有真大僧都によって造建された仁和寺内の僧院であるから（『仁和寺諸院家記』による）、『総系譜』の伝える明遍の弟子で、仁和寺に住した昇蓮と共通性がある。おそらく同一人物であろうと思われる。

『一言芳談』には、敬仏房が上洛した時、覚明房、証蓮房等が、語りあっていたことばを伝えていて、証蓮房が、敬仏房、覚明房と親しい関係にあったことを伺わせ、『総系譜』の伝える敬仏房とともに、明遍の弟子であったとする説を補強している。[注7]

また『一言芳談』の注釈書である湛澄の『標註一言芳談鈔』[注8]には、『一言芳談』に登場する法語述者を整理し、表にまとめているがその中の証蓮の項には、「仁和寺ノ昇蓮房ハ乗願上人ノ弟子也」と解説されている。

武州安養寺の唯阿性均が諺註を加えて出版した『明遍僧都一紙法語諺註』[注9]なる書があるが、この識語に、

此ノ法語ハ僧都ノ自筆、高野山蓮華谷三昧院ノ秘庫ニ在テ（中略）僧都ノ上足四人アリ。所謂ル敬仏願生浄念昇蓮也。今ハ何レノ門弟ト指シ定ムベカラズ。凡ソ……ナリト云ヘル是レ也。

と記されている。この記述からすると、本書が出版された当時、明遍の弟子として、敬仏、願生、浄念とともに、昇蓮が考えられていたことがわかる。

『法然上人行状絵図』では、昇蓮は二ヵ所に登場する。その一つは巻四〇である。この巻は法然の『選択集』に対する論破の内、園城寺の公胤僧正、明恵上人高弁、静遍僧都の三人がとりあげられている。このなかで明恵上人が『摧邪輪』を著し、それを民部卿長房が明遍に見せようとしたが、明遍は我は念仏者である、念仏を破した文は、手にもとらない、見ることもしないといって返したという。その後に、

其後仁和寺の昇蓮房、かの邪輪をもちて明遍僧都に見せたてまつるに、僧都申されけるは、凡立破のみちは、まず所破の義を、よく〳〵心得てこそ……

と記されている。ここには明遍に教え諭される昇蓮房の姿が髣髴としており、両者の師弟の関係が確認できる。

次は巻四四である。ここでは元久元年（一二〇四）三月一四日、法然上人が小松殿にいるところに、隆寛律師がやってきたところ、ふところから『選択集』をとり出し、これは善導和尚が浄土宗をおたてになった根本である。はやく書写して披覧せよ、源空存在のあいだは秘して他見するな、と言われたので、隆寛が、

わかちて尊性、昇蓮等に助筆せさせて、これを書写して、本をば返上せられけり。

と記されている。ここからは昇蓮が隆寛の弟子の一人であったか、あるいはきわめて近い存在であったことを思わせる。『明義進行集』巻二隆寛の項にも同様の話がとられているが、ここでは書写を命ぜられた隆寛が、「イソギ功ヲオニムガタメニ、三ツニヒキハケテ、尊注（マ丶）昇蓮ニ助筆セサセテ……」とあるから、昇蓮は隆寛の弟子としても高い位置にあつたことを思わせる。[注10]ところで『標註一言芳談鈔』の伝える「乗願上人ノ弟子也」とする説についてであるが、『法然上人行状絵図』では、巻四三で乗願房について、

もとは真言師悉曇師にて、仁和寺にすまれけるが、のちには天台宗を稽古せられけれども、この両宗にて、順次に生死をいづべしともおぼえずとて、上人の弟子になり、遁世して、醍醐の菩提寺のおく樹下の谷といふところに、隠居多年の後清水の竹谷といふ所へうつりすまれけるが、建長三年七月三日戊刻に、生年八十四にて往生し給ふ。

と紹介している。乗願房が仁和寺に住み、真言、天台を経て法然の浄土門入りしたことが、明らかに記されているが、昇蓮との師弟関係を直接に説明するものはない。

三

以上の『法然上人行状絵図』や『一言芳談』等により、昇蓮の姿がどうやら浮かびあがってきたようである。つまり仁和寺を主な基盤とする僧侶がいて、明遍、隆寛と師弟の関係があったこと、またほぼ横の関係で敬仏房、乗願房、覚明房らとのかかわりがあったと言えるであろう。また隆寛、明遍、乗願房、覚明房らは法然上人の弟子であり、敬仏もまた明遍の弟子であった。つまり『三井往生伝』の編者昇蓮は、明遍や隆寛らも含めて法然教団の中の念仏聖の一人であったと思われるのである。また真言宗である仁和寺も、これらと何らかの関係をもっていたであろうことを想像させるのである。

ところで、ここに登場してきた法然教団の人々と、昇蓮の関連記事を年代順に整理し、法然の主な門弟たちの入門の時期をつけ加えてみると、およそ次表のようになる。

表1　法然教団の人々と昇蓮関連年表

建久元年（一一九〇）	証空入門（『行状絵図』）
同　六年（一一九五）	源智入門（『行状絵図』）　明遍高野山に入る
同　七年（一一九六）	公胤『浄土決疑抄』をあらわす（『正源名義抄』）
建久元年（一一九七）	弁長入門（『聖光上人伝』）
同　九年（一一九八）	『選択本願念仏集』成る　幸西入門（『行状絵図』）
建仁元年（一二〇一）	親鸞入門（『教行信証』）
同　二年（一二〇二）	覚明房長西入門（『浄土法門源流集』）
元久元年（一二〇四）	隆寛入門（『明義進行集』）　隆寛、昇蓮等『選択集』書写（『行状絵図』、『明義進行集』他）

建暦二年（一二一二）	法然没　明恵『摧邪輪』選述、この頃昇蓮『摧邪輪』を明遍に見せる（『行状絵図』）
建保四年（一二一六）	三井寺の公胤往生（『行状絵図』）
同　五年（一二一七）	『三井往生伝』成立
元仁元年（一二二四）	明遍没
安貞元年（一二二七）	専修念仏僧遠流（『民経記』）　隆寛没
建長三年（一二五一）	乗願房宗源没
弘長元年（一二六一）	覚明房長西没

法然の主な門弟の入門時期が、建久に入ってからがほとんどであるところから、井上光貞は、「法然は、源平争乱の終結後、積極的な布教活動に入り、文治、建久の頃広く世間の耳目を集め、多数の門弟を擁するようになったことが知られる」[注11]と言っている。融通念仏と深いかかわりをもっていたと思われる明遍の場合はともかくとして、覚明房も隆寛も、乗願房らも、『三井往生伝』の成立を中心に考えれば、意外に新しいものであることがわかるのである。またここで確かに言えることは、『三井往生伝』の沙門昇蓮が、ここに登場してきた〝昇蓮〟たちと同一人物であるならば、『三井往生伝』の成立以前に、法然の『選択集』を書写し、その反論書である『摧邪輪』も手にする機会があったということである。

四

これら〝昇蓮〟たちが、いかなる念仏観、往生観を持っていたかは、『三井往生伝』の成立や思想を考える場合に重要なことである。しかし〝昇蓮〟のことばを伝えるものはきわめて少ない。唯一考えられるのは『一言芳談』に記されたものである。

先に私は、覚明房、証蓮房等が語りあっていることばを伝えていると言ったが、これを言うには少々考証が必要である。慶安版本を底本にしたとされる『校註一言芳談』[注12]では、同人、上洛の時、覚明房、証蓮房等語申云。むかしの後世者の振舞と、今の後世者の風情とは、かはりて候也。昔の聖どもの沙汰しあひて候しは、其人は後世をおもふ心のあるか、なきかの躰にてこそ候しか。今は学問し候べき器量などのあるを、後世者のさねと申あひて候也云云。敬仏房云。後世者のふりは、大にあらたまりにけるにこそ。

このように伝えている。同人とは敬仏房であるが、敬仏房が高野山から京に上ってきたときに、覚明房や証蓮房らがお話し申された、ということで以下のことばは、覚明房や証蓮房のことばとして記されていることになる。ところが、日本古典文学大系本の『一言芳談[注13]』では、

同人上洛の時、覚明房証蓮房に語申云、「むかしの後世者は……

となっている。ここでは「むかしの後世者云々」と語っているのは、敬仏房自身のことになる。今、底本にもどって確認することはできない。しかし『標註一言芳談鈔』でも、

覚明房証蓮房等。語申云。

と、明白なルビがあり、〝に〟とは読めない。またこの問答に続ける形で敬仏房の「後世者云々」の反応が出ている。標註本も日本古典文学大系本でも同様に一連のことばとして見ている。これらのことから考えて、この本文は「覚明房証蓮房等、語申云」とするのが正しいと考えられる。従って以下のことばは覚明房、証蓮房のことばである。ここで二人の語りあっていることは、昔の遁世聖たちは、後世を願う心を持っているかどうかを問題としたのに対し、今の者たちは、教理を研究する才能のあることを後世者の資格と思っているということになるであろう。これは〝昇蓮〟のことばとして貴重なものである。

五

次にはこの〝昇蓮〟とかかわりある人たち、時には師として、またある時には同朋としてその周辺にいた人たち、明遍、乗願、覚明、隆寛、敬仏らの念仏観、往生観を見ておきたいと思う。これにより昇蓮の往生思想の輪郭だけでもつかみたいと思う。

明遍

『行状絵図』巻一六は、一巻すべてを法然と明遍の説明にあてている。これによれば明遍は当時無双の碩学で、有智の道心者と言われていた。しかし彼の学問を伝えるものは残されていない。そのことばをうかがい知れるのは『一言芳談』である。それによれば、

学問は、念仏を修せむが為なり。もし、数反を減ぜらるべくは、教へ奉るべからず（125、角川128）[注14]

に見るごとく、学問は念仏の為のものであるとか、真実に浄土を願えば、いついかなるところで唱える念仏でも往生できるものである（13）というように、信を問題とし、念仏を至上とする考えで貫かれている。またその念仏は称名念仏であって、「仏助け給へと思外は要にあらず」（117）のことばが示すように、仏助け給へと一途に思ふ心、いかなる時でも弥陀の本願を仰げ、信ぜよとする考え（105）にあらわれているように、弥陀の本願信仰であり、専修念仏である。五来重は『行状絵図』の記事や『一言芳談』の中で、願性が、明遍に十八道加行の印明を伝授されたとき、ついでに字輪観をさずけてほしいと頼んだ話（95、角川98）などから、「真言の信仰も、舎利信仰も、戒律信仰もまじえた専修念仏、すなわち真言念仏の伝統のうえに立った融通念仏が、明遍の専修念仏というものの真相だったことはうたがいがない[注15]」としている。

乗願房

乗願房は、先にも『行状絵図』の記述を引用したが、法然の弟子となる前は、真言師、悉曇師で、仁和寺に住み、後に天台に入り、それから法然の弟子になったという経歴がある。道念をかくし、医師をなのっていたとか念仏を真実に信じたるものの強さなどが伝えられている（『行状絵図』）。具体的なことばとして伝えているのは『一言芳談』であるが、それを見ると、

たゞ一心に、ねてもさめても、たちゐ、おきふしにも、なむあみだ仏〳〵と申て候は、決定往生のつと、おぼえて候なり（78、角川81）

とあるように、一途に念仏にはげむことへの実感をのべている。念仏以外に学問をしても一つの疑問をといても次の疑問が出てくる、学問は念仏のためにはならず、かえって障となるものだと述べている（78、角川81）ところや、往生への不安を言う（122、角川125）ところ、愚を出しすぎることはやめよ、凡夫にとっては助業が必要である（146、角川146）とするところなど、いったいに人間的な弱さの自覚を示していて、そこから専修念仏の実践、弥陀への信を実践していたと思われる。

敬仏房

『沙石集』巻一〇本に登場するが、その中で「常州ニ真壁ノ敬仏房トテ」と紹介されている。『一言芳談』では「大原・高野にも、其久さありしかども」とか、「奥州のかた修行の時」とする法語などがあり、広範囲の活動をしていたことが知られる。また『一言芳談』では最も多くの法語を採録されている。その法語の中には、弥陀の本願に帰依する道理の強調（39、角川40）や、道理を守り、心にまけず、生死を超越せよ（40、角川41）、いかなる仏教理論の理解よりも、仏助け給へと思う心が大切である（38、角川39）とする道心の強調、遁世者の心がまえとして、徹底して衣食への執着を捨てよ（50、角川47）と説くところや、「出離の詮要は無常を心にかくるにあり、今生を軽くし、後世をおもへ、今生はただいまばかり、今日ばかりとおもへ」（43、角川44）と説くなど、深い無常の自覚から、徹底した遁世に生きる僧としての面影を伝えている。『一言芳談』に登場する遁世者の中でも、おそらくは伝えられる遁世者の中でも、最も厳しい遁世聖であり、遁世聖としての典型を伝えていると言えるであろう。

覚明房

覚明房長西は建仁二年（一二〇二）、一九歳で法然のもとに出家した最若年の弟子の一人で、天台や禅も学んだ有数の学者であったと言われる。また念仏をせまく称名とのみは解さないで観念をもあわせるものとしたのみでなく、法然のように念仏の一行のみを本願とするのは、阿弥陀仏の広大な慈悲にももとり、経意にもかなわぬことで、諸行もまた勝劣に相違はあっても本願の行であり、真実の心を以てこれを極楽浄土へ回向すれば、いかなる仏行を以ても往生は可能であるとした。[注16]『行状絵図』では、四八巻の巻末に、法本房行空、成覚房幸西とともに、名前のみ紹介されているが、前二者は一念義により、長西は「上人没後に、出雲路の住心房に依止し、諸行本願のむねを執して、選択集に違背す」として門弟の列にのせられなかったと説明されている。

隆寛

隆寛は少納言藤原資隆の子で、叡山にそだち、元文元年（一二〇四）に法然の弟子となり、法然没後は顕選択をあらわして嘉禄の法難を招いた。念仏を称名の義に解し、往生の時まで退転すべからずとして多念説をとった。『行状絵図』の伝えるところでは、毎日八万四千遍の称名をつとめたという。また阿弥陀の報土に往生できるのは、三心具足の称名念仏者だけであるという。[注17]法然の門弟中では、幸西、親鸞とともに、あくまでも専修念仏を貫いた人々の一人であった。

以上のように昇蓮の周辺の人物を探ってみると、明遍のように法然義以前の浄土教の伝統をひいているものから、隆寛のような左の代表、覚明房長西のように、晩年は観想念仏に帰っていったものがある。しかも、そのいずれも専修念仏僧である。また伝えられた法語の中には、本願への信頼、信の問題が強くうち出されていたと言えるであろう。こうした人たちを師として、あるいは同朋としてもっていた昇蓮が、これらの考え方と無縁であったわけがない。同時に明遍・敬仏房、隆寛、覚明房等、法然の没後分派していった人々とかかわっていたことは、昇蓮のもつ念仏思想や往生思想が、純粋の専修念仏でも、諸行本願義でもなかったであろうことを想像させる。しかし昇蓮の直接のことばとして唯一考えられる『一言芳談』の中のことば、つまり昔の聖どもは、後世をおもう心の有無を論じ、今の聖どもは、学問の器量を重視しているとの批判を示しているところは、昇蓮が当代の聖たちを客観的に眺め、批判する心を持ちあわせていたであろうことを思わせる。

六

以上考証してきた〝昇蓮〟は、どうやら一人の人物と見てよいように思う。彼の唯一の語録及び彼の師や同朋のことばの中に根本的な矛盾はない。その浄土思想にたつ彼らが往生伝を書くことは考えられないことではない。それが『三井往生伝』であるかどうかが問題であると言えるであろう。

『三井往生伝』の執筆の意図、動機を語っているのは言うまでもなく序文である。それを具体的に示せば、

> 夫日本ノ往生伝者初メ慶保胤訪二於源信僧都一、続ハ江匡房求二於慶朝法印一、多載二延暦寺一不伝二諸寺一也。予雖二管見一頗有二寡聞一、先扇二智証之遺風一聊拾二園城之門葉一。（中略）願以二此四十八人往生極楽之縁廻為二四十八願荘厳浄土之因一而已。[注18]（傍点編者）

である。つまり昇蓮が先行往生伝について理解したことは、初めのもの（『日本往生極楽記』をさすであろう）は、慶滋保胤が源信僧都を訪れて、「続」は（『続本朝往生伝』をさすであろう）大江匡房が慶朝法印をたづね、あつめたものである。その結果多く延暦寺の僧を載せて他の寺の僧を載せていない。そこで私は、諸寺の往生者を管見してはいるもののたくさんは見聞きしていない。まず手はじめに智証大師の遺風を扇（あお）いで園城寺の中からえらんでみよう、というほどの意味になるであろう。

天台浄土教の中心が叡山の横川にあった以上、往生者が天台の延暦寺中心になるのは、比較的自然なことと言えるであろう。こうした中で叡山以外の往生伝を書こうとしたのは、序文の文章を分析する限り、大江匡房が慶朝法印より資料をあつめたがために、延暦寺にかたよって、諸寺の往生者を伝えていない、と昇蓮が考えたからに他ならないであろう。そして最初の意識の中

に浮かんできたのが、先ず、智証の遺風を扇ごうと意図した、その結果『三井往生伝』を書いたということになるであろう。

さて、『続本朝往生伝』序文の記すところによれば「詢蒭蕘訪朝野。或採前記三所遺漏。或時其後事而□康和」とあって、匡房が身分の卑しい者の間にもわけいり、往生者をさがしたと書かれている。また篠原昭二は「文献に殆んどよらず、専ら口承説話乃至は自己の見聞に資料を仰いでいる」[注19]ことを実証しているし、井上光貞も「比較的身近なところから、聞き書き等によって素材を得ることが多かったと察せられる」[注20]としている。しかし匡房が慶朝法印に資料を求めたという根拠は見当らない。

ところで、この序文の中に昇蓮の対叡山意識が深く見られることは、すでに指摘した。[注21]またこの対叡山意識を刻印したものが史上五度目の「山寇」であったろうこと、『三井往生伝』が山寇による三井寺焼亡から三年後であることとは、すでに小峯和明が指摘している。[注22]『寺門伝記補録』一四の公胤伝の記すところによれば、その「建保焼亡」の原因として「或記云」という形ではあるが、次のようなことを伝えている。

建暦元年四月、後鳥羽院が、緇徒一万三千人余を四天王寺に集めて一大蔵経頓写を行った。その御導師は興福寺の雅縁、呪願は園城寺の公胤となった。これに対して叡山側では衆徒眉目を失って怒り、園城寺の公胤を叡山座主の承円に改めるようにせまった。これに対して智徳を精選していること、承円は﨟たけず智行浅い。導師にも呪願にも能わず、として拒否した、それが建保の焼亡の基となった、という記事である。

実はこの公胤は、『行状絵図』巻四〇によれば、公胤が大僧都の時、法然上人を誹謗して、『浄土決疑抄』三巻を記して『選択集』を破したという。やがてその非を指摘され、懺悔し、「ひとへに上人の勧化に帰し、念仏の行おこたりなく」して、建保四年閏六月二〇日、七二才で往生を遂げたという。

一方の承円は、藤原基房の第一〇子であるが、元久二年二六才の若齢で六八代座主となり、七年間治山、その後建保二年に三五才の時還補し、こんどは六年間治山しているが、この間に元久二年(一二〇五)一〇月、元久三年二月、建永二年(一二〇七)二月、建暦元年(一二一一)三月、建保五年(一二一七)三月、建保七年(一二一九)閏二月と、前後六回にわたって専修念仏の弾圧を行っている。[注23]昇蓮もこれらの弾圧の中で何回かその対象になっていたのではないかと思われる。

さて慶朝のことであるが、『天台座主記』によれば、三八世の天台座主である。横川の寂場房の住持で、康和四年座主に任ぜ

られたとき、横川の四季講堂で印鎰を受けている。その記事中に、

長治元年甲申八月八日、大衆伐払寂場房、追却山門、是与貞尋僧都同心襲大衆之故也。追却後八箇月間、授戒舎利会灌頂霜月会等、寺家行之、其間寺主行算執務山上。[注24]

とあり、同様のことが『中右記』では、

近曽山上大衆乱発、切払座主慶朝房了、是与悪僧前僧都貞尋同意之故云々。（長治元年八月一三日の条）

と記されている。ここに登場する貞尋は、『中右記』によれば、「於山上企合戦数十度」（元永元年二月一五日の条）とか、「年来間上兵士於山上殺害人数二百九十八人也」（長治元年六月二四日、二九日の条）と記されているような悪僧である。慶朝はこの悪僧と同心して、大衆を襲ったために、大衆の反発を受け、追却せられるはめとなったのである。[注25]

このような慶朝であってみれば、ここに教団の混乱が表現されており、匡房がその慶朝から求めて往生伝を書いたとする昇蓮のことばは、強列な叡山批判となっていると言えるであろう。同時に昇蓮をして『三井往生伝』の執筆にむかわせたものは、直前のできごと、つまり座主承円による三井寺の念仏僧、法然教団の一員、公胤に対する圧迫、つまり山門、寺門の対立それも山門側の権力行為に対する反発が根底にあったと言えるであろう。[注26]

七

さて、以上によってほぼ『三井往生伝』の作者が、昇蓮であること、その昇蓮は、明遍、隆寛らを師とし、覚明房長西や、敬仏房、乗願房宗源らを同朋とする、法然教団の念仏聖であったこともほぼあきらかにしえたであろう。

かつて院政期に輩出した古代の往生伝が、保胤や匡房に代表されるような文人貴族によって担われていたのに対し、中世往生伝が、念仏聖によって書かれたことの意味は、中世における念仏聖の活動の一つとしても、また聖主体の作品への反映の問題としても、大きいものがある。

本稿では作品の外郭を徘徊しているだけで終った感がある。これからの課題は、作品の内部にふみこみ、中世往生伝への変質を究めることである。しかし与えられた時間はとうに過ぎ、紙面も尽きようとしている。不本意ながらここに擱筆する。

注

1 巻一八、以下本書については『行状絵図』と略称する。またテキストは、井川定慶編『法然上人伝全集』(法然上人伝全集刊行会、一九五二年)を用いる。
2 五章においてもふれるが、明遍の弟子敬仏房が、常州、真壁、奥州、大原、高野に足跡を残していることもあわせ考えたい。
3 「教林文庫本『三井往生伝』翻刻と研究」、伊地知鐵男編『中世文学　資料と論考』笠間書院、一九七八年。
4 注3に同じ。
5 鸞宿の編、享保一〇年刊。以下『総系譜』と略称する。
6 大日本史料による。
7 日本古典文学大系本では二〇五頁。本文上に疑義があり、後に本稿中の四章で考証を記す。
8 報恩寺湛澂の著。『一言芳談』の本文を類纂して、一〇分類に編成替えしたもの。ここでは元禄二年、西村市郎右衛門蔵板を利用。
9 元文五年二月、出雲寺和泉掾板を利用。稿者架蔵本を利用する。
10 『隆寛律師略伝』(『続群書類従』巻二一七)にも同様の記述があるが、ここでは「尊性昇蓮等」となっている。また尊性については天台座主(七六世)にその名が見出せるが、おそらく別人と思われ、詳細はわからない。
11 『日本古代の国家と仏教』岩波書店、一九七一年、二八一頁。

12　多屋頼俊著、法蔵館、一九三八年。

13　『仮名法語集』所収、校注は宮坂宥勝氏、底本は寛正四年の『一言芳談』によると説明している。

14　本文は注13による。参考までに編者の付した連続番号と、簗瀬一雄訳注『一言芳談』（角川書店、一九七〇年）の番号を付す。

15　『高野聖』角川書店、一九六五年、二一二～二一四頁。

16　以上は主として、井上光貞『日本古代の国家と仏教』二九一頁による。

17　主として井上光貞『日本古代の国家と仏教』二九三頁による。

18　注3による。

19　『続本朝往生伝』の解題（『往生伝の研究』古典遺産の会、一九六八年）。

20　井上光貞・大曽根章介『往生伝・法華験記』（日本思想大系、岩波書店、一九九五年）の文献解題。

21　拙稿「資料紹介　教林文庫蔵『三井往生伝』」、『説話文学研究』八号、一九七三年六月。

22　注3の文献中の研究編の四、成立前後。

23　田村円澄著『日本仏教思想史研究　浄土教篇』平楽寺書店、五九～九二頁。

24　渋谷慈鎧編『校訂増補天台座主記』一九三五年。

25　井上光貞氏は、この間のことを、武力を組織した大衆の力が伸長したために、政府の保護を受けることのできない教団内部の有力者は、しばしば強豪悪僧の首と結託して座主の地位を得ようとしたと見ている（『日本浄土教成立史の研究』山川出版社、一九五六年）。

26　序文に言う往生への結縁としての意識は当然のこととして考えている。

8 『三国往生伝』考 ――『普通唱導集』内の位置――

一、中世往生伝の研究課題

現世における信仰心の強さ、仏道修業の結果として、極楽に往生した人たちの伝記を集めた往生伝は、古代社会に成立し、中世を経て近世社会に至るまで編纂され続けた。その編纂の背景には、死への恐怖、死後の世界への関心、そして往生語りがある。この往生語りは現在に至っても受け継がれている。決して平安浄土教の終焉とともに、その役割を終えたものではない。[注1]

中世における往生伝の編纂は、古代社会に比し決して少ないものではなかった。[注2] 中世往生伝が忘れられ、ながいこと正当な評価を与えられなかったのは、古代社会のそれに比し、往生伝の持つ社会的・信仰的機能が分散化したためであった。このため独立の往生伝の編集は少ないように見えるが、説話集の中には、多くの往生譚が採録されたし、直接理論的に語り訴える往生論が多く現れたのである。このため中世往生伝は表面上見えにくくなり、研究も立ち後れていたのである。

『三国往生伝』は良季の著作である『普通唱導集』の中で伝えられてきたものである。その内容は、天竺、震旦、本朝の往生者六十数名を取り上げ一書にしたものである。本稿では、『三国往生伝』を伝えてきた『普通唱導集』の基本的性格を明らかにし、その中で『三国往生伝』がどのような位置にあったのか、どの様な役割を持っていたのか等の問題を分析し、中世往生伝の実態究明の一つにしたい。

二、『普通唱導集』の形態と編集目的

『普通唱導集』は東大寺図書館が現蔵している。夙に高野辰之によって発見され紹介された。[注3] その後、村山修一が、『女子大文学』に翻刻している。[注4] 現在六冊が残されているが、この現存する六冊は、上巻が、本一、本二、末一、末二の四冊、中巻が末一の一冊、下巻が末の一冊であることから、高野は一巻が四冊から構成されていたと仮定し「総計十二冊あったものらしい」[注5]と推測した。

現存本は上巻の序文に続けて「篇目計算次第」とあり、次に、

一　発端　二　平生　三　病療
四　逝去　五　悲歎　六　日数
七　作善　八　感応因縁
九　地形時節勘句例句
十　別廻向惣廻向
　已上以十番之目録成一座之旨趣矣

と記し、それに続けて上巻本、末、中巻本、末、下巻本、末ごとに目次に相当するものを掲げている。これと本文に相当する部分を対照してみると、次のように整理できる。

上巻　　目次と本文がほぼ対応する。
中巻本　目次あるが対応する本文なし。
中巻末　目次には、三項目が挙げられているが、はじめの二項目のみ本文が対応する。
下巻本　目次のみで対応する本文なし。

下巻末　目次と本文がほぼ対応する。

対応しない本文の箇所を具体的に見ると、中巻末の部分は、雑修善、祖師、所修行の三項目あり、本文は雑修善、祖師の部のみがある。つまり最後の所修行に相当する部分がない。下巻末は、『三国往生伝』に続けて、因縁の項目が設けられ、明王、忠臣、孝父、孝母、賢夫、貞女、師範、弟子、朋友篇となっている。本文の方では、「賢夫篇十二箇条」と記した後の具体的な本文がない。

ここから考えると、目次に相当する部分は、『普通唱導集』の内容をほぼ正確に伝えているものと考えられる。明らかに欠けている冊は、中巻の本と、下巻の本の二篇である。そして中巻末と下巻末には、欠丁があるものと推測できる。序文には、「上中下本末六帖ヲ編ンデ名テ普通唱導集ト曰フ」として、明確に三巻本の六帖であったことを伝えており、現存する帖数に一致する。しかし少なくとも中巻の本と、下巻の本の二篇が欠けていることは明らかである。また巻首題を見ると、上本一に「普通唱導集　上本　並序」（現蔵本第一冊）、上末一に「普通唱導集上」（現蔵本三冊目）、中末一に「普通唱導集中」（現蔵本五冊目）、下末に「普通唱導集下」（現蔵本六冊目）とある。しかし上本二（現蔵本二冊目）と上末二（現蔵本四冊目）には巻首題がない。明らかに分帖した跡が伺える。したがって現蔵本は本来の六帖ではない。推測するに本来の六帖は、なんらかの事情で分帖が行われたものと考えられる。つまり上中下の三巻、一巻を本と末とする構造は変更していなかったものであろう。このように考えると現存する六冊は、一二冊中の六冊、つまり半分しか残存していないのではなく、中巻と下巻の半分だけが現存しないものと考えられる。つまり全体のほぼ三分の二が現存していると考えるのが妥当であろう。

次に、『普通唱導集』の編集目的である。次のような序文がある。

夫以レハ帝都辺城之間タ逆善追福之席、或ハ歎テ二露命之易一レ消コトヲ。兼テ供二養十齊之尊像一ヲ。或悲二暗魂之可一レ訪コトヲ。泣ナク〳〵勤二修一日之仏事一ヲ。当座之唱導尤モ宜ク令二用意一者歟。観夫レ有二夢想金皷ク之沙門一。祈二人家土民之施主一ヲ。先説二妙憧ノ本誓一ヲ。続ツイテ誦二阿弥陀経一ヲ。偸相二尋其布施之珍一ヲ。纔ニ只称レ得二一文之銭一ヲ。重クシテ二小分一致二大謝一ヲ。誠ニ以テ免ル二信施之罪一ヲ。何ソ夫有ン二虚受之過一乎。而ニ今所レ有禅徒各雖レ応二仏経讃楊之請用一ニ。皆以テ暗ニ二内外典籍之義文一ニ。被物ツツミ裹物之財宝ハ雖レ堆ウツタカシト二案上案

下。物釈別釈之法則已背一音二弁。先臨仏前旨趣未述始自神分儀式無麗。況復表白章句非言泉之弁舌。懇丹釈段背学山名目。至于如彼語拙而少其理聞喧。而滞其事。万人反唇皆解朝弄之頤。一会成吹無催感情之涙。既而疲長居者、起座而且退出、適残留輩倚墻而頻睡眠。因茲悲浮生設七分全得恵業之人哭亡霊祈三藐菩提覚果之客、偸以仏業難成浄刹之資糧、尊霊争離穢土之流転。然間聊綴肝略最要之集。予聚三宝讃嘆之詞。殊就密教之軌儀、兼訪顕宗之経論。分編上中下本末六帖。名曰普通唱導集。普以兼諸仏法僧之草案。通以亘衆人男女之檀那矣。為其躰也。於上巻分本末。本巻出表白之衆躰。末巻表供養之三宝。於中巻分本末。本巻釈諸部素怛覧、末巻歎一代之仏菩薩。暫閣説相之因由、先依師資之次第。於下巻分本末。本巻挙諸人之施主段、載通局之哀傷。末巻勘三国之往生伝。致因縁并廻向。凡此集躰如何者、臨期旦而撰篇目捜計算而定章句。因茲忽於一座之旨趣速得片時之成弁。又夫為知上代之往躅、為委諸人之曩祖。注本朝異域之年紀。記王位臣下之系図。抑一部之篇章諸句之次第、初以浮心而為初、後以催思而為後。心思之所不及、恨是多以有残。是以列次尤乱、披閲宜滞。竊以中葉詞林射文鳥。微禽徒脱悪兵之手。前修筆海漁藻魚。小鱗空漏破網之目。今之所聚蓋以如斯者歟。嗚呼疎学之飢窓喰糟糠而尤成珍膳美食之気味。無才之穿棲結芽茨而謬致玉楼金殿之歓会。然則飽文章言詞之輩嘲弄而擲泥上。富経論義釈之客誹謗而棄郊外。因茲偏只秘独身之懐中。敢非備他人之座下。于時永仁第五之暦春王初三之天釈門良季採筆記集云尓。[注6]（上本一）

序文はおよそ三段から構成されている。

まず第一段では、逆善や追善においては唱導が最も重要であることを述べる。しかし表白をはじめとして唱導の場における詞、弁舌は簡単なものではない。真実少なく耳障りなことばでは人々から反感をかい、あざけられる。聴くものをして感涙を催させ、仏土に赴かせることは難しいことを指摘する。その上で唱導の重要性を説き、唱導の場における言葉の重要性を指摘する。

第二段落ではこれを受けて、三宝（仏・法・僧）賛嘆の詞や、密教の儀軌や顕宗の経論に関し、最も肝要の句を集めて編集した。これが普通唱導集六帖である。その編成は、上中下の三巻構成とし、一巻を本巻、末巻との二部に分巻したこと。編集の主たる目的は、時に応じて必要な課題を選び、章句を決め座の趣旨に合せて、適切な唱導をするためのものである。また過去の歴史を知り、諸人の先祖を尋ねるため、年代を記し、王臣の系図を記したと書く。つまりここでも適切な唱導の重要性を説き、唱導のための資料集、表現辞典を編纂したことを明らかにする。

第三段落では、ここに記した文章や詞句は、心に思うままに記したこと、心に浮かばないことが多かったことが残念であること、等を述べる。さらに「中葉ノ詞ノ林ニ文鳥ヲ射ル」「微禽徒ニ悪兵ノ手ニ脱ガル」「前修ノ筆ノ海ニ藻魚ヲ漁トル」「小鱗空ク破網ノ目ヲ漏レル」のごとく美辞麗句を並べている。しかも単なる美辞麗句にとどまっていない。おそらく「文鳥ヲ射ル」という表現の中には、『晋書』羅含伝の伝える、羽毛の美しい鳥が口の中に飛込んだ夢をみて以来、文章詩歌を創る能力が日ごとに豊かになったという文鳥の夢の故事がふまえられているであろう。また藻魚から小鱗、破網と続ける文飾の中にも豊かな漢籍の教養と文才を滲ませている。このように豊かな文才と教養を示した後に、いささか度が過ぎるかと思えるほどに「嘲弄シテ泥上ニ擲ゲヨ」「誹謗シテ郊外ニ棄ン」と、謙譲の言葉を飾って文を結んでいる。

つまりこの序文からは、著者良季の豊かな教養と、文才が偲ばれる。また『普通唱導集』を編集・執筆した目的は、仏教の唱導にあり、唱導の場における適切な詞の重要性を考え、その唱導の実際の場における表現辞典、具体的な比喩の為の資料集の編纂が意図されていたのである。

三、編者良季と成立年代

序文に永仁五年一月三日に仏門の良季が記したことが明記されている。この良季には、『国書総目録』の著者別索引によれば、『王沢不渇鈔』『即身成仏義抄』なる著作がある。『王沢不渇鈔』は、大曽根章介の解説（『日本古典文学大辞典』）によれば、作詩作文のための参考書であるという。写本（叡山文庫真如蔵、大須文庫蔵）の他、版本がある。『王沢不渇鈔』の版本の序文に、

此鈔者良季撰也。池之坊不断光院住寺、仁王九十代後宇多院建治年中之撰也。[注7]

とあり、建治年中（一二七五〜一二七八）の成立であること。良季が池之坊不断光院の住持であったことが記されている。

すでに高野辰之は、『普通唱導集』中の次の記事及び『古今集』松田武夫蔵本の奥書の記事によってその生年を明らかにしている。

その記事とは、

今勘此鐘陶冶之年紀日時、件日辰時沙門良季誕生与此鐘同年也。彼日鬼宿日曜、是尤吉日也。自尓以降至于今年、計其年紀已四十九歳。而此洪鐘者音声尤妙。今愚質者才智何拙記録、雖無其詮依催思而注文而已。

永仁七年四月十一日記之（『普通唱導集』上末一）

此古今和歌集者、以中将為兼朝臣本於彼亭所令書写也。羽林病痾之間、為祈禱数日親近休息之暇日、所染筆也。校合事無其隙之間、彼姉大納言典侍局令校合了。尤可為証本也。

于弘安三年五月二十五日

桑門　良季　花押

(朱字) 一校了。あかしるしおはりぬ。

一校畢

于時正安元年十二月三日、於洛陽東山観勝寺池房書写之了。抑良季拭老眼染悪筆、頗以非普通之儀、但善通寺住能登阿闍梨伝燈大法師位、依被懇望相随其志畢。以前所載弘安三年之奥書者、良季同雖書之依有規模重所所載也。

右筆良季花押

高野はこれらの資料および『元亨釈書』に「釈大円、居洛東観勝寺、縛小庵静座観行。諸徒在別坊」から、東山観勝寺が大円の建立した光明山観勝寺であるとし、良季を大円の徒であるとした。また池坊を不明とし、不断光院は別坊の一つであろうと推測した。そして「観行の他に和歌文学の道に分け入り、当代稀に見る風雅の人であった」[注8]ととらえた。これらの資料とその分析によって、

・建長三年（一二五一）に鋳造、刻銘された清水寺の鐘の銘を収録したその後に「沙門良季誕生与此鐘同年也」「計其年紀已四十九歳」「永仁七年四月十一日記之」（上末一）とあることから、良季は建長三年の生まれであること。
・東山観勝寺池房に居たこと。
・池坊不断光院の住持であったこと。

さらに良季書写の『古今集』の奥書を紹介したところでは、奥書には、

・京極為兼のもとに病気平癒のための祈禱に伺候し、その間に書写していること。
・再度東山観勝寺池房にて書写していること。

などが読み取れる。唱導師として適切な文章の収集整理に加え、文章家としての側面と、さらに祈禱師としての側面が新たに明らかになった。きわめて多様な様子が見える。

村山修一は、主として『塵添壒囊抄』の記述（巻一九「観勝寺当寺事」）を調べ、良季の頃の観勝寺の状況を確認しようとした。それによれば行基の草創後、三井寺の行円が中興し、行有阿闍梨の時復興し、さらに退転し、良季の師大円が住するにおよびまた栄えた寺であること、大体は寺門流の天台寺院としての歴史が長く、そこに大円が入って真言密教化したものと推測した。さらに大円を陀羅尼の呪術を得意とした験者とみて、良季もまた社会のあらゆる層に加持祈禱や法要の求めに出かけたものと見なした。唱導との関わりについては、「多くの在俗者が出入りしたと見られる観勝寺ではおのずから唱導の必要性も高くたまたま

良季は文雅の人であったから唱導文に一層の平易さと浪漫性を加え、娯楽的雰囲気を高めて権威化した安居院流話術の形式化儀礼化に対し新機軸を出そうとはかったのであろう」[注9]としている。安居院流話術との対比の問題は別としても、良季が祈禱僧としても評価を受けていたこと、唱導僧として適切な文章を用意していたこと、適切な文章の用意は更に進んで文章家としての側面も持っていたことなどが伺えるのである。

ところで尊経閣文庫には『唱導拾玉集』なる書物がある。大永三年（一五二三）の写本である。この書物の内容は『普通唱導集』の上巻の本の部（東大寺蔵本の第一冊）にほぼ一致する。『唱導拾玉集』上巻本の奥書に、

本云永仁六年歳次丁酉正月六日於洛陽清水寺
北谷金剛蔵院池房撰集之偏相
扶法侶臨時之要輙為致仏事
当座之勤而已
南京遺塵東寺　　流相似沙門良秀

の本奥書が記され、続けて、

大永三年癸未潤三月七日書之　教秀

と記されている。大永三年教秀書写本は、永仁六年に良秀が清水寺の北谷金剛蔵院の池房にて撰集したものということになる。序文は、『普通唱導集』とほぼ一致するが、二箇所大きな違いがある。その一つは「上中下本末六帖ヲ編ンテ名テ普通唱導集ト曰フ」が「上中下本末六帖ヲ編ンテ名テ唱導拾玉集ト曰フ」と書名が異なることである。もう一つは序文結びの「時ニ永仁第五之暦春王初三之天、釈門ノ良季筆ヲ採リテ記集ストカフ爾リ」が「時ニ永仁第六之暦春王初三之天、釈門ノ良秀筆ヲ採リテ記集

スト云フ尓ナリ」と書写年が永仁六年となり、良季が良秀と違っていることである。良秀は単に良季の誤写であると考えるならば、『普通唱導集』が撰集された翌年清水寺の北谷金剛蔵院において、内容の酷似した『唱導拾玉集』が撰集されていたことになる。『国書総目録』の著者別索引では、良秀には『唱導拾玉集』の他、『引声』『読経作法』『来迎院略縁起』等の著作がある。良季と良秀との関係の究明が必要であるが、この問題は今後の課題としたい。

四、『普通唱導集』の構成と内容

次に、『普通唱導集』全体がどのような構成で、どのようなものが含まれているのか。その中で『三国往生伝』にどのような位置付けがなされているのかについて明らかにしたい。

先にも紹介したが、序文に続けて「篇目計算次第」として「一発端　二平生　三病療　四逝去　五悲歎　六日数　七作善　八感応因縁　九地形時節勘句例句　十別廻向惣廻向」と標題を記し、続いて目次に入っている。この目次はほぼ完全なものと思われ、『普通唱導集』全体の目次になっている。散佚したと思われる本文に相当する巻の分もあり、ここには世間出世聖霊二種、世間出世芸能二種と続く。世間部には文士以下五八種の職種が挙げられている。その中には、医師、天文博士等の他に巫女、鈴巫、口寄巫、白拍子、鼓打、田楽、猿楽、品玉、双六打、琵琶法師等が入っている。本文に入ると、篇目計算次第に示された順に従って、世間部、出世間部の逆善、追善の際に用いる辞句・例文を示している。

一の発端の前に式次第や表白の例が示してある。発端に入ると「寄十二月景節」として一年一二ヶ月の季節に併せて叙する文例が載せられている。正月の所では「歳去リ春来テ風景ハ改ルトイヘドモ、改コトナキハ生者必滅ノ悲シミ也」のごとく、ここでも名文が掲げられている。

二の平生では、まず天子、后宮、院等に対する文例が挙げられている。ここでも次の世間部になると、文士(全経)、文士(紀典博士)、武士と始まり、紙漉、蒔絵師、経師、囲碁、双六と多様な職種が登場し、その職業が的確に讃えられている。また多くの芸能者が生き生きと描写されている。例えば、

壁塗

書クコト二下地ヲ一尤速疾、宛モ如シ二驚クレ猫コニ夜ノ鼠ノ之入カ一レ穴ニ。

致コト二上(ウハ)塗リヲ一専明白ナリ、譬ハ似リ二沈星夕ノ月ノ之出ルニ一レ山ヨリ。

瓦造

望法勝寺見法誠寺

防雨露者、即是聖霊之畳瓦功力也。

越ヘ二檜皮葺ニモ一週テ二木削(ケラ)葺ニモ一、

送星霜者、寧非幽儀之焼土徳用乎。

瓦器造

飯盛(イヒモリ)酢器(スツキ)ノ之様々(サマ〱)、饗膳之献陪支要。

三ツ入リ四ツ入リノ之品々(シナ〱)酒宴之座席催興。

田楽

裁錦繍ヲ一著ス二綺羅ヲ一、衣文有レ粧而早ク昇リ二高カ足シニ一。

三(ミツ)一(ヒ)二(フ)五ツ一(ヒ)二(フ)、一度モ無シテレ落コト而称フ二上手ト一。

猿ル楽ク

老翁(ヲキナ)面テ之白髪ハ、羽(ハネ)ハ十六之歌(ウタ)無クレ滞。

冠者公(クワシヤノキミ)ノ之麁眉(フトマユ)ハ、齢ヒ廿計之皃ハセ有レ粧。

琵琶法師

平治保元平家之物語、何レモ皆暗ソラニシテ而無滞。

音声気色容儀之躰骨、共ニ是レ麗シテ而有興。（以上、上本二一）

のごとく、身近な比喩、的確な職業の讃え、その本質を一言で言い表し、個々の芸能の様子を偲ばせるような的確な表現がうかがえる。ここに取上げられた職種は、世間部で五八種、出世間部で一八種である（以上で上巻本二の一八丁まで[注10]）。

三は病療の際の例句（全体で四丁半）、四は逝去の際の例句（全体で三丁半）、五は悲歎の際の例句（五丁分）である。これらの場合でも身分に応じてきめ細かく用意している。六の日数では、初七日の際の例句から一三年、月忌、通用までの例句が用意（二丁分）されている。七の作善では仏閣の造立から逆修、追善の廻向の際の句（四丁分）が用意されている。ここに瑜伽論説法相文、般若十六善神、大法会略次第が入り上巻本二が終っている。その後は八の感応因縁に入ることが考えられるが、その間に巻上末一、巻上末二、巻中本（現存せず）、巻中末一、巻下本（現存せず）があって、ようやく巻下末になる。この間にどのような詞句が用意されていたかは不明である。巻下末にも巻頭に篇目計算次第があり、そこに、

八感応因縁　勘三国往生伝并載因縁引規事
九地景時即勘（マヽ）句例句　以上二句前後任意
十別廻向惣廻向　年王代記
執柄家系図　三家系図
当世　皇帝　系図　女院
日野　勧修寺系図　武家系図
異朝　三皇　五帝　唐名十四代
南朝　北朝　日本国名
　已上年王代諸家系図等、是為勘代之上古、為存人之先祖也。

と記され、次に「三国往生　次第不同　為備因縁」として、往生伝の記述になっている。往生伝の後に因縁として明王、忠臣、孝父、

孝母篇各一二条があり、賢夫篇一二箇条の小見出しで終わっている。これ以降に残りの因縁部分と九、一〇の二標目が入ることになるが、現存しない。現存写本は欠巻・欠丁があり、全体像を完全に読み取ることは困難であるが、序文の構成、目次の構成等、いずれも整然とした配列がうかがえる。唱導の記録ではなく、唱導のための辞典的意識が強くうかがえるのである。

五、『三国往生伝』の位置付け

『三国往生伝』は一〇項目に標題を準備した中の第八項目の「感応因縁」の項に配置されている。これまでの標題は仏教儀礼的なものであったのに対し、この「感応因縁」ではより積極的に発心を勧める性格を持っている。この篇の序に相当するような形で「感応因縁発言詞躰」がある。これに続けて小見出し風に「往生伝」とあり、以下往生伝の記述に入る。[注11] ここに採録された往生者は、天竺往生人三人（目次では東天竺の貧人以下七人の往生人を示す）。震旦往生人、恵遠以下の二三人。本朝往生人、一条院以下の三七人で合計六三人の往生人を集めている。

先に前文を示した『普通唱導集』の序文には「三国往生伝を勘んがへ、因縁并に廻向を致す」とあり、さらに目次部の『三国往生伝』の結びには、

> 已上為レ備ニンカ因縁ニ一引ニ勘フ三国ノ往生伝ヲ一。又夫、明王忠臣孝父孝母賢夫貞女師範弟子朋友等、各立ニ十二箇条之篇ヲ一、記ス其趣ヲ一。専ラ殊ニ引テニ本文ヲ一、聊思加フ私ノ詞ヲ一。臨テニ其ノ時ニ一飾ルコトニ其ノ篇ヲ一、随テニ時ノ儀ニ一可シニ用捨一而已。（上本一）

とある。ここにはきわめて明確に、往生伝を因縁に備える、つまり仏との結縁のために用意し、往生者の功徳を往生を願う衆生に顕すことを期待しているのである。保胤が『日本往生極楽記』の序文で「後にこの記を見る者、疑惑を生ずることなかれ。願はくは、我一切衆生とともに、安楽国に往生せむ」として、往生伝の編集を仏との結縁に求めた姿勢と共通する。さらにここには「其の時に臨んで其の篇を飾ること時の儀に随て用捨すべし」と具体的な利用方法までが示されている。唱導の場において、

往生伝を語ることが効果的であったこと、重要な役割を持っていたことを示している。また『普通唱導集』それ自身が、唱導のための資料集として編纂されていたことに対応する。

また、往生伝の具体的な唱導の場での利用方法については、ほぼ『三国往生伝』の序に相当する次の文にも記されている。

感応因縁発言詞ノ躰

抑至感応因縁ノ篇ニ者、三国ノ往生伝、三宝感応ノ録、其証非レ一其ノ記惟多。就中於ニ弥陀如来ノ感応一至当朝親既眼前ナリ。雖レ然ト且ハ為レ生ニ歓喜ノ之心一ヲ、且ハ為レ致ニ信仰之思一。謹テ勘テニ往代之前蹤一ヲ欲レ添ニ当座之潤色一ヲ。於ニ雲容麗人一者難レ聞ニ其ノ数一至ニ天子膺運之間一ニ、先欲レ引ニ其証一ヲ。竊披ニ日本往生伝ノ第一一ヲ云ク。清和天皇者□文徳天皇之御子也。御母大皇大后藤原ノ明子忠仁公良房第三之女号スニ染殿后一。御諱惟仁云々。膺録之後、治世十九年。其間天下泰平四海無事。風儀至聖。瑞厳如レ神。好ニ読書一。伝潜帰ニ釈教一。鷹犬漁臘（獵の誤写か）之遊。更以無レ留。叡情自ニ降誕之初一メ、僧正真雅殊以侍ニ護聖躰一。元慶元年遁世一ヲ。為大上法皇遷ニ御於水尾山寺一帰ニ依弥陀如来一以（或本観世音云々）定ニ終焉之地一。同四年七月廿二日、自ニ水尾一遷御シ御シニ嵯峨栖霞観一。十二月四日申二剋崩ニ円覚寺一。于時春秋三十一。向ニ西方一結跏趺坐　手結テニ定印一ヲ震儀不レ動。御所持念殊懸ニ在御手一、更不ニ頽臥一。儼然トシテ如ニ在一イマスカ。依ニ遺命之詔一不レ起ニ山陵一ヲ奉レ致ニ火葬一。葬ヲ修シニ無量ノ菩提善根一ヲ致有ニ余功徳一。同七月左右獄囚惣二百人赦免放出。賜以ニ数十銭貨一各与ニ彼輩一ニ矣。

已上其躰如レ此。已下同載之。

凡饒ルニ其詞一ヲ。其躰可レ随レ時歟。

述其旨趣可ニ加詞一。（下末）

これを見ると、感応因縁篇として『三国往生伝』と『三宝感応録』にその資料が多いことを記し、ことに阿弥陀への感応が多いことを示し、その上で、歓喜の心を生じさせ、信仰を深くさせるものは、前蹤を学び、当面の課題に対処することであるとする。そこに清和天皇の例を紹介する。その伝の語り方は、この伝が日本往生伝の第一にあることを明らかにする。次に清和帝が文徳帝と染殿后との子であるとして出自を記し、次に治世の様子と人格、晩年の阿弥陀信仰と崩御、往生の様子を語っている。日本往生伝は保胤の『日本往生極楽記』のことであるが、[注12]そこには清和帝の往生伝はない。清和帝の往生伝は、『後拾遺往生伝』の巻下の最初にある。それと比較するとおおむね語り口は一致し、「風儀至聖、瑞巌如神」など語句も一致するところが多いから、『後拾遺往生伝』にもとづくことは明らかである。しかし『三国往生伝』が弥陀への帰依のさまを「遷㆓御於水尾山寺㆒帰㆓依弥陀如来㆒」と簡単に記し、崩御を記した後に往生のさまを説明しているのに対し、『後拾遺往生伝』では、退位後の発心、精進、山荘への独籠、弥陀への帰依、山城の貞観寺から大和東大寺、摂津勝尾山等への巡詣礼仏等を描き、病が進み危篤状態が近づいた時に、近侍の僧に金輪陀羅尼を誦えさせ、しかる後に西方に向い往生したと説いている。『三国往生伝』では往生を記したその後に「已上其躰此のごとし。已下同じくこれを載せる。凡そ其詞、其躰を飾る時に随うべきか。其旨趣を述べ詞を加うべし」と明確に述べている。同じ意味の考えは「其の篇を飾ること時の儀に随って用捨すべし」という目次部の詞にもある。いわば往生伝の骨格を描き、時に応じて詞を加えるべきことを断っている。おそらくは『後拾遺往生伝』にあって『三国往生伝』では省略されているような部分こそは、唱導の実際の場では時に応じて、その場に適応したより豊かな表現が加えられ、人々に感涙を催させたものであろう。

六、唱導と往生伝

『普通唱導集』は唱導の記録ではなく、時に応じて必要な課題を選び、章句を決め座の趣旨に合せて、適切な唱導をするための資料集、表現辞典であった。その中に『三国往生伝』は収載されていた。ここでの往生伝の役割は、あくまでも感応因縁であった。唱導の場で往生伝が重要で効果的な資料として用いられたことを示している。また唱導資料として位置付けたとき、唱導のための資料であった。それは時と場に応じて詞を加えるものであって唱導のテキストそのものではない。

『三国往生伝』は、往生伝と実際の唱導の場を考えるときに、適切かつ重要な資料を提供している。これほど明白に唱導の場における利用について記したものはきわめて少ないと思う。

『普通唱導集』の著者良季の持つ多様な資質の分析は今後の重要な課題である。また辞典編纂的意識、類聚意識などの検討も今後の問題である。同時に『三国往生伝』の往生伝化の方法、依拠した資料等の分析等もまた今後の課題である。その後に往生伝の歴史の中に正当な位置付けが可能になるであろう。

注

1 速水侑は「往生伝」(『日本文学と仏教』第三巻、岩波講座、一九九四年)の中で「いわゆる往生伝とは、平安浄土教の発達を背景に生まれ、平安浄土教の終焉とともに、その役割を終えた一群の伝文学」(九〇頁)と定義している。
2 拙稿「中世往生伝研究――往生伝の諸相と作品構造――」(『国文学研究資料館紀要』一一号、一九八五年三月)及び「往生伝」(『仏教文学講座』第六巻〈僧伝・寺社縁起・絵巻・絵伝〉、勉誠社、一九九五年所収)等。
3 高野辰之『古文学踏査』大岡山書店、一九三四年。
4 「公刊『普通唱導集』」(『女子大文学』一一・一二号、大阪女子大学、一九六〇・六一年)。後に『古代仏教の中世的展開』(法蔵館、一九七六年)所収。以下『普通唱導集』からの本文の引用は、東大寺図書館蔵の写本によるが、村山の翻刻本文も参照する。この写本はやや誤字・誤写がある。
5 高野の『古文学踏査』注3、三三八頁。
6 『普通唱導集』の本文を提示(翻刻)するにあたって漢字の字体は、常用漢字にあるものは、常用漢字体を用いた。
7 寛永一一年板本にのみ見られる。叡山文庫本(真如蔵、慶長二〇年奝(シュウ)舜写本)にはない。
8 高野の『古文学踏査』注3の論文による。
9 村山修一「東大寺所蔵の普通唱導集」、『古代仏教の中世的展開』、八〇頁。
10 室町時代末期の成立と考えられる『七十一番職人歌合』には一四二人の職人が登場し、その風俗生態が描かれている。これに比し本書は、職種の観察と表現においてより適切に把握・表現されている。
11 村山の翻刻本文では、「往生伝　述其旨趣可加詞」(二八〇頁上)と読める。しかし原本を見ると、墨付、行の位置等から考えて、「往生伝」

は次行からはじまる本文の小見出し風に考えられる。

12　『日本往生伝』が『日本往生極楽記』であることは、『本朝新修往生伝』に「日本往生伝者、寛和年中、著作郎慶保胤所作也」とあることよりわかる。

9『一言芳談』考
――その基礎的性格についての覚書――

一

ある朝、突然に己の余命いくばくもないことを悟った蓮胤、鴨長明は、たちまち三途の闇に向かっていく己におののき、かつてのり越え、それ故にこそ草庵生活を愛し、閑寂に着していた心静かな過去が、もろくも音をたてて崩れゆき、すべて要なき楽しみと感じ、それ故に未来もすべて崩れていった長明は、とりあえず、心の執着と、周梨槃特にさえも及ばなかった行を懺悔した。しかし彼は、それを貧賤の報か、妄心が狂わせているのかと自省した。ともかくやといの舌根で、大あわてに阿弥陀仏を両三遍申すことでその場をとりつくろった。この限りにおいて、作品『方丈記』はみごとにダイナミックな完結を示した。しかし、人間長明の心においてそれははたして完結であったのであろうか。

およそ二年の後、『発心集』は書かれた。ここでいかに求道に徹した遁世者たちの姿を追い、こいねがう縁、自ら改むる媒を求めたとしても、「我が一念の発心を楽しむばかりにや」と、やや自嘲的に書きつけねばならなかった。

一時的には我が身を反省し、聖の世界へのたちかえりがあったとしても、所詮、長明が文を書く心は、文人意識のそれでしかなかったのではあるまいか。『方丈記』の結びから、『発心集』の序にかけての自嘲的な口吻の中に、ふてぶてしい自我の抵抗を感じてならないのであるが……。むしろ、むしろ、これ故にこそ仏教文学が成立すると我々は考えてきた。確かに、ここに妄執の仏教文学が成立していることも事実である。しかしそれは、あくまでも仏教文学であり、仏教的文学でしかありえなかったのではなかろうか。

ところで、箴言の集成という、当人たちが書くという行為（何らかの意味で名聞につながる）に、積極性を持たない方法が、逆に仏教文学形成の方法として、積極的な意味をもってくるのではなかろうか。この意味で、語録の集成という作品形象の方法は、もっともっと文学的に追求されてしかるべきであろう。

一三世紀の終りの頃、鎌倉新仏教の祖師たちの活動が一段落し、やがてその指導が、二祖、三祖たちに移ろうとしている、そんな頃に成立した『一言芳談』について基礎的な考察を加えておきたいと思う。

二

『一言芳談』（以下『芳談』）が人口に膾炙する端緒となったのは言うまでもなく『徒然草』の引用（九八段）からであろう。以来、その端的な物言いの中に、人間心理を鋭く衝いたことばの集成は多くの人々をとらえてきた。その感動の源泉をとらえ、より普遍的なものにしておきたいとする願望は、決して私だけのものではあるまい。本稿では、『芳談』[注1]の資料となったものが何であったか、どんな方法で成立してきているのか、等の基礎的な面を主として考察してみようと思う。

『芳談』の資料ないし出典を求める研究は、元禄二年刊の湛澄の『標註増補一言芳談抄』[注2]の凡例中に、

つらぬるところのこと葉、おほくは黒谷御伝、決答等にある事也。各別には、所レ出をしるさず。

と記されたのをはじめとして、近代に入り、禿氏祐祥が、古典叢書本の解説において、出処として、『決答授手印疑問鈔』、『和語灯録』、『法然上人行状絵図』、『浄土宗要集』等をあげた。また石上善応は、「一言芳談諸本並びに類似文対照表」[注3]なるものを作成するとともに、出典について検討した。これらは網羅的になされた労作であって、研究の進展に大きく寄与しうるものである。これら諸先学の研究の上に、どの語録に資料が求められるか、また出典と認められるものがあるかを知るために、『芳談』と他

の資料との関係を表にすると左の如くなる。

表1 『芳談』と他の資料との関係

4	明遍	和語五、明義二、九巻伝五、三巻伝三、御伝十六
10	慈円	東宗四、御伝十五、九巻伝二
26	法然、一念……	東宗四、※和語四、御伝二十一
27	法然、一念を不足	※和語四、※御伝二十一
28	法然、善導の	※授手印、東宗四、決答上、和語五、御伝二十一
29	法然、人の命は	御伝二十一
30	法然、煩悩の	東宗四、和語三、御伝二十一、帰命本願抄中
31	法然、往生極楽	御伝二十一
32	禅勝房、故上人の	御伝二十一
87	禅勝房、所詮浄土……	御伝四十五
110	法然、称名念仏は	拾遺古徳伝九
121	鎮西の本覚房	決答下
122	法然、哀、今度	※和語五、閑亭後世上、御伝二十一
123	法然、あの阿波介	※決答上、御伝十九
124	法然、十声一声	※東宗四、決答上、和語四
125	或人、明遍に	※東宗四
126	聖光、弁阿は	※決答下
127	聖光、故上人の	※決答下
128	信空、智恵もし	※東宗四、和語五

130	然阿、凡浄土宗の	※決答
131	聖光、凡夫は	※決答下
132	聖光、法然上人	和語五、御伝二十一
133	然阿、別時までは	決答下
134	然阿、聖光上人は	決答下
135	乗願、或人問云	※決答上、和語五
136	法然、一丈の堀	※東宗四、和語五、御伝二十一
137	法然、もし自力の	東宗四
138	法然、往生は	※東宗四、閑亭後世下、御伝二十一
139	然阿、かなしき哉	東宗四

備考　※番号は、大系本に従い、私に付したものである。この外、関通（一六九六〜一七七〇）の『一枚起請文梗概聞書』、隆長（一五八六〜一六五六）の『一枚起請但信鈔』等にも同文の語録を含むが、省略する。

以上のうち※印を付したものは、石上が『芳談』の出典と見なしたものである。これらは、『芳談』の成立を、藤原正義の説く[注4]が如く、一二八七年から一二九七年の間と考えれば、いずれもそれ以前に成立しているので矛盾しない。[注5]しかし、一五の共通語録をもつ『法然上人行状絵図』（本稿では『御伝』と略称する）の場合は、その成立が、井川定慶の研究によれば、著者舜昌が勅命を受けたのを、後伏見上皇からのものとみ、それを院政期とみれば、一三一三〜一八年の間、在位期なら一二九八〜一三〇一年の間であり、それは「御在位時代の勅命と考える方が舜昌の伝記には相応しいようである」[注6]ということであるから、成立がこれより遅れることは明白であり、『芳談』の典拠となったとは考えられない。おそらくは、逆、もしくは資料を共通にしていたと考えるべきであると思う[注7]。

ところで、ここで問題となるのは、『祖師一口法語』との関係である。本書は、次表に示す如く、『芳談』の語録一五四条のうち、七四条に共通するものを持つ。禿氏祐祥が『仏教古典叢書』に翻刻し、番号を付したものを用いて、対照表で示すと左の如くなる。

表2　『祖師一口法語』と『芳談』の共通項

芳談		祖師一口法語
6	明遍、穢土の事は	43
7	有云、往生を	90
8	有云、慈悲をこそ	100・126
9	有云、我臨終の	102
11	有云、尺摩訶衍論	87
12	黒谷善阿弥陀仏	58
15	明禅、後世を	20・21
17	明禅、ひじりは	28
18	明禅、居所の	27
19	或人、非人法師は	25
20	或人、あか子念仏	26
22	或人、しやせまし	24
24	或人、利益衆生	22
25	或人、聖法師は	23
33	聖光、篦を	56
39	敬仏、彼両上人も	60
40	敬仏、世間出世	61
42	敬仏、遁世者は	62
44	敬仏、資縁無煩人	64
46	敬仏、後世者は	65
47	敬仏、いたづらに	66
48	敬仏、非人法師の	67
49	敬仏、後世の	68・69
50	敬仏、如形の	69
51	敬仏、或時……	72・69
52	敬仏、後世の事は	70・71
54	明遍、紙ぎぬに	96
55	明遍、或人	53
56	明遍、折々	46
57	行仙房、身意に	121
58	行仙房、天地は	47
59	行仙房、たゞ仏道	48＝122
60	敬蓮社、日来	54
62	有云、心戒上人	52
63	顕性房、渡に出たる	59
64	顕性房、心の専不専	81
66	顕性房、仏助け玉へ	82
67	顕性房、心ぐるしき望	79
70	顕性房、小児の母をたのむ	79
71	聖光、八万法文は	124
72	有云、故寂願房	103
73	中蓮、本願に帰し	125

74	敬仏、後世者の法文は	84
75	敬仏、後世者の法文は	85
76	敬仏、或時心仏房に	83
78	乗願、さすがに歳の	57
79	有云、後世をねがはゞ	118・130
80	解脱、一年三百六十日は	131
85	或人、称名は往生の	76
86	有云、高野の空阿	50
（イ）87	禅勝、所詮浄土門の	31
88	有云、比叡の御社に	114
89	信澄、寂林寺にも	115
92	敬日、遁世に三の	86
（ロ）93	慈阿弥、竹原聖が	112
99	敬仏、婬事対治	106・105
100	敬仏、或同朋に	95
102	或人、諸宗の学生	116
103	宝幢院本願、むかしの上人は	117
105	解脱、出離に三障	88
108	賀古の教信は	51
110	法然、称名念仏は	1
111	聖光、日来学し玉へる	55
（ハ）112	慈阿弥、行基の云	111
（ニ）117	敬仏、最後の所労	72
（ホ）119・120	行仙、或人問云　我身の	78
（ヘ）121	鎮西の本覚、心若散慢せば	77
（ト）127	聖光、故上人の	17
141	行仙、あひかまへて	104
142	ある人、真実に往生	80
146	乗願、仏法には	91
148	敬仏房奥州の方に	113

この両書の関係をめぐって禿氏祐祥は、『祖師一口法語』（以下『祖師』と略称する）が『芳談』に先行するとみ、[注8]三田全信は、全体的な特色としては、『芳談』より引語が多いものの、それが、「直ちに古体とは考えられない。寧ろ「一言芳談」に倣って更に追加したものと考えられる」[注9]と反対の意見を出した。石上善応は、湛澄によって伝えられていた異本にあたるもの[注10]として『行者用心集』に引用されている「一言芳談抄抜書」の原本であろうと考え、『祖師』は「抜書の原本である異本と関係あるというべきではなかろうか」[注11]との説を出した。また築瀬一雄は、流布本と「抜書」の原本との関係は『祖師』に対するよりも近いとみて、ここから両本に共通する祖本の存在を想定せしめるとして、「『祖師』は、この祖本に対する類似の編集本であり、法語の供

給圏を共有するものとみたい」[注12]と結論している。いずれもきめ手を欠く憾みがあり。研究のむつかしさを思わせているが、私もいささか本文を検討する中から卑見を加えておきたいと思う。

いわゆる祖師たちの著述と『芳談』、『祖師』との三者の本文を検討してみる。これにはわずかに記号（イ）（ヘ）（ト）の三例しか見出せないが、（イ）の場合には、

表3　祖師たちの著述・『芳談』・『祖師』の比較対照表

芳談（87）二〇四頁	勅修御伝　巻（45）	祖師（31）
禅勝房云、「[A]所詮浄土門の大意は、往生極楽はやすき事と心得るまでが大事なる也。[B]やすしと心得つれば、かならずやすかるべき也。（下略）	[A']浄土宗の学問の所詮は、往生極楽は、やすき事と心得るまでが大事なる也。[B']やすしと心得つれば、やすかるべき事也。（下略）	[A"]浄土宗ノ学問ノ所詮ハ往生極楽ハ安キ事ト心得ルマデガ大事ナル也云々。

の如くなる。即ち、A'、A"が「やすき事」と「安キ事也」とのちがいがある以外まったくの同文である。この点Aのみがちがった言い出しをしている。しかしB、B'がまったくと言ってよい同文である如く以下の文もほとんど同文であるのに、『祖師』ではB、B'及びそれ以下にあたる部分がまったくない。ここからは『祖師』から『芳談』への線はまったく考えられない。（へ）の場合はポイントとなるほどの変化がないが、しいて言えば、『決答』、『祖師』ともに「鎮西の本光房」であるのに、『芳談』のみ「鎮西の本覚房」となっていることである。（ト）の場合もほとんど変化がないが、『決答』で「具二タリト三心一ヲ可レキ思フ也云々」にあたるところが、『芳談』では、「三心を具せりとおもふべきなり」、『祖師』では「三心具シタリト知ルベシ」とあり、前二者の関係の方がより密接であると思われる。

次に（ロ）（ハ）（ニ）の場合をみると、（ロ）（ハ）はともに、『祖師』では、或人の言になっているが、『芳談』では「下津村、慈阿弥陀仏」と具体的な名前があげられている。（ニ）は、敬仏房の言であるが、最後の所労の時を、『芳談』では、「死期三日以前」

と注記している（これは後に述べるように編者のものと思われる）。『祖師』にはこれがない。（ホ）の例も同様で、「決定往生の思ひを可成也」と語ったのちに、「此慈心上人問、行仙上人答也」と注記している。即ちこれらの例からは、『祖師』よりも『芳談』の方が、もとの形に近いことを示している。従ってここからも『祖師』から『芳談』にきたと考えるよりは、逆の方がより真実に近いものと思われる。

また敬仏房のことばは、他に典拠を見出しえないが、『芳談』中には三二語録、『祖師』には一八語録が見出せる。しかしこの一八語録はすべて『芳談』にあるものである。

以上のように考えてくると、明確、確実な論拠は必ずしも見出しえなかったにしても、『芳談』が『祖師』を直接の典拠としていないことだけはあきらかに言えるであろうと思われる。そして、両者に類似の表現を持つ語録は、簗瀬の主張する如く、法語の供給圏を共有しているか、あるいは『祖師』が『芳談』からとっていることなどが考えられるであろう。

とすれば、表現・内容の近似する語録の中で典拠と考えられるものとしては、道光の『和語灯録』、聖光の『末代念仏授手印』、良忠の『浄土宗要集（東宗要）』、『決答授手印疑問鈔』等であろうと思われる。しかしながら、ここにはおのずから資料的限界、すなわち法然、良忠等浄土宗系の資料はもとめやすいのに対し、「後世者の法文は、紙一枚にすぎぬなり」（下・二〇一頁）と言いきった敬仏房ら高野聖系の資料はもとめにくい事情があるのであって、ここから撰者を決定する材料としていくのは、あまり適当な方法ではないであろう。

三

『芳談』では、多くの聖たちのことばをそのまま記すことに重点が置かれていて、編者自身のことばと思われるものはきわめて少ないのであるが、少ないながらもその存在は、『芳談』の成立において、かなり重要な意味をもっているように思われる。次にそれを検討してみることとする。

まず、目につくのは、文中に小書になった注記が四例ほど見出せる。最初の例は敬仏房の語録についているもので、

（A）彼両上人も明遍・明禅・任運の御発心などは、みえず。たゞつねに理をもて、制伏し給し也。（一九一頁）

次は、

（B）同上人（稿者注 敬仏）最後の所労の時云、死期三日以前「僧都御房の『仏助玉へと思外は、要にあらず』と、被仰し事もさしもやと思ひしが、今こそおもひしらるれ。」（二〇九頁）

（C）禅勝房又、「生あるもの必死するがごとく、往生にをきては、決定也と被申けるが、殊縁の往生をとげられたり。此両三人は、同上人面授の人々にて、彼御教訓也。然ば、決定往生の思ひを可成也。此慈心上人問。行仙上人答也。」（二〇九頁）

（D）同上人（稿者注 敬仏）のもとにて、人々後世門の事につきて、あらまほしき事ども、ねがひあひたりけるに、或云、椎尾四郎太郎「法門なき、後世物語、云々」上人感云「いみじくねがへり。その髄を得たる事、これにしくべからず。」（二一四頁）

の四例[注13]である。これらは典拠と思われるものが見つけられない。（A）、（B）、（C）の三例は『祖師』と類似本文を持つ。このうち（A）の場合のみ『祖師』にも「明遍明禅ノ事也」という注記がある。（D）はまったく比較の材料がない。（B）、（C）は『芳談』だけにこの注記が見られるのである。しかも、いずれも敬仏房に関するものだけに見られることは注意しておく必要があるだろう。

次には、編者の付書とも見られるものの存在である。まず、敬仏房のことばであるが、敬仏房が近来の遁世者批判をしたあとに続けて、自分の遁世した頃のことを述べ、

なきをもとむる事はうたてしき事なりと、ならひあひたりしあひだ、世間出世につけて、今生の芸能ともなり、生死の余執とも成て、つひに後世のあだとなりぬべきは、ちかくもとをくも、とてもかくても、あひかまへてせじとこそ、このみなら

ひしか。されば、大原高野にも、其久しさありしかども、声明一も梵字一もならはで、やみにしなりと云々。たゞ、とてもかくても、すぎならひたるが、後世のためにはよきなり。(一九二〜一九三頁)

と述べている部分の傍線部分である。……ともなり、……成て、……なりぬべき……と続くリズミカルで一気呵声に、されば……やみにしなり、まで続いた意志的な文章と、傍線部の、ややしめやかな文章とはあきらかに断絶が感じられる。これは編者の付言とみるべきであろう。

次も敬仏房の語録であるが、同一人の語を続ける場合には、「又云」であるのが、突然「或時仰らるゝ、「年来死をゝそれざる……」」(一九六頁)、「折〳〵被仰云、「某が身には、……」」(一九七頁)とあることである。しかも後者の場合には、この語録(明遍の語録であるが)の結びが、「これは内心をばしらず、か様にて閉籠たる体に候事を、人の心にくゝおもへる故なりとて、にがいゝゝゝみたまひしなり」とあって、あきらかに聞書的性格を示している。

次の例は、敬仏房が、今の後世者が其身富有なるために、婬事対治のことを禁めがたいと言ったということばに続けて、

同上人あからさまにても、男女の間事、物語にし給はず。

同上人、或同朋に後世者の究竟の事をしへんとて云、「身はいやしくて、心はたかくありなん」。(二〇六頁)

としていることとである。先の方は、全体が敬仏房の間接のことばとして記されており、後の方では、傍線部にみる敬仏房のことばの出てくる状況の説明であって身近にこのことばを聞きえた者の記しうることである。

以上の例は、いづれも『芳談』のみに見られることばであって、比較の資料をもたないのであるが、全て編者のことばと見られるであろう。しかも明遍の例が一例あるのみで、他は、敬仏房に関しているのである。このことは「編者と敬仏房との間柄の特殊性による」[注14]、とともに、『芳談』の中における語録の成立の一面を代表していると思われる。即ち、編者説の中で敬仏房関係のものが推定されてきたよう[注15]に、師、敬仏房につき随っていた、ある無名の聖の聞書、もしくはそれに近い形のものがいくつか

まじっているのである。
以上のように考えてくると、『芳談』における語録の成立には、典拠に基づいて引用したものの他に、こうした聞書ないしはそれに近い形のものの二面があると考えられるのである。

四

ところで、多くの類似する詞章の資料をもちながら、典拠を定めにくいもの、言わば編者の意改がかなり加わっていると思われる例がある。それは表1に示した4であり、明遍と法然との念仏をめぐる問答を伝える語録である。表にも示したごとく、『明義進行集』、『和語灯録』、『勅修御伝』、『九巻伝』、『三巻伝』に類似するものがある。このうち『明義進行集』と『和語灯録』は最後の部分がほとんど一致し、他にも共通する面が多いので、前者に代表させ、伝記の類は『御伝』に代表させて『芳談』との三者の比較対照表を作ると次の如くなる。

表4 『一言芳談』・『明義進行集』・『勅修御伝』の比較対照表

芳談（4）一六八頁	明義進行集　二の二（九九六・九九七頁）注（16）	勅修御伝（16）（七七・七八頁）注（16）
高野の明遍僧都、善光寺参詣のかへりあしに、[a]法然上人に対面。	アルトシ善光寺マウデノツイデニ、源空上人ノコマツドノニオハスルトコロニ、[a']人ヲイレテ見参ニ入タキヨシノタマヒケレバ、……上人マチ給フトコロニ僧都来臨シテ、アカリ障子ヲヒキアケテ、タガヒニ面ヲミアハセテ、イマダイナホラヌホドニテ、左右ナクコトバヲイダシテ問テ曰ク、	上人天王寺におはしけるとき、僧都善光寺参詣の事ありけるが、たづね参せられて、[a'']まづ使にて案内し給ふに、上人客殿に出まふけて、これへと仰らる。僧都さしいりていまだ居なをらぬほどに、

僧都問云、「いかゞして今度生死をはなるべく候。」上人云、[b]「念仏申てこそは。」	「末代悪世ノワレラガ様ナル罪濁ノ凡夫、イカニシテカ生死ヲバハナレ候ベキ」、上人答曰ク、[b']「南無阿弥陀仏ト申シテ、極楽ヲ期スルバカリコソシヘツベキコト、存ジテ候ヘ」ト、	「このたびいかがして、生死をはなれ候べき」と申されければ、[b'']「南無阿弥陀仏と唱へて往生をとぐるには、しかず」とこそ存候へト仰られければ、
問給はく、[c]「誠にしかり。但、妄念おこるをば、いかゞ仕候べき」上人答云、「妄念おこれども本願力にて往生するなり。」	僧都ノタマハクハ、[c']「ソレハカクノ様ニサ候ベキカトハ存ジテ候。其ニ取テ決定ヲ料ニ申シツル哉」ト、僧都又問テ曰ク、「ソレニ依テ念仏ハ申シ候ヘドモ、心ノチルヲバイカガシ候ハムヤ」ト、……上人コタヘテノタマハク、「チレドモ猶ヲ称スレバ仏ノ願力ニ乗ジテ、往生スベシトコソコ、ロヘテ候へ、タダ所詮オホラカニ念仏ヲ申スガ第一ノ事ニテ候ナリ」ト	僧都申さるゝやう、[c'']「たれもさば見をよびて侍り、ただし念仏のとき心の散乱し、妄念のおこり候をば、いかゞし候べき」と。上人のたまはく、「欲界の散地に生をうくるもの、心あに散乱せざらんや、……心はちりみだれ、妄念はきをひおこるといへども、口に名号をとなへば、弥陀の願力に乗じて決定往生すべし」と申されければ、
僧都[d]さうけたまはりぬとて、出給ぬ。	僧都イハク、[d']「ヤウ候、〳〵、コレウケタマハリニマイリツル候」トテ、前後ニハ聊モ世間ノ礼儀ノコトバナクシテ、ヤガテ退出云々、……コノ僧都初対面ノ人ニ、礼儀ノ申スコトバナク、サウナク法門ヲ問様事、俗ニ混セヌ体、真実ノ道心者ナルベシ。	[d'']「これうけ給候はむために、まいりて候つるなり」とて僧都やがて退出し給にければ、初対面の人、「一言も世間の礼儀の詞なくして退出せられぬることよ」とて、人々たうとびあひけり。
上人[e]つぶやきて云、「妄念おこさずして往生せんとおはん人は、むまれつきの目鼻取すてゝ、念仏申さんと思ふがごとし。	僧都[e']退出ノスナハチ当座ニハベリケル、聖リタチニイアイテノタマヒケルハ、「欲界ノ散地ニムマレタル人ハ、ミナ二心アリ、タトヘバ人間ノ生ヲウケタルモノ、目鼻ノアルガゴトシ、散心ヲステ、往生セムトイハムハ、ソノ理シカルベカラス、……コノ僧都ノ念仏ハ申セドモ、コ、ロノチルヲハイカガスベキト不審セラレツルコソ、イハレズオボユレト也。」	[e'']上人うちへいり給て、「心をしづめ、妄念おこさずして念仏せむとおもはんは、むまれつきの目鼻をとりはなちて、念仏せむとおもはんがごとし」とぞ仰られける。

やや冗長な引用になったが、これらを比較してみて、内容的にはほとんど同じことを伝えている。それがそれぞれの伝承者の関心、感動、筆録の立場のちがいによって、微妙な変化を見せた伝承となっている。そしてこうした微妙な変化の中から、『芳談』の持っている特質がかなりあきらかになると思う。それは、a・a'・a''、b・b'・b''、c・c'・c''、d・d'・d''、e・e'・e''のどれを比較してみても、『芳談』の表現がもっとも簡潔で、求道の要を得た表現となっている。述語部分や状況を説明する部分（a'・a''、e'・e''）を省略して、会話部分のみを浮彫にしてくるような表現の中から、明遍、法然という二つの秀れた個性が、弥陀の救いを求める求道への真摯な一念からの、緊張した人間関係をあますところなく表現しているのである。そしてこうしたことばの端々に表れてくる緊張感は『芳談』の文体の主要な特色となっているのである。

こうした表現となりえたのは、伝承者の姿勢と無関係ではないであろう。『明義進行集』では、明遍伝を宗教的に語る姿勢の中から、明遍と法然との間を「僧都問テ曰ク」、「上人答曰ク」とまったく対等に扱っている。また、明遍が法然に会うや「イマダイナホラヌホド」に問を浴せ、問答が終れば、「前後ニハ聊モ世間ノ礼儀ノコトハナクシテ、ヤガテ退出」していった求道一途に一切の世間的礼儀を無視した明遍の姿を語って、それを「俗ニ混ゼヌ体、真実ノ道心者ナルベシ」と道心者明遍をたたえ、さらに散心を肯定して本願の尊さを説く、宗教的結びをつけ、このような不審を示した明遍を「イハレズオボユレ」[注17]と肯定的に評しているのである。

『御伝』では、明遍と法然との間は、「僧都申シ」と「上人のたまはく」であり、師弟の関係で一貫している。そのために、『明義進行集』同様、「いまだ居なほらぬほどに」問答をはじめ、初対面の人ながら「一言も世間の礼儀の詞なくして」退出した求道一筋の明遍を、人々が尊びあったことを伝えながらも、妄念おこさずして念仏せむとする願望を、「あなことごとし」と評しているのである。[注18]そして問答を伝える語り口も、「……と申されければ」、「……と仰られければ……」、「……退出せられぬることよ」といった具合に、常に伝承者の説明が顔をのぞかせて、一つの物語の中に位置せしめられていて、両者の間にかもし出されるあの緊張感を著しく弱めていると言えるのである。こうした点『芳談』では、「僧都問云」として語りはじめながらも、「問給はく」を使い、「うけたまはりぬ」とうけた編者の意識は見のがせないであろう。両者を対等に扱おうとしているこの態度は、先に見た伝承者（編者）がことばの表面にほとんど出てこない態度とともに、あの張りつめたような緊張感の漲った文体の成立とも無縁ではないはずである。元来、『芳談』の中にあってこの語録は、恵心僧都が伊勢大神宮から弥陀信仰をすすめられた話、俊乗上人が高野の奥院で念仏の一声を聞いた話、聖光門下の蓮阿弥陀仏が八幡宮より往生が心によることを教えられた話など、冒頭に掲げられた三つの霊験譚に、法然が念仏をすすめた具体的な史実を掲げて対応させて、本書を一貫する思想信仰を明らかにしたところ[注19]と考えられるので、重要な位置を占めている語録となるのであるが、ここで、このような編者の主体的な方法がとられていることと、あの文体が成立していることはかなり大きな意義を示している。

五

以上では、主として外面的な面から、『芳談』の成立の問題を考えてきたので、以下において、敬仏房の語録を中心に、内面的な面から少し考えてみよう。『芳談』の中における敬仏房の重要性については、今更言うまでのこともないが、彼の語録の中に、

同上人最後の所労の時云、死期三日以前「僧都御房の『仏助玉へと思外は、要にあらず』と、被仰し事もさしもやと思ひしが、今こそおもひしらるれ。不浄観も平生の時のこと也。東城寺の阿耨房が、式の法文を習ば猿楽をするにてこそあれと云けるも、今ぞ思ひ知るゝ云々。」（二〇九頁）

がある。己の死をしかと見つめた時、敬仏房は、後世を見たのかも知れない。後世の深淵をかい間見たとき、かつて自信に満ちていた己の、求道者としての自覚、信念が、もろくも崩れ去った。自覚、信念が崩れ去り、周章狼狽する彼の脳裡をかすめたのは、師、僧都御房（明遍）のかつて語ったことばであった。仏助け給へという、もっとも基本的で、素朴な信仰の哲理をしかと悟ったのであろう。「さしもやと思ひしが、今こそ」「今ぞ思ひ知らるる」のことばが、今以前の己の心のゆれと、鋭く断絶した敬仏房の心の内側を過不足なく表現しており、このすぐれてハリのある文体が、こうした想像を許しているであろう。そしてここにはあの鴨長明の不請の阿弥陀仏との間には厳然たる違いがある。

このように敬仏房をみたとき、それではここまで敬仏房を支えてきた当為の理想とはいったい何であったろうか。それを彼のことばの中にさがしてみると、

世間出世至極たゞ死の一事也。死なば死ねとだに存ずれば、一切に大事はなきなり。……あやまりて死なむは、よろこびなりとだに存ずれば、なに事もやすくおぼゆる也。しからば我も人も、真実に後世をたすからむとおもはんには、かへすがへすも、道理をつよくたてゝ、心にまけず、生死界の事を、ものがなしくおもふべからざるなり。（一九一・一九二頁）

という。また、

某は資縁の悕望は、ながく絶たる也。たゞ後世ばかりぞ大切なる。又自然にあれば、あらるゝ也。後世を思ふ人は、出離生死のほかはなに事もいかにもあらばあれと、うちすつる意楽に、つねに往するなり。（一九四頁）

ともいう。さらにまた、

あひかまへて、今生は一夜のやどり、夢幻の世、とてもかくてもありなむと、真実に思ふべきなり。生涯をかろくし、後世をおもふ故、実にはいきてあらんこと、今日ばかり、たゞいまばかりと真実におもふべきなり。かくおもへば、忍びがたきこともやすく忍ばれて、後世のつとめもいさましき也。（一九三頁）

とも言う。さらに、

年来死をおそれざる理をこのみ、ならひつる力にて、此所労もすこしよき様になれば、死なでやあらんずらむと、きものつ

ぶる丶也。さればこそ、御房達のかご負一もよくしてもたんとしあひ給たるをば、制したてまつれ。たゞ今はなに事なき様なれども、つゐには生死の余執と成べき也。しかればあひかまへて、つねに此身をいとひにくみて、死をもねがふ意楽をこのむべき也。（一九六・一九七頁）

何という人生のつきつめ、真迫感であろうか。彼は真実無常を認識し、真実に後世を助からん方便を求めていた（A）のである。後世のみを大切なものとしていた（B）のである。そのために彼は此の世の一切のものを捨棄し（a、c）、己の心を制御し、生死界のことをものがましく思ってはならない（b）と、真実思ひ続けてきたのである。だからこそ、「死をもねがふ意楽」（e）を好むのは、彼自身が〝生死の余執〟を離れるための実践の方法だったのであり、人にもそれを説いてきたのである。それは単純な生存の厭いでもなければ、思考の頽廃でもない。すなわち、彼が日常に対決している死、いかに死すべきかの課題は、後世者としての彼の現実の課題としては、死をもねがうことをも含めて、今日ばかり、只今ばかりという、刻一刻の終焉のきざみを、無常を真実に思い、懸命に生きていくことに他ならなかったのである。

このように敬仏房のきびしい当為の理想を見た時に、敬仏房にしてなおかつ、後世の深淵をかい間見て、周章狼狽したであろう先のことばは、彼にとって、後世がいかに大きく、厳しくその心をとらえていたかを考えさせるとともに、冒頭にのべた長明の場合との何という近さであり、また遠さであろうか。

そして敬仏房の後世に関する発言は、他にも収録されていて、彼の後世に関する問題意識の強さを語っているのである。またこの後世への関心は、『芳談』中の他の聖たちの、例えば、明禅法師の、

後世をたすからんとおもはんものは、かまへて人めにたつべからざるものなり。（一八八頁）

や、松蔭の顕性房の、

死をいそぐ心ばへは、後世の第一のたすけにてあるなり。（二〇〇頁）

や、かんなぎのまねしたる、無名のなま女房の、

生死無常の有様を思ふに、此世のことはとてもかくても候。なう後世をたすけたまへ。（二〇四頁）

といったことばをはじめとして、その数も多く、敬仏房の語録が、決して彼だけのものではなく、『芳談』の中に登場してくる遁世者たちの共通の課題としてあることが想像されるのである。

六

それでは『芳談』における、このような後世へのかかわりは、『芳談』の置かれた歴史的状況の中ではどんな意味をもってくるであろうか。

無住法師は『沙石集』において、妄執によって魔道に墜ちた高野聖の話を四つほど集中的に紹介しているが、その中で、「常州ニ真壁ノ敬仏房トテ明遍僧都ノ弟子ニテ、道心者ト聞シ高野ヒジリハ、人ノ「臨終ヲヨシ」ト云ヲモ、「ワロシ」ト云ヲモ、「イサ心ノ中ヲシラヌゾ」ト云ハレケル。実ニテ覚ユ」と言って、敬仏房のことばに共感を示したあとに、

（A）高野ニアリケル古キ上人、「弟子アレバ、往生ハセウズラン。後世コソオソロシケレ」トゾ云ケル。子息、弟子、父母、師長ノ臨終ノワロキヲ、アリノマヽニ云モカハユクシテ、多ハヨキヤウニ云ナスコソ、由シナキ事也。アシクハアリノ儘云テ、我モネムゴロニ菩提ヲ詣ヒ、ヨソマデモ哀ミ訪ン事コソ、亡魂ノタスカル因縁トモナルベケレ。

（B）高野ノ遁世ヒジリ共ノ臨終スル時、同法寄合テ評定スルニハ、ヲボロケニ往生スル人ナシ。或時、端坐合掌シ、念仏唱

テ引入タル僧アリケリ。「是レコソ一定ノ往生人ヨ」トサタシケルヲ、木幡ノ恵心坊上人、「コレモ往生ニハ非ズ。実ニ来迎ニ預往生スル程ノモノハ、日来アシカラン面ヲモ、心地ヨキ気色ナルベキニ、眉ノスヂカヒテ、スサマジゲナル面ザシナリ。魔道ニ入リヌルニコソ」トゾ、申サレケル。[注20]

等の話を伝えている。（A）の方の高野聖がいつ頃のものかは不明であるが、（B）の方の木幡の恵心坊上人は、文永五年（一二六八）に六五才で亡くなった三論の僧であるから、『沙石集』の成立時代とも相侯って、『芳談』の世界とほぼ同時代の話であることがわかる。ここで高野にあった古い上人が、自分のことばの意味を深く考えることもなく語ったであろう、「弟子アレバ、往生ハセウズラン、後世コソオソロシケレ」のことばは、古き上人が、古きが故に気づかなかった高野聖同志のなれあいをみごとに浮彫にしているし、そのなれあいの中の頽廃の中にあっても、なおかつ彼らの関心が強く後世にあったことをいみじくも語っている。

（B）の話にあっても、高野聖たちが、端坐合掌して、念仏を唱えて息を引きとった僧を見て、それを外形的、表面的に受け取って、確実な往生人よと評定したのを、恵心坊上人が、心地よき気色なるはずの往生人が、「眉ノスヂカヒテ、スサマジゲナル面ザシ」であることを見、そこに往生の方法を問題にして、魔道の往生であることをあばいて、高野聖同志のなれあいを、批判したものである。無住にあってその説話は、彼の思想を媒介しているとみられる[注21]立場からするならば、これら高野聖が、批判の対象となっていることはあきらかである。

この無住から、人の臨終時の心の中はわかりませんとのことばを、「実ニテ覚ユ」と共感され、道心者と紹介された敬仏房の場合には、彼自ら「大原高野にも、其久さありしかども」（一九二頁）と語っている如く、一度は我身を置いた高野であったが、その高野を、

近来の遁世の人といふは、……高野にのぼりつれば、めでたき真言師、ゆゝしき尺論の学生になり、或はもとは仮名の「し」文字だにもはかぐ〵しくかきまげぬものなれども、梵漢さるていに書ならひなどしあひたるなり。生死界を厭ふ心もふかく、

後世のつとめをいそがはしくする様なる事は、きはめてありがたき也。(一九二頁)

と、遁世者がその本来の姿を失い、真言師、釈論の学生になりきってしまい、簡単な文字すら書けなかった者が、もっともらしく書いてしまうという形式性、肝心の生死界を厭う心、後世のつとめに専心するということなどはきわめてあり難いと鋭く批判の目を向けているのである。この敬仏房の指摘する遁世者たちの持つなれあい、形式性と、無住の高野聖批判との何という近さであろうか。

七

『芳談』の中にあってこのような批判をなしえたものは、いったい何であったろうか。また何を意味しているのであろうか。おそらく、これは、自己の信仰が確立されていて、それ故に自己と状況との鋭い対立からもたらされたものと見るべきであろう。自己と、その存在を深く自覚し、自己を確立していく主体的意志と、それに基づく他者批判への積極的意志である。それが『芳談』のことばの基本に据えられているのである。この意味で、『芳談』の語録は、編者が主体的、意志的にえらびとっていく人間の当為の課題だったのである。いかに生くべきかの課題は、死に直面しつつ無常を生きる彼らにとって、いかに死すべきかの課題だったのであり、目前の死に対する当為の課題として確立していたのである。そしてこれらの課題の確立は、決して槁木死灰の人間の姿なのではなくして、鋭い自己の問いつめなどであり、かえってきびしい人間性を呈しているのであり、一種のリリシズムを具えたものとなっているのである。そのリリシズムは、従来、文学性イコール抒情性として評価されてきたかの如きそれとは、構造的にも、発想的にも著しく別のものである。それは、きびしい求道心の燃焼の中から、したたり落ちてきたしずくのごとき抒情なのであった。そしてこの抒情こそが仏教文学を形成する根本なのである。

注

1 以後、こう略称する。本文は日本古典文学大系八三（岩波書店）による。
2 森下二郎校訂『標註一言芳談抄』（岩波書店、一九四一年）にはこの凡例部分は省略されている。
3 「一言芳談について」、『宗教文化』一三号。
4 「一言芳談考――その成立時期と編者について――」、『北九州大学文学部紀要』六号、一九七〇年一二月。
5 ここに用いた略書名とその成立は左の如くである。

授手印＝末代念仏授手印（聖光）安貞二年（一二二八）成立

決答＝決答授手印疑問鈔（良忠）康元二年（一二五七）成立

東宗＝浄土宗要集（良忠）

和語＝和語灯録（道光編）文永一二年（一二七五）成立

6 『法然上人絵伝の研究』一三二頁。
7 なお、岸信宏の「法然上人の常の詞に就いて」（『仏教文化研究』六・七号、一九五八年三月）では、『御伝』二一の「法然上人のつねに仰られける御詞」の出拠と思われる文献として『芳談』を八条にわたって挙げられている。
8 禿氏祐祥『仏教古典叢書』解説、中外出版、一九二三年。
9 「一言芳談の編者について――頓阿と推考す――」、『仏教文化研究』三号、一九五三年一一月。
10 標註本の凡例に、「異本に対校して旧本にもれたる事をハ巻の終にまじへてしるす」とあり、「巻之四、異本雑附」となっているが、これに該当する部分は原存していない。
11 注3に同じ。
12 角川文庫本『一言芳談』（一九七〇年八月）の解説二二九頁。
13 簗瀬一雄もこの注記に注意し、「編集者は、この注を加えないではいられない衝動をさえ感じたであろうと思う」と述べている。（角川文庫本解説二三二頁）。

14　藤原正義「一言芳談考――その成立時期と編者について――」、『北九州大学文学部紀要』六号、一九六九年一二月、一九頁。

15　古くは『一言芳談句解』が「ある説にハ。敬仏房のこと葉。おほくかきたり。もしハ敬仏房の。門葉の抄出か。」としたのをはじめとして、『群書解題』が、「敬仏房に師事した人か」（松浦貞俊執筆）とし、五来重も「敬仏に関係あるものの編集ではないかと思う」（『高野聖』角川書店、一九七五年）としている。

16　井川定慶編『法然上人伝全集』（法然上人伝全集刊行会）による。

17　意味不明であるが、共通面の多い『和語灯録』では、「いはれずおぼゆれ」とあるのでこの意味に解しておく。

18　九巻伝、三巻伝の表現は、『御伝』に比し簡略であるが、基本的には同内容である。結びは九巻伝が「あなことたかの御房や」、三巻伝が「あなこと〳〵しの御房や」となっている。

19　多屋頼俊「一言芳談概要」、『校註一言芳談』解説。

20　日本古典文学大系八五（岩波書店）による。

21　大隅和雄「無住の思想と文体」、『日本文学』一九六一年三月。

※本稿をなすにあたっては、一言芳談研究会の方々と講読を続けてきたことが大きく役立ちました。会員の方々、殊に佐々木克衛氏、関口忠男氏、小林保治氏等の方々に記して感謝いたします。また『一言芳談』をどうとらえるかという基本姿勢の問題は、「座談会・一言芳談研究会の中間報告」（『古典遺産』二〇号）に述べましたので御参照願えれば幸いです。

10『一言芳談』求道の光

一

後世を思はん者は、糂汰瓶一つも持つまじきことなり。

今から二〇年近くも昔のことであるが、『徒然草』の中で、この一言に遭遇した時受けた、言い知れぬ強烈な印象が、私の脳裡に焼きついている。その後『一言芳談』を読んだ時、そこに徹底した捨象の精神、執着を捨てきってひたぶるに後世を求めんとする求道の心が、単に他力をたのむではなく、道心を求めていく力強い意志が、凝縮していると感じた。それまでに『方丈記』から中世草庵文学に魅かれていたし、鎌倉新仏教の世界、ことに法然、親鸞らの念仏僧の世界に興味を持ちつづけていた。これらと同種の世界ではないかと思っていた『一言芳談』の世界が、別種の世界ではないかと思いはじめたのである。これ以来、私は、時折『一言芳談』をひもといては、これら箴言の中にひたり、中世の魂をかいま見ているのである。

二

ところで『徒然草』の中には、その九八段に、「尊きひじりの云ひ置きける事を書き付けて、一言芳談とかや名づけたる草子を見侍りしに、心にあひて覚えし事ども」として、『一言芳談』のことばを五条書きつらね、「この外もありし事ども、覚えず」と結んでいる。兼好が抜粋までしてここに書きつけたのは、簡潔な表現の中にこめられたことばの中に、己が求めるものとの共通性を発見し、新鮮な感動を覚えた故と、単純に考えてよいと思う。またこの冒頭にあげたこの法語は、『徒然草』の中では、「持経・本尊に至るまで、よき物を持つ、よしなき事なり」と続けて記されている。ところが『一言芳談』の中では、この部分は、解脱上人の法語となっている。また『徒然草』の四九段は、無常迅速のことを語っているところであるが、その結びは、

心戒といひける聖は、あまりにこの世のかりそめなる事を思ひて、静かについゐけることだになく、常はうづくまりてのみぞありける

と心戒上人の例証で結ばれている。おそらくこれは『一言芳談』の「有云」の、

心戒上人、つねに蹲居し玉ふ。或人其故を問ければ、三界六道には、心やすくしりさしすへて、ゐるべき所なきゆへ也、云々。

が念頭にあって出てきたものと思われる。したがって兼好には、『一言芳談』の中のことばが、相当深く脳裡に入りこんでいたものと思われる。いくつかの箴言が時折、兼好の心をつきさし、求道の光をかざさせていたように思われる。

三

ところでこの『一言芳談』とは、どのような作品なのであろうか。

簡単に言えば、法然、明遍、敬仏房など三〇人あまりの道心者、遁世者たちのことばを編録した箴言集である。箴言の数は一五〇条あまりである。編者は未だ特定の人物とするに至っていない。最も多くの法語がとられている敬仏房の同朋の一人が編

纂者であったとする考えが妥当なところである。[注1]成立時期については、所収の人々のことばのうち最も新しい人が慈心（永仁五年〈一二九七〉寂）であること、敬仏房の示寂後（一二六〇年代後半から七〇年代）であること、慈心の寂後ではなく在世中であると考えてもよいこと等の条件の中から「おそらく行仙房や然阿の寂後、慈心示寂以前」とする考えが納得できる。[注2]次に同一あるいは表現・内容の近似する法語をのせている資料は、道光の『和語灯録』、聖光の『末代念仏授手印』、良忠の『浄土宗要集』、『決答授手印疑問鈔』などであると思われる。[注3]『祖師一口法語』は、七〇条あまりと半数近い共通法語を含んでいる。かつては『一言芳談』に先行する文献と考えられていた。[注4]しかし直接の典拠となっていないことは明らかであり、[注5]法語の供給圏を共通にしていると見る見方が妥当であろう。[注6]

テキストは二系統である。一つは『一言芳談』あるいは『一言芳談抄』と題する慶安元年版本系（巻尾に寛正四年の識語を有する）のものである。『仮名法語集』（日本古典文学大系）所載の本文がこれである。『続群書類従』所収（続二八の下）のものもこの系統と思われる。上下二巻本で、各法語の配列には、特に構成意識をもった意図的なものは感じられない。同内容の法語が連続することはあるが、ほぼ雑纂と見てよい。他の一本は、『標注増補一言芳談鈔』（報恩寺湛澄篇、元禄二年版本）である。これは内容別に一〇類を三巻にまとめた類纂本である。

四

湛澄の分類を参考としつつ、発言者と発言内容とをまとめて見ると、次頁の表のようになる。この表の中、聖光、法蓮、禅勝、然阿、敬蓮社、乗願等は法然の浄土門につながる人々である。明遍以下敬仏房、心戒、寂願房などは法然との関連もあるが、むしろ高野系の聖である。この中で敬仏房の法語が圧倒的に多いことが注意される。項目別では、用心、安心、学門、念仏、三資等が多い。項目は厳密に分類できるものではないから、あまりこだわることは危険であるが、ここからおおよそ『一言芳談』の意図するところが、単に念仏行者の法語というよりも、道心者、遁世者の法語に重点があると考えてよいだろう。（法然系の念仏者と高野系の遁世者、道心者との関係、思想的関連など、今後具体的に明らかにしていく必要がある。）

五

次には『一言芳談』の文学的な特質や、思想性を見るために、いくつかの法語を具体的にとりあげてみよう。

有云、「高野の空阿弥陀仏の、御庵室のしつらひの、びんぎあしげにて、「すこしか様にしたらばよかりなむ」と、御たくみありける間、「さやうしつらひなさん」と、人申ければ、「いや〳〵あるべからず、是又厭離のたよりなり。よしと思ひて心とめては、無益なり」とおほせられける。（大系本二〇三頁）

空阿弥陀仏は明遍のことである。庵室の作り方で少しでも住み易さを考えたならば、それがそのまま厭離穢土のさまたげとなる、とするこのことばは、往生のためにいかに欲をすてるかということが主眼となっている。この法語が示すように、世俗を捨て、名利も学問もすて、山中にただひとり孤独に耐えながら、念仏三昧にすごす遁世者たちが、賞讃されたであろうことは想像に難くない。中世に於ては典型的な価値観を示していると言えよう。しかし一方において、『方丈記』が閑居の気味をとくとくと語るのを見るとき[注7]、そこでは遁世とは、もはや後世のための手段ではなくして、草庵生活という目的に転化していると言えるであろう。

さらに明禅の、

真実にも後世をたすからむと思はんには、遁世が、はや第一のよしなき事にてありけるとぞ。（大系本一八九頁）

という法語、つまり往生にとって、遁世など問題にならぬと言い放ったこの法語、を見る時、長明らとの画然たる違いを見る思いがする。明禅においては、もはや遁世という形式など超越しているのである。

表 1

	項目	三資	清素	師友	無常	念死	臨終	念仏	安心	学問	用心	計
1	敬仏房	3	3		3	2	1	2	2	4	11	31
2	法然上人				1			4	10	1	1	17
3	明禅法印	2						2	1		8	13
4	顕性房					2		1	5		1	9
5	明遍	2				1			2	4	1	10
6	聖光上人				1	2		1	4	1		9
7	然阿上人							2	4			6
8	行仙房								1		4	5
9	乗願房							2		1	1	4
10	敬日上人	1						1	1			3
11	慈阿弥陀仏			1							1	2
12	解脱上人				1						1	2
13	禅勝房							1	2			3
14	心戒								1			1
15	顕真							1				1
16	敬蓮社									1	1	2
17	中蓮房									1		1
18	俊乗房		1									1
19	敬仙房					1						1
20	正信							1				1
21	信澄房										1	1
22	播摩上人										1	1
23	願性房									1		1
24	宝幢院の本願										1	1
25	慈円							1				1
26	善阿弥									1		1
27	伝教記文	1										1
28	忍阿弥									1		1
29	法蓮上人							1				1
30	有云、ある人或上人、ある人の物語	4	2	2	1		2	3	2		4	20
	計	13	6	3	7	8	3	23	35	16	37	151

〔敬仏房〕あひかまへて、今生は一夜のやどり、夢幻の世、とてもかくてもありなむと、真実に思ふべきなり。……かくおもへば、忍びがたきこともやすく忍ばれて、後世のつとめもいさましき也。……今年ばかりかとまでは思しかども、明年までとは存ぜざりき。今は老後也。よろづはたゞ今日ばかりと覚る也。出離の詮要無常を心にかくるにある也。（大系本一九三頁）

後世者はいつも旅にいでたる思ひに住するなり。雲のはて、海のはてに行とも、此身のあらんかぎりは、かたのごとくの衣食住所なくてはかなふべからざれども、執すると執せざるとの事のほかにかはりたるなり。つねに一夜のやどりにして、始終のすみかにあらずと存ずるには、さはりなく念仏の申さるゝ也。（大系本一九五頁）

無常を認識するとは何であろうか。敬仏房にとってそれは、観念として理解することでも、説くことでもない。今日だけの命と認識することである。つねに一夜のやどりと認識すること。無常の認識もきわめて意志的である。その上で念仏を唱えようとする敬仏房の念仏は、それ故、単に他力に住するのではなく、念仏すら修行的であると理解できよう。単に往生をめざしていたのではなく、死と対決し、死を克服し、今日を、只今を、どう過すか、刻一刻の終焉のきざみを、懸命に生きようとするのが敬仏房である。

ところが、この人ですら臨終に際するや、いささかの狼狽ぶりを見せる。

同上人〔敬仏房〕最後の所労の時云、死期三日以前、僧都御房の「仏助玉へと思外は、要にあらず」と、被仰し事もさしもやと思ひしが、今こそおもひしらるれ。不浄観も平生の時のこと也。東城寺の阿耨房が、式の法文を習へば猿楽をするにてこそあれと云けるも、今ぞ思ひ知るゝ、云々。（大系本二〇九頁）

己の死をしかと見つめた敬仏房は、後世を見たのであろう。後世の深淵を垣間見た時、かつて自信に満ちていた己の、道心者としての自覚、信念が、もろくも崩れ去っていった。周章狼狽したであろう彼の脳裡をかすめたものは、師、僧都御房〔明遍〕が、かつて語ったことばであった。「仏助け給へ」という、もっとも基本的で素朴な信仰の哲理を、しかと語ったのであろう。「さしもやと思ひしが、今こそ」「今ぞ思ひ知らるる」のことばは、今以前の心のゆれと、鋭く断絶した敬仏房の心の内面を過不足なく表現していると見られるであろう。

先に見た敬仏房における無常の認識と、この格差はまったく同一人のものである。それのみか敬仏房は、「死なば死ねとだに存ずれば、一切に大事はなきなり」「あやまりて死なむは、よろこびなりとだに存ずれば、なに事もやすくおぼゆるなり」（大系本一九一～一九二頁）とも言っていたのである。

こうして見ると、この『一言芳談』の中に、人間敬仏房が鮮やかに浮かびあがってくると言える。また敬仏房のみならず、他の道心者、遁世者にしても、後世が大きく、厳しく、心の中に占めていたであろうことを考えさせるのである。

六

以上によって、個々の法語をとりあげ、『一言芳談』の世界をかいま見てきたのである。ここでとりあげた法語の世界は、そのまま『一言芳談』の作品としての統一性を示しているととらえられるであろう。この統一の核になっているもの、それを私は、作者たちが主体的、意志的にえらびとった人間の当為の課題であったと見る。現実の世界、他の仲間たち、文学者たちがどうであったかではなく、死に直面しつつ無常を生きる彼らの課題への対応であったと見る。いかに死すべきかの課題は、いかに生くべきかの課題だったのである。それはするどく、きびしい自己の問いつめから生れてくるものである。そのきびしい問いつめから生れてきたあたかも木の葉に集り玉となる朝つゆのごときさらびやかなことばが、『一言芳談』の法語の特色であり、その文学性を支えているのである。

注

1　簗瀬一雄訳注『一言芳談』解説、角川書店、一九七〇年。

2　藤原正義「一言芳談考──その成立時期と編者について──」、『北九州大学文学部紀要』六号、一九六九年一二月。

3　拙稿「一言芳談考──その基礎的性格についての覚書──」、『仏教文学研究』一一号、法蔵館、一九七二年。

4　禿氏祐祥『仏教古典叢書』解説、中外出版、一九二三年。

5　注3に同じ。

6　注1に同じ。

7　『方丈記』では次のように閑居を説明している。

南、竹の簀子を敷き、その西に閼伽棚をつくり、北によせて障子をへだてて阿弥陀の絵像を安置し、そばに普賢をかき、まへに法華経をおけり、東のきはに蕨のほどろを敷きて、夜の床とす。西南に竹の吊棚を構へて、黒き皮籠三合をおけり。すなはち、和歌・管絃・往生要集ごときの抄物を入れたり。かたはらに、琴・琵琶おの〳〵一張をたつ。いはゆる、をり琴、つぎ琵琶これなり。仮の庵のありやう、かくのごとし（大系本三七頁）

II 神道集と神明説話

1 本地物の世界

一、御伽草子類における本地物

御伽草子類の中には、「何々の本地」と称する作品群が多い。これらの作品群の中で本地の語がどのように用いられているかをながめてみよう。

(a) この物語は、熊野権現の御本地なり。一度読み参らせ候へば、一度参りたるうちなり。この本地を用い参らせざる物は、(『熊野の御本地のさうし』大系)

(b) かの大明神の御本地をたつね奉るに、(『厳島の本地』大成二40)

(c) あらひとかみは、諏訪の郡へ飛び給ひ、(中略)ほんち普賢菩薩なり。今の諏訪大明神是なり。(『諏訪の本地』大成八229)

(d) このひめみやちうじやうとちぎりをこめ、貴船とあらはれ給けり、このほんちくはしくたづぬれは、べんさいてんにてをはします。(『貴船の本地』大成四110)

(e) さる程に御本地御縁起をばわれとよむ人は、一ヵ月に三どつつよむへし。(『浅間御本地御由来記』大成八233)

(f) そもそもあみだによらいのしやうがくならせ給ひしゆらひをくわしくたづぬるに、(『あみたの本地物語』大成一26)

(g) びしやもんてんわうのゆらひをくわしくたづぬるに、(『毘沙門天王の本地』『宝物』二30)

（h）これはまことのきじんにあらず、本地びるしやな仏のけしんなり。（『釈迦の本地』大成七196）

以上は、書名に本地を称する作品群の中で、本地の語がどのような意味で用いられているか、またどのような作品が本地を称しているかを、管見したものである。これを見ると、（a）～（c）の作品は、在俗の人間が神と現れ、その本地仏が何々であると、神―人―本地仏の説明をしているものである。つまり御本地の意味は本地仏の意味である。

（d）は、神の俗世時代を説明したものであるが、本地仏は説明されていない。貴船神社の御本体の説明であるばかりではなく、前生譚となっている。（e）も神の在世時代を語ったものであるが、本地の意味は縁起と同義に用いられている（『上野国赤城山御本地』も同様である）。（f）の阿弥陀の御本地は、天竺さいしょう国のぜんしゃう太子の人間時代の生活を語り、阿弥陀仏になった由来を語る。（g）もまた毘沙門天の由来説である。ここでの本地は由来の意味である。（h）の『釈迦の本地』は、釈尊の誕生から入滅まで、さらにその後のことを一代記風に語ったもの。釈尊がさまざまに身を変えて、衆生に信心を勧める様子を語る。ここでの本地の意味は、化身仏に対する本地仏の意味である。

これに対し、次の例は、書名には本地が見られないが、現在の神明や権現その他の前生譚例である。本地仏についての説明はない。

（i）其後浦島太郎は、丹後の国に浦島明神と顕れ、衆生済度し給へり。（『浦島太郎』大系）

（j）（ものくさ太郎夫妻）殿はおたがの大明神、女房はあさいの権現とあらはれ給。（『物くさ太郎』大系）

（k）三人共に…往生の素懐を遂げ、弥陀、観音、勢至とあらはれ、三尊是なりといへり。（『さいき』大系）

（l）後には男、五条の天神と顕れ給ふ。（『小男の草子』新大系）

以上の様に本地を称する作品群の中には、在俗の人間が、神と顕れたことを語り、さらにそれに対する本地垂迹説でいう本地仏を示しているものから、単に現実の人間が、神と顕れたことだけを語っているもの、俗世の人間が仏菩薩もしくは高僧となった由来を語るもの、等々のものがその中にある。つまりここで用いられている「本地」は、化身に対するその本身としての意味、神に対する本体としての本地仏、縁起とほぼ同義、前生、由来の意味、で用いられているものなど、きわめて多様に用いられている。また同様の内容の物語には、書名に本地を称していない作品群にも多く見られる。[注1] 共通する所は、本地仏に対する教義的説明がないことである。このような御伽草子群の中の作品群を総称して本地物と称している。

二、本地物成立説

これら本地物の成立に関し、市古貞次は「中世は本地ということばが盛んに用いられた時代であるが、それは神仏習合説に見られる本地垂迹思想、本迹思想に基くことが多いと思われる。（中略）このやうな考へ方は、本地を本の姿、本体といふやうな意味からさらに前生というやうな意味にまでひろげてゆきやすいのであつて、従つて、中世小説に用いられる本地は前生・本生であり、由来・縁起といふことばとも甚だ近接している。[注2]」とされた。これに対し、松本隆信は、「何々の本地」という書名を有するものの諸本の調査から、これらの作品群が、江戸期に入って盛んに刊行されだした板本に多いと考え、これについて同類の内容を伝える写本・絵巻・奈良絵本で原書名を有する諸本と比較すると、板本以外では「本地」を附することが少ない、と見て「書名に本地を附するのは、江戸期に入って、この種の物語が盛んに板行されだした一時期の流行ではなかったか」と注意を喚起し、その上で「神仏がその前生において人間的な苦難を語る一類の物語があり、江戸時代初期にそれらの大部分、並びにそれと何等かの類似性をもつ作品に「何々の本地」という題名を好んで附することが行なわれたのではないだろうか[注3]」との問題提起をしている。この問題を前進させるためには、本地垂迹説の展開過程と、本地物形式の物語群の成立過程を確認する必要がある。

三、本地垂迹説の展開と本地物の成立

本迹説の基本は、仏・菩薩は、衆生を教化救済しようとして仏自身が変現して衆生の姿となったものとする三身説にあり、そ

の実身を本地とし、分身を垂迹とするものである。化人、化仏、変化、変化身、権者などの語とも同義である。仏・菩薩の間における この考えが、神仏の関係にあてはめられるのは、『石清水文書』承平七年十月四日の大宰府牒に筥崎宮と神宮寺の関係を説明する部分がありそこに、

彼宮此宮雖其地異、権現菩薩垂迹猶同。

と見られるのをはじめとして、『江談抄』第一中に、熊野三所の本縁を問われて、

熊野三所ハ伊勢大神宮ノ御身云々。本宮并新宮ハ大神宮也。那智ハ荒祭。又大神宮ハ救世観音御変身云々。

とあるのが古い例であろう。神々と仏との間に、固有の関係をつけ、組織化しようとする動きは、平安末から鎌倉時代にかけて次第に盛んになってきた。この傾向は中世になるときわめて顕著な動きとなり、『私聚百因縁集』（正嘉二年〈一二五七〉成立）では、本地垂迹説が組織的集約的に採録される。『沙石集』においても、神明と仏・菩薩との関係を理論化しようとする姿勢や、出離解脱を遂げるための方便としての役割を和光同塵としての神明の中に見出す、など積極的に神仏の結びつけが見られる。

一方、説話集に見られる化身譚は、『霊異記』等にも聖の変化（上4）、聖の化身（中8、下19）、観音の変化（中17、下38）、妙見菩薩の変化（下5）等見られる。ここでは現実では考えられないような尊い行動、現象を聖の変化・化身と見ていたのであるが、未だ、具体的には仏・菩薩の化身を示していない。『今昔物語集』では、観音の化身や、文殊の化身に助けられる説話や、霊験譚の中に化身が登場し、化身の聖が中心になって展開する説話が登場する。これが、『古今著聞集』にいたると、「源空上人は一向専修の人なり。……弥陀如来の化身とも申す。勢至菩薩の垂迹とも申すとぞ。「源空本地身、大勢至菩薩、衆生為化故、来此界度者」かく示して去給にけり。勢至菩薩の化身といふ事、これより符合する所なり。」（63話「源空上人念仏往生の事」）とあるように、化身＝垂迹の考えが示されている。さらに『沙石集』では、巫は十一面の化身として登場する話（一の一一）や、あるき

神子（みこ）を変化の人と見る（二の一二）説話などが現れている。明確に化身と神明の結びつきや、これまでは仏・菩薩を示す言葉であった変化が神子にまで使われているなどの例が見られるのである。

このように仏自身の中に本迹の関係を見出していた本地の思想は、仏とその他のものとの間に本迹関係を成り立たせる。やがて神明の地位の向上とともに、これまでの単なる護法神としての関係を脱出し、仏と神とのあらたな関係を作り上げていく。

一方、説話集において化身仏が活躍する化身譚は、現実では考えられないような尊い行動、現象を、聖の変化・化身と見ていた。やがて南北朝が近づいてくる頃から、化身と神明との結びつきが見られるようになる。また、仏・菩薩にのみ使われていた変化が神子にまで使われるように変化していた。

四、『神道集』「児持大明神事」（六の三四）における本地譚の形式

『神道集』においては、物語的色彩の強い説話においては、その多くは本地譚的形式を持っている。その中の一つ児持明神の本地譚を取り上げてみよう。この説話は、

①伊勢の国渡会の郡から荒人神が顕れて、上野国の白井保に跡を垂れた。児持山の大明神のことである。
②その由来を考えると、阿野権守保明には財宝はあったけれども子供がなかった、伊勢大明神に頼んで姫君（子持御前）を得た。
③姫君九歳の折、母が亡くなり、伊賀の国の地頭加若大夫和利の姫を後妻に迎えた。
④姫君は継母の弟加若次郎和理と結婚する。
⑤夫妻ともに大神宮に参詣した折、伊勢の国司在間の中将基成が姫君に横恋慕する。
⑥父保明がことわると、国司は腹を立て保明と和理が謀反の由を関白に讒言する。和理は下野の国に流される。
⑦子持御前が東に旅立とうとする所に国司が攻め入るが、継母はサモチを焼いて葬送の儀式を装いたぶらかす。
⑧子持御前が阿野津を出て東に下る途次、熱田で若君を生む。

⑨熱田大明神、諏訪大明神、宇都宮の大明神等に助けられ、上野の国に着き、夫に再会する。
⑩子持御前は子持明神と、和理は和理大明神と顕れた。本地は如意輪、十一面である。その他の人々もそれぞれ神と顕れた。

となっている。ここに登場している熱田大明神、諏訪大明神、宇都宮大明神も、現世の人間の姿（やつし）で活躍している。つまり『神道集』以前に形成されていた本地譚の延長線上にある。新たに付け加えられた要素は、伊勢大明神に頼んで子供を授かったという申し子と、讒言によって下野の国に流された夫を追って、懐妊中の身でありながら、はるばる伊勢から関東まで下るヒロイン子持御前の苦難である。また神々の助けによって苦難を越え、言われなき不合理を克服し、秩序を回復させるヒーローの活躍である。
『神道集』において、本地譚にこのような要素を要求するのは、本地譚を構成する理念として、

諸菩薩ノ応迹示現ノ神道ハ必ズ縁ヨリ起ル事ナレバ、諸仏菩薩ノ我国ニ遊ハ、必ズ人ノ胎ヲ借テ、衆生身ト成リ、身ニ苦悩ヲ受テ善悪ヲ試テ後神ト成テ悪世ノ衆生ヲ利益給御事也。（34「上野国児持山之事」）

とする。つまり、申し子（人の胎を借りて）と艱難・辛苦（身に苦悩を受けて）、そこから神明への変身・転生をはかり（神となって）、衆生を救うと語る、語りの根本のところからくるものと考えられる。

五、神への変身・転生の意味するもの

正徳元年（一七一一）安房で起きた万石騒動は、三人の領主の斬罪という犠牲を払ったが、ねばり強い闘いの中で農民の要求を通した一揆であった。この次第と犠牲となった三人を供養する為にまとめたものが、『万石騒動日録』[注4]であるが、そこに、

惣百姓蓑笠を持参。

誰云共無、仏神之教歟。

と記されている。蓑笠姿となっているのは、幕藩制下の身分規定を破棄し一時的なアウトローへの変身を意味する。蓑笠姿は神に変身したことを意味する。変身して仏神と一体化したのである。仏神との一体感の中で自らの行動を正当化し、世界の再生を試みたのである。

この一揆に見る神への変身、仏神との一体感の中での行動は、『神道集』の本地譚構成理念と意識の彼方で確かなつながりを有する。『神道集』の本地物が語られる場は、現実を止揚する祭事の場である。現在そこにある神仏の根源を語っているのである。地域社会の不合理を克服し、あたらしい秩序を構築する。本地物における神への変身・転生は、一揆において神を背負い、神と一体化しつつ現状の不合理を打破し、世界を再生しようとする行動と、意識の上で繋がりがある。[注5]

六、本地物の成立

本地物という文学形式の成立は、本地垂迹説にもとづくものである。しかしその重点は、神に対応する本地仏について教義的に述べるものではない。神々が衆生身となって活躍する神々の物語である。永い永い神明と仏との融合の歴史の上に仏本神迹の関係が成立する。その上で化身神(権現)と本地仏との関係が出来上がった。そこにはすでに化身仏が活躍する化身譚ができあがっていた。中世という変革期の中で秩序の再編が必要となる。地域の秩序を破壊する行為も行なわれる。それらを乗り越え新たな秩序の再生が必要となる。神への変身・転生は、あらたな秩序の再生を意味する。そこからあらたに神仏の根源・始源を語り続けるのである。

本稿で用いたテキストは、本文中には簡略化して示したが、次の通りである。

大系:日本古典文学大系『御伽草子集』、大成:室町時代物語大成各巻、宝物:室町時代物語集、新大系:新日本古典文学大系『室町物語集』上巻。

注

1 以上の分析中で、諸本間の問題は考慮していない。

2 『中世小説の研究』東京大学出版会、一九五五年。

3 「本地物の問題点」、『国語と国文学』四六二号、東京大学国語国文学会、一九六二年一〇月(『中世庶民文学——物語草子のゆくへ』汲古書院、一九八九年所収)。

4 『日本庶民生活史料集成』第六巻、三一書房、一九六八年所収。

5 拙稿「本地物成立論——『神道集』熊野権現事の構成と形式——」、日本文学講座三『神話・伝説』大修館書店、一九八七年。

2 本地物成立論

──『神道集』「熊野権現事」の構成と形式──

一、中世における秩序理念

一三世紀も後半に入ってから成立してきた中世文学の中には、神祇信仰や神国観が色濃く現れるようになってきた。殊に『古今著聞集』『沙石集』『撰集抄』などの説話集においては、天地開闢の創成神話が、説話集の正面に据えられるようになってきた。これは従来の王法・仏法の二法相依のみによる秩序理念が衰退していくなかで、あらたな秩序理念や支配と統合の理念を模索しているからであろう。

こうした模索は黒田俊雄が言うように、国家と宗教との関係が意識され提起されざるをえなかったこと、国家について考えざるをえない段階がはじめておとずれたことにある。注1 国家の意味の探究が、一方においては在地農民の意識の基調に、自立的人間としての自覚と願望が現れていたのであり、支配層としての貴族側にも、さまざまな危機意識が生まれていたのである。このような諸々の条件のなかで、あらためて日本が問題になり、その根源・始源が重要課題となり創成神話が現れてきたものであろう。

この傾向は、国家という大きな単位のみではない。個々の地域社会においても、在地領主層や農民層などの階層が、次第に台頭してくる時期に当たっており、自らの歴史的地域的場を確認することが、地域社会の支配、集団化の中にも重要課題となっていた。ここに中世的な国家と宗教・文学との新たな関係が形成されたのである。

こうした中で中世における神祇説話を主に本地物の形式で集成したものが『神道集』である。周知のように本書には、五〇の説話が集録されているが、その中には物語的な展開を示しているものや、物語的展開を示さず、神道論的な説話となっているものなどもあって、一様ではない。したがって総体としてどう捉えるかはきわめて困難と言わざるをえず、総合的な作品論はほとんど現れていない。しかし室町時代になって続出してくる中世物語群の魁をなしていることにおいても重要な意味を持っている。また本書の成立は、内部徴証から文和・延文（一三五二〜六〇）の頃と推定される。言うまでもなくこの時代は南北朝時代に当たっており、変革の激しかった中世社会の中にあってもとりわけ変化の激しい怒濤の時代であった。本稿では、『神道集』においてその本地譚がどう構成・形成されているかを分析し、ついで本地物成立の意味をさぐってみたいと思う。

二、『神道集』「熊野権現事」に見る二つの縁起

一、「熊野権現事」の構成と出現縁起

「熊野権現事」は、すでに古代的体制の中で信仰基盤を確立した熊野信仰の、中世における神仏説話としての展開であり多くの伝承を持ち、典型的な本地物と見てよいと思う。そこでこの説話を中心に考察を進めよう。

本説話の内容をみると、次のように四段から構成されている。

第一段　熊野権現出現縁起（一）
　天台山における王子晋の顕現から、熊野三山、五所王子、四所明神等の十二所権現、その他の関連する神神の本地の説明。

第二段　熊野権現出現縁起（二）
　摩訶陀国王、その后五衰殿、王子等が、天竺より顕現し、紀伊の国に着き、狩師千代包に発見され、三所権現として、顕現する部分。いわゆる後の室町物語の『熊野の本地』に相当する部分。身重の身で山中に捨てられ出産。その子を虎狼が育て、やがて喜見聖人に発見されて父王に再会するという最も説話的な部分である。

第三段　綏靖天皇の食人の習癖とその処置に関する伝承。
第四段　熊野権現が内侍所の守護神とされる根拠を説明する部分。

このうち第三、第四段は奇妙な伝承であり、他の伝承との係わりや、熊野縁起との結びつきが、今のところ不明であり本地譚としての性格からはずれる部分である。縁起の中心は第一と第二段とである。まずこれがどう構成されているか見てみよう。まず出現縁起の（一）である。本文を引いて見よう。


抑々熊野権現ト申ハ、役ノ行者婆羅門僧正、併シナガラ真ノ本地ヲ信仰シ玉ヘリ。凡ソ縁起ヲ見ルニ、往昔ニ甲寅唐*ノ霊山ヨリ王子ノ旧跡ヲ信ジタマヒ、日本ノ鎮西豊前国彦根ノ大嶽ニ天下リタマフ。ソノ形ハ八角ノ水精ノ石ナリ。高サハ三尺六寸。ソノ後在々所々ニ御在所ヲ求メテ、遙カニ年序ヲ送リテ後ニ、正シキ熊野権現トハ顕ハレタマヘリ。日本ノ人王ノ始メ、神武天王ノ治天七十六年ノ間、第四十三年壬寅ノ年ナリ。

ソノ後仏法イマダ本朝へ渡ラズ。仏法渡リ奉リシ後モ上代尚幽微ナリキ。年序三百余歳ヲ経テ後、帝王四十余代ノ比ニ、役ノ行者婆羅門僧正等参詣シテ後、御本地ヲバ顕ハシタマヘリ。

所以ニ十二所権現ノ内ニ先ヅ三所権現ト申スハ、証誠権現ハ本地アミダ如来ナリ。両所権現ハ中ノ御前ハ薬師、西ノ御前ハ観音ナリ。五所王子ノ内ニ若一王子ハ十一面、聖ノ宮ハ竜樹ナリ。児ノ宮ハ如意輪ナリ。子守ノ宮ハ請観音ナリ。四所明神ト申スハ、亦一万十万ハ千手普賢文殊ナリ。十五所ハ釈迦如来、飛行夜叉、米持権現ハ愛染王、亦ハ毘沙門トモ云フ。那智ノ滝本ハ飛瀧権現ナリ。本地千手ニテ在ス。物道ニテ八十四所ノ王子ノ宮立タマヘリ。又飛行夜叉ハ不動尊、此ヲ十二所権現トハ申スナリ。

新宮神蔵ハ毘沙門天王ナリ。亦愛染王トモ云フ。雷電八大金剛童子ハ本地弥勒ナリ。

阿須賀大行事ハ七仏薬師ナリ。注2

（＊：唐天台山の王子晋旧跡に遷り住んだと言う意味に解する。）

これを見ると冒頭に役の行者と婆羅門僧正が御本地そのままを信仰されたということから語りだし、その後に縁起の紹介に入っている。はじめ天台山の王子晋の旧跡に遷り住んだ霊体が、日本の彦根の大嶽に天下り、その後所々を遊幸した後、熊野権現と顕現した。それは神武天皇の四三年目の壬寅の年であった。その後も仏法は日本に渡らず、仏法渡来後もその存在が幽かな状態であった。そこで四十数代の天皇の頃に、役の行者、婆羅門僧正等が参詣して、熊野権現はそのご本体を現したのであると説いているのである。これに続けて十二所権現以下諸々の熊野眷属神たちの本地を説明している。

この部分が「熊野権現御垂迹縁起」によったものであることはすでに明らかにされている。[注3] この「御垂迹縁起」は完全な形では残されていないが、長寛二年（一一六四）の伊勢・熊野の同体・非同体論争で永原永範が、非同体説を述べて神祇寮に提出した勘文に引かれたものが記録されている（『長寛勘文』群書26所収）。このほかに『私聚百因縁集』の「役の行者」の説話に記されているもの、『熊野山略記』の本宮や新宮の項に記されたもの等が残されている。今『長寛勘文』の伝えるところを粗々紹介してみると、

（a）往昔唐の天台山の王子晋旧跡に遷り住み、日本の鎮西日子の山の峯に天下った。
（b）其体は八角の水精石、高さは三尺六寸であった。
（c）伊予の石鉄山、淡路の遊鶴羽の峯、紀伊の国のむろの郡切部山に渡った。
（d）五七年の後、熊野の新宮の神蔵、続いて阿須賀の社の北石淵の谷に勧請した。
（e）本宮の大湯原の一位の木のもとに三枚の月形となって天下った。
（f）それから八か年の後、熊野部の千与定（類従本では于与定）という犬飼が一宿している所に顕れた。
（g）我は熊野三所権現である。一社は証誠大菩薩、あとの二社は両所権現であると語ったという。

この二つを比較して明らかなことは、『神道集』では、熊野神の前神の遍歴「御垂迹縁起」がやや丁寧に語っているところを

簡単に語っていること。ここには千与定の熊野神発見譚が現れていない。そして役の行者と婆羅門僧正による本地顕現が語られ、さらに仏法との係わりを強調し、熊野神を捉え直していることである。[注4] また「御垂迹縁起」では、三所権現だけを語っていたのに対して、十二所以下諸々の眷属神を、その本地仏まで含めてほぼ満遍なく語っている。殊に「御垂迹縁起」にはまったく現れていなかった、飛瀧権現（那智の地守神）について語り、那智にまで配慮を見せているのである。

つまり『神道集』の作者は、熊野権現に関し、明らかに「熊野権現御垂迹縁起」によって縁起を構成しながら、新たな視点で仏法のなかに捉え直すとともに、熊野の諸神に対し幅広く考慮しつつ、全体的にかつ公的に捉えようとしているのである。同時に聖の宮や子守の宮等の在地神を眷属神として組みこんで行ったことは、それらの在地の神神まで顕密の支配体制の中に取り込んだものであることをも意味している。

二、五衰殿の女御の縁起

これに引き続いてほとんど連続的にもう一つの縁起が始まる。「天竺摩訶陀国六万国ノ主ハ善財王ト申ス是ナリ」として、いわゆる五衰殿の女御の物語が展開するのである。これはほぼ観音の利生譚として構成されている。

まず天竺摩訶陀国の善財王は、一千人の后があった。その中の一人の源中将の娘である五衰殿（善法女御）のもとには、悪女（醜女）であったため王の訪れがなかった。それを己の宿業と悟った后は、千手観音を迎え祈っていたところ、観音の利生があり、大変美しくなった。仏のお示しにより一度帝の行幸を受けると、帝はあまりの美しさに驚き、他の后たちのことは忘れてしまった、とするところである。金剛醜女譚をふまえた観音の利生譚で五衰殿がつかの間の幸せをつかむ前提部にあたる。

次は他の后たちの執拗な計略と讒訴によって、出産間近い身でありながら山中に捨てられ、まさに首を切られんとする矢先に、「孝子ニテ有ベクハ、月ニ満タズトモ生レヨ」と観音に祈り、『千手経』を読誦する。その功あって無事王子を出産する。観音の御利生によって王子を出産できたとするところである。

もう一つは、后は王子を出産の後まもなく息を引取るのであるが、その後一二の虎狼たちがやって来て三年の間育て、やがて喜見聖人に引き渡すのであるが、それを千手千眼の守護に拠ったものであると語っているところである。

物語はこの後喜見聖人が王子のことを知り、王子を伴って参内し、大王に全てを説明する。真実を知った大王は摩訶陀国に絶望し、王子と喜見聖人を伴って日本の紀伊の国にやって来た、と語っている。

この摩訶陀国の善財王を熊野神の本地とする伝承は、『元要記』の「熊野権現事」の条に見られる。[注5]また摩訶陀国の慈悲大顕王とする説が存覚の『諸神本懐集』、知見院猷助権僧正の『両峯問答秘鈔』[注6]、『三国伝記』の「熊野権現本縁の事」等に見られる。単に摩訶陀国とする説が『熊野旧記』（嘉禄三年の写本、内閣文庫蔵）、『壒嚢抄』巻一二、『源平盛衰記』巻四〇等に見られる。おそらく本地を唐の王子晋に求める説とは異なった伝承が中世には成立していたのであろう。しかもはるかに広い伝承があったものと思う。この五衰殿の話をめぐっては、はやく南方熊楠によって『旃陀越国王経』（『大正新修大蔵経』一四巻所収）に関係ありとされた。[注7]筑土鈴寛は『旃陀越国王経』が、全く熊野本縁譚であるとし、山の宗教の古いおもかげが伺えるとした。[注8]また松本隆信は単なる翻案ではなく、山と産育、山と女性の信仰が伝えられていること。猟師の伝承が関与していることなどを明らかにした。[注9]この『国王経』は、仏が旃陀越国王の為に過去世の業因を説く主旨のものであるが、そのあらすじは、旃陀越国王、小夫人を愛す。小夫人懐妊す。これを妬む他の夫人たちが婆羅門を買収し讒言させる。王、婆羅門の言を入れて夫人を殺す。葬った塚の中から子供が生まれる。死した母の半身は朽ちずに子を養う。三年後塚が崩れ中から子供が現れ鳥獣と戯れている。仏、六才の時引き取って沙門（須陀）とする。修業して羅漢道をうる。仏の勧めで父の旃陀越国王の所に赴く。父を仏の前に伴う。仏、須陀が王の子供であることを説く。須陀は父王を教化する。とするものである。たしかにこの『国王経』と五衰殿の説話とを比較すると、話の展開はほとんど一致し、翻案は首肯できる。また古い山の神の伝承や猟師の伝承が関与しているであろうことも明らかである。しかしそれ以上に重視すべきは、五衰殿のはなしの方には、千手観音の利益や『千手経』読誦の功徳が力説されていて、説話全体が観音の利生譚の様相を呈していることである。これは明らかに作者たちの明確な意図に基づくものと言える。

さて紀伊の国むろの郡にやってきた大王たちの一行は、七〇〇〇年の間顕れなかったとして、熊野権現の発見譚に入る。それは千代包（赤木文庫本、彰考館本、神宮文庫本ともに「包」とする）という狩師によって発見され、三所権現として顕れたとされている。続いて証誠殿が本地阿弥陀、昔の喜見聖人、西の宮が本地千手観音、昔の五衰殿の女御、中の宮が昔の善財王であると説いている。さらに王子が若一王子と顕れたこと、残りの八四所も顕れたことを説いている。

この二つの本地譚を見ると、最初のものはかなり細かく本地と垂迹について説いていた。しかもほぼ熊野神の全体に目くばりしつつ説いており、熊野縁起として公的なものと受取ることが可能であろう。これに対して後半の五衰殿を中心とする縁起の方は、物語の展開の部分が中心であって、本地と垂迹に関する細かな説明は省略されている。また垂迹を説明されているのは、三所権現と若一王子の四社だけである。これは物語展開の中でのヒロイン五衰殿と、その子の王子と父の善財王、そして喜見聖人だけである。つまり物語の展開の中からいささかも逸脱せずに本地説明がなされているのである。二つに共通するところは、ともに仏教色強く、仏教側の立場からまとめられたと思われるところである。

三、二つの縁起の意味

以上の様に『神道集』「熊野権現事」においては、熊野神の本体を唐の王子晋とする説と、摩訶陀国の大王に求めるものと二つが取り込まれているのである。しかも先に説明したごとく「御垂迹縁起」を基としつつ、本宮大湯原に三枚の月として顕現してから八年後、庚寅の年とされたその間隙に五衰殿の物語を割り込ませているのである。単純に二つの本地譚が並べられているのではないところにあるのである。これは何を意味するのであろうか。

第一の鍵は、「これまでに論述してきたように五衰殿の女御の物語の中に、千手観音の利益が説かれ、『千手経』読誦の功徳が力説され、全体が観音の利生譚となっている。証誠殿（本宮）の阿弥陀の利生譚ではなく、西の御前（熊野早玉社）と、中の宮（那智）の観音信仰が中心に説かれているのである。このことはおのずから本宮を中心とするかかわりよりも、新宮や那智を中心とするかかわりが強いと考えられるのである。つまり新宮や那智側の勢力にとって、前半に説かれていたような公式的な堅い、物語性のない縁起だけでは満足しきれなかったのである。

第二の鍵も第一と深くかかわっているのであるが、縁起が単に草創以来の沿革を述べるにとどまらず、宗教的活動としてより広い階層を対象とせざるを得なくなったところに起因するであろう。熊野三山の全盛期は、熊野御幸あるいは三山の造営物変遷の跡から推測すると、院政時代であった[注10]、とされている。すでにこの時代では、新しい中世の成立とともに、支持基盤が大きな変化を見せているのであり、より一層広い階層を、また広い地域を対象とする必要性が起こってきたのである。

三、『神道集』における本地物形式

前章において熊野の縁起譚がどう構成されているかを分析し、その意味するところ（背景）を考察した。次には本地物の具体的な形式をとらえ、その構造の一端を分析してみたいと思う。

一、五衰殿の物語形式

「熊野権現事」の中の摩訶陀国の五衰殿の物語形式を分解して見ると、

①千手観音に祈り大王の行幸を得てめでたく懐妊↓申し子。
②讒訴を受けて山で殺され出産↓流離・艱難。
③王子、父王に再会、やがて熊野権現として顕現↓神仏の加護による救済と神への復活。

となるであろう。千人の后中最悪の醜女であった五衰殿が懐妊できたのは、観音への祈りのおかげであり、王子は観音の申し子となるのである。五衰殿は申し子を得たことによって宮廷での生活を失うのである。『熊野の本地』の中でも、弘治二年の奥書を持つ東大国文研究室本（日本古典文学大系『御伽草子』）では、王が王子のない理由を大臣に尋ね、国中の衆生に七珍万宝の宝を与えなさいと勧められた、女御は美しい人であったが、王に忘れられていたので、観音に祈請したところ王の愛を得て懐妊した、となっている。こちらでは国王は栄耀栄華をきわめ、子供以外には何の不足もないと言う状況の中で、七珍万宝と引き換えに子供を授かったという形式、つまりきわめて明確に申し子譚の形式で語られている。

これ以外の例を二つほど見てみよう。

六の三三「三島大明神之事」は、次のような物語である。

①伊予の国三島郡に橘朝臣清政長者と言う富者が居た。子供がなく長谷観音に申し子する。
②観音はすべての富と交換で子供を授ける。
③玉王生まれ、全ての財産はなくなり、清政夫婦は山海から生活の糧をうる。
④玉王が鷲にさらわれ、阿波の国頼藤右衛門尉の家の枇杷の木に置かれる。
⑤玉王五才の時目代にもらわれる。
⑥玉王七才の時国司に引き取られる。
⑦一一才の時都に上り帝に大切にされる。
⑧一七才の春に大宰の大弐に任ぜられ、筑紫に下らんとするが、たまたま四国の人の噂話に出生の秘密を知り、帝に願って四国に下る。
⑨七日七夜の不断経を催し、すべての国人を集め、父母を捜すが見つからない。
⑩老夫婦が二人来ていないことを知り、呼びに行かせる。
⑪老夫婦捕縛され苦しめられながらやって来る。
⑫玉王父母と再会し、伊予の国三島に住んだ。
⑬三七才の時父母は死んだ。孝養の後社を建て三島大明神と号した。
⑭玉王は中将に昇進していたが、夫妻と共に伊勢へ参り神道の法を受け、再び四国に帰って神明と顕れた。

この物語において、

（a）玉王は長谷観音の申し子であること。清政夫婦は、申し子と引き換えに全ての財産を失うこと。
（b）清政夫婦は財産はおろかせっかくの玉王までも失い、一七年間も艱難・辛苦を受けること。玉王も頼藤右衛門尉→目代

↓国司の家と流離を重ねること。
（c）不断経を主催したことで、また神道の法を受けたことで神となる。

とする形式で語られている。形式はあきらかに「熊野権現事」と共通する。

七の四三「摂州芦刈明神事」は、『伊勢物語』や『大和物語』にも類話を持つ芦刈説話であるが、

①摂津の国難波の浦に貧乏に喘ぐ夫婦がいた。
②ついに一緒に住むことができなくなり、別れて住むことになった。
③男は難波の浦で芦刈をしていた。
④女はよき人の妻になることが決り、輿に乗って行く途中芦刈をしている元の夫を見つける。
⑤小袖を与えようとする妻に気がついた男はそのまま海に飛込んでしまった。
⑥妻もその跡を追った。
⑦二人は海神の通力を得て、神と顕れた。芦刈明神である。男体は本地文殊師利菩薩で、女体は如意輪観音である。

申し子もなく、神仏の特別の加護も描かれていないが、神仏の草創由来譚であり、この形式も本地物に数えられよう。

ここに挙げた、『神道集』の中の本地物形式のもの三例を見てみよう。三島明神の場合は、申し子譚から流離・苦難をへて神に変身・転生して行った典型的な例である。「熊野権現事」の場合も、申し子譚の形式をかい間見せて、流離・苦難から神に転生していった。芦刈の場合には申し子譚のかけらすら見えなかったけれども、貧しさからの夫婦別れ、芦刈というより一層卑賤な立場への転落、そこにおいて玉の輿に乗ったもとの妻との再会という辛苦、そして神への転生という形式になっている。

『神道集』には本地物の構成理念ともいうべき、

諸仏菩薩ノ我ガ国ニ遊玉フニハ、神明ノ神ト現ジテ先ヅ人胎ヲ借リツツ人身ヲ受テ後、憂悲苦悩ヲ身ニ受テ苦楽ノ二事ヲ身ニ受テ借染ノ恨ミヲ縁トシテ済度方便ノ身ト成リ下リ給ヘ。[注11]

という仏↓神明↓人の輪廻的理論を示すかたりが何度か現れる。あたかも本地物の理念と実際を語っているかの感がある。

さてこうした神への変身・転生の直接の契機を『神道集』の作者は、熊野の場合には千代包による発見を、三島の場合には、神道の法を受け、芦刈の場合には海神の通力と説明している。しかしこの説明は後の御伽草子類になると消えてしまう場合が多い。例えば『みしま』の場合など、室町時代後期の書写とされる赤木文庫本では「そののちくらんど殿はわかみやとげんじていちさいしゅじゃうのねがひをかなへ給ふ」（『室町時代物語大成一三』）であり、『神道集』と本文の近い奈良絵本（天理大学附属天理図書館蔵）の場合でさえも「いよのくにの一のみやと申は、まさきよのちょうじゃの御事なり」（同前）となっており、全く神道の法の説明がなくなっている。あらためて神道の法などことわりがなくても変身・転生が信じられているのである。

二、一揆に見る神への変身

江戸時代の中期、正徳元年（一七一一）安房で起きた万石騒動は、代表越訴（村役人が村民を代表して、直接幕府や大名へ直訴する形態の一揆）の代表的な例とされている。[注12]新役人川井藤左衛門の苛酷な検見が発端となって、領内の百姓六〇〇人が名主を先頭に江戸の領主屋敷の門前へ詰めかけ、年貢減免の門訴を行った。川井は領主三人を吟味抜きでただちに斬罪に処した。惣百姓はただちに追訴状をしたため、老中に駕籠訴した。紆余曲折はあったが、一揆は農民の要求通りに落着した。この次第と犠牲となった三人を供養するためにまとめられたのが『万石騒動日録』（『日本庶民生活史料集成』第六巻所収）であった。本書によればその時の農民のスタイルが、

惣百姓蓑笠を持参。

と記録されている。また領主側が、四〇〇石以上の名主七人による訴訟の形にさせようとしたところ、百姓側は二七か村の惣百姓と名主衆一同とすべきであるとしてそれを実現させた。この行動を、

　誰云共無、仏神之教歟。

と追懐している。また三人の即身成仏を信じて、供養の為に後に石搭、常夜搭を建て、休みなく供養を続けたと書き記している。

　この百姓等の行動が、一揆にあたって仏神の教えとして仏神との一体感の中で蓑笠をつけて行動し、即身成仏を信じているところに象徴的な意味がある。

　勝俣鎮夫は、中世になって目立ってくる一揆は、ある目的の為に、その諸関係を止揚して、一体化する手続き（一味神水）をとって結束した特殊な集団（一味同心）であるという。さらに江戸幕府はあらゆる一揆を禁止したにもかかわらず、中世社会に見られたオーソドックスな作法にもとづく一揆が農民の中に根強く継承されていたとする。また百姓一揆に参加した人々の姿が、蓑笠姿、乞食姿、非人姿の異形の姿となっているが、これは幕藩制下の厳しい身分規定をみずから破棄し、一時的にアウトローに変身したことを意味することを明らかにしている。さらに民俗学の折口説を援用しつつこれらの姿が、みずから神または鬼へ変身させる目的で行われた。また百姓一揆の持ち物の中に俵があることに着

資料1　蓑笠を着けて一揆に参加する人々（早稲田大学図書館蔵『絵本拾遺信長記』）

目、稲を神の依代として担いだ。それにより神との関係で規定されているという確信を持ったこと。また百姓一揆の蜂起を呼びかける連判状が「天狗状」と言われていたことから、天狗の持つ両義性（妖怪と天の意志）から、一揆が自らを世直し神と位置づけ、自らの破壊を正当化したこと、等々の問題をあざやかに論証している。注13 江戸中期の安房の百姓たちもまた蓑笠を身につけることにより、非日常的な場をつくり、神に変身し、神との一体感の中で一揆を成功させたのであった。

三、本地形式における再生

『神道集』にかえってみよう。

「熊野権現事」において、五衰殿は王子と引き換えに全てを失った。善財王の宮殿では、新たな体制を維持していた。王子が喜見聖人の助けによって父王を説得したことは、五衰殿亡き後の不合理の世界、悪の世界を転覆させ、世界を再生させたことを意味する。それは神への変身・転生を前提にしてなされたことであった。

芦刈の場合においても、極貧の世界から神に変身・転生することによって再びもとの妻との愛が復活し再生したのである。三島大明神のことにおいても、申し子と引き換えに全財産を失い、艱難辛苦を受けた。それを神への変身・転生によりもとの世界を復活させたのである。

このような本地物における神への変身・転生は、一揆において、神を背負い一体化しつつ現状の不合理を打破し、世界を再生しようとする行動と、意識のかなたで確かな繋がりを持っているであろう。そして本地物が語られる時、現実を止揚する祭事の働きも持ったのである。

本地物という文学形式の成立は、本地垂迹説に基づくものである。しかしその重点は神に対応する本地仏について教義的に述べるものではない。あくまでも人間の物語として人が神仏に変身・転生する物語であり、現在そこにある神仏の根源・始源を語っているのである。

『神道集』はその様な本地物成立の理論を示すと共に、具体的な形式を作り上げている。『神道集』で成立したこの形式は、中世から近世にかけての物語や、古浄瑠璃、説教などの世界で大きな広がりを見せる。一般の仏菩薩や、歴史上の人物の生涯を述べる物語、寺社の草創譚や霊験譚にまで本地形式が使われていく。いきおい包括する全体像は多面的になる。しかし本地物を成立させる基本には、ここで分析したような神仏への変身・転生観が背景にあったのである。

四、おわりに

今、中世の本地物を見ると、本地物の中に漂う悲劇性、慰撫されたもの、鎮魂されたものの悲しみが横溢している。しかしその成立時点においてはもっと激しい中世の積極的な力が横溢していたのではなかったかと思う。今は見えなくなってしまったものを掘り起す読み方が必要であろう。

本稿の前半では新しい縁起の形成に向かう積極的、具体的な営みを、後半では、本地形式を成り立たせている基盤的な精神構造の在り方を追及した。

注

1 黒田俊雄「中世における顕密体制の展開」、『日本中世の国家と宗教』岩波書店、一九七五年。

2 『神道集　赤木文庫本』(貴重古典籍叢刊一、角川書店、一九六八年)をもととして、適宜神宮文庫本を参照し、書き下し文とした。文意不明のところは私意を加えた場合がある。以下同じ。

3 貴志正造『中世説話集』(鑑賞日本古典文学二三巻、角川書店、一九七七年)中の「神道集本文鑑賞の部」による。

4 菊地良一・福田晃・田嶋一夫・村上学「神道集をめぐって」(昭和五九年九月例会シンポジウム記録『説話文学研究』二〇号)に熊野と婆羅門僧正等との係わりに関する資料を挙げてある。

5 書陵部蔵本。内外題とも「元要記」、三〇巻。文治四年の跋文がある。しかし次のような付箋があり考慮すべきである。

此文治四年ノ跋文ハ後人ノ所加ニシテ本文ニ参差ス。巻中ニ文治以後ノ年号ノモノヲ所々ニ引用ス。神宮紹運篇ニ皇孫降臨以来紹運已九十余代継射五十余世トイヒテ称光帝マデヲ書列ヌ。又八幡宮ノ条ニハ貞観元年云々。今応安元年ニハ五百十年トアリ。サレバ応安ノ撰ニテ後圓融後小松称光ノ三帝ハ後ニ書継キタルモノトヤ見ルベキ。

6 『修験道章疏』四所収。同書は『日本大蔵経』九五巻(鈴木学術財団編、講談社、一九七七年)に収録されている。また『両峯問答秘鈔』は、大峰山、熊野三山、金峰山に関する霊場由来、儀礼、諸神仏奉斎の縁起等について、本山修験の立場から説いた書である。成立年時ははっきりしないが、著者猷助は一五世紀末より一六世紀の前半に活躍した人である。

7 『南方随筆』、『南方熊楠全集』第二巻、平凡社。

8 筑土鈴寛「神・人・物語」、『復古と叙事詩』青磁社、一九四二年。

9 松本隆信「熊野本地譚成立考」、慶応義塾大学国文学研究会編『中世文学　研究と資料』国文学論叢二、至文堂、一九五八年。

10 児玉洋一『熊野三山経済史』有斐閣、一九四一年。

11 四八話「上野国那波八郎大明神事」による。他に三四「上野国児持山之事」、四四「上野国赤城山三所明神」等にもこの言葉が見える。

12 『日本庶民生活史料集成』第六巻(三一書房、一九六八年)の「万石騒動日録」の解題、執筆は青木虹二。

13 勝俣鎮夫『一揆』、岩波書店、一九八二年。

3　『神道集』論稿

——研究史の展望——

一、まえがき

説法唱導の資料集と言われる『神道集』は、文学史的にも、殊に説話史研究の上からも、興味深い数々の問題を含んでいる一方、宗教史研究や精神史研究の上からもさまざまな問題を含んでおり、資料的価値も甚だ高いものである。したがって、かなり早い時期から人々の注意をひいていたものと思われ、近世期においてもしばしば書名が挙げられている。しかし、その内容の特異性の故に、また、難解なるが故に、多く妄誕なる書としてしりぞけられている。従って、この書に対する本格的な研究が始まったのは、きわめて遅く、近世期一部篤志家の足跡以外はつい三〇年ほど前からのことである。こうした中で、これまであらわれた『神道集』の研究を概観してみると、いまだ時代的特質を云々できる段階まで達していないかとも思うが、大きく分けて二つの傾向が見られるように思う。一つは、文学史的関心からその内容への関心を基とした研究であり、他の一つは、主として民俗学者によって行われている唱導の実態をとらえる手がかりとして、その唱導資料としての関心を基とした研究である。これまでの支配的傾向は後者であると言える。このことはとりも直さず国文学者の『神道集』への関心の低いことを意味しており、昭和一一年刊行の新潮社版『日本文学大辞典』に『神道集』の説明はないという不用意な態度となってあらわれている。もちろんこの研究関心の低さの因は、それが漢文、しかも変体漢文で綴られ、独特な用字法が多かったという事情もあったかと思われるが、それ以上に文学ないし文学素材としての意義が忘れられていたという感じはまぬがれ難い。

私は仮りにこの書が純粋な唱導資料集であったにしても、強い生活意識に裏づけられたその説話は、叙述面ではかなり文飾が多く、内容的には、辺境における地方庶民の生活、ことにその地方庶民の生活感情を積極的に吸収している面もあり、きわめて特異な作品と言うべきであり、文学研究の対象としての価値も十分に持っているものと考える。この意味において『神道集』に対する文学的研究が永い間停滞し、混迷しつづけてきたことは、国文学研究の上からも大きな損失というべきであった。最近従来の彰考館影印本に加えて、東洋文庫本が活字本で刊行された。さらに河野本も影印刊行され、また、赤木文庫本も近々刊行されるとのことである。不十分ながらもこの書に対する関心は、おいおいと高まってきている。ようやく研究の進歩が期待される段階にきたと言えよう。

私は古典遺産は正しく継承し発展させねばならぬと考える。そこで今後の『神道集』研究の為に、従来の研究史を展望し、残された今後の課題等を整理するところから始めたい。

なお本稿では『神道集』関係のすべての論文に触れる機会がなかったし、叙述の順序も必ずしも年代順となっていないことをことわっておく。

二

『神道集』はその内部徴証から南北朝期の成立とされる。それがどこで、誰によって編纂されたかは、きわめてむつかしくかつ困難なことであるが、それが唱導の目的の為に、唱導関係者の手によって、関東において成ったであろうことは種々言われており、ほぼ定説化していると言ってもよいかと思う。こうした成立事情の為か、一般の者に利用されていた形跡は強い。未だ調査中の段階ではあるが、わずかに、慶長期を中心に、諸国を周行し、浄土宗名越派の教旨を宣旨していた袋中上人が『琉球神道記』を編む為に「神道集ノ意ヲ取テ」書いたり、手控帳の『枕草紙』に『神道集』の抜書などをつけたりしたことが示しているように、唱導関係者の間で利用されていた。

こうした趨勢も、近世に入ると変化を見せ、若干世人の関心をあつめ出していることが伺われる。享保元年（一七一六）の尾崎雅嘉の『群書一覧』にも紹介され、天野信景の『塩尻』、小山田与清の『松屋筆記』、与清の弟子である鈴木基之の『松陰随筆』（文政三年〈八二〇〉）、伴信友の『若狭国神名帳私考』『神社私考』『正卜考』、幕末期の本居内遠の『本宮神社考定』、猿渡容盛の『武蔵総社誌』『総社或問』等の中にその書名があらわれ、利用されていた形跡が伺えるが、概して、歴史的な史料として扱おうとする傾向が強く、伝説を史実と混同し、妄誕なる書として否定しようとしている。こうした中で注意を要するのは、小山田与清と猿渡容盛の見方であろう。与清は、鳥井のことだとか橋姫伝説などについて考証の資料として『神道集』の一部分を利用している（『松屋筆記』巻八、一〇、五五、六四等の中）他に、良順本（現在赤木文庫本）を書写し、彰考館本を残し、その前書の部分で成立年代及び作者の考証を行っている。作者に関しては、

巻一ノ目録ノ之終ニ。記セル二圓硯ノ二字ヲ一者。蓋シ安居院ノ往事僧ノ之名ニテ。而此ノ書ノ記者ナルカ乎。

と言って作者は円硯ではないかと言っている。この作者説は昭和一一年刊行の『室町文学史』の中で、古沢義則は円硯は作者ではなくその書物の持主であったと言っている。また、成立年代に関しても、

巻ノ二ノ熊野権現事ノ条ニ曰ク。自リ二神武天皇四十二年一。迄二今年延文三年一。一千九百八十一年。巻ノ五日光権現ノ事ノ条ニ曰ク。自リ二彼ノ天厂二年一。至二今ノ之延文三年一ニ。五百五十四年。由レ比観レ之。則後光厳院ノ延文三年ノ之撰ルコトヲ可レ徴ス焉。

の如く述べて延文三年説を提唱しているがこの方法はその後の成立年代考証方法にも踏襲されており、最も早い成立年代説ということができよう。

また、容盛は『総社或問』の中で、諸国に一宮二宮などを構える社が、これまでの説は一定していないが、武蔵六所について一定の説を得たいと望まれたのに対し、伴信友が『神社私考』の中で、

此書へ（私注、『神道集』）はいと妄誕なる事を書付たるものなれば、證とするにはあらねど、もしくはそのかみ然る称のあり

けむも知らず。

と述べたのに対し、

さて伴翁説に、右の神道集は、いと妄誕なることを書付たるものなれば、証とするに足らずと説れたるは、かの書は僧徒の手に成たるものにて、例の附会誣妄、実に論ふに足らざる事のみ多けれど、吾武蔵の六所の事を記せる趣などは、本地の佛号、共余何くれの事ども、実地の伝説に符合して、争ひがたき説どもあり。

の如く言って、これまで多くの人が妄誕なものとして顧みなかった『神道集』の価値を、「実地の伝説に符合」するというところに求めている。また、容盛は『武蔵総社誌』でも、これとほぼ同様の意見を述べている。

近代以前は以上のように『神道集』研究は皆無であったと言える状態であり、その価値もほとんど認められていなかった。しかし、信友をはじめとする人々は「その説いといと譏なる仏さまの造言にて、採にたらぬものながら、中にはそのかみの書どもに見えたること、また古伝説などのありしを據として云へる事もあれば、ことによりてまれまれ考に備ふべき事あり」(伴信友『若狭国神名帳私考』)などと述べているようにまったくは否定しきっておらず、先の容盛の視点など注目すべき点が示されている。

三

維新政府が樹立され、社会の各方面に近代化が徐々に推進されて行った明治・大正時代を迎え、文学研究の分野においても多くの作品が、まったく新しい角度から検討しなおされ、新しい価値が発見されたるようになった。『神道集』研究も新しい方法論のもとに本格的な研究が始められることが期待された。しかし、『神道集』はいつの間にかその存在すら忘れられた感があり、明治、大正のおよそ六〇年間を通じて『神道集』を論ずる研究論文は一つもあらわれなかったし、諸書への引用もほとんど見ら

れなかった。私の見た範囲では『国書解題』に、

　　神道集　写本　八巻　安居院（アグヰ）

として紹介されているものと、『諺語大辞典』の「雉子モ鳴カズバ打タレモスマイ」の条に、

　　安居院聖覚〔神道集〕物いへば父は長柄の人柱鳴かずば雉子もうたれまじきを。

とあるだけであった。
　このようなわけで『神道集』が研究の対象となってくるのは昭和以降である。以下それを戦前・戦中と戦後とに便宜上分けて見ていく。

四

　まず戦前及び戦中から見ていくが、近代に入ってからの『神道集』の研究はこの期からはじまる。昭和四年筑土鈴寛が「諏訪本地・甲賀三郎――安居院作神道集について――」（『国語と国文学』一月号）を発表したのに始まり、同・八年一二月「神道集と仏教」（『仏教文化大講座』第一巻所収）同・一二年・「神道集と近古小説――本地物研究の具体的方法――」（『日本演劇論叢』所収）、柳田国男の一五年初「甲賀三郎の物語」（『文学』八の一〇）、三島安精の一七年「安居院の神道集に就いて――三島大明神の条を中心として――」（『国学院雑誌』一〇月号）等が発表された。以上の他、折口信夫の昭和二年「日本文学の唱導的発生」（『日本文学講座』第三、四、一二巻）、清原貞雄の昭和七年『神道史』、岡見正雄の昭和一〇年「室町時代物語の一特質」（『国語国文』一月号）、吉沢義則の一一年『室町文学史』、内野五郎の一三年「本地物としての古浄璃の発生」（『国文学論究』七）、荒木田楠千代の一二年～一三年「神道

集抄解説」及び「神道集抄翻刻」（『上毛文化』一二年四月号より一三年七月号）、筑土鈴寛の一七年「神・人・物語」（『復古と叙事詩』所収）、同じく一七年の荒木良雄「「北野天神縁起絵巻」から「てんじん」まで」（『中世文学の形象と精神』及び昭三一『中世文学の形成と発展』所収）等の中でも『神道集』にふれられている。以下紹介にうつる。

筑土の最初の論文は、新しい『神道集』研究の出発となった記念碑的なものであるが、研究の動機を「本地ものの文学にまで持こす手前のものが何かある筈だと今までさがしていたところ、はたして神道集一〇巻を見つけた」として研究に着手した。まず伝本四種について紹介した後、作者及び成立年代等について基礎的な考察をし、聖覚と伝えられる作者が、聖覚ではなく説経念仏派の誰かが記録したものであろうとし、成立年代を永亨と記す写本のある点、室町期小説の匂いのある点などから、自ら記する年紀を信じ、南北朝時代と断じた。また、他の文学との関連について検索し、室町小説や民間伝説と関連があることを指摘し、この中の諏訪縁起と甲賀伝説について考察し、

（一）三部の守本尊があると伝える甲賀郡水口町の大岡寺が修験道の寺であったらしく、付近に熊野関係のものが入り混んだらしい。
（二）三郎が助けた娘が熊野権現の娘であった。
（三）熊野社がいずれも鋳物に関する話を伝えている。

の三点から甲賀伝説が能野の徒に育てられたことを推測した。最後に文体をお伽草子風と見られるがやや生硬な感じがすると述べて結んでいる。本地物以前の、また文学以前の作品としてとりあげているが、総合的にとらえようとしている点で見習うべきことが多く、『神道集』の紹介ないし啓蒙の意義は大きい。こうして『神道集』は世に出ることとなったが、これ以前の昭和二年に折口信夫は「日本文学の唱導的発生」の中ですでに紹介している。ここで氏は『平家物語』もある点から見れば説経であり、『源氏物語』にも唱導意識があると考えていると述べた後で、

説経には、短編と中篇とがあって、長篇はなかった。処が、中篇或は短篇の形式でありながら、長篇式の内容を備へたもの――源氏・平家の両物語は姑く措いて――が出来た。其は安居院（聖覚）作を伝へる「神道集」である。神道という語は、佛家から出た用語例が、正確に初めらしい。日本の神に関した古伝承をとって、現世の苦患は、やがて当来の福因になる、と云ふ立場にあるもので、短篇ながら、皆ある人生を思はせる様な書き方のものが多い。巧みな作者とは言へぬが、深い憂ひと慰めとに満ちた書き方である。此は、聖覚作とは言ひにくいとしても、変改記録せられたのは、後小松院の頃だらう。さうして此が説経として、口に上ってゐたのは、もっと早かったらうと思はれる。

と、かなり詩的な発想をもって述べている。

一二年の筑土の「神道集と近古小説」は、高野辰之の還暦記念論文集に収められたものであるが、その前考「諏訪縁起・甲賀三郎」を発展させるとともに、江戸時代の国学者の多くが無視していたが、それ以前の袋中上人がよく利用していたことを紹介した。本稿の明治以前についてはここに多くを負っている。注目すべきは作者の考証で、

（一）引用書中、天台関係の経論章疏が多い。

（二）神明を実者、権者に宛てているが、浄土教系の神道説が実者を捨てているに反し、これは法華の権実不二思想を根拠として、実者権者共に捨てざるものとなしている。

（三）体系化された日吉神道の影響を受けていない。これは安居院が檀那共のものであったのに基づく。

等の理由から、天台関係の人の作なるべきこと、よって澄憲系統の安居院の作であろうことを考証した。また書中の記事に関東諸社の記述が多いことから、関東に住せし者か、関東の消息に通ぜし人らしきことはいい得るとした。これは、これまで単に安居院作と推測されていたことへのはじめての理論的裏づけでもあり、後に近藤喜博等によって強力に主張される東国内成立論への先がけであり、今後の作者説、成立説の展開に大きく君臨することとなった。

次に柳田国男の「甲賀三郎の物語」は、後に「民間伝承と文学」（岩波講座『日本文学史』第一六巻、昭和三四年）として、改稿されるが、ここでは諏訪本地に関する伝本の中に主人公を兼家とする浄瑠璃系のものと頼方とする神道集系のものの二種あることを指摘し、両者は、元は一つであったものが、ある時から二つに分れ、前者は大岡寺の観音堂が語りの中心であり、後者の語りの中心としては、甲賀の飯道寺が想定されるとした。これは自身も「諸本間の異同を見て行くと、それを可能にした前代の世情の、ある部分は明らかにし得」ると言っており、文学研究を目的としたものではないものの『神道集』の背景の研究としては重要な意味を持っており、また説経に対する民俗学的研究の基石を置いた点等、大きな意義を持っている。

次に三島安精は「安居院の神道集に就いて」において、『神道集』所載の伊予三島大明神に関する説話を、『神道集』はその集録内容から見て関東諸社中心であること、集録者はその熊野信仰に関係のある人らしく、熊野信仰は関東へよく流布されていたこと、伊豆三島神社の縁起に該説話と同様のものが集録されているに反し、伊予三島神社の関係資料に類似説話が見当らぬこと、伊予から伊豆へ祭神を遷したという思想が一般に信ぜられていた時代であること。等の理由から、『神道集』所載の伊予三島大明神の話は、伊予三島神社に伝えられた説話でないことを論証し、また単に伊豆に生じ、伊豆に成長した説話とは思われ難いとして、この説話は、伊予から伊豆への思想が信ぜられていた当時、三島神の本源と信じていた伊予へ題材をとり、伊豆に三島神を説いた者の作為になるものと考えられるとして、『神道集』所載の三島大明神に関する説話は、伊豆三島神社に伝えられた縁起を根底として、京都において粉飾されたために、伊予三島神社に伝えられた説話を集録したかの如き観を呈するに至ったものかと考えられるとし、さらにここにおいても、熊野の修験者たちの説話の流布者として、また作為者として活躍したであろうことが推察されると付け加えて結んでいる。筑土鈴寛以来の関東集録説への一歩前進と、熊野修験者との関係を論じた点や、京都粉飾説を提起している点など成立論として意味が大きい。

以上で戦前のものとして主要なものは終るかと思うが、他に清原貞雄は『神道史』の中で真言宗の臭味のある一種の神道書として、また純宗教的神道書から本地物と称する娯楽本位の文学的作品へ行く過渡的なものとして考察した。

岡見の「室町時代物語の一特質」は、『神道集』の「三島大明神の事」と奈良絵本『みしま』とを比較し、『神道集』が実用的な形態を忠実に写していることを指摘したものである。

吉沢のものは、未開拓なところに積極的に踏みこんでいこうとする意欲のもとに書かれた文学史であるが、『神道集』を本地物、利生記の類の源流が求められるとして評価した。

荒木田楠木千代は、良順上人について考察を加え、後神宮文庫本より上州関係のもの八篇を翻刻したが、これによって地方的関心が高められたようでその後同誌上に類以説話が紹介されている。

内野五郎の「本地物としての古浄瑠璃の発生」では、『神道集』を唱導が雑多なものを取り入れて語りものへの展開を示そうとする過渡的形態のものとしてとらえ、その集録目的を、『神道集』程度の世俗化したものは、定円流では行われており、民間を流動していたために記録の必要はなかった。安居院でこれを書き留めたのは、神仏習合の思想的な必要によって、それを利用して、教義を広める意味で琵琶法師や物語僧、絵解、唱門師等の持ちこんだ神々の本縁を仏教的に採色して集録したのであろうと述べた。

白井永二も『上野国赤城山之本地』（天保八年書写）を翻刻紹介し、その前書のところで、これが『室町時代物語集』第一巻所収の『上野国赤城山御本地』（天保二年書写）と異本関係にあるとし、それが記録の転写に基づくものではないとし、赤城山を中心にして活躍していた少なくとも二組以上の説経者が考えられるとした。このことが解明されれば成立論に大きく貢献するものと思われるが、伝本の数も少ない上に両者の差違もそれほど顕著ではなく、問題のむつかしさを思わせる。

荒木良雄の「「北野天神縁起絵巻」から「てんじん」まで」は、『神道集』巻九の「北野天神事」が口碑伝承に拠っているのでなく『北野天神縁起』の再録であり、安楽寺本『北野天神御縁起』に依っていることを言ったもので、唯一の出典研究である。筑土の「神人物語」は、熊野本縁譚と狩師及び山の神との関係を推察した点が注意される。

以上で戦前戦中の研究は尽きるかと思うが、その状況を概観すると、研究としては紹介・啓蒙的なものが多く、作品評価に関しては本地物以前ないし本地物、利生記の源流としての見方が支配的であったと言える。またこの期において忘れることのできないことは、昭和九年横山重によって彰考館本が影印刊行されたことである。これはその後二〇年余にわたって唯一の刊本として活用される。

五

新しい平和が甦るとともに、さまざまな制約と悪条件のもとにあった研究諸分野も自由で活気ある研究を展開しはじめた。『神道集』の研究も、抬頭してきた国民文学論ないし庶民文学論の中で昭和二八年頃より次第に活発になって行った。

まず昭和二二年、中島馨の「箱根山の信仰と文芸――神道集を中心として――」(『国語と国文学』一二月)がいち早くあらわれ、二八年菊地良一の「神道集の成立――その基盤と唱導性――」(『日本文学』一月号)、二九年一二月友久武文「神道集の説話――人間苦の表象――」(『中世文芸』四号)、三〇年には菊池良一「山間集落に育った中世説話――『神道集』上野国の神々――」(『文学』二三の一二)、三一年には有川美亀男「神道集における上野国関係説話」(中世文学会発表、於早稲田大学)、三二年同「神道集の説話と船尾山の縁起」(『国語と国文学』三月号)、三四年近藤喜博『神道集』東洋文庫本の翻刻及び解説、三五年同「上州長柄の橋神道集と東国の唱導――」(『文学語学』第一六号)、三七年六月福田晃「神道集巻八釜神事の背景」(『日本文学論研究』21)及び「甲賀の唱門師――神道集巻八釜神事の背景補説――」(『伝承文学研究』三号)、同年近藤喜博、渡辺国雄『神道集』河野本の影印翻刻、三九年小島瓔礼「神道集と曽我物語との背景」(『国文学ペン』一号)、菊地良一「神道集における両部の理念とその説話構成について」(五月一四日、中世文学会発表、於駒沢大学及び『日本文学』一二、三二の九)、村上学「神道集巻落九「北野天神事」ノート(一)」(『名古屋大学国語国文学』一五号)及び「神道集本文系統試論――巻九北野天神事を中心として――」(中世文学会秋季大会発表、於島原商業高校)等が発表された。他にも、二八年菊地良一「お伽草子」(『国民の文学、古典編』)、三〇年同「説話から中世物語への過程。くまの本地の場合――古代説話・私聚百因縁集・神道集をたどって――」(『日本文学』四の二)、三〇年中島馨執筆の『日本文学史・中世』(至文堂)、同市古貞次『中世小説の研究』(東京大学出版会)、三二年有川美亀男「浅間明神の縁起と文学」(『群馬大学紀要人文科学編』第六巻)、三三年菊地良一執筆の「中世仏教と中世文学」(岩波講座『日本文学史』第四巻)、松本隆信「箱根本地譚伝承考――慶應義塾図書館蔵の一伝本をめぐって――」(『慶應義塾創立百年記念論文集』)、同「熊野本地譚成立考――民俗文学として見た室町時代物語」(国文学叢書二『中世文学 研究と資料』所収)、三五年塚崎進「曽我物語の背景」(『日本古典鑑賞講座』一二巻)、三六年春日宣「本地物語の考察――二所権現を中心として――」(『日本文化研究所紀要』七号、八号)、三七年松本隆信「本地物の問題点」(『国語と国文学』

四六三号）、三九年柴田実「衆生擁護の神道――中世神道研究の一視覚――」（『神道史研究』一二の五、同年六月神道史学会講演補筆）等々の中でも『神道集』にふれるか、もしくはその論稿の中に位置づけている。以下内容の紹介にうつる。

最初の中島のものは、二所本縁の説話が時代と共にどう改変されたかを考察し、その文芸化の態度と信仰の推移を見ようとしたものであるが、『神道集』が他に比し、国名を正しく保存している点、歌の古態を存していることなどから古伝を存していることを推察し、この説話から鎌倉、吉野朝、室町以後の説き方に明白な相違が看取されるとして、民俗学的諸問題への堤起をなして論を結んでいる。

次に菊地の「神道集の成立――その基盤と唱導性――」は、『神道集』成立の基盤の一つに、地方豪族の領主・領国形成という、社会変革上の過程に伴い、領主が支配力の強化、勢力の伸張を図り、そこに神々の力が利用され、神が勧請される。そして村落行政が神中心となる。こういう社会環境の中で、神が庶民と結びつき、その神に本地縁起という霊験的条件が尊重・付与され、本縁譚は庶民生活を表象するとした。ついで、貴族階層の没落によって支持者を失った社寺が、新しい社会の開拓のために講経・説経が法談という興味本位のものとなり、信仰地域あるいは信仰血縁の共同体の結合があったとし、『神道集』が本地縁起を物語るのも神々の来歴と尊崇が目的であったことを明らかにし、『神道集』説話の唱導的性格をここに考え合わせた。ついで、『神道集』における地方的色彩の反映と、庶民階層との結合を論じ、『神道集』説話の特色として、

（一）説話の体感そのものが直接的なものであることを挙げ、諸国の神々の信仰と浄土教的信仰の結合の上に立つ、垂迹縁起神道の信仰こそ、悲観主義的なものを脱し、新しい社会形成に大きな役割りを果たすこと。

（二）説話の出生の土地が判然としており、その地域社会の上に、説話の成長があり、信仰の霊験事象が、それぞれの土地に密着していること。

（三）芸能人の漂泊性がその文学を特色づけて可変性ある自由さを持っていること。

等にもとめ、こういった『神道集』の精神は、「とりも直さず中世という時代意識を呼吸して、時勢の赴くところをとらえ、彼等

の生活の中に伝統や物語を再吟味せねば止まない、語り手と聴き手の社会が産んだものである」と結ぶ。唱導と文学との関連を鋭くとらえ、その庶民的性格を明らかにしたと言うべきであり、これまでの研究とは凡そ異なった全く新しい視点と言うべきであろう。特にその歴史的位置を、貴族の没落による中世的世界の成立の中に求めた点など文化史的にも注目すべきものであろう。

次に菊地の「山間集落に育った中世説話――神道集上野国の神々――」は、上野国関係の説話をもとに、『神道集』の特質について論じたものである。まず利根川沿岸の集落の中に成長したと思われる物語り説話が、非文学的な環境ながらも動的な生活力あふれた語り口となって一種の興奮を感じさせる力を持っていると評価して、その説話の発想と設定および表出が、村落民の生活感情と伝統の中で、しかも郷村鎮守神の信仰という統一的場を持って語られているとして、「上野国勢多郡鎮守赤城大明神事」の説話をもとに、この説話が、鎌倉武家政権の支配力が次第に崩れ、地域的内部抗争が醸成されつつある過程のものであるとした。そしてこの動揺は集落団結の一機会であったが、そこに説話が用いられ、地縁的・血縁的結合をなさしめ、終結に神明信仰と結びつけている。ここにおいて神への奉仕者が活躍するが、奉仕者のふまえた山間集落の現実認識を反映しているのであろうとした。さらに上野国集落民の抱いていた人間理解の問題にふれ、人間性に目醒めた意志と行動が見出されることや郷村民衆の希求するものは葛藤勝利の世界ではなく、安心して住める郷村集落の設立にあることなどを指摘し、最後に『神道集』説話の基盤について述べ、郷村と郷村の連合する共同の場で育れた、開放的な「かたり」の広場で文学的形成をいとなんだとする。さらにまた、どこまでも集落民衆の中に育った説話であり、田舎という自己の場を認識していること、説話の素材が現実生活の中からとられており、民衆の現実認識が反映されていること、『神道集』が他の説話書とこの点において趣きを異にすることを指摘して結んでいる。前稿の発展でもあり、あくまでも唱導文芸としての観点から考察を進めている点など教えられることが多い。また、その文学性を在地性や民衆の下からの文学形成に見ている点なども教えられるが、『神道集』を全体として見た時さらに十分な検討が必要と思われる。

次に友久の論文は、二〇篇余の『神道集』の本地説話の特色が人間苦の表象にあることを指摘し、それらの苦悩が、三島大明神のことでは子供と父母の不幸な恋慕として表象しているが、必ずしも信仰の観念だけに支配されているのではないと思うとして、こうした人間苦の物語が、ひとつひとつ愛に根ざしており、『神道集』の説話文芸としての真のテーマは、人間苦の表象を軸として、新しい人間の姿を、根深い俗信の中から、また古代的遺訓の中から択びとろうとするところにあったとした。そしてこのような説話が成立した原因を「神道集説話の管理者達が、宗教釣な遊行漂泊の徒であったことによって、彼らの文学的営為が、物語の中へリアリティを与えていったのではないか」と述べて結んでいる。

次に有川の発表は、『神道集』になぜ上野国関係説話が多く、地方色こまやかな姿で収められているかを解決するためのアプローチである。翌年発行の『中世文学2』の発表要旨によれば、(一) 説話の分布、(二) 山嶽信仰と上野国関係説話、(三) 素材、(四) 地理考、(五) 船尾山の縁起について発表したものであり、これまで発言していたことを実証したという感じが強い。とりわけ (五) 船尾山の縁起の発展したものが「神道集の説話と船尾山の縁起」である。ここでは、「上野群馬郡桃井郷上村内八ケ権現事」と船尾山柳沢寺に関する縁起類を比較し、『神道集』では類型的な説話であったものを一段とこの土地に即した寺院草創譚におきかえ、『神道集』では左大将であった主人公が、千葉常将に変わり、説話が郷土的色彩をおびていることを指摘する。さらに柳沢寺縁起類よりもっと平易な「船尾記」をあげ、これは、この土地の民間信仰を反映し、説話との調和を図っていることを指摘した。結びとして、『神道集』津弥官の縁起説話は、この土地の古伝承を地盤として、その上に運ばれた説話の断片を定着させて成立したものと思われること、これが継承されてさらに地方的、地域的な性格を深め、流布範囲も限定され、長くこの土地の民衆の中に生命を保つことができたのであろうと述べて、『神道集』の在地性に一つの限界を設けた。

次に、近藤喜博の東洋文庫本の翻刻及びその総合的研究「神道集について」は、研究史上一エポックをなすものと言える。編著者に関し、筑土説 (澄憲系統の安居院作説) を『神道雑々集』と比較するところから検討を推し進め、これが恵心流の成立を示す、京城中心の性質を有することなどから『雑々集』が、『神道集』の成立に刺激されて成立したものと考えて、「神道集を聖覚作とする積極的な理由はなくとも、これを安居院作とすることに一つの立場を認めようと思ふ」とした。

柳田の東国内集録説 (「甲賀三郎の物語」中) を神社および地理上の関連から検討し、それを肯定して、その問題点である日光、宇都宮の話は簡単で、赤城明神については詳しいことの理由を、『神道集』の編者が、日光の神の信仰を語って歩く、神人集団とは別な信仰集団に属していたからではないかとした。両者に利害の相反することがあり、赤城神の神威にかかわる敗戦をカバーした神人団は、上州国の神々を詳説することとなるとした。また上州関係集録者と安居院作との関係にふれて、日光、宇都宮の神人団は勢力が伸びず、そこで〈原神道集〉の集録を企て、唱導の権威のために、その修訂を京都の安居院に求め、安居院作となすことによって唱導の優位を期し、その連絡場として松井田の宿が考えられるとする。その他『神道集』の意義は、現実を生きる人間が苦難の果てに神々に昇華していくプロセスにあり、そこに安居院神道の本質があるとした。そして、その神となる方法は、神道の法を得ることで、そこに山伏修験系の影響が考えられることや、女性でなくては語れなかった着想のあることを指摘して、これは安居院の唱導に固定する前に、女性によって語られていたことの反映であるとした。重要な点はほぼ以上で尽きるかと思うが、安居院作に学問的根拠を与えようとした点や、女性唱導者の参加を想定した点など秀れた見解であるが、安居院作と山伏的要素との関係や、原神道集と現在の『神道集』との関連などもう少し説明がほしい。

近藤の「上州長柄の橋——神道集と東国の唱導——」は、まるで無縁と思われる関西地方と、辺境の上州地方が、中世以前に唱導者の働きによって信仰上密接な結びつきのあったことを、橋姫と長良の人柱伝説を語ることから論証して、安居院作と銘せられる〈原神道集〉を考慮する立場にもつながるとした。この問題提起は、上州長柄の土地は赤城山信仰圏と日光信仰圏のほぼ中間的な位置にあり、この問題の究明は『神道集』の成立論に大きく貢献するものと思われる。

次に福田晃の「神道集巻八釜神事の背景」は、『神道集』に採られた釜神の本縁譚の源流は、甲賀の飯道山にあったらしく、飯道権現の信仰をいただいて聖地を下り、村里の竈祓に従事した連中によってまず語り出されたであろう、とするものである。その痕跡を、高倉、白鳥を祭ってきた花園の唱門師に見ており、先に柳田が、『神道集』系諏訪本地の語りの拠点を飯道寺にもとめたことへの一つの裏づけをした。

福田の次の補説では、近藤喜博が「神道集の神道の集たる骨子を考えると、超越的な権威に対する信念といふか、憧憬の心は蔽ふべくもなく、それを暗に伊勢神宮に求めてゐるやうで」（「神道集について」四六八頁）と推察したのを受けつぎ、中臣祓を業とする甲賀出自のかまの聖なる唱門師の語る釜神本縁譚が、安居院流の説教師と近接関係にあった伊勢出自の甲賀のかまの徒に育てられたらしいことを想定した。前稿とともに『神道集』採録以前の説話の背景をとらえた論稿として貴重なものである。

次に小島の論文は、これまで『神道集』と真字本の『曽我物語』との関係について、柳田が、『曽我物語』と共通部分の多いことから、同じ団体の活動によって結集されたと思われる（『民間伝承と文学』、岩波講座『日本文学史』第一六巻）とし、近藤喜博が、語り手の集団、書物に固定させた人の群が同一あるいは相互に関係のある人（「神道集について」）、塚崎進が、両者に用字法の一致、及び類似内容のあることから、両書が同じく低い教養をもった同一人の僧侶によって書き留められたのではないか（「曽我物語の背景」）と、それぞれの立場から提起していた仮説の上に立ったものである。まず甲賀三郎譚なる『諏訪縁起』に諏訪系と兼家系がある中で『神道集』は前者の最古本であり、『曽我物語』に引かれている甲賀三部譚も同系統のものであるが、三郎の出てきた場所の説き方が異なっているので、両者の利用した『諏訪縁起』は、同一でないと思われるとする。ついで『曽我物語』は最も兼家系に近いものと思うとし、『神道集』が古い諏訪縁起の語りの化石的残存があるのに反し、『曽我物語』は古い形式をそのままとどめていたのではないかと思われ、両者は近似類似も多い中に、同一でない点が注意されると述べ、原拠に違いのあったことが想像される。両者には原拠が共通している場合と、素材が共通し、まとめる立場が異なっている場合と、根本の立場が全く異なっている場合があることを論証し、以上の差異には、両者の成立背景のちがいがあらわれているものと思われるが、両者を対応させることができるのは、狩猟民の信仰を指導していた山伏などの宗教の生活に基づくものであろうと結んでいる。仮説を一歩つき進めたすぐれた論であるが、『神道集』の問題の複雑さを思わせた。

次に菊地の「唱導の説話について」は、先に表白唱導から法語への過程を鋭く追求した前考「表白体の唱導から法語の形成について」（『駒沢国文』第三号、昭和三九年五月刊）と表裏をなすものであるが、ここでは唱導の説話のはたらきを、教理教説の宗教的理法を主とするものと、日常的利益効験を説くものとの二つに分け、その説話文学としての形成過程を探ろうとしたものであり、唱導の説話の二系列が、宗教的な側に立つものと、興趣的な文芸の世界に立つものとに分離し、それぞれが法語芸能語りとしての展開を見せる経緯を鋭く追求している。そして『神道集』を神道理論形成期に作成されたものととらえ、神々の説話の集成ではなく、神明神道の教理をあかし、神格を論じ、その効験を説く書であるとした。また鎌倉仏教が、易行で救済道を主張したのに対し、『神道集』においても、信仰形態と救済の道を説話がたりそのものの中に見出して主張しているとし、「ここにいたって唱導の説話は宗教的作用と、文学的作用との交叉においてその位置を得ている。唱導の説話とは信仰と文学との交叉にあって、それぞれのいとなみをみたすべく宿命づけられたものである」として、かかる位置に『神道集』を位置づけた。

次に村上の論文は、先に荒木良雄が『神道集』巻九の原拠として安楽寺本『北野天神縁起』を挙げた説を発展訂正したものである。氏はまず『北野天神縁起』の系統本につき慎重に検討を加えた後に、安楽寺本系『北野天神縁起』とそれらの関係を考察し、然る後に安楽寺本系統と『神道集』巻九との関係を考察し、『神道集』が安楽寺本系の諸本だけに拠っているのではなく、黒川本、安楽寺本の本文に適宜甲類第一種本の本文を混入し、さらに他の説話と同じように編集を加えたが、それは語法の面にも加えられ、原拠の文章をほとんど変えることなく使用しながらも、語法的統一をも志していたことを明らかにした。

また次の中世文学会での発表した論は、その発表要旨によれば、流布本の主要な本の先後が、

のようになるとして「唱導の台本的性格を残している古本に対し、流布本は視覚的利用のために転写されて来たことが推量され、これを取り扱った人の問題にまで示唆が与えられるのである」とした。両論とも困難な基礎的作業であり、今後の研究の進展が大いに期待される。

以上で『神道集』を直接の研究対象にした論は尽きるかと思うが、他にも多くのところで触れられており、また研究されている。『日本文学史　中世』（至文堂）の、「神道集」の項を担当した中島馨は、著作当時の安居院を称するものに、澄俊法印と良憲僧正があることを指摘し、必ずしも全体が口承文芸的性格に蔽われていない許りか、芸術的意図が見られるとして、安居院の説経師の著作と見るべきことを論じた。また松本隆信は「熊野本地譚成立考」において、熊野本地譚の中で『神道集』が最も古態を残していること、この成立に猟師の伝承が関与しているらしいこと、その管理者に熊野の神人たちが考えられる等のことを論じた。また春田宣も「本地物語の考察――二所権現を中心として」の中で、『神道集』二所権現の条の方に、箱根山重視の傾向が見られることを指摘した。

まだまだ触れねばならぬ論稿も多々あろうかと思うが、一応ここで打ち切り、戦後の研究の概観をしてみると、前代の紹介、

啓蒙的なもののあとをうけて、ややに本格的な研究を始めようとする傾向が見られ、きわめて徐々にではあるが、仮説を実証しようとする論稿の出現、基礎的作業の開始等がある。また『神道集』の評価に関しては、在地性に根ざした説話の特色の指摘、神明のあかしの文学としてのとらえ方の出現など大きな特色として指摘できよう。

六

以上で『神道集』研究史の展望を終えるが、研究史を通じて特に感ずる点は、基礎的研究の著しい遅れである。諸本の校合とか、定本の選定、本文の注釈、文体の調査研究、他の作品との関係調査、作者の研究といった基礎的研究がきわめてとぼしい。また綜合的で体系的な研究も欠けている。綜合的考察と言えば概論的なものとなり、作品への関心が著しく片寄っており、研究の対象として扱われているのが、二所権現の説話とか、『熊野の本地』といったごく一部の、しかも扱いやすいものだけに限られている傾向が強い。集として、全体として見ようとする研究意識がとぼしい。また研究相互の関連性の欠如も目につく。例えば、説話の流布、作為者として熊野修験者たちを見る立場があり、その一方で、澄憲系統の安居院作説等、個々独立の立場を保っていると言えるほどである。いくつかの仮説ないし思いつきはしばしば述べられているが、それらの相互の関連はほとんどつけられていない。仮説をもとに一歩つき進もうとする意欲がほとんど見られないのである。

私は停帯的で、相互の関連のとぼしい『神道集』の研究に批判の目を向けてきたが、さいわい最近は基礎的研究も開始され、仮説を実証しようとする意欲もあらわれてきた。またテキストもすでに三種が刊行され、貴重な古本としての赤木文庫本もまもなく刊行されるという。この機会に本書に対する過去の研究を根本的に検討し直し、大きな、高い視野のもとに大飛躍を遂げたいものである。

最後に、私の力不足はもとよりのこと、紹介や要約に手落ちや、また誤った評価もあったかも知れぬが、御寛恕を願うとともに、お気付の点はよろしく御指導いただきたい。

4 『神道集』の評価について

――その教理的側面からの一考察――

一

ここ数年来、『神道集』に対する関心はかなり活発になってきた。近藤喜博、貴志正造らの努力によって、永く待望の書であった赤木文庫本が影印刊行され、[注1]研究の進展に寄与しつつあるし、福田晃は、『神道集』説話の成立事情、展開の様相などについて精力的に研究を推進している。[注2]また角川源義は、群馬県世良田（太田市）の長楽寺が、『神道集』結集の地ではなかったか、とする興味深い考えも発表している。[注3]これらは確かに『神道集』の持っている問題をあきらかにし、研究を進展させてきているのであるが、素朴に、作品に対する基礎的イメージが、どこまで統一的に把握されているのか、という点では必ずしも十分なものとは思われない。ことにすでに四年も前になるのだが、村上学によって、編者の妥協的態度の安易さが、作品の統一的性格を考える上で無視できないと言う、[注4]作品の形象性を問題にし、作品評価の根本にかかわる、きわめて重要な主張がされたにもかかわらず、それがまともには受けとめられていないきらいがある。私は、こうした現状の把握にたって、本稿においては、教理的な面の中で、『神道集』における実者と権者、なかんづく実者の神の評価を検討することの中から、編作者の根本的なあり方について私見をのべ、『神道集』に対する基礎的イメージへの一助としたいと思う。

二

実者の神、権者の神とは『神道集』の中では常に対比的に説かれる概念であるが、これに関しては夙に昭和一二年、筑土鈴寛が、「神道集と近古小説」[注5]の中で、編者は澄憲系統の安居院の作であることを主張し、それを証する一根拠として、法華の権者、実者共に捨てざるものとしていることを挙げたのが、最初の指摘であった。最近になって菊地良一は、「神道集における神の理念とその説話について」（『日本文学』昭和三九年一二月）という論の中で、『神道集』における権者、実者の性格を鋭く読みとり、神々が人間的な苦難と災害を蒙るのは、仏菩薩が和光同塵のために、実者たる神明となり、実業を営むことであって、それを記した説話は、その修業を縁として人々を済度し利益することができるのだということを論証するためにあることを鮮やかな論理で説いた。

これに対して村上学は、「神道集――基礎面から神道集編成の方法をどうとらえるかという発言メモ――」（『日本文学』昭和四一年三月）という論の中で、実者の神がそれほど積極的に肯定されているのかどうか、またそれに伴い、各説話と登場する神々の前生の苦悩が三熱の苦を受ける実者の神として統一的にとらえられているか、という疑問を呈し、実者信仰を肯定する主張は、実者を権者と同じ高さにおしあげようとする積極的なものではなく、「実者信仰は単に容認されているにとどまる」との見解を示した。即ち菊地の説と、村上のそれとは対照的なちがいを示している。実はこの村上の結論は、「神道集の素材として集められた発生基盤の異なるいくつかの教理体系の間の妥協」の結果に基づくとする考えによっている。そうしてみると、両者のちがいは、単に受けとり方のちがいと言うことでは済まされず、作品のとらえ方という根本にかかわったところでの違いと考えられる。そこで、私自身もまた、ややまわり道かも知れないが、諸先学の研究の助けを借りながら、『神道集』開巻第一、「神道由来事」における、権者実者の説を具体的に検討し、それがいかなる社会的実践の中から形成されてきたものかを考えてみたいと思う。

まず、権者、実者は、

問、或人云、昆吠論云、一度ビ神ヲ礼スレバ五百生蛇身ノ法ヲ受ク。芳尓ハ者誰カ心有ラン人神道可レ礼耶。答。神道ニ有二権実一。[注6]

として出てくる。つまりここでは、「一度び神を礼すれば五百生蛇身の報を受く」という。「それでは、誰が神道を礼するであろうか」という質問に対する答として、「神道に権実あり」として出ている。これに続けて左の文章が続いている。

　実者ハ皆蛇鬼等ナリ。権者ノ神ハ往古ノ如来、深位ノ大士ナリ。教化六道ノ約束ニテ、利益衆生ノ為ニ和光垂迹シ玉フナリ。八相成道ノ終リヲ論ズ。尤可ニ帰依一。但亦実者神ナリト云ドモ神ト顕玉ヘリ。利益非ズレ無ニ。後生利益ノ契リノ為ニ礼ヲ作ス者不レ可レ有ニ其失一。日本ハ自レ本神国ナリ。惣ジテ可ニ敬礼一。国ノ風俗ハ几(ママ)愚権実ヲバ難シレ弁。只神ニ随テ敬礼ス。何レノ失カ有ラン。況ヤ設ヒ始(ママ)タル実者ナリト云ドモ終ニハ権者ノ眷属ト成ル。[注7]

つまりここではかなり明解に権者、実者を説明しているが、これを整理してみると、実者神とは蛇鬼等であり、権者神とは往古の如来、深位の大士である。これは利益衆生の為に和光垂迹したものである。実者の神も利益がないわけではないから、また権実は弁え難いものであるから神に随って、敬礼するようにと教え、実者も終には権者の眷属となる、と説いているわけである。さらに実者が権者の眷属になるという点は、次の問答にも受けつがれる。煩をいとわず引用するが、「大小権実ノ明神ノ本地ハ実ニハ仏菩薩ト云ヘリ。以レ何ヲ可レ知ル耶。」という問に対する答として、

　此条不思議也。指テ修多羅明文ニモ不レ見。又菩薩ノ論蔵ニモ不レ判。只本朝ハ辺州ナルガ故ニ無ニ仏説一モ無ニ論判一モ、自ラ仏菩薩我朝ニ来下シ玉フ。明神ノ垂迹人界ニ応生ス。依レ之テ神託宣ヲバ人相承ナリ。以レ之内証トス。衆生ヲ利益シ玉フ。見スル上ハ日本ニハ多ノ神明在ス。其本地ニハ豈仏菩薩ニ非ズヤ。[注8]

という答になっている。仏菩薩がおのずから我国に来下したとか、どうして本地が仏菩薩でないことがあろうか、というような答え方であり、いわば論理性を持たない答え方である。説得性を持っているとはいいがたいが、むしろここでは発問の部分で、「本地ハ実ニハ仏菩薩ト云ヘリ。何ヲ以テ知ルベキヤ」といっているところに、作者の、まのあたりに、現実に存在する実者神の姿を想像でき

るであろう。

また、次のようにも説明される。

> 三熱ノ苦ッ権現大菩薩ハ不レ可レ受レ之。其故何者、垂迹中ニハ有リ二権者実者一、仏菩薩ノ化現シ玉フハ権者ナリ。応化ニハ非テ神道ノ以二実業ヲ一神明ノ名ヲ得タルハ是実者ナリ。仏菩薩ノ垂迹不レ可レ受レ之、実者此ヲ亦受ルナリ。注9

これは、権現、大菩薩、大明神と三所の明神がある中で、明神のみ三熱の苦を受けるのは何故か、と言う発問に対する答として出されているが、垂迹中に権者、実者ありとして、仏菩薩の化現したものが権者であり、応化ではなく神道の実業をもって神明の名を得たものが実者であるとその由来を明かし、権者は仏菩薩の垂迹であるから、三熱の苦を受けず、後者はそれを受けると説いているわけである。一見すると、先のところで、「権実明神の本地は、実には仏菩薩と言へり」と説いた部分と矛盾するようにも思われるが、「実ニハ」と言っていることや、さらにこの前のところで「終ニハ権者ノ眷属トナル」と言っていることなどから考え合せて、実者の神が固定したものとして、一面的に言われているのではなく、三段階のものとして言われていることが理解できるであろう。

「神道由来之事」における権者、実者に関する記述は、ほぼ以上述べてきたようなところである。それを要約してみるならば、垂迹中に権者と実者とあり、前者は仏菩薩の化現であり、後者は神道の実業をもって神明の名を得たものである。そしてこの実者が、蛇鬼などの形をした状態から、実業をもって神明の名を得た段階、さらに権者の眷属となった段階という、三つの段階をもって説かれていると理解することが最も合理的であると思う。結局のところは、実者の信仰は、ほとんど権者の信仰と同列に並んでいると理解できるのである。そしてこれらの理論は、多少の矛盾を含んでいるし、また論理性を放棄している面もたしかに見られる。しかし、こうした作品の形象性だけではとらえきれない面、言ってみれば、懸命に理論化しようとしている作者のあり方、発想があるのをやはり見のがせないと思うのである。

さて、このように考えてくると、こうした『神道集』における見解は、当時のこの社会の中で、いかなる意味を持っていたのであろうか。また、時には論理性を放棄しながらも、肯定されねばならなかった実者の神とは、具体的にはいかなるものとして存在していたのであろうか。

三

権者の神、実者の神と分ける考え方は、当時重要な問題であったと思われ、諸宗派の人々によって問題にされている。そのいくつかを検討してみる。

まず法相宗の解脱上人貞慶の手になる『興福寺奏状』には、

> 第五背㆓霊神㆒失。念仏之輩。永別㆓神明㆒。不㆑論㆓権化実類㆒。不㆑憚㆓宗廟大社㆒。若丼㆓考奘恐崇神明㆒。必堕㆓魔界㆒云云。於㆓実類鬼神㆒者。置而不㆑論。至㆓権化垂迹㆒者。既是大聖也。上代高僧。皆以帰敬。[注10]

とある。ここで第五と言っているのは、法然上人の念仏義の九つの失のうちの第五番目と言う意味であるが、ここでは神明を実類鬼神と、権化垂迹との二種あるものとしてとらえ、実類鬼神の方は〝置而不㆑論〟としてまったく問題としないで、権化垂迹の方を大聖としてとらえ、上代の高僧も皆帰敬したと述べているわけである。この実類鬼神が『神道集』で言う実者の神と思われるが、貞慶にあってはまったく評価していないわけである。

真宗の存覚には元亨四年著作の『諸神本懐集』があるが、存覚にあっては、権者の神が、

> 権者トイフハ往古ノ如来、深位ノ菩薩、衆生ヲ利益センガ為ニ、神明ノカタチヲ現シ給ヘルナリ。[注11]

としてとらえられている。一方実者の神は、

実者ノ邪神ヲアカシテ承事ノ思ヲ止ムベキムネヲススムトイフハ生霊、死霊等ノ神ナリ。是ハ如来ノ垂迹ニモ非ズ。菩薩ノ化現ニモ非ズ。モシハ人類ニテモアレ、モシハ畜類ニテモアレ。祟ヲナシ、人ヲ悩マスコトアレバ、是ヲ宥メンガ為ニ神ト崇メタル類ナリ。

ととらえている。即ち生霊、死霊等の人に祟りをなし、人を悩ますものをなだめるために神にあがめたにすぎないとしている。さらに、

タトヒ人ニ祟ヲナスコトナケレドモ、我親祖父(オホヂ)等ノ先祖ヲバ、皆神ト祝ヒテ其墓ヲ社ト定ムル事マタコレアリ。此等ノ類ハ皆実者ノ神ナリ。

とも見ている。言わば、土俗的、民俗的な怨霊神や、祖先神が、実者の神としてとらえられているのである。こうした点から見て、権社の神、実社の神の内容は、「神道由来之事」で説いているものとほぼ一致するものと見られる。ところが、実者の神の評価となると、著しい違いを見せてくる。即ち、

是ヲ信ズレバ、トモニ生死ニメグリ、是ニ帰スレバ、未来永却マデ悪道ニシズム。サレバ優婆夷経ニハ（中略）文ノココロハ、諸々ノ神ヲ一度モミヒトタビモ礼スレバ、マサシク蛇身ヲウクルコト、五百度現世ノ福報ハ更ニキタラズ。後生ニハ必ラズ三悪道ニオツトナリ。

と言って、実者の神を完全に排撃し、まったく評価していないわけであり、この点では、著しい違いを見せているのである。天台ならびに伊勢神官と深い関係をもっていたらしい慈遍は、その著『天神地祇審鎮要記』や、『豊葦原神風和記』（興国元年の成立）

などで神祇を三分類している。それを『豊葦原神風和記』によって見ると、

凡ソ冥衆ニ於テ大ニ三ノ道アリ。一ニハ法性神、謂ル法身如来ト同体、今ノ宗廟ノ内証是也。故ニハ本地垂迹トテ二ツヲ立ル事ナキ也。二ニハ有覚ノ神、謂ル諸ノ権現ニテ仏菩薩ノ本ヲ隠シテ万ノ神トアラハレ玉フ是也。三ニハ実迷ノ神、謂ル一切ノ邪神ノ習トシテ真ノ益ナク愚ナル物ヲ悩シ偽レル託宣ノミ多キ類是也。[注12]

と分類している。有覚の神とは権者の神、実迷の神は実者の神と理解できるのであり、それを邪神としてとらえ、まったく評価していない点で、存覚の見解と共通する。慈遍にあっては、法性神をたてて垂迹神から独立させたところに特色がある。『天神地祇審鎮要記』にあってもほぼ同様の分類であり、同様の評価である。[注13]

また無住の『沙石集』にあっても、巻一の三「出離ヲ神明ニ祈事」の中で、実者の神と思われる悪鬼邪神の神を登場させている。それは、日本国中の大小の諸神の名を書き、一間に請じ置いたという三井寺の長吏公顕僧正が、明遍の弟子善阿弥陀仏に対して、出離の道は、和光の方便を仰ぐ他はないことを語っているところであるが、次のようなことばがある。

我国ハ粟散辺地也。剛強ノ衆生因果ヲシラズ、仏法ヲ信ゼヌ類ニハ、同体無縁ノ慈悲ニヨリテ、等流法身ノ応用ヲタレ、悪鬼邪神ノ形ヲ現ジ、毒蛇猛獣ノ身ヲ示シ、暴悪ノ族ヲ調伏シテ、仏道ニ入レ給フ。[注14]

つまり、仏法を信じない類の者に対して、仏身が、悪鬼邪神、毒蛇猛獣の身を現じて、仏道に入れると説いているのである。この悪鬼邪神を実者神とは表現してはいないものの、仏身が邪神に垂迹することがあることを語っている。

以上、『神道集』の成立と、ほぼ時代を等しくし、それぞれの宗派で重要な位置を占めていたと思われる人たちが（貞慶の場合は、ややさかのぼるが）神明の中に邪鬼のあることを言い、『神道集』の言う実者の神と同じようにとらえながら、その評価においては、垂迹神として認めず、敬ってはならないものとして排撃しているのである。ただ、無住の見方だけが『神道集』とよく似たもの

としてあった。

こうした点から考えて、『神道集』編作者の、実者の神の評価は、単に時代的な風潮の中で、同時代のものと同質のものとして生まれてきたものでないことが確認できるであろう。

四

ところで「神道由来之事」と以下の巻一の二以降の説話との関連については、近藤喜博が『神道集　東洋文庫本』の解説「神道集について」[注15]の中で、それが〝一種の神道大意〟であることを主張した。また、菊地良一は、先に紹介した論文の中で「神道由来之事」において、神々の基本的な理念が集約的に論証されていること、そして、この神道理念によって説話構成が組織され、「かたりの展開となっている」と主張した。両氏の内容把握のしかたには著しい違いがあるものの、総説化しているとみる見方では共通している。こうした見方は現在ではほぼ一般的見解であると言えよう。私もまた、こうした見解に従って以下の論をすすめることとする。

先に「神道由来之事」の中における。実者の神の評価を見てきたが、それが一の二以下の神々が実際に登場してくる説話の中では、どう展開するであろうか。

『神道集』の説話中に登場する神々の行動が、きわめて人間的なものであることは、よく言われていることである。そうした中でも最も典型的な実業を示す「上野国那波八郎大明神事」（巻八の四八）の話をとりあげ、話の要素を分析してみる。大ざっぱに話の筋を紹介すると、上野国群馬郡の地頭である群馬大夫満行には八男があり、末子の八郎満胤が惣領となり、目代となったが、七人の兄たちに妬まれ、夜討にされる。その屍は水漬にされたが、そこで諸大龍王、赤城、伊香保の竜神たちにとりつき、大蛇となる。大蛇となった満胤は、兄たち、さらに家族、国中の人々まで贄にとり苦しめていた。そこに道すがら通りかかった都の宗光という人が、大蛇を退治する。退治された大蛇は、やがて一乗妙典の功徳によって、那波八郎大明神と現れた。本地は薬王菩薩である、とするものである。かつて菊地良一が、雑誌『文学』に発表した「山間集落に育った中世説話」[注16]の中で、「集落民衆の存続にかかわる贄という苦難に対し、これをどうのりこえようかというところに生まれたものである」とか、「郷村民衆は「万人ノ悲ミ亡国ノ基ト成ル」という集落連帯の協力のうちに、対処しようとしている」などととらえて、その地方文芸としてのすぐれた形象性を解明した説話であり、また、赤城、伊香保の神々との関連を見せているなど、『神道集』の中では、きわめて興味深い内容を持った説話である。この説話が、大蛇となり贄をとり人々を苦しめる悪霊としての要素と、一乗妙典の功徳によって那波八郎大明神と現れたとする要素と、悪世の衆生に利益を与え、ついには本地薬王菩薩と示されたという要素からなりたっているとみられる。これは、まさしく先に「神道由来之事」の中で見てきた実者である。それも蛇鬼として人に祟りをなす悪霊としての存在から、やがて神明と現れ、終には本地を示され、権者の眷属となる実者の神の典型として理解できる。

　さて、このように巻一の二以降においても、「神道由来之事」の理念を実証するかの如き説話の存在を確認してみると、ここにおける実者、権者の理念の形成は、決して消極的なものではなく、編作者の実者の神に対する主体的なとりくみがある。そして、この主体的なとりくみをさせたものは何であったろうか。おそらくは、古代的な畏怖の神観念から、中世的な衆生擁護の神観念への変質が考えられる。しかし、当然のことながら、こうした一般的歴史状況の中にのみ還元するのでは解決できないと思われる。

五

『神道集』の特色をよく示すと考えられることばに左に示すものがある。

　五濁末代ノ衆生ハ、後生ノ果報ヲ不恐シテ、深ク今生ノ栄花ヲ望ム。是ヲ以テ堂塔伽藍ニハ恭(ママ)スト（七本 不レ参）、神明社壇モ喜ツッ眼前ノ事ノミ信ジテ、後生ノ事ヲバ不レ思、故ニ如レ此ノ衆生ノ為ニ巳(ママ)心自性ノ和光ヲ他身雑類ノ塵ニ同ジ。[注17]

これは「神道由来之事」に見えるもので、神明の基本的なあり方として語ることばだが、衆生を今生の栄花を望む者、眼前のことのみを信ずる者であると理解し、そのために和光同塵の作用をほどこすという考え方を示しているのである。ここには神信仰の権威的な姿勢の中から語り出すのではなく、深く庶民の現実の中にまで降りていき、庶民の生活基盤の中から語ろうとする唱導者の姿が見られる。こうした態度は、神明に帰してどんな利益があるかとの問に対して「遠近ノ両益有リ。近ハ垂迹ノ利生ニ依テ今生安穏ナリ。遠ハ本地誓願ニ依リ後生善処ナリ」（「神道由来之事」[注18]）と語り、本地垂迹との結合の利益を説く部分にもあらわれてくる。ここには後生を願うのみでは生きられない庶民の世界が如実にとらえられていると言えるだろう。

さらに、現実的なものをとらえ、庶民の世界をとらえていく作者の姿勢は、贄や殺生に対する考え方に対しても明確にあらわれている。「神道由来之事」の中には、畜生は食べられることが善縁であるといった考えがみえるし、「諏方縁起」（巻一〇の五〇）の中には、なぜ獣を殺すのか、という問に対して、

業尽ケル有情ハ放ツト云ヘ共、助ラヌ故ニ且ク人天ノ胎ニ宿シテ、終ニ仏果ヲ証ル也。[注20]

と答えている部分がある。これはたしかに理屈である。決して思想的に高い形象をなしたなどと言うものではない。すでに村山修一が、中世放生行事の普及と、従来の魚味供膳の風とが、どう調和せられたか、という問題に対して、この『神道集』の考えと同じような『沙石集』に見える、弘法大師が厳島へ社参して殺生の不審をたずねたところ、神託宣して殺生の罪は自分がすべて引き受けるが、殺さるる生類は報命尽きて徒らに殺さるる筈の命を、我に供する因縁から、仏道に入る方便となると示した話（巻一の八、「生類ヲ神明ニ供ズル不審ノ事」）を紹介して、「一体こんな理屈をつけねばならぬことが、すでに精進のみでは生活出来ない一般民衆の輿論に屈従したことを物語る。一方同じ時代に肉食妻帯を肯定しつつ念仏をとなえた者が出ていたのである。習合の立場も、わが古来の伝統を最も素朴にのこした庶民の生活基盤を認めねばならなかった点では同一であった」[注21]と述べた部分や、神仏を一体と見る習合思想が当時「一般の通念であり、浄土信仰もまたかかる通念に立つが故に、頗る現実的な関心に立脚し、神の礼拝も、所詮はその現実的な利益を求める一つの手段に他ならなかったのである」[注22]と指摘した部分であきらかにされていると言えよう。

以上のような点から考えて、『神道集』にあっては、現実的な関心、現実的な利益、庶民の生活基盤の容認、さらにすすんでそこからの発想する中で思想的形成をなしてきたことを物語り、俗信とからまりつつ生まれてくる救済の要求に応えているのである。したがって観念が現実から独立せず、思想的高みに至って、彼岸の世界を形象するというところにはいかなかったのである。庶民の世界は思想の体系化、理論化をそれのみとしては決して行わない。常に日常の生活の中に実践しているだけだからである。すなわち在地庶民の生活感情を如実に表現したところに重要な意味を持つであろう。これあるが故に、同時代の他派の人たちにはほとんどかえりみられなかった実者の神を積極的に評価してきたのである。

そうして、こうした編作者の発想と素材の把握がある限りにおいて、単に形象性を問題にするだけでは割りきれないものが残るのである。（一九七〇年一〇月三一日）

注

1 角川書店、一九六八年七月。注6に同じ。
2 「赤城山御本地の成立」（『伝承文学研究』一〇号、一九六九年一二月）、「神道集『群馬八ケ権現事』の形成」（『大谷女子大学紀要』四号、一九七〇年三月）など。
3 『妙本寺本　曽我物語』（貴重古典籍叢刊三、角川書店、一九六九年）中の「北関東の唱導文芸」四四三頁。
4 「神道集研究の課題――基礎面から神道集編成の方法をどうとらえられるかという発言メモ――」、『日本文学』一五巻三号、一九六六年三月。
5 東京帝国大学演劇史研究学会編『日本演劇史論叢』巧芸社、一九三七年所収。
6 近藤喜博・貴志正造編『神道集　赤木文庫本』、貴重古典籍叢刊一、一九六八年、一七頁。なお送り仮名、返り点など私意によって補ったところがある。
7 同前書一七〜一八頁。
8 同前書一八頁。

9　同前書二三三頁。

10　鈴木学術財団編『大日本仏教全書』講談社、一九七二年、一〇五頁上。

11　横川藤太郎編『真宗聖教大全　在家宝鑑』上巻、横川湊文堂、一九三〇年所収、五六四頁。以下の引用は五七〇頁。五七一頁。尚、私意によって句読点をうち、仮名を漢字に改めた。

12　『続々群書類従』神祇部、国書刊行会、一九〇九年所収。一一三頁下及び一一四頁上。

13　『天台宗全書』第一書房所収、一九一頁下。

14　日本古典文学大系八五、岩波書店、六四頁。

15　四六八頁。

16　二三巻一八号。

17　『神道集　赤木文庫本』一五、一六頁。なおイ本として示したものは近藤喜博編『神道集　東洋文庫本』である。

18　同前書一七頁。

19　同前書二一頁に「禽獣ニ无量ノ有二生死一若微善ニ無永ク出免ノ期無ケン。爰知ヌ仏法ヲ習ヒ善縁無ケレハ難二解脱一以二肉食一微少ノ善縁トシツツ畜生ノ苦救」とある。

20　同前書五〇一頁。

21　『神仏習合思潮』平楽寺書店、一九五七年、一九三〜一九四頁。なお、傍点は田嶋。

22　同前書八五頁。

※本稿は昭和四五年九月二六日、仏教文学会例会（於大正大学会議室）において「神道集について――その仏教思想の一面――」として発表したものに若干の手を加えたものである。

5『神道集』の世界
——在地性についての一考察——

一般に説法唱導の資料集と言われる『神道集』は、その内容の特異性の故にか、近世期の一部篤志家の足跡以外はほとんど顧みられなかった。いわゆる近代的な方法で文学研究の対象となってきたのは、ここ四〇年ばかり前からのことである。しかし近年国文学界において、唱導と国文学との関連の重要さが注目されるに至り、本書への関心も著しく高まってきた。殊に最近は、近藤喜博、貴志正造の手によって、赤木文庫本『神道集』が影印刊行され、[注1]貴志によって現代語訳の抄本が出された。[注2]この他関連草子類の翻刻も多くなされ、基礎的なテキストはすいぶん便利になった。しかしながらその本格的な研究は進んでいるとは言い難い。殊に、文学的な研究は、つとに菊地良一によって、昭和二八年、「庶民生活の表象されたもの」[注3]という、当時としてはまことにタイムリーなとらえ方がなされていたにもかかわらず。研究の進展が必ずしも見られない。[注4]今日『神道集』研究においてなさねばならないことは、その文学的性格を構造的に明らかにすることであろう。これなくして、文学史的な正しい位置づけも研究の意義云々の根源的な問題もいっこうに解決されないであろう。

私はこうした点から、『神道集』巻八の四五「鏡宮事」を取り上げ、分析し、この説話の持っている文学的構造とその意味を明らかにして、それが『神道集』全体として、どんな問題を持ち、いかなる位置づけを得られるのか、ということを考えてみたい。

一

『神道集』の伝える「鏡宮事」は、年貢納めのために上京した小賢しい田舎者が、たぶらかされて鏡を買い、大喜びで土産に持ち帰った。女房が鏡をのぞくと、女の顔が見える。そこで家庭争議がおこる。そこに比丘尼がおとずれて、鏡の徳を説き聞かせる。そこで悟った夫婦は、鏡を本尊として念仏三昧にふけり、往生を遂げる。ほどなく現世に神として現われた。これが現在鏡宮と言って奥州浅香郡にある鎮守がこれである、という筋のものである。

この話は、相当流布していたものと思われ、筋をほとんど同じくするものが、狂言の中にも「鏡男」または「土産の鏡」としてあり、絵巻の中にも『鏡男絵巻』（一名『鏡破翁絵詞』）があり、謡曲の中にもほぼ似たものが「松山鏡」としてある。さらに落語の中にも「松山鏡」というのがある。昔話の中にもある。綿密にさがせばまだいくつかあるかも知れない。

これらのうち『神道集』、『鏡男絵巻』、狂言の「鏡男」の三種についてはすでに佐竹昭広によって、三者が同一のモチーフを扱いながら、それぞれの属するジャンルの性格によって、唱導の書のものが、本地譚の体裁をとり、中世小説は「おめでた思想」にみちあふれた「めでた話」となり、狂言では徹頭徹尾こっけいな笑劇となった[注5]、とする秀れた考察が示されている。佐竹のとった方法は、ジャンルの異なるものを対比し、比較しながら大きくジャンル論の中で把握し、その異質性を確かめたもので、その方法論にも、また導き出されてきた結果にも教えられる点が多い。私もそれに教えられながら『神道集』を見る立場の者として、その異質性の意味するものを考えてみたい。

そこでいささか瑣末にわたるが、『神道集』巻八の四五「鏡宮事」と『鏡男絵巻』との両者を比較し、その異質性を具体的に理解するところからはじめたい。

二

まず『神道集』においては、

安康天皇御時、奥州五十四郡ノ内浅香ノ郡ニ、云二山形一山里ニ百姓六十余人在家ヲ并テ居住リ。里人共与力シテ其中ニ小讃（コサカシキ）老翁一人

出立テ年貢ヲ都ヘ奉レ上セ。[注6]

として、まず在地に密着した話として、また時もたしかな安康天皇の時代の話として設定され、年貢上納のためという日常生活上の一コマとして、「家ヲ并テ」とか「与力シテ」というように、里人共の協力を得た連帯意識の中で登場してくる。同時に事実として詳密に記述する方法も貫かれている。この点『鏡男絵巻』では、

むかしあふみの国片山里に、しづの翁ありけり。いまだ都といふ所をみぬこそかなしけれとて、のぼりにけり。[注7]

として登場する。つまりここでは、日常生活の中の一コマとして登場してくるのではなく、それを離れた、いわば非日常性の中で、物見遊山の旅人として登場してきている。時代も単に「むかし」となり、のっけからお伽話的性格をきわめて濃厚に付与されているのである。

ついで鏡を買う段になるが『神道集』では、「都からのトサンに何かを」とさがしているうちに、鏡売りの前に来て無知をさらけ出したあとに、鏡の主の男（鏡売）が、

此男ハ遠国ノ山者也。誑タブラカシテ売[注8]バヤト思、此財ト申ハ、天照大神ノ御形ヲ写セル云レ鏡物也。天照大神ノ御子ニ天ノ忍社見尊ヲシヲミト云御神ニ授給フ重宝ナリ、内裏ヲ守護シ給、内侍所ト申ハ即是ナリ、国々ノ守ト諸神ノ御前ニ懸リ給ヘル、御正躰ト云モ是ナリ、女房ノ財トシテ天ノ岩戸ヲ益マス鏡トテ、勢ハ大ナラネドモ諸ノ財ヲ涌出セリ。

と売りつけている。ここにはいい獲物がきたとばかりに、「誑ラカシテ」、即ちだまして売りつけようとして、天照大神云々とか、内侍所であるとか、御正体であるとか、「諸ノ財ヲ涌出セリ」とか言って、鏡の尊さを宣伝している商人の姿がある。さらにこの商人は、「我ト連テ数財物共見給ヘ」と言って、都の中を案内してまわる。

男最トモトテ連テ落(洛)中ヲ走廻、先鎧腹巻ノ座ヲ始トシテ、弓矢太刀々ノ座、一々次第見廻程ニ、折節帝ノ御幸ニ走合奉ル、御供随兵共貴賤上下走リ散テ、勢々勇気ナル有様ヲ奉見、其後亦、内裏女房達ノ御詣ノ儀式ノ、取リシ御躰共ヲ初メ、町々ノ為躰ヨリ、一々次第ニ御幸ノ時、女房男房ノ勇(タケ)敷事ドモヲ、一々ニ引キスカシ〳〵見(セ)テ後、此等程ノ財ヲハ田舎ニテハ何大事、余リニ多財物共、田舎殿ニ見進セタリトテ[注9]本ノ屋形ニ返リケリ、

ここで洛中の数々の座、帝の御幸、内裏の女房たちの御詣の儀式、女房男房の「タケシキ」事等々、いわば都の文化に圧倒され、目がくらんでしまったのだ。だから「鏡ニ向ツク〴〵ト見」ながら、欲望との葛藤の後に、

面白キ財ニテ候ケリ、如何様ニ買可レ申、若買取テ候ハ、以前ニ此面ニ見候ツル程ノ財共ハ、金銀衣装ノ類、人馬輿車ニ至ルマデ、皆私ノ進退ニ可レ有候ヤ。

として、そのあこがれを素朴に示しながら、念には念をおしながら、以前にこの面に見た財共のすべてを、半信半疑で自分のものになるかを確認しようとしている。いじらしいまでの素朴さである。この話の中で、『神道集』の作者が最も力を入れているところがここであると見てよかろう。こうした点も『鏡男絵巻』では、先出の文にすぐ続くところで、

まづ四条町通へゆきけるに、かず〳〵の商人、品々のうりものかざり置けるうちに、鏡あり、かがみはそのころ、はじめて熊野よりひろまり、都にばかりこそありけるを、翁いかでしるべきなれば、ふしぎにおもひ、とりてみれば、はなはだひかりて、まろきもの也、のぞきて見れば、うつくしき女房、いろ〳〵のたから物、うつろひにければ、翁は、まろもの、うちに、あるよと心得て、此まろものかはんといふ。

鏡を知らないという点で、田舎者と翁は似ている。しかし誑らかして売ろうとする商人はここにはいない。素朴なあの田舎者もいない。田舎者に変わった翁の姿は、商人から説明される前に、「うつくしき女房、いろいろのたから物」を買おうとする。この変化は小さなことではない。

ついで鏡を買う場面になるが、これも『神道集』では、商人から、お金をいくら持っているかと聞かれ、沙金一五〇両と答えたところ、鏡売りの商人は、

> 得坏(ツボ)ニ入(テ)、此鏡(ハ)百五十文計リカ又挙テハ、二百計ノ物ナルニ莫大ノ金ニ買ントト喜ビ、尚モ誑(タブラ)カシテ見トト思ヘバ、左テ御辺ハ其ノ直ハ半分ニモ難レ及云ヒケレバ、此ノ男打ワビタル氣色ニテ力ニ不ルトテレ及立去ヌ処ニ、鏡主ハ此男ヲ取逃テハ叶ハントト思、呼ビ返シ御辺ノ友立ノ中ニモ今少モ尋テ見給ヘト云ヘバ、此男佐候バ、且(ク)御待候ヘトテ宿ヘ返、友立共ノ中ニテ守リノ金共ヲ借集テ、二百六十両コソ候ヘトテ来レバ、鏡主ノ男ハ内々喜ニ思ヘドモ、吉々半分ニモ不レドモレ及、且ハ慈悲ニ奉ル。

とあるごとく、エツボに入って、なおも誑らかしてやろうと悪知恵を働かす狡滑な商人と、お金が足りないと言われれば、「ウチワビタル」様子で、「力ニ不レ及」と言って簡単にひき退く田舎者、この二つの人物像が対比的に描かれている。また商人から教えられたものではあっても、友達に金を借りて宝物を買うという、田舎者の連帯感に支えられた人々、それは冒頭から共通しているのであるが、こんな人々が登場している。

一方、この点でも『鏡男絵巻』では、

> あき人をかしくて、あたへ千両といへば、すなはちこがね千両とりいでて、かいえにけり。

とあって、「あき人」にふっかけられた千両の大金を欣然として支払う男である。この両者を比べた場合、どちらがよりリアルな描写であるかは言うまでもない。『鏡男絵巻』はあくまでもお伽話となっているのである。

この後、『神道集』では、ふるさとの我家に帰り着いた男が、すぐに鏡を差し出すが、人も財も出てこない。妻にも子供にも泣かれる。そこに比丘尼が出てきて、これが鏡というものであり、後代を願うのが鏡の徳であると教えられ、鏡を善知識として出家往生して神となって顕れたと結ばれている。この点は『鏡男絵巻』では、

都にてまろもの、うちにもとめ得たる。うつくしき女房、いろ〳〵のたから物、母、女房にも見せまほしけれど、いや〳〵おりもこそあらめとおもひ、唐櫃の底にふかくおさめ置けり。

として、『神道集』で帰るや否や宝物を見せた素朴で純真な男の姿はここでは見られず、「おりもこそあらめ」と感情をしまいこんだ男となっている。このために「女房ほの見とがめ、あやしければ、翁が留守をまちて、とりいだしみれば」となって、よけいに女の猜疑心を刺激して、夫の留守をねらってのぞき見る。案の如く女がいたとあっては怒りがおさまるはずがない。母にも見せ、翁が山から帰ってきたところ、

女房は青ざめ、けしきかはりて、わな〳〵とふるひ〳〵、かたひざをたてゝ、翁にいゝけるは、都よりむかへきたり給ひし女房こそ、めしさへと、のへてまいらせんとおもひ、そのもうけもなくし、(ママ)ふつかうなるしかたにこそあるなれ、年にもはぢ給へかしや、うらめしや〳〵とて、ちむねをたゝいてなきさけびけり。

わなわなとふるえて、乳胸をたたいて泣きさけぶという激しい興奮のさまの描写は、表現がオーバーであるだけにおもしろい。話としてはこちらの方が洗練されていよう。しかし、ここでも『神道集』の持っていた素朴な姿はない。『神道集』ではここから出家往生し、袖に顕現するという結末に入っていったのであるが、『鏡男絵巻』では、これがかくれ里訪問の機縁となっているかの感があり、あらたなかくれ里の富貴な世界への序章となっている。

三

以上のように両者を比較対比して見ると、『神道集』の「鏡宮事」の説話に見られる特色として、大きく見て二つの顕著な事実が指摘できる。その一つは、鏡に対する見方が変わっていることである。田舎者が鏡の前にやってきて「これは何か」と尋ねたところ、鏡売りは、「誑かして」即ちたぶらかして売ろうとして、鏡の徳を並べたてていることであり、都のものを写し見せて歩く際に、俗的なものをいっぱい写していることである。もとより鏡は古代社会の中で、「鋳日像之鏡」（『古語拾遺』）として扱われていたのである。現に鏡売りの商人もそれを言葉に出している。いささか例を求めれば、『万葉集』の中にも「見る人の語りつぎてて、聞く人の鏡にせむを（可我見尓世武乎）[注10]……」の用例の如く、後の鏡物の鏡と同じく、〝手本〟〝鑑〟などと見ているのである。同様の例は、菅原道真の『菅家文草』中の「対レ鏡」[注11]という漢詩の中にも、「我心無レ所レ忌、対レ鏡欲二相親一」という一節が見え、単に写すものとだけは見ていないで、神秘的な感じを持っていることが示されている。古く『倭名抄』に「鏡、照二人面一者也」という説明が見られ、早くより顔を写し見るものとして使われていたにしても、単に即物的なものではなく、道真の見方に見られるような神秘性が背後にあったことが想像される。このことはこれよりずっと後の『平家物語』の語りの中に神鏡をめぐる話がのせられていることからもわかる。[注12]『神道集』の時代の頃まで、鏡に対して精神性や神秘性から脱却しえなかったことは十分に想像のつくことである。[注13]こうした現実がありながら、また『神道集』において、その言葉を利用しながらも、その徳や神秘性を信じきって言っているのではなく、だましの材料に使おうとしているところに、そうした権威性にかかわっていない、あるいは権威を権威としては受けつけていない鏡売りを通しての、新しい人間主体が表現されている。

二つは田舎者が都の文化に対して異常なまでの関心を示していることである。鏡売りから、鏡の宣伝のために都を案内され、そこで種々の座をはじめとして、天皇の御幸、内裏の女房たちの御詣の儀式のめでたさなどを、「引キスカシ〱」見て、宿所に帰ってからも鏡を「ツク〱」と見ながら、何とかして買いたいものと思案し、「以前ニ此面ニ見候ツル程ノ財共ハ、金銀衣装ノ類、人馬輿車ニ至ルマデ」、すべて自分の自由になるやの念を押している田舎者の姿は、都の文化にすっかり魂を奪われているかの如き姿である。しかもこれほどの欲望、関心を示しながらも、金が足りないとなれば、この田舎男は「打ワビタル」様子ですごすごと引き下がる、自分の立場を悲しいまでに認識した男である。それが鏡売りの気転で、友達の中から金を借り集め、やっとの思いで念願を叶える。このように考えてくると、ここには鏡に表象されるところの都の文化、それに対する田舎者のあこがれがある。それは、ここに登場してきた田舎者一人の問題ではなくして、金を借りたというささやかな描写が示しているように、多くの田舎者に共通する明確な実体であったと思う。そしてこのあこがれという明確な実体があったればこそ、それが隠れ里発見の奇縁となるのではなく、古代的権威を否定された鏡によって、出家往生ということが成り立つのである。

以上のようにこの説話の特色を考えて見ると、ここには従来とは異なった、従来の権威をはねのけていくような新しい側面、またその反面に田舎人の都に対する覆いえないあこがれの念、があったということが理解される。こうした形象をなし得たことは、『神道集』作者が、中世的な農民の生活感情を吸収することのなかから生まれてきた発想、別のことばで言えば、在地に根の生えたような発想が、それを可能にしたと見ることができよう。

四

ところで先に見てきた「鏡宮事」の特色とも言うべきものが、先行文献の中に、あるいは同時代の他の作品にも見えるものであったならば、それは『神道集』作者の功績とはならなくなるが、この点について若干の考察を加えたい。

佐竹は、鏡をめぐる夫婦の争いというモチーフは、「たぶん仏教説話から本朝の縁起・本地譚へ、さらに昔話へという線でうけつがれてきたものとかんがえられる[注14]」として、その仏教説話にあたるものとして『法華経直談鈔』巻八末ノ三九「夫婦唯一持事」を紹介しているが、これによると、都に年貢納めに出かけるというモチーフは見られないので鏡売りの商人や、都の中を見廻る田舎者の姿はない。むしろ、もしこれが『神道集』作者が利用してきた主要資料であるとするならば、その翻案の才を見るべきであろう。

「鏡宮事」と同様のモチーフが見られるのは、狂言の「鏡男」である。狂言の場合、いうまでもないことだが、その詞章は流動的なものであったために、現在伝えられる詞章を比較しただけでもその変動は激しい。また記録されたのも比較的時代が新しく、どこまで成立期の面影が偲べるものかはおぼつかない。古い形態を伝える和泉家古本[注15]によれば、鏡と知らない主人公が、鏡売りに、太神宮の御神鏡であるとか、人を持たぬ者は比鏡を前に立てれば主によく似た人がもう一人できる、などとだまされて買いもとめ、「トンツ、ネツ、まわりつ」などとうれしがりながら家に帰り、鏡を知らない女房に追いまわされる徹底した弱者として造型されている。[注16]ここでは、鏡がだましの材料として使われていることは『神道集』と共通するものの、弱者を描く作者の目は、〝をかし〟の対象としてである。さらに決定的に異なるのは鏡に都のものが写り、それに田舎者が魅きつけられるという描写について説明がないことである。したがって両者は、共通する面を持ちながらも、根本のところでは大きく異なっているのである。

ややまわり道をしてきたが、以上の考証の結果から言えることは、現行資料から推測する限り、先の「鏡宮事」の中に見られた特色は、他の先行作品の中から借りてきただけでは決して成り立ち得ない、編者の作者性が加わっていたことは明らかであろう。

五

さて以上のように、それを特色としてとらえて見た時、『神道集』全体としてはいかなる位置づけを得るのであろうか。菊地良一は「神道集における神の協同連帯性[注17]」という論文の中で、上野国の神説話に連帯的な協同性や、説話の発想形態の上から見た類型や、地縁的血縁的な結合が非常に強いことなどを見出した後に、『神道集』の神の特質として、

『神道集』の神々は全国的な連帯性をもっていながら、ある特定の神、例えば熊野神、諏訪神などで統一されていない。神道法の授与が支配力とはなっていない。そして集落社会の一つの事件を契機としてそれに関係する人々が神道法を授かりそこに神が成立する。神は全く新しい神である。この新しい神々によって生活のための条理が設立されている。決して古代の権威ある既成神の支配ではない。[注17]

と述べている。このことはきわめて重要な意味を含んでいるように思われる。巻六の三四の「上野国児持山事」では、下野国に流された夫をさがし自ら主体的に行動していった児持御前が旅の途中で加護を受けるが、護ってくれた神は諏訪大明神であり、熱田大明神であり、宇都宮大明神であるというように、この説話の中でも、権威的な一つの神によって統一されていないし、また集全体としても、固有の神に統一されていない。またこの説話において、加若次郎夫妻は諏訪大明神と熱田大明神から神道の法を受けて共に神に顕現するが、児持大明神と和理大明神と顕れるのであって、神道の法を受けてその支配を受けるという形になっていない。また児持御前の父母は津守大明神、加若殿の父母は鈴鹿大明神、その他この話に関係した人々が鳥居明神、阿野明神、山代大明神、白専馬大明神というように陸続として神に顕現することが語られている。今となっては、一見奇異に感じられる。こうした次々に神に顕現してくるという現象は他神の支配下に入っていって満足するのではなく、自らの神を求めてやまなかった人々の生活感情が表現されているのであろう。こうしたことは、この説話だけに限ることではなく「郡馬桃井郷上村内八ヶ権現事」（巻八の四八）や、「上野国那波八郎大明神事」（巻八の四九）等においても指摘できる。

　このように、古代の権威ある既成神の支配を受けるのではなく、自らの在地の世界にまったく新しい神々を持とうとしているところに、古代的権威から離れて、自らの生活の条理を設立していく主体的な集落民の姿を確認できる。

　さらに『神道集』の説話の中で、「田舎デハ」とか、「田舎ノ者ガ」とか、「田舎ニアリナガラ」とかいった一連のことばがかなり顕著に出てきていることが目につく。そのいくつかを検討して見ると、まず、「三嶋大明神事」（巻六の三三話）に見える、

> 一人ノ男申ケルハ、此上臈ハ我等カ見知リ進セタル上臈ニテ御在スト申ケレバ、残ノ者共申ケルハ、田舎ノ者カ何ノ間ニ殿上ノ若君ヲハ可レト奉レ見申レバ、此男サレバコソ殿原達ハ存知至スマジ、……又残ノ者共申ケルハ、其ノ右衛門殿ハ田舎ノ侍ナリ、其人ノ御子ハ何トシテ殿上ヘハ参ルベキト申ス。（傍線田嶋、以下同じ）

であるが、これは鳶にさらわれた玉王がめぐりめぐって帝の子となり、大宰の大弐となって出立しようとしているところに、四

国の者共が内裏参拝に来た時、田舎の者共のことばとして、「田舎の者共が何のひまに殿上の若君を見られたか」とか、「親は田舎の侍であるのに、どうして子供が殿上へ来ているのか」などと言っているわけである。このことは田舎の者であるから、殿上のことは知るはずがないという考えを前提としていることとなる。つまり、田舎者が自ら自分たちを都の人間と違ったものとして見ている。いわば在地者意識を持っているのである。

次に「郡馬桃井郷上村内八ヶ権現事」（巻八の四八）の中に見えるのは、

> 千手ノ前ヘ聞レ之、同ク人界ニ生ヲ受、都ノ内ニ生ヲ受（タリセバ）、何カ五障三従ノ罪垢モ少シ消ヘサルヘキ（マヽ）自レ都恋クテ片時モ忘ル事ゾ无キ、差シテ痛処無（ケレドモ）面疲テ見ヘ給ヒケル、此姫ハ十八申（ス）二月、藤次家保舅ノ代官トシテ都ヘ上リヌ、田舎ニハ此姫ノ療治ノ為、伊家祭道ノ数ヲ尽ニ不レ叶、三月中半ニ無レ墓成ニケリ。

である。「千手ノ前ヘ之ヲ聞キ」とは、都帰りの家保に都の優雅なことを聞いたことをさしている。都に思いこがれるあまり病気の如くやつれてしまった女に、「田舎では伊家祭道の数を尽したが叶わなかった」と言っているわけであるが、「都ノ内ニ生ヲ受（ケ）タリセバ」などという嘆きのことばと合わせて見ると、都の世界があることを知っている者の示す一種の諦念である。

さらに「上野国那波八郎大明神事」（巻八の四九）では、都から奥州下向の途次、大蛇の贄に決まっていた姫を助けるために大蛇退治に出かける宗光に姫が、

> 姫君ハ同輿乗道々歎給、哀也。我故ニ都ノ君ヲ田舎ノ無キ身ト成シ給、死タル命ハ不レシテ死、翡翠鈿シテ苅リ落。

このように嘆くところであるが、この裏にも田舎の世界を都に比し、劣るものと見て、都人をその田舎の世界で終らせたくないということばである。ここにも自らの世界に対する悲しきまでのあきらめがある。

以上のように考察して見ると、田舎の生活と都の生活をはっきり分けて見ていることが明瞭である。そしてそれらのことばは

田舎者の口を通して発せられており、都に対するあこがれの裏がえしの性格を持っている。田舎者のどうにもならないような生活の苦しさや悲しさが表現されていると聞きとれる。しかし、田舎での悲しみや、都への憧れを語ってくる作者の姿勢は、「諏訪縁起事」（巻一〇の五〇）に、

比中ニ畿内トテ山城・大和・和泉・河内・摂津国トテ五ケ国ハ帝都明理ノ地ナレバ、君王ノ鏡町トテ佐テ置ヌ、東山道ノ道初、近江国廿四郡ノ内、甲賀郡ト云自所、荒人神顕給フ、其御神ヲ諏訪大明神奉レ申シ、此御神、応迹示現由来ヲ委ク尋、

とある如く、つまり「畿内の……の五ヵ国は、名誉と利権の帝都の地、支配者の亀鑑（てほん）にする模範都市だからさて置いて、東山道の筆頭は……」[注18]と、今は近江の国甲賀郡にあらわれた荒人神の由来をくわしく尋ねて見よう、ということばが明確に示している[注19]ように、あきらかに、田舎者の方を向いているのである。これらの点から『神道集』説話に、都へのあこがれの裏がえしとしての、自らの生活に対するあきらめや、都との断絶感が表現され、作者の姿勢が田舎者の方に向いていることを確認してみると、さきに考察した「鏡宮事」の中で、商人がさし示すあこがれの都の文化に度肝をぬかれ、異常なまでの関心を示しながらも、金が足りないと言われれば、「打ワビタル」様子で、「力ニ及バズ」と言ってすごすごと引き下がった男を描いた作者は、同時に、既成神の支配にあまんずることなく、自らのまったく新しい神々を、自らの在地の世界に設立し、その新しい神々によって、自らの生活の条理を設立していく主体的な集落民の生活を描いた作者、即ち田舎人の生活感情を適確につかんで、在地からの発想を説話の中に定着させていった作者と軌を一にしたものであったと見ることができる。

六

以上によって『神道集』の文学的性格の一端を説き得たものと思う。既成の権威に甘んずることなく、自らの生活の条理を打ち立てていく主体的な集落民の表象と、都へのあこがれとしての在地の生活に対する諦念をもった人間の表象、言わば前者は負

い目として後者の性格を担っていた。そこに中世在地思想の弱さがあるのだが、逆にこれはまたつつみかくしのないリアルな姿でもあった。そしてこのように田舎人をとらえることを可能にしたものは、

諸仏菩薩ノ寂光ノ都ヲ出、分段向居ノ塵ニ交、悪世衆生導カン為ニ、苦楽ノ二事身ニ受テ、衆生利益ノ先達成給、（巻八の四三「上野国赤城山三所明神内覚満大菩薩事」）

とする和光同塵の姿であろう。和光同塵として田舎の社会の中に入っていく神の婆は、自ら苦しい旅を続けるまさしく彼ら唱導者の姿でもあった。このような唱導者であったればこそ、田舎人への暖かい眼差しから、田舎人の生活感情を自らのものとして、田舎人を描くリアリティを獲得していったもので、やがて従来とは異なった、新しい、負い目なしの主体的人間を、それこそ真に変革期を生きうる人間なのだが、登場させる可能性を含んだものであった。

注

1　貴重古典籍叢刊一、角川書店、一九六八年七月。
2　平凡社東洋文庫（一九六七年七月）の一冊として。
3　「神道集の成立——その基盤と唱導性——」（『日本文学』二巻一号、一九五三年一月）、同氏は昭和三〇年「山間集落にそだった中世説話——『神道集』上野国の神神——」（『文学』二三巻一一号、一九五五年一一月）においてもこの問題を具体的に明らかにしている。
4　昭和四一年の中世文学会秋季大会（一一月一一日、於名古屋大学）の際、高木市之助は福田晃の「神導集巻七赤城大明神事伊香保大明神事原縁起攷」という発表の際に、神道集研究者全部に聞くとして、文学的な見とおしをどう持っているか、と詰問したことがあるが、こうしたことも、忘れてはならない。
5　「鏡男——御伽草子と狂言——」、『文学』三四巻六号、一九六六年六月（『下剋上の文学』筑摩書房、一九六七年九月所収）。

6 近藤喜博編『神道集　東洋文庫本』（角川書店、一九七八年）による。以下引用はこれに同じ。

7 横山重・太田武夫校訂『室町時代物語集』第一所収のものによる。以下これに同じ。

8 東洋文庫本〝垂オシテ賣ハヤト〟とあるが、古本系と言われる赤木文庫本によって訂正。以下必要に応じて校合するが、その際赤木文庫本によって補ったことばは（ ）を付す。長文にわたるものは註で説明する。

9 この項、底本では商人の言葉か田舎者の言葉かわかりにくいが、赤木文庫本では「田舎ニテハ大事ゾト云驚〆」とあり、商人のことばであることがはっきりしている。

10 巻二〇、大伴家持の長歌。

11 巻四、日本古典文学大系（岩波書店）の注では、中国の「抱朴子に、鏡は将来の吉凶を照らすもの、思うところを自照すればやがてあらわれるなどとある」という説明がある。（三〇三頁）

12 巻一一。

13 武者小路穣は、室町時代の後半から神社に奉納される銅鏡が多くなること、鏡とぎの商人が現れてくることから、その頃からでないと農村社会への銅鏡の普及はなかったであろうとの考えを述べている。（日文協「神道集を読む会」一九六八年一〇月二八日）

14 注5に同じ。

15 現和泉保之所蔵本。池田広司の『古狂言の台本の発達に関しての書誌的研究』によれば和泉流のものとして最も古い形態を伝えるものは天理本（現天理図書館所蔵）であるが、和泉家古本は天理本を継承したもののことである。事実、「鏡男」を佐竹が紹介したもの（注5）によって比較してみると本文に大差はない。

16 佐竹は、大蔵流の古体を伝える虎清本、虎明本には主人公が鏡を買う場面はない。これは無根の嫉妬に逆上する女を「をかしく」描いたためであり、和泉流の天理本では、無知な女房に夫が腕ずくで引きまわされる徹底した弱さに「をかし」のあることを論証している。（前掲論文、注5）

17 『国文学　解釈と鑑賞』一九六九年三月。

18 貴志正造編訳『神道集』（東洋文庫、平凡社、一九七八年）による。傍点は田嶋。

19　横山重・太田武夫校訂『室町時代物語集』第二に所収の天正一三年写本『諏訪縁起』、寛永一年写本『諏訪縁起物語』、絵入写本『すはの本地』の三本には、いずれもこの「君王ノ鏡町トテ佐テ置ヌ」といった姿勢は見られない。

附記：本稿は昭和四三年度早稲田大学国文学会研究発表会において「神道集の性格――鏡宮事をめぐっての一考察――」として発表したものを一部に吸収して書いたものである。

6 『神道集』研究史

一、はじめに

明治以前における『神道集』の享受には、すでに研究の萌芽が見られるが、ここでは昭和以降六〇年間の研究史を概観する。網羅的な整理は不可能である。文学としての評価を中心に概観する。

二、昭和前期：本地物文学以前

『神道集』を国文学の研究対象として最初に取り上げたのは筑土鈴寛であった。昭和四年、筑土は「諏訪本地・甲賀三郎」[注1]においいて、研究の動機を「本地物の文学にまで持ちこす手前のものが何かある筈だ」という関心のもとに研究に着手した。まず伝本四種について紹介した後、作者、成立年代について考察した。聖覚と伝えられる作者を説経念仏派の誰かが記録したものとし、成立年代を南北朝時代と断じた。また室町小説や民間伝説との関連を指摘し、諏訪縁起と甲賀伝説について分析、甲賀伝説が熊野の徒に育てられたことを推測した。本地物以前の作品として取り上げているが、あくまでも総合的な把握を心掛けており、紹介ないし啓蒙の意味はきわめて大きかった。こうして『神道集』は国文学の研究対象として登場したのである。しかしこれ以前に折口信夫は、「日本文学の唱導的発生」（昭二、日本文学講座）のなかで、『神道集』に触れ、「皆ある人生を思わせるような」、

「深い憂いと慰め」といったところに文学性を見ていた。また清原貞雄は『神道沿革史論』（大正八、大鐙閣）の中で仏教家の神道説として『神道集』を取り上げている。したがって厳密にいえば初めてのものではないが、『神道集』を研究対象として取り上げた論文としては間違い無く初めてのものであった。筑土はさらに「神道集と近古小説」[注2]において、前稿を発展させるとともに、袋中上人の業績や小山田与清等、近世期における利用を紹介している。また作者の考証で、①引用書中天台関係の経論章疏が多い。②実者権者に関し『法華』の権実不二思想を根拠としている。③体系化された日吉神道の影響を受けていない。これは安居院が檀那系のものであったのに基づく。これらのことから、天台関係の人の作、それも安居院の作であろうこと、さらに関東に関係ある人らしきことを考証した。これまで単に安居院作と推測されていたことへの理論的考証であり、後に強力に展開される東国内成立説への魁であった。

柳田の「甲賀三郎の物語」[注3]は、諏訪本地に関する伝本の中に主人公を兼家とする浄瑠璃系のものと、頼方とする『神道集』系のものの二種あることを指摘、元来一つであったものが分れ、前者は大岡寺の観音堂が語りの中心であり、後者は甲賀の飯道寺が想定されるとされた。これは諸本間の異同を分析し、作品の背景を明らかにする方法であったが、その後の『神道集』研究の方法として大きな意義を持った。

三島の「安居院の神道集に就いて」[注4]は、『神道集』所載の伊予三島大明神の話は、伊予三島神社に伝えられた説話でないことを論証し、伊豆三島神社に伝えられた縁起を根底として、京都において粉飾されたと主張した。成立論として鮮やかな論理を持っていたが、後に平瀬[注5]によって資料面から否定される。荒木の「「北野天神縁起絵巻」から「てんじん」まで」[注6]は、巻九の「北野天神事」が、口碑伝承によったものではなく、安楽寺本『北野天神御縁起』に拠っていることを言われたもので最初の貴重な出典研究であった。

以上この期のものは紹介啓蒙的なものが多い。作品評価としては本地物以前ないし本地物・利生記の源流としての見方が支配的であった。またこの期に横山重によって彰考館本が影印刊行された。その後二〇年余にわたって唯一の刊本として活用される。

三、昭和二〇年代から三〇年代：庶民文学論から唱導の文学性へ

新しい平和の甦りは、国文学研究の世界にも自由で清新な空気を招来した。この時期、『神道集』の研究も華々しく脚光を浴びた。

唱導文芸の研究で学界に登場した菊地は、「神道集の成立」[注7]「山間集落に育った中世説話」[注8]を発表した。『神道集』成立の基盤の一つに、地方豪族の領主領国形成という、社会変革上の過程に伴い、領主が支配力の強化、勢力の伸張を図り、そこに神々の力が利用され、神が勧請される。そして村落行政が神中心となる。このなかで神が庶民と結びつき、その神に本地縁起という霊験的条件が尊重され、本縁譚は庶民生活を表象するとした。また貴族階層の没落によって支持者を失った社寺が新しい支持者の開拓を行い、講経、説経が法談という興味本位のものとなり、信仰血縁の共同体の結合があったとし、『神道集』の語りの目的が神々の来歴と尊崇にあったことを明らかにし、そこに唱導的性格を考え合わせ、さらにこの『神道集』の精神が「中世という時代意識を呼吸して、時勢の赴くところを捉え、彼等の生活の中に伝統や物語を再吟味せねば止まない、語り手と聞き手の社会が産んだものである」と結んだ。菊地は[注9]、利根川沿岸の集落の中に成長したと思われる物語説話が、動的な生活力溢れた語り口となって一種の興奮を感じさせる力を持っていると評価し、その説話が、村落民の生活感情と伝統の中で、郷村鎮守神の信仰という統一的場を持っているとする。赤城大明神の説話が、鎌倉武家政権の支配力が次第に崩れ、地域的内部抗争が醸成されつつある過程のものであるとし、ここに説話が用いられ、地縁的、血縁的結合をなさしめ、終結に神明信仰と結びつけられる。ここに神への奉仕者が活躍するとした。また説話の基盤が、現実生活の中にあり、民衆の現実認識が反映していると捉えた。この両論とも唱導と文学との関連を鋭く捉え、その庶民的性格を明らかにしたものであり、これまでの研究とはまったく異なった新しい視点であった。ことにその歴史的位置を、中世世界の成立の中に求めた点などこの時代にしてはじめて捉え得た新しい側面であった。

一方、『神道集』の本地説話の特色が人間苦の表象にあるとした友久の論[注10]は、説話の生成者の問題として、歴史社会よりも人の問題をより強く考える立場からの論であった。

近藤喜博の東洋文庫本の翻刻は、初めての流布本系の刊行であり、研究史上一つの画期点を示す。また総合的研究「神道集について」(「神道宗教」二一号、昭和四一年)は、雑誌論文とは異なった自由な書き方であり、安居院作に学問的根拠を与えようとした点や、女性の唱導者の参加を想定した点など新しい見解を示している。

三〇年代も後半に入る頃から、新しい段階に入る。福田に代表される民俗学的方法に基づくアプローチが、精力的に始まったことと、村上による基礎的な文献学的アプローチが始まったことである。村上はまず『北野天神縁起』の系統本につき慎重に分析した後に、安楽寺系『北野天神縁起』と巻九の「北野天神事」関係を考察し、『神道集』が安楽寺系の諸本だけによっているのではなく、黒川本に近い安楽寺本系の本文に適宜他の系統の本文を混入したものであることを明らかにした。[注11]『神道集』の本文の形成過程を緻密に分析したもので、それが意外に複雑なプロセスであることを明らかにした。

また菊地は「神道集における神の理念とその説話について」[注12]において、唱導の説話の働きを問題にし、教理教説と、日常的利益効験を説くものの二つに分け、その説話文学としての形成過程を探ろうとした。『神道集』は神道理論形成期に作成されたものと捉え、これは単なる神々の説話の集成ではなく、神明神道の教理を証し、神格を論じ、その効験を説く書であるとした。また『神道集』の説話の位置が、信仰と文学との交叉にあって、それぞれの営みを満たすべく宿命づけられたところにあるとした。謂わば『神道集』の内部に文学的なあり方を探ろうとする新しい視点の展開である。

四、昭和四〇年代から五〇年代：教理面への照射

この期の初め、田嶋はこれまでの研究史を網羅的に整理し、研究の歴史と現状を把握できるようにした。[注13]村上はさらに精力的に本文の整理を進め、系統化、訓例索引稿を進めていた。[注14]その成果の上に「神道集の序章試稿」[注15]において、古本と流布本の表現の差を分析し、流布本の表現の完結性は編者と享受者の間の融合関係の喪失を代償としてなされた合理化であったこと。それは在地において信仰の対象として絶対であった神々とその人間的な説話を相対化・客体化する結果をもたらし、『神道集』全体を貫く主題を変質させていることを鮮やかに実証的に論じた。さらに高橋伸幸も中世神書との本文上の関連の研究をはじめた。[注16]これらはおびただしい中世における日本紀研究の文献と神道思想、『神道集』本文等との綿密な調査研究の必要性を示唆している。

忘れてならないことはこの時期の前後から研究上の論争が始まったことである。これまでの『神道集』研究は、各々の論が個

別に独立している感があり、相互の関連性は薄かった。村上は「神道集研究の課題」[注17]において、これまでの研究の中で教理的な面、それらを総合した有機体としての『神道集』についての解明が進展していないと批判した。また菊地が前論[注18]で実者神を評価する分析を示していたのに対して、実者神、権者神の教理的な面を分析し直し、教理的に歯ぎれの悪い形でしか止揚していないこと、編者の意識が低いものであることを分析した。村上の根拠は、緻密に本文の分析を進めた基礎的な作業の上にあり、「神道集の素材として集められた発生基盤の異なるいくつかの教理体系の間の妥協」の結果に基づくとする考えによっているものと思われる。これに対して田嶋は、「神道集の評価について」[注19]において、実者、権者観を分析し、それを当時の『神道集』以外の考え方と対比し、それが時代的風潮の中で、同時代と同質のものではなく、編者の積極的な意志に基づくものであることを主張した。『神道集』の作者には、現実的な関心、利益、庶民の生活基盤の容認、そこからの思想形成があったが、十分な思想の理論化に至らなかったとする見方であった。さらに村上は、田嶋の論が、権者、実者の論理の解釈に誤解があるとし、それが『神道集』の論理自体の有する矛盾であったことを明らかにした。[注20]

『神道集』に採録された本地物形式の物語縁起の中で、同じ話が御伽草子風の本に仕立てられて伝存している例について子細に検討を続けていた松本は、「本地物草子と神道集」[注21]において、三島[注22]、平瀬[注23]の研究の上に、三島の本地について『神道集』と草子類とを比較し、三島の本地物語は、伊予の国大三島の三島大明神と、新居郡の一宮大明神とを主たる対象として、この地方の修験道と関係の深い人々の間で語られだした縁起譚であって、南北朝期には草子の形態をとって流布するに至ったものと推測する。そして『神道集』の編者は、そのような草子の古本を典拠として三島大明神の一章を作ったのであろう、とした。これまで漠然と考えられていた本地物源流説を否定したものである。

この時期の最大の意義は、『神道集』説話を対象とした初めての単行の研究書が生まれたことであろう。福田の『神道集説話の成立』（昭和五九年）である。三〇年代の中ごろから研究をはじめた著者が、『神道集』説話の研究に関する部分をまとめたものである。本書については書評が出ている。[注24] ことに村上の書評は著者の方法と意図とを明確に理解した上で、真摯に対決した力作である。この村上の論中の言葉「質量ともにきわめて勝れた本書の刊行によって『神道集』研究の一時代が画されたことは疑いない」を引用しておく。

五、さいごに

昭和の初めに筑土によって国文学界に登場してきた『神道集』研究は、戦後、民衆文学がもてはやされる中で作品としての地位を確立した。三〇年代に入って、『曽我物語』などの他の同時代の作品との係わりが問題になり、横への拡がりを見せた。四〇年代にかけて民俗学や文献学という方法は異にしても、資料面からの掘り下げが進められていった。五〇年代はその延長線上にある。おそらくは近年頓に活発になってきている御伽草子研究との結びつき、また中世神道資料研究との融合を、明確な目的をもって進めていく時にきている。

最後に研究史上に位置付けるべき多くの研究を落としているであろうこと、ことに民俗学系の論文については、十分に紹介できなかったことをお詫びする。

注

1 筑土鈴寛「諏訪本地・甲賀三郎——安居院作『神道集』について——」、『国語と国文学』六巻一号、一九二九年一月。
2 筑土鈴寛「神道集と近古小説」、『日本演劇史論叢』巧芸社、一九三七年。
3 柳田国男「甲賀三郎の物語」、『文学』八巻一〇号、一九四〇年一〇月。
4 三島安精「安居院の神道集に就いて——三島之大明神之事の条を中心として——」、『国学院雑誌』四八巻七号、一九四二年七月。
5 平瀬修三「『神道集』巻第六「三嶋大明神事」考」、『伝承文学研究』六号、一九六四年一二月。
6 荒木良雄「「北野天神縁起絵巻」から「てんじん」まで」、『中世文学の形象と精神』、昭森社、一九四二年。
7 菊地良一「『神道集』の成立——その基盤と唱導性——」、『日本文学』二巻一号、一九五三年一月。
8 菊地良一「山間集落にそだった中世説話——『神道集』上野国の神神——」、『文学』二三巻一一号、一九五五年一一月。

9　注8に同じ。
10　友久武文「神道集の説話――人間苦の表象――」、『中世文芸』四号、広島中世文芸研究会、一九五四年一二月。
11　村上学「神道集巻第九「北野天神事」ノート（一）」、『名古屋大学国語国文学』一五号、一九六四年一一月。
12　菊地良一「「神道集」における神の理念とその説話について」、『日本文学』一三巻一二号、一九六四年一二月。
13　拙稿「神道集論稿（一）――研究史の展望――」、『古典遺産』一五号、一九六五年一二月。
14　村上学「神道集巻第九「北野天神事」ノート（二）――その「文学」性――」、『名古屋大学国語国文学』一七号、一九六五年一一月。
村上学「神道集古本系統諸本素描――神道集の本文整理（一）――」、『研究紀要（静岡女子短大）』、一三号、一九六七年三月。

村上学「神道集流布本系諸本系統化試論（二）――神道集本文の整理（三）――」、『研究紀要（静岡女短大）』、一七号、一九七一年三月。

村上学「神道集（古本系統）訓例索引稿――神道集本文の整理（四）――」、『静岡女子短大研究紀要』一八号、一九七二年三月。

村上学「神道集（古本系統）訓例索引稿（二）」、『静岡女子短大研究紀要』一九号、一九七三年三月。
15　村上学「神道集の序章試稿――表現されざるものの意味――」、『国文学研究資料館紀要』一号、一九七五年三月。
16　高橋伸幸「『神道集』本文の研究――「類聚既験抄」〈神祇十〉との関係を巡って――」、『皇学館論叢』五巻一号、一九七二年二月。
高橋伸幸「「神道集」本文の研究――「日本書紀私見聞」（春瑜本）との関係を廻って〈上〉――」、『伝承文学研究』一五号、一九七三年一二月。

高橋伸幸「『神道集』本文の研究――『日本書紀私見聞』との同文関係を廻って〈下〉――」、『伝承文学研究』一八号、一九七五年一一月。
17　村上学「神道集研究の課題――基礎面から神道集編成の方法論をどうとらえられるかという発言メモ――」、『日本文学』一五巻三号、一九六六年三月。
18　注12に同じ。
19　拙稿「神道集の評価について――その教理的側面からの一考察――」、『日本文学』二〇巻一一号、一九七一年一一月。
20　村上学「神道集とお伽草子――そのイントロダクション――」、『日本文学』二六巻二号、一九七七年二月。
21　松本隆治「本地物草子と神道集――三島の本地をめぐって――」、『文学』四四巻九号、一九七六年九月。
22　注4に同じ。

23　注5に同じ。

24　大島建彦《書評》「福田晃著『神道集説話の成立』」、『国学院雑誌』八六巻一号、一九八五年一月。
村上学《書評》「福田晃著『神道集説話の成立』」、『伝承文学研究』三一号、一九八五年五月。

美濃部重克《書評》「福田晃著『神道集説話の成立』」、『論究日本文学』四八号、一九八五年五月。

拙稿《書評》「福田晃著『神道集説話の成立』を読んで」、『古典遺産』三六号、一九八五年七月。


（※本論初出時の附録「研究文献目録」は再録にあたり省きました。）

7 『山王利生記』成立考

一、中世人のアイデンティティ

中世における顕著な文学現象の一つに僧伝の編集がある。たとえば院政期に盛んに編集された往生伝の場合、建保五年（一二一七）に編纂成立した『三井往生伝』は、単なる往生者の伝記というよりは、三井寺の往生者の僧伝化の傾向を見せている。[注1]『私聚百因縁集』は、九巻一四七条からなる説話集で正嘉元年（一二五七）の成立である。ここでもインド、中国、日本三国の浄土系に専修した僧伝を主体として編集されていると見ることができる。さらに『真言伝』（正中二年〈一三二五〉）の七巻一三六条も、巻一、二に天竺・震旦の高僧伝を編し、巻三以降に本朝の高僧伝を載せている。他に『高野山往生伝』も高野山の往生者の伝記となっている。このような中世説話集における僧伝化の傾向はあきらかに中世説話集の一特色と見ることができよう。[注2]さらに三井寺、高野山、真言と一寺、一宗派に限定した編集傾向も見られる。この点では『長谷寺験記』（真言系）や『八幡愚童訓』（八幡信仰系）なども付け加えられよう。このような現象は、鎌倉新仏教が、天台、真言の既成の顕密の体制の中から念仏、法華、禅のそれぞれ一つを選び取った選択化と専修化の現象とも共通する。一方において、他との融合を積極的に進める八宗兼学の僧無住の『沙石集』や、諸宗を総合的に含みこむ系統の作品（『元亨釈書』虎関師錬編、三〇巻）などもあり、両側面に注意する必要性もある。

このような中世説話文学に見られる現象の中で、日吉山王の場合はどうであろうか。

本稿では、『日吉山王利生記』、『山王霊験記』、『山王霊験記絵巻』等の説話絵集、説話絵巻等の基礎的な側面を整理し、日吉山王説話の実態の一面を把握し、説話絵集成立の意味を考えてみよう。

二、山王説話集のアウトライン

一、『山王利生記』の諸本

『山王絵詞』『山王縁起』『日吉山王利生記』『山王利生記』『山王霊験記』『山王霊験記絵巻』等の名称で伝えられている山王説話集の諸本を調査してみると、利生記系、日吉山王霊験記系、山王霊験絵巻系と分けられる。これらは現在のところ次のものが明らかである。

『日吉山王利生記』系

A　教林文庫本
早大図書館蔵、内題「山王縁起」、九巻一冊。天和二年（一六八二）雞足院覚深の本を雞頭院の円雅（厳覚）が書写した本。

B　内閣文庫本
内題、外題（簽）「日吉山王利生記」、跋題「山王利生記」。九巻を三冊に収める。「享和第三癸亥の夏　台嶺長等沙門真超記」とあって、享和三年（一八〇三）の写本で、全巻にわたって白描の絵がある。「浅草文庫」「和学講談所」の朱印がある。

C　東大総合図書館本
内題はないが、外題、跋題とも内閣文庫本に同じ。九巻三冊。奥書はないが、元奥書「享和第三癸亥の夏　台嶺長等沙門真超記」をそのまま残している。絵は省略されているが、内閣文庫本の写しである。「南癸文庫」の朱印があり、もと南癸文庫の所蔵本であったことを示している。

D　叡山文庫本

内題はない。外題（簽）は「山王利生記」。上中下の三冊本。書写年書写者とも不明であるが、近世後期の写しである。

E　イェール大学図書館本

詳細は調査していないが、内閣文庫本系と思われる。絵もある。

F　群書類従本

『続群書類従』巻五〇に所収されている。書陵部蔵写本で確認すると、九巻本で絵は残されていない。

以上の六本はいずれも末尾の表に整理した説話の相互関連表で一から三七までの説話を有している。書写年代はAの教林文庫本がもっとも古い。また内題も「山王縁起」となっている。他の五本はいずれも書写年代が近世後期である。いずれも同系列のものと思われる。

『続群書類従』巻五一には、『続日吉山王利生記』が収録されているが、続群書類従完成会刊行の活字本にも、その巻末に「文化元年甲子三月以生源寺蔵中古書令書写之者也。台山無動寺什善坊大僧都真超」の奥書までが記されている。収録されている説話内容は、表の一の38から40（続の1、続の2、続の3）までの三話であるが、これらはいずれもAからFまでの写本には含まれていない。書陵部蔵で『続群書類従』巻五一として伝える写本は、内題を「日吉山王利生記　續」とする。その上活字本に記された奥書を有する。つまりその底本である。この写本は、白描の絵を有する。しかも内閣文庫本の絵と酷似する。書体も類似している。さらに「和学講談所」の印もある。現在は内閣文庫と書陵部とに分れて所蔵されているが、もとはともに和学講談所の所蔵する一連の物であったことは明らかである。また現存する諸本には絵が残されていない写本が多いが、それらはいずれも絵が省略されたもので、絵の痕跡を残している。

『日吉山王霊験記』系

G　教林文庫本

外題、内題とも「日吉山王霊験記」二巻本、収録説話数一二。奥書に「元禄七年甲戌冬月、以西塔東谷妙観院蔵本卒尓書之

兜卒谷　雞頭院厳覚」とある。

H　叡山文庫本

外題、内題とも「日吉山王霊験記」で、文化元年に真超が厳覚書写本、つまりGの教林文庫本を写したものである。

『山王絵詞』系

I　妙法院本

近藤喜博が古典文庫に翻刻した「山王絵詞」である。[注3]それによれば表紙に直書きで「山王絵詞　首尾十四巻一帖調之　叡嶺沙門信秀」とあり、内題には「山王絵」とある。また奥書には享禄二年（一五二九）に、摩訶衍房承祝が大部分を写し信秀が少々を写した由、記されている。他に伝来を知り得る奥書が記されている。これによれば、この本の祖本は、応永三〇年に地蔵坊源運法印の本を承憲が写した。これが寛正六年（一四六五）書写され（誰が写したかは記されていない）、それを文明九年（一四七七）に源慶が写した。この源慶は考証を加えており、源運の本は一五巻で段々に絵があったと記している。次に享禄二年（一五二九）叡山の信秀が写した、とするものである。この信秀が写したものは一四巻本であるが、これに対して近藤は、一四巻が他巻の倍の一三段からなりたっていることから、一四巻は一五巻との合巻であるらしいと考証している。この書写の関係を整理すると、源雲本（一五巻、絵あり）→一四二三年承憲書写本（一五巻絵なし）→一四六五年何某書写本→一四七七年源慶書写本（一四巻）→一五二九年叡山信秀書写本（一四巻）となる。また、近藤はこれを『山王霊験記』として伝えられる蓮華寺本、井上本、生源寺本の詞書であることが明らかである、としている。

『山王霊験絵巻』系

J　久保物記念美術館本

二巻　もと京都蓮華寺に伝来したもので、現在は和泉市の久保惣記念美術館に保管されている。上巻四話六段、下巻四話六段からなる。

K　頴川美術館本

一巻　もと井上薫所蔵で現在は頴川美術館蔵。四話五段からなる。

L　生源寺旧蔵本
一巻　生源寺は叡山坂本に現存する古刹であるが、現蔵は延暦寺である。三話四段からなっている。[注4]

M　東京国立博物館本A
住吉如慶模写の二巻であるが、小松茂美の紹介によれば、[注5]巻物の中から絵を抜き写したもの。ほぼ次の説話に相当する。冒頭の図様は伊賀入道賢阿の事（三七話『利生記』9の3、『絵詞』14の9）、図様1は、永弁法印の談義に大宮権現影向（五四話『絵詞』10の1）、図様2、3、4、5は、小河の法印忠快と山王約束の事（五六話『絵詞』10の2、3）、図様7は、重源、李宇と相談の事（二八話『利生記』7の5、6、7、『絵詞』12の2、3、4）。図様6は不明。

N　東京国立博物館本B
狩野春信模写一巻であるが、これも小松茂美の紹介によれば、頴川美術館本の模本である。

O　村上郷土資料館本
影山春樹の紹介によれば、[注6]大津市坂本本町の村上郷土資料館が現蔵する。四話六段から構成されている。その説話内容は『利生記』の第二巻に相当する。

P　日枝神社蔵本（東京国立博物館寄託）
一巻　後二条関白師通が日吉の神罰を蒙る場面（一七話に相当する）と、日枝神社創建の縁起が描かれている。Jから0までとは別系である。これを除くと絵巻はいずれも『利生記』、『霊験記』、『絵詞』系の写本と深い関わりがある。問題を単純化するために本稿では日枝神社蔵本は分析対象からはずす。

以上の他に、教林文庫に「山王絵詞目録」一冊、及び叡山文庫に「山王利生記絵詞目録」一冊がある。[注7]叡山文庫本には「沙門真超」の朱印が押されている。いずれも巻一から巻九までの『山王利生記』の目次題である。

これらのテキスト間を説話を中心に整理すると、巻末表のごとくになる。

まず、教林文庫本『日吉山王霊験記』と『山王縁起』、『山王絵詞』との関係である。

『日吉山王霊験記』は、上下2巻に分れているが、一二の説話から成り立っている。これらはいずれも『利生記』または『山王絵詞』に存在するものである。上の1（厳雲）、上の3（伊勢大神宮の祠官）、上の4（暹命）、下の3（妙音坊）、下の5（光明山の傍らの老尼）の五話は、冒頭部分を記した後「此段与縁起全同故、略之已下効之」あるいは「已下略之」として以下の本文を省略している。つまり縁起にあって省略されていないのは、上の5だけである。

これで明白なように、『日吉山王霊験記』は『山王絵詞』からの抄出本である。それも『絵詞』の巻7・9・10・11からまとめて抄出している。また「縁起と全く同じ故に之を略す」ということばの中には、すでに手元に『山王縁起』があり、あらたに『絵詞』系の本を妙観院より借用した者が写したものであろう。説話の順序も妙法院本『山王絵詞』とは異なる。テキストは特定できないが、『山王縁起』の存在を前提としている。

次に絵巻系との関係を見ると、現存する絵巻はすべて『利生記』及び『絵詞』の説話に含まれている。また久保惣記念美術館本、頴川美術館本、生源寺旧蔵本の三本は共通した画風であるから「もと大部の「山王霊験記」として制作されたものが、早い時期に散佚したものと解する」[注8]とされている。久保惣記念美術館本の説話順に並べ変え、『絵詞』との対応をとると、一話上巻1段（『絵詞』3の1）、二話上巻2、3、4段（『絵詞』3の2、3、4）、三話上巻5段（『絵詞』3の5）、四話上巻6段（『絵詞』3の6）、五話下巻1、2、3段（『絵詞』14の1、2、3）、六話下巻4段（『絵詞』14の4）、七話下巻5段（『絵詞』14の5）、八話下巻6段（『絵詞』14の6）となっている。久保惣記念美術館本の三、五、六、七、八の五話に相当する説話は利生記の方には存在しない。この点からすると現存する『利生記』をもとに絵巻が作られたと考えることは不可能である。頴川美術館本の場合も、一話1段に相当する説話が『利生記』の方にはない。したがって『利生記』をもとにしたとは考えられない。一方、生源寺旧蔵本の場合には、『利生記』の方が順序どおりに対応し、絵巻とは逆順になる。村上本の場合には、『利生記』の方が説話順に対応するのに対し、『絵詞』とはばらばらの対応となる。この点からすると『山王絵詞』をもとに現存絵巻のすべてが作成されたとは考えにくい。また、村上本を除く三本が共通した画風であることを考えると、『利生記』からと『絵詞』からの両方から絵巻が生まれてきたことも考えにくいのである。

以上、山王説話を中心にその伝本との関係を見、また山王説話としての全体像を把握することにつとめてきた。その結果、白描ながら全段に絵を含む写本が存在し、『続日吉山王利生記』として伝えられてきた作品と一連のものであったと考えると、『利生記』は単純に詞書だけのテキストとして伝承されてきたものではない。『山王絵詞』がもと一五巻で絵を伴っていたことと同じように、『利生記』も全段に絵を伴ったものが一〇巻本として存在したことが十分考えられるであろう。

二、叡山月蔵坊の『山王縁起』

山科言継が書き続けた『言継卿記』の中に「山王縁起」に関する記事が散見する。

天文十九年閏五月十五日
　叡山月蔵坊祐増法印、禁裏ヨリ仰セ下サレ、山王縁起十五巻[a]持進之。酉ノ下刻参内ス。曼殊院宮、予、四辻中納言等、祇候ス。入江殿御所持ノ鏡壺、コレラ見セラル。奇特ノ物ナリ。又、山王縁起三巻[b]、コレラ出サル。オノオノコレラ読ム。日暮ノ間、一巻読ミ残シオワンヌ。
同八月五日
　禁裏ヨリ日吉社縁起十五巻[c]、コレヲ出サル。比叡山へ返シ遣ワスベキノ由、コレアリ。
同八月二十一日
　叡山東谷ノ月蔵坊ノ弟子ノ三位来ル。三王縁起[d]、浄土寺殿御覧アリタキノ由申ス。九巻、マズコレヲ渡シ候イオワンヌ。
同九月二日
　一条右府日吉霊験御絵[e]御一覧、御望ミノ由ニ候間、此方ノ分、六巻進メ候イオワンヌ。
同九月十九日
　叡山東谷ノ月蔵坊ヨリ（中略）。日吉霊験絵[f]、明日取リ進ムベキノ由、コレアリ。
同九月二十日
　日吉霊験絵[g]、先度ノ残リ六巻、コレヲ披見シ候イオワンヌ。

月蔵坊ヨリ絵請ケ取リ二使三人コレアリ。一盞コレラ勧ム。絵十五巻櫃ニ入レ、コレニ封付ケ渡シオワンヌ。

の記事がある。aでは朝廷より仰せがあり、「山王縁起一五巻」を御所に搬入した。cには「日吉社縁起一五巻」とあるが、先日借りたものを返すとの趣旨であるから、さきの物をしばし返さないでいたところ月蔵坊から催促があってとりあえず九巻を御返しした。朝廷が借り出していることを知った一条右大臣兼冬が一覧を申し出た。それは「日吉霊験御絵」であるが、これも『山王縁起』である。九月一九日には月蔵坊より催促があった。翌二〇日にようやく、「日吉霊験絵」残りの六巻をお返しした。「絵一五巻櫃に入れ」とあるところからすると、さらに九巻別の物があったのかもしれない。このようなことが記されているが、この中から『山王縁起』とも『日吉霊験絵』とも呼ばれていたことが理解できる。またこれらは絵を伴った巻子本であった。するとこれは享禄二年に叡山の信秀が写した『山王絵詞』とは異なるものであった。信秀書写の『山王絵詞』は、この段階ではすでに絵は省略されていたのである。あるいはその原本であったかもしれない。

ここから一つうかがえることは、『山王縁起』は叡山でも大切にされ、朝廷においても珍重されていたのである。またその制作は複数にわたっていたであろうし、一五巻と言う巻数も一つの定型であったことが推測される。

以上によって、現存する山王説話の状況を把握するとともに、室町末期における叡山ならびに朝廷における山王絵巻享受の一端を管見した。

次にはこれら山王の説話絵集がどう成立してきたのか、その内部的要因を考えてみよう。

三、山王説話絵集の成立

『山王絵詞』と『日吉山王利生記』との間を比較すると、説話数の違いがある。『利生記』は四〇の説話で構成されているのに対し、『絵詞』は六一話から構成されている。『利生記』の中にあって『絵詞』にない説話は三話である。両者を合せて総数六四の説話が数えられる。このうち両者に共通する説話は三七話、『絵詞』のみのものは二四話である。『絵詞』にない二四話を巻ごとに見ると、巻一、二、六はすべて共通している。巻三に一話、巻四に一話、巻五に二話、巻七に二話、巻八に四話、巻九に三話、巻一〇に三話、巻一一に一話、巻一二に一話、巻一三に一話、巻一四に五話となっている。また内容的にはほとんど共通する説話においても、表現上の違いが見られる。たとえば三一話の場合、『利生記』8の6が「叡山横河と云所に」と書き出しているのに対して、『絵詞』では「楞厳院に」(12の5)とより限定して書き出す。三二話では、『利生記』が「比叡山に章忠阿闍梨とて」(8の7)に対し、『絵詞』では「元暦文治の比の事にや、東塔北谷に」(11の5)と年代と比叡山の地域をより限定して示している。同様な例として、八話の場合も『利生記』が「叡山に陰陽堂の僧都慶増は」(2の6)に対し、『絵詞』では「陰陽堂の僧都慶増」(4の1)としている。このような表現上の差違は、『利生記』系は叡山を一山全体で見ようとするのに対し、『絵詞』の方がより限定して見ているであろうことが考えられる。また叡山であることをあえて記す必要のなかったことも考えられよう。また序文にあたるものは両者に存在するが、内容的にはまったく別のものである。これについては次のところで詳細に分析する。

以上の事実は、この両者の間には内容的に類似するものが多く密接な関係があることは明確であるが、その関係は単純に、説話数の多い『絵詞』系のテキストをもとに『利生記』系のテキストが成立してきたものではないことが明らかであろう。

最初に『山王霊験記絵巻』を紹介した梅津次郎は、『日吉山王利生記』の成立をその本文中の延久より二百余年に及ぶという記事(一二話　巻三の七段)、および『続利生記』の方に正応三年の文字があること(三九話)を根拠として、また『続利生記』と同時的成立と見て、「山王霊験談の集成された詞書の成立は鎌倉最末期から室町最初期の内」[注9]と考えた。

また、妙法院本『山王絵詞』を発見・紹介した近藤喜博は、〈原山王霊験記〉を想定し、「沼津日枝社本に基づいて弘安十一年頃以前に制作され、それを改訂して続いて『利生記』を詞書とするものが制作され、かくて続利生記を含む追加六巻は大体正和三年頃には纏まったと見られる」、そして「これは言継卿記に見える月蔵本系統のものであった」[注10]とする。

小松茂美は、日枝神社蔵の『山王霊験記』は、この『山王絵詞』に先行する原態本によったと推定し、『山王絵詞』の成立を検討する。そこで巻一四の一三段の説話(三八話、広義門院の皇子誕生説話)に着目し、この時の皇子量仁親王が嘉暦元年(一三二六)立太子、元弘元年践祚、二年後に退位という事情を考えて、ここに広義門院(寧子)の父西園寺公衡が娘寧子の安産を謝し、日吉山王社に金泥の『法華経』を施入した時の願文があることから、『山王絵詞』は正和三年二月の経供養とほぼ同時に作られたかと推定し、その上で大胆に、西園寺公衡の調進した一五巻本絵巻をもとに『山王絵詞』が作られ、そこから久保惣記念美術館本等、現存する絵巻が制作された。『山王絵詞』と並ぶ第三次本から一〇巻本の絵巻が作られ、そこから『日吉山王利生記』が生まれた、とする。

以上の三氏の説は、限られた資料の中からの推測であるから、いずれも結論的には大同小異である。また現在明らかな資料とその解釈から分析する限り妥当なものと言える。成立年代の推定は行ったが、なぜ『利生記』が作られ、『絵詞』が作られたかの問題は解決していない。

次には『絵詞』と『利生記』の序文を分析し、編纂意図や成立の意味を内側から分析してみよう。

『山王絵詞』の序文は次の四つの要素から構成されている。

①神国の由来
②山王七社の優位性
③山王降臨の歴史
④編纂意図

神国の由来では、神明は不浄を憎み、清浄を好む。怠けものには祟りをなすが、精進の人には徳を施す。だから神道から心を清めて仏道に入る。日本は小国であるから、仏道への道が遠い。このため他国よりまさって神々が跡を垂れて神国となったのだ。神々の中でも日本山王七社が、ことに大宮権現が優れている。本地は釈尊で、釈尊は入涅槃の後は日本に神と顕れたのだ。山王が天下った歴史をたどると、天智天皇の御宇、如来滅後の像法六百十余年の頃唐崎浜に影向した。神護景雲元年、根本大師（最澄）が出世し、天台教学をひろめた。仏は山王と変り、菩薩は大師と顕れた。山王は百神の本である。神明に仕えようとする人は、すべて当社のめぐみを仰ぐべきである。十禅師権現は祈れば感応すること広大である。当社は都に近く海にも隔てられていないので参詣しやすい。個々の利生や奇瑞は画図の中に見える。

この序文では神道の目的を仏道への手立てとして位置付け、そこに日吉山王を取上げる。山王の中では特に大宮権現を取上げている。この上で山王が天下った歴史をたどり、根本大師を位置づけ、山王と円宗との関係を説明し、それを天台擁護の神としている。その上で参詣上の立地条件の良さを説明し、参詣を勧めるという構成である。いわば仏教に対して支援的な要素が濃厚にうかがえる。

これに対して『利生記』の場合は、

①日本秋津嶋は神国である。

国家神が多くある中にも日吉山王が優れている。

②山王御垂迹の歴史

欽明帝の時、大和の国三輪山に顕れ、天智帝の時に大津より唐崎にうつり、皇居ならびに天台宗を守っている。山王は二一社あるが、大宮と二宮が中心である。大宮は三輪明神で堀川院のおり大津の宮に天下った。

③山王の展開

田中恒世が湖水にいた時、金色の波が立ち「一切衆生悉有仏性、如来常住無有変易」と聞こえたので、その源をたずねたところ唐崎の琴の御殿宇志丸のもとについた。さらに大宮の橋殿まで導かれ、そこに留まった。恒世は田中の明神となった。宇志丸は元の鴨縣主を改めて祝部氏を名のって祠官として今にある。

百余年後、桓武天皇の時、伝教大師が叡山に登った。時に仏像用の祚木を守る青鬼がいた。大師は一乗止観院を建てその青鬼の守っていた霊木で薬師如来を彫った。

④桓武帝と大師の誓

桓武天皇は観自在尊応化、伝教大師は薬王菩薩の応化である。互いに仏法をひろめ、皇法を守ろうと誓った。これ故に仏法、良法は互いに協力する関係にある。

鎮護国家の名は叡山だけである。

⑤編纂の意図

神明は唱えれば自ずから信心がおこるのである。帰敬の心あれば現世と来世に二世の縁を結ぶ。この絵[注11]を見る人は七社の冥助を受ける。

この序文では「日本秋津嶋は……」と語り出しており、日本国の起源を確認しようとする意識の中に山王を位置付けようとしている。桓武帝と伝教大師の特別な関係を強調し、仏法と皇法（王法）相依論を主張し、鎮護国家の役割を再認識しようとしているところに最大の特色がある。山王の七社の中では大宮と二宮の二つを意識しており、十禅師や聖真子にはふれていない。また三輪明神を山王の組織の中に取り込んでいる。また宇志丸を鴨の縣主と改め、祝部氏を名のって祠官として今につながるとして、祝部氏の祖先伝説を語り込んでいる。さらに現世、来世の二世結縁を説く。

大宮権現の本地に関しては、天照大神の分身説のあることを大江匡房の説であるから、また匡房はただ人ではないからと注意を示してはいるが、これ以上は展開していない。しかし諸説を分析した痕跡を見せている。

この『利生記』の序文に見られる考えは、部分的には他の山王関係資料にも散見する。たとえば三輪明神との関わりなど、『耀天記』（続群書類従巻四八所収）三二「山王事」には、三輪との関係を説く部分や、田中恒世の関わり、宇志丸に関する部分など、類似的な説が見られる。『厳神鈔』（続群書類従巻四九所収）の「山王権現鎮座御事」などにも類似説がある。しかし『利生記』の作者はこれら他書に見られる説を盲目的に使っているのではなく、自らの論理によって、山王の歴史を確認し、その責任を明らかにしようとしているように見える。

三、山王の歴史再確認と説話の展開

この序文で示した山王の歴史の再確認はその後の説話の中にどう反映しているであろうか。

山王説話の相互関連を整理した末尾の表の中に、説話主体の寂年など説話の年代を記入した。これであきらかなように、以下の説話展開の中では、個々の説話はほぼ年代順に配列されている。まず序文についで相応和尚譚を配置する。ここでは不動尊の造立、その無動寺への安置から語り起こし、その不動明王の助言によって染殿后についた紀僧正の霊を調伏する。ついで大宮の宝前における『理趣般若経』の転読の功により大和の荘園を受ける。さらに二宮の宝殿の造営、続く大宮の宝殿の造営をなしとげる。いわば初期山王の財政的基盤の確立を意味する説話である。このような意味で、最初に相応和尚譚を位置づけているのである。

以下、智証大師、宗叡、増命、慈恵大師と語り続けている。巻九に至って、元久九年の火災による大講堂の焼失に伴う再建を命ぜられた近江の守仲兼が、山王の神威によって建暦二年（一二一二）完成させ、大衆の感嘆、万人の称美を得た説話を配置する。次に神輿造営を命ぜられたその子伊賀入道賢阿が、瑞夢によって完成させた文永六年（一二六九）の説話（第三七話）で結んでいる。

『続日吉山王利生記』には、三話載せられている。この三話は年代を確認すると、三八話が延慶・正和の頃（一三〇八～一三一六）の話、三九話が正応三年（一二九〇）、四〇話が文永二年（一二六五）であって年代順を考えると、ちょうど逆順となる。巻九の最後の説話は、文永六年であり、大きなずれはない。こう考えると、続巻の部分の三話は現態とは逆であったものであろう。それが伝来の過程で一話と三話とが入れ替わってしまったものと思える。

四〇話（本来三八話）は、大隅の国の帖佐の宗能の子息三郎信宗が、鎌倉を出て遠江の灘を過ぎるところで、強風に遭い危うく難破するところ、忽然として山王の猿や山王堂の別当了仁等が現れて救われた、とする話である。三九話は、正応三年の安居院の法印の惣門の脇からの火災の際にも、山王の御躰七鋪が焼けなかった、「末代とはいひながら、やむごとなき事」の話である。三八話（本来四〇話）は、西園寺公衡の息女寧子（広義門院）が、安居院の覚守を日吉社に籠らせ、本地供等を行ったことにより皇子誕生があり、さらにその皇子量仁親王が即位し（光厳院）たとする説話である。その結びは「量仁親王天子の位に備給ば、山王の御威光もいちじるしく、我山の繁昌も昔にはぢずこそとて、時の人は申ける」と結ばれている。いわば王法と仏法とが相たすけあう説話であって、序文に対応して結ばれている。

以上のように利生記においては、序文以下の説話がほぼ年代順に配列されている。作者のいる現代からさかのぼって、山王の歴史が確認されているのである。その結果、「昔にはぢずこそ」と、失われた山王の威光の復活と叡山の繁昌を確認して、結ばれている。

四、『利生記』にのみ存在する三話の位置付け

『利生記』にのみ存在する三話のうち、一つは相応和尚譚であるが、これについてはその位置付けをすでに確認した。他は一一話（巻三の6、7段）と三〇話（巻八の3、4、5段）である。

一一話は、後三条院は東宮にあることすでに二三年、御践祚を待ち望み、願書を二宮へまいらせたが、地主権現が樹下僧護因（類従本は業因とする）をしてとりもどさせた。程なく即位され、日吉社に行幸された。日吉行幸は延久からはじまった。後三条院即位より二百余年に及ぶ。この説話は日吉行幸の起源を説くことと、樹下僧護因の活躍によって皇法が守られたことの二点にある。仏法王法相依論である。そしてその後の護因を説明して、「樹下僧の初也。神になりて、大行事の傍に崇られ給」と記し、樹下僧を強調している。

三〇話は、日吉祠官の六郎大夫兼能は、正祐寺主という法印の妻に艶して正祐に殺害された。正祐が病死すると、閻魔王宮で山王の使いが来て助け出された。そのわけは山門の我執を知り正直の詞によって仏法の繁昌、山王の威光を増すためのものであった。この説話では、殺害された兼能が、閻魔王宮から正祐を救い出したことで自らの名誉を回復したことを意味する。さらにこの説話の中心は日吉の祠官である。これにつき本文中で「牛丸が後胤として数代の祠官也。山王垂跡より以来、祠官殺害の例をきかず。今世澆季に及で始てこの事いで来る。いましめずは後悪まぬがれがたし。就中に祠官は権現の内眷属也。神慮はかりがたし」として牛丸の後胤を強調している。牛丸は序文にも祝部氏の祖として登場している。

以上のように、『利生記』であらたに採録された三話は、大宮、二宮の造営とその財政に関する説話と、仏法王法相依論、さらに樹下僧及び祝部氏に関わる説話であった。この点は序文で祝部氏の祖先伝説を語り込んだところと対応している。つまり三話は、編者が自覚的、意志的に選びとった説話であって、序文の成立とも密接な関係をもっているのである。

五、『利生記』の成立

『絵詞』と『利生記』の序文を分析すると、『利生記』には『絵詞』に比し、より明確な強い主張が読み取れる。『絵詞』が仏

教に対する支援的要素を強く出していたのに対して、『山王利生記』には明確に山王の自立性の主張があった。日本国の起源を山王の立場から問いなおし、改めて仏法王法相依論を確認し、さらに祠官祝部氏の祖先伝説を語ったところに意味がある。いわばここに自らのアイデンティティを求めている。序文に示された強い意思が後の説話構成にも現れ、年代順に配列し、起源より現代に至るまでを説話によって確認したものであろう。その上に三話を付け加えた。相応和尚譚は、山王の歴史の中で不可欠なものとして相応の果たした財政的役割と、大宮、二宮造営を語るために、護因と兼能は、現代の祠官との関係を確認する意味で付加した、と解し得るであろう。

四、むすびにかえて

時代の大きな変革のあらし。目まぐるしく変る価値観の転換。人々は自ずから新しい価値観を求めて、己れを、己れの周辺を眺める。自らのアイデンティティを求めて、改めて自らの歴史を問いなおそうとする。そこから中世における新しい歴史認識が生まれてくる。

中世の説話集には、日本の起源を求め、仏教の根源を求める創成説話が濃厚に現れてくる。『神道集』の巻頭に記された「神道由来の事」も、『沙石集』第一の「大神宮の御事」も、『私聚百因縁集』巻頭の「天竺仏法王法縁起由来」、巻五冒頭の「唐土仏法王法縁起由来」、巻七冒頭の「我朝仏法王法縁起由来」も、そうした中世人の真剣な、真摯な営みの一つの現れであった。

素朴に仏を、神々を信仰する時代は終わった。単なる信仰にとどまらず、あらゆる側面で、理論化し、理論的に説くことが求められていた。圧倒的な権威を誇っていた比叡山においても、事情は同じである。否、過去の権威が大きければ大きいほど、その再生の要求もまた強かった。かつて天台宗に依存し、その擁護を最大の課題としてきた山王神道も、そのありようを根源から考え直し、あらたな信仰を確保するために、自ら人々に向かって、直接語りかけねばならなかった。キーワードは「自立」である。そうして自らの周辺を見回した時、そこに写ったものは、相変わらず仏教の支援、叡山への支援に満足する人々の群れであった。そこに『利生記』の作者は、山王の独自性を模索しつつ、もう一度山王信仰をとらえなおそうとした。歴史的にたどりなおそうとした。その結果、再び仏法王法相依論に思い至った。再び山王説話を編集しなおした。かくて『日吉山王利生記』ができ上がった。

注

1 田嶋一夫・小峯和明・播摩光寿「教林文庫本『三井往生伝』翻刻と研究」、伊地知鐵男編『中世文学　資料と論考』笠間書院、一九七八年。
2 拙稿「説話文学――仏教の庶民化と地方化――」、江本裕・渡辺昭五編『庶民仏教と古典文芸』世界思想社、一九八九年。
3 近藤喜博編『中世神仏説話　続』、古典文庫九九、一九五〇年。
4 梅津次郎「山王霊験記絵巻――蓮華寺本その他――」、『美術研究』九九号、一九四〇年三月。
5 小松茂美「山王霊験記の盛行」、『続日本絵巻大成』一二巻『山王霊験記・地蔵菩薩霊験記』中央公論社、一九八一年。
6 景山春樹「山王霊験記絵の復元――村上本について」、『仏教芸術』一五五号、一九八四年七月。
7 田嶋一夫・小峯和明「日吉山王関係目録稿（一）」、国文学研究資料館文献資料部『調査研究報告』八号、一九八七年三月。
8 注5に同じ。ただし梅津氏の研究（注4）でも、現存絵巻四巻の同一画風説が主張されている。
9 注4に同じ。
10 近藤喜博「山王霊験記とその成立年代」、『国華』七七一号、一九五六年六月。
11 続群書類従本は「陰」とする。内閣文庫本、教林文庫本等「絵」とも読める。「絵」と判断した。

表1　山王説話の相互関連　対象作品：『日吉山王利生記』、『山王絵詞』、『山王霊験記』、『山王霊験記絵巻』（説話番号は仮のもの）

山王利生記 説話番号	山王利生記 巻数段落	説話内容（説話主体の寂年など時代を示す資料）	山王絵詞	山王霊験記絵巻	山王霊験記
1	1の1	序　日本秋津嶋は…… 日吉山王の利生と垂迹。山王は仏法・国家の守護神である。	1の1前半 夫常住妙法の心蓮は……		
2	1の2	相応和尚は二宮の宝殿を造、さらに大宮の宝殿を造営した。延宣一八年（九一八）寂（八八）			
3	1の3	智証大師は、山王に入唐求法を勧められ、中国に旅立つ。山王三聖を念じたおかげで無事帰朝した。寛平三年（八九一）寂（七八）	2の1		
	1の4		2の2		
4	1の5	円覚寺宗叡は山門にいた時、山王の夢告により離山し、碩徳となった。白山に詣でた時霊鳥を遣わして守護した。元慶八年（八八四）寂（七六）	3の2	久保二話上2段	
	1の6		3の3	3段	
	1の7		3の4	4段	
5	2の1	増命僧正は、東塔西谷の怪巌を摧破した。延長五年（九二七）入滅：天台座主記	3の1	久保一話上1段 村上一話1段	
6	2の2	慈慧大師（良源）はよく霊験をおこしていた。山王権現に対して、穢気の事があり、神のたたりを受けたが、ただちに祭文を奉じてその怒りをといた。永観三年（九八五）入滅：天台座主記	1の1後半	村上二話2段	
	2の3		1の2	3段	
7	2の4	日吉の禰宜安国の子の希遠は、父の死により服忌に籠っていたが大宮権現から五旬を経れば出仕は十分との託宣を受けた。希遠（生源寺家の祖）までは儀式も厳しく行われていた。希遠慶命の吹挙にて長元元年（一〇二八）叙任：本文	1の3	村上三話4段	
	2の5		1の4	5段	

8	2の6	叡山陰陽堂僧都慶増が大宮の宝前で通夜し止観念誦していたとき、童部がうるさいので追い出したところ、夢でたしなめられ、翌朝童部を集めて今様を作って遊んだ。嘉承二年（一一〇七）寂：僧綱補任	4の2	村上四話6段	
9	3の1	駿河の国の暹賀、聖救は遊んでいた時、蜂を追い払おうとすると巫女が託宣し山王の使者であると教えられ、共に叡山に登った。暹賀　長徳四年（九九八）寂：天台座主記	5の2	穎川二話2段 東博B	
10	3の2 3の3 3の4 3の5	志賀僧正明尊が天台座主に推挙されたとき山門憤り、上皇は山門側の張本人を捕らえたが、天皇不豫の事があり許し平癒した。園城寺の戒壇建立を望んだが皆人があきれた。天台二九代座主	4の3 4の4 4の5		
11	3の6 3の7	後三条院は東宮として二三年になったので、御践祚をこころもとなく思い願書を二宮へまいらせたが、業因に取り戻させた。程なく御即位され、日吉に参社した。業（護）因は樹下僧のはじめである。第七一代　一〇六八～一〇七二年在位			
12	3の8 3の9	山門長宴、南都永超、東寺成尊、三井頼豪の碩徳あり。頼豪は白河院の皇子を祈り出したが、戒壇建立の許可がないことを恨み噴死した。良真僧正が山王に祈請して皇子が誕生した。	5の3 5の4	穎川三話3段 4段 東博B	
13	4の1 4の2	四六代座主忠尋は、二五才の時疫病によって絶入したが、日吉大明神の使い現れ娑婆に戻された。保延四年（一一三八）入滅：天台座主記	8の5後半 8の6		
14	4の3 4の4	叡山東塔阿闍梨成陽は近江守の母の邪気を払い、礼拝講の巡役の大営をつとめることができた。	11の3 11の4		

15	4の5	叡山横河真蓮坊の法華堂衆の弟子妙音坊のこと。一一〇〇〜一一五〇年頃	10の4		下の3 （省略）
16	4の6	東塔智賢阿闍梨は大宮の拝礼講の時重病で死んだ。二宮権現の第三王子がえん魔王と交渉し蘇生した。寛治元年（一〇八七）竪者辞退	12の6		
17	5の1 5の2 5の3 5の4 5の5	美濃守義綱は叡山の円王法師と争いこれを殺害した。叡山は関白に訴えたが、容れられず関白を呪詛する。関白悪瘡に悩む。母日吉社に祈請し、その効験現れた。嘉保二年（一〇九五）の事件	6の1 6の2 6の3 6の3 6の4 6の5		
18	6の1	山門神蔵寺覚尊、無動寺暹命は尊い道心者であり、暹命は山王三座を常に守護していた。暹命　嘉保三年（一〇九六）往生：拾遺往生伝	7の1		上の4 （省略）
19	6の2	暹命は日吉の祭日に参社の気持ちが在ったが、念仏転経に暇なかった時忽然と神輿が化現した。	7の2		
20	6の3	侍従大納言成通が病気の時、祈請する湛秀の前に十禅師が少女となって現れ湛秀を戒めた。湛秀　保安三年（一一二二）寂：僧綱補任	3の6	久保四話上6段	
21	6の4	光明山傍ら老尼に、ある僧往生の業を問うと慈悲と質直を説く。僧は感動して日吉に詣でた。	9の5		下の5 （省略）
22	6の5 6の6	日吉社に百日参詣の僧、途中で生死のけがれを犯すも慈悲心ゆえに赦された。	7の3 7の4		上の5

23	6の7	比叡山の四傑桓舜、貞門、日助、遍救等、貧しく離山の思いがあったが、山王の夢想によって往生極楽を欣求するに至った。	5の5 5の6	穎川四話5段 東博B	
24	7の1	叡山東塔勝陽坊法橋真源は、夢中に大宮の前で厳算に会い、名利貪着の心で悪道に入るところを権現の方便で近辺に居ると告げる。保延二年（一一三六）寂	8の1		
25	7の2 7の3	東塔南谷仙昌法橋は頼朝上洛の時召人として鎌倉に下向したが、十禅師の供養を頼んだ。頼朝上洛は建久元年（一一九〇）、建久六年（一一九五）	14の7		
26	7の3	式部大輔敦光のところの若い女が後半病気となり、十禅師の御託悩と名のるが信じないでいると、その夜の夢に貴僧現れ神明の結縁を告げる。一一四四年	2の3		
27	7の4	嘉祥寺僧都恵海は少時より山王に仕えていた。病の折覚醒し文を取り返書の後睡眠、後に平癒す。海恵、承元三年（一二〇七）：仁和寺諸院家記	13の5		
28	7の5 7の6 7の7	重源一切経奉請の志あり、博多津の通詞李宇と相談、山王の加護により宋国よりもたらす。建久七年（一一九六）	12の2 12の3 12の4	東博A図様7	
29	8の1 8の2	伊勢大神宮の祠官、日吉山王への参詣を勧められる。後鳥羽院在位は一一八三～一一九八	11の1 11の2		上の3 （省略）
30	8の3 8の4 8の5	日吉祠官六郎太夫兼能（祝部氏）正祐寺主の妻を艶し、殺害される正祐病死するとえん魔王宮で山王の使い（兼能）に助けだされた。山王の我執を戒めた功のためである。			
31	8の6	叡山横河一澄三賢の一人谷の阿闍梨明賢は、聖真子の助けで誓願講式を完成させた。永承四年（一〇四九）遷化：谷阿闍梨伝（続群書二一四）	12の5		

32	8の7	叡山の章忠阿闍梨は法華修行者であったが、日吉十禅師に参詣の折順次往生を告げられ、往生した。建久六年往生：本文	11の5		
33	8の8	叡山の厳雲はびんずるに食事を与えたところ、極楽往生を告げられその冬臨終正念で往生した。文治二年（一一八六）往生：本文	11の6		上の1 （省略）
34	8の9 8の10	黒谷心寂は浄土業を修め、法華三昧の折、山王七社の神輿が来て決定往生を告げられ、やがて臨終正念で往生した。元久三年（一二〇六）往生：本文	9の3 9の4		
35	8の11	鎮西大山の神人張光安は八幡宮の別当代官と喧嘩して死去した。夢に少女が現れ日吉の咎で死んだが真の結縁で往生極楽すると告げられた。建保六年（一二一八）往生：本文	13の4		
36	9の1 9の2	近江守仲兼は大講堂の再建を命ぜられ、山王の神威によって完成させた。建暦二年（一二一二）大講堂完成：本文	13の1 13の2		
37	9の3	仲兼の子息伊賀入道賢阿は神輿造営を瑞夢によって完成させた。文永六年（一二六九）：本文	14の9	東博A冒頭話	
38	続の1	広義門院は安居院の覚守を日吉社に参籠させたことで皇子誕生があった。延慶、正和の頃（一三〇八～一三一六）：本文	14の13	生源寺一話1段	
39	続の2	正応三年の安居院の法印の惣門の脇からの火災の際山王の御躰七鋪は焼けなかった。正応三年（一二九〇）：本文	14の12	生源寺二話2段	
40	続の3	大隅国の帖佐の宗能子息三郎信宗難船の際にも、山王の猿や山王堂の了仁等が現れて救われた。文永二年（一二六五）：本文	14の10 14の11	生源寺三話3段 4段	
41		冷泉円融の頃難破船から救われた讃岐守詮光の子、山王の猿に養われ後山に登り、得度した。	3の5	久保三話上5段	

42			慶増は山王は円宗の守護の為のものゆえ参詣せずとも守ってくれると思っていたが、重病を受けた時同宿の僧への託宣でたしなめられ以後改めた。	4の1		
43			座主院源、山王に祈請して千僧供を受けた事	5の1 東博B	頴川一話1段	
44			桓舜僧都の門弟の修学者のこと	5の7		
45			経蔵坊の厳算山王に批判される	7の5		上の6
46			鎮西おほともの子の大弐子猿を救うこと。成茂を引用、成茂の死は建久六年	7の6 7の7		上の7
47			東塔東谷の慈門坊賢運の事。保延三年（一一三七）	8の2		
48			横川の静明阿闍梨、聖真子の不断念仏を修する	8の3		
49			桜本の源恵、聖真子の不断念仏を勤める	8の4		
50			西搭南谷の平等院経源、横川の経印より三昧力のすばらしさを知らされる	8の7		
51			山門の楽音樹坊	9の1		
52			静命阿闍梨臨終正念の事	9の2		
53			山門の松升法橋長耀日吉祈請により七三まで延命し、臨終正念すること。仁安三年（一一六七）往生：本文	9の5		下の4
54			恵光院永弁法印の談義に大宮権現影向すること。承安三年（一一七三）題者：本文	10の1		上の2
55			慈雲坊法印弁覚、十禅師に諌められ山王に参詣し、談義の折大年の明神影向聴聞する	10の1（後半）		下の1
56			小河法印忠快、山王との約束により出家し鎌倉に捕らえられし後も京に帰れた事（忠快は平教盛の子）	10の2 10の3	東博A図様 2、3、4、5	下の2

57			堀川大納言家の女房小時のつぼね出家の事。建久二年（一一九一）：本文	11の7		
58			梶井承仁法親王薨去のこと。建久八年（一一九七）薨去：本文	12の1		
59			久我の尼御台所日吉仰信のこと	13の3		
60			訴訟の為、京から鎌倉に下った女房借銭に苦しんだが、山王のおかげで証文を返して貰い救われた事。頼経将軍の比（一二二六〜四四）	14の1	久保五話下1段	
				14の2	下2段	
				14の3	下3段	
61			下野二荒山の阿闍梨蔵尊、山王十禅師の加護を受け蘇生した事	14の4	久保六話下4段	
62			山徒の修学者日吉地主権現に三年の延命を与えられ臨終正念を遂げた事。貞応の比（一二二二〜二四）：本文	14の5	久保七話下5段	
63			ある人日吉卯月祭に馬を貸さなかったところ、馬自ら日吉社に至り倒れ死んだこと。嘉禄の比（一二二五〜二七）：本文	14の6	久保八話下6段	
64			東塔南谷宗暹、大般若転読の効果無き事を嘆き、十禅師の怒りをかい、反省する事。嘉禎三年（一二三七）九月の比：本文	14の8		

絵巻の欄の「久保」は久保物記念美術館本、「穎川」は穎川美術館本、「生源寺」は生源寺旧蔵本、「村上」は村上郷土館本、「東博A」は東京国立博物館蔵住吉如慶模本乙本、「東博B」は同住吉如慶模本甲本。

Ⅲ　中世の説話と歴史叙述

1 〈日本〉像の再検討
――〈東北〉を視座に――

一、シンポジウムの趣旨

日本列島は北から南に延びた長い列島である。この列島に対して柳田国男が『海上の道』を発表して、日本民族の一部が南方から潮流に乗って稲作技術を携えて、「海上の道」を北上して、島づたいに渡来したことを、椰子の実の漂着や宝貝の分布などを論証資料として展開した。この日本民族論は、今日的評価を越えて、日本文化における南方的要素が強く私たちの意識の基層に存在し続けているように思う。

一方、私の体験を言えば、かつて福井県の小浜の古刹を巡っていたとき、津軽の安東氏のあげた絵馬を見た。北の津軽と小浜が日本海海路で結ばれている事実を知ったのである。その後小浜の『芳賀寺縁起』[注1]には、永享七年（一四三五）、寺の焼失にともない、後花園天皇の寺の再建の勅命が「奥州十三湊日之本将軍安倍康季」に下され、康季が応えたことが記されていることを知った。これは日本海の回船交易によって、今はかつての繁栄など偲びようもない津軽の十三湊と小浜、そして京の都が強く結びついていることを示している。北の文化、政治が中央の政治、文化と深くかかわっていたのである。

さらに思い起こせば、四〇年ほど前であるが、義経伝説に興味を持っていた頃、高橋富雄の『義経伝説　歴史の虚実』（中公新書、一九六六年）を読んだ。北からの発想のなせるわざと蒙を開かれる思いがした。斎藤利男の『平泉　よみがえる中世都市』（岩波新書、一九九二年）を読んだときも、また平泉を歩いているときも、平泉文化の豊かさ、日本文化とは異質のようなスケールの大きさを感じたのである。

私の北への思いの中、千本英史、錦仁、渡辺麻里子の各氏で、弘前での説話文学会開催の計画が進行し、仏教文学会の支部も協力することになった。この中で、シンポジウム「〈日本〉像の再検討――〈東北〉を視座に」が企画された。

かつて中央からみちのくと呼ばれたこの地を対象とするとき、奥羽とするか、奥州とするか、やや神経質なものがある。今回は本州東北部の意味で、タイトルとしては〈東北〉の名称を用いる。

二、奥羽における田村麻呂伝承

一、はじめに

東北各地には征夷大将軍としてやってきた坂上田村麻呂に関する伝承が特に多い。堀一郎は、この伝説は「延暦大同の間に坂上田村麻呂の来って神を奉斎し、堂社を造建し、或は祈誓報賽の誠を致す」顕著な現象を示すことを示し、伝説の例として示したものは、磐城・陸前・陸中・陸奥・羽後・羽前に及んでいることを明らかにした[注2]。

征服者として中央からやってきたのが田村麻呂である。それを郷土の自分たちの神社として勧請し、歴史とする意識は何であるか。東北の地ではこの事実をどう受け止めて田村麻呂を英雄化するのか、田村麻呂が「征伐」したものとは何であったのか。私の報告では、中世の物語『田村の草子』を中心に分析する。

二、田村麻呂と高丸がどのように伝承されているか

奥州にやってきた田村麻呂は、そこで何と戦うか。文献で見る限り比較的古い伝承と考えられる『神道集』四「信濃国鎮守諏方大明神秋山祭事」では、次のように記されている。

此明神ハ信濃国ノ鎮守ト顕レ給フ事ハ、人王五十五代、桓武天王ノ御時、奥州ニ悪事ノ高丸ト云フ者ノ有リ。国ヲ塞キ、人

ヲ悩ス朝敵ニ成レリ。此ノ時ニ亦一人ノ兵有リ、田村丸トゾ申ケル。此ノ人ハ我国ノ所生ニハ非ズ、震旦国ノ人也。（中略＝高祖と朝広の争い）件ノ田村丸ト申ハ、其ノ時ニハ朝広ガ方ノ兵也。大王ト臣下ニテ有ラザレバ、彼国ニハ有リ兼テ、我朝へ落チ来レル。勝田ノ宰相ト云人ノ許へ来レリ。此ノ人ニハ一人ノ子モ無リケレバ、哀テ子トス。大童ハニテ来ケルヲ男ニ成シテ、稲瀬ノ五郎田村丸トゾ申ケル。此ノ人ハ大国ニテモ勝レタル早リ人ニテ御在ケルカ、国ノ力ニ押サレテ、大将軍ノ果報ニ下サレツヽ、甲斐無リケレ共、我国ニテハ、並ヒ無強弓ノ精兵、大力ラノ賢人ニテゾ、御在ケル。王此ノ果報ニ勧メラレテ、最度威ヲ増ス。彼ノ田村丸ハ悪事ノ高丸ヲ追罰ノ使ヒニ御タノミ有。奥州へ向テ、田村丸我ガ力ハ叶ヒ難ク思食レバ、清水ニ参リツヽ、千手観音ノ本願ヲ悉ク承リツヽ、（中略＝鞍馬の毘沙門の御示現、多門天よりの賜剣等）観音ノ示現ニ任テ、山道へ懸テ下玉フ程ニ、信濃国ノ内ニ、伊那ノ郡ニ付レバ、三十計ト見へ給ガ、眼モ顔差、人ニハ勝レテ、梶葉ノ水干ニ、萌黄絲ヲドシノ鎧ヲ着給ヘリ。白葦毛ナル馬ニ白鞍置テ乗リツヽ、大道へ懸ケ出テ対面シツヽ、田村丸ニ向テ、御辺ハ何へ下玉ヽ、又只人ノ気色トモ見へ給ハズ、武者ノ体トゾ問ケル。田村丸、此ハ悪事ノ高丸追罰ノ使トゾ答ケル。其ノ時、彼ノ殿亦言ケルハ、彼高丸ト申ハ、承リ候ヘバ、弓勢ヒ言柄人ニ勝テ、身ノ通力ハ国中第一也。（神道大系文学編一より書き下す）

まず、田村麻呂は、出生はしんたん国、中国にありかねて日本に来た人と紹介される。業平の国際版である。日本では大将軍、ならびなき強弓、精兵にして賢人となる。この人が奥州の悪事の高丸の追罰のため奥州に派遣される。田村丸は、「我ガ力ハ叶ヒ難ク思食レ」清水寺の千手観音に頼る。一方追罰対象の高丸は、「弓勢、言柄人ニ勝テ」と表現される。朝敵という点では確かに悪事である。しかし弓勢のみならず、人柄まで人に優れた、身の通力は国中第一の武将である。ここには高丸を征伐する側からのみ見ているのではない。もう一つの視点がある。悪事の「悪」は、『時代別国語大辞典』の室町時代編が説明する「その人が体力・気力・胆力などの点において、人並みはずれた、恐るべき力を持っていること表す」、あるいは『大漢和辞典』が示す「威勢。権威」の意味であろう。悪源太、悪七兵衛のように威勢を畏れられた猛々しくもつよい人である。いささか畏敬の念が含まれている。

『神道集』より後に成立した『田村の草子』（天理図書館蔵古活字版を用いる）[注3]は次のような物語である。

①藤原俊重将軍の子、俊祐はますたか池の大蛇と契って日りう丸をもうける。
②日りう丸は七歳の時、母の兄、近江の国みなれ川の大蛇くらみつ、くらのすけを先祖伝来の鏑矢で滅ぼす。
③将軍の宣旨を受け、俊仁将軍と名乗る。
④一七歳の時、照日御前と結ばれる。
⑤ある時、辻風に化したむつ国たか山のあくるわうに照日御前をさらわれる。
⑥鞍馬の毘沙門天から宝剣を授かり陸奥の国へ下る。
⑦途中、むつ国、はつせの郡、田村の郷で賤女と契り、子どものために鏑矢をおいてゆく。
⑧あくるわうの城郭にたどりついた俊仁は、宝剣の力と多聞天の加護によって鬼神を退治して照日御前を救い出し都へ戻る。
⑨田村の郷の賤女の産んだ子供、ふせりどのは一〇歳の時、鏑矢を持って上京し、俊仁と対面し、田村丸と名を改め、元服し稲瀬五郎坂上俊宗と名乗る。
⑩俊仁は唐土討伐を企て不動明王と争って敗死する。
⑪父の跡を継いだ俊宗は、奈良坂山の鬼神、りょうせんを先祖伝来の鏑矢で討ち、一七歳で将軍職を賜り、むつ国はつせの郡、越前を賜る。
⑫その後、伊勢の国鈴鹿山の大嶽丸退治の宣旨を受けた俊宗は、鈴鹿御前と契り、その援助と多聞天、観音の加護によって、大嶽丸を退治。
⑬再び近江国、あくじのたか丸討伐の命を受ける。
⑭俊宗に追われた高丸は、信濃の国ふせやがたけへ落ち行く。さらにそとのはまに落ち行く。さらに攻められ、とうとう日本のさかひに岩をくりぬき引きこもる。
⑮俊宗は海上のことなので、又兵力も多く討たれたので、戦力を調えようと鈴鹿まで下ると、鈴鹿御前は計略によって攻めようと再び外の浜に戻り、鈴鹿御前の助けによって高丸を討ち取る。

⑯また大嶽丸の残魂を鈴鹿御前の教えによって討伐。
⑰寿命の尽きた鈴鹿御前を冥界から連れ戻し二世の契りを結んだ。
⑱俊宗は観音、鈴鹿御前は弁財天の化身であった。

この物語の中で、高丸の表現をみると、

・たか丸がじゃうにおしよせ、内の有様、見給ふに、石のつゐぢを、高くつきまはし、くろかねの門を、さしかためて、せめ入べきやうもなし。としむね、門前にこまかけすゑ、いかにおに共、たしかにきけ、只今なんぢがうつてに、向ふたる者を、いか成者とか思ふらん、いこく迄も、かくれなき、藤原のとしひとのちゃくしに、田村将軍ふぢはらのとしむねなり。
・あふみの国に、たかまるといふ鬼、出きて、行きの者を、うしなふ事、かずをしらず、いそき、うつて、くださるべしとて、
・あくじのたか丸、出て、世のさまたげをなすべし。さあらば、田村に又、したがへよとの、せんじくだるべし。

と表現される。ここには、田村麻呂を田村の里の賎女と俊仁将軍との子であること。悪路王退治と思われる物語は、高丸と切り離されている。悪路王の罪は個人的理由が主である。高丸は外が浜まで逃げる。高丸に対する『神道集』に見られた弓勢のみならず人柄がすぐれていたとする評価はない。単に「あくじのたか丸」と言うだけで単純に一方的に悪人として表現されている。

この変化は外来者田村麻呂が奥州の地で出生した土地の人に変化していること。高丸に対する畏敬の念はいつの間にか喪失している。田村麻呂を奥州生まれの在地の人とする伝承は、『田村の草子』のみならず、伝説の中にも多く見られる。また奥浄瑠璃『三代田村』にも継承される。ここに田村麻呂が東北の地で英雄として受け入れられる要因の成立要素のひとつが読み取れよう。同時に一方の奥州の高丸を東北の土地の者から切り離す意識、自分たちとは異なるものとする意識も読み取れよう。

三、おわりに

夙に堀一郎は、民間信仰形成の諸要素を網羅的に追求し、半世紀も前に大著『我が国民間信仰史の研究』（宗教史編）（序編・伝承説話編）[注4]を著している。この中で第九篇「武将の遊行伝説と民間信仰」において田村麻呂伝説を奥州に発生、土着した要因を追求し、「少なくとも陸奥守が天平時代を通じて百済王氏によって数代襲任せられた史実と照応する時、百済蕃別氏たる坂上氏が東北とことに密接な血液上の連繫を持ったことも充分想像し、これらが田村伝説土着の有力な原因の一つとなったことは明らかであろう」と、その歴史的相貌も指摘した上で、疫神と御霊神の習合混淆、疫神遊行の信仰、遊幸神の勧請と土着を論証し、その上で、源頼義・義家父子の武将伝説の土着化の論証（頼義・義家の足跡の分布は、北上東伐の歴史的記念碑であり、これが八幡神社と関連、源氏と八幡神との関係の成立、鶴岡八幡宮が勧請され、源氏一族の氏神、鎌倉幕府の氏神化する、この八幡神を鎮守産土の神社として迎え入れた土地の人々の心理のなかには、地主神に対する遊幸神の威力の優越と信頼、中央から遊幸神を迎え入れて守護神化する）、これと、日本武尊、坂上田村麻呂伝説が、何れも祈願報賽を説き、布陣宿衛を記すことにおいて同一類型であることを説明し、田村伝説の伝播土着には、「神と共に歩む信仰伝達者の形態が、この底流をなしてゐること」と結論した。また宗教伝播上の問題も分析されている。定住者と漂泊者との関係、宗教の唱導活動など、今日常識的に考えなければならない問題である。

私の報告では、田村麻呂の作品の表現をもとにして、田村麻呂の在地人化、高丸にあった畏敬の念の喪失と東北から切り離し、自分たちとは異質のものとして切り離す意識を読み取り、中央と地方との関係など文学的意識を読み取ろうとしたものである。

注

1 『続群書類従』七九一巻（二七上）所収。

2 『我が国民間信仰史の研究（一）序編・伝承説話編』第九篇「武将の遊行伝説と民間信仰」、東京創元社、一九五五年。下巻に相当する『我が国民間信仰史の研究（宗教史編）』は、創元社、一九五三年。

3 『室町時代物語大成』九巻、角川書店、一九八一年所収。

4 注2参照。

2 中世における説話論証

一、はじめに

自らの足元や周辺がざわついてくるとき、あらためて自分の存在する場が意識され、まだ見ぬその周辺もひときわ意識される。都人にとって鄙が意識され、遠い世界の出来事に、期待し、恐れおののき、地方社会の情報が求められる。

人はいつの時代でも生への不安を持ち、恐れおののく。その不安は、変革期、大きな歴史の変わり目では、より一層激しくなるであろう。宗教、ことに仏教への関心、仏への信仰心も生まれ、法会への参加や、譬喩因縁譚を聞くことに悦びを感ずる人々が満ちてくる。古代末から中世において、話を求める人々、話を提供する人々の群が、クローズアップされてきたのである。

激しく変革する中世社会、その変革の時代を生きる者が、その変化に気づく時、変転する価値を追い求めるとき、自らの立場を主張し、自己の存在を訴える。また自己の正当性を主張しなければならない時に直面する。さらに歴史の問い直しが求められ、新しい歴史の叙述が求められる。自らのルーツの叙述が求められる。こうして中世社会に目立つ、日本国の創世説話や、各社の縁起や由来譚が書かれてくる。

このような歴史叙述や縁起の制作の中で、あるいは歴史の読み直しや古典の読み直しの注釈の中で、際だって目立つのはおびただしい数の説話であり、説話の跋扈である。本稿ではこのような関心のもとに、説話を多く取り込んだ『真言伝』と一般の説話集を取り上げ、その論述方法を中心に分析し、説話の果たしている機能を明らかにしたい。

二、『真言伝』の成立と内容

『真言伝』の成立は、第七巻の巻末に、「正中二年六月二十日是ヲ抄シヲハリヌルニナン」とあることから、正中二年（一三二五）の成立である。成立の事情も、跋文に、「本ヨリ広学碩量ノ人ノ為ニセズ。浅見寡聞ノ輩ハ、自ラ聞キ残ス事モヤ侍ラントテ、是ヲ書出侍リ。三国ノ先哲徳ヲカクシ智ヲシヅメム人ハ、其霊異外ニ顕レザレバ、内証計リ堅ク侍ルベシ。多ハ徳行ノ物ニ蒙ムラシムルヲ見テ、秘宗ノ信ヲ取ル習ナリ。一念随喜、皆仏因ヲキザストイヘレバ、ナドカ其益モ侍ラザラン」とある。ここからして、浅見寡聞の輩のために書いたこと。三国ノ真言密教の高僧は、徳を隠し智を内省化するために、その霊異が外に顕れない。内証は僧の内面に堅固に保たれている。模範となるような徳行は何かに映ずることで表現され、理解できるものであるから、それを見て信仰するのである。その目的で本書を編纂したと捉えられよう。つまり、「昔物語をさせて書き記した」（『宇治拾遺物語』序文）とか、「街談巷説の諺が含まれている、自らの浅見寡聞にして落差の大きいことを恥じる」（『古今著聞集』序文）とか、「昔今の物語を種として、よろづの言の葉の中より、いささかその二つのあとをとりて、良きかたをば、これをすすめ、悪しきすぢをば、これを誡めつつ」（『十訓抄』序文）のような、あるいはまた、「道のほとりのあだことの中に、我が一念の発心を楽しむ」（『発心集』序文）のような、いわゆる中世説話集のスタイルはない。また編者には説話集を編纂する意識とはまったく別の意識で編纂していることが明らかである。[注1]

その内容は、全七巻より成り立っているが、第一巻は天竺より震旦に至る龍猛菩薩、龍智菩薩以下恵果和尚に至るまでの真言七祖の血脈。第二巻は、真言の随求陀羅尼、尊勝陀羅尼、千手陀羅尼、『仁王経』と天竺、震旦、本朝の三国の霊験利益譚である。第三巻から第七巻までに、伝教大師、弘法大師以下、天台、真言の密教僧を中心に一二〇名にあまる僧伝を編成している。[注2] 収録された僧侶の下限については、跋文で、「おおむね近衛院の在位久安仁平以前」をとったことを明らかにし、特別に慶円上人（承応二年往生）と高弁上人（寛喜四年寂）の二人は、「近世の人であるが、行学霊異が昔の人に恥じない」との理由で採録している。それは編者が「鳥羽院ノ比ヲヒマデヤ、仏法王法モ侍リケン」とする歴史認識をもっていたからである。

三、『真言伝』の論述方法――巻二「仁王経之事」の場合――

巻二に「仁王経之事」の段における論述方法を見てみよう。一般に『仁王経』、あるいは『仁王般若経』は、五世紀の初め鳩摩羅什訳の『仏説仁王般若波羅蜜経』と、七六五年に不空が改定した『仁王護国般若波羅蜜多経』とある。中国で作成された偽経であるが、日本では斉明天皇の六年（六六〇）以後、朝廷の大会として行われていた。この「仁王経之事」は、次の八段から構成されており、その主な内容は次のようになっている。

①仁王斎会の由来
仏滅後三〇〇年、天竺の弥提国に百鬼が乱れ入り、悪病が流行した。その時に智臣王が五大力菩薩を図して、仁王の斎会を行うべしと告げた。これにより悪鬼は国外に逃げた。以来この国は百病を免れるようになった。そこで仁王の斎会を設けるようになった。

②不空三蔵の仁王経の新訳と『仁王経』講読の由来と蛮族の乱の鎮圧
唐代の求泰元年に不空三蔵はあらたに仁王経を訳した。初月八日に資聖寺と西明寺の僧で百座の法を行った。九月に蛮族が乱を起こした。勅により両寺の百座の僧が相互に転経行道し、大講堂に集まり、摩訶般若を称念し国運を祈った。官軍は天威と経力をたのみに戦い勝利した。これも『仁王般若経』講読の威力である。

③異民族の侵入を『仁王般若経』で制圧したこと
異民族の侵入に対し、僧徒が資聖寺の大講堂に集まり、『仁王般若経』を称念して制圧した。国経をあがめ、経の験を施した例である。

④『仁王般若経』の祈雨効験
永泰二年旱魃に苦しんでいたとき、『仁王般若経』を演述して雨を祈り降らせた。

⑤日本の弘法大師による東寺に講堂を設立と国難の切り抜け、『仁王般若経』の威力

弘法大師は東寺に講堂を設立し、秘密の本尊を安置し、資聖寺の講堂を模して鎮護国家の道場とした。平城天皇の御代に八幡大菩薩の託宣で、新羅からの有験の聖人がきて諸仏が水瓶に入れられていること、新羅より日本侵攻の軍船が用意されていることを知らされる。諸神の御方便によって、『仁王経』の法力で諸仏が救われ、新羅には諸難が起こり、日本侵攻は果たされなかった。これは八幡大菩薩が仁王般若の威力をかりて敵国を鎮め、本朝を守ったのであった。

⑥将門、純友の乱の鎮圧、百座の講および『仁王経』転読の威力

乱により国家を傾けようとしたとき、百座の講、あるいは『仁王経』の転読で賊徒を平らげた。

⑦将門、純友の乱の鎮圧、『仁王経』の読誦の威力

天慶三年一〇月に広田社で臨時の奉幣があった。広田の神と気多の神が協力して、平将門討伐のために坂東に向かおうとしたが、兵糧がなかった。そこで大将軍忠文が毎日『仁王経』を読ませて兵糧を得、東国に着き、将門誅罰を行った。帰京すると、西国に向い賊を討った。ここでも『仁王般若経』を読ませた。神は王命によって乱逆を平定し、経は神威をまして法味を勧めるものである。

⑧極楽寺僧の『仁王経』読誦による藤原基経の病気平癒

堀河太政大臣は疫病にかかり、さまざまな祈祷を行ったが、効果がなかった。極楽寺はこの大臣の建立になるものであったが、この寺に住むキヨシという僧は招かれなかったが出かけてゆき、隅の方で『仁王般若経』をひたすら読んでいた。二時ばかりして大臣に呼び出された。枕もとまで近づけた大臣は、夢の中で鬼どもに苦しめられていたところ、鞭を持った童子が追い払ってくれた。誰かと尋ねると、「極楽寺の某があなたの病を心配して、『仁王経』を読みつづけています」と答えたところ夢覚め、病気が治ったと話した。

以上を見ると、一節から五節までに中国の例が示され、以下に本朝の例がたたみかけるように重ねられている。

さて、この「仁王経之事」における主題は何であろうか。

①では、仁王斎会の由来を語り、五大力菩薩の供養が三〇〇年を超えて相続されていることを誇るかのように書かれている。

五大力菩薩の供養がここでの主題である。[注3]

②では、蛮族の進入を『仁王般若経』の威力によって切り抜けたことを語っている。また「官軍天威ヲタノミ、経力ヲタノミテ、両軍マジハリ対シテ」と『仁王経』の験力も問題にされている。『仁王般若経』の威力、その験力を語るところに主題がある。

③では、異民族の侵入という国難を『仁王経』の験力で防いだことが記されている。『仁王経』は、「国ノ経ヲアガメ、経ノ験ヲホドコスコト」として、国経とされている。ここでも『仁王経』の験力が主題である。

④では、『仁王経』の祈雨効験が主題である。またこの説話は出典が明白である。『真言伝』の本文は、

永泰二年ノ夏、雨クダラズシテ人ウレヘヲナス。六月二十日、仁王般若ノ妙典ノ旨ヲ演述シテ、雨ヲ祈ラシムルニ、慈運陰ヲムスビテ、法雨ウルホイヲナスト云エリ。

と簡略に記されている。出典と考えられる『三宝感応要略録』中・五九「唐代宗皇帝講仁王般若降雨感応」では、「永泰元年秋、天下雨枯渇、代宗以八月二十三日」とあって、飢饉が天下の問題、つまり国家の問題であることを明確に表現している。[注4]

⑤は新羅の日本侵攻という明確な国難とそれに対する『仁王経』の法力が主題である。加えて八幡大菩薩が仁王般若の威力をかりて本朝を守ったと描いている。この説話の出典は不明であるが、新羅からの日本侵攻計画というテーマは他に類話を見ない。

⑥では、将門、純友の朝廷に対する反逆を『仁王経』で平定したとする。この平定は、『扶桑略記』では、天慶三年一月二二日の条に、将門調伏のために、浄蔵法師が延暦寺で大威徳の法を、公家が仁王大会を修したこと。二四日に明達が中山南神宮寺で調伏四天王法を修したことが記されている。『真言伝』では、『仁王経』に集約されている。

⑦も将門調伏譚である。広田社と気多社の協力に『仁王経』がかかわり、『仁王経』の講読が兵糧獲得に寄与し、将門の誅罰を成し遂げたとする。この説話の結びでは、「神ハ王命ニ依テ乱逆ヲ平ケ、経ハ神威ヲマシテ法味ヲ勧ム。三国コトナリトイヘトモ、護国ノ益ムナシカラズ」としている。巻二全体が修法重視の真言密教の立場で、『仁王経』の他、随求陀羅尼、尊勝陀羅尼、千手陀羅尼をめぐる霊験について三国にわたって記述している。

⑧は『仁王経読誦』による病気平癒に主題がある。極楽寺の僧を枕もとによんだ基経は、夢の中でこの僧と次のような会話があったことを話す。

極楽寺ニ候某ガ、ワヅラヒ給ヲイミジクナゲキテ、年比タモチ奉ル経必ズ験アラセ給ヘト念ジテ、中門ノ脇ノウチニ、朝ヨリ候ヒテ仁王経ヲ読奉ルアヒダ、其護法ニ御辺ニ候ラン。アシキ者ドモ払ヘト、般若ノ仰タマヘバ、払候也ト答フルヲ、タウトシト思テ、オドロキタルニ、カキハラフヤウニサワヤギタレバ、誠ニ参リテ経ヲヨミツルカトトハセツル……。

つまり『仁王経』に必ず効験があることを信じて念じていたこと、護法童子のことばによって悪鬼を追い払ったこと、その結果拭い去ったように気分がよくなったこと、夢の中の出来事が、現実のこのみすぼらしいが一途な極楽寺の僧の行動と符合することが語られている。同文的同話が『宇治拾遺物語』（一九一話）、『古本説話集』（下・五二）、『今昔物語集』（一四の三五話）にあるが、いずれも『仁王経』を読みつづけていた極楽寺の僧の名を明記しない。『真言伝』のみ「キヨシ」としている。

以上をまとめるならば、『真言伝』「仁王経之事」における主題は、『仁王経』の威力であり、『仁王経』と国家との関係であった。『仁王経』がいかに鎮護国家に寄与してきたかを、これらの説話を使って論証しようとしているのである。王法の護持を責務とする空海以来の伝統的な真言の立場に立っているとともに、これを支える編者の思想の中に、ある時は神が『仁王経』の力を借り、またある場合には、『仁王経』が神威によって力を増すとする、『仁王経』と神との双翼論、双輪論、神仏の習合論が見られるのである。こうして個々の説話が果たしている機能は、説話は単なる霊験譚を超えて、真言が、『仁王経』が国家護持の歴史を証明するひとつの歴史史料として用いられているのである。

四、『真言伝』の論述方法——僧伝の場合——

次に僧伝の場合の論述方法として行尊（巻七）の例を見てみよう。[注5] まず、大僧正行尊ハ、参議基平卿ノ息、小一条院ノ御孫也。母夢ニ叡山ノ中堂ニ参ズルニ、三尺ノ薬師如来ヲイダキ奉ルトミテ、イクホドナクシテ此僧正ヲウメリ。出家ノ後、頼豪アザリニ付テ、受法灌頂ス。

として紹介される。つまり法名、出自、出世時の奇瑞、出家時の師、受戒の師が記される。続いて法歴が記されるが、行尊の場合、三井寺の長吏、天台座主、大僧正法務に至ったことを記し、

大峯葛城諸国ノ霊山霊寺行ヒノコス所ナシ。苦修練行タグヒナキ人也。

と総括し、以下修行の過程、修行時の行業や奇瑞説話が延々と二〇例も記される。

①大峯神仙宿での三五日間の苦行
ただ一人庵室で経をよみ呪を誦していると夜になって大雨が降り、庵室の中は川のごとくなり、岩の上に蹲踞していたが、命が危なくなった。高声で、「我身命を惜しまず、ただ無上道を惜しむ」と経を誦んでいた。夜更けてあげまきの幼い童が二人来て足を支えていた。夢と知ってますます本尊を念じた。

②麗景殿の女御の病を癒す
麗景殿の女御（道長の次男頼宗の女）は行尊僧正を養子にしていた。僧正の大峯修行中病になり僧正の帰洛を求め、信禅を遣わした。僧正は弱弱しく衰えて修行をしていたが、修行を止めず、柑子一つつみを献じた。女御の御悩も平癒し僧正も宿願を果たした。

③和泉国槙尾山の修行
山の住僧に名を隠して奴婢のごとくに仕えていたとき、里の女の出産祈願に住僧に代わって行き、無事出産させた。牡牛を

引き出物にもらい、住僧に与え悦ばれた。この時僧正の姉梅壷の女御が僧正の様子を聞き、小袖一領を届けさせた。住僧は行尊が貴人たることを知り、自分の咎を悔いたが、行尊は身分が知られたことを知り、夜のうちに姿をくらました。

④郁芳門院の邪気を払う
郁芳門院が邪気にかかり、隆明、増誉が祈請していたが効果がなかった。有験の僧として行尊が招かれた。祈念するや邪霊は人に移り、門院は回復した。

⑤鳥羽院の前で蠟を鏡のごとく溶く
鳥羽院在位のときであるが、御前で蠟を溶かして固めることがあったが、いつも傷のあるものしかできなかった。幼い鳥羽院は不満に思っていた。僧正が印を結んで加持すると鏡のごとく傷のないものができた。

⑥樋口の斎宮の邪気を払う
樋口の斎宮が邪気を煩った。僧正が加持すると霊物が守護の人に移った。その人は我は蛇身を受け物を飲み苦しいと言い、水を飲ませると蛙を吐き出した。貴所へ持参の折、蛙をなくしてしまった。御悩平癒してから邪霊が蛙を早く返せと言われた。僧正は霊物を回向させようとした。同宮が再び邪気にかかるとこの守護人は姿を隠した。僧正が護法で召し出そうとして祈念を続けると、その女が蛇のごとく這い下りてきた。

⑦中納言顕隆卿が近江守のとき、瘧病にかかったが、行尊の祈念で癒えた。悦んだ顕隆は江州の小田二〇町を園城寺に施入した。この田を供料として百座の『仁王経』を行じている。

⑧僧正の母が瘧病を患ったとき、行尊が祈念すると数日の苦しみがすぐに消えた。これは第一の孝養である。

⑨富家入道が南都に塔を作ろうとしたとき、大工重恒がはげしく瘧病にかかった。行尊が袈裟と三杷の飯を送ると病はおさまった。

⑩富家関白が白河法皇の六〇の宝算を行おうとしたとき腫れ物ができた。行尊の祈りですぐ消えた。また瘧にかかり多くの験者が祈ったが効果なく、行尊が『千手経』を読み祈るとたちまちに癒えた。

⑪永久元年、帝が腰を患い、行尊が『千手経』を読みこれを直した。

⑫従二位の藤原氏が邪気を煩った。霊物が人に憑いて紙を破って食べる。行尊の手跡を与えると取り付くことがなかった。行尊の手跡の験である。
⑬平時清の妻が邪気にかかった。僧正は袈裟を贈り、邪気が起こったとき袈裟で覆うことを指示する。病者は右手が背中のほうに押しやられ縛られ、大音声をあげた。これは髪赤童子のしわざであった。この縛られた手がしばらく治らなかったが、僧正が加持して遣わした桃をなめて元に戻った。
⑭待賢門院姫君のときの瘧、入内しようとしたときの邪気、中宮のときの瘧、いずれも僧正の加持で払った。
⑮雅定中納言の妻の邪気に煩い、腰から下が中風のようになったが、僧正の加持で、物の怪が人に移って元気になった。
⑯待賢門院の中宮のときの御悩を祈り落とした。法皇からの褒美に、山徒に焼かれた三井寺の建立を願った。
⑰白河法皇の皇女の瘧病を治し、弟子範算阿闍梨を法橋にした。
⑬鳥羽院の第三子、生まれてまもなく絶入したが、不動の呪で加持したがなかなか蘇生しなかった。年来所修の行業を数え上げてやっと蘇生させた。
⑲中納言顕隆が邪気にかかり冥官となって僧正を責めたがついにその邪気を払った。これは中納言の息顕頼が目の当たりに見ていたことである。中納言も深く感嘆した。
⑳辺国修行のとき阿多喜という所で死せる女子を加持して蘇生させた。

これらの説話群は、すべて諸国の霊山霊寺を修行し尽くし、苦修練行類なき行尊を論証するためのものであろう。単に霊験としてのみ存在するのではなく、行尊の徳行を重層的に物に蒙らしめて顕在化させるための説話群であったととらえられよう。

五、『沙石集』の論述方法

一般の説話集が単なる説話を語っている意識だけではないと思われるところは種々ある。たとえば『沙石集』である。随所に一つの題のもとに複数の説話が織り込まれている場合がある。また「法ノ威力ハ、末代モ疑フベカラザルニコソ」（巻七）とか、「親見聞シ事ニテ侍レバ、人ヅテナラズ」（巻七）と結んで、説話の事実性を強調している場合が多い。ここでは、第七の第一話「嫉妬ノ心無キ人ノ事」の場合を見てみよう。この説話はこの題のもとに次の五話で構成されている。

①ある殿上人が領国から帰京する折に遊女を伴って帰ってきた。元の妻に、「新しい妻がうっとうしく思うだろうから家を出よ」と命じた。この妻は少しも恨まず、新しい妻を迎える準備を指示し、自らは家を出た。これを知った遊女は、元の妻の振舞いに感動し、自ら身を引き、もとの妻を戻すよう男に求めた。その後は近くに住みこの妻とも隔てなく過ごした。

②遠江国のある人の妻は離縁されて家を出ようとしたときに、夫から、「離縁されるときには、この家の中で最も良いものをとってよいのが習慣であるから、好きなものを持っていきなさい」といわれた。妻はほほえみつつ「あなたほど大事なものを捨ててゆくのですから何もほしくありません」と答えた。男はいとおしく思って離縁を取りやめた。

③ある人が、元の妻と壁ひとつ隔てて新しい妻と住んでいた。秋になって鹿の鳴き声がしたので、元の妻に聞こえたかと言いかけると、「私も人から泣いて慕われたものです。今でこそよそに声ばかり聞いていますが」と言ってきたので、男はいたたまれなくなって、新しい妻を返して、再び共に住むようになった。

④信濃の国のある人の妻のもとに、間男が通ってくるのを知って、天井に隠れて見ていたところ、誤り落ちて気絶してしまった。間男はよく看病して面倒を見ていたので、共に許しあった。

⑤洛陽の話であるが、天文博士の妻のもとに朝日の阿闍梨という僧が通っていた。急に博士が帰ってきたことがあり、西の引き戸から逃げ出したが、見つけられ、「あやしくも西に朝日のいづるかな」と呼びかけられたので、「天文博士いかに見るらむ」と返して、連歌などして心を許しあった。

無住は、①の説話においては、「タメシスクナキ心バヘニコソ」と結んで、二人の女性の心ばえ、思いやりのあるやさしい心を評価している。②では、離縁されようとした妻の「ニクイゲナク云ケル気色」、かわいらしさが、離縁を思いとどまらせたとしてその「心ガラ」を評価している。そのあとで仏教的批評を加えているが、そこで、「サレバ彼ノ昔ノ人ノ心アル後ヲ学ババ、現生ニハ敬愛ノ徳ヲ施シ、当来ニハ必ズ蛇道ノ苦ヲ免ルベシ」と結んでいる。③では、新しい妻がきて隣に住まわされるようになった妻が、「只ネタミクネリテ、怨ヲムスバズシテ、マメヤカニ色深クハ、自ラ志モアルベキニヤ」と結んでいる。つまりひがまず、すねず、本当の愛情を持ちつづけたことが取り上げられている。④の場合も、「心ザマ互ニオダシカリケレバ」と、穏やかな心、落ち着いた心を取り上げている。⑤も心の問題である。間男に歌を読みかけてやわらかに非難する心のゆとりが取り上げられたと言えるであろう。このように理解するならば、無住がここで問題にしているのは、標題に示された嫉妬心のない人、人間の心の問題であることを、それこそが人の幸せの条件であることを論証しているかのようである。一つの主題のもとにその主題を証するための説話群が配置されているのである。このような叙述方法によって、単に話を集めて提起するということよりも、自らの強い主張の資料としているかのようである。

六、説話論証

言うまでもなく中世とは新しい秩序の創造の時であり、再編の時である。説話もまたこの中で機能する。『真言伝』の編者の歴史認識は、仏法王法の存在を鳥羽院の頃までとみて、「保元の乱より後、諸道皆衰えて、仏法の威厳又なきが如し」とするものであった。この認識に立ちつつも、時代を生きるものとして、仏法王法が衰えた後の世界をどうするかの意思を示さなければならない。その理念を作らなければならない。そのとき編者がとったものは、真言の内証であった。それを示す歴史史料は、いわゆる説話であり、霊験譚であった。説話による論証が行われているのである。この視点で目を他に転ずると、他の説話集においてもほぼ同様の視点、論述の方法がとられている場合があると考えられるのである。しかも中世もやや下った頃から特に顕著になると思われるのである。

近年の説話集を主体とする作品論の相対的な衰退傾向、この中で最も基本的な問いかけもまた衰退しているように思われる。「説話」という用語は、雑談や物語としての説話面を考えがちであるが、叙述者の主体の中にとりこまれた歴史史料としての確かな意識をもっと重視してよいであろう。

注

1 『真言伝』のテキストとして説話研究会編『対校真言伝』(勉誠社、一九八八年)をもちいる。なお、同書の「真言伝解題」(野口博久執筆)によれば、刊本に寛文三年刊、正保三年刊、無刊記本と三種あるが、いずれも同板。写本に東寺観智院蔵室町末期古写本がある。『対校真言伝』は、寛文三年刊本を影印し、観智院蔵写本で対校したもの。なお各話に典拠および関連資料を示している。

2 収録された伝は多くが僧侶であるが、藤原常行、同師輔、清和天皇(以上巻四)、小野宮歓子(巻五)、藤原敦光、越前守侍(以上巻七)等、数名の俗人を含む。

3 五大力菩薩は毎年二月二三日に京都醍醐寺において仁王会の後に行われる供養であるが、五大力菩薩は、羅什訳にのみあって、不空訳には存在しない。編者栄海の立場を感じさせる。

4 『今昔物語集』巻七の一一は、『三宝感応要略録』を出典としていることはほぼ明らかであるが、『真言伝』で見られるような年月の変更はなく、『要略録』同様、永泰元年、八月二三日般若経の講、九月一日雨である。

5 典拠は『対校真言伝』の示すように『三井往生伝』(ただし下巻)と思われるが、論証説話は別の資料から採録していると思われる。『三井往生伝』の詳細は、拙稿「中世往生伝研究——往生伝の諸相と作品構造——」(『国文学研究資料館紀要』一一号、一九八五年三月)。

3 説話文学 ——仏教の庶民化と地方化

一、中世説話文学の始まり——地方への瞠目

みちのくの平泉から太平洋岸に出ておよそ六〇里ほど下ったいわきの国、白水の地に阿弥陀堂が現存する。永暦元年（一一六〇）この地の豪族岩村則通の室の造立になるものであるが、創建後八〇〇年余りたった今日、かつての豪華絢爛とした極楽の様相は偲ぶべくもないが、豊かな山並みを映した池水に映え、都会の喧騒に疲れた精神には、現代の極楽を思わせる。

いつの時代にも政治権力の集中しているところを中央とし、その対極を地方とするならば、地方にも常に生活があり、そこに文化が存在する。京の都からすれば、勿来の関を越えた僻遠の地、いわきの地も例外ではない。

この〝地方〟はいつも忘れられているものだ。

この〝地方〟が、ある時突如として中央から瞠目され、中央によって表現されることがより多くなる時代がある。変革期と呼ばれる時代がそれである。

時代の移り変わり様を肌で感ずる畏れおののきの中に、未だ見ぬひなへの畏れ、あこがれが高まっていく。中世説話文学はここへの着目から始まる。

二、仏教説話集の成立

遠い地域や永い時間を隔てて伝承されてきた話、あるいはごく間近に伝えられ、あるいは直接見知っている話、それらをなんらかの目的意識の中で集め、体系付け、作品を一貫する、あるいは一貫させようとする意図をもって、自らの文体を創造して語りきった一連の作品がある。また自らの過去の体験を回想し、今を省みた時、めくるめく歴史意識の中に、狂おしきまでの記録意識が浮かび、宮廷での出来事を、戦場での体験を、一連の記録として残した作品がある。これらは作者が仏教の教化や、自らの仏道への求道を直接には問題にしていないという意味で世俗説話集と呼んできた。

一方において、当時の多くの人々の心を支配した末法に入ったという観念的な認識、社会経済の体制が、次第に律令的な体制をつきくずし、荘園を中心とした新たな土地所有形態への移行、大きく捉えれば古代社会から中世的社会体制への変革の中で、様々な矛盾を超克するために起こってきた合戦。いわば観念と現実との結びつきの中で、人々は現実としての末法を認識し、真剣に無常を実感することになった。その中でより真剣に仏を求め、それも自らを受け入れてくれる仏道を求め続けていた。このとき、古くから説経の中で使われていた因縁譬喩譚を、釈迦や尊い菩薩の話のみならず、身近な現在の生活の場の、耳近き話の中に、尊い仏へ媒(なか)だちを求め続けた。また他人の為に行う前に、自らの心の迷いを克服するために、また多くの同朋を求め、同朋と手を携えて仏道を求めるために、積極的に話を求めたのである。こうして仏教説話集が成立した。仏教の特色の一つは、人間の生死の苦悩をいかに克服するか、すなわち解脱であった。苦悩からの救済、また解脱の方法を模索した。仏の教えや仏道への勧めを教えるためにも仏教説話集は次々と編纂され続けたのである。より多くの人々に教えるためには、身近な話の方がわかりやすい。そこで次第に表現の面にも目が向けられ、自ずから人の機微に触れるような話が磨かれていく。かくて説話集は単なる実用性を踏み出して、新しい文学性を獲得していったのである。

三、古代の往生伝から中世の往生伝へ

源信によって『往生要集』が書かれ、地獄の恐ろしさと阿弥陀の浄土が紹介されると、浄土教の教えは急速に広まっていった。ことに慶滋保胤には、文人貴族としてのバックボーンである文章経国思想が、すでに衰退しつつあることが意識され、その結果

浄土教信仰にすすんでいった。『往生要集』に見せた源信の考え方の一つは、仏教教理が頑魯の者には理解困難であるとの思いであり（序文）、保胤においては、一般衆生は智恵浅く心の救いが理解できない。だから実際に往生した者の伝を記すことで、衆生の心を仏法に誘うとの考えであった。これが一つの契機となって、往生はいかにして可能かという方法論や、真の往生はあり得るのかの観念論に至るまで、広く関心が集まり、往生者の伝記や、往生者をめぐる説話がもてはやされ、古代社会では往生伝が大流行した。しかし古代社会における往生伝は、その往生思想を取り上げてみても、観想念仏や、念仏に対する大量の行が必要だったのであり、決して大衆レベルでは、身近な仏とは言い難かったのである。しかし往生伝や浄土教の普及は、やがて人々の往生への願い、仏道への願いを次第に高めていったのであり、自分たちの心にぴったりする新しい教えを待っていた。

天台の信仰の中から見出されてきた浄土教は、中世が近付き、中世に入るとさらに大きな変革を待っていた。もはや中国に頼って、中国から何を学ぶかの時代ではなくなっていた。またいかに生きるかの課題は、より大きく人々の心にのしかかっていた。法然、親鸞、日蓮等の人々は、すでに中国からもたらされていたうず高い仏教思想と取り組み、己がいかに生きるべきかの苦悶の解決を求めていた。そして法然はただ一つ、念仏すべきことを選び出したのであり、親鸞は念仏によって仏にすがる心を見出したのであった。浄土教の信仰は、初期の観想念仏中心の時代には、この世の中に浄土の世界を現出できるような浄土教芸術を必要とした。藤原頼通による宇治平等院の鳳凰堂も、みちのくの藤原氏による中尊寺金色堂も、京のはずれの浄瑠璃寺の阿弥陀堂も、いずれもこの世に浄土を造り、阿弥陀への往生を願った権力者によって建てられたものであった。一般の者にとってこの世に浄土を造り出すことは、不可能であったけれども、仲間を募り、互いに励まし合いながら念仏を勧めていくことは可能であった。そしてこの念仏者の集団は、京からはるか離れた僻遠の地にも生まれていた。『一言芳談』に登場する敬仏坊は、常陸の国真壁の郷に念仏聖の集団を形成していた。この真壁からさして遠くはない上野国山上の地にもこうした念仏聖の集団があった。

金沢文庫にただ一本それも零本として存する『念仏往生伝』は、念仏聖行仙によって編集されたものである。わずか一七人の往生伝を伝えるのみであるが、現存する伝には、

上野国淵名庄波志江市小中次太郎母

同国赤堀紀内男
伊豆御山尼妙真房
武蔵国阿保比丘尼

等、そのことごとくが都から遠く離れた関東の人々であった。しかも本書は、上野国で編纂されたことが明らかである。浄土教思想の発展と普及は、文学の地域的な広がりと、文学に登場する階層を飛躍的に拡大したのである。

念仏聖による往生伝の編纂はこの他にも多くあったものと思われる。『蓮門類聚経籍録』の中には、「日本往生伝　二巻　了誉上人」なる記述が見られる。証真による『今撰往生伝』などもある。これを見ると往生伝の編纂はこの他にも多くあったものと思われる（拙稿「中世往生伝研究――往生伝の諸相と作品構造――」、『国文学研究資料館紀要』一一号、一九八五年三月）。しかし法然以降の往生思想は、往生に至る行を問題にするのではなく、往生への心を問題にする。様々な行を語り、聞くことは、自らの行為への大きな励ましになったであろうが、心を語ること、聞くことは困難である。むしろ論を聞くこと、読むことの方が、より効果的である。したがって中世では、法然や親鸞の著作がそのまま読まれ、享受されたのであり、法然の与える一枚起請文が読まれていたのである。また『歎異抄』や『一言芳談』のような法語も読まれていたのである。一方、往生譚そのものは、往生伝として集められるかわりに、『発心集』や『閑居の友』のような説話集の中に入って、編者の心を吹き掛けられることによって、往生伝の中では得られなかったような文学性を獲得していく。

鴨長明の『発心集』は、彼の晩年、『方丈記』より後の建保三年（一二一五）の頃成立したらしい。当初六巻であったものが、後に増補され、現行本は八巻本である。編纂の意図が序文に明白に語られているが、それによれば、「心の師とはなるとも心を師とすることなかれ」の著名な一文、人間の心の弱さの認識から始まる。愚かさに適した指導法の模索と難解な仏教教理の限界を述べ、その上で「説話」による「心」の教育を説く。あくまでも、「耳近きを先とし」身近な例にしぼろうとする。たとえば、橘大夫守助という人は、八〇歳を過ぎても仏法を知らず、精進もせず、愚痴極まれる人であった。永い間生活を共にしてきた妻の目にさえ、徹底した背教者としてしか映らなかった。間違いなく地獄行きであろうと見ていたのである。ところが意外にも瑞相めでたく極楽往生を遂げたのであった。いかなる事情があったのかと考えると、この老人にも晩年ひそかに発心が訪れていたのであった。妻の証言によると、一昨年の六月頃から、毎日夕方になると必ず、一枚の紙を取り出して西に向かって読んでいたということであった。その紙を調べてみると、それは十念往生の願文で、万一最後の十念を欠くような不慮の障害の際にも、極楽往生させてほしいという趣旨が記されていた（巻二の一〇「橘大夫発願往生事」）。この往生譚の提起する重要な宗教的主題は、最後の十念の重さを説くとともに、念仏の実践方法や、修行のいかんを問わず、往生を求める心を問題にしているところにある。「常に無常を思ひて、往生を心にかけん」とか、「心に忘れず極楽を思へば」等とあるように、往生に至ろうとする人間の心の在り方を問題にしているのである。また往生をひたすら信じ、ひたすら修行にうちこむ強い人間が対象になっているのではなく、弱い人間にも目が向けられている。またある聖は、弟子に向かって、自分も年を取りさびしいからと言って夜伽のための女をさがさせる。この女が六年ほどして出てきたところを尋ねると、今朝往生したという。また女の語るところによると、この六年間、いささかも世間の夫婦のようなことはなく、ただ互いにひたすら念仏を唱えていたという（巻一の一一「高野の辺の上人偽って妻女を儲くる事」）。この僧は、名聞利養を捨て、仏道にうちこむために弟子さえもあざむき、それによって念願を達成したのである。いわば偽悪を行うことによって世間から笑われ、それによっていっそう勇猛心をかきたて浄土に向かっていったのである。おそらくこのような話題は、真剣に仏を求める求道者たちの間で語られ、あるいは法談・説経の場で語られ、育てあげられていったに違いない。鴨長明は、それを自らの文体で語り上げていったのである。

四、僧伝の集成

古代の往生伝によって実践された伝の集成は、中世に入るとさらに僧伝的色彩を帯びる。『三井往生伝』の在り方は、従来の往生伝であると同時に、僧伝的色彩も見せている。この傾向は、さらに大きく展開する。『私聚百因縁集』は、全九巻一四七条から成り立つ。伝の集成は巻一から四までが天竺篇、巻五、六が唐土篇、巻七、八、九が和朝篇である。インド、中国、日本との三国及び浄土系に専修した僧伝を主体とする。万法の由来と諸法の因縁を知ることが仏法に入り、悟りを得る道となるとして、三国にわたる仏教に関する希代な因縁事跡を類聚したわけである。その著述の目的は、広才賢智の人が対象ではなく、見聞の狭い人のためとして、説く者も聞く者も同じく極楽に往生し、大菩提が得られるようにとの願いからであった。なかでも注目すべきは、各国話の巻頭は「仏法王法縁起由来」となっており、仏法、王法相依の歴史と仏道の在り方を、浄土教を原理として捉え直そうとするところにある。特に和朝篇（巻七の一）では、神仏習合を秩序化した本地垂迹思想によって開闢説話を分析し直そうとしている点である。ここで日本の始原を捉え直そうとするのは、混乱する価値観の中で、それを克服し、新たな価値基準を作りだそうとする強烈な意志である。著者住信の革新性である。本書が執筆されたのは、跋文の記すところにより常陸の国であることが明白である。ここには真壁の敬仏房がおり、親鸞自身も数年滞在したところである。都からはるか離れた常陸の国からみたとき、より一層日本国の始原を見直そうとする強烈な意志が生まれてきたのであろう。成立は序跋によって正嘉元年（一二五七）七月、住信四八歳の時であった。また、著者住信は談義僧でもあった（仏教大辞彙）。このような革新的な僧の談義を聞いた在地の人々は、温かな仏の心を感ずるとともに、新しい時代の到来をひしひしと感じていたことであろう。

　僧伝の集成では、『真言伝』もまた見逃せない。正中二年（一三二五）小野の栄海の著作。全七巻、一二六条。巻一に天竺、震旦の高僧伝をあげ、巻三以降に最澄、空海以下本朝の高僧の伝を載せる。奥書に栄海自らが記すところによれば、浅見寡聞、幼稚短才の者のために、三国の霊異にとんだ高僧伝を、碑文、行状・伝、日記、物語等をもとに書き集めたという。日本に仏法・王法のあったのは、鳥羽院の頃までで、それ以後衰えたと見て、慶円、明恵の例外を除いて久安から仁平期（一一四五〜五四年）以前の伝に限定したという。その文体は漢文訓読調の片仮名混じりのものであるが、それを見る人の理解の便を考えて「和語ニヤワラゲ」たという。仏法、王法を保元の乱の頃までと見る歴史認識は、『愚管抄』に示された慈円の見方とも共通する。単に過去を模範として懐かしむだけではなく、仏法、王法衰えた後の世界をどうするかの意志が貫かれていると言えよう。そのために個々の説話は、自説の論証のために重層的に使われている。もはや話の収集ではなく、論証のための折たたみ、重ね合わせといった強烈な個性が感じられる。

　これより少し前の元亨二年（一三二二）に成立した虎関師錬の『元亨釈書』、三〇巻もまた僧伝の一大集成である。師錬が師の宋僧一山から、自国の史伝をおろそかにしていることを叱られて発憤、我が国に来往した外国僧並びに日本の歴代の高僧の史伝を編集したもので、推古朝以来、元亨年間までの七百年に及ぶ高僧の史伝を編集したもの。一山からの刺激を契機にしたとはいえ、外国により深い興味と関心を持っていたことから、逆に自国への関心をうながされたことによるもの。仏法伝来以来七百数十年、もう一度仏教史を捉え直そうとするところから行われた一大事業であった。各伝は様々な類話を比較し、考証する姿勢を見せる。この点は『真言伝』で栄海が、説話を自説の論証の資料としたところと通ずるところがある。

以上見てきた『念仏往生伝』『私聚百因縁集』『真言伝』等は、それぞれ浄土系、真言系というように、特定の寺院や宗派に関する専修的色彩を持った作品である。この他にも寺門派（三井寺、天台の山門派に対抗）の往生伝を集めた『三井往生伝』、高野山の往生者を集めた『高野山往生伝』、真言系の『長谷寺験記』、八幡信仰系の『八幡愚童訓』、日吉の山王権現の霊験譚である『山王縁起』（『日吉山王利生記』とも）といった作品が輩出している。これは鎌倉の新仏教が、天台、真言の既成の顕密による権門体制の中から、念仏、法華、禅といった一つを選択した現象と共通し、中世の一特色と言える。また一方において、一宗一派一寺によらず、他との融合を積極的に勧めるものや、諸宗を総合的に含みこむ系統の著作もある。

五、東国伝承のすくい上げ

無住は、俗称梶原氏。嘉禄二年（一二二六）鎌倉で出生。下野、常陸で少年時代を送り、一八歳の時に常陸で出家。はじめ天台僧に師事、さらに上野長楽寺の臨済禅を学び、さらに大和に上り、法相、律その他の教学を六、七年続けた。さらに東寺三宝院の真言を伝授。弘長二年（一二六二）に尾張の長母寺に入った。以後この地に永住して教化に努めた。当代屈指の博学多識の僧であった。この教学のみならず、物語説話の類を多読、各地の街談巷説にも通じていたようである。『沙石集』一〇巻、『雑談集』一〇巻の二つの説話集と、『聖財集』三巻、『妻鏡』一巻の法語を残した。これらの著作、ことに『沙石集』は後代に広く流布した。この成立事情は、序文及び巻末の識語に明らかにされており、弘安二年（一二七九）から同六年（一二八三）にかけて成立したが、その後も自ら加筆、追加、訂正、削除を繰り返していたようである。読者の要望に応じた改編も続けていたらしい。それがまた諸本の多様性をもたらしている。執筆の意図は、序文に今まで見聞してきたことを思い出すに任せて書き集めたとして「雑談ノ次ニ教門ヲ引、戯論ノ中ニ解行ヲ示ス」ことによって因果をわきまえ、生死を出て涅槃の都に至るしるべを意図するとしている。また跋文にあたる「述懐事」では、これを読むことによって神明の深い心や仏陀の深い恵を受ける効果を期待し「世間ノ物語ノ中ニ書キ交テ、仏法値遇ノ縁トセント恩許也」ともいう。つまり無住は、愚者をいかに仏門に導くかに心を配り、努めて身近な例を示して教化することを意図している。全一〇巻の中には、神明・仏菩薩の利益談、訴訟、執心、歌徳、学生、因果応報、慳貪、遁世・往生等の話が続く。説話集としての特色は、説話集としての魅力もさることながら、無住という一個の個性の法談・法語集となっていることである。無住の説き語らんとする主題は常に儼然としていて、かつ明確である。説話はその中に散りばめられているのである。それは『私聚百因縁集』における説話を用いた論証方法ともつながる。しかも個々の説話を切り離しても、その説話が新たに生き生きとして存在し続けるところにある。たとえば、ある山寺の法師、いささか堕落してある女人と暮していた。死期の近付いたのを知って臨終の念仏を始めるとこの女は、「我ヲ捨テ、、イヅクヘオワスルゾ、アラカナシヤ」と言って、頸に抱きついて引き伏せる。何度か繰り返すうちに、ついに引き倒され組みつかれたまま、臨終の作法のできぬままに死んだという（四の五「婦人ノ臨終ノ障タル事」）。無住はこれを、「魔障ノ至ス所」と評して、煩悩を捨てて悟りを得ることがいかに難しいかを語っているが、田舎の女の直情的な愛の強さも語っている。巻七は、人間の持つ嫉妬心、蛇性の心を持つ説話群が並んでいる。遠江国のある妻、離縁されて去る時、家財を自由に持ち去ることを許されていながら、夫ほど大事なものを捨てて行く身には何もほしくないと言って、夫を感動させ、離縁をまぬがれた話（七の一）など、いとしく、優しい心を認める無住の姿がある。下総の継母が継女を蛇に取らせようとした話（七の三）は、継子苛めを基底に人間の持つ蛇性の心が把握され、たくみに因果の理のさとしとなっている。このような地方の名もなき庶民の心意気や伝承の息づかいが伝わってくるような説話に満ち満ちているのである。仏教がその仏恩を地方のすみずみにまで拡大していった背景には、無住のような感性優れた談義僧たちの活躍があったのである。

思想的な側面でみると、巻一の第一話に「大神宮ノ御事」をおき、仏法の中心に据える。巻一はすべて神明に関するもので、さながら神明神話の集成である。和光の神明がまず垂迹して、人の荒い心を和らげ、仏法を信ずる方便としたと説く。以下解脱房貞慶の大神宮参詣、三井寺の公顕僧正が出離を神明に祈った話等々と続く。中心になる神仏観は、「貴事ハ仏ヨリ出テ仏ヨリ尊キハ、只和光神明ノ利益ナルヲヤ」とあるように、垂迹の面を尊んではいるが、本地はあくまでも仏であり、仏本神迹の立場で貫いている。

無住の習合思想は、この神仏の習合にとどまらず、仏法の真言と和歌を結合させた和歌陀羅尼観をも展開している。あらたな価値体系を見出そうとするこの中世の時代、無住にもまた幅広く学問し、伝承を学ぶ中で、より多くのものを総合し、新しい価値観、思想を生み出さんとする懸命な営みがみえてくる。

神仏の習合観や、地方伝承のすくい上げ、といった現象は、この時代の大きな特色である。次に登場してくる『神道集』によって頂点に達する感がある。作者は各巻内題の下方に、「安居院作」とある以外に手がかりはない。そこで内部徴証によって「安居院作」を裏付けようとする研究がある。天台の本覚思想の分析から安居院系を裏付けようとする説、天台修験系の唱導団説など、中世唱導団との関わりを考える点では、概ね一致する。全五〇話から成り立っているが、巻一の最初に「神道由来之事」として日本の開闢説話を冒頭に有する伊勢外宮の神仏習合説を置く。次に宇佐八幡、正八幡等の神社説が続く。全体を貫く明確な体系性は読み取りにくいが、物語的な説話の部分においても、本地の教説が付加されており、教理書的性格をもつ。また赤城山を中心とする西上州の神々の縁起を語るものが七つある。

上野国児持山之事（六の三四）
上野国一宮事（七の三七）
上野国勢多郡鎮守赤城大明神事（七の四一）
上野国第三宮伊香保大明神事（七の四二）
上野国赤城山三所明神内覚満大菩薩事（七の四三）
上野国群馬郡桃井郷上村内八ヶ権現事（八の四七）
上野国那波八郎大明神事（八の四八）

この一連の説話では、登場する神々の前身が、神となる資格を与えられる契機と、神通の徳を有する段階から、悪世の衆生を済度する立場への昇華が強く意識されている。しかもここにこれら説話の地方性、在地への固有性が濃厚に漂っている。

ここにみられる苦難を受けつつも、肉親（特に夫婦）の素朴にしてかつひたむきな愛情に駆られて、懸命に生きている姿は、従来の都中心の文学の中には見られなかったもので、新しい人間像の形象である。それが都から遠く離れた坂東を舞台にした説話群の中に見られるのである。この時代に神仏の縁起を語る唱導が盛行し、しかも地方にまで広まっていったのは、地方のもつ重みの増加を意味する。古代的体制の変革から、在来の貴族階層を中心とする寺社のみには頼っていられなくなった社寺が、神仏を新しい庶民社会の中にまで普及せしめようとしたことによるものである。

六、縁起の時代

時代の変革は新しい歴史の構築を必要とする。中世の社寺においても自分たちの歴史を確認しようとする。そこに縁起の作成が盛んになる。『神道集』の中に見られたそれぞれの縁起は、地域社会の中における自社の確認であるとともに、歴史の確認でもあった。

『三国伝記』は、応永の末年から嘉吉の頃（一五世紀初め）の成立で、作者は玄棟。玄棟については資料がなく不明であるが、作品から近江ゆかりの人、叡山の学僧で諸国行脚をし、特に東国への旅の経験者であると考えられている。集としての構成は、序文で応永初年の執政足利義満の治政を謳歌し、四海平安、海外との通交も活発な状況を述べて、来朝した天竺の梵語坊、明の漢字郎と、折から参籠していた江州の遁世者和阿弥の三人が期せずして京都の清水寺で参会し、巡物語を行ったと言う。この構想のもとに全一二巻三六〇の説話が配列される。『太平記』北野通夜物語との関連があるが、何よりも本書の特色は、これまでの三国の理解が、天竺→震旦→本朝の順に、直線的に把握されていたのに対して、単に三国が存在するのではなく、三国の話を交互に繰り返す円環的理解にある。その内容は伝記、縁起譚、霊験譚、発心譚、往生譚等である。なかでも先行説話集に依らず、玄棟自らが収集したと思われる話には、縁起譚、霊験譚が多い。この点では先の『神道集』ともつながる。

文体並びにその表現は、文飾修辞の加わった華麗なものが多い。たとえば犬神明神の本跡を語る話（二の一六）は、主人が大蛇に飲まれんとするところを救った飼犬を過って殺してしまい、それを悲しんで犬神として祭ったという縁起譚。出典は未詳であるが、「昼ハ千鳥ガ岡ニ遊テ遅々タル春ノ日ヲ暮シ、夜ハ鳥籠山ニ伏テ耿々タル秋ノ夜ヲ明ス」の一節は『白氏文集』上陽人の、「秋夜長……耿々残燈背壁影」の一節をふまえたものと思う。これはまた『和漢朗詠集』を通じて人々に愛好され、口ずさまれたものであった。このような文飾、修辞は作者が最も意を注いだ所であり、この他にも多く見られる。またこの漢文的美辞麗句は、安居院の唱導資料などにもしばしば見られるものであった。こうした点、玄棟が唱導僧であることを思わせるとともに、唱導の場で用いられる文体の説話集への参入でもある。

ところで唱導は、講経、法会の一要素として行われていた。これは表白詞章と口頭詞章に分けて考え得るものであるが、前者が収集されて『言泉集』や『澄憲作文集』のような唱導文集が、後者が類聚整理されて、仏教説話集が形成されたと思われるのであるが、それが『三国伝記』に見るように、相互に交渉し合う姿も見られるのである。

七、世界の拡大——琉球への視点とヨーロッパ

『神道集』によって前生の物語と神仏との結びつけをなされた本地物や、『三国伝記』によって集められ、語られた縁起譚や霊験譚は、以後室町物語の中にも受け継がれ、確かなジャンルを形成し、文章的には都市化され、洗練されていく。しかしこれを支えていた地方的活力や、仏教的力はややに薄められていった。

一六世紀、西洋の国々は大航海時代を招来し、ヨーロッパから西へ東へと進出していった。またマルチン・ルターによる宗教改革は、旧教をも活性化させ、彼らはアジアを目指してきた。日本にやって来たザビエルは、鹿児島に上陸した後、平戸へ、京都へ、山口へと足をのばし、次々に布教の拠点を確保していった。また、彼らはやがて印刷機を持ち込み、天草や長崎で精力的な出版活動も展開した。また伝導書や日本の文学をローマ字を用いて翻訳した。『サントスの御作業書の内抜書』が天正一九年（一五九一）に島原半島南端の加津佐で出版され、翌文禄元年（一五九二）『平家物語』、文禄二年（一五九三）には『イソポノハブラ

ス』が刊行される。キリシタンがやって来た一六世紀の後半にかけての時代は、戦国も漸く統一への兆しの見えてきた時代であり、やがて信長、秀吉によって統一され、日本も世界に向かって歩みだそうとする清新の気に満ち満ちた時代であった。信長はキリシタンを、自らの宗教政策の中に位置付け積極的に活用した。永禄一二年（一五六九）フロイスの京都在住を許し、天正七年（一五七九）にはオルガンチノに安土に寺院建立の許可を与えた。やがて秀吉の時代になると、天正一五年（一五八七）には禁圧令を出す。それは次第に苛酷なものになっていく。さらにヨーロッパ列強間の争い（元和六年（一六二〇）イギリス、オランダの両国は、ポルトガル、イスパニアの侵略的植民政策とキリスト教伝導の不可分を説く）もあって、悲劇的な大殉教を迎える。日本がヨーロッパの歩みの中に組みこまれ、翻弄された短い期間のものであったが、中世の最後に咲いた清新な可能性豊かな文学でもあった。

キリシタン文学のことごとくは、日本文学史の上に宗教文学として位置付けられるものであるが、『サントスの御作業書の内抜書』『イソポノハブラス』等は、そのまま説話文学となっている。

『イソポノハブラス』は、序文に「惣じて人は実もなき戯言には耳を傾け、真実の教化をば聞くに退屈するによって、耳近きことを集め」たものであること。日本の言葉の稽古の他、「よき道を人に教へ語る便ともなるべきものなり」とあり、善導への教化が目的であることをうたっている。この意味では典型的な説話文学である。「エソホが生涯の物語」である上巻と寓話部である下巻から成り立っている。イソップは醜怪異体・異形の天下無双の容姿で紹介され、シャントの奴隷としての立場を、機知を背景とした抵抗の精神をもって、あくなく自由を求めついにそれを獲得する。しかし讒言によってついに殺されるまでの生涯が、あざやかなテンポで語られる。イソップの生涯はあたかも中世の庶民が、長い戦国時代を生き抜き、やがて幕藩体制に組み込まれていった歴史的現実をも予測させるような果敢な人生であった。

安土桃山の気風が次第に落ち着きをみせ、体制化しかかっていた時代、慶長八年（一六〇三）に中国に渡らんとして果たせず、琉球に招かれた浄土宗名越派中興の祖、袋中上人は、琉球の国主の帰依を受け、桂林寺を与えられ、篤志家の懇請によって『琉球神道記』を作り与えた。この中で琉球国を神明権迹の地と宣言した上で、第一巻に三界事、二巻に天竺の仏法、三巻に震旦の歴代の帝王のことを記し、四巻で琉球の諸寺院及び本尊を、五巻に日本の神社と習合した垂迹神、琉球の固有信仰、風俗等について記している。その神祇観の根本は「神祇ハ諸邦ニ通ジ、各々表裏アリ」（序文）とか、「爾ニ此日月、天竺ニハ菩薩ノ変作ト、震旦ニハ虙羲（筆者注：上古の帝王の事、巻五天照太神事）、女媧ノ所作ト。倭ニハ日神、月神ト云。一須弥一世界ノ同日月ナリ、縁起何ゾ各々ナルヤ」と捉えている。つまり琉球の中の神明権迹の地の意味を、天竺、震旦という諸邦の中で考え、かつ本迹ありとするところにある。また琉球の神社を見た袋中は、地形的類似性から琉球の洋権現と熊野神を、琉球の霊石信仰と八幡縁起中の石躰権現の伝承と結合させている（拙稿「琉球神道記」、『国文学』二〇巻一、一九七五年一月）。思うに袋中上人の意義は、本朝の仏法の問題を天竺、震旦の中にまで展開し、本朝の仏法と琉球の仏法とを結合させ、仏法を拡大させたところにある。

八、中世説話文学の終焉

中世は永い四〇〇年の間、激しい時代の変革の中にあった。古代から近代への永い変革の時代であった。この間、絶えず地方は中央を窺い、中央は地方を窺い続けた。文学の世界では常に地方が中央への活性剤となって、世界を拡大し続けるとともに、より豊かな世界を形成し続けてきた。かつては都とその周辺だけしか見ようとしなかったのが、地方に目を配り、遂にはヨーロッパをも視野に入れてきたのである。

外界への畏れ、おののきといった面からの説話文学は、近世が成立し、体制が確立するとともにほとんど終焉する。変わって過去への懐旧談、体験の記録といった側面が続く。また楽しみを求めての笑話の類が盛んになる。仏教もまた体制の中に組み込まれる。その結果社会のすみずみにまで浸透する。かくて中世説話文学の持っていた、荒々しくも素朴な感性もまた消えていったのである。

付記：本稿は中世説話文学の全体像を通観しようとしたものではない。仏教の普及拡大といった側面と、説話文学とのかかわりを通観しようとしたものである。なお、中世説話文学の概観としては、小峯和明「説話文学の種々相」（稲田利徳・佐藤恒雄・三村晃功編『中世文学の世界』世界思想社、一九八四年）が適切であることを申し添える。

4 『イソポノハブラス』

――イソップ伝一説話の分析から――

日本の永い文学の歴史の中でも、いわゆるキリシタン文学はひときわ異彩を放っている。同時にこの重要性については夙くから喚起されていたように思う。しかしこれを文学研究の立場からとりあげた研究とか、明確に文学史上への位置づけを行なった例はほとんどきかない。いわば未開拓の分野と言えるであろう。

このキリシタン文学の中の一作品で、一五九三年に、九州天草で印刷刊行された『イソポノハブラス』は、ローマ字で表記された口語文体を持ったものであること、西洋文学の翻訳であること、一六世紀の末という中世から近世への転換期にあらわれていること、等のさまざまな意味でもっと注目されてよい作品であろうと思う。

この意味で、本書の中の一話をとりあげて、私の解釈を示しておきたい。尚、本書の書名であるが、文禄本『伊曾保物語』とか、天草本『伊曾保物語』と呼ぶ場合が多かった。これは、本書と近い内容をもったものに、古活字本や万治の整版本の形態で刊行された国字の『伊曾保物語』があることから、一異本の名称としてつけられたものであるように思う。しかし私は、この両者の間は、単に諸本の関係にあるものではないと考えるので、原名のとおり『イソポノハブラス』と呼ぶことにする。[注1]

或る時シャント　イソポを連れて墓所へ赴かるゝに、その所に棺の有つたに、七つの文字を刻うだ。それと言ふは、よ　た　あ　ほ　み　こ　お　これぢや。イソポ　シャントに言ふは、[A]「殿は学者でござれば、この文字をば何と弁へさせらるゝぞ」と、[B]シャント暫く工夫をせらるれども、さらに弁へられいで、「この棺は上古に作つたれば、文字今は弁へ難い、汝知らば言へ」と言はれた。Cイソポは元よりその字面をよう心得てシャントに言ふは、「我はこの謂れを弁へてござる。この所に過分の財宝がござる。それを顕しまらしたらば、何たる御恩賞にかあづからうぞ」と、シャントこの旨を聞いて「汝これを顕すにおいては、普代のところを赦免して、その上に財宝半分を与へうずる」と約束せられた。その時イソポ文字の謂れを読み顕いて申すは、「よ　といふは、四つといふことぢや、た　といふは、たんとといふこと、あ　とは、上らうずるといふ義、ほ　といふは、掘れといふこと、み　とは、見よといふ義、こ　とは、黄金といふ義、お　といふは、置くといふ義ぢや」と判ずれば、掘つてみるに、文字の如く、D過分の黄金が見えた。シャントこれを見て貪欲が俄に起つて、イソポに約束を違へうとせられたれば、又その奥な石に五つの文字が有つたをイソポが見て言ふは、「所詮この黄金をばシャントも取らせられな、その故はこゝに又石に五字書いてござる。それといふは、お　こ　み　て　わ　とあつた。この心は、おといふは、置くといふ義、こ　といふは、黄金といふ義、み　とは、見付くるといふ義、て　といふは、帝王といふ義、わといふは、渡し奉れといふ義でござる。Eしかればこの宝は国王に捧げうずるものぢや」と言うたところで、シャント大きに驚いて、密かにイソポを近付け、「この事が外へ聞えぬやうにせい。家に帰つてその配け分をば与へうず」とばかり言はるれば、FイソポF普代の赦しの取り沙汰は無かつたによつて、シャントに対うて言ふは、「この金を下さるゝことは恩に似て恩でない。子細はさう無うて叶はぬことぢや。右のお約束の如く普代のところを赦させられいでば曲が無い。たとひ当時はいろ〳〵に仰せらるゝとも、時刻をもつて是非に本望を達せうずる」と申した。[注2]

この部分は、「イソポが生涯の物語略」の内の一説話である。この話の展開は、

①イソポが墓石の文字の解読をシャントに問う。
②シャントには解読できずイソポに解読させる。
③イソポ恩賞を要求する。
④シャント、奴隷の身分を解放し、さらに財宝半分を与えることを約束する。

⑤財宝を見つけたシャントは、イソポの約束を破ろうとする。
⑥イソポはすかさず次のキィワードを読み、この宝が国王のものだと言う。
⑦シャントはイソポを懐柔するためわけ分を半分やると言う。
⑧イソポはあくまで自由を要求する。

という展開になっている。すでにこの説話に至るまでのイソポ伝の中で、その容貌や、シャントに買われた奴隷の身分であることが説明されている。この説話の中では、「殿は学者でござれば」というイソポの質問に対し、暫く工夫をするが、「さらに」わからず、上古に作ったもの故という条件つきで今はわからないとしたうえで、「汝知らば言へ」と命ずる。かろうじて主人の面目を保っている。ところがイソポは、「過分の財宝がござる」のことばによって、普代のところの赦免（奴隷の身からの解放）という最大の願いと、財宝半分を与えられるという約束をひき出すことに成功したのである。シャントが貪欲心によって約束を破ろうとすると、すかさずこの宝は国王に捧げなければならないものだと説明する。シャントも自分が不利と知るやすかさず「密かにイソポを近付け」財宝をやることできりぬけようとする。しかしイソポは自由にするという約束がないと見るや、いささかも恩にはならない。あなたは無道な人だと、この機会を逃してはならじ（「時刻をもつて是非に本望を達せうずる」）と、自由への欲求を強烈に展開する劇的な構成と読みとれるであろう。いわばイソポの自由を求める強烈な意志と、自由を支配する者と支配される者という、シャントとイソポの緊張した関係が浮かんでくる。しかもこれを描く文体は、いかにも二人の情景を彷沸とさせるような豊かな会話文と、会話と会話の間を適切につないだ地の文からなりたっている。決して洗練されたものではなく、たたみかけるように、いっきに激流を走り抜けるかの如く、いささか奔放とも言える文体である。これを一説話としてながめた場合に、構成的にも、その文体としても、かなり高い達成を示していると言えるであろう。

この説話のみならず、このすぐあとに続く、「シャントが妻をイソポの計によっておこらせてしまった話」ともいうべき説話も巧みに描かれている。友人のところで食事をしていたシャントが、妻のことを思い出し、イソポを呼び、珍物を、「我が秘蔵大切にする者に食させい」と言って届けさせる。イソポは、シャントの言う秘蔵大切にする者とは、妻のことを言っていることを知りつつも、それを犬にくわせる。これによりシャント夫妻をけんかさせる。という内容の話であるが、このイソポの行動は、シャントに対して「当りざまが悪うて卑しめらる、によつて、どこでがな返報をせうと思ひ居る時分」であったために、返報としてやったものである。いわばシャントのわずかなすきに乗じて、かつての侮辱に対する仕返しをするイソポの抵抗への共感と、普段は支配されている者が、その主人公をほんろうする面白さである。また夫婦間の機微をみごとに読み、返報の材にするというきわめてするどい感覚が見られるのである。

具体的に説明するのは、この二例だけにとどめるが、『イソポノハブラス』は、一般のイソップ物語の中で親しんできた寓話部分の面白さのみならず、このイソポの生涯を語る説話群の中にも面白いものが多い。同時にこれらの中には、イソポの求める自由への願望の強さ、主人公に対する抵抗、主人公をほんろうする面白さ、イソポの人間分析の鋭さといったものが、力強く流れているように思われる。

ところが、こうした『イソポノハブラス』に見られた作品のいのちのようなものが、古活字本や整版本の『伊曾保物語』になると、著しく変質しているのではないかと思う。例にあげた説話が、ここでは上の八「棺槨の文字の事」としてあげられている。これをみると説話の展開はほとんど同じである。しかし表現においては著しく質の違ったものになっている。Aの部分は、

殿は智者にてわたらせ給へば、この文字の心を知らせ給ふや。[注3]

と軽く変化している。Bに至ると、

是は古の字なり。世隔たり時移つて、今の人たやすく知る事なし」と仰ければ、

である。Cの部分は、

いそ保あざ笑つていはく、「此文字の心を申あらはすにおゐては、……

Dの部分では、

あまたの黄金ありけり。しやんと、これを見て欲念おこり、伊曾保に約束のごとくあたへず。
……文字あらはれたり。……いそほ是を見て、しやんとに申けるは、……

である。Eの部分は、

「その金をほしゐまゝに取り給ふべからず」と云。その時、しやんと仰天して、ひそかにいそほを近づけ、「この事他人に漏らすべからず」とて、かね半分をあたへける。

Fに相当する部分は、

いそほ石にむかつて礼をする。そのゆへは、「このかねをばさきに給はるまじきとさだめ給へど、この文字故にこそ給はりつれ」とて、石と文字とを礼拝す。又、伊曾保申けるは、「此宝を取り出すにおいては、譜代の所を赦免あるべしと堅く契約ありければ、今より後は、御ゆるしなしとても、御譜代の所をばゆるされ申べし」といひけるなり。

となっている。つまりこちらの描写の中では、古い文字の読めなかったシャントのくやしさみたいなものはないし、「いそ保あざ笑って」の描写の中には、イソポとシャントの間の緊張した関係は感じられない。さらに財宝を見せつつ、自由への約束をとりつけたイソポの巧みさはない。約束を破るシャントに対する抵抗のごときものも消え、きわめて平板に次の文字を読むという行為に移っている。そして何よりも大きな変化は、普代のゆるしがなかったことによって、厳しく約束の履行を迫っていったイソポの力強い姿は、完全なまでに消え失せ、金半分をもらっただけで満足し、「石と文字とを礼拝」し、譜代のところを赦免するという約束を素直に信じている、平凡なイソポの姿に変質していることである。

イソポの姿が叙述的になっていき、淡々としたものになっていく傾向はほぼ明らかであると思うが、今は他の説話については言及せず、この一話の分析だけで先に進めたいと思う。

問題はこの二つの作品中における説話の叙述の違いがどこからくるのかである。

最初に『イソポノハブラス』と『伊曾保物語』の関係をみておきたいと思う。

まず、両者の構成を見ると、『イソポノハブラス』は「イソポが生涯の物語略」でほぼイソポ伝を語っている。ついで寓話の部分は、「イソポが作り物語の抜き書」と「イソポが作り物語の下巻」とする部分に分かれ、三巻からなりたっている。『伊曾保物語』の方は、上巻（二〇話）、中巻（四〇話）、下巻（三四話）の三巻構成であるが、上巻の二〇話のすべてと、中巻の第一話から九話までが、イソポの生涯を語る部分であり、これが『イソポノハブラス』のイソポ伝を語る部分にほぼ対応する。中巻の一〇から四〇までと下巻の第一話が、「イソポが作り物語の抜き書」に話の登場してくる順序や内容がほぼ対応する。しかし下巻に相応するところはほとんどない。これが両本の実情である。これまで土井忠生、柊源一等の先学によって出された結論は、共通祖本説とも言うべきものである。つまり「文語訳と口語訳とが同時にできたと考えるよりも、現在の天草本と文語本との共通の祖となる広本の文語訳があって、天草本も文語本もその広本から抄して各々一本となった」[注4]と見られている。また、この共通祖本説の上にたって、その訳稿の翻訳底本が何であったかを追求した小堀桂一郎は、それがシュタインヘーベル本の抄訳であることを明らかにしている。[注5]つまり『イソポノハブラス』と『伊曾保物語』の違いは、両者の拠った底本の違いからくるとは考えられないのであり、広本からの訳し方の違いと見倣すことができるのである。

この点で再び『イソポノハブラス』と『伊曾保物語』を比べてみると、前者の方に見られた、イソポの見せた自由へのあくなき願い、主人公に対する抵抗、主人をほんろうする面白さ、といったものが相当に失われてしまったところに成立してくるのが後者の世界ではなかったかと思えてくるのである。逆に『イソポノハブラス』の成立は、まさに中世文学最後の開花だったのではなかったろうか。

注

1　これを書名として用いたのは、『吉利支丹文学集』下（日本古典全書、朝日新聞社）における柊源一が最初であろう。

2　本文の引用は、『吉利支丹文学集』下（日本古典全書）による。

3　本文の引用は、『仮名草子集』（日本古典文学大系九〇、岩波書店）による。

4　注1に同じ。

5　「『伊曽保物語』原本考（上）――シュタインヘーヴェル本『イソップ集』に就て――」、『文学』四六巻一〇号、一九七八年一〇月。

5　御伽草子類の表現

一

御伽草子類がどのような世界を表現しているのか、あるいはどんな人物像を表現したのかについては、それほど簡単に応えられる問題ではない。ことに下剋上の時代、戦国乱世の時代に生まれてきた文学などという先入観があるならば、御伽草子類の中に描かれた人物たちの、あまりにもつましやかな夢にとまどう。出世栄達をとげたとたんに、実は天皇の子であったとか、高貴な方の子供であったなどと解釈するあの自信のなさにもしばしばとまどう。御伽草子類に漠然と描いているイメージと現実の作品との乖離にとまどうのである。御伽草子類に夢を描き続ける上で、このとまどいを超える方法、もっと活きのよい文学を読み取って行く方法を模索することも必要であろう。[注1]

なお表現とは、表現主体が文字あるいはその他の媒体を通して自らの感情、思想を表象する行為である。表現主体は自らの表現を常に統御しているとは限らない。時には相矛盾する要素を持っているし、確立されたかに見える統御構造も常にその足許を波にさらされているかのようである。特に時代の変革期の中ではそれが目立つ。したがって表現とその表現の必然性を探ることが意味を持つと考えている。

二

『窓の教』[注2]は、確たる根拠があるわけではないが、おおよそ室町の中頃から終りの頃にかけて成立したかと思われる作品であり、いわゆる公家物の一つである。テキストは二本あり、一つは内閣文庫蔵の絵をともなったものである。もう一つは『片玉集』巻四五所収の一本である。これは本文だけを伝えている。内容は、詩歌・管絃にすぐれ、帝の信頼も厚い三位の中将が主人公である。一月から一二月の間に一二回にわたって妻問するものの、ついに理想とする女性と巡りあえない。落胆して吉野に籠っていたところ、中将を惜しむ院の配慮によって女四の宮を賜り、関白に昇進し子孫もたくさん生まれ繁栄した、とするものである。妻問の場の設定や描写には、『源氏物語』や『伊勢物語』等の古典がふまえられている場合が多い。全体に豊かな古典の教養をしのばせる作品である。

この作品でどのような女性が登場しているかを見ると次の通りである。

一月　故右大臣の娘（二位）
二月　左衛門の督の娘（従四位下）
三月　常陸の守の娘（従五位）
四月　やんごとなき方
五月　兵衛司の姪（両親とも死別）
六月　故大納言の北の方（正三位）
七月　なま上達部のゆかりの者
八月　播磨の守の娘
九月　帥の宮の姫君
一〇月　右大将の姫君
一一月　中納言の娘

一二月　故右兵衛の督の妻

これを父親の位階で見ると、親王の他高いところで右大臣、大納言であり、下の方で常陸の守、播磨の守の国守階級である二位から五位までの貴族階層である。いわば三位の中将の上と下の人たちが対象になっている。これらの女性たちをどのように描写し、表現しているかを見てみよう。

一月の故右大臣の娘は、

なべてならぬ御けしきにて、夜離れなくおはしまして御覧じなれぬるに、程へてけれども、この姫君いつも御顔に扇をおほひて、さらに御顔見へ奉らせ給はず。御前の御達いづれもおなじく、顔をかくしおほひて、物きこえ給ふもすさまじくうるさければ、御心とまるべきふしもなくて、

ここでは「なべてならぬ御けしき」と抽象的な表現のみである。それだけで中将はこの女性の所に妻問している。しかしいくら時間が経過しても常に扇で顔を隠している。はなしをするにもうっとうしくなって通わなくなってしまったとなっている。いわば本文からは顔を見せようとしない異常な女性として描かれている。

二月の左衛門の督の娘は、

かたちすぐれ心も世になくあはれを知り給ひて、はかなき世を憂きものに思ひしづみ、明け暮れは、仏の道を心にかけ給ひて、をこなひをのみし給ひて、御つれ〴〵の御もの思ひをも、もろともに語りなぐさませ給ひ侍らんや。

「かたちすぐれ心も世になく」と容貌の点でもすぐれ、心にもあわれを知る女性である。これに対して中将は、仏道修行を共有することをすすめられるままに妻問をする。いざ女性に会うと、

御かたちはいとうつくしく、御としも二八ばかりとみゑしが、まぎれなく思ひしづみ給ふとおぼへて、さまをも変へ、法の道にもいらまほしく思ひしづみ給へる人がらなり。されどもやう〳〵すかし給はんとて、二三日おはして、

容貌の美しさ、としのほど一六才であることを評価しつつも、いまにも出家してしまいそうな様子を読み取る。しかし何とか自らの力でなだめうるであろうと通いつめる。しかし強い仏道修行の様子あるいは大勢集まって経陀羅尼を読みあう異常な様相に幻滅して立ち去ることになる。

三月の常陸の守の娘は、

誠に聞きしよりも豊かに心もとなきかたなく、ひめぎみも白くふくらかに、はな〳〵とにくからぬさまし給ひければ、何となくおはして、又二三日にもなりぬ。

「豊かに心もとなきかたなく」と女性の背景・財力を説明し、次に色白くふっくらとしていて花のように美しく派手な様子として表現している。

四月のさるやんごとなき方も、

かたちなまめきてよろしく見えて、としも二十に二つばかりあまれる人なるべし。

と、容貌があでやかで歳は二二才と紹介し、「心やすきかたにまぎれ侍るにや」と中将も心をゆるす。しかしこの女性の召し使う上童の髪をそいでいると激しい嫉妬心を見せるので、中将は恐ろしくなって逃げ出す。この場面に光源氏が紫の上の髪をそぎつつ、はかりなき千尋の底のみるぶさの生ひゆく末はわれのみぞ見ん」と詠う場面（源氏物語・葵の巻）をふまえていることはい

うまでもない。

五月の兵衛司の姪である女性は、

五月雨の雲まの出でもやらぬをまち顔にて、

きみはあでやかにほそく、たをやかに髪のかかりたるそばめ、ここらの中にはまたなく見えければ、類なくおぼして、

と、あでやかな細さ、豊かな髪、かわいらしい姿に、「あかずをかしとおぼす」とすっかりとりこになる。しかし中将が魅かれたこの魅力的な女性は当然この男、あの法師と他の人々とも多彩な交遊を続けていた。あるとき宮中を早目に退出して来た中将は、この女の多彩な交遊、頽廃に近い生活を、「あさましくめざましく」感じて一気に心がさめてしまった。

六月の故大納言の北の方であった女性は、

御としのほど四十あまりにて、色あくまで黒く背高く太りて、普賢菩薩の乗りものにもなく、鼻は低く顔大きに、見るも恐ろしく、

と、色黒、背高く太った体形、鼻は低く顔は大きい姿を、「見るも恐ろしく」と恐れられ、「おし肌脱ぎ汗をひた〳〵のごひて、おしくぐみ、もの食ふ顔めざましく」というあまりにも無作法な姿を見せ、中将をしていたたまれないような気持ちにさせている。

七月のなま上達部のゆかりの者については容貌の描写はない。父親の供養として手づから施行を引き、乞食や非人に施しをして、踊り念仏をしていた。その上、「せめて世間並みに」という中将の言葉を逆に「道心のない人よ」と批判するほどの人であった。中将はひとときも耐えられず退出するのであった。

八月の播磨の守の八人のむすめたちも、本文中には容貌の描写がない。上達部を婿にと期待する播磨の守が、「いづれにても御目好きしだい選らせ給ふべし」の言葉に、「月の光に、くまなく見わたせば、まことに思ひ〳〵のすがたども、たとへて言ふ

べき言の葉もなし」と絶句し、嫌悪のあまりつまはじきをして帰り、帰ってからも「八人面々にわれ劣らじとそねみ聞えし顔つき」が目の前にちらついている。

九月の帥の宮の姫君は、

宮の御かたちうつくしく、すぐれ給へるもうれしくて、世離れなく参り給へる。


とあり、容貌の美しさのみが説明されている。しかし中将は受け入れてもらえなかった。

一〇月の右大将の姫君は、

いまだきびはにたよ〳〵として、如月の初風にもなびきぬべき柳のふぜいにぞ見え給ひけるほど、御心ざしたぐひなく、

外見上は痛々しく弱々しいようすを春の風にゆれるしだれ柳にたとえた表現はあまりにも美しい。自然界のものによって具象的に表現している。観念的な文学や故事の世界あるいは観念的な言葉の世界を超えている。その上で内面上の問題に移り、心ざしの類ない美しさもあわせ表現している。しかしむすめを女御にと期待する右大将の前に二人の間は引き裂かれてしまった。

一一月の中納言のむすめは、

御としは廿ばかりにや。なべてならぬふぜいにておはしましければ、おり〳〵おはしかよひつゝ見給へば、若くふくらかに憎からず御覧じける。


年齢は二〇歳ほど、人並みでなく美しい雰囲気を感じさせる。若く、ふくらかで、可愛らしい女性である。

最後の一二月の女性は、右兵衛の督の死後ひと目につかぬようひそやかに生活している人であった。

三十ぢばかりにや。やせ〳〵としてその色とも見えぬうすぎぬひとへにて、身も冷えわたりぬ。いとほしともなか〳〵言の葉もなし。

と描写され、あまりにも貧しいようすに中将の心は離れてしまった。

これで明らかなように、中将が妻問に失敗する理由は、一〇月に登場した右大将の姫君が女御にしようとする父親の強い意志で中将との仲を割かれたことを除けば、すべて女性自身の性格や行為に起因している。原因はすべて女性の側にあるのである。本文中では物語はつねに男性中心に展開している。

三

以上のように中将の妻問があり、中将の視点から女性を描写し、表現している。まずは外見、容貌上の描写である。そこで表現されたものは、「なべてならぬ御けしき」「かたちすぐれ」「かたちうつくしく、すぐれ」という抽象的な表現から、

・白くふくらかに、はな〳〵とにくからぬさま
・かたちなまめきてよろしく見え
・あでやかにほそく、たをやかに髪のかかりたる
・きびはにたよ〳〵として、如月の初風にもなびきぬべき柳のふぜい
・若くふくらかに憎からず

と具象的な表現まで見られる。またここに表現されたイメージは、若くふっくらとした様相、華やかであでやかな様相、春風に

ふかれゆれる柳のイメージ等に至るまでのはばがある。この点において単に楊貴妃や漢の李夫人、本朝の小町をもって、あるいは容顔美麗等の言葉をもって女性の美しさを表現するよりははるかに現実感を持った表現である。

ところでここに見られた、つまり本文から分析できる女性像、本文の中に表現されていた女性像は、すべて男性である中将の目を通して表現された女性像であった。女性自らが語ることはなかったのである。ここに絵を介在させるとそこにどのような世界が読み取れるであろうか。

四

一月の絵は下段に四人の女房が、上段の左上に姫君が、その前に碁盤が置かれている。右上に中将が描かれている。女房たちは「われらは御上さまの御意にもれては身のためあしからん」と、姫君の意に添うべく必死になって扇で顔を隠している。しかしそのうちの一人は扇をおとして、「もとの生まれつきに悪からんをば、かくしてもなほるべきか。いかゞせん。あまりかいなたゆくてさのみかくしえずや」の画中詞が見える（「かいなたゆくて」は「腕がだるくって」の意で解釈）。中将は、「けふは子の日の祝にて候。歌をもあそばし、碁をもうたせ給へかし」と誘っているのに対し、姫君は「一えんに歌とやらんも、碁とやらんも知らず候。あらむつかしや」と応じている。この絵からは本文から読み取ったように単に異常な姫君ではなく、碁も歌も知らない姫君、他の女房たちに対しては強い権力をもってのぞんでいる姫君とその姫君の無教養さが読み取れてくる。この場面では、言葉による表現力を絵画の表現力が補っているのである。

二月は、読経に励む女房と姫君、それにぽつねんと浮かぬ顔をした中将が描かれている。中将が、「ちとまた休ませ給へかし。きびしき御経也」との言葉に対し、女房は、「後の世をいかにとおもふに、悠〳〵とくらし給ふことよ」と中将に対して厳しく批難する言葉を浴びせ、姫君も、「かた時もやすむべきにはあらず」とたしなめている。姫君たちは無常の世を仏教に生きる確信があり、それが中将に対する批判となって表れている。ここでも本文中からは読み取れなかった女性側からの批判的な台詞があることに注意したい。絵と本文は互いに補完関係にある。

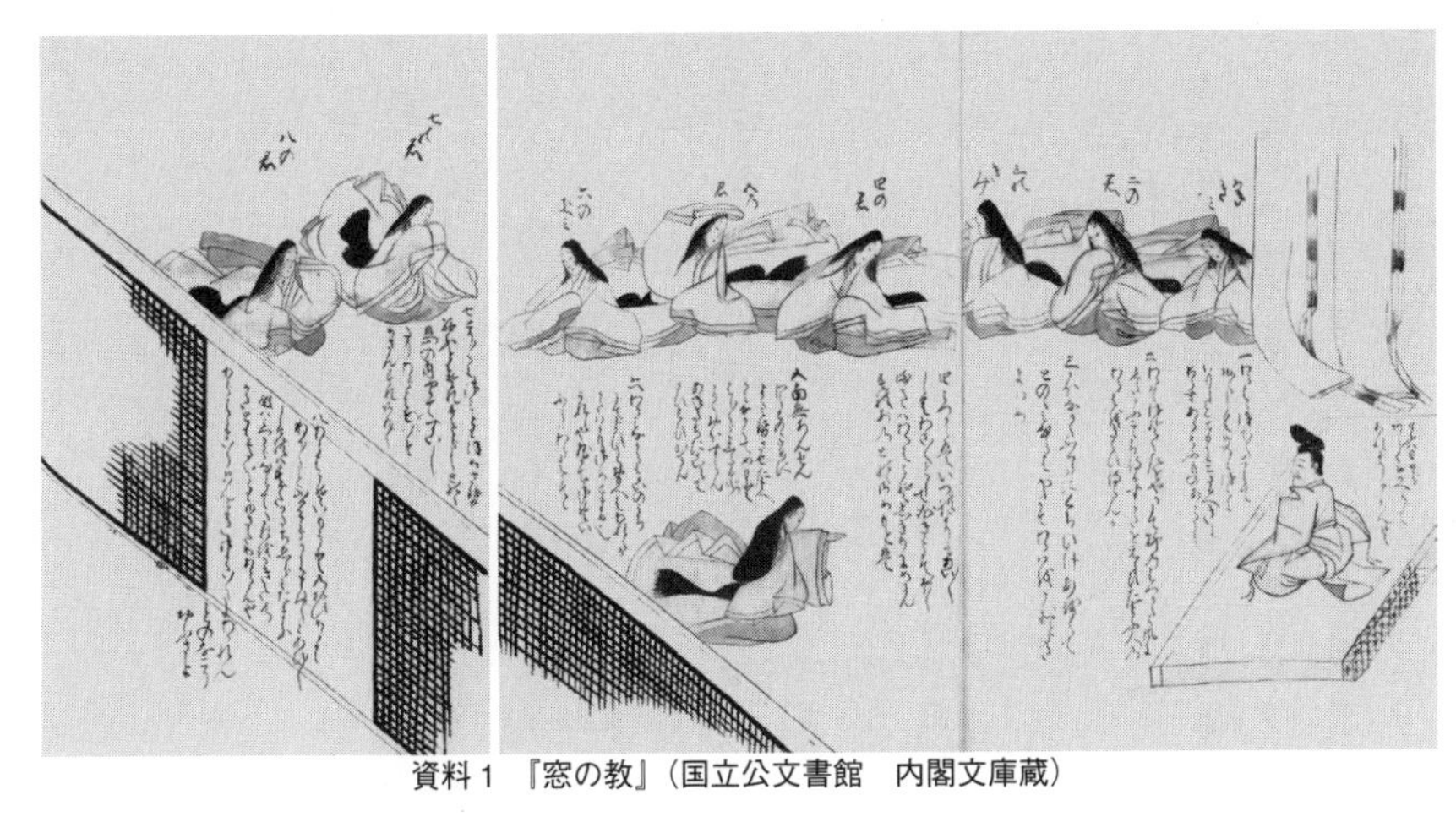
資料１　『窓の教』（国立公文書館　内閣文庫蔵）

最も華やかな絵は八月である。一つの場面は播磨の守夫妻の他にむすめたちの叔父、せんしん房、女房が居る。むすめの誰かが中将の妻になることを期待しながら、「この館へうつし参らせば、我等は対の屋へうつり侍らん」等と次の生活を思い描いているのである。次の場面では、いささかうんざり気味の中将の前に八人のむすめが並び、それぞれが自己主張している。あね君は、「わらは丶、ほて〳〵として物〳〵しく御入候程に、いもうと共に超さるべきにあらず。あらそふものあらじ」とふくらかでどっしりした体形を誇り自信を見せる。二の君は、「細くたをやかにて、柳のはづかしく風にしたがふこゝち侍る」とほそやかでものやわらかな優美さを誇る。三の君は、「顔ながくふくらかに口ひげあおくて、殿の身ならば、やがてわらはをこそとのたまはめ」と自らの売りこみよりは中将に対する思いを明確に表現している。四の君も、「あい〳〵しく、わさ〳〵として、心きゝにておはしまさば」と愛嬌があって聡明かつ機敏さをアッピールし、その上で、「あの殿の、御目もとは」と中将に対する大胆な官能的表現を示している。五の君も、「髪ながく目もとはし〳〵としたるが良くおぼすらん。あねたちに超えてさいはいひかん」と、可憐さを主張すると共に、姉たちに対する強いライバル意識を示している。六の君は、「我らがかたばかり御目とまる也。うれしや。やがて御添ひふしは、わらはにて候」と絶対の自信を示し次の展開を夢みている。七の君は、「殿の御心の内、やがて推したり。わらはをこそ召さんずれ」とこれまた自信たっぷりである。最後の八の君は、「わか〳〵とふくらかにまろ〳〵とあい〳〵しければ、すがたかたち選み給ふ殿は自らならで」と、若々しくふっくらとして丸々とした愛らしさを誇っている。さらに、「御かた〳〵に別れんことのなごりおほさよ」と先々を心配する自信を示している。

女性たちの姿は生き生きとしているし、中将を前にして姉妹の赤裸々な感情も噴出している。

五

こうして絵を分析してみると、一月の場合などは中将の落胆の原因が話をする時のうっとうしさと読み取っていたものが、実は女性の側の教養の不足であったことが分る。するとより強く女性への批判が読み取れよう。二月の場合も女性からの男性批判が読み取れる点に注目したいが、さらに仏教思想の問題もある。八月の場合は、本文では、中将が思い思いの八人の姿を見て「たとへて言ふべき言の葉もなし」と絶句し、「八人面々にわれ劣らじとそねみ聞えし顔つき」とあったその実体が絵の中に描かれていたのである。明らかに絵と本文は一体の物である。さらに絵からうかがえるものは、女性の口を通して女性たちの考える美の概念が表現されていることである。ここで主張されたものは、ふくらかでどっしりした体形、ほそやかでものやわらかな優美さ、愛嬌があって聡明かつ機敏さ、可憐さ、わかわかとふっくらとして丸々とした愛らしさである。これらは本文上の表現を補い強化するのみならず、さらに女性の美がより多様な様相を示している。さらに女性の側から男性批評が見られることである。女性たちがのびやかに自らの利点を主張している。会話文であって一つ一つは断片的である。しかしこれだけのびやかな自己主張は本文の分析からは得られないものである。

六

絵を介在させると、より豊かな御伽草子類の世界が見えてくる。この『窓の教』で言えば、本文の中では男性の裏側にいて、常に男性の目を通して紹介されるだけであった女性たちが、絵と画中詞の中には、自らをのびやかに主張する姿があった。文学的には（文字表現としては）十分な表現力を持っていないが、その表現主体の中には確実に新しい力が生まれているのである。本文と絵との間に見られる矛盾するかに見えるところがあるのは、絵や断片的な台詞による表現力が言葉による表現力を超えているものであろう。

注

1　私は御伽草子の用語について、室町時代を中心に成立した短編の物語群で、かつ渋川版『御伽草子』二三編のような作品群として「御伽草子類」の用語を用いる。

2　『室町物語集』下、新日本古典文学大系五五、岩波書店、一九九二年所収。引用はすべてこれによる。

6 御伽草子研究史

明治以降〜昭和二〇年

一、明治以前——研究のきざはし——

近代における国文学研究の中でも、御伽草子研究は、江戸時代からの連続性がきわめて高いジャンルである。江戸時代において広い階層に読み物として享受されていたし、江戸の後期になると、国学者などの随筆、例えば小山田与清の『松屋筆記』などには、しばしば言及があり、「古色いとめでたし」「室町の末の物とおぼし」「いにしへはこの双子を婚礼の道具とせしなり」等と記す部分があり、すでに研究の萌芽を見せていた。また、馬琴の『燕石雑志』巻四では、桃太郎、浦島の子等について考証を展開しており、なかなか面白い。そして絵草子の類は、昔絵巻物であったものを梓行したものであろう、絵巻物は絵合せの余波である、と書いている。こうした馬琴の見解は、今なお多くの問題を含んでいる草子と絵巻物との関係、さらに童話との関係などの研究として、興味を魅れるものがある。この他先駆的な書誌的研究も見られる。中でも平出順益の『物語草紙解題』(横山重・巨橋頼三編『物語草子目録』大岡山書店、一九三七年に所収)は、室町から江戸初にかけての物語書目八一篇の書目解題であった。これが明治になってその孫鏗二郎に受け継がれ、『近古小説解題』(明治四二年、大日本図書株式会社)に結実したのである。

二、明治——研究のはじまり——

明治二四年、畠山健、今泉定助によって御伽草子二三篇が刊行され、識者の研究関心をひきおこした。この前年に刊行された『日本文学史』(三上参次、高津鍬三郎著)には登場していなかったが、明治二六年の同じ両氏による『日本文学小史』では、「御伽草紙あり」として、「文章尊ぶべきにあらず、説話もまた荒唐不稽なり」としたうえで、「当時の人の文学上嗜好の程度を知るの一助とならん」と極めて消極的ながらも文学史に登場させたのである。明治三一年の芳賀矢一『国文学史十講』では、御伽草子について、流暢な句調を評価し、徳川時代の戯曲への影響を述べている。明治三四年に刊行された『新編御伽草子』(誠之堂書店)のはしがき(萩野由之)では、御伽草子について、「短編の草子物語二十三種の惣名なり」と定義した。また文学史上の重要性を述べ、元禄文学の種子となったと説いている。この点は芳賀の説に通ずるところがあるとともに、以後も認められた見解であった。長谷川福平の『古代小説史』(明治三六年、冨山房)は、平安時代から室町時代迄の小説の展開を辿ったものであるが、室町時代の小説類に多くの頁を割いている。ここで、恋愛物、伝説物、擬人物、本地物、その他の五分類を行なっているが、研究史上はじめての分類であった。藤岡作太郎の『国文学史講話』(明治四一年)は、「平易なる短編小説」と定義し、文学的評価としては、清新の趣を認めがたきが、通俗化、仏教性に注意すべきものとし、それらが個人的観念の勃興と関連していると捉えた。藤岡の学問は単に現象を把握するだけでなく、その因を理解し国民性をとらえようとするところに特色があるが、御伽草子全体の本質把握の初めてのものとして意義がある。明治四一年『室町時代小説集』一七点の解題を示した平出鏗二郎は、翌四二年藤岡の協力を得て『近古小説解題』を刊行し、鎌倉時代から江戸初期までの物語草子二三三篇について解題を加えた。梗概を主に、題材、諸本等にふれたものである。当時これだけの作品を集めることは驚異的なことであり、その後も永く基本文献として利用されている。また藤岡の識語によれば、物語を趣向によって区別し、恋愛を主とするもの、男色もの、継子いじめもの、物狂もの、遁世もの、縁起もの、非類の擬人もの、妖怪もの、敵討もの、伝記ものと一〇種に分類していたと言う。これは長谷川の五分類中のその他を細分したものである。この他、五十嵐力『新国文学史』(明治四五、早大出版)があるが、ここでは、謡曲、狂言を高く評価し、御伽草子についてはほとんど新見がない。永井一孝の『国文学全史』(明治末年か)では、句調の流暢、浄瑠璃や仮名草子以下の小説等の源泉等の評価をする点で、芳賀の論を継承している。また絵とき(絵巻物)の文章が次第に発達して、短編の物語になったものが御伽草子であるという主旨の見解がある。

三、大正――固有の価値の発見――

大正時代は明らかに明治と昭和の中間の時代であった。有朋堂文庫『御伽草紙』（大正四年）、『校註日本文学大系』一九巻（御伽草子等）によって、これまでの研究の成果が一般に提供された。尾上八郎の『日本文学新史』（大正三年）では、鎌倉室町時代を法中心の時代（奈良平安時代を情、江戸を道、明治を主義中心）と捉える。この時代に興って来た現代的思潮が、狂言や擬合戦記を、個人的価値の増加が伝記小説をというように、文学現象の因果関係を捉えようとした。また従来から言われている次の時代の序説の意味の他に、平民文学への変化に意義を認めた。津田左右吉の『文学に現はれたる我が国民思想の研究（二）』（大正六年、東京洛陽堂）は、御伽草子類について古伝説、古物語が新しい色彩を帯びて発展してきたこと、平民が文学の題材となったことを二大特徴と捉える。津田は首尾一貫して文学における表象構造を捉えようとしている。この傾向は藤岡がすでに示していたことであるが、津田に至ってより広く構造化されたといえる。また尾上の方法にも構造化的なものが見られることから、一つの時代的風潮にもなっていたものと思われる。藤岡の『鎌倉室町時代文学史』（大正四年、大倉書店）では、御伽草子の文学性について荒唐無稽の作多しとしながらも、「子供らしく単純にして、原始時代の趣の存する所」を指摘した。これによりはじめて御伽草子がそれ固有の価値を認められたといえる。

四、昭和――独自の価値基準――

昭和の時代は、明治、大正と続いた基礎の上に国文学研究が大きく花開いた時代であった。すでに大正末年に『国語と国文学』『国語国文の研究』が発刊されていたが、昭和八年に『文学』が発刊され、国文学研究の一層の活発化をもたらした時代である。このことは御伽草子研究においても例外ではない。その代表は島津久基である。昭和三年刊『近古小説新纂』では、御伽草子一一篇と幸若舞曲四篇を取り上げ、厳密な本文の翻刻と校異、関連する出典を注記した。考説では、性質、素材、構想、表現、題号、成立年代、用語、原本並びに所在、系統、影響等について、整然と叙述した。綿密な注釈、該博な知識に裏づけられた考説は、広く説話の展開流動の世界を拡げている。また一貫して文学として読もうとする姿勢で貫かれている。御伽草子全般にわたる論考としては、「御伽草子・仮名草子・舞の本」（『国語と国文学』昭和二年四月号）、「御伽草子論考」（同上六年一〇月号。共に『国文学の新考察』昭和一六年、至文堂に所収）がある。前者は、近似交錯したこの三者の違いを分析したものである。後者では、定義、類別、特質について論じている。まず御伽草子の定義と範囲について、諸説を列挙し、いわゆる享保期頃の渋川清右衛門刊行の御伽文庫二三編の物語の流布を室町時代と認め、この類の物語が室町時代より江戸初にかけて、多く生まれていること、この術語がすでに江戸の後期には用いられていることなどから、御伽草子の名を近古小説の汎称として用いることは妥当であるとする。次に他分野との境界線のみならず、各編の内容を形成する要素の多様性、交錯を御伽草子の一性格と認めた上で、童話、寓話、異類物、本地物、仏教法談物、遁世物、継子物、恋愛物、歌物語、怪異譚、霊験譚、英雄譚、復讐譚、孝行譚、祝儀物の一五種に類別する。次に御伽草子の特質について述べ、混沌、蕪雑、無雑作、無整理の無数稚小群、それらのなんとなく漠然たる暢達さ、生まれながらのそしてあるがままの自然さ等、感覚的に捉えた上で、「醜穢な低級に堕していない雅びな卑しさの味」、不用意で無自覚で邪気のないナンセンス味の、「明るい喜ばしい馬鹿々々しさ、それこそは御伽草子が恐らく自身予期しない独自の生産価値であり存在価値」と評価する。また、「可愛い童話味」を御伽草子の真生命と捉える。この評価は御伽草子独自の価値を、御伽草子独自の価値基準によって、積極的に表現したものであって、多くの人が感覚的に感じていた御伽草子の面白さを言葉にしたものといえよう。

島津にやや遅れて笹野堅の『室町時代短編集』（昭和一〇年、栗田書店）が刊行される。笹野は巻頭の「御伽草子攷」において名義、範囲、特質について論じた。まず名義に関し、従来の諸説、殊に島津の説が、内容を中心にした分析であったのに対して、外形に重きを置いた見解を示した。つまり御伽草子二三篇が、室町時代から江戸時代にかけて製産された奈良絵本の体裁をとって板行されたものであること、室町時代に御伽の衆が存在したことの二点に着目した。ここから、「御伽草子の名は、まさに御伽に用ゐられた草子、御伽の草子の意味であつたらう。それも上流の婦女童幼の御伽の草子として、それにふさはしい内容を持つたものが、必然的に奈良絵本の体裁を備へたものであらう」と結論した。またその範囲について論述し、御伽の草子としての奈良絵本の存在は、「その精彩をこらした体裁」から、上流の為の物であり、「その美麗な挿絵と能筆で書かれた文章とが内容を補益してゐる形式」から、婦幼の読物であったとし、そこから、「室町時代の婦幼の興味をひくやうな、またその読物にふさはしい物語として、当時の上流の青少年男女の読物として作られた短編小説であった」と結論する。絵入り本との関係を重視したこの見方は先駆的なものであった。しかしその特質について論じたとき、御伽の衆の実態の研究なきままに、婦幼の読物であることを前提として考えたために、「ただ浪慢的に興味があり伝奇的に面白ければよかつた」との考え方に陥り、その評価を、「たとへそれは文学的に高く評価されないとしても、平安朝末期の物語を継承し江戸時代初期の文学に連係する作品として、文学史的に評価されなければならない」とするように島津以前の評価にたち戻ってしまった。

桑田忠親は『大名と御伽衆』（昭和一二年、青磁社）の中で、異見を出した。まず「伽」の語義、「御伽」の意味、「御伽衆」の意味を分析し、御伽草紙を、貴人を中心とした伽の場合に用いられた草紙と考える。婦人子供向きの草紙というものは、若殿もしくは姫君の世界に御伽という言葉が発達してきてからで、本来の御伽草紙というものは、大名、殿様向きのものであった、とする。野村八良の、『室町時代小説論』（昭和一三年、巌松堂）では、代表的作品五八点を選んで書誌・説話の面から追求したものである。作の趣向、傾向によって分類し、仏教的色彩の比較的淡泊なもの（甲類）と、濃厚なもの（乙類）に分け、さらに甲類を、教訓的な物、勇者伝説的な物、末繁盛物の三種に、乙類を本地物、霊験談、利生談的な物、発心談、遁世談的な物、往生談、成仏談的な物の計七種に分けた。代表作について文学的な価値批判を加えた。さらに室町小説一般について本質、題材、思想、脚色、文体、表現、価値の文学史観を述べたものである。御伽草子の総合的な研究をめざしたものであるが、文学的価値評価では、歯切れのよい表現をとっているが、印象批評的である。この点、島津の示したような御伽草子独自の評価基準とは異なるものである。

柳田の民俗学が御伽草子研究に積極的な発言を始めたのもこの時代であった。義経伝説とその担い手を分析した『雪国の春』（昭和三年、岡書院）から始まり、和泉式部伝説を収集し、この伝説の語り手、信仰を分析し、『和泉式部』生成の背景を探った『女性と民間伝承』（昭和七年、岡書院）、『一寸法師』『物くさ太郎』等と昔話との関係を追求した『桃太郎の誕生』（昭和八年、三省堂）、『蛤の草子』『梵天国』について、その話の基になったと思われる口承文芸を分析した『昔話と文学』（昭和一三年、創元社）とたてつづけに発表されたのであった。これらの間に折口信夫は、お伽草子の懺悔物語を形成したのは絵解きや勧進比丘尼であったとする考えを出している（『古代研究』国文学篇、昭和四年『全集』一所収）。これらに見るように御伽草子と口承文芸との関連を追求する方法、これらの物語群を支える宗教集団に関する研究は、戦後になって研究者層の拡大、対象の拡大が図られ、多くの成果を挙げつつある。言うまでもなくその根源は、柳田や折口の民俗学にある。

佐々木八郎の「近古小説覚書——悲恋物語と継子物語」（『国文学研究』六輯、昭和一一年六月）では、『岩清水』『忍び音物語』等の恋愛小説等に関し、主題分析を行ない、そこに見られる出家の動機が、より深い意志や道念にあると見て、主想の発展と捉えた。これは作品評価を中世文学という大きな視点の中で捉えようとしたものである。

軍記に関する考証研究で業績を挙げていた後藤丹治は、昭和一一年『戦記物語の研究』を刊行した（磯部甲陽堂。昭和四七年、大学堂書店再刊）。ここで『太平記』の影響作品を考証した。これによれば『李娃物語』は、唐代小説の李娃伝を主として『太平記』の趣向、文辞を融和することによって日本風の物語に翻案されたこと。『墨染桜』、『鶴の草子』、『鳥部山物語』等も『太平記』から趣向を得ていることを考証した。『中世国文学研究』（昭和一八年、磯部甲陽堂）においても御伽草子各作品の物語と伝本を紹介し、さらに成立を論じている。荒木良雄の『中世国文学論』（昭和一九年、生活社）では、中世文学を前篇の伝統仰慕の文学と後篇の新興の文学とに分けて論じている。前篇では、御伽草子の中に古代への物語回帰が見られ、それが中世における記紀の講読研究によるものだとしている。記紀との関連を指摘している点においてきわめて重要な指摘である。後編では、懺悔告白の文学において従来の日本文学の中には、希薄であった人間が運命的に罪を負っているという意識が、中世の動乱と仏教の受容によって文学にも表われるようになった。『三人法師』などは懺悔告白小説の特色を提示しており、仮名草子の懺悔物語類の先駆となったと論じている。また中世庶民の間に次第に盛り上がってきた浪慢的精神が、神話伝説文学の復興をもたらした。天上・地獄遍歴譚は本地物語と結びついて、架空荒誕の世界を繰りひろげて見せたとして、積極的な宗教文学、中世文学の積極的な面として評価した。これらの佐々木、後藤、荒木等の論は、中世文学や軍記物研究の立場から御伽草子研究を行なったもので、他のジャンルの作品との関連が論ぜられ、従来の研究に対して視点の拡大をもたらしたといえよう。

御伽草子とはきわめて関連の深い『神道集』の研究が始まったのもこの時代であった。筑土鈴寛は昭和一二年「神道集と近古小説——本地物研究の具体的方法——」（『日本演劇史論叢』巧藝社所収）は、『神道集』について個々の説話の分類、性質、製作年代、作者、他の文学との関係など、基礎的かつ総合的な研究を行なったものであるが、最も大きな意味は、宗教的研究と民俗学的研究を総合し、独自の研究方法を具体的に実践したところにある。筑土にはこの他にも唱導文芸、本地物に関して多くの論文がある（『筑土鈴寛著作集』せりか書房、一九七六〜一九七七年に所収）。

『神道集』や本地物の探求と収集に厚き情熱を傾けていた人に、横山重がいた。横山は『彰考館本神道集』（昭和九年、大岡山書店）や、『琉球神道記』（昭和一一年、大岡山書店）を刊行した。その後は太田武夫やその他の人の協力をえて、広く御伽草子一般の諸本の収集と編纂校訂に情熱を傾けていた。『室町時代物語集』五冊の刊行は、一二年から始まり、一七年に完成した（大岡山書店。昭和三七年、井上書房再刊）。所収書目一三七部に及ぶ一大集成であるが、懇切な書誌解題、厳正な校訂と翻字は、研究史上きわめて大きな意義がある。今日から見て唯一惜しまれる点は絵の部分が省略されていることである。同氏はまた『室町時代小説集』も刊行した（昭和一八年、昭南書房）。その収集から刊行までの事業は、最晩年まで続けられ、『室町時代物語大成』をもって終了した。

この他昭和一七年、市古貞次の『未刊中世小説解題』（楽浪書店）が発表された。明治以後未刊行の作品四〇篇について、梗概、解説、諸本（原本）、参考等について記したものである。梗概は作品内容を理解するに十分な詳しさがある。解説は作品論になっている場合も成立年代の考証もあり、単なる解題ではない。これにより御伽草子の世界の把握はより拡大された。また巻末には、明治以後刊行の中世小説書目が付せられている。短篇とはいえ作品数も多く、成立も多岐にわたる御伽草子の研究において、このような整理は何よりも重要なことであり、その後の研究に大きな貢献をした。

この昭和の二〇年間の研究では、研究方法も多様化して来るとともに、個々の作品論や、他のジャンルの作品との関連が論ぜられてきた。これにより日本文学史の中に確かな位置を示して来たのである。

以上、本論では御伽草子がいつからいかにして国文学の研究対象となって来たか、御伽草子の価値をどこに見出して来たかの二点に関心をおきつつ、昭和二〇年までの研究史を辿って見た。もとより限られた誌面である。本稿に関連する研究史のまとめとしては、次の二論文が最も適切である。あわせて御参照いただきたい。

市古貞次「御伽草子研究史」（『御伽草子の世界』三省堂、一九八二年）
徳田和夫「御伽草子研究の軌跡と現在」（『国文学』二二巻一六号、一九七七年一二月）

7 『猿鹿懺悔物語』について

――信長の叡山焼討と文学に関する一考察――

早稲田大学の図書館の中に、教林文庫なる耳なれない名を冠した一コレクションがある。もと比叡山の教林坊の蔵書であったものを、昭和三二年に購入したものであるが、写本、版本、断簡、さらに若干の活字本を含めて、一一一一点の小さなものであるが、一坊の蔵書をそのまままとめて購入したものらしく、雑然とはしているものの、なまなましい資料も含まれていて、興味ぶかいものがある。『猿鹿懺悔物語』は、この教林文庫本中の一書である。織田信長の叡山焼討が、中心に据えられており、しかも焼討を見つめる作者の眼には、きわめて独自なものがあって、叡山焼討と文学という問題ばかりではなく、中世から近世への文学を考える際にも、見のがしえない一書であると思われる。そこで本稿においては、はじめに書誌的事項や内容を紹介し、基礎的諸問題にふれ、後にその文学史的な意義について触れたいと思う

一、書誌

まず、この書に関する書誌的事項から紹介することとする。

写本一冊。題簽はなく、表紙の左上に、直に『猿鹿懺悔物語』と外題する。内題も『猿鹿懺悔物語』とある。装幀は中形やや竪長本で袋綴。竪二三・五センチ、横一六・八センチ、本文面は、竪一九・一センチ、横一二・九センチ。墨付七丁。表紙裏に、

教林蔵章、本文一オ右上に、早稲田大学図書館蔵書 右下に、徳順 天台山兜率渓雞頭院 の印記がある。受入の際教林文庫の目録を、整理、作成した、早稲田大学図書館の深井人詩の教示によれば、昭和三一年に、福井康順の仲介によって、早稲田大学図書館蔵になったものとのことである。徳順の印は、教林坊の第一〇世辻井徳順師のものである。徳順師は、『辻井徳順履歴』[注1]の記すところによれば、元治元年三月近江国野洲郡祇王村の生れで、明治一〇年、滝本徳性師に従って得度している。僧職は明治一八年の権律師、昭和七年四月には僧正にすすんでいる。住職関係では、明治二八年五月に、教林坊に入り、以後いくつか移動をしているが、大正一四年、教林坊住職となってからの記録には、東南寺の兼住となった他には、他住の記録がなく、その生涯の大半を教林坊に尽していたように思われる。昭和二七年の一二月に円寂し、世寿八九才であった。現在の教林文庫本には、徳順師の印記があるものが多く、徳順師が整理、収集されたものの多いことを語っている。

雞頭院については、必ずしも明確ではないが、『横川各院歴代記』[注2]の雞頭院の項をみると、

　元名本住坊、日海時改雞頭院、弥勒下生経ニ雞頭魔城トアリ、天正再興、監二雞足院一天正年中、

とあるので、本坊も信長の焼討に遭遇し、天正年間に再興されたものであろうことが知られる。

巻末には、

　右借西塔妙観院本謄写
　　宝永六年夏月已講厳覚

なる署名があって、宝永六年（一七〇九）西塔の妙観院本を借りて、僧厳覚が書写したものであることがわかる。厳覚は雞頭院の第八世で万治二年紀州粉河に生れ、寛文一〇年三月に登山し、同四月に雞足院で祝髪している。正徳四年一月より、同じ兜率谷の恵心院に移り、正徳四年の七月に寂寿している。[注3] この教林文庫の中には厳覚の署名あるものが多く、本文庫の成立を考えるには、収集整理したと思われる徳順師と並んで、最も重要な人物であると思われる。

本文は一面九行、一行一七字前後、その筆跡は、署名をそのまま信じ、厳覚自身のものと思われる。『国書総目録』には、「さるしかさんげものがたり」の読みで本書名が見られ、仏教・教訓の類として、成立が「元亀二奥書」、写本が「明徳院無動寺（文政一一豪実子）」にあると記されている。

私の調査によれば、叡山文庫に一本蔵せられている。これには、「山門無動寺蔵」及び「沙門真超」の印記があり、無動寺の寄托本であることを示している。外題（直）、内題ともに、「猿鹿懺悔物語」とあり、体裁は竪二四・一センチ、横一七・〇センチ、本文面は、竪一九・〇センチ、横一三・〇センチ、本文七丁、奥書に、

文政十一年戊子秋八月上旬日、以雞頭院蔵本令書写三者也。
叡嶽東塔執行探題兼戒壇院知事前大僧正　豪実（花押）

とある。『国書総目録』に「元亀二奥書」とある点、やや気になるが、所蔵者及び書写年代、筆者が一致する点からして、『総目録』に記載されているのは本書であると思われる。

またここでいう雞頭院蔵本は、あきらかに現在の教林文庫本のことであるし、この奥書及び本文面の大きさがほぼ一致し、字配り等もまったく一致し、字体が酷似していることなどからして、この叡山文庫蔵本は、教林文庫本の忠実な影写本であると言える。

現在のところ、以上の二本が私の確認しえたものである。[注4]

二、内容と形態

次に、本書の内容についていえば、元亀二年の一一月二〇日余りのことであったが、法名を猿侯房と付けた猿が、嵯峨の釈迦堂に参詣しているところに、鹿がどこからともなくやってきて、これも礼拝を行っている。やがてお互いに懺悔物語をはじめる。まず、猿がいかなる子細があって浮世を厭いなさるかと尋ねると、鹿は我等がお仕え申し上げる春日の明神は、もと浄飯大王の子、悉達太子であったが、出家成道の後、大日本国が無仏世界であるのを憐んで、垂迹方便なさったものである。ところが、世が末世に入っているために、兵乱がおこり、春日の麓の般若坂に陣がとられたので合戦になり、東大寺の大仏殿に火が懸けられた。そのために浮世へ生れ会ったがための憂目と思い、姿を変えてしまったと語った。

一方、猿の語るところは、吾山は、桓武天皇と伝教大師の霊山聴法の芳契によって、九重の帝都を築き、九院の仏閣をたて、一車の両輪一鳥の双翼として、帝都を守るためにたてられたものである。戒、定、恵の三学をはじめ、一念三千の観法を凝した三千衆徒、麓の山王和光の社甍、釈迦、弥陀、薬師の三仏など、栄えに栄え果報ありがたきものであった。しかし後五百歳、闘諍堅固の時に臨んで諸国に兵乱がおこり、五畿内に乱れ入り、五城も喧しくなっていた。時に延暦寺の悪徒が、悪逆無道を恣に企てたために、敵軍をまねき、軍兵が谷々に乱れ入り、衆徒の首を刎ね、その上、三院十六谷に火をかけてしまった。そのために、霊仏、霊社、堂舎、仏閣がことごとく焼払われてしまった。かつての霊地は、修羅の巷となり身のおきどころもない状態になってしまったので、こうした姿に身を変えてしまった、と語った。語り終えた二人のところに、狐と白髪の翁がやってきて、それぞれ、

言語道断(ヲモヒキヤ)浮世ヲ鹿ト猿ノ皮薄墨色ニ染メ成ントハ
憂キ事ヲ猿ノ身ナレバ鹿モマタ後ノ世マデモ頼母敷哉

と狂歌を詠んだ。折しも北斗七星はいますが如く影向なさったので千秋万歳を祝して終った、とするものである。

すでに明白なことであるが、鹿と猿は、それぞれ春日明神と比叡山五神社を意味している。また、永禄一〇年一〇月に松永久秀が、三妙三人衆を東大寺に攻め、大仏殿が兵火にかかった史実と、元亀二年の九月に信長が比叡山を焼討ちした史実とをもとに物語を展開している。

また、その構成は、最初に語りの場を嵯峨の清涼寺に設定し、語り手が、猿と鹿の「懺悔懺悔ノ物語、最ト憐ニ覚ヘ候」と語り出し、「……物語コレ也」と結んでおり、いわゆる中世懺悔物の形態を一貫させているといえる。

三、成立年代と作者

本書の成立を考える資料はきわめて少ない。作品中に年号がでてくるのは冒頭の、

抑比ハ元亀二年仲冬廿日余事ナルニ、（一オ）

のみである。猿侯房は、猿への変身を説明する際に、叡山の三院十六谷に火がかけられ、悉く焼払われ、かつての霊地が修羅の巷となってしまい、身の置きどころがなくなってしまったことを言っている。これはあきらかに元亀二年九月の叡山焼討以後、ほぼ二ヵ月余を経た時である。しかしこれがそのまま作品の成立時そのままとはいえないであろう。そこで本文の結びの部分を検討してみる。

本書は次のように結ばれている。お互いの懺悔物語が終ったあとに続けて、

何ク共不レ知白髪タル翁一人詣ラレシ。是モ狂歌ヲ被レ読、
憂キ事ヲ猿ノ身ナレバ鹿モマタ後ノ世マデモ頼母敷哉
天安羅々地平哩々、北斗七星如在影向、霊山一会儼然末散、千秋万歳ノ玉ヲ捧ント、一トカナデ舞タリシ物語コレ也。（七オ・ウ）

白髪タル翁とは、この物語の中で、ここに突然あらわれてきた人物で、作者の分身と思われる人物である。狂歌の意味は、憂き事も猿の身であるので、鹿のいる事が後の世まで頼もしいの意味と、憂き事を去った身なので、より一層後の世までが頼もしいことよ、と来世への期待をこめた意味との両義があると思う。そして後者の意味で、天安羅々以下の文章につながっている。つまり、都は清楚にして広々と開け、北斗七星はいますが如く影向された。霊山で一たび会ったことを喜び、毅然として千秋万歳の長生を祝そうとして舞い、語った物語がこれである、というほどの意味になろうかと思う。最後が寿ぎのことばで結ばれている点、御伽草子的形態が見られる。同時にここに多かれ少なかれ、作者の実感、将来への期待がこめられていることも事実である。

しかしながら、なぜここに北斗七星が影向してくるのか、それが千秋万歳につながるのか、という疑問が残る。そこでややまわり道かも知れないが、またある面ではすでに自明のことなのかも知れないが、北斗七星は何だったのか、少し考えてみたいと思う。

※　※　※

古来、北斗七星が斗柄（けんさき）のさす方角で時刻を測り、季節を定めるのに重要な星であったことはよく知られたところである。古い文献では、『史記』の「天官書」の中に、

北斗七星、所謂、旋璣玉衡、以斉二七政一、

とある。旋璣も玉衡もともに天文観測の器であるから、それが七政（七政は、天、地、人、春、秋、冬、夏であり、国の基となるものと考えられる）をととのえるという意味になるだろう。

仏教の世界では、北斗七星を、日、月、五星の精と見、七星を順に、貪狼、巨門、禄存、文曲、廉貞、武曲、破軍と名づけ、これを祭れば、天災、地変など未然に防ぎうるもの、長寿福貴を与えられるものとして、北斗法、または北斗尊星法なる秘法が

行なわれていた。例えば、『源平盛衰記』巻二七の「源氏追討の祈の事」の中には、院が源氏追討のために、天台座主明雲僧正に七仏薬師の法、仁和寺の守覚法親王に孔雀経の法、その他延命法、大元法、等の法を行なわせた中に混じって、園城寺の円慧法親王をして北斗尊星王の法を行なわせている。また元徳三年（一三三一）泰増和尚の注進した『北斗法記』[注5]によれば、同年の三月には、二三日、二四日、二五日、二八日とほぼ連続的にその秘法の行われた記録が見える。また唐の大興善寺阿闍梨の述になる『北斗七星護摩秘要儀軌』[注6]には、次のような文が見られ、北斗法の効験を語っている。

謂二北斗七星者日月五星之精一也。嚢二括七曜一照二臨八方一、上曜二於天神一下直二于人間一、以司二善悪一而分二禍福一。群星所二朝宗一万霊所二俯仰一。若有レ人能礼拝供養、長寿福貴不二信敬一者運命不レ久、

これによれば、日月五星の精であり、国政（七曜）をつつみ、八方をてらしかがやかし、長寿福貴を与えるといい、幅広い効験が与えられている。

また宮中には、北斗のうちの属星（その年の本命星）を天皇自ら祭る行事があった。後伏見院の『心日宸記』によれば、延慶四年の正月二一日より、三ヶ夜属星の御祭が在所にて行なわれ、祭文の草を勘解由長官在兼卿が書いた旨記されているが、この中に、

謹啓、北斗七星者、七政之枢機、万物之精命也。以二神道之智一幸二世之事為一、以二自在之威一定二人之寿算一[注7]。（下略）

なる文章が見られる。これをもってすると、御祭によって玉体の恙なきこと、国家がやすらかにおさまることを唱えている。また、北斗七星を七政（国政）の要と見、万物の精命のもととしている。

以上によってほぼ北斗七星信仰の概略がつかめるであろう。すなわち、北斗七星とは、国政の要であり、万物の精命のもとなのであり、さまざまな福禄を人間に与えるものとして信ぜられていたのである。[注8]

一方、以上見てきたような一般的な北斗七星信仰が、日吉神道の方では古くからより具象的なものとして把握されていた。例

えば、『新後撰和歌集』巻一〇の神祇歌の中に、祝部成茂の歌として、

あひにあひて日吉の空ぞさやかなる七つの星の照す光に

の歌がある。七つの星はいうまでもなく北斗七星をさしている。祝部氏によって鎌倉時代の末に、北斗七星と日吉神社との密接な関連が詠われているのである。そして時代がくだって、日吉社司祝部行丸の手写になる『行丸書記』[注9]の中に、

日吉客人宮、日本開闢尊神、大願主勧之、我者男女元神也。天照太神者我子也。
在レ天ニ北斗七星。
在レ地ニ山王七神。　男女之本命星

とある。先の成茂の歌に呼応するが如く、天における北斗七星と、地における山王七社の関連を言っている。同様の見方は、時代はやや下るが、覚深の『山王権現略縁起』[注10]の中にも、

抑此御神ハ[注11]天にありては七星とあらはれ、地にありてハ七社と号して鎮護国家の神明也。

とあって、行丸だけの考えでないことを証明している。

さらに行丸の『日吉社極秘密記』[注12]の中には、「天正十七年初冬比、帝都比叡日吉之図」なるものが描かれているが、それによれば、天における北斗七星の位置にあわせて順次大宮、二宮、八王子、聖真子、客人、十禅師、三宮の七社が描かれている。そしてそのあとに、

天よりは□遠ければ七星の地（つち）にくだりて山王七社

という歌が添えられている。この行丸こそは、当時叡山側の南光坊祐能、施薬院全宗、観音寺舜興らの人々とともに、叡山の再興に奮闘した人であった。また叡山の再興は、天正一二年五月、豊臣秀吉が山門再興の許可を発したのにはじまり、翌一三年に正親町天皇の綸旨が発せられてより、山王七社に関してはほぼ順調に再建が進められたようである。『元亀以後山王七社再興記』[注13]によれば、大宮は天正一三年の暮までに大床、高欄を残して大概出来、慶長二年（一五九七）に完成している。二宮は天正年中より文禄二年（一五九三）までに悉く出来、聖真子宮及び客人宮は慶長三年（一五九八）六月に、八王子宮は慶長六年（一六〇一）に、十禅師宮は文禄四年七月の中旬に、三宮は慶長四年（一五九九）に、それぞれ建立成就している。天正一七年（この年の九月一一日には、延暦寺が再建され、法華会が再興された）といえば、大宮はすでにほぼ完成し、残り六社の再建の見とおしもほぼついていた時であり、天正二〇年六月に七九才をもって死亡した行丸にしてみれば、余命いくばくもなかった時のことである。このような状勢を考えてみれば、「七星の地にくだりて山王七社」という歌にこめられた作者の感慨は、永禄六年（一五六三）山王七社の修復を思いたってより[注14]、焼討を間にはさんで、修理再建のために、ほぼ三〇年近い年月を費やしてきた行丸の深い安堵のひびきをもった言葉であると思うのである。

以上のように考えてみるならば、北斗七星がいますがごとくあらわれたということは、国政の中心があらわれてきたことを意味することばであり、具象的には山王七社の再建の中に、それを見ているのである。だからこそ「天安羅々、地平哩々」であり、千秋万歳につながることになるのである。

※　※　※

ややまわり道をしたかも知れないが、このように考えることによって、『猿鹿懺悔物語』の成立は、冒頭にあった「元亀二年仲冬廿日余事」は虚構であって、実際に本書が執筆されたのは、それより数十年遅れる。すなわち山王七社が再建されてほぼまもない時期、年号でいえば、天正の末年より慶長の初年頃の間に、書かれたものと推定するのである。それは、作者にしてみれば叡山焼討に遭遇してより、三十余年を経過し、前途に一縷の望みを見出した頃と思うのである。

一方、作者に関する資料としては、明確なものはない。しかしながら物語のひきまわし役を誰が演じているかをみると、まず二人が懺悔物語をはじめるところで、

先猿鹿（二）問云、御辺ハ如何ナル子細有テ左様ニ浮世ヲ厭給ヒ候。（一オ、傍点田嶋）

の如く猿が主導権を握っているし、同じように猿が自らの懺悔を語り終えたところで、

願クハ御辺モ二ノ角ヲハラリト落シ、愚身ト心ヲ一ツニシカヽル霊地ニト居ヲ……。（六ウ）

の如く鹿にすすめている。またすでに本文は引用しているが、懺悔物語を終えた二人のところに、どこからともなく現れた白髪の翁は、

憂キ事ヲ猿ノ身ナレバ鹿モマタ後ノ世迄モ頼母敷哉（七オ）

の如く鹿のいることが頼もしい、という意味の狂歌を詠んでいる。つまり物語は常に猿を中心に展開しているのである。

これらの点から考えると、作者と猿の間は非常に近いものとなる。また猿は叡山焼討によって身を変えたものであること、一般に猿は山王の神使と考えられていること、等々の理由から、作者は叡山に関係あったもの、それもおそらくは、叡山の焼討の前には、日吉大社の神人であったものであろうことは、ほぼ断定できるであろう。

四、思想的性格

本書の作品形態が中世の懺悔物の形態に入ることは、先にもふれたところであるが、こうした中世的形態は、猿と鹿の邂逅の場が、嵯峨の釈迦堂参詣の場に設定されていたことにもよくあらわれている。注15

それではこうした中世的形態の中で、思想的性格はどのように表現されているのだろうか。

鹿の口を借りて、

> 時及(二)澆季一ニ世至二末世一ニ、人皆不レ貴二仏意一軽二五命一天下播(ハヽカル)兵乱ヲ起、(二ウ)

と言って、澆季、末法の世である故に、人々が仏意を尊ばず、兵乱がしきりにおこることを歎いている。また猿の口を借りては、

> 後五百歳闘諍堅固時ニ臨テ諸国兵乱起リ、五畿内ニ乱レ入リ、五城已ニ喧シク成リ行ケル。(五オ)

ともあって、後五百歳説のうちの第五の後五百年の闘諍堅固と、正像末三時説の末世とを組み合わせ、さらにその仏教史観と現実の諸国の兵乱とを結びつけている。つまり仏法の滅尽と、王法の滅尽という末法現象としての様相を示し、その上で天下の衰微としての、三好三人衆と松永久秀らとの合戦、東大寺大仏殿の焼亡、加えて叡山を舞台とする争い、叡山焼討等々の歴史をとらえようとしているのである。本書に表現された思想をこのように把えるならば、それが『平家物語』以来、中世文学の上には比較的よくあらわれた末法観の上にあることがいえるだろう。いわば懺悔物語という作品形態、嵯峨の釈迦堂の語りの場の設定、王法、仏法の末法史観など、濃厚に中世的性格を残存させているのである。ところが、こうした文学する場合の作品形態や、思想的な面ではなくして、時世観ともいうべき、センシブルな世界になってくると、中世的な性格のみにはとどまっていないで、新しい性格を見せてくるのである。

それは「浮世」なる語の意味の変質の中に微妙にあらわれているといえるだろう。お互いの懺悔物語を終った猿と鹿が、互いに涙を流し、行い澄していたところにやってきた狐は次のような狂歌を詠む。

言語道断（ヲモヒキヤ）浮世ヲ鹿ト猿ノ皮薄墨色ニ染メ成ントハ（六ウ・七ウ、ルビはもとのもの、傍点田嶋）

「鹿ト猿ノ皮」の中に、表面の意味の他に、しっかりと去るのであろうか、の意味が、懸けられており、狂歌の意味は、鹿と猿が、ウキヨをしっかりと去るということを、考えてみたことがあったろうか、というほどの強い意味になるだろう。

また嵯峨の釈迦堂で鹿に会った猿は、

御辺ハ如何ナル子細有テ左様ニ浮世ヲ厭給ヒ候ゾ。（一オ、傍点田嶋）

と質問している。如何なる子細があって浮世を厭ったのか、という強い文体の中には、積極的にウキヨを肯定していこうとするウキヨ観が背景に感じられる。

また鹿の言葉の中に、

東大寺ノ大仏殿ニ火ヲ懸ケ、十六丈ノ舎那ノ霊像、頓ニ炬灰ト成リ挙給。懸ル浮世ニ生レ合ヒ、加様ノ憂目ヲ見ル事カト存ジ……（二ウ、傍点田嶋）

の言葉が見える。ここでも舎那の霊像が燃えるということに対し、「懸ル浮世ニ」、「加様ノ憂目ヲ見ル」という強い文体による表現の中には、すでにこの世が憂世ばかりではないという自覚が内在していると思われるのである。つまり本書における「浮世」なる語の意味は、たとえば謡曲の「砧」の中に見られる「移り行くなる六つの道の、因果の小車の、火宅の門を出でざれば、巡り巡れども、生き死の海は離るまじや、あぢきなの憂き世や」（日本古典文学大系本より、傍点田嶋）とか、『新撰菟玖波集』の中の、法眼専順の「いつはりの後はまことの道なれや、うき世はなる丶けふの山ごえ」（同前）などの用例の中に見られるごとく、「あぢきなの憂き世や」とか、うき世イコールいつはりの世、などのように、この世が憂き世であって、定めなき無常の世、厭うべき穢土であるとする室町時代の文献の中では、ごく一般的に見られた意味ではなくなっている。と同時に、「夢のうき世にただくるへ」という『曾々路物語』の用例や、「夢の浮世をぬめろやれ、遊べや狂へ皆人」（前者は類従本、後者日本古典文学大系『仮名草子集』による）といった『恨の介』の用例のごとく、享楽的な思想も明確にはあらわれていないこともまた事実である。と考えてみると、古く頴原退蔵が、「うき世名義考」[注16]の中で説いたごとく、「うき世」の名義の中に、無常で厭うべき穢土の観念から、厭世観に根ざした享楽思想を経過し、浮世即享楽生活、浮かれ戯れるべき世とする意味への変化があり、それ以後、うき世が、当世、今様の義に転じた、それは大体において江戸時代にはいってからのことである、とした見解に従うならば、本書において用いられた「浮世」の語の名義は、中世的な意味を脱却しつつも、近世的な意味を帯びる前の、きわめて過渡的な性格を示しているといえよう。おそらく作者の中には、観念としての中世の中に、感覚としての近世（ないし近代）が息吹きはじめていたのである。

それでは、こうした「うき世」という名義の中に、過渡的な性格を見せた作者は、叡山焼討という自らの存在をつきくずす現実に直面したとき、そこに何を見、それをいかに受けとめたのであろうか。

五、叡山焼討と作者

先に私は、本書に登場する猿は、作者に非常に近いものであること、その猿との関係、その他二、三の根拠から、作者は叡山に関係あったもの、それも日吉大社の神人であったろうことをほぼ断定した（本稿成立年代と作者の項）。この猿は叡山の焼かれたことを次のように記している。

霊仏霊社堂舎仏閣一宇モ残ラズ悉ク焼払フ。昨日マデハ寂光ノ台トモ謂フベキ霊地タリ。今日イツシカ引替ヘテ修羅ノ巷トナリヌレバ、身ノ置処无キ儘ニ加様ノ姿トマカリ成テ候。（六オウ）

かつての霊地が修羅の巷となってしまったことに対する衝撃の深さは、「昨日マデハ……」と「今日イツシカ……」とする対句的表現から、身の置処なきままに身を変えたという文体の中に、そしてその行為の中に、十分に表現されているといえる。しかしそうした衝撃の中で焼討の原因については、

時節到来シテ延暦寺ノ悪徒、恣ニ悪逆无道ノ構ヲ企テ、碩学密徳ノ教化ニモ不レ乗、又有験ノ行者ノ下知ニモ不レ徒、（中略）弥山門ノ逆徒、謀叛ヲ企テ吾山ノ麓ニ敵味方軍兵ヲ招キ寄セ、日々夜々ノ合戦修羅闘諍トモ可レ云。（五ウ、波線田嶋）

と述べている。ここで「延暦寺ノ悪徒」「山門ノ逆徒」として、焼討の原因をあくまでも、叡山の側にあったとしていることが注目される。しかしながらそれ以上に、その原因が、「悪逆无道ノ構ヲ企テ」とか、「謀叛ヲ企テ……軍兵ヲ招キ寄セ」たものだと、あくまでも叡山僧によって、人間によってもたらされたものであったこと、すなわち人間の行為の問題としてとらえていることを注目したいと思う。

ところでこうした本書の見方は、当時においていかなる意味をもったのであろうか。ここで時代の中に還元して本書のもつ意味を考えてみたいと思う。

しばしば引用される資料であるが、『言継卿記』では、信長が山中の悉くに放火し、僧俗男女三、四千人を斬り捨てたことを記したあとで、「仏法破滅、不可説々々々、王法可有如何事哉」という有名なことばを記している（元亀二年九月一二日の条）。ただただ破滅におののき、無条件にひれふし、事の原因を考え記す余裕などまったく見せていない。これは言継のみならず、大多数の貴族の声を代表しているだろう。貴族のみならず、武田信玄にあっても、信長の行為を逆乱を企てたものとして、「偏仏法王法破滅、天魔破旬変化也」（『京都御所東山御文庫記録』、元亀四年一月一一日、上野中務大輔にあてた信玄の書状、『大日本史料』による）としている。信玄をして天魔破旬変化と言わしめたところに信長の行為のすさまじさがあるだろう。同じように『続常陸遺文』の中にも、「ひえい山ヲおだの上総守、打破候」とした傍に「信長と云鬼也」ということばが書添えてある（『大日本史料』による）。

また、徳川氏が松平氏と称していた頃の諸事件を記したという『松平記』の巻四には、

信長比叡山に押寄て、三院の衆徒并日吉山王神輿まで不レ残皆焼たて、三千の衆徒一々に首を切給ふ。尤山門法師の悪逆は普通にすぐれたれども、かく亡し給ふ事、前代の未聞の事也。（『三河文献集成』〈中世編〉による）

とある。山門法師の悪逆は並大抵でなかったことを認めながら、いきおい焼討の原因の一端をそこに認めながらも、信長の行為を、「前代未聞の事」として記さざるを得なかったところに著者（阿部完次）の批判がこめられている。

焼討についての記録ではないが、『横川各院歴代記』[注17]、中の松禅院学生室玄俊の項には、

（文禄五年）
是ノ年織田氏某来テ師トシ二事フ之ニ一号シテ曰フ二虎法師ト一、信長孫也。六年蒲生飛弾守秀行、喜ニ捨ス米百石一ヲ。七年十月十四日ノ夜、虎法師遭フ二賊ノ害ニ一、僧四人奴二人死ス。師時ニ在テ二葛川ニ一免ルレ之ヲ。世ニ云フ、信長ノ苗裔登ル二本山ニ一者、護伽藍神必禍ヒストレ之。蓋シ元亀為レノ変余殃也。（波線田嶋）

の記事がある。焼討から三〇年近くも経過した文禄七年に、信長の孫が叡山に登り、賊の害にあった。その事実をして、世人が信長の子孫が叡山に登れば、必ず護伽藍神が禍いすると言ったというこの話は、叡山内の信長に対する怨恨の深さをもの語ってあまりがある。

以上は信長を批判した資料の主なところであるが、逆に叡山側を批判したものも存在する。『信長公記』や『信長記』が、信長を批判せず、叡山側に原因を求め、批判するのは当然のこととしても、『当代記』にあっても、焼討の歴史を、「同年九月十二日、信長叡山を退治」として記し、近年朝倉義景と内通したこと、去年越前衆が叡山に屯陣し、信長に敵対したために、衆徒、童子等多く首を刎ねられ、あるいは焼死し、堂舎仏閣は一宇も残らず焼払われたとして、それが、

是ハ偏ニ近年背大師三掟、衆徒乱行、殊ニハ去年越前衆出張陣之比、於伽藍仏前、服用魚鳥、男女攀登乱臈次之間、自業得果ノ道理歟。（『大日本史料』による、傍点田嶋）

の原因に基づくと記している。つまり叡山が焼かれた原因が、叡山の側にあったこと、それは叡山の衆徒が戒を破ったがための業より得た果の道理、因果の法則に基づくものであるとしている。

日吉社の祢宜祝部行丸は、天正四年一〇月七日に「請四殊ニ蒙テ二天裁一勧メ二諸国貴賤之奉加一致サント三再二造比叡之百八社ヲ一状」を奉っている。それが『日吉山王禊記』[注18]の中に収められている。この奏状の中には、叡山焼討の経緯が、生々しく伝えられており、さらにその原因や批評を行丸自らが書いている。その主なところを引用すると、

夫社頭ノ回禄者、去ヌル元亀第二辛未歳九月十二日辛未早旦、山上坂本之貴賤、八王子山ニ閉籠ル処ニ、尾張衆以二数万人ヲ一織田信長攻二詰社頭ヲ一放火畢。其来歴者……抛而社頭断絶之先表者、越前衆在陣中雑兵牛馬不浄无二際限一。猶九月廿日合戦之刻、浜三町人数百撫伐之者共父子兄弟妻女迯二籠社内一ニ、或忌眠軽重之族、或懐妊産穢月水之女共无二其極一、又陣衆禽獣宍食調火ノ臭煙充二満社中一ニ、将又於二堅田一ニ討二捕尾張衆一首共及二二千一持二来社内一ニ、後日有二実検一、彼此汚穢為二消滅ノ現二神通之方便一。諸社被レ成二炭燼之地一耶、越前衆忽ニ当二神罰一悉ク被二討亡一也。次近来坂本之悪人等、夜討詰害路次之荷物奪取大犯之働、不レ怖二神明之冥鑑一、滅亡之時尅歴然也。（中略）仍言上祢宜行丸誠惶誠恐謹言。

天正四年十月七日（波線田嶋）

の如くある。また『行丸書記』[注19]の中には、行丸の歌が多く記されているが、その中に、

越前と一味せしゆへに山社頭放火してけりあとのあはれや

越前に一味だにせぬ山ならばやきはつくさじ

のような歌がいくつかある。こうしてみると行丸が、叡山の焼かれた原因が、越前衆（朝倉義景軍）と一味したためだと見ていることは明白であり、当時としてもごく一般的な受けとり方であるといえる。しかし直接の原因としては、その戦いのためとはしていない。社頭断絶の先表として、在陣中の雑兵牛馬の不浄の際限なき事、社内に逃げこんできた妻女の懐妊産穢月水の女共のその極まりなかったこと、陳衆禽獣宍食調火の臭煙が社中に充満したこと、社内に持ちこまれた首の汚穢等々の不浄とさわりの為に「神罰があたったため」とみているのである。またちかごろの坂本の悪人等の神明の冥鑑を怖れざるふるまいの中に、滅亡の時剋が歴然としていたとみているのである。再興のための奏上文という性格上、叡山側への批判は書き難かったのかも知れない。しかし『猿鹿懺悔物語』のごとく、「叡山ノ悪徒」「逆徒」といった明確なことばではなくして、「坂本ノ悪人等」といったことばの使い方、不浄とさわりといったことばで理解しようとしたこと、滅亡の時剋歴然といったように因果の法則の中に滅亡をとらえようとした史観など、やはり先の『当代記』でも、「自業得果ノ道理歟」と見ていたことも相まって、当時におけるごく一般的なあり方と、叡山批判の限界を示しているように思われるのである。

さて以上のごとく、ほぼ同時代の他の人たちの見方と比較したときに、『猿鹿懺悔物語』における叡山焼討の受けとめ方の特色が、如実に浮かびあがってきたように思う。第一は『横川各院歴代記』の記事中に見たような叡山内における信長への憎悪の深さの中にあって、また作者の拠って立つ基盤が叡山内にあったと思われる中にあって、叡山側に対する批判のきびしさである。第二は焼討の原因を因果の法則の中では判断せずに、悪徒とか、逆徒の行為として、あくまでも人間の行為として理解した、近代的とも言えるような（少なくとも中世的ではない）眼である。第三は、焼討を記述する多くの資料が信長の名前を出しているのに対し、全然あらわれていないことである。この三つのものが、他の資料に比して著しい特色を示しているところである。そしてこうした特色は、前章において考察した「浮世」という語の名義の本書における過渡的な性格とも密接に結びついているのである。

六、まとめ

以上、本書の内容の紹介を心がけながら、基礎的な面について考察するとともに、作品のもつ歴史的意義について卑見を述べてきた。

以上のことをもう一度まとめて言うならば、本書は東大寺大仏殿の焼討と、叡山焼討という仏教界にとっても、日本の歴史の上でも未曾有の歴史を体験した人物が、その衝撃の体験を文学化したものであった。それは歴史の忠実なレポートを心がけているものではない。従ってここには歴史のなまなましさとか描写の緻密さとかいった記録文学としての面白さは望めない。形態的には御伽草子の形態を残存させるとともに、歴史物語のスタイルを若干まねて、猿と鹿の懺悔物語によって物語を展開し、語りの場を嵯峨清涼寺の釈迦堂に設置していた。思想的な面では、王法、仏法という中世以来の観念で、この歴史をとらえようとしていた。しかし、そうした伝統的な中世的性格を負いながらも、そこから脱却する姿勢も一方においてあらわれていたのである。それは「浮世」という言葉の中に、室町的感覚とは異なったものを内在させていたところにあらわれていた。否、それ以上に叡山焼討の原因を、叡山の悪徒、逆徒の行為として、すなわち人間の行為としてとらえる確かな眼を示していたのである。それはちょうど信長が叡山を焼討したときに、それが年来のうっぷん以外には考えられなかったとしても、結果的には仏法の主体そのものに、仏法破略をさけぶことができなくなるまでにたたかいたことによって、近江経略がいちだんとすすみ[注20]、やがて統一政権樹立への道を大きくふみ出したように、そのたたかれた仏法の主体ときわめて近いところから、しかも彼自身は、しかとは意識せぬところで、古代とも中世とも異なった新しい主体を、未だ混沌とした状態ではありながらも、はっきりとのぞかせていたのである。このことによって文学史への登場をしたたかに主張しているのである。

注

1　本書も教林文庫本の中に含まれているが、罫紙に墨書きした写本を写真撮影したものによる。尚、教林文庫及び辻井徳順師については、拙稿「資料紹介　教林文庫蔵『三井往生伝』」（『説話文学研究』第八号、一九七三年六月）においても簡単に触れている。その際、徳順師の名が、順徳と誤って印刷されているので、訂正させていただきたい。

2　本書も教林文庫本中の一書である。内題に「六谷歴代主僧記」とあり、さらにその下に「正徳三年遺東叡」とあって、正徳三年以前の成立であることを語っているが、正徳三年以後の記事も別筆で付加されているところが若干ある。尚、各院の中には兜率谷で恵心院、雞頭院、雞足院、禅定院、樺尾谷で定光院、戒光院、大慈院、等々の歴代の主僧の略年次が付されていて、焼討以後の叡山横川の歴史を調べる上では貴重なものであると思われる。また、正徳三年以前の筆跡は、厳覚（次注で述べる）の他書における署名と非常に近く思われるので、本書の成立には、厳覚が大きくかかわっているものと思われる。

3　『横川各院歴代記』中の、雞頭院及び恵心院の項による。尚、厳覚についても、拙稿「資料紹介　教林文庫本『三井往生伝』」（注1参照）においても簡単な紹介を行っている。

4　教林文庫本の奥書に見られる妙観院本については、今後の調査に俟ちたい。

5　東京大学史料編纂所本を利用、原蔵は宝生院（名古屋市中区門前町）。

6　西教寺文庫所蔵本を利用、返り点、読点は私に付した。

7　『古事類苑』を利用した。

8　北斗七星信仰の中に、もう一つ軍神的要素のあることも見のがせないが、今回は論旨に関係しないので触れなかった。

9　東京大学史料編纂所本を利用した。坂本の生源寺希徳の蔵本を明治二〇年に星野恒が写したものである。

10　本書も教林文庫中のものを利用した。本文二五丁ほどのものであるが奥書によれば元禄八年の夏に識されたものである。他に叡山文庫に二本（水尾蔵書及び吉祥院蔵書）あるが、ともに本書を写したものである。

11　東京大学史料編纂所本を利用した。群書類従には『日吉社神道秘密記』なる書物が所収されており（神祇部一八）、『群書解題』では、『日吉社極秘蜜記』ともいうと解説されている（西田長男氏執筆）が、類従本には引用の部分は含まれていない。

12　日枝の神をさしている。

13　『日吉山王禊記』（教林文庫本）中に含まれている。尚、本書は外題は「日吉山王記」となっているが、内題が「日吉山王禊記」であるので内題をとった。内容は他に行丸草本、日吉七社神躰之事が含まれている。

14　『群書解題』の『日吉社神道秘密記』の解題中に（注11参照）行丸についての解説があり、そこで大宮の一臈禰宜となった行丸が荒れた社頭のために、永禄六年（一五六三）八月二一日、綸旨及び将軍の御教書を賜り、諸国の貴賤に勧進して奉加を乞い、その修理、造営に当った旨記されている。

15 嵯峨清涼寺の釈迦堂が、中世人の信仰生活上重要な場を占め、かつ語りの場となっていたであろうことは、『増鏡』において、清涼寺に詣でた青侍が、老尼から物語を聞くという設定の中から読みとれるだろう。

16 『江戸文芸論考』（三省堂、一九三七年）による。

17 注2参照。

18 注13参照。

19 注5参照。

20 鈴木良一は『織田信長』（岩波新書、一九六七年）において、叡山焼きうちの客観的意義について「「仏法」の主体そのものを「自分で「仏法破滅」をさけぶことさえできなくなるまでに、たたくことが必要だったのかも知れない。こうして信長は、一部責任者の処分や経済的特権の一部没収や、まして僧侶の堕落にたいする非難やヤソ会宣教師の保護などによっては、どうにもならぬことを、一挙になしとげたのである。」（同書八四頁）と結論している。

※本稿は全国大学国語国文学会の昭和四八年度秋季大会（一〇月七日〈日〉於新潟大学人文学部）において発表したものを一部に含んでいる。

8 『保暦間記』の歴史叙述

一、はじめに

『保暦間記』の伝本は、益田宗の調査研究によれば、一九種を数える。[注1] 内閣文庫の所蔵するものだけでも、和学講談所旧蔵本（写本・一巻一冊）、慶長古活字版（二巻一冊）、慶長元和古活字版（一冊）、寛文一一年版本（三巻三冊）、ひらがな書き五巻本の五種を数える。写本の他古活字版が二種、さらにこの古活字本を組み直して刊行した整版本まで存在する。慶長元和古活字版には、内題の下に「小瀬道甫刊」の文字があるが、これは小瀬甫庵が朱子学的な儒教道徳を背景に評論文を書き加えたものである。こうした伝本の所在とそのあり方を見ただけでも本書の享受史の一端、そのひろがりを見ることができる。[注2]

このような伝本の存在や他の軍記への引用などを見ても、本書が過去において相当に歴史史料として着目されていたことは明らかである。

著者や著作年代など作品に対する基礎的な研究も、後藤丹治、岡部周三等によって、その先鞭がつけられている。[注3] ことに津田左右吉は、「記録でもなく貴族や武士の生活や一般の世相を写したものでもなく、特殊の史観によって過去の歴史を回顧し批判し叙述したものがあらわれてゐる。保暦間記といふやうなものも其の一つであるが、最も重要なものは愚管抄と神皇正統記とである」[注4] として、『保暦間記』の存在を指摘したが、ここでは『保暦間記』については分析を進めず、その存在の指摘にとどまった。その後、周知のように『愚管抄』や『神皇正統記』は、日本古典文学大系にも収録され、相応に研究の進展が見られる。しかし『保暦間記』はほとんど忘れられているかのごとくである。この中で唯一の本格的な研究は、益田宗の「保暦間記の文献批判学的研究」[注5]であろう。益田は伝本の網羅的な調査を示し、伝本の系統図を描き上げた。同時に群書類従本の草稿本は、和学講談所旧蔵本であり、善本であるが、対校に用いたものが改竄本であった。このため類従本は、不徹底な校合本であることを明らかにした。さらに著作年代を延文元年（一三五八）以前、著者を武門の家柄も卑しくない、元弘の乱以前に出家していた足利方の武士ではないか、との考えを示している。またその史論書としての性格を、「仏教的因果律による無常観をそれぞれの基底として、まず過去の事物に就て明確な観念を与え」たこと。「素朴ながらも史観をもって歴史を叙述し、周囲の人々を啓蒙しようとする立場」を評価した。

この益田の研究以来すでに四十数年近い年月が経過しているが、ほとんど研究は進展していない。この間で唯一注意すべきは、『群書解題』に示した是沢恭三の解説であろう。是沢は作者、成立、内容等を要領よく解説した上で、「普通史料に見えない記事もあって貴重であり、史論としても一大論文というべきものである」[注6]として、その史料的価値を特に評価している。

その後再び忘れさられた感があるが、本書は『太平記』等の軍記物や歴史文学を研究する上でも重要な作品であろう。校本の作成という基礎的な作業がのぞまれるが、他にも本書の史観、歴史叙述のあり方、史論書としての一貫性、統一性など検討すべき課題は多い。本稿では主として作者の歴史把握、歴史叙述の問題を分析したい。

二、保元と暦応の認識

一、保元の乱の記述

『保暦間記』の序文に「自二保元乱一以来、僅不レ足二二百余歳一」とある。保元の乱（一一五六年）から二〇〇年後の年号は、延文元年（一二五六）であり、その間に暦応、康永、貞和、観応、文和の年号が入る。また作品の終末部に、「保元以降暦応ニ至ルマデノ事ヲ所レ註ナレバ、保暦間記ト可レ申」と書名の根拠を記している。結びには「自二保元元年一至ル二暦応元年一」とあって、作者が保元から暦応（北朝年号）の間になんらかの歴史的意味を見出しているであろうことが推測できる。

保元の乱については次のように記述されている。

抑保元ノ乱ト申ハ主上上皇ノ国諍也。主上ト申ハ後白川院、上皇ト申ハ崇徳院［讃岐院ト申］。共ニ鳥羽禅定法皇ノ御子也。（次に崇徳院の退位、近衛院の即位を記述）崇徳院［上皇ト申］ヲ退進セサセ給テ、御位ニ付ケ奉ラセ給ケリ。是ニ依テ法皇ト上皇ノ御中御不快ニナラセ玉ヘリ。（近衛院の崩御、崇徳院の一宮を即位させずに）引違テ法皇第四宮後白川院ヲ付奉セ給ケリ。爰ニ法皇、保元元年秋七月崩御成セ給フ。即上皇世ヲ乱サセ給フ。其比、宇治左大臣頼長ト申者（中略）。上皇ノ御方ニテ此乱ヲ起シ給ヒケリ。法皇モ思食ス事モヤ有ケン。御遺言ニテ武士ドモ内ノ御事ヲ守護シ可レキ奉ル由ヲ仰置ル。平清盛、源義朝等也。（中略）各源平ノ長者也。上皇御方ニハ義朝ガ父為義、清盛ガ伯父忠正参リケリ。或ハ父子或ハ伯父甥也。関白殿左大臣殿、御兄弟ニテ渡セ給ヒ、既ニ合戦ニ及ブ。程ナク戦ヒ破レテ、上皇ヲバ讃岐ノ国へ遷シ奉ル。九ケ年経テ、此処ニテ崩御成キ。左府ハ流矢ニ当テ失サセ給ヒ、又為義ハ義朝ヲ頼ミ来リケルヲ勅定ニテ誅セラレヌ。子共悉ク失ハル。忠正ハ清盛ガ為ニ誅セラレ畢ヌ。是ヲ保元ノ乱ト申ス。（一頁下〜二頁上）[注7]

まず保元の乱を上皇（崇徳院）と後白河院の国争いととらえている。次に皇位の異動を記述し、近衛院の即位を記述した後で、「法皇ト上皇ノ御中御不快」とし、近衛院の崩御の後の後白河の即位、鳥羽法皇の崩御を記した後、「上皇世ヲ乱サセ給フ」と崇徳院に乱の原因を集中する。次に摂関家側に記述を移し、頼長に対し、「此乱ヲ起シ給ヒケリ」とする。次に武家に対しては、法皇が遺言で、「内ノ御事ヲ守護シ奉ルべキ由」を仰せ置かれたとしてその介在を描き、最後に乱の結末を記述して結ぶ。これに続けて平治の乱の記述に入るが、その顚末を適切に述べた後、

義朝ガ子共ハ皆取レテ失レケルニ、三男兵衛佐頼朝計リゾ不思議ニ助テ伊豆国へ流サレケル。何レモ後ニ事ノ有べキニヤ。是ヲ平治ノ乱ト申也。奢者ノ成行ハ只如此。（三頁上）

「奢者ノ成行ハ只如此」の評言は、保元の乱の記述にもかかるものと思われる。本書が保元の乱から書き始められたのは、作者自身の歴史認識のみならず、かつて慈円が『愚管抄』において「保元元年七月二日、鳥羽院ウセサセ給テ後、日本国ノ乱逆ト云コトバヲコリテ後、ムサノ世ニナリニケルナリ」(巻四)ととらえたことが根拠になっていることはほぼ確実であろう。平治の乱の原因の一つは、保元の乱において、武勲第一の義朝が左馬頭にとどまり、清盛が播磨守・大宰大弐になり、義朝の不満、その反目が鋭くなったところにあった。本書のこの記述には、乱の顛末を記述することが中心であって、武士の力を歴史的に評価する視点は伺えない。また『平治物語』では、末代における武士の力の必要性を説く文がある。[注8]『保暦間記』では乱の原因を掘り下げる、あるいは追及するというような叙述法はとらない。あくまでも自分の観念を証明するような叙述方法であり、歴史認識である。歴史事象をみきわめ追及する中から、歴史理論を導きだす方法ではなくして、自らの観念に適合するように歴史を解釈し、読み取っていく方法である。その解釈を物語化するのではなくして、きわめて淡々と叙述する。むしろ叙事的に描き上げているのである。

二、暦応の認識と暦応で擱筆した意味

終末部に近いところで、義貞が越前で打たれ、その首が都で大路を渡され、獄門に懸けられたことを記した後に、

是モ驕ル心有テ、高官高位ニシテ如此ナルコソ不思議ナレ。(六三頁上)

と批評している。その後に続けて、北畠顕信が海路奥州へ下向し、そこから攻め上る計画があったが、暴風にあって四散してしまったと記述し、

此後都ハ少シ静カナル躰也。同十月改元有テ暦応元年ト申。十一月大嘗会行テ御禊ノ行幸アリ。(六三頁上)

と、都のしばしの静謐を記している。しかしすぐさま、

同三年春、東国ニ御敵残リケレバ、越後守高階師泰、同三河守師冬ハ遠江国ノ凶徒ヲ責、師冬ハ下総常陸両国ノ凶徒ヲ責、年ヲ重テ合戦アリテ、皆凶徒或ハ降参シ、或ハ討レケリ。扨東国ハ静リケリ。（六三頁上）

として、「年ヲ重テ」と表現して、必ずしも簡単な戦いでなかったことを匂わせ、その上で、「東国ハ静リケリ」とあたかも自らを納得させるように記している。しかしこれに続けて、

同年八月十六日、吉野ノ先帝崩御成セ賜ケリ。指モ目出度君ニテ渡セ給シニ、無レ由讒臣ノ無道ヲ申行ケルニヤ。懸ル外都山中ニテ崩御成セ給事コソ浅猿ケレ。仰置レケルトテ、後追号ヲバ後醍醐院トゾ申ケル。是モ思ヘバ、讃岐院ノ皇法ヲタヽントト御誓願ノ有ケルナル故ト覚エテ恐シ〳〵。此後ノ人モ上ヨリ下ニ至ルマデ、能々思案アルベキ事也。而ルニ未ダ世ノ中モ一統トモ不レ覚。吉野ニモ未宮渡セ給フ。御敵ナル類モ多ク見ユ。又ノ奢行ヲ見ルニ、猶ナガラヘバ如何ナル事ヲカ見聞スラントト覚ユ。（六三頁上下）

と、後醍醐帝の崩御を記し、批評している。生前に自らの諡号を後醍醐と決めていたことを讃岐院の皇法を断つための誓願として、それを、「恐ろし恐ろし」と表現している。延喜・天暦の治をよりどころとする説ではなく、あえて讃岐院の皇法を断つためとするところに、後々まで伝わる後醍醐帝の執念、南北朝の争いを予見しているかのようである。その上で、「未だ一統とも覚えず」と認識しつつも筆を置こうとしている。

作者が把握し叙述しようとした暦応までの歴史、ことに今擱筆しようとしている暦応の時代の東国の状況はどのようなものであったろうか。これを記録類から拾ってみよう。[注9]

①暦応二年七月二二日　高師泰・師冬、東下し、遠江大平城、鴨江城を攻め、鴨江城をおとす。［琉璃山年録残編］
②同年一〇月二五日　師冬、下総駒館城を攻める。［鶴岡社務記録］
③同年一〇月三〇日　北軍、遠江千頭峰城を陥す。［琉璃山年録残編］
④同三年一月二九日　師泰、仁木義長、遠江三嶽城を攻め陥す。［琉璃山年録残編］
⑤同年四月二五日　北軍、常陸の二城を陥す。［鶴岡社務記録］
⑥同年五月二七日　師冬、駒館を陥す。南軍反撃、二九日師冬、遁げる。［鶴岡社務記録、元弘日記裏書］
⑦同年八月二四日　仁木義長、遠江大平城を攻め陥す。［琉璃山年録残編、鶴岡社務記録］
⑧同四年一一月一〇日　常陸小田城主師冬に通じ、親房は関城に移り、春日中将は大宝城に移る。親房、結城親朝に来援を促す。［結城古文書写］
⑨同年一二月八日　師冬、関、大宝両城を攻める。春日中将、北軍を撃破す。親房、結城親朝に救援を促す。［結城文書等］
⑩同年一二月二六日　関城の南軍、師冬の陣を襲う。［鶴岡社務記録等］
⑪康永元年五月五日　師冬軍、常陸関城の兵と戦う。［集古文書］
六月二一日、八月一二日、九月一二日、翌年一月二六日、同年三月六日、四月二四日、六月二三日、八月二三日にも同じ戦い有り。
⑫康永二年四月二日　顕時、常陸関城に赴き、この日、結城直朝及び佐竹一族等を討つ。伊佐城より出てしばしば北軍を破る。［結城古文書写、結城文書等］
⑬康永二年一一月一一日　関、大宝の二城陥す。伊佐城も陥す。［結城文書、相馬文書等］
⑭康永三年二月二五日　師冬、常陸の軍を収め、この日、鎌倉に至る。［集古文書、鶴岡社務記録］
⑮康永三年三月七日　春日顕国、常陸大宝城を攻める。［鶴岡社務記録、薬王院文書］

これを見ると、北軍の執拗な攻撃に対し、南軍が懸命な抵抗を続けているさまがうかがえよう。また⑧⑨に見られるように、親房は懸命に結城親朝に援軍を求め、また危急を訴える書を送っている（暦応四年一〇月二三日等）。しかし親朝は最後まで冷静に状況の分析を行っていたようである。康永二年一一月に関城、大宝城、伊佐城が陥され、決着がついたように見えるが、なお少なからぬ対立が続いている。東国が静かになったという状況にはほど遠い。これは作者の、「一統とも覚えず」、「御敵なる類も多く見ゆ」という認識と同じである。しかし⑬にみる関城の落城によって、親房は吉野に帰っているのであるから、一応東国が静かになったとの表現は可能であろう。作者が暦応三年にまとめた記事には、記録類から拾った①②③④⑨⑪⑬等の戦いが集約されている。つまり暦応二年（一三三九）から康永二年（一三四三）までの戦いを集約して記しているのである。また暦応三年に後醍醐帝が崩御したように描いているが、後醍醐帝の崩御は前年の八月である。これらの全てを暦応三年に集約して描こうとしたのが作者の意図であろう。このように考えると、作者は後醍醐帝の崩御で擱筆しようとした。しかし東国は未だ鎮まりきっていない。なんとか納得しようとして関城の落城までを描こうとした。このように理解できるであろう。[注10]

三、尊氏の描写と内乱の原因の分析

作者が切り取った歴史、保元から暦応までのほぼ一六〇年間は、政治構造の中に武士が決定的な力を確立していった時代であった。保元、平治の乱を通じて武士の武力が権力構造の中に不可欠の要素となった。源平の合戦を経て鎌倉幕府が成立するが、ここでは頼朝はほぼ全国にわたっての警察権、支配権を確立したが、やがて北条氏の政権を経て崩壊する。後醍醐天皇による親政が行われたが、所詮親政中心の永続性は不可能であった。足利氏の政権が成立するが、未だ絶対的な武家権力の確立ができず、相方に天皇を抱き、南軍と北軍の武力とそれに伴う政権が執拗に存在した時代であった。こうした中で作者はまた、「元弘以後ノ乱ニハ我モ人モマジハリ振舞シ事ナレバ、皆知ラザル人モアラジ。ナレバ委者不レ注」（四、六三下〜六四上）と記し、年号も北朝の年号を用いているから、武士、それも足利方の武士であることは間違いない。この武家である作者は内乱の原因をどのようにとらえ、武士をどう描いているか、この点について足利尊氏の描写を中心に分析してみよう。

尊氏は次のように登場する。

赤松入道ト申者方へ遣テ憑セ給フ程ニ、都へ寄ル事十三度。毎度打負テ不レ叶程ニ、東国ヨリ上ル武士ノ中ニ源尊氏ト云人アリ。右大将頼朝ノ曾祖父義家朝臣ノ子ニ源義国後胤也。昔ヨリサルベキ勇士也ケレバ、国ノ護リトモ可レ成仁躰也。伯耆ヨリ偏ニ憑ミ被ニ思食一由被レ仰。其時尊氏、且ハ頼朝ノ跡ヲモ興シ、且ハ国ノ静謐ヲモ思ヒ、民ノ煩ヲモ息メント思テ、即領掌申テ、丹波ノ国篠村ヨリ馳帰テ六波羅ヲ責。（中略）主上両上皇ヲ先立奉テ関東へ落行ク。（中略）其後尊氏、金剛山ニ相向フ関東ノサルベキ侍ドモヲ語フ。昔ノ頼朝旧義ヲ不忘。今ノ勅命ヲ重ンゼバ、京都へ馳上テ合力スベシト云々。（五六頁下〜五七頁上）

『太平記』では、播磨で兵を上げた赤松氏が士気盛んに戦いを進め、山崎まで進出するが六波羅の守りは意外に固く、再び山崎に引き返す。大塔宮の指令をうけた叡山の大衆が攻め入る。これを六波羅勢が撃破する。北条高時の足利尊氏への出陣の催促、尊氏の怒り、高時への叛意から妻子を残しての出陣へと展開する（巻八から九）。これに対し本書では、赤松が一三度も攻めるが攻めきれず敗れる。そこに尊氏が登場すると描いている。赤松の一三度の攻めという書き方は妙にリアルである。尊氏を頼朝、義家、義国とつながる源氏の後胤、国の守りとなる人物として紹介する。その上で、「頼朝ノ跡ヲモ興シ、且ハ国ノ静謐ヲモ思ヒ、民ノ煩ヲモ息メン」として、尊氏が自分の先祖、国家、民を重んずる人として、関東の武士たちが皆つき従ったすぐれた武人として描いている。

次には幕府を崩壊させた論功行賞である。

爰ニ諸人賞ヲ行ハル。而ルニ尊氏、昇殿官途者成タリケレドモ、指ル恩賞モナシ。其故ハ大塔宮還俗御坐テ、宮将軍ト申ケルガ、サヽへ申サセ給ケリ。尊氏兵権ヲ取テハ、昔ノ頼朝ニ不レ可レ替、此次ニ誅罰セラルベシト申サレケルヲ、帝サシモノ軍忠ノ人也トテ無ニ其儀一。彼ノ宮種々ノ計事ヲ廻テ尊氏ヲ打ントス。（五八頁上）

尊氏にはさしたる恩賞がなかったとして、その原因として大塔宮の還俗と宮の後醍醐帝への尊氏誅罰の注進を指摘する。同時に対立する大塔宮さえも尊氏を頼朝にかわらぬ人物として評価し、恐れていることを紹介している。作者の大塔宮に対する筆誅は厳しく、鎌倉に預け置かれた大塔宮が殺されたところでは、「自レ元野心御座ケレバ、不レ及レ奉レ伴打ケル。此ノ親王ハ既ニ王(氏敷)子ヲ出テ、四明ノ窓ニ入リ給ヒテ天台座主ニ列リ賜シゾカシ。御心武ク渡セ給ヒテ、還俗シ御座テ、元弘ノ乱ヲモ宗ト御張法(本イ)有シゾカシ。然ドモ如何ナル御業ニ今角ナラセ給ラン。浅猿シ。御骸ヲダニモ取隠シ奉ル人ヲモ無リキ。是偏ニ多クノ人ヲ失給ヒシ悪行ノ故トゾ見エシ」（五九頁下）とみている。つまりその野心を見抜き、性格を心猛き人としてとらえ、元弘の乱の張本人として糾弾し、浅猿しとあきれ、その行動を悪行といいはなっている。

建武元年四月に高時一族の残党が鎌倉に押し寄せ直義と合戦に及んだ。直義はこれを退散させた。その後残党の首を刎ねてその処理を終った。九月に石清水、加茂両社への行幸が行われた。次は、その時の後醍醐帝に供奉する尊氏の描写である。

> 同九月、両社行幸アリ。天下一統也ケレバ、其儀式中古ニモ勝テ目出度カリケリ。尊氏兵衛督ニテ供奉ス。随兵ヲ召具ス。美々敷ゾ見エシ。（五九頁上）

この状況を天下一統ととらえ、そこに天皇に供奉する尊氏を華やかで美しいと見るのが作者である。

しかし時代は未だ安定を求めえなかった。大塔宮は、「天下ヲ我儘ニセン」と思い立つ。これが帝に聞こえ捕らえられ、鎌倉の直義に預けられやがて殺される。この間に北条の残党相模次郎が鎌倉に打ち入り占拠する。討伐の為に尊氏が下向する。ここでの尊氏は次のように描かれる。

> 頼朝ガ任例、(※)[注11]征夷将軍ノ宣旨ヲ蒙ラント申ス処ニ、不叶シテ征夷将軍ノ官ヲ送ラル。無念ニ乍存、既ニ尊氏ハ発向シケリ。直義ニハ三河国ニシテ行合共下向ス。海道所々ノ合戦ニ打勝テ、諸人尊氏ニ降参ス。尊氏ハ忠又重畳也。然所ニ故兵部卿親王ノ御方、臣下ノ中ニヤ有ケン、尊氏謀反ノ志有ル由讒シ申テ、新田右衛門佐義貞ヲ招テ、種々ノ語ヒヲナシテ、（六〇頁上）

『太平記』では、東八ケ国の管領職と征夷将軍の職をのぞみ、管領職は与えられ、将軍職は今回の合戦の勲功によると約束されたので関東に出発したとある。またこの二つが天下の統一にかかわる重要事であるのに、尊氏の要請にまかせて勅許したことを批判的に書いている（巻一三）。『太平記』では新田氏との確執の中で尊氏の反逆の意志が明らかになり、大塔宮のお世話をしていた女性の奏上で帝が怒り、義貞を大将軍とする追討軍が編成されたと描く（巻一四）。『保暦間記』では、尊氏は管領職と征夷将軍をのぞんだが征夷将軍のみがゆるされる。無念に思いながらも天皇にしたがう尊氏を描き、それを「忠又重畳」、と表現する。最も重要な点は、ここでも尊氏が、「頼朝ガ例ニ仕セ」とあるように頼朝に比べられていることである。そして尊氏謀反の讒言は大塔宮の臣下の者かとする。

顕家や義貞に攻められた尊氏は、「天命ヲ恐テ引キ退」き、鎮西まで下る。その尊氏が都に攻めのぼるところは次のように描かれている。

> 同都ニ御座ス後伏見院ノ御子、今ハ先帝忍デ尊氏許ヘ綸旨ヲ成サル。早々凶徒等ヲ退テ君ヲ本位ニ奉レ付ルベシト也。尊氏九州ニテ彼ノ綸旨ヲ拝シテ、悦デ西国ノ勢ヲ引具シテ責上ル。一旦天命ヲ恐テコソ有ツレ。此勅命ヲ蒙ル上ハ合戦ニ打勝事無二子細一トテ則ノボル。京都ヨリ打手義貞打負テ帰上ル。正成腹切テ失ヌ。同五月ニ京都ヘ打入。主上又山門ニ行幸ナル。同六月ニ新院ノ御一腹ノ御弟宮豊仁親王ヲ、新院ノ御為子ノ儀ニテ御位ニ奉レ付ラレ給ヒケリ。政務ヲバ院中ニテ行レケリ。
> （六一頁下）

先帝の光厳院が忍んで尊氏のもとに綸旨を出す。その綸旨を九州で拝し攻め上る。九州に下っていたのは、天命を恐れたためであった。勅命は天命にまさる。およそこのような論理で尊氏の正統性を説明する。『太平記』では、朝敵となって都落ちする尊氏が、「持明院殿の院宣を申し賜って、天下を君と君の御争ひに成して、合戦を致さばやと思ふなり」（巻一五・将軍都落ちの事）であって、いささか策略家尊氏のニュアンスがある。また具体的に院宣を得るのも三宝院賢俊を介してであった（巻一六・将軍筑紫より御上洛の事）。尊氏に対して好意的とは言い難い表現である。豊仁親王の即位は光明天皇の践祚であり、いわゆる北朝の成立である。ここも『太平記』では、光厳院が重祚したことになっていて、そのころ田舎者たちが、「あはれこの持明院殿ほど、大果報の人はおはせざりけり。軍の一度をもしたまはずして、将軍より王位を賜はらせたまひたり」と噂しあっていたと語っている（巻一九・光厳院殿重祚の御事）。これは北朝が尊氏の傀儡政権であることを暴きだしている言葉である。『保暦間記』は明らかに尊氏に好意的な描き方をしている。『太平記』を介するとよりいっそうその感が強い。

以上で『保暦間記』のなかで足利尊氏がどのように描かれているかを見てきた。このなかで明確に読み取れることは、尊氏を頼朝につながり、かつ比することのできる源氏の正統・武家の正統につながる人物であり、先祖、国家、民を重んずるすぐれた武人として描いていることである。北条氏の滅亡に対しては、その功績が大きかったにもかかわらず恩賞が少なかったこと、そこには還俗した大塔宮の策略があったとしている。後醍醐天皇に対しては忠義の人として描いていた。北朝を擁立したことについては、後醍醐天皇への叛意ではなく、光厳院の綸旨にもとづくものとして尊氏の正統性を主張している。

四、歴史解釈

『保暦間記』の作者は、巻頭の序に相当するところで「奢者不レ久、猛人必滅」と宣言し、巻末に近いところでは、後醍醐帝の崩御を確認したところで、「又ノ奢行ヲ見ルニ、猶ナガラへバ如何ナル事ヲカ見聞スラント覚ユ」と記し、後醍醐帝の行動を奢行と表現し、「奢人ハ其分ニ随テ、誰カ栄花ニ誇ラザリシ。武キ心モ皆無レ並コソ思シカドモ、時ノ間ニ亡テ、或ハ獄門ノ木ニ恥ヲサラシ、或ハ路頭ノ辺ノ土ト成レリ」（六三頁下）と述懐した。つまり作者は、保元から暦応に至る一六〇年間の歴史の中で、奢れる者の、猛き人の永遠ならざる姿を、滅びゆく姿を眼前の支証・証拠として例証したのである。

その奢りと表現されたものは何であったろうか。その主なところを挙げると次のとおりである。

①信頼是ヲ知ズシテ奢ニテ臥ケル。（二一頁下）

②是ヲ平治ノ乱ト申也。奢者ノ成行ハ只如此。（三頁上）

③（外祖父清盛の行動）此時ゾ殊更ニ奢ホコリケル。（三頁下）

④（天下の乗合事件の評）近習ノ人々随分ノ朝恩ヲ蒙ル程ニ、奢心イヨイヨ進テ不思議ノ事ドモ有ケリ。（三頁下）

⑤（成親が平家を滅ぼさんとの企て）懸リケル事思立モ偏ニ奢ノ至也。（五頁上）

⑥（頼政の挙兵・宗盛と仲綱の愛馬をめぐる争い）是モ平家ノ不徳ニ奢故也。（一二頁下）

⑦（曽我兄弟の伯父工藤祐経が川津祐重を暗殺した行為）頼朝ノ気色好テ事ノ外ニ奢テ人ヲモ人トセザリケル余リニ、彼等ヲモ賤見ケル程ニ殊更思ヒ立、建久四年五月廿六日、彼ノ狩野ノ居出ノ屋形ニテ祐経打レヌ。是モ分ニ随ハデ奢リシ故也。（三九頁上）

⑧彼ノ妻女牧ノ女房ト申人、心武ク驕レル人ナリケリ。（四一頁下）

⑨（和田合戦で和田義盛以下中山四郎、横山、渋谷などが皆討たれた）是モ分ニ随ハデ驕ル故也。（四三頁上）

⑩是ハ光宗ガ驕ノ余リトゾ聞エシ。（四六頁下）

⑪（光時が将軍を望んだこと）光時、将軍ノ近習シテ御気色吉リケルガ、驕心有テ、我ハ義時ガ孫也。時頼ハ義時ガ彦也。光時将軍ノ権ヲ執ラセント企ケル程ニ、（四九頁上）

⑫其比関東ニモ分ニ随テ奢ル類モ有リ。三浦駿河守ガ子ニ若狭守泰村ト申ハ、時頼縁有ケルニ依テ、奢ヲ成ス事無双也。（四九頁上）

⑬貞時、生年十四歳ニテ、同七月七日、彼ノ跡ヲ継テ将軍ノ執権ス。泰盛彼ノ外祖ノ儀ナレバ弥奢リケリ。（五一頁上）

⑭（頼綱）又権政ノ者ニテ有ケル上ニ、奢ヲ健クスル事、泰盛ニモ不劣、（五一頁上）

⑮泰盛ガ嫡男秋田城介宗景ト申ケルガ、奢ノ極ニヤ、（五一頁上）

⑯其後平左衛門入道果円奢ノ余ニ子息廷尉ニ成タリシガ、（五二頁上）

⑰師時ニ超越セラルル事ヲ無念ニシテ、本ヨリ心武ク奢心ノ有ケレバ、師時ヲ亡サント巧ミケリ。（五三頁上）

⑱是モ一族ノ中ニハ奢ノ故也。（五三頁下）

⑲元徳二年秋比、高資奢ノ余ニ高時ガ命ニ不㆑随。乍㆓亡気㆒奇怪ニ思ヒケルガ、（五五頁下）

⑳義貞ハ尊氏ガ一族也。彼ノ命ヲ受テ不レ背ハ然ルベカリケルヲ、是モ驕ル心有テ、高官高位ニシテ如レ此ナルコソ不思議ナレ。（六三頁上）

⑳又ノ奢行ヲ見ルニ、猶ナガラヘバ如何ナル事ヲカ見聞スラント覚ユ。（六三頁下）

㉒奢人ハ其分ニ随テ、誰カ栄花ニ誇ラザリシ。（六三頁下）

㉓正成、長年……等ガ類、朝恩ニ奢テ、高官高位ニ登テ諫メ諍ル事、千秋万歳トゾ思ヒシニ、（六四頁上）

紙数の関係でその詳細を説明できないが、この中で特徴的に見られることは、「分に随はで奢る」というとらえ方であり、分に過ぎた派手な振舞をすることへの批判である。また心武く驕れる人とか、奢心、驕る心、思い立つも奢りの至り、と明確に「心」と結びつけて批評されている。いうまでもなく「奢る」とは、優越性の自負、思いあがり、分に過ぎてかってな振舞をする、派手な生活をする等のことであり、心の問題である。作者は保元から暦応に至る一六〇年間の歴史を解釈するにあたって、奢りという心の問題で解釈し、確認したのであった。[注12]

五、おわりに

作者は、この史論を書き上げるにあたって、保元から暦応の時代をきりとった。この時代は武士が政治の表舞台に登場し、武力を背景に実際上の支配権を確立していった時代であった。しかし作者が史論をまとめ、擱筆しようとした暦応の時代は、後醍醐帝の崩御を迎えつつも、内乱状態の統一、安定の方向性が見出し難かった。期待する武家尊氏の権力の確立、他を圧倒する権力の確立は未だ充分ではなかった。そこにここで擱筆するにあたっての多少の心もとなさがあった。

また歴史の推移を叙述、確認しようとする作者の観念は、「奢れるものは久しからず、猛き人は必ず滅する」にあった。この観念のもとに奢りという心の問題で、歴史をみつめ分析したのであり、それが『保暦間記』の歴史認識、歴史叙述の方法であった。

注

1　益田宗「保暦間記の文献批判学的研究」、『日本学士院紀要』一六巻三号、一九五八年一一月。

2　『参考太平記』や『参考平治物語』等にもしばしば引用されている。

3　益田宗の注1の文献による。

4　津田左右吉「愚管抄及び神皇正統記に於ける支那の史学思想」、史学会編『本邦史学史論叢』上巻、富山房、一九三九年。

5　注1と同じ。

6　是沢恭三『群書解題』第一九「保暦間記」の項、一九六一年。

7　『保暦間記』の本文は、『群書類従』巻四五八所収（二六輯）による。

8　『平治物語』上「信頼・信西不快の事」に「文をもっては万機のまつりごとをおぎのひ、武をもっては四夷のみだれをしづむ」（新大系による）とあって、武士の力を評価する視点が見られる。

9　主として『史料綜覧』巻六による。

10　『太平記』は暦応二年八月から翌三年末頃までの記事を欠く。『保暦間記』に関連するところでは、遠江の合戦、常陸における親房の難戦が描かれていない。古態本系の『太平記』では巻二二が存在しない。遠江及び常陸における合戦と幕府軍の越前侵攻と脇屋義介の敗退は、南軍、北軍の戦いの中できわめて重要な戦いであった。『太平記』が書かないわけが無いと考えるのが普通であろう。そこに最初の『太平記』の意図が、後醍醐帝の崩御で擱筆する意図であったためと考えるならば、『保暦間記』のあり方と共に興味深いことである。

11　※脱文あるか。「叶わずして征夷将軍の官をおくらる」とあること及び『太平記』では東八ヶ国の管領職と征夷将軍の職を望んだことが知られる。ここでは、「東八ヶ国の管領職」程の言葉が脱落しているものと解釈する。

12　群書類従本では、「おごり」を表記するにあたって、「驕」と「憍」の二つの漢字が使用されている。この二字の使いわけは読みとれない。本稿では「憍」の字はすべて「奢」の字で表記した。

9 謡曲における天狗の造型と天狗観

——怨念の構造把握への覚書——

一

そもそも武略の、誉の道、源平藤橘、四家にもとりわき、かの家の水上は、清和天皇の、後胤として、あらあら時節を、考へ来るに、驕れる平家を、西海に追っ下し、煙波滄波の、浮雲に飛行の、自在を受けて、敵を平らげ、会稽を濯がん、おん身と守るべし、これまでなれや、お暇申して、立ち帰れば、牛若袂に、縋り給へば、げに名残あり、西海四海の、合戦といふとも、影身を離れず、弓矢の力を、添へ守るべし、頼めや頼めと、夕影暗き、頼めや頼めと、夕影鞍馬の、梢に翔って、失せにけり。注1

謡曲『鞍馬天狗』のキリの部分である。中入りの後、後シテの大天狗が、「抑々これは、鞍馬の奥僧正が谷に年経て住める。大天狗なり」との名のりで登場し、豊前坊、相模坊以下の天狗の名ぞろえの後、兵法の修行にはげむ沙那王を守護しながら、やがて張良の故事を語り、兵法の奥儀を伝えた後に続くクライマックスの部分である。天狗から浮雲飛行の自在を受けてとか、影身をはなれず、弓矢の力を添へ守る、などと言っているように、沙那王が成人してのちの、平氏との闘いの場におけるあの華やかで、超人的な活躍が基盤になっていることは明白であるが、そうした義経の活躍が幼い、沙那王時代に受けた大天狗からの奥儀にあったことを語っているわけであり、超人的、超自然的なもの、ことに未来を見とおす予言的なものとして造型されているのである。また前シテは、「鞍馬の奥僧正が谷に住まひする客僧」であり、その山伏（客僧は山伏をあらわす修験道語彙である）が後シテとしては天狗となって登場しており、天狗と山伏とが表裏の関係になっていることが注目される。またこの曲の素材となった山伏と児との恋及び牛若丸が僧正が谷で武術の修行をしたことの二点が考えられる。後者の点を少し検討してみると、『平治物語』、『義経記』等が関連をもってくる。『平治物語』には、いわゆる流布本に、

弟牛若は、鞍馬寺の東光坊阿闍梨蓮忍が弟子、禅林坊阿闍梨覚日が弟子に成て、遮那王とぞ申しける。（中略）いかにもして平家をほろぼし、父の本望を達せむと思はれけるこそおそろしけれ。ひるは終日に学問を事とし、夜は終夜武芸を稽古せられたり。僧正が谷にて、天狗と夜々兵法をならふと云々。されば早足、飛越、人間のわざとは覚えず。[注2]

とあり、僧正が谷で天狗と兵法をならったことや、飛越など、謡曲の伝えるそれと多くの共通点を示している。しかし高橋貞一の説によれば、流布本の成立は天文元年（一五三五）以後とのことであり、[注3]謡曲『鞍馬天狗』は、宮僧作と考えられ、[注4]宮僧は世阿弥より、やや時代を遅くする人と考えられるので、宮僧が流布本系のものを参照したとは考えられない。素材とされたと思われるのは、『平治物語』にあっては流布本以前のもの及び『義経記』の伝えるところのものが考えられる。永積安明が、「承久以前の鎌倉初期、源氏将軍時代に想定しても、大きな誤差はなさそうに思われる」[注5]とした一類本の学習院図書館蔵本では、

同の坊に同じき児のあるをかたらひて、常に出行して、辻冠者原のあつまりたるを、小太刀打刀などにてきりたり追たりしけり。追もはやく逃もはやく、築地はた板を躍越るも相違なし。僧正が谷にて天狗化（ばけもの）の住と云もおそろしげもなく、夜な〳〵越て貴布弥へ詣けり。[注6]（巻下）

とある。一方、『義経記』には、鞍馬の別当東光坊阿闍梨のもとに預けられ、終日学問にはげんでいた牛若が、一五の時、謀反

をすすめられてより、学問を忘れ、謀反のことのみを思い、まず早業を習おうとして、僧正が谷の貴船明神にただ一人、夜々参詣し、「源氏を守らせ給へ。宿願まことに成就あらば、玉の宝殿を造り、千町の所領を寄進し奉らん」と、念誦をこめていたという。そしてこの貴船は、霊験あらたかではあったが、世の末であったので、「住み荒し、偏へに天狗の住家となりて、夕日西にかたぶけば、物怪おめきさけぶ。されば参りよる人をも取なやます間、参籠する人もなかりけり」[注7]という状態であったという。義経伝説は、書物に文字化される前の永い時間をもっていたから、軽々しくはきめられないにしても、これら『義経記』や『平治物語』から素材を得ていたことは十分に想像されることである。してみると、謡曲『鞍馬天拘』の背景には、必然的に物怪のおめきさけぶ、陰々としたひびきが漂ってくるのである。

二

ところで天狗の登場する曲としては、この他にもいくつかあり、それをシテ、ワキ、天狗の居た地などについて整理してみると左の如くなる。

表1　天狗の登場する曲

曲名	分類	シテ	ワキ	天狗の居た所
車僧	五	前・山伏　後・天狗	車僧	愛宕山
大会	五	前・山伏　後・天狗	叡山僧正	愛宕山
善界（是界・是我意とも）	五	前・善界坊（山伏姿）　後・善界坊（天狗姿）　ツレ・太郎坊	叡山僧	愛宕山
松山天狗	五	前・老翁　後・崇徳院（霊）　ツレ・相模坊（天狗）	西行法師	讃岐国白峰
葛城天狗	五	前・天狗の眷属　後・大天狗　ツレ・役行者	山伏	葛城・高間山
樒天狗	五	女（六条御息所）	山伏	愛宕山
鞍馬天狗	五	前・山伏　後・天狗	東谷の僧	鞍馬山の奥・僧正ケ谷

これらの曲の中で天狗はいかなる属性の持主[注8]として造型されているのであろうか。

『車僧』の内容をみると、ある雪の日、車僧が嵯峨野へ出かけると、愛宕山の太郎坊天狗が山伏姿であらわれ、車僧をうちまかそうとして問答をやったが成功しない。さらに二度目は天狗の姿をもってあらわれ、行くらべをしたが、車僧の恐ろしい行徳に畏敬して立去った、とするものである。車僧と太郎坊天狗の個人的な葛藤が主となっている。前シテが山伏で、それが大天狗の化身として登場し、後シテ愛宕山の大天狗を導いているのであり、その天狗は仏法を妨げようとして高僧に負けたとされているところが注意される。

『善界』は、『車僧』に比し、スケールが大きくなり、天狗が日本全体の弘法を妨げようとするものである。大唐で育王山青龍寺、般若台に至るまで全て天狗道に引きいれた善界坊は、仏法を妨げようとして日本に渡り、愛宕山の太郎坊に案内させ叡山に赴いたが、そこで山王、男山、北野等の諸神が出現したので、さんざんに負けて帰ったという内容である。後シテの善界坊は天狗姿で登場し、ここでも天狗は仏法を妨げ、神国を侵そうとするものとして造型されている。

『大会』は、以上の二曲とはやや趣を異とする。修行中の叡山僧正の前に、かつて命を助けられた客僧（山伏）があらわれ、報恩のために釈尊の霊鷲山説法の場を見せると約束する。後半、大天狗が登場し、霊鷲山の釈迦の姿となって現われ、説法の場を見せるが、僧が天狗の言葉を忘れ随喜礼拝したために、帝釈天が天降ってきて、天狗の魔術も破られたとするものである。ここでは、結果として失敗し、滑稽味を出しているが、人間を大きく越えた、超能力、並はずれた魔性の持主として描かれている。

『松山天狗』の場合は、西行が崇徳上皇の霊を弔う為に讃岐にわたり、老翁に導かれて廟所を拝し、一首をたむけたところ、老翁はこの廟所には天狗ばかりが参内した旨を語り消え失せる。後半では老翁が、崇徳上皇となってあらわれ、昔のことを思い出し憤怒していると、相模坊以下の天狗があらわれ、「逆臣の輩を悉く取りひしぎ、蹴殺し会稽を雪がせ申すべし。叡慮を慰め、おはしませ」と宥めたところ、上皇も悦び、天狗たちも帰っていったというものである。即ちここでは後ツレとして天狗が登場してきているのである。そしてこの曲は、『撰集抄』の巻一「新院御墓讃州白峰有レ之事」にもとづいて構想されたものと考えられるが、「君御存命の折々には、都の事を思し召し出し、御逆鱗のあまりなれば、魔縁みな近づき奉り云々」とあるように、瞋恚の炎に燃える崇徳院をそのままにはしておけないとする謡曲作者の感情と、『保元物語』[注9]や『太平記』[注10]の伝えるごとく、崇徳院が怨念のあまりに天狗になったと考えた、崇徳院の怨霊を畏れる感情とが結ばれて、天狗の出現が、構想されてきたものと思われる。即ち天狗に怨霊と魔縁のものとしての性格が与えられているのである。

『葛城天狗』は、峯入を先達の山伏と天狗の眷属とが葛城山で会い、対立し、山伏の祈りが勝ち、役の行者が現れる。逃げようとする天狗を伎楽童子が追いつめ、以後は仏法への妨げはしない、守護神となるという約諾をさせて帰したとするものである。この曲の中で天狗は山伏を、「御身いくばくの法力を得、かばかりの漫心を具足せし、其妄念はいかならん」と批難し、山伏は天狗を、「我が行力を妨げんとて、魔軍の霊鬼来りたるな」とやりかえしている。つまり山伏と天狗はほとんど変化のないものであることを自ら語っている。また、天狗が仏法に対する敵対者であったものが、守護者になると言っているわけである。

『樒天狗』は、本山三熊野の山伏が、愛宕山樒が原にわけ入り、そこで樒を折ろうとしている女に会う。その女は、自分は六条の御息所である、慢心によって魔道に堕ち、天狗にとられてこの愛宕山を住かとしていると言って消え失せた、というものである。これまでの天狗ものとちがって、具象的には天狗は登場してはいないが、漫心のために魔道に墜ち天狗にとられたといっているわけで、慢心と天狗が結びつけられている点が注意される。

謡曲における天狗のもつ属性としては、ほぼ以上のようなわけであるが、これらを総合してみるならば、第一に、天狗は並はずれた超越的な存在としてあることである。より具体的には、並はずれた魔性は、時に予見者的な超能力の持主であり、仏法に対する敵対者として造型され、時には慢心のものとして造型されているのである。第二は、主として後ジテとして登場し、前ジテは山伏であり、その山伏が天狗の化身として、天狗を導き出しているのである。

三

ところで、天狗の居た所というのは、先に表に整理して示した如く、愛宕山、白峰、葛城山、鞍馬山の奥僧正が谷である。ここに天狗が居たということはいかなる意味を持つであろうか。

まず葛城山であるが、ここは修験道の霊場としてあまりにも有名である。五来重は、『山の宗教＝修験道』[注11]の中で、ここが今の金剛山、葛木神社がまつられており、神仏分離以前はここに法起菩薩を本尊とする転法輪寺が、金剛七坊の葛城修験にまもられながら、葛城二八宿の行場をまもってきたこと、役行者が葛城山と金峰山の間に鬼神を駆使して橋を架せしめようとした伝説は、この両山がともにほぼおなじ高さの神奈備（祖霊のこもる山）であったことを示すものであろう、と説明している。地理的にいえば、奈良県と大阪府にかかり、この主峰が高間山である。

白峰は、香川県松山にある松山で、和歌森太郎の「信仰対象の日本の山々」（『山伏』中公新書、一九六四年）によれば白峰寺、白峰神社、不動堂があり、修験道の地である、ということである。

愛宕山は、山城国葛野郡、現在は京都市右京区上嵯峨にある山で、夙くから神仏習合信仰の一中心地であった。奥の院は神社であるが、朝日山白雲寺を建てて（明治の初年廃寺となる）、不動明王、毘沙門天などをまつり、総称して愛宕大権現と呼んでいた。中世、唐の五台山にならって五峰が開かれて以来、修験者が好んで入山し、益々盛大となった。隆盛の一端は、往生伝や説話集の中にかいま見られる。『本朝法華験記』の伝える仁鏡が一二七才で往生した話（上・一六）、好延や円久がここで修行した話（上・三四、三九）、『宇治拾遺物語』（以下『宇治拾遺』）の伝える母の櫃を愛宕の山にもって行き、千手陀羅尼を誦し続けついに母を仏とした清徳聖の話（一九話）、無知な聖が普賢菩薩の姿を見て喜び拝し続けていたところ、大狸にばかされていたという話（一〇四話）など、高徳、下徳の話など多く、多くの修行僧の活躍のあとを偲ばせている。そして、これらとは、やや趣を異にしているが、『古事談』の伝える左のような話の存在が注意される。

> 宇治左府被レ奉レ呪二咀近衛院一之時、古二神祇乃不レ預官幣一ヤ御座スルト被レ尋之間、愛太子竹明神（給神明イ）四所権現ヲ奉二尋出一呪二詛之一、仍天皇崩給畢、然而左府不レ経二幾程一中レ矢薨畢云々。（巻五、『史籍集覧』一〇・一一〇頁）

藤原頼長が愛太子明神に祈って近衛院を呪咀したことによって院が崩御し、頼長も矢にあたって死んだとする話であるが、これは相当に流布したうわさ話と考えられる。それは頼長自身も、近衛院の崩御は、頼長が愛宕山の天公像の目に釘を打って呪詛したがためであると世間の人が皆言っているという話を成隆と親隆の二人から聞いて驚き、愛宕山の天公飛行を知るのみで、未だ愛宕山に天公像があったかどうかも知らない、どうして祈請などできるか、と憤慨しているのである。[注12] こうしたところから考えて、愛宕山とは、神仏習合の修験道の霊地として活気ある様相を呈していたであろうとともに、人を呪咀する如き、怨念の凝集する場としても考えられていたであろうことが十分に想像されるのである。

鞍馬は、山城国愛宕郡北方の鞍馬山であり、ここには鞍馬寺があり、本尊を毘沙門天とする天台系の寺である。黒川道祐の『雍州府志』の伝えるところによれば、鞍馬山の北六里ばかりの地にある峯定寺[注13]は、天台宗の寺で、修験道の山伏が居たということであり、また鞍馬山の西北岩屋山にある金峯寺には役の行者の彫刻した不動像があったところだと伝えている。また吉田東伍の『大日本地名辞書』では、

> 古名闇部(クラブ)なり、後撰集に「墨染のくらまの山に入谷の」とあるは同く暗黒の義に因めり、後世山谷の形状に附会して鞍馬の字を撰ぶ。

と説明しているように、暗い陰々としたひびきを伝えているのである。殊に、僧正が谷は、山の西北にあり、巌石樹林の尋常でない様を今に至るまで残しており、『雍州府志』には、山門の慈恵僧正が魔となって住んでいたことを伝えている。[注15] このように考えてみるならば、鞍馬山及び僧正が谷も、愛宕山同様、修験山伏と密接な関係をもつと共に、魔縁をよぶ怨念凝集の地であったとみることを許されるであろう。

以上の他、『鞍馬天狗』において、後シテの「鞍馬の奥僧正ガ谷に年経て住める大天狗なり」と名乗りをしたあとに、供の天狗として、彦山の豊前坊、白峯の相模坊、大山の伯耆坊、飯綱の三郎、富士太郎、大峰の前鬼が一党、葛城高間、比良、横川、如意ケ岳、高尾の峰とあげている。このうち彦山（英彦山）は、大分、福岡の両県にまたがる霊山で彦山神社及び不動尊址があり、天台系修験の地である。白峯は先に触れた香川県の松山である。大山は、鳥取県西伯郡にあり、大神山神社があり、熊野金峰に擬される修験の地である。飯綱は、長野県上水内郡にある飯綱山（霊仙寺山）で飯綱神社があり、修験の山である。富士は、役小角が初めて登頂したと伝える霊峰で、浅間神社、小御嶽社がある。大峰は奈良県吉野郡の大峰連峰で、現在でも多くの行が行

われており、熊野（本山派）と並ぶ当山派の修験の地である。前鬼とは役行者が召し使ったという鬼で、今に前鬼、前鬼口、前鬼川峡谷の地名を残している。葛城は先にふれた。比良は琵琶湖西岸の比良山で、後、山門派に属した修験の山である。横川は、謡曲『葵上』のワキが横川の小聖で、山伏姿で登場していること、昔からすぐれた行人の隠叢の地として知られていることから、やはり修験者の多く集った所であろう。如意ケ岳は京都愛宕にある山であるが、修験に関する詳しいことは不明である。高尾は葛野郡にある、神護寺のある高雄山であると思われるが、修験の事跡は不明である。以上の山々は、謡曲『花月』の中で、花月が天狗につれられてめぐる山々とも共通している。

以上のように考えてみると、天狗の住みかとなっていた山々は、そのことごとくが何らかのかたちで修験道に関連をもっていたわけである。さらに愛宕山、鞍馬山等には人間の怨念の集結してくるが如き、陰々としたひびきをもっていたことである。してみると、こうしたひびきは、天狗の示したあの超越性と、内部をできるだけ外部に発現させようとする抑圧された複雑な怨念と無関係ではないはずである。

四

これまでの考察によって、天狗と修験道の山伏との密接な関係について確認し、天狗に人間の怨念の凝集しているが如き姿を知った。謡曲の中には天狗とは結びついていなくとも、山伏の登場する曲は多い。それらのいくつかについて、謡曲に山伏の何がとりあげられたか、また、何故ワキとして使われているかについて考えてみようと思う。まず、山伏の登場する曲は左の如くである。

表2　山伏の登場する曲

曲名	分類	シテ、その他	ワキ
谷行	四・五	松若の母、子方、松岩	帥の阿闍梨（山伏）

護法	五	陸奥の名取の老女（巫）	本山三熊野の山伏
檀風	四・五	（後）三所権現の不動明王	帥の阿闍梨（山伏）
葛城	三・四	里女（葛城の神）	羽黒山伏
飛雲	五	老樵夫（鬼神）	熊野山伏
舟橋	四	里の男	旅の山伏
野守	五	野守の老人（野守の鬼）	旅の山伏
黒塚（安達原）	五	里の女（鬼女）	祐慶（山伏）
摂待	四	佐藤継信の母	弁慶（山伏）
安宅	四	弁慶（山伏出立）	関守（作り山伏）
舟弁慶	五	（前）静物前　（後）知盛の霊	弁慶（山伏出立）
正尊	四	土佐坊正尊	弁慶（山伏出立）
葵上	四	六条御息所	横川の小聖（山伏出立）
泣不動	五	（前）園城寺あたりに住む者　（後）矜羯羅	本山三熊野の山伏
大江山		酒蚕上人	頼光（山伏姿を装う）

『谷行』の場合は、京都今熊野の椰木の坊の帥阿闍梨（山伏）が、峰入修行にあたり、弟子の松若のところに暇乞にきたところ（松若）も母の病気治癒の祈りのために峰入りに加わったが、途中で病にかかり、山伏社会の掟により谷行（修験者が峰入の途中で病にかかると谷間につき落していったという私刑）に処せられる。これを悲しんだ同行の山伏や阿闍梨らの祈りによって蘇生させたとする内容である。きわめて惨忍な谷行という山伏社会の私刑が中心になっていると考えられ、これを感情としては認められない（松若を蘇生させる）とするところから、この曲は構想されたと考えられる。

『檀風』は、資朝の子梅若が帥阿闍梨に伴われ、佐渡に渡り父に対面するが、父はやがて殺されたので、阿闍梨の助けで父を誅した本間を刺し、船着場まで逃げ、船に便乗を求めたが許されない。そこで阿闍梨が法力を尽して祈ると、三熊野権現が出現し舟を引き戻したので都に帰った、とする内容である。『太平記』巻二「阿新殿の事」とほぼ同じ内容であるが、『太平記』では、阿新が逃げる途中に山伏が現れ助けるのであるが、謡曲では阿闍梨に伴われて、常にその助けによって行動していること、三熊野権現の霊力が強調されていることの二点であろう。曲の中心は松若（児）をその児を助ける山伏との関係と、船を祈りかえす山伏の験力の二点から構想されている。前者の話も多いが、後者の例もいくつか見られる。『宇治拾遺』にも、けいとう坊という山伏が、こぎゆく舟を験力でひっくりかえした話（三六話）がある。このように並はずれた験力の持主と理解され、恐れていた山伏観にもとづいていると思われる。

『泣不動』では、園城寺附近の住者であるシテが、泣不動のいわれを語り、後シテとして不動明王のつかわしめである矜羯羅が登場するのであるから、不動明王との関係でワキとして山伏が登場していると考えられる。

『葛城』は、状況が降りしきる雪の中と設定されているために、普通の僧よりも、より強烈な性格を必要としたことと、葛城が役行者以来の修験の霊場であることとの二点から山伏が要求されたものと思われる。同様の意味で『飛雲』の場合は、後シテとして現れる鬼神に対し、それを祈り倒すという強さを要したことから山伏が登場したと思われるし、『野守』の場合も、後シテの鬼に対する強いものとして山伏が登場したと思われるし、『黒塚』の場合も、鬼を切り倒しうる強い存在として山伏の験力が要求されたのであろう。『大江山』の場合も同様であろう。

以上の他、『摂待』、『安宅』、『舟弁慶』、『正尊』は、山伏というよりも弁慶という歴史的人物そのものの方が要求されたものであろう。

以上の考察から考えて、謡曲において山伏の登場する曲は、谷行のごとき私刑の問題など、常人と異質な山伏社会への興味に基づくもの、山伏の験力など常人と異なった力に対する驚きと興味、ここから発展して単なる旅僧や、諸国一見の僧よりも、性格的に強烈なワキを必要とする場合に、山伏が登場したと考えられるであろう。こうしてみると、謡曲においては、先に考察してきたごとく天狗と修験山伏との密接な関係、天狗の中に見られた超人性、並はずれた魔性などと、ここで考察してきたワキとしての山伏の登場してくる曲との間には、基本的なところで、かなりの部分が共通していることがうなずけるのである。

五

さて、それでは天狗とはいったいいかなるもので、また天狗の歴史的状況が謡曲の天狗造型とどうかかわっていたのであろうか、次にはこの点を考えてみようと思う。

中国では、古く、天狗の観念には、『史記』[注16]や、『晋書』の伝える、天空を自由に駆け、流星に似ていて、たちまち炎火をおこすというような奇妙不思議な狗の類のものと『山海経』の伝える、[注17]陰山に住む怪獣で、狸のごとくして白首、リュリュという泣声を出す妖怪めいたものと二種類あったと考えられるが、日本での古い文献としては、『日本書紀』の舒明紀九年二月の条に、

大星従レ東流レ西。使有レ音似レ雷。時人曰、流星之音、亦曰、地雷。於是、僧旻僧曰、非二流星一、是天狗也。其吠声似レ雷耳。[注18]

とあって、夙くは前者の説が入っていたことがわかる。後者の説も、まもなく入り、在来の山の神信仰や山人観と結びついて拡まっていったものと思われる。

私見では、『日本書紀』のあとに天狗の語が出てくるのは、『宇津保物語』や『源氏物語』等の物語の上である。『宇津保』俊蔭の巻には、

右の大臣、かく遙かなる山に、誰か物の音しらべて、遊びゐたらむ、天ぐのするにこそあらめ、なおはせそ、と聞え給へば……（大系本、（一）八六頁）

とある。この前のところで、「琴の声と聞ゆれど」と言っているので、山中から琴の音のごとく聞こえてくる怪異現象を天狗の

しわざかと考えている。また、『源氏』では、夢の浮橋の巻に、

その人（浮舟）の有様、くはしくも見給へずなん侍りし。事の心、おし量り思う給ふるに、「天狗、木魂などやうの物の、あざむき率てたてまつりたりけるにや」となん、うけたまはりし。

とある。横川の僧都に助けられた浮舟のもとに薫大将が訪ねてきて、入水後の事情を尋ねたときのことばであるが、天狗とこだまとを並べてみているので、山中の特別な怪異現象とみているのである。そしてこれ等の段階では、天狗の登場も少なく、それほど強い恐怖は与えていなかったと思うが、やがて古代から中世への変革の時代に入るとともに、天狗の活躍も目立ってくる。また徐々に恐怖感も増したと判断できる。『大鏡』の三條院の条（巻二）には、三条院が目を悪くし、さまざまな治療も効果のなかったことを語ったあとに、

やがておこたりおはしまさずとも、すこしのしるしはあるべかりしことよ。されば、いとゞ、山の天狗のしたてまつることと、さまざまにきこえ侍れ。（大系本、五六頁）

とあって、験力の及ばない世界を天狗のしわざとみている。次第に、恐怖感でとらえつつある傾向を示している。次にみる往生伝では、天狗が人に憑くという形で恐れられている。

『続本朝往生伝』の僧正遍照の伝には、

天狗託レ人語曰、貞観之世住二於此山一。欲レ知二当世有験之僧一。変為二小僧一立二於樹下一。逢二一樵父一。謂曰。送二我於当時執政之家一。将レ有二大報一。父曰。将二何為一。我曰。持二一革嚢一。明名可レ来。父如二其言一。即為二飛鳶一入レ嚢。晩頭到二於右相家中門一。開二其言一便到二寝殿一。以レ足踏二右相胸一。称レ有二頓病一。家中大騒。挙レ足下レ足。或活或死。（正群書五、四一五頁）

とあって、天狗が飛鳶となって右大臣に憑いて奇病をおこさせたこと（遍照のために調伏されたが）、即ち怨霊的な性格を色濃く示しているのである。また、天狗が、遍照の往生を妨げようとして果さなかった話[注19]などが記され、仏教に対する敵対者としての性格を見せはじめているのである。

三善為康の『拾遺往生伝』にもまた、染殿の后が天狗に憑かれて数ヵ月も苦しんでいたのを、相応和尚が不動明王の助言によって、天狗を降伏させた話があって[注20]、天狗の怨霊的な性格を語っている。

『今昔物語集』には天狗の話が一〇話ある。巻一〇の三四話には、「歎キ悲ムデ、思ヒ入テ死ヌ、即チ天狗ニ成ヌ」とみえている。巻二〇の第一話は、天竺の天狗が本朝の叡山の尊さに感じて転生して僧正明救となったとするものである。第二話は謡曲『是界』と共通する点を持っているが、震旦の智羅永寿という天狗が、日本の高僧たちと力競べをして、敗けたとするもの。第三話は、成らぬ柿の木に仏が出現したという話が拡まり、行ってみると、天狗の所為と予想していたとおり、屎鵄であったという話。第四話は、天狗を祭って円融院の御悩を癒した僧が、貴僧たちに怪しまれ、遂に降伏したという。第五話は三衣筥を奪い取ろうとした尼天狗を加持で打ち負かしたとするもの。第六話は、仁照を惑わそうとした天狗が、かえって調伏されたという。第九話は、天狗の恨みを受けて死んだ話。第一一話は、龍王に蹴殺された天狗が屎鵄となって、人々に踏まれた。第一二話は、天狗に謀られ、杉の梢に縛り付けられた三修禅師がやがて死んだとするものである。このうち天狗に殺されたという話は、九と一二の二話のみで、他はわずらわされながらも、何とか調伏して切抜けていることが注意されるであろう。そしてこれらの天狗は、畏怖性を背景にして、怨霊に通ずるカテゴリーの中に入りこんできたものといえるであろう。また、この限りにおいて、調伏の可能性を残したものであった。ところが時代の過渡的現象もより一層進んできたとき、それが殊に、旧体制側の人間にとって、眼前の政治的、社会的現象が、彼らの意向とかけ離れたところで展開することが多くなってくると、それを客観的に、新しい歴史を見ることをしないで、この怨霊的機能をより一層強化発展させ、政治的社会的事件を、人間を越えたものの働きに結びつけて、天狗の所為と考えることが多くなったものと思われる。

『愚管抄』では、「天狗の所為」ということばをよく使っている。巻五では木曽義仲と後白河院との争いのことを述べて、イカニモ〳〵コノ院ノ木曽ト御タ、カイハ、天狗ノシワザウタガイナキ事也。コレラシヅムベキ仏法モカク人ノ心ワロクキハマハリヌレバ、利生ノウツハ物ニアラズ。術ナキ事ナリ。（大系本、二六一頁）

と言っている。即ち両者の争いを天狗の行為ととらえ、元来、天狗を鎮めるべきはずの仏法も、その器ではない。仏法を越える強烈な力をみて、もうどうしようもないものと投げ出しているのである。また、巻六では、文覚上人に対して、

行ハアレドモ学ハナキ上人ナリ。アサマシク人ヲノリ悪口ノ者ニテ、人ニイワレケリ。天狗ヲマツルナドノミ人ニイワレケリ。（同前、二七九頁）

のように、天狗をまつる人とみていたわけである。ここには頼朝の挙兵を扇動し、歴史の大きな転換を加速度におしすすめさせた文覚、それ故に、歴史の展開を予見した文覚の、人間像がすでにできあがっていたことが想像され、それをもとにして文覚が天狗を祭っていたと世人からうわさされたものと考えられる。天狗の未来予見の機能が使われているのである。さらに巻七では、

是ハ（世の転変や人を混迷におとしているもの）一定大菩薩ノ御計カ、天狗、地狗ノシハザカトフカクウタガフベシ。物ノ世ヲウシナイ、人ヲホロボス道理ノ一ツ侍ヲ、先仏神ニイノラルベキナリ。（同前、三三七頁）

と言っている。昔から怨霊が人を亡ぼし、世を亡ぼすことがあるから、天狗・地狗のしわざではないかと疑うべきであることを主張し、天狗の働きを怨霊観と結んで、その社会的否定契機に注意し、未来予見の機能に結んでいるのである。慈円にあっては、天狗と仏法、王法との関係など、必ずしも統一的に把握されているわけではないが、それだけ時に応じて使われているわけである。

慈円の兄兼実もまたその日記『玉葉』の中で、義仲の攻撃がうわさされ、法住寺殿の警衛がきびしさを増した寿永二年の一一

月一六日、

今夕所々掘レ瑝構二釘抜一、別段之沙汰云々。此事天狗之所為歟、偏被レ招レ禍也。不レ能二左右一云々。

と頭を抱えた。また、治承四年三月一七日の条では、

昨日申刻依レ有二可レ示之事一向二大理第一。以二件人説一始所レ承也。園城寺大衆発起、相二語延暦寺及南都衆徒一、参二法皇及上皇宮一、可レ奉レ盗二出両主一之由、去八日成二評議一、其事自レ達二前幕下之辺一、頗致二用心一之間、彼日黙止、於レ今者可レ伺二御幸之間一者、猶以結構、事已一定、有二証人等一、因レ茲、去夜以二検非違使季貞一馳二遣摂州一了、随二彼申状一、来廿一日可レ有二御進発一云々、大理又云、此事法皇自被レ仰二遣前幕下之許一、仍為二実説一云々者、此事偏天狗之所為也。仏法王法滅尽了歟、不レ能二左右一、

と歎息している。園城寺が、山門、南都大衆を語らって法皇、上皇を盗み出したとのうわさを聞き、それが実説らしいと判断し、それを天狗の所為と受けとって嘆息しているのである。即ち兼実にあっては、王法、仏法という、彼の宗数的、政治的判断の基準がなくなってしまったとき、判断の基準として登場してきたのが天狗であった。逆にいえば、天狗こそはこれから先の世の中がどうなるかを見ようとしている魔物なのである。ここに至って天狗の魔性がエスカレートしているとともに、未来予見予兆的性格が強化されていることが看取されるであろう。しかし、この段階ではあくまでも魔物であって、社会的肯定契機としては転化させ得ないで、あくまでも社会的否定契機としての機能をより一層注意してきたものである。

『太平記』にあっては、天狗の活躍の著しいものがある。まず、巻五の「相模入道弄田楽事」の中では、高時が田楽を愛翫していたが、ある夜、新座、本座の田楽共十余人、舞歌に興じている。その歌う声を聞いてみると、「天王寺ノヤヨウレボシヲ見バヤ」と拍子(ハヤシ)ている。ある官女があまりの面白さに障子の隙をあけてみると、田楽共ではなく、鵄のごときもの、山伏のごとき

ものなど、「異類異形ノ媚物共ガ姿ヲ人ニ変ジタルニテゾ有ケル」という状態であったので城入道に告げたところ、高時は酔伏し、「灯ヲ挑サセテ遊宴ノ座席ヲ見ルニ、誠ニ天狗ノ集リケルヨト覚テ、踏汚シタル畳ノ上ニ禽獣ノ足迹多シ」という状態であったという。これを聞いた儒者仲範は、「天下将ニ乱レントスル時、妖霊星ト云悪星下テ災ヲ成ストイヘリ。如何様天王寺辺ヨリ天下ノ動乱出来テ、国家敗亡シヌト覚ユ」と批判した。天狗が未米予見をしたとみているわけである。そして『太平記』の中にあって、この巻五は、現状の認識から北条氏の滅亡、対する後醍醐側の状況設定の完了という次への発展的動向を見せた巻であり、その中でこの段は、「中堂新常灯消事」と並んで物情騒然とした現状の認識から天下の大乱の予見をした重要な段と考えられるので、この中で天狗の果す役割はきわめて重要なものであると考えられる。さらに、巻二七の「雲景未来記事」は、羽黒山伏の雲景が書いた未来記であるとして紹介しているが、この中では雲景がある山伏に伴われ、愛宕に行き、崇徳院、為朝、後鳥羽院、玄昉、真済、尊雲らが魔王となって相会し、天下を乱さんとする評定をしているところを目撃したり、愛宕山の太郎坊に未来の安否を尋ねるなどの体験をして帰り、それを進奏したことを伝えている。ここでは天狗に未来予見の機能を与えていることと、天狗道の中に、崇徳院らの、現世において志を得ず、非業の最期を遂げ、怨霊となっていることを伝えられている人たちが、天狗となっていることを語っている点で注目すべきものである。

この他『看聞日記』においても、将軍義量の他界を記した後に、「天下又大乱風聞旁呈凶事了」として正月中におこった怪異、風聞、巷説を記した中に、「天狗拍物ヲシテ夜々クルイ行云々」（応永三二年二月二八日の条）のことを記している。これは天狗のこうした行為を一つの予兆（悪兆）と受けとっていることを示している。[注21]

この段階になってくると天狗が単に畏怖の対象としてのみあったのではなく、天狗の行為すらも、歴史の肯定的な判断に転じさせようとする積極的な態度であることが理解できるであろう。

六

以上、謡曲における天狗の造型を考察し、日本の文献における天狗観の変遷と天狗の機能とを考察してきたわけである。こうした作業の結果においても、天狗とはいったい何かと問われた場合に、漠として説明しえないもどかしさを感ずる。柳田国男は、「山に入れば屢脅かされ、そうでない迄も予め打合せをせずして、山の人の掟を侵すときに、我と感ずる不安の如きものと、山に居る人の方が山の神に親しく、農民はいつ迄も外客だという考えが真価以上に山人を買い被ってきた結果ではないか」[注22]というような言い方をして、山人を天狗とみたと言う。柳田の考えの中には、日本人の先住民族の残存ということが強く意識されているものと思われ、それと深い関連をもって説かれているわけである。私は今、実証する力をもたないが、こうした山人信仰と、これと関連をもちつつ、山岳信仰に源をもつ修験道の発達があり、彼ら山伏のもつ神秘性と畏怖性が重ねあわされて成立してきたものが天狗であったろうと、とりあえず結論しておこうと思う。五来重は『山の宗教＝修験道』の中で、「修験道の入峰は一度死ぬことを意味する」と言い、捨身を、「まかりまちがえば死ぬかもしれぬ危険に身をおく難行苦行を捨身とよんだことはたしかである」（八二頁）と言う。こうした見解から考えても、山伏修業の根幹をなすものはこうした苦行性にあったことは確かである。『谷行』などはこうした苦行性を最もよく示したものといえるであろう。これはまた山伏が現実の生活の中で示していた独自性とともに、精神的な、内面的なところでも独自性を示したものと思う。ここから山伏の呪的法験の威力も発揮され、人に畏怖感を与えたものであろうと考えられるのである。

また、能において、多くの山伏や天狗が登場してくるのは、能の歴史が担っている宗教的な性格をおのずから語っているであろうし、天狗もまた概念が漠然としていたが故に、その時々の歴史的状況の中で、さまざまな属性を付与され、活躍してきたのである。ここに日本文化の風土的環境の一面を担っていたのである。（一九七一年四月三〇日）

注

1 『謡曲集』下（日本古典文学大系四一、岩波書店）による。
2 『保元物語・平治物語』（日本古典文学大系三一、岩波書店）による。
3 「壒嚢抄と流布本保元平治物語」（『国語国文』二二巻六号、京都大学文学部、一九五三年六月）に「流布本保元平治物語は壒嚢抄の成立し

たる文安二年以後の成立と認むべきである。然るに又壒嚢抄が流布したのは、塵添壒嚢抄以後とすれば、その序に「于時天文元年壬辰二月上旬三日釈氏某比丘」とあるから、更に文安を降って、天文元年以後の成立といはねばならない」とある。

4　『能本作者註文』では宮僧作十番の中に入れており、『二百十番謡目録』でも宮増作を伝えている。

5　日本古典文学大系本解説、四〇頁。

6　未刊国文資料所収、九七頁。尚金刀比羅本（日本古典文学大系本底本）にはこの記事はない。

7　日本古典文学大系本、巻一、四五頁。

8　この他「花月」の中に、シテの花月が天狗につれられて山めぐりをする話がある。

9　巻下「新院御経沈めの事」の中に、生きながら天狗になったと出ている。

10　巻二七、「雲景未来記事」の中。

11　淡光社、一九七〇年八月、一三五頁。

12　『台記』、久寿二年八月二七日の条。

13　『新修京都叢書』第一〇、二七九頁。

14　同前、二八〇頁。

15　「此ノ山ノ西北ニ有リ二僧正カ谷一、山門ノ慈恵僧正為レ魔ト棲ト二斯ノ谷一云フ」（同前、二七九頁）

16　『史記』、二七、天宮書、「天鼓有レ音、如レ雷非レ雷、音在レ地而下及レ地、其所レ往者兵発二其下一、天狗状如二大奔星一、下有下如二狗形一者上、亦太白之精、有レ声、其下止レ地類レ狗、所レ堕及二炎火一、望レ之如二火光一、炎炎衝レ天、其下圜如二数頃田処一、上兌者則有二黄色一」とある。

17　第二西山経、「又西三百里ヲ曰二陰山ト一、（中略）有レ獣焉、其ノ状如レ狸ノ而白首リ、名テ曰二天狗ト一、其ノ音如二榴榴ノ一可二以テ禦一レ凶」とある。

18　日本古典文学大系本、（下）二三二頁、なお、同書ではアマツキツネと訓んでいる。

19　「最後臨終可レ成二其妨一。尋二其命期一。雖レ向二彼山一。護法衛護。聖衆来迎。敢不レ能レ入於二三里之内一云々」とある。

20　巻下、続群書類従、第八輯上、二六三頁下～二六四頁上。この話は『古事談』第三にもほぼ同文に近い状態で伝承され、『今昔』巻二〇の七話、『宇治拾遺』一九三話にも伝えられている。

21 『応仁記』巻一「乱前御晴之事」の中にも、天狗の落文を未来予見と受けとっているところがある。

22 「山人考」、『定本柳田国男』第四巻、筑摩書房、一九六三年所収。

このメモを書き終えた後で、谷川健一の『魔の系譜』（紀伊国屋書店、一九七一年）を読んだ。私のメモとかかわる所が多く、大変啓発され、考えの足りなかった点、改めねばならぬ点など多く生じたが、後日再考したいと思う（六月一五日追記）。

10 高野参詣記

——碩学実隆の旅と文学——

一、はじめに——中世の旅人

御悩ながらも、こゝかしこ歩行してすゝめ給ひけるに、道のほとり塚の傍に、御身を休めさせ給ふとて、
旅ころも木の根かやの根いづくにか身の捨られぬ処あるべき（『一遍上人語録』上[注1]）

九国修行の間は、ことに人の供養などもまれなりけり。春の霞、あぢはひつきぬれば、無生を念じて永日を消し、夕の雲ころもたへぬれば、慚愧をかさねて寒夜をあかす。（中略）只縁に随ひ、足にまかせてすゝみありき給ひけり。（『一遍聖人絵伝』巻四[注2]）

武蔵国石浜にて時衆四、五人やみふしたりけるをみ給て、（下略）（同、巻五）

一遍上人がその修行と布教の生涯を、常に旅に住し、旅に生き、旅に死したことはよく知られたことである。その遊行とは、肉体の側からながめた時、ただひたすらに歩み行くものであり、道のほとりに身を捨てる覚悟を伴ったものであり、その途次において同朋の衆四、五人の死者を出すほどの過酷なものであった。否、過酷なものでなければならなかった。

しばし江戸深川に閑居し、自らの怠惰な心を、「あら物ぐさの翁や」「あな物狂ほしの翁や」（『閑居の箴』）と、嗟嘆する芭蕉は、無常のうつし世の中、吹き荒むうつし世の風の前に、その「風の声ぞら寒げに見える」、貞享元年（一六八四）の秋八月、深川の草庵を出て伊賀に赴いた。その決意のほどは、

野ざらしを心に風のしむ身かな

と、旅に生き旅に死す野ざらしの白骨となる覚悟の中の旅立ちであった。無常の風の吹き荒む中である。けだし中世の旅とはこのようなものであった。中世の旅人は、生きること即生死の決定となるように、刻々の時の中を歩き行き、描き出す人々のことであった。

二、高野参詣記の成立と旅の概要

『実隆公記』[注3]の大永四年（一五二四）四月一九日の条に、

晴、朝食ノ後、輿ニ乗リ伏見ニ向フ。般舟院ニテ小膳ヲ行フ。午後船ニ乗リ深更ニ小坂ニ着ク。周桂同道ス。今日ヨリノ事ハ別記ニ在リ。住吉、天王寺、高野等ニ詣ズ。

とあり、五月の三日の条には、

雨降、朝、精進シテ進発ス。申ノ剋許ニ帰宅ス。各々謝シテ之ヲ遣ス。樽一荷、宗碩ノ許ニ遣ス。

とある。翌四日の条には、みやげを少々頒ち、午後になってから参内し、参詣の模様を言上している。従って『高野参詣記』[注4]は、この時の記録であり、日記に「別記」と記されたものの一つに該当する。時に実隆は七〇歳であり、二週間に及ぶ旅行であった。

この旅の目的と詳細は、冒頭に、

四月の比、住吉・天王寺にまうづべき心ざし有て、十九日伏見へまかりて、

とあり、二二日に至って、

高野に参詣の事思ひ立て、宗珀といふ者をしるべとたのみて、まかりたち侍り。

と記されているが、高野山では、後柏原帝の爪を納めて供養、自らも歯を納めるなどしている。従って途中で高野参詣を思い立ったものではなく、はじめから住吉、天王寺を経て高野参詣を行なうことが目的であったものであろう。

旅の詳細は、一九日伏見に赴き、般舟院で暫時休憩した後、舟を用意し淀川を下り、小坂で一泊。翌朝ここにて本堂などを中心に参詣するうちに堺の光明院より迎えの輿がきて、天王寺を訪れ、ついで住吉神社に詣で、住吉から堺に赴いている。名所「霰松原」等の見学の後光明院に行き、肖珀（柏）の夢庵を訪れている。ここに二〇日、二一日と泊り、二二日には高野山に、宗珀を案内者として輿に乗って出かけている。途次根来から迎え馬が来て、根来で諸堂巡礼参拝の後、実相院で休んだ。

二三日、雨気の中、いそぎ立って粉河の施音寺に詣で、先を急いだが、思いの他遠くかつ雨風も激しくなり、一足も進めない状態となったが、やっとのことで一心院の奥の坊に着いた。翌二四日には、自らわらじをつけて諸堂を巡礼した。大塔はほぼできあがり、金堂は建ち、三鈷の松も焼けた後、その実生のものがあった。大師の御廟の前の堂の灯明はあまた光輝いていた。その住僧から弘法大師御所持の鈴鉾や水晶の念珠などいただいた。そこで後柏原帝の御爪を納め、卒塔婆を建てて供養した。さらに自らの歯を新造の観音像に納めた。

翌二五日宿坊を出て高野山を後にして、根来の十輪寺に着いた。その夜は講問を聴聞した。二六日にはしきりにひきとどめられるのをふりきって、発句のみ残して、宗珀の案内で帰路をとり、夕刻堺に帰りついた。二七日には、少し休みをとり、宗仲の寮で宴会があった。

二八日には阿弥陀寺からの招きがあったのでそこに詣り、堺の浜を見めぐりしつつ光明院に帰った。二九日には高野参詣前にくばりおいた二〇首題のとりかさねがあったので、夢庵（肖珀）に赴き、歌舞におよんで楽しんだ。

五月一日には、光瑱の強い求めによって光明院で連歌を興行。翌二日には、住吉に詣で御神楽を楽しみ、天王寺に詣でる。西門の念仏堂で無庫山出現の弥陀三尊、太子の御筆の厳然たるもの、中国より渡来の善導大師等身の御影等を拝し感激。かつてありし西行法師の笈が地震の為に砕かれたことを知り、深く心を痛める。こう津まで付き従ってきた人々と昼食をともにした後、堺の衆と別れた。ここから舟に乗り、能因法師が「雲居にみゆる」と詠んだという生駒山などをながめて興をおこし、夕暮に芥川の塔頭に着いた。明くる三日、雨降ってひどく侘しい中を出発し、水無瀬の廟に参り、しばし念誦した後、都に向かい帰宅した。

三、三条西家と実隆

この旅を通じて目につくのは、実隆の絶大な権威である。連歌師の肖珀（光明院に訪ねる）、周桂（終始付き従う）、宗碩（帰路京より光明院まで出迎え）、宗珀（高野山案内）、宗仲（帰路の二七日一盞をもうける）、光珀（堺にて連歌興行）等が常に付き従い、あるいは出迎えているのである。また必要なところには、輿、馬がさし向けられている。いわば大勢の人を付き従えた大名旅行のごとき形態である。

ところで、この三条西家（西三条家とも）は、正親町三条家の庶流で、南北朝後期の内大臣実継の次男の権大納言公時を始祖とし、三条北の西朱雀に住んでいた。第三代の公保は、長禄四年に没しているが、堯孝より口伝を受け、『和歌深秘抄』『新続古今和歌集』の和歌所寄人となった。後花園帝を中心とする宮廷歌壇で活躍した。その後、代々和歌と有職故実の学問にはげんだ家である。実隆は公保の次男として生れたが、はやくより歌人として認められていた。伊藤敬は、実隆の八三年に及ぶ生涯を、

一期　少青年期（二八歳）　文明四年まで
二期　壮年期（四六歳）　明応九年まで
三期　老年期（八三歳）　天文六年まで

の三期に分けて考察しているが、二期までに歌人としての地位が確立し、合点の依頼が増す。宗祇との交わりも盛んとなり、古今伝授が終了していたという。次の三期は円熟期であり最も活躍し、作品も多く残した。歌合の判、古典学、古今伝授など後世堂上流の基礎が作られた時期であるという。[注5] 官僚としての実隆は、永正三年（一五〇六）、内大臣に上った。その一〇年後の四月一三日盧山寺において出家。堯空を名のっている。応仁の大乱が勃発したのは応仁元年（一四六七）、実隆一三歳の時であった。公武の間も武家の間も易しい時ではなかったが、政治的には決して出過ぎることなく、常に中立的立場を保った典型的な上流貴族であった。このような彼のあり方は出家後も涸れることがなかった。歌人、学者としての評価もますます高まり、後柏原帝や後奈良帝をはじめ、公武僧、各界からの信頼厚く、引続き多くの弟子たちが集っていた。高野参詣を実行した大永四年（一五二四）には、歌壇、連歌の世界、古典学の世界の大御所として確たる地位にあったのである。

四、実隆の旅と信仰

この高野参詣における実隆の旅と信仰を見ると、まずおさかという所で本堂を拝し、そこでは、「心ことばも及ばざる荘厳美麗」に感嘆する。天王寺では縁起を聞いては、随喜の涙を流し、聖霊院では浄土曼荼羅の朽ち損じているのを見て、西山上人の不断念仏のありしところと諸事を感じて涙を流す。高野参詣に入っては、根来で諸堂を巡礼し、粉河の施音寺では、「荘厳巍々として殊勝きはまりなく」と感動して歌を詠む。高野山では自らの足で諸堂を巡礼し、「ききおきしにもおもいやりしにも過たるあはれさ、ありがたさ」と感動する。帰路は天王寺にて、弥陀三尊を拝する。西行法師の笈を思い起す。さらに堺からの船路、能因法師の歌を思い起す、という具合である。

このようにこの参詣記の旅と信仰を見ると、信仰的には一宗一派、一つの信仰対象を目的としての旅ではない。かつての熊野参詣に見るように、その熊野路のすべてが熊野参詣、熊野信仰に繋がっていた旅とは著しく異なる。ここでは浄土への信仰と真言密教への信仰とがないまぜになった雑修的要素を示している。また信仰の旅であるとともに、先人の文学を偲ぶ、文学感興の旅でもある。

旅の先々では、馬、輿の迎えが常に用意されている。高野への厳しい難道も輿に揺られてのものであった。その折山風激しく、著しく進行を妨げたけれども、風がやや静かになるとともに、予定通り登りきっている。

全行程を通じて、肖珀、宗桂、宗碩、宗珀、宗仲、光瑱等の連歌師との交遊があった。この意味では寺社への参詣であるとともに、連歌師たちへの巡回指導であり、その連歌師をめぐる集団との交流の旅でもあった。

もう一つの重要な要素は、作品の表面にはほとんど出てこないが、旅の持つ財政活動の一面である。実隆にはこの旅を記したものにもう一つ『高野詣真名記』[注6]があるが、これは漢文体で記されており、表現は簡略であり、和文で記された『高野参詣記』に比べ記録的な要素が強いと考えられる。これによれば、この旅程を通じてしばしばささげもの、贈物があったことが記されている。たとえば高野参詣を終って光明院に着いた日には、宗珍とその弟の源左衛門が礼にやってきて、練貫一面、杉原紙一〇帖、唐紙二〇〇枚を進呈したことが記されている。また先にも触れたように、この旅には周桂をはじめとする連歌師たちが、同行または関わりを持っている。連歌師たちはしばしば実隆と地方の武士たちとの文化的接触の仲介者の役割を果している。宗祇と実隆との関係は夙に有名であるが、他の連歌師、たとえば、和泉の松浦肥前守は、周桂の手をへて『源氏物語』の外題と奥書の染筆を行なっている（『実隆公記』、享禄二年三月五日）。また江州三角の被官三上越前の守は、宗碩の紹介で実隆邸を訪れ、彼の自慢の二十五菩薩来迎障子絵を見物している（『実隆公記』、永正四年二月二七日）。これらの例から考えても、連歌師たちが旅先の有力者との仲介をつとめたであろうことは充分に想像できるのである。当時の公卿たちが当時いかに疲弊していたかを示す記録は多い。芳賀幸四郎の『三条西実隆』[注7]には、中院家が洞院公賢の日記である『園大暦』を売却せざるを得なくなったが、実隆は散逸を恐れるものの実隆自身では購入するゆとりがなく、禁裏に申し上げて買上げてもらったこと。中原師象は困窮にたえかねて出家隠遁の目的で竜安寺に入ったこと。三条西家も、永正三年には実隆が苦心をして書写した『源氏物語』を黄金五枚で甲斐国の某に売り渡している。このように当時の公卿一般の窮乏の有様が描かれている。実隆は地方に旅し、連歌の場などを介して地方の有力者と交わる中で、彼等に公卿の都の教養や文化を与える、その代償を得ているのである。[注8] このような財政活動的要素が無視できない。

五、おわりに

実隆やその他の公卿たちが困窮している原因は、荘園制度が崩壊し、新しい形態は彼等を保護するものではなく、彼等の経済基盤が崩壊していたからである。経済的基盤のみならず旧秩序と新しい秩序の未成熟、そこには政治的社会的混乱がある。その崩壊する基盤の上に立脚していた実隆等の貴族階層は、常に言い知れぬ不安と動揺の中にあった。その中で実隆がとった生き方は、過ぎ去りしよき時代の遺制である有職故実や古典学であり、また古代的体制を支えていた和歌の世界への没入であった。

このように実隆の高野参詣の旅を見ていると、そこには真摯な求道の姿も、宗教的な信仰の姿も薄い。そこにあるのは見物者実隆の取り留めのない古典文学的な感興の姿であり、旅先での実隆の鈍感さである。地方への驚きも新鮮さもほとんど作品には現れていないのである。それは当時すでに七〇歳という老齢に達していたことが一つの原因と考えられようが、決してそれだけではない。実隆はこの旅のなかで連歌の興行一回、強く求められた為に与えた発句一句。三七首の和歌及び狂歌が詠まれ記録されている。これらの和歌の中には、その景を見、あるいは先人西行や能因等の歌を媒介とした知識と実感の歌がある。この旅は、現実に対処する、あるいは現実を見つめるといったような旅ではない。いわば趣味的な文学散歩の旅なのである。

注

1 『仮名法語集』、日本古典文学大系八三、岩波書店、一九六四年。

2　『一遍上人絵伝』、日本の絵巻二〇、中央公論社、一九八八年。
3　『実隆公記』六上（続群書類従完成会、一九六一年）所収。
4　『実隆公記』九（続群書類従完成会、一九六七年）所収による。他に『群書類従』一九、その他がある。
5　伊藤敬「三条西実隆と和歌（三）――修業期について」、『国語国文研究』三五号、一九六六年九月。
6　『実隆公記』九に所収。
7　芳賀幸四郎『三条西実隆』、人物叢書、吉川弘文館、一九六〇年。
8　実隆と地方文化交流の一面については「中世末期における地方文化の胎動」（芳賀幸四郎『東山文化の研究』河出書房、一九四五年）に詳しい。

11 趣旨の説明とささやかな総括
――仏教文学会五〇周年記念シンポジウム――

趣旨について

仏教文学会は二〇一三年、創設以来五〇周年を迎えました。

この記念すべき大会において、学会創設期の方々にお集まりいただき、五〇年前にさかのぼり創設の意図や当時の状況を確認し、今後の研究の方向性を見定めるシンポジウムを企画しました。

平成二一年度（二〇〇九）の大会では、「仏教文学とは何か」という、創設期の意識を対照化しつつ、仏教文学という概念や内実を問い直すシンポジウムが企画されました。[注1] また小峯和明氏の『中世法会文芸論』も公刊されました。[注2] 理念や教義を追求するだけではなく、儀礼や言語表現の具体から宗教の本質をとらえようとする、宗教を軸としてどこまで古代や中世の表現世界を開明するかという斬新な試みでした。

また、支部事務局では、地方からの視点として「北から見る仏教文化」を大まかなテーマとして掲げ、「〈日本〉像の再検討――〈東北〉を視座に――」のシンポジウム（説話文学会との合同、於弘前大学）[注3]、「北から見る日本仏教文化」をテーマに地方大会（本部・支部合同、於会津磐梯町）を開き、地方独自の仏像を見て、会津の豊かな仏教文化を提示してきました。

平成二二年度（二〇一〇）のいわき明星大学での大会では、この二一年間の活動を総括し、新しい仏教文学の世界を望見したいとの思いで、菅野成寛氏に「天台浄土教と平泉」と題する講演を、小峯和明氏に「東アジアの法会文芸と説話圏」と題する講演をお願いいたしました。[注4] 文学踏査も奥州藤原氏の浄土教文化を体感いたしました。東北からの視点を総括するとともに、広く東アジアに架橋し、同時に新たな仏教文学研究の視点を見つめたいとの思いからでした。

一方、この五〇年、ことに近年は、情報化、国際化の進展する時代の中で、国文学という学問も再編過程にありました。この中で仏教文学研究は、寺院調査を軸とする対象資料の飛躍的な拡がりと文献的位置づけを問題として、隣接する諸学との研究・情報交流、方法的な対話が進められました。この中で文学研究の方法論の相対化、対象と視界を拡大してきました。人文科学というより広い世界の中で、また広く東アジアというエリアの中でとらえ直そうとする意識が顕著であり、また確かな成果を示しつつあります。

二〇一一年三月一一日、東日本を襲った大震災、続く原発事故。これによって郷里を失い、放射能の恐怖に怯えて生活する数十万はおろか数百万の人々を生み出しました。新しい弱者が生み出されたのです。この中で国文学は、また仏教文学は、どのような存在を主張するのでしょうか。仏教学者とか識者と呼ばれる人々がマスコミに登場し、必至にかつ静かに耐える被害者を見て無常観とか無常感を持っていると批評しています。その一方で今なお遺族の形見一つでもという強い願いで遺体の捜索を続けている人々がいます。今の時代は、かつての中世の人々が求めたように、文学や仏教に対するニーズは高いのです。今回のシンポジウムでは、このような状況を踏まえ、仏教文学を問い直し、その研究の可能性を見極めたいと思います。

講師の方々には、「私の考える仏教文学研究」というきわめて大まかな枠組みでお願いしています。

レジメを拝見しますと、牧野淳司さんは、唱導資料を世界の事物に関する才学の結晶ととらえ、唱導資料への着目から今後の仏教文学の可能性を探るという視点を、高橋秀城さんは、『連々令稽古双紙以下之事』から文学書を外典ととらえることへの問題を提起し、仏教と文学の重なりを見据える視点、中山一麿さんは、寺院の悉皆調査から本源的な典籍集合体である経蔵の意味を再認識する。ここから新しい文化研究の可能性を見ることを、山崎淳さんは、近世文献の調査から、特に真言僧蓮体に着目し、知識の集積を把握することが提起されていると思います。最後の門屋温さんは、仏教文学というコンセプトの有効性の問い直しの提起、仏教文学の有効性を近世・近代の文学にも見ること等が提起されているようです。

これらの中から共通に見えてくるものは、古代・中世の文献にとどまらない近世文献への着目、知識の集積を見るという視点、知の再編、国文学という学問自体の問い直しという側面を持っているように見えます。従来の国文学という学問の枠組みからの脱却、文学研究という枠組みからの脱却という根源的な問題に関わってきているようです。このことは、国文学という枠組みの再編成と重なってきているようです。そこで藤巻和宏さんには、国文学という学問の成立論、現代的課題からのコメントをいただきます。

このシンポジウムを通じて明確にできたことの一つは、寺院資料調査の問題です。国文学研究では、夙に寺院の所蔵する資料には関心が寄せられていました。重要な古典資料も寺院から発掘された例は数多くあります。しかし従来の寺院資料に対する関心の多くは、「何か面白い資料は」「知られていない重要な資料は」といった新出の資料に対する関心が中心であったと言えるでしょう。いわば研究者にとって必要な資料を、つまみ食いしているようなものだったのです。これに対して悉皆調査を前提として、寺院の経蔵という集合体を明らかにしようとする新しい取り組みになっているのです。それほど珍しくもない刊本であっても一個人の書き入れから近代以前の知識体系（学問や分類・識別の意識、世界観）を考える重要な対象となっているのです（提起された唱導資料や『連々令稽古双紙以下之事』、蓮体という個人の書き入れの存在とその分析から唱導や著作活動の分析を可能としました）。さらにこれら寺院資料の調査の中で、国文学が培ってきた考証や文献学がより正確な資料の把握を可能としています。おそらく国文学研究が培ってきた学問の土台が人文科学の中で、大きな役割を果たしているものと思います。ここから得られた研究の成果は、国文学、人文科学全体の問題に関わっています。近代日本の出発期に訳語として成立した「文学」も「仏教」も根本から問い直す必要性が明らかになってきました。その問い直しの果てに仏教文学研究が存在し続けるでしょう。

神仏習合思想を追求し、大著『中世天照大神信仰の研究』[注5]をまとめた伊藤聡氏が、「自分の研究にとってこの学会の存在が大きかった」「この学会があったから発表しやすかった」という主旨の発言をされました。この発言は仏教文学会を適切に表現したと思います。仏教文学会は、一宗一派、顕密にこだわることなく、神道や仏教という既存の概念にもこだわることなく、中世や近世といった時代区分にもとらわれることなく、文学的と思えたら、あるいはこの学会での発表を考えたなら、その多くを受け入れてきました。これが本学会の包容力であり、新しいテーマを作り出してくる原動力であったのです。説経僧無住が見せた雑修のたくましさと真剣さにつながります。
仏教文学会は過去を総括し、真摯な努力を傾けることによって今後も重要な学会として存在できるでしょう。研究の方向性の一つは今日のシンポジウムで示し得たでしょう。

注

1 『仏教文学』三四号（二〇一〇年三月）に掲載。
2 二〇〇九年五月笠間書院刊。
3 『説話文学研究』四四号（二〇〇九年七月）に掲載。
4 菅野、小峯両氏の講演は、『仏教文学』三五号（二〇一一年三月）に掲載。
5 二〇一一年一月法蔵館刊。

Ⅳ ちりめん本の世界

1 ちりめん本「日本昔噺」研究の現状と課題

一、はじめに

夕闇が迫り煌々とガス灯がともり、建物が開けられると、きらびやかな夜会服でダンスを踊る紳士淑女。真っ赤なドレスに身を包んだ日本人の姿も多い。このダンスパーティも重要な西洋、近代国家西洋の姿であると考え、舞踏会を行うことが、日本を西洋に認めさせる手段の一つと考えた明治維新政府のすがたが見える。

鹿鳴館は明治一六年（一八八三）、東京の麹町区内山下町に竣工された。政府は、幕末から開国時に欧米の列強諸国と結んだあまりにも不平等な条約を改正するために、血みどろの努力を続けていた。そのためこの舞踏会は、手っ取り早く西洋化し、それによって日本が欧米列強諸国に認めてもらうための重要な手段と考えていた。残念ながら条約の改正は遅々として進まず、やがて明治二〇年、外務大臣井上馨の失脚とともに、舞踏会は次第に間遠となり、やがて人々の意識から遠のいていった。この時代には、鹿鳴館の舞踏会だけではなく、文明開化の諸政策がとられ、ざんぎり頭、洋装の取り入れ、食生活の西洋化など、西洋の文物の取り入れに躍起になっていた。

鹿鳴館での舞踏会がひときわ華やかな明治一八年、経済人長谷川武次郎は、やわらかでそれでいて強靱な、また美しいちりめん紙を用いて、本格的な浮世絵風の挿し絵をふんだんに添えて、日本の中世説話や古代の説話、民間伝承などを選択して、まずは英語に翻訳して、「日本昔噺」シリーズと銘打って立て続けに二一点を刊行した（表1に全書目を示す）。明治一八年（一八八五）六点、一九年に七点、二〇年に四点、二一年に一点、二二年、二四年、二五年に各一点出版されている。これがちりめん本「日本昔噺」シリーズである。その後、多くの版を重ねているようであり、また言語も英語のみならず、フランス語、ドイツ語、ポルトガル語、スペイン語にも翻訳・刊行されている。

日本が躍起になって西洋化を推し進め、西洋諸国に認めてもらい、不平等条約の改正を行おうとしていた時代、日本の古典がちりめん本の形で翻訳され、海外に発信されていったのである。遠い欧米の人々はこれによって日本を知り、日本文化を楽しみ、日本理解を進めていったのである。日本は欧米の人々にどのように映ったのであろうか。

二、ちりめん本研究の現状

ちりめん本が紹介され研究対象となった歴史と研究の現状について管見しておきたい。また執筆にあたり論文の書誌的事項の記載は省略した。田嶋研究室編「ちりめん本研究文献目録」(後掲)を参照して頂きたい。なお、学術用語として研究者によっては、縮緬本、チリメン、ちりめん本の三種が用いられている。各人の研究を紹介するときは、各人が用いた用語で紹介するが、私自身は「ちりめん本」を用いる。また形態がちりめん本とは異なる同一の物語内容のテキストが存在するが、それらも広義にちりめん本として扱うことにする。

ちりめん本が、世の中に紹介されたのは、三〇数年前であり、その歴史は未だ新しい。またちりめん本は、「日本昔噺」シリーズが中心であるが、この他にもラフカディオ・ハーンの五冊本(『猫の絵ばかりをかいた小僧』『お団子ころりん』『不老の泉』『化け蜘蛛』『ちんちん小袴』)や、単独の『日本の咄家』『思い出草と忘れ草』等もあり、さらにカレンダーの類、題材を同じにした平紙本等も存在する。ここではちりめん紙に、挿絵入りで出版された「日本昔噺」シリーズを中心に考察する。

児童文学者の福田清人は、一九七二年二月の『日本古書通信』に「日本昔噺の最初の英訳本叢書　ちりめん本について」と題する(ちりめん本研究文献目録1、以下文献と略称して番号を記載する)エッセーを発表した。明治一八年九月から二五年一二月までに二〇冊の童話の英訳本が永濯の画で装われて刊行されていること、発行者長谷川武次郎のゆかりの人を探し出し聞いたところ、

表1　ちりめん本「日本昔噺」シリーズ　Japanese Fairy Tale Series 21篇　一覧表

No.	タイトル	邦題	訳者	絵師	初版年月
1	Momotaro	桃太郎	ダビド・タムソン訳述	小林永濯	1885.8（M18）
2	Tongue Cut Sparrow	舌切雀	ダビド・タムソン訳述	小林永濯	1885.8（M18）
3	Battle of the Monkey and the Crab	猿蟹合戦	ダビド・タムソン訳述	小林永濯	1885.8（M18）
4	The Old Man Who Made The Dead Trees	花咲爺	ダビド・タムソン訳述	小林永濯	1885.8（M18）
5	Kachi-Kachi Mountain	勝々山	ダビド・タムソン訳述	小林永濯	1885.8（M18）
6	The Mouse's Wedding	鼠嫁入	ダビド・タムソン訳述	小林永濯	1885.9（M18）
7	The Old Man And The Devils	瘤取	ドクトル・ヘボン訳述	小林永濯	1886.4（M19）
8	The Fisher-Boy Urashima	浦島	B.H. チェンバレン訳述	小林永濯	1886.4（M19）
9	The Serpent with Eight Heads	八頭の大蛇	B.H. チェンバレン訳述	小林永濯	1886.10（M19）
10	The Matsuyama Mirror	松山鏡	ジェイムズ夫人訳述	小林永濯	1886.11（M19）
11	The Hare of Inaba	因幡の白兎	ジェイムズ夫人訳述	小林永濯	1886.12（M19）
12	The Cub's Triumph	野干の手柄	ジェイムズ夫人訳述	小林永濯	1886.12（M19）
13	The Silly Jelly-Fish	海月	B.H. チェンバレン訳述	川端玉章	1887.2（M20）
14	The princes Fire-Flash and Fire-Fade	玉の井	ジェイムズ夫人訳述	小林永濯	1887.7（M20）
15	My Lord Bag-O'-Rice	俵藤太	B.H. チェンバレン訳述	鈴木華邨	1887.9（M20）
16	The Wooden Bowl	鉢かづき	ジェイムズ夫人訳述	不明	1887.11（M20）
16'	The Wonderful Tea-Kettle	文福茶釜	ジェイムズ夫人訳述	新井芳宗	1896（M29）
17	Schippeitaro	竹篦太郎	ジェイムズ夫人訳述	鈴木華邨	1888.12（M21）
18	The Ogre's Arm	羅生門	ジェイムズ夫人訳述	小林永濯	1889.8（M22）
19	The Ogres of Oyeyama	大江山	ジェイムズ夫人訳述	不明	1891（M24）
20	The Enchanted Waterfall	養老の滝	ジェイムズ夫人訳述	不明	1892.12（M25）

出版の動機は、学生時代の英語教師だった外人の紹介で知った外人に昔話を長谷川が語り、それを訳してもらって出版したようだとのこと。題材の若干は馬琴の『燕石雑志』ほかを材料にしたらしい。はじめは平紙本であることを紹介し、輸出用に作られたらしいとしてちりめん本を紹介している。長谷川武次郎ゆかりの人からの聞き書きを交えて、出版の由来と長谷川武次郎のことを中心に紹介した。おそらく昭和三〇年代までは、ちりめん本の刊行は続いていたようであるから、[注1] ちりめん本を見ていた人は多かったであろう。続いて福田は、画家・訳者について研究し、絵師の小林永濯についても言及し、狩野永徳門より出、後に写生に新機軸を出した画家であることを明らかにした。訳者については、タムソン、チェンバレン、ヘボンについて明らかにし、ロミエル、ジェイムズ夫人については不明としている。明らかにした三名はいずれも明治の宗教界、文化界にすぐれた功績を残した一流の人を翻訳者にしたと評価した（文献2）。

　続いて着目したのは、瀬田貞二である。『落穂ひろい――日本の子供の文化をめぐる人びと――』（文献7）は、瀬田の遺稿出版であるが、福音館書店編集部の序によれば、昭和四六年四月から五〇年三月まで、雑誌『母の友』に連載されたものを改稿し、単行本化の作業にとりかかろうとしたところで病により他界されたとのこと、そこで編集部で校訂を加えて作成したもの。また瀬田は、「児童文化史を一貫した視野の下に収める作業」を独力で行っていたという。ちりめん本については、第九章明治Ⅰの五「挿絵本あれこれ」において、「長谷川は日本在来の昔話を外人による外国語訳で、在日外人の土産用に、ことさら異国ふうなちりめん紙の和本にして、美しい日本画の挿絵で飾って売りだしたものでした。輸出本第一号というべきものです」とちりめん本の価値と意義を的確に表現している。またちりめん本の挿絵を描いている日本画風の挿絵画家として、狩野派の小林永濯、亨斎から出た鈴木華邨、それに月岡芳年をあげて、彼らの存在意義を重視している。ちりめん本は物語面だけではなく、印刷、絵など多様な意義を有する。瀬田の指摘は研究上重要な意味を持つ。それ以上に特筆すべき研究の意義は、児童文学を江戸時代の子供文化との水脈の上にとらえようとして、江戸の赤本、草双紙を具体的に研究し、「日本昔噺」シリーズと同一のテーマを持つ『ぶんぷく茶釜』『猿蟹合戦』『したきれ雀』『花さきぢぢ老楽の栄華』について影印と翻刻で紹介していること、『鼠の嫁入り』『花咲爺』等については江戸文学における諸相について紹介・研究していることである。児童文学者、児童文学研究者としてちりめん本について言及し、古典文学、特に江戸文学との水脈について研究の先鞭をつけた意義は大きい。

一九七六年の『文学』九月号は、お伽草子特集号であるが、ここに福田清人は、「日本昔噺の外国語訳――ちりめん本を中心に――」（文献5）を書いている。三頁の小論であるが、御伽草子研究者の前にちりめん本を紹介した意義は大きい。この特集号には、瀬田も「明治御伽名義考」（文献6）を寄せている。ここでは、明治になってからの最初の日本の昔話の紹介としてミットフォードの『昔の日本の物語集』を紹介し、次に長谷川版の「日本昔噺」をあげて、長谷川版の出典について大胆に古典からの採話を述べている。また巖谷小波の『日本昔噺』との関係等について指摘した。明治期におけるこれらの昔噺との関係にふれているところに意味がある。

ちりめん本の研究において画期的な意義を持つのがアン・ヘリングの『日本古書通信』誌上に展開された一連の論考である（文献8、9、10）。

まず「縮緬本雑考（上中下）」において、縮緬本については実体があまり知られていないとして、「縮緬本には、国文学書誌学、明治文化、翻訳史及び国際文化交流のあゆみを研究する人たちの関心を引きつけるだけの価値が多少あったはずなのに、検討すべき実物があまりにも少なすぎて、縮緬本という風がわりの書籍のジャンルそのものがついに日陰に追われてしまったのであろう」とする。今後、実物を探し実物を検討して再評価が課題であるとした。その上で問題点として、

①縮緬本の外観の問題
日本における木版手摺り技術がもっとも充実していたのは明治の中期・後期であった。縮緬本はこの時代の産物。「書籍」というより「骨董品」的な印象を与える。絵本的なものとして片づける傾向があった。
②「縮緬本即児童絵本」さらに「縮緬本即日本昔噺の横文字再話」という一種の固定観念をどう乗り越えるか。日本昔噺におさまらないものが多くある。
③縮緬本ではない縮緬本がある。それらから豪華版、特上版、上版、並版と分けて考えるのが有効である。

として研究の方向性を明示した。次に、豪華版といえる本格的縮緬本に対して非縮緬本が多くあるとして、双方を含む新しい用

語が必要であることを主張する。具体的に『猿蟹合戦』という表題の少しずつ違った六冊を分類すると、並版、上版、特上版、同じ特上版、豪華版の縮緬本、縮緬仕立ての豪華版（輸出版で、ロンドンのグリフィス・フェアラン社の発行）に分けられる。それら一つ一つを検討することによって長谷川版そのものの歴史的意味をより深く理解することができる、とする。さらに弘文社の昔噺シリーズの諸本の書誌は複雑であるが、いくつかの流れを区別することができる。日本で製作され、英国で発行された特別注文による海外版が見出せる。その輸入先兼発行元となっているのはグリフィス・フェアラン社である。この社は、児童図書出版の専門店としては、最も長い歴史と評判を誇る出版社であったことを指摘した。

続いて「続・縮緬本雑考（1）から（16）」（文献11〜26）。縮緬本の英国版の意味は、英国と日本の出版社同志が、一九世紀の欧米諸国において、以前から盛んであった共同出版、共同製作を行い成功したこと。一種の物珍しさだけではなく、明治二〇年前後、沢山の国々からきた美しい絵本の仲間が、英語圏の子供たちの本棚の中で様々の花を咲かせた時、日本ならではの木版手摺りの「花」も仲間に入っていたこと。グリフィス・フェアラン社の影響が昔噺の順番や選択に参加した可能性は否定できない、として一九世紀における出版の国際交流の意義を明示した。さらに一九世紀に、日本の昔噺などが、なぜ翻訳や輸出の対象となったのかを問題にして、世界的なレベルで民話という、口伝文学の一ジャンルがどう見られたかという文化現象を調べることが効果的な方法であるとして「日本昔噺」が、海外ではやったのはただ日本のものだからではなく、日本の民話を優れたさし絵つきで、主題としたからではなかったかと提起して、ビクトリア王朝時代の英米、欧州などでは、民話と昔噺に関心が高まっていた最中であるとして、一九世紀は民話の世紀であった。その中で長谷川版の日本昔噺が歓迎されたとした。また長谷川版が日本民話の最古の訳ではない場合もあるが、もっとも注目すべき訳本シリーズの一つであると評価する。

続いて、書誌づくり、長谷川本の実体の究明等の研究課題を具体的に提示する。まず長谷川版の「昔噺文庫」の書誌づくりは難しいことを指摘して、その理由として、

①婦女子むき本、横浜土産などの偏見がある。価値が認められないまま眠っている。
②一般の書籍として刊行、出版したもののほかに、パンフレットやちらしを多く刊行している。

③同じ題名でも少しづつ違ったバリエーションが多い。異本までの検討は必要かつ大変。
④訳本の整理。一冊しか出なかったものまで入れると一〇カ国以上。海外の出版社、代理店名義発行の中には確認困難なものも含まれる。
⑤何冊で完揃か不明、等をあげる。ほかに著者や画家、内外の評判と影響力、種本、国内の影響力等についても論究した。

次に、長谷川本の実体究明の問題として、明治一八年八月頃、墨ずり平紙本の並版の『桃太郎』より、段々とシリーズとなった。途中から宣伝用の目録が、裏表紙の見返しの余白に見られる。ここから長谷川本の実体をより明確にすることができる、として具体的な研究を展開する。明治一九年八月刊『桃太郎』の再版と第一二号の『野干の手柄』(グリフィス・フェアラン)にローマ字の和文で書かれた目録があるとして、これは当時の日本では、英語の教材か、ハイカラな家庭の児童よみものとして期待を集めた証拠かとする。縮緬本は二〇冊のシリーズに発展した。しかし二七年の夏以降に発行されたと推定される『思い出草と忘れ草』には二二号の番号があることを指摘して、「日本昔噺」シリーズを二〇冊と考えることに注意を促すが、「大型本は一応別の仲間」と見る。

また、広告目録の詳細な調査から、一六巻が『鉢かづき』から『文福茶釜』に入れ替わったことを指摘、それがいつのことからかはっきりしないが、明治二七年一一月と三二年八月の間までと特定している。次に『文福茶釜』の発行を確認しようとして、長谷川武次郎発行の本の大部分は奥付が完璧に記入されている中で、『文福茶釜』のみ発行年月が入っている例が見あたらない。しかし平紙本の最後の頁の絵の中に記録されていることを発見、明治二九年六月印刷・発行を突き止めている。その絵師が新井芳宗であり、そこにこの絵師の遊びの精神も読み取る。ここではちりめん本のみならず平紙本の調査研究の必要性を指摘した。さらにシリーズから消えた『鉢かづき』はその後も残っていたことを指摘して、『文福茶釜』に変わった理由は未解決とする。

次に、ちりめん本の書目選択についてアプローチする。昔噺を主題とする化政から幕末の頃の児童向けの草双紙には、「五大昔噺」(「桃太郎」「舌切雀」「花咲かじじい」「かちかち山」「猿蟹合戦」)を取り入れたものが多い。長谷川版も最初の五冊はこの五冊である。ここから長谷川本の根が草双紙の世界から派生したとする。江戸文学との具体的な関係を明らかにした。江戸文学からの水脈を重視する瀬田の研究の実践である。

続いて縮緬仕立ての「豪華版」と総色摺りの「特上」平紙本の英文のものに限って書目づくりに挑戦し、『桃太郎』『舌切雀』『猿蟹合戦』『花咲爺』『かちかち山』『鼠嫁入』『瘤取』『浦島』『八頭ノ大蛇』『松山鏡』『因幡の白兎』『野干の手柄』『猿の生きぎも（海月）』『海幸山幸』『たわらの藤太』『鉢かづき』『竹篦太郎』について作成した。また一六巻の『鉢かづき』から一七巻『竹篦太郎』の刊行まで一年以上かかっていることから、「文庫」は曲がり角にあったとして、その一つに絵師の小林永濯が死去していることを指摘している。出版事情の一端にふれているが、ちりめん本の出版が、総合的な文化事業の側面を持っていること、絵師の関わりが大きいことも明らかにした。

『竹篦太郎』は、名犬の助けを借りて村人を襲う怪物を退治するという内容であり、昔噺シリーズではやや違和感がある。そのためシリーズに収載されたことや訳者に興味が惹かれる作品であるが、この作品の種本を求めて、訳者と素材の関わり、その国際的広がりを示している。

以上がアン・ヘリングの研究である。ちりめん本に対する深い調査、豊かな理解力を感じさせる研究である。さらに国際的な視野を以て、該博な国際的出版文化史を踏まえた研究でもある。ちりめん本の研究には、国際性が求められるが、アン・ヘリングによって道筋がつけられたといえよう。

中野幸一も『日本古書通信』に「上方版チリメン本の日本昔噺」（文献36）として、大阪で出版されたチリメン本について、『桃太郎』『瘤取』『花咲爺』『猿蟹合戦』『金太郎』『松山鏡』の六点を紹介した。ちりめん本の研究において、書誌調査や資料収集の重要性を示している。

林晃平は後に浦島説話の総合的な研究を『浦島伝説の研究』（おうふう、二〇〇一年）にまとめているが、ちりめん本『浦島』については、浦島説話に関する該博な知識を駆使して分析し、「『浦島』は単なるある一つの種本の翻訳ではなく、訳者の見識によって新たに創作されたもの」と結論し、訳者チェンバレンの浦島伝説の理解の高さを示すとみて、「竜宮とは妖精の国のような世界であり、浦島は約束を守らなかった愚かな男であった」と分析している。原典の追求と翻訳による変化を明らかにした（文献32）。

二〇〇四年の三月に、石澤小枝子の『ちりめん本のすべて　明治の欧文挿絵本』（文献52）が出版された。本書ははじめてのちりめん本の研究書であり、かつ入門書である。

序　章　「ちりめん本」というもの
第一章　「ちりめん本」の誕生
第二章　Japanese Fairy Tale Series
第三章　単発挿絵本
第四章　長谷川武次郎という人
第五章　「日本昔噺」の外国語訳の流れ
第六章　「ちりめん本」への愛惜

で構成され、さらに索引等のほか梅花女子大学図書館所蔵「縮緬本」目録と長谷川弘文社「ちりめん本」出版目録一覧が付されている。この構成からもちりめん本全体を視野に入れた本格的な研究への基礎作業であることが読める。特に評価したい点は、四章の出版者長谷川武次郎に対する研究である。遺族への聞き取りも含めて研究し、武次郎の交友関係などを明らかにして経済人としての要素を明らかにした。「日本昔噺」の広告を「絵入自由新聞」に見つけ、日本昔噺シリーズの企画に、「日本人の英語勉学のためという意図」があったことを明らかにした。聞き書きや何となく思われていたことを資料によって跡付けた意味は大きい。また絵師たちについても研究の糸口を付けた。また出版目録一覧は、出版量の把握への基礎資料の提供であり、ちりめん本研究において書誌調査、書目の把握の重要性からして重要な基礎作業である。

「日本昔噺」の研究は、「第二章　Japanese Fairy Tale Series」で行っている。ここでは全二一話について、内容を紹介し、日本の先行説話との関連についてふれている。しかし十分な論証を伴ったものではない。ここで評価できるのは、奥付等丹念に確認し、長谷川武次郎の仕掛け、絵師との気合いのあった仕事ぶりを指摘していることであろう。また続編、その他のちりめん本についても現状で明らかになっている作品について紹介している。総じてちりめん本研究の総合的な研究として意義深い研究である。

石井正己は、『明治期に刊行されたチリメン本の基礎的研究』（平成一七年度広域科学教科教育学研究経費報告書）（文献57）を平成一八年（二〇〇六）三月に発表している。著者が東京学芸大学において行った研究の報告である。報告書は資料編と研究編の二部構成であるが、資料編においては、東京学芸大学付属図書館蔵本をコピーにて全頁掲載（一六号は『文福茶釜』）し、さらに放送大学付属図書館蔵本をCD-ROMから印刷し、全頁を掲載（一六号は『鉢かづき』）している。貴重な研究資料の提供である。特に放送大学所蔵のものは、第一版ないし再版までのものであり、叢書としてまとまっている方である。研究編の「英語版チリメン本の基礎的考察」では、ちりめん本の基礎資料を提示することによって、「国際社会を迎えた明治期において、伝統と外国語の接点を探りながらはじまった日本の総合的教育の原点があきらかになるはずである」として、明治期における教育史研究の目的を明示している。また出版状況を精査し、昭和三〇年代までは出版・流通していたことを明らかにした。今後の課題として公的な機関の蔵本調査を提唱している。ちりめん本研究における書誌調査の重要性を認識し、さらに資料を提示した。その上で伝統と外国語の接点という研究の方向性を示したものである。

ちりめん本とその関連の資料については、展示会も開かれ、そこに詳細な解説目録も付されている（文献27、29、30、39、47）。紹介すべきものは多いが、他は文献目録を参照して頂きたい。

古書目録等には本書で紹介されたもの以外の作品も多く見られる。今後一層の資料の発掘、整理も必要である。ことに海外での調査も不可欠である。

三、ちりめん本「日本昔噺」研究の課題

ちりめん本「日本昔噺」は、その出版が明治一八年から始まったことを考えれば、日本が懸命に西洋化を図り、欧米諸国に認められようとしていた時代であった。その時代に、日本の古典文学が、それも多くは古代、中世、近世の説話文学が、外国語に翻訳されて外国に発信されていったのである。このとき日本文化がどのように翻訳されて発信されたのかは、その後の外国から

の日本理解に大きく関わるものと思われる。今はすっかり色あせてしまったが、経済大国と異なった豊かな文化の国と評価されたかもしれない。

研究課題として第一に考えるべきことは、どのようなものが、またどれくらいのものが出版されたかという、書目及び書誌の調査研究である。総量の把握は、文化的・文学的意義を考えるとき、無視できない重要課題である。アン・ヘリングの研究において、書誌調査の難しさが指摘されている。具体的な方法も示されている。ちりめん本「日本昔噺」研究では、版次ごとの特徴は研究されていない。初期のものには版が記されていないものもある。版数については明確にはなっていない。昭和一五年に出版されたものに「一八版」とあるものを見ているが[注2]、各テキストにおける版次の確認は不可欠であろう。また多くの本は外国に売られているわけであるから（しかもおみやげとして）今これを確認することは国内だけでは困難であるといわざるを得ない。加えてロンドン版の問題もある。しかし、現存するちりめん本「日本昔噺」を見ていると、誤植と思われるもの、その箇所がテキストによっては訂正されているもの（資料1）、本文冒頭の装飾活字に違いが見られるテキスト等（資料2）がみられる。同じ作品でも一丁内の単語数が異なるもの（資料3）もある。また挿絵の場合は、微妙な違いがみられるだけではなく、絵の構図まで異なるもの（資料4）まで確認できる。また合冊本には、合冊全体の総合挿絵（資料5）のようなものが書き加えられているケースも見受けられる。さらに匡郭を丹念に見てゆくと、微妙な違いが確認できる。これらはすべて版の異なりを示していると考えられる（ちりめん本の製作プロセスの検討も必要であるが）。従ってこれらを丹念に調査することによって、現存資料の中からどのくらいの版があったのか、またそれぞれの版における異字、異文の存在の有無の確認、異文が存在した場合の文学的問題等、文献学的研究課題は多い。伝統的な国文学研究として取り組むことが求められているのである。

第二は、翻訳の元となった原典の追求である。表1に示したように、『舌切雀』『瘤取』『浦島』『俵藤太』『鉢かづき』『松山鏡』『大江山』『養老の滝』のように明らかに中世説話や御伽草子類と関係があると思われるもの、『八頭の大蛇』『因幡の白兎』『海月』『玉の井』のように古代の記紀神話と関係があるもの、『桃太郎』『猿蟹合戦』『花咲爺』『勝々山』『文福茶釜』のように、昔話や近世の草双紙の世界と関係があると思われるもの、さらには『野干の手柄』『竹篦太郎』『鼠の嫁入り』のように出典研究の難しいものもある。しかし総じて江戸文学を含んだ説話文学研究の範疇のものである。

working much mischief. Entering in at the great gate called Rashomon, they robbed and killed all that came in their way, both men and women.
Now, in those days, there dwelt in Kyoto a brave warrior, named Minamoto-no-Raiko. This Raiko had four followers, the most daring of whom was named Tsuna. These followers were known far and near as Raiko's guard. In time of war they fought side by side, and in the intervals of peace they lived together in Baiko's castle.
It happened one dark and stormy night, during one of those brief intervals, that the four warriors

were gathered round the charcoal fire, telling stories of war and adventure, and so wiling away the time as best they might. "What dull times these are!" at last said Tsuna. "Is there no news, no hope of any fighting? I hate this quiet life!" "News there is," answered ano ther of the knights, who had just come into the room. "The ogres have begun their old tricks again. "The ogres!" exclaimed the knights, in awe struck and terrified voices. But Tsuna laughed long and loud. "Do you really believe such old wives' stories?" cried he. His companions made no reply, but shook their heads

working much mischief. Entering in at the great gate called Rashomon, they robbed and killed all that came in their way, both men and women.
Now, in those days, there dwelt in Kyoto a brave warrior, named Minamoto-no-Raiko. This Raiko had four followers, the most daring of whom was named Tsuna. These followers were known far and near as Raiko's guard. In time of war they fought side by side, and in the intervals of peace they lived together
in Raiko's castle.
It happened one dark and stormy night, during one of those brief intervals, that the four warriors

were gathered round the charcoal fire, telling stories of war and adventure, and so wiling away the time as best they might. "What dull times these are!" at last said Tsuna. "Is there no news, no hope of any fighting? I hate this quiet life!" "News there is," answered ano ther of the knights, who had just come into the room. "The ogres have begun their old tricks again. "The ogres!" exclaimed the knights, in awe struck and terrified voices. But Tsuna laughed long and loud. "Do you really believe such old wives' stories?" cried he. His companions made no reply, but shook their heads

資料1　誤植とその訂正の例　　『羅生門』の場合、明治22年刊本（いわき明星大学図書館蔵）（左側）では、「Baiko's」（14行）が、昭和7年刊（16版・筆者蔵）（右側）では、「Raiko's」と訂正。

TOKYO KOBUNSHA

KACHI-KACHI MOUNTAIN.

ONCE upon a time there was an old farmer who cultivated a field in the mountains. One day his old wife came and

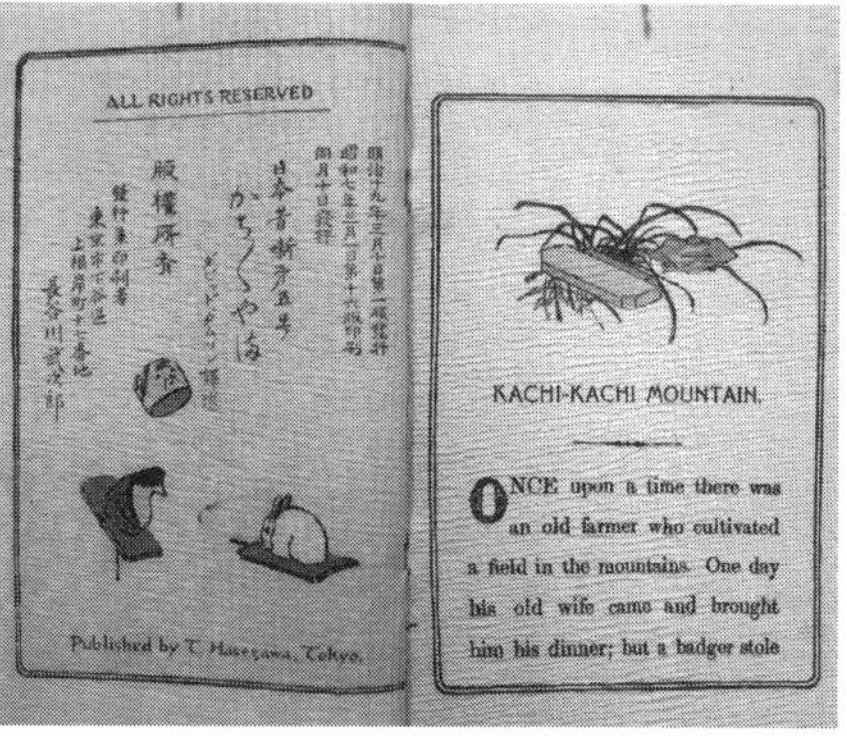
ALL RIGHTS RESERVED

日本昔噺第五号
かちかちやま

Published by T. Hasegawa, Tokyo.

KACHI-KACHI MOUNTAIN.

ONCE upon a time there was an old farmer who cultivated a field in the mountains. One day his old wife came and brought him his dinner; but a badger stole

資料2　冒頭の装飾活字およびさし絵が異なる例　　『かちかち山』の場合、明治19年刊（いわき明星大学図書館蔵）（左側）と、昭和7年刊（16版・筆者蔵）（右側）では、装飾活字が異なる。

Oh dear! what a lovely place it was! The walls of the Palace were of coral, the trees had emeralds for leaves and rubies for berries, the fishes' scales were of silver, and the dragons' tails of solid gold. Just think of the very most beautiful, glittering things that you have ever seen, and put them all together,

and then you will know what this Palace looked like. And it all belonged to Urashima;

Oh dear! what a lovely place it was! The walls of the Palace were of coral, the trees had emeralds for leaves and rubies for berries, the fishes' scales were of silver, and the dragons' tails of solid gold. Just think of the very most beautiful, glittering things that you have ever seen, and put them all

together, and then you will know what this Palace looked like. And it all belonged to Urashima;

資料3　丁内の単語数が異なる例　　『浦島』の場合、明治19年（いわき明星大学図書館蔵）（左側）と、昭和7年刊（16版・筆者蔵）（右側）では、丁内の単語が異なる。

資料4　挿絵の構図が異なる例　　『鼠の嫁入り』の場合、明治21年刊の再版（いわき明星大学図書館蔵）（左側）と、昭和10年刊（16版・筆者蔵）（右側）では、挿絵の構図が異なる。また装飾文字も異なる。

資料5　合冊本に見る総合挿絵（国際日本文化研究センター「ちりめん本データベース」より）
『俵の藤太』（鐘）、『大江山』（鬼と兜）、『海月』（くらげの上の猿）、『玉の井』（光る玉）、『鉢かづき』（姫）、『竹篦太郎』（猫と犬）の挿絵が描き込まれている。

第三は、原典を特定化した後の問題であるが、翻訳上の問題である。日本の説話がどのように翻訳されて海外に発信されていったのか、海外における日本理解、日本文化の翻訳の問題として現代的研究課題である。孝行譚が単なる奇談として翻訳されている場合も考えられる。日本文学では『瘤取』の鬼は人間のように振る舞い、人間とともに舞を舞う鬼である。これが邪悪な「Devil」と訳されている。日本文学では重要な異境訪問譚が単に冒険話と解釈されている場合も考えられよう。武士が騎士と理解されているると思われるものもある。日本文学がどのように翻訳されたかの問題は、比較文学研究の視点からの本格的な文学研究を求めている。しかも国際化された現代社会における重要課題でもある。またこれまでの研究では具体的な研究のみられなかった研究分野である。[注3]

第四は、児童文学としての研究上の問題である。巖谷小波の『日本昔噺』は、「桃太郎」や「花咲爺」など、ちりめん本と多くの共通の話を含む。小波によって昔話や英雄譚が再生されたといわれているが、小波の『日本昔話』が刊行されたのは明治二七年~二九年である。ちりめん本の方が先行しているのである。福田清人や瀬田貞二等によってすでに先鞭はつけられている。しかし児童文学の研究が、中世や近世の文学研究と連関していないと思われることともあいまって、研究成果は未だ乏しい。この点でも瀬田貞二の、「江戸文学との水脈」という言葉が重い意味を持っている。古典文学研究と児童文学研究の共同の成果が求められよう。

注
1 田嶋の架蔵本は、『海月』が昭和三〇年月一日刊の一七版であり、『大江山』も三〇年刊の一七版である。
2 田嶋の架蔵本は、『桃太郎』が昭和一五年四月一日刊の一八版、『花咲爺』と『猿蟹合戦』がともに昭和一五年四月一〇日刊で一八版である。
3 『いわき明星大学大学院人文学研究科紀要』第六号(二〇〇八年一月)に掲載した小野、箱崎、髙島の論考は、いずれも原典と翻訳の問題を追求しようとしている。

＊研究の把握の項では、見落し等、御海容を乞う。

2 ちりめん本「日本昔噺」シリーズ『舌切雀』『瘤取』考
――典拠と翻案、『宇治拾遺物語』との関連――

一、はじめに

ちりめん本「日本昔噺」シリーズの第二号は、『TONGUE CUT SPARROW』（外題・直）、内題（扉）「舌切雀」、翻訳はダビッド・タムソンである。第七号は、『THE OLD MAN & THE DEVILS』（外題・直）、内題（扉）「瘤取」である。いずれも著名な説話であり、現在の昔話の中にも語り伝えられている。本稿ではこの二作品が典拠としたものを確認し、それがどう翻案されているかを明らかにしたい。つまり日本の説話、古典がどのように解釈され外国に発信されていったか明らかにする試みである。ちりめん本が出版されたのは、日本が必死になって西洋を学び、西洋化を推し進めていた鹿鳴館時代のことである。この時期に日本の古典が美しく印刷、製本されたソフトなちりめん本として出版されたのである。またこの二作品は、ともに中世説話集『宇治拾遺物語』に類話ないし同話がある。『宇治拾遺物語』との関係も明らかにしたい。

二、ちりめん本「日本昔噺」シリーズ『舌切雀』の典拠と翻案

一、プロットの展開と類話

ちりめん本の「日本昔噺」シリーズ『舌切雀』は、次のような説話である。

①隣のおばあさんがペットとして飼っていた雀が老女の洗濯糊を食べる。
②老女はこれを憎み、雀を捕まえ、舌を切って放した。
③隣のおばあさんは悲しみ、夫と共に山を越え、「舌切雀はどこか」と呼び続けながら雀を探しに行った。
④雀の家が見つかるとすぐに主人は出迎え、感謝の酒宴が始まり、子や孫まで出てきて歓待し、雀おどりも披露された。
⑤日暮れになったので帰ろうとすると二つの葛籠が用意された。
⑥おじいさんは年寄りであるからとして軽い方をもらった。
⑦帰宅後、葛籠を開けてみると金、銀、宝石、絹の反物が出てきた。
⑧葛籠は無尽蔵の宝であり、家はすぐに金持ちになり繁栄した。
⑨したきり老女は、嫉妬心でいっぱいになり雀の家に出かける。
⑩再び葛籠が二つ用意され、重い方の葛籠をもらって帰る。
⑪帰宅してふたを開けると悪魔の一群が飛び出して老女をずたずたに引き裂いた。

隣人のペットであった雀が舌を切られたこと、老夫婦で雀を探しに行くこと、雀の里という異境訪問による富の獲得、葛籠が無尽蔵の宝庫であること、などのプロットが含まれている。

ちりめん本のもとになった舌切り雀譚は何であったろうか。舌切り雀譚は古く『宇治拾遺物語』の四八に「雀報恩事」としてあるのをはじめとして、江戸の草双紙の赤本、黄表紙等にもあり、昔話の世界でも語り続けられている。また馬琴の『燕石雑志』の中でもとりあげられ考証が加えられている。この『燕石雑志』はちりめん本研究の嚆矢である福田清人の「日本昔噺の最初の

英訳叢書　ちりめん本について[注1]」によって、長谷川武次郎ゆかりの人の言として、「題材の若干は馬琴の『燕石雑志』ほかを材料にしたらしい」とされたものである。まずここから検証する。

馬琴は「童子等が説くところ大かた本文とおなじ故にここに挙ず。そのすこし異なる処は下に弁ずべし」として、以下に「宇治拾遺物語巻之三に云く」と『宇治拾遺物語』の全文を引用している。引用が終わってから、

又雀の松ばらといふ絵巻物も、この趣に似たり。それには雀の死たりけるを、諸鳥の弔ふよしをかけり。これは神代紀に天稚彦の死しとき、衆鳥を以て任事せしとあるを思ひよりて作れる歟[注2]。

と考証している。

全文が引用された『宇治拾遺物語』の四八話「雀報恩事」は、説話の展開に従って示せば、

①子どもたちに石をぶっつけられ、腰を折った雀が、あやうく烏に食べられるところを助け、介抱する。
②元気になった雀がひさごの種を落として行き、老女は宝として、その種を蒔く。
③ひさごが成長したので収穫。
④残しておいたひさごから白米が無尽蔵に出てきて老女は豊かになる。
⑤隣の女、息子にせかされて事情を聞きに来る。
⑥隣の女、腰折れ雀を探すが見つからない。そこで石を投げつけ、腰折れ雀を作り治療して助ける。
⑦隣の女、富と子どもに褒められることを目論んで雀の世話をする。
⑧雀、ひさごの種を落として去る。
⑨ひさごよくみのる。
⑩隣の女、ひさごが熟したので食べようとして、アブ、蜂、百足、トカゲ、くちなわ等に刺し殺される。

となる。隣の爺型及び「腰折雀」に属する昔話をもとにした説話であり、動物報恩譚になっている。異境訪問はないが、富の受益はある。表現面に即していえば、子どもの嘲笑、子どもに褒められんとする隣の女など、二人の老女の心情の揺れ、幸不幸、条理と不条理などを描いており、二人の老女の心理に立ち入った表現が特色であり、すぐれたところである。[注3]

これに続けて、「かくは今の童どもは、すこし作りかへたるところあり」としてもうひとつの舌切り雀譚を紹介している。

腹くろき老女のあらひ衣につけんとて、盥のうちにおきたりける粘を、その隣なる女房のかひたりし雀の嘗たれば、うち腹たちてにくしとて、雀の舌を切りてはなちやりぬといへり。舌切られたる雀の、いかでいきて飛ぶことあらん。かくてはこの物語いと拙なし。さて隣の女房わがかひたる雀、あやまちして舌をきられたりと聞て、あさましく悲しと思ひて、夫とともに雀のゆくへをしらんとて、野ともいはず山ともいはず。たずねまどふ程に、とかくして雀の棲をたづねあてつ。かくて雀は主なりける夫婦のたづね来たりしかば、やがて家のうちへ誘引入れて、年来情ふかかりける悦び聞え、酒さかななど所せきまでにならべそなへて、女の雀、子どもうまごの雀どもに酌をとらしつつ、盃ずんながし雀おどりといふわざをぎをして、終日もてなしけうじてけり。日もくれなんとする程に、今はかうなりまかりなんといふ。雀つゞら二ッ出して、おもき方をやとり給ふ。かろきをやまゐらすべきと問うに、吾儕老たれば負てまかるに、かろきかたこそ便よかめれ。かろきを給はらんといへば、さはとてかろきつづらをおくりにければ、これせにおふて夫婦家にかへり。こころみにあけて見んとて、この葛籠をあけて見れば、金銀珠玉巻絹などあまたあり。ゆくりなければあさましと思ひて、とれどもとれどもつきもせず。たちまちにそのいへ富て、たのもしき人にはなりけり。かの雀の舌きりたる老婆、これを聞てうらやましく思ひしかば、隣の女房に雀の棲をたづね、みちすがらの事などよく問定めて、われも徳つかんとてたづねていぬ。雀又葛籠二ッを出して、おもきかたをやとり給ふ。かろきをやまゐらすべきと問に、おもきつづらはそれほどに宝も数おほくありぬべしと思ひて、おもきかたを給はらんとて、やがてせおひつゝ帰るに、石などおひたるやうにて得も堪がたけれど、からうじておのがいへにもてかへりて、蓋をひらきて見れば、うちよりいとおどろ〱しき鬼ども夥おどり出て、老女をくらひ殺したりといへり。

これをプロットに分けて整理すれば次のようになる。

①腹ぐろき老女の洗い衣に用意した糊を、隣の女の飼っていた雀が食べる。
②老女、腹を立てて憎いと思い、雀の舌を切り、はなつ。
③隣の女、浅ましく悲しと思い、夫とともに野山を越えて訪ね歩く。
④訪ね当てると、すぐに家に入れ、日ごろの情あつきを悦び、子ども孫まで出てきて酒宴、雀踊りなどを披露して接待する。
⑤日暮れが近くなってきたので帰ろうとすると二つの葛籠が用意される。
⑥老人であるから軽い方がよいと言って軽い葛籠をもらう。
⑦家に帰り開けてみると、金、銀、珠玉、絹の反物が出てくる。
⑧思いがけないことで驚いたがそれは無尽蔵の宝であったので、忽ち豊かになった。
⑨舌切り老婆も羨ましく思い、訪ねていった。
⑩また葛籠が二つ用意され、重い方をもらった。
⑪家に帰りふたを開けると鬼共が出てきて老女を食い殺す。

というものである。この二つの舌切雀譚は、雀が被害を受けること、雀から富をもらうこと、欲張りの人間が登場し失敗するという点で共通性があるが、『宇治拾遺物語』の説話の方には、爺もしくは爺夫婦が雀の宿を探し訪ねる設定（異境訪問）はない。しかし無尽蔵の宝は得ている。

二、馬琴の「今の童ども」の舌切雀譚とちりめん本

馬琴の「今の童ども」の舌切雀譚とちりめん本の内容を比較する。

全体の展開がほぼ共通する。またプロットの上でも雀の舌を切るのが老女であること、舌をきられた雀は隣の老夫婦が飼っていたものであること。雀を探しに行くのは老夫婦であることなどが共通する。その雀の里は、

夫とともに雀のゆくへをしらんとて、野ともいはず山ともいはず。たずねまどふ。

ちりめん本では、

set out with her husband over mountains and plains to find where it had gone. Crying: "Where does the tongue-cut sparrow stay? Where does the tongue-cut sparrow stay?

である。真剣に雀を呼びつつ探し歩く姿が表現されている。

雀の家における接待は、

年来情ふかかりける悦び聞え、酒さかななど所せきまでにならべそなへて、女の雀、子どもうまごの雀どもに酌をとらしつつ、盃ずんながし雀おどりといふわざおぎをして、終日もてなしけうじてけり。

it rejoiced and brought them into its house and thanked them for their kindness in old times and spread a table for them, and loaded it with sake and fish till there was no more room, and made its wife and children and grandchildren all serve the table.

At last throwing away its drinking-cup it danced a jig called the sparrow's dance.

「盃ずんながし」とはいかなるものか不明であるが、「雀おどり」は「sparrow's dance」というジグ踊りと説明している。ジ

グとはテンポの速い活発な踊りであり、雀の動きをよくとらえた解釈である。
帰宅後、葛籠から出てきた宝物は、

葛籠をあけて見れば、金銀珠玉巻絹などあまたあり。

when they had opened it and looked they found gold and silver and jewels and rolls of silk.

であり、ほぼ一致する。その後の宝物は、

ゆくりなければあさましと思ひて、とれどもとれどもつきもせず。

と思いがけず無尽蔵の宝を得たとする。ここもまた、

They never expected any thing like this. The more they took out the more they found inside. The supply was inexhaustable.

とあり、きわめて近い表現である。

こうした点から見て、ちりめん本の『舌切雀』が、馬琴の『燕石雑志』中の「今の童ども」の舌切雀譚を用いていることはほぼ明らかであろう。

ところで『宇治拾遺物語』の「雀報恩事」の特色は、子どもの嘲笑、子どもに褒められんとする隣の女など、二人の老女の心情の揺れ、幸不幸、条理と不条理などを描いているところに大きな特色がある。馬琴もまた「根づく所ありて、善をすすめ悪を懲らす意も又ふかかり」として教訓譚として受け止めている。これにたいして「今の童ども」の舌切雀譚は「蓋をひらきて見れば、

うちよりいとおどろおどろしき鬼ども夥おどり出て、老女をくらひ殺したりといへり」とむすんでいる。その上で「瓢を葛籠に作りかへたるなれど、雀はさる物もつべうもあらず」とか、「雀の棲にたづねゆきて、そのもてなしにあへるといふもいつはりに過ぎたり」などとのべて、その荒唐無稽性を批判的に評している。これに対して『宇治拾遺物語』の説話については、『捜神記』の楊宝の故事を引用して「楊宝が故事をよくしりて、雀の物がたりを作り給へるなるべし」と考証する。また「今の歌舞伎にてすなる、雀おどりといふものも根く所あり」として、「今の童ども」の舌切雀譚が江戸文化との関わりあることを示唆している。

三、馬琴の「今の童ども」の舌切雀譚の形成

この舌切雀譚では、隣の老女が雀の舌を切る、夫婦二人で野山を越えて雀を探しに行く、ところに大きな特色があると言えよう。つまり、異境訪問とそれに基づく富の獲得である。これは何に基づくのであろうか。

『日本昔話大成』(巻四)[注4]には、隣の爺型として各地の「舌切り雀」が採録されている。その話型として、巻一一には

1、爺(婆)が飼っている雀が糊(団子・米)を食ったので、婆(爺)が舌(尻・鼻・耳)を切って逃がす。
2、爺が雀の宿を探しに行く。
牛追いにたずねて牛の血を、馬追にたずねて馬の血を、野菜洗いにたずねて、大根三本を食って雀の宿を教えてもらう。(難題)
3、雀に歓待されて葛籠をもらって帰ると、宝物が入っている。
4、婆が雀の宿を訪れて葛籠をもらってくるが、蛇、蛙が入っている。

と整理されている。つまり同一家庭内における爺婆の葛藤として語られている。また雀の宿探しの前に難題の克服が課せられているのである。宿探しのこの爺と婆の関係がこれと異なる語りは、『日本昔話大成』には三例がある。その中の一つ山形県最上郡の例は、

爺が雀を飼っている。
隣のへっちゃ婆が洗濯しているところに雀が飛んで行き糊をなめる。
婆は怒って雀の舌を切る。雀は山に飛んでゆく。
爺婆、雀を探しに行き雀の宿を発見する。ごちそうされる。
帰りに軽い宝物をもらう。
隣の婆もまねして雀の宿に行き、重いお土産がよいともらう。
開けるや蛇や蜂が出て、刺したり、かじったりされる。

つまり意地悪婆は隣の婆である。岩手県紫波郡と東磐井郡の場合も、正直な爺が飼っている雀が隣の婆の糊をなめたとする。難題に当たる部分は説明されていないが、雀は山に飛んで行く、爺は雀を探しに行き宿を発見するという。この語りからすると、難題部分は語られていないのであろう。

馬琴の伝えるものは、この三例と同じく意地悪ものを隣の婆にしているところに特色がある。昔話で重要なプロットである難題の部分は、野を越え山を越えというところにわずかに残されている。昔話で語られる難題は、牛馬の小便を飲むとか、牛馬の洗い汁を飲むなどの厳しい試練である。牛馬の飼育は農村社会（非都市社会）のものであるといえよう。馬琴のように野山を越える困難さで表現したのは、農村社会から離れ、つまり都市化した所に成立したものであろう。そこには当然江戸文化も反映される。

江戸の草双紙類の『したきれ雀』[注5]（東洋文庫蔵）では、次のような物語になっている。正直で、慈悲心の深い弥五太夫は子どもたちが雀を捕まえ、殺そうとしたところ、銭を与えもらい受ける。家に帰ると娘のお梅は喜んでかわいがる。慳貪婆は腹を立て、爺の留守中雀が洗濯糊をなめたので、怒り雀の舌を切って放つ。弥五太夫は娘のお梅、供の新八と探しに出る。雀が迎えに出て、雀の隠れ里で歓待を受ける。雀の芸者たちが呼ばれ、瀬川菊之丞の槍踊りが踊られる。帰るとき土産に葛籠をもらう。婆様には重い葛籠をもらい新八に背負わせる。家に帰って葛籠を開けると金銀他宝物がたくさん出てきて栄花に暮らす。慳貪婆の葛籠からは化け物が出てきて、婆は苦しめられる、となっている。子どもたちから虐められていた雀を買い取るというモチーフが入ること、弥五太夫と慳貪な婆、娘の家族、供人の新八が登場すること。難題は完全に消えて雀の出迎えを受けること。お座敷での酒宴がありはやりの槍踊りが踊られる。都市生活のお座敷が大きな特色である。馬琴が描いた雀踊りは流行の歌舞伎踊りに関連している。

一方、黄表紙に分類される『今昔雀実記』[注6]（内題は「風俗雀実記」）では、じい、柴刈りからの帰路、鳥にけられている雀を助けて、家に連れ帰る。雀、糊を食べ、洗濯から帰ったばば、怒って雀の舌を切り放つ。じい、雀を探しに出る。子どもたち、じいをなぶって遊ばんとする。じい、山深くたずね行く。柴の庵で布織る女に会う。女はじいの情けで命を助けられ、糊を食して人性を受けたと感謝する。恩返しの葛籠をもらう。じい、家に帰ってばばとともに葛籠を開けると、竹筒あり、金銀銭出てくる。その上望む物が心のままに出てくる。ばば、欲心深く、雀の庵にもらいに行き、また葛籠をもらう。ばば、ふたを開けると、虎、狼、猿などが飛び出す。さらに大入道が出て、ばばの欲心深く、情けを知らないむくいだと責める。ばば、じいの慈悲心によって助けられ、前非を悔やみ、善心になる。この後も物語は展開するが以下は省略する。

爺と婆の夫婦間の物語になり、雀を探しに行くのは爺一人。婆は後日、雀の庵にもらいに行くという内容である。助けられた雀の報恩譚であり、雀からの贈り物に無尽蔵の要素が加わっていること、さらに爺の慈悲心によって婆もまた善心になるなどいっそう昔話の要素（腰折れ雀譚）を含み込んでいる。難題の要素はない。

四、ちりめん本「日本昔噺」シリーズの『舌切雀』の典拠と翻案

ちりめん本「日本昔噺」シリーズの『舌切雀』は、馬琴の『燕石雑志』の「今の童ども」の舌切雀譚にもとづいて翻訳された。馬琴の紹介した「今の童ども」の舌切雀譚は、隣の老女が雀の舌を切る、夫婦二人で野山を越えて雀を探しに行くというところに大きな特色があった。それは他の昔話と異なって難題の部分の牛馬の洗い汁や牛馬の小便を飲むといういささかグロテスクな非都市的生活はえがかれない。「野ともいはず山ともいはず、たずねまどふ」のであるが、雀の家を訪ね当てるとすぐに招き入れられるのである。馬琴が記した「今の童ども」の舌切雀譚は、当時語られていたであろう昔話、それも雀を飼っているのは隣の爺あるいは婆、雀の舌を切ったのは別の婆とする昔話を元に、その上に草双紙の世界が微妙に反映している。接待の場面もお

座敷であり、歌舞伎踊りで接待される。農村社会から離れ、つまり都市化したところに成立した話であった。そうしたテキストによってちりめん本「日本昔噺」シリーズ『舌切雀』は翻案された。この話においては、中世説話集『宇治拾遺物語』はほとんど利用されなかったのである。

三、ちりめん本「日本昔噺」シリーズ『瘤取』の典拠と翻案

一、プロットの展開と類話

ちりめん本『瘤取』は次のようなプロットから成り立っている。

①右の頬に瘤を持ったおじいさんが居た。
②ある日、木を伐るために山に入ったが、雨風が激しくなり、木のうろに入って休む。
③恐怖で震えていると人の声がする。
④奇妙な者たち（悪鬼）がたくさん集まる。
⑤酒盛りの様は人間のようであった。
⑥一人の悪鬼が新しいものをみたいと希望する。
⑦老人は踊る衝動にかられて、鬼たちの前に躍り出る。
⑧おじいさんの踊りは大受けし、毎回の出席を求められる。
⑨質として瘤を取られる。瘤は富の象徴として高い評価。おじいさんは駆け引き。
⑩夜明けと共に鬼たちは帰り、おじいさんは仕事を忘れて家に帰る。妻、驚き喜ぶ。
⑪左の頬に瘤をつけた隣の爺、おじいさんのまねをする。
⑫真似に失敗し、怒った鬼に右の頬に瘤をつけられて帰る。

よく知られた隣の爺型に分類される昔話である。文献では、『宇治拾遺物語』の三話に「鬼ニ瘤被取事」として収載されている。

その内容は、

①右の頬に瘤を持つた翁がいた。
②薪を取りに山に入る。雨風が激しくなり、木のうつぼに入って休む。
③恐怖で震えていると人の声がする。
④奇妙な者たち（鬼）が百人ほど集まる。
⑤酒盛りの様は人間のようであった。
⑥首領の鬼が珍しい舞をみたいと希望する。
⑦翁は踊る衝動にかられて、鬼たちの前に躍り出る。
⑧翁の踊りは大受けし、毎回の出席を求められる。
⑨質として瘤を取られる。瘤は富の象徴として高い評価。翁は駆け引きをする。
⑩暁になり鬼共帰る。翁、仕事を忘れて家に帰る。妻驚き喜ぶ。
⑪左の頬に瘤をつけた隣の爺、翁のまねをする。
⑫真似に失敗し、怒った鬼に右の頬に瘤をつけられて帰る。
⑬ものうらやみはしないこと。

である。最後にものうらやみはしないことという教訓がつけられていること以外は、プロットの展開はほぼ共通する。この説話の面白さは恐怖で震えていた翁が次第に鬼たちの踊りに惹きつけられ、遂に飛び出して行く心の葛藤が描かれているところである。古くより著名な説話であり、『宇治拾遺物語』と成立時期が相前後する『五常内義抄』[注7]にも採話されている。『五常内義抄』

の成立は文永二年（一二六五）頃かと考えられている。五常（仁・義・礼・智・信）を五戒と結びつけるなど儒教思想と仏教思想をむすびつける意図が見られる書物である。

第十四ニ、人ノ云ン事ニ聞耽テ、タヾチニ振舞事ナカレ、後ニクユル事ノアル也。其故ハ、額ニコブツキタル法師ノ道ニ行ケルニ、山中ナル古堂ノアリケルニ留テケル程ニ、夜打深天狗トモ多ク集テ田楽ヲゾシケル。此法師思ヤウハ、只今ニグトモニガサジ、ヤワラ居タリトモ見付ケラレナン、同ジ事ト思テ、ワラ坐ノアリケルヲ腰ニ引当テ、天狗ニ交テ面白クヲドリタリケレバ、天狗共面白シ興アリト云テ、倶ニ夜モスガラヲドリ遊ビケル程ニ、暁方ニ成テ今ハ常ニ寄合テ可遊由契テ、天狗共ノ云ク、若後コヌ事モコソアレトテ、質ニ取ントテ、此法師ノ額ニアリケルコブヲ引チギリトリヌ。夜明テ私宅ニ帰リタレバ、額ニアツテ見苦シカリツルコブナカリケレバ、弟子小法師原マデモ喜ビアヘリケリ。其ノ隣ノ里ニ、同ヤウニ額ニコブノアル入道ノ有ケルガ、是ヲ聞テ、我モ彼堂ニ行テ此コブ失ント云テ、無左右カシコニ行テケレバ、安ノ知如ク、天狗共集テ面白ク遊ケルニ交テヲドリケレバ、天狗ノ云ク、神妙ニ約束タガヘズ来リタリ、今ハ質ノ物返サントテ、今片額ニコブヲゾ付タリケル、左右ノ額ニ角ノ如ク二ノコブ付テ家ニ帰リタリケレバ、妻子共是ヲ見テ、ニクム事無限、様ナキ人マネシテ、生レヌ片輪付ヌト人ノ咲ケレバ、無為片テ自害セントハゲミケレバ、ヲコガマシクモ覚ヘケル、サレバ、事ノ風情ハカハルトモ、聞フケリハ皆同ジベカルベシ、不見所モテ不信ト云文アリ。（書陵部本、古典文庫三九一）

『宇治拾遺物語』に比すれば、額に瘤のある法師が山中の古堂に泊まる（瘤は頬ではなく目の上）。天狗共が田楽を始め、法師も混じり踊り評価され、約束のため額の瘤を取ってもらう。隣の里の瘤有る入道、山中の古堂に行き天狗たちと田楽をする。約束を守ったと質の瘤を返される。という説話である。話の中心は、先の法師がこぶをとってもらったことだけに関心を持ち、皮肉にも約束のこぶを返されてしまった隣の里の哀れな入道への教訓譚である。法師、山中の古堂、天狗、田楽等、登場人物や場を除けば話の基本は一致している。

安楽庵策伝の『醒睡笑』巻一[注8]（元和九年〈一六二三〉序）にもある。

鬼に瘤をとられたという事なんぞ。目の上に大なるこぶをもちたる禅門ありき。修業に出しが、有山中に行暮て宿なし。古辻堂にとまれり。夜すでに三更にをよぶ。人音数多して、かのだうに来り酒ゑんをなす。禅門おそろしくおもひながら、せんかたなければ、心うきたるかほし、円座を尻につけ、たちておどれり。明がたになり、天狗どもかへらんとする時いふ、禅門うき蔵主にてよき伽也、今度もかならずきたれと。やくそくばかりはいつはりあらん、たゞしちにしくはあらじとて、目の上のこぶを取てぞ行ける。禅門たからをまうけたる心地し、故郷に帰る。見る人かんじ、親類歓喜する事はかりなし。

目の上に大きな瘤を持った禅門が山中の古堂に泊まる。山中で天狗共が酒宴をする。禅門の踊りが評価され、約束のため目の上の瘤を取ってもらう。『宇治拾遺物語』と比較すれば、翁が禅門となっていること、山の中の木のほこらが山中の古辻堂であること、鬼たちが天狗であること。そして教訓部分が目の上のたんこぶ(無用の物)を取ってもらって皆歓喜するというオチになっていることを除けば、これも類話と見ることができる。禅門と法師、天狗など『宇治拾遺物語』より『五常内義抄』に近い内容である。韓国にも類話があり、広い広がりをもった説話である。

『五常内義抄』『醒睡笑』ともに主人公が翁ではないこと、翁の相手も法師や禅門である点、ちりめん本とは直接の関係はないといえよう。

二、ちりめん本『瘤取』と『宇治拾遺物語』三話「鬼二瘤被取事」との描写面の対比

次にちりめん本と『宇治拾遺物語』との関係を描写の面で見てみよう。

①人にまじるに及ばねば、薪をとりて、世をすぐる程に、山へ行ぬ。雨風はしたなくて、帰にをよばで、山の中に、心にもあらずとまりぬ。又、木こりもなかりけり。

One day he went into the mountain to cut wood.

『宇治拾遺物語』では瘤は他の人との疎外の対象になっている。薪取りと木こりを区別して説明している。つまり瘤ある故に山中で木こり以下の薪取りの仕事をしているのである。ちりめん本では単に「to cut wood」である。瘤により疎外を受けていることは訳されていない。山に行くプロットは共通している。

②やう〳〵さま〴〵なる物ども、赤き色には青き物をき、黒き色には赤き物をたうさきにかき、大かた、目一つある物あり、口なき物など、

Some were red and dressed in green clothes; others were black and dressed in red clothes; some had only one eye; others had no mouth: indeed it is quite impossible to describe their varied and strange looks.

鬼たちを描写するところでは、ほぼ一致している。

③むねとあると見ゆる鬼、横座に居たり。うらうへに二ならびに居なみたる鬼、数をしらず。

They sat down in two cross rows.

『宇治拾遺物語』では首領の鬼と他の鬼が分けられている。ちりめん本では鬼たちには序列はつけられていない。

④酒まいらせ、あそぶ有様、この世の人のする定なり。

They passed the winecup around so often that many of them became very drunk.

酒宴の席で盃をまわすなど、日本的な習俗やに思われるが、その習俗を理解した訳のようである。

⑤末よりわかき鬼、

One of the young devils got up.

鬼が次々に下座から舞を披露する場面であるが、ここでも鬼に序列ある書き方はされていない。

⑥この横座に居たる鬼のいふやう、「こよひの御あそびこそ、いつにもすぐれたれ。ただし、さもめづらしからんかなでを見ばや」などいふに、

One said, "we have had uncommon fun to-night, but I would like to see something new".

ここでも首領の鬼の発言が特別意識されていないようである。

⑦この翁、ものの付たりけるにや、又、しかるべく神仏の思はせ給けるにや、「あはれ、走り出て舞はばや」と思ふを、一度は思かへしつ。それに、何となく、鬼どもがうちあげたる拍子のよげに聞こえければ、「さもあれ、たゞはしりいでて、舞てん。死なばさてありなん」と思とりて、木のうつほより、烏帽子は鼻にたれかけたる翁の、腰によきといふ木きる物さして、

The old man losing all fear, thought he would like to dance, and saying "let come what will, if I die for it I will have a dance too", crept out of the hollow tree, and with his cap slipped over his nose and his axe sticking in his belt began to dance.

『宇治拾遺物語』では、翁の心の変化、高ぶり、心の葛藤がよく表現されている。その要因をものがとりついたか、神仏の仕業かとしている。ここはlosing all fearと単純である。また、「腰によきといふ木きる物さして」と斧を知らない人、いわば都市

人の視点で描かれている。

⑧奥の座の三番に居たる鬼……横座の鬼、「しかるべし。…」。横座の鬼のいふやう、「かの翁のつらにあるこぶをや取るべき。こぶは福の物なれば、それをぞ惜しみ思ふらむ」、

So the devils consulted together and agreeing that the lump on his face, which was a token of wealth, was what he valued most highly, demanded that is should be taken.

翁にとって瘤故に薪取りの仕事しかできなかった。その瘤が鬼の世界では、こぶは福の物へと転換する。この場面は、「a token of wealth」と表現される。

⑨「さはとるぞ」とて、ねぢて引くに、大かた痛き事なく、さて、「かならず此度の御遊に参るべし」とて、暁に鳥など鳴きぬれば、鬼ども帰りぬ。

So the devils laid hold of it, twisting and pulling, and took it off without giving him any pain, and put it away as a pledge that he would come back. Just then the day began to dawn and the birds to sing, so the devils hurried away.

「暁に鳥など鳴く」とは、褻（ケ）の時間から晴れの時間への転換点である。鬼たちの活躍は褻の時間に限られる。ここは、「the day began to dawn and the birds to sing」と直訳されている。

⑩うらうへにこぶつきたる翁にこそ、成りたりけれ。

so the old man returned home with a lump on each side of his face.

⑪物うらやみは、すまじき事なりとぞ。

教訓部分は訳されていない。

以上によって、ちりめん本「日本昔噺」シリーズ『瘤取』の典拠は、プロット展開の一致、細部を分析すれば異なる部分（訳せなかった部分）を含みつつも『瘤取』が、『五常内義抄』や『醒睡笑』を典拠ないしは利用したものではなく、『宇治拾遺物語』の「鬼瘤被取事」を典拠として、翻訳・作成されたことは明らかである。[注9]

三、ヘボンの「鬼」の解釈

訳者のヘボンは鬼をどのように解釈・理解していたのであろうか。

ヘボンは幕末から明治にかけて三度、和英辞典を編纂している。慶応三年（一八六七）に初版が上海で印刷、横浜で刊行され（A Japanese-English and English-Japanese dictionary、『和英語林集成』）、再版を明治五年（一八七二）横浜で刊行、さらに三版を明治一九年に東京の丸善商社から刊行している。改訂ごとに増補を行い、新しい語彙の収集に努めている。これらはローマ字で表記してアルファベット順に配列された日本語の見だしである。三版のローマ字綴字法が「ヘボン式」である。[注10]初版では、

ONI　オニ　鬼　A devil, demon,

とデビルとデーモンと説明している。これに対して第二版では、

A devil, demon, fiend, imp, the spirit of one dead, a ghost; also an epithet for a powerful or bad man.

と fiend や imp（鬼子）を加え、鬼の比喩的な意味にも言及している。また、

Kokoro wo＿ni suru, to harden one's heart, to force one's self to act like a fiend.

として、「心を鬼にする」という用例まで示している。日本の鬼が、「devil」（悪魔）や「demon」（悪霊）だけでは説明しきれないという理解の広がりが感じられる。第三版では、用例以下の部分は省略されている。

こうしてみると、訳者ヘボンも鬼をどのように理解・解釈すべきか煩悶している様子が偲ばれよう。[注11]

四、ちりめん本「日本昔噺」シリーズ『瘤取』の典拠と翻案

ちりめん本「日本昔噺」シリーズ『瘤取』の典拠は、プロットの展開、描写の面から見て『宇治拾遺物語』三話「鬼ニ瘤被取事」によったことは明らかである。しかし『宇治拾遺物語』の鬼は、暁までの褻の時間に現れる異界の鬼であった。それ故、人から疎外された瘤ある翁と山中の限られた時間の中での交流が可能なのである。訳者ヘボンは、日本の鬼が悪魔や悪霊だけでないという理解はしていたようであるが、異界のもの、異界との交流という世界観までは理解していなかったのである。

四、おわりに

ちりめん本「日本昔噺」シリーズの『舌切雀』は、馬琴が『燕石雑志』に記した「今の童ども」の舌切雀譚を典拠として制作されたこと、それはまた、当時の昔話を元にしつつも、江戸の草双紙の舌切雀譚を反映させて形成されたものであった。さらにその文学世界は、農村社会から離れ、都市化したところに成立したものであった。

同じ『瘤取』は、『宇治拾遺物語』の「鬼ニ瘤被取事」を典拠として制作されたこと、この説話の中で重要なものは、瘤ある翁が鬼と交流するのは、暁までの褻の時間であった。この世界観は理解されなかったのである。

ともに『宇治拾遺物語』に類話が存在した。『瘤取』では、『宇治拾遺物語』が利用され、『舌切雀』では利用されなかった。両説話とも、瘤取では翁の恐怖から陶酔に変わって行く心理が、「腰折れ雀」では二人の老女の他を意識した心の揺れが描かれ

ていたが、その世界は選択されなかった。

注

1 『日本古書通信』三七（2）、一九七二年二月。

2 『燕石雑志』の引用は『日本随筆大成』第二期一九（吉川弘文館、一九七五年）による。また馬琴の言う「雀の松ばらといふ絵巻物」とは、『雀の発心』、『鳥歌合絵巻』、『雀松原』等の書名で伝えられる室町物語であろう。雀の小藤太夫婦に子供が生まれ喜ぶが蛇に食われてしまう。蛇に恨みを述べるが前世の因果と諦め仏道修行を志す。蛇も歌を詠み姿を消す。その後諸鳥が訪れ、慰めの歌を詠みあう。多くの鳥と歌合をした後出家する。妻が先に極楽往生するが小藤太は全国行脚した後往生する、というものである。

3 馬琴が「童子等が説くところ本文と同じ故にここに挙ず」として省略された舌切雀譚は、『宇治拾遺物語』型と考えられるから、腰折れ雀譚であったと思われる。

4 関敬吾『日本昔話大成』角川書店、一九七九年〜一九八一年。

5 鈴木重三・木村八重子編『近世子どもの絵本集　江戸編』岩波書店、一九八五年。

6 中野三敏・肥田晧三編『近世子どもの絵本集　上方篇』岩波書店、一九八五年。

7 太田次男編『五常内義抄』古典文庫三九一、古典文庫、一九七九年。

8 『近世文芸資料』八（古典文庫、一九六四年）による。これは内閣文庫本の影印である。

9 『日本昔話大成』巻一一では、本格昔話一九四隣の爺型として、

①瘤のある二人の爺が山の洞（木の根のほら）の中に泊まっていると、鬼（天狗）が来て踊る。

②一人の爺が踊ると、おもしろいから明日も来いといって瘤を質にとる。

③他の爺を発見して踊らせるが、ふるえて踊ったので、下手だといって瘤をもう一つつけてやる。

の型を示している。また語りの一例として岡山県阿哲郡の例（『大成』四）には、

①左の頬に瘤のある爺が木を伐りに山に行く。木の下で昼寝をしていて寝過ごしてしまう。
②鬼が来て酒盛りをする。
③鬼が踊るのを見て爺はいっしょに踊り出す。
④瘤が邪魔だろうと鬼が取ってくれる。
⑤鬼が寝てから持っていた笠をたたいて鶏のまねをすると、鬼は夜明けと思って宝を置いて逃げる。
⑥爺は宝を持って帰る。
⑦隣の爺がまねをする。鶏の鳴きまねが下手で、鬼に嘘がばれる。
⑧体じゅうに鶏の糞と瘤をもう一つつけられる。
がある。ここでも鶏鳴による世界の変化がある。

10 それぞれ復刻版があり、それを利用した。初版の復刻版『和英語林集成――復刻版』(北辰、一九六六年一〇月)。再版の復刻版『和英語林集成〔再版〕復刻版』(東洋文庫、一九七〇年)。三版の復刻版『和英語林集成〔第三版〕』(講談社、一九七四年)。昭和五五年講談社学術文庫。

11 『和英語林集成』に着眼したのは、いわき明星大学二〇〇六年度の大塚和恵の卒業論文『ちりめん本『瘤取』の研究』であった。

3 ちりめん本「日本昔噺」シリーズ『ねずみのよめいり』考

一、はじめに

ちりめん本「日本昔噺」シリーズ六号は、『ねずみのよめいり』である。訳者はデビド・タムソンである。ちりめん紙の明治二一年再版御届とあるテキストでは、扉題が「ねすみのよめいり」である。資料1に示したように、外題は、扇面が趣向され、そこに「JAPANESE FAIRY TALE SERIES No.6」とともに「THE MOUSE'S WEDDING」と記されている。花嫁は、角隠しをかぶっている。美しい白無垢の着物をまとい、介添えの鼠に手を取られて、駕籠から出ようとしているところである。顔以外はすべて人間の姿である。

一般に鼠の登場する説話は多い。何らかの縁で地下にある鼠の浄土に行き、宝物を得て豊かになるという昔話として親しんでいる。鼠の嫁入りのパターンも婿の鼠が人間と結婚する話の方が多いように思う。ちりめん本の『ねずみのよめいり』では、この一般的なパターンとは異なるようである。この『ねずみのよめいり』が、どのような物語として作成されたのか、何をもととして作成されたのか、どんなものが外国に発信されたのかを明らかにしたい。

二、ちりめん本「日本昔噺」シリーズ『ねずみのよめいり』の内容

この物語をちりめん本紙の明治二一年刊の再版本[注1]にしたがって内容を確認すると、おおよそ次のような内容である。

①昔、富の神である大黒天の使いの白ねずみのカネモチとオナガ夫婦がいた。
②カネモチとオナガは慎重な性格で、猫にあう危険もなく静かに暮らしている。
③一人息子であるフクタロウも、優しい性格であった。
④カネモチとオナガは、フクタロウが嫁を迎えるのにふさわしい年齢になったので、彼に財産を譲り、隠居することにした。
⑤運よくチュウダユウという彼らの親族の一人に、ハツカという美しい娘がいる。
⑥仲人が結婚交渉に当たった。
絵1　仲人がハツカの家を訪問　　絵2・絵3　見合いの場
⑦若い二人は互いに会うことが許され、双方とも反対者がなかったので贈り物が交換されることになった。
⑧花婿は花嫁に恒例の物を贈った。帯、絹、鰹節、するめ、白布、海藻、お酒。花嫁も恒例に従ってリネンの裃、鰹節、するめ、白布、海藻、魚、お酒を贈り結婚の約束が行われた。

資料1『ねずみのよめいり』（筆者蔵）

資料2『ねずみのよめいり』（筆者蔵）

絵4　贈り物を届ける場面　　絵5　贈り物

⑨めでたい日が選ばれ、花嫁が新居にうつり、着物が作られ、ほかに必要な物も購入され、チュウダユウは結婚式の準備に追われた。

絵6　着物の仕立て

⑩両親は娘のハツカが二人目の夫と結婚しないように、お歯黒を施し、夫に従わねばならないこと、しゅうとに孝を尽くすこと、しゅうとめを敬うことを教えた。

絵7　お歯黒を施す絵

⑪カネモチは家の内外を掃除し、婚礼と宴会の準備をし、親戚と友人を招き、多くの従者を花嫁の迎えに出し、花嫁が来たら知らせるよう指示し、準備を整えた。

⑫花嫁は駕籠に乗ってやって来た。先頭には荷物を入れた箱、続いて長い列のお供がついていた。

絵8　よめいりの行列

⑬カネモチは花嫁を門まで迎えに出て、居間に案内した。

⑭仲人の指示で新郎と新婦が結婚の絆を固めた。お互いが三杯の酒を交互に三度酌み交わした。この儀式は、三三で終わる（三三九度）と、客も花嫁との親善の盃を交わし、式はすべて終わった。

絵9　三三九度の盃

⑮しばらくして、新しい夫婦と彼の両親が花嫁の実家を訪問した。

絵10　実家の訪問

⑯夕方、花嫁は夫とその両親と家に帰り、仲良く幸福に暮らし、繁昌した。

物語の中心は、大黒天の使いの白鼠の夫婦である。息子の結婚にあたり財産を相続させ、隠居すること、結納の品物の交換の後、婿方の準備の後、嫁入りする。結婚儀礼として酒を酌み交わし、嫁方の実家を訪問し、その後、繁栄するなど一応物語的には描かれているが、中心は鼠を擬人化して、日本の嫁入り次第つまり結婚の儀礼・風習を描いているところにある。絵もまた繊細に描かれている。絵1では隣室からのぞき込んでいる若い女性の鼠が描かれている。[注2]絵2、3は見合いの場面である（資料3参照）。絵2には婿候補と仲人が縁台に座している。仲人が指さす方に花嫁候補がいる。その目はしっかりと花婿候補の方を見ている。作品世界は人間社会そのものを擬している。すでに石澤が指摘しているところであるが、「お見合い、結納、結婚に至るまでの良家のしきたり、日本の風習を鼠を擬人化して描いたもの[注3]」である。その内容は「日本昔噺」シリーズの中では異質のものといえよう。

二、『ねずみのよめいり』のテキスト

このちりめん紙のテキストの奥付には次のように記されている。

明治十八年九月十八日版権免許　同　年十二月　出版御届
同　十九年九月十日　添題御届　同廿一年八月一日　再版御届

本テキストは再版本であるが、初版本は明治一八年一二月の出版である。この初版本はちりめん紙ではなく、上質の平紙で丁ごとに異なる文様の縁取りがされている（資料2参照）。一丁表には桜草と思われる花が、裏には芥子や桔梗の花が見える。豪華に仕立てられた本である。書名は、外題が『NEDZUMI NO YOME-IRI』とローマ字で記され、扉には「鼠嫁入」と漢字で、本文題は、「THE Mouse's Wedding」と英語で記されている。平紙本はこれと同じのものがもう一種ある。文様の縁取りのない、普通の料紙で単彩（表紙と見返し部のみ彩色）で作られている。異なるところは外題の上に「Japanese Fairy Tale Series, No.6.」のシリーズ名が印刷されている。再版本もほかに一種確認できる。料紙のみがちりめん紙になっていないものである。刊記、挿絵、本文ともすべて同じである。表紙の花嫁の絵柄に即していうならば、角隠しなし本と角隠し本である。前者が明治一八年一二月

の刊記で、後者は明治二一年八月の刊記である。つまりこれまで確認したところでは、角隠しをつけていないテキストは明治一八年一二月の最初の出版と思われるのである。この二種類のテキストは、物語の展開はほぼ共通する。しかし本文には若干の異同がある。絵は表紙をはじめ、扉、本文中の絵とも大きく異なり、一見すると別作品のように見える。手元のテキストで確認できたのはこの四本大別二種である。[注4] 次には、この二種のテキストの違いを明らかにする。

三、明治一八年一二月版本と明治二一年再版本の本文上の違い

先に明治二一年出版の再版本を示し、↓で明治一八年本を示す。

①一オ　called Kanemochi ↓ called Tawara no Kanemochi
明治一八年本では、Tawara no Kanemochi（俵金持ち）であり、白鼠と富の関係をより強く意識していた。

②三ウ　The bridegroom sent the bride the usual articles：絵4、絵5　水茶屋での見合い
an obi or belt, silk cotton, dried bonito, dried cuttle fish, white flax, sea-weed, and sake or rice wine. The bride sent the
bridegroom in like manner;
a linen kami-shimo, dried bonito dried cuttle-fish, and sake, thus confirming the marriage promise.
↓明治一八年本では、この部分はない。絵2　EXCHANGE OF PRESENTS及び絵3　MAKING THE BRIDES GARMENTS
がここにある。再版本では交換される品物名が具体的に本文の中で書かれている。一八年本では、絵で表現されている。

③八オ　When this ceremony, the “three times three” was ended, the guests exchanged cups with……
↓When this ceremony, the “three times three” was ended, the relatives and friends exchanged cups with……
明治一八年本では、宴席の人々を親戚の者と友達と表現されていたのが単純に客と表現されている。

④一〇オ　Shortly afterwards the bride, her husband, and his parents visited her home. In the evening the bride returnd home with her husband……

→Shortly afterwards the bride, her husband, and his parents visited her home. The joy of her parents was great. They made a feast with music and dancing.

In the evening the bride returnd home with her husband……

一八年本にあった傍線部分が再版本では省略されている。

以上のように四箇所の違いがある。この違いは、一八年本では、鼠の属性が強く意識されている。主人公を富の象徴として描き、昔話的な要素が色濃く表現されている。再版本ではそうした要素が弱くなり、代わって嫁入りの風俗をより正確に伝えようとしていると理解できよう。この違いが大きくなってくるのが絵の問題である。

四、一八年本と再版本の絵の比較

再版本　表紙　花嫁は角隠しを被っている。介添えの女性がいる。両親と思われる夫婦のねずみ。

一八年本　表紙　角隠しを被っていない。二人の男性ねずみ一人は駕籠かきか一人は父親か（かごを開けている）。

再版本　絵1（二オ）　仲人の活躍。

絵2（二ウ）　縁台に腰を下ろしている二匹の男ねずみ、加えて茶をすするねずみ。

絵3（三オ）　娘と二匹のねずみ（女か）、加えて小柄な男のねずみ。

＊絵2、3は水茶屋でやや離れたところから相手を確認している様子が見開きのページを活かして描かれている。見合いの形式である（資料3参照）。

一八年本　絵1（二ウ）　INTERVIEW WITH THE GO-BETWEEN（仲人との面談）

＊一八年本では仲人の活躍のみで、見合いの場面は描かれていない。

再版本　絵4（三ウ）結納の取り交わし　絵5（四オ）結納の品
一八年本　絵2（三ウ、四オ）EXCHANGE OF PRESENTS（贈り物の交換）
＊テーマは、再版本の絵4と一八年本の絵2が共通する。結納の品を独立して描くところが異なる。
再版本　絵6（五オ）花嫁の結婚準備、着物の仕立て
一八年本　絵3（四ウ）MAKING THE BRIDES GARMENTS.（花嫁の衣装作り）
＊絵は異なるがテーマは共通する。
再版本　絵6（五ウ）お歯黒
一八年本　絵4（六オ）BLACKING THE TEETH（歯を黒くする）
＊絵は異なるがテーマは共通する。
一八年本　絵5（七オ）HOUSE CLEANING BEFORE THE WEDDING（結婚式前の家掃除）。再版本にはない。
再版本　絵8（六ウ、七オ）嫁入りの行列
＊一八年本にはない。
一八年本　絵6（七ウ）PREPARING THE FEAST（祭礼の準備料理）
　　　　　絵7（八ウ、九オ）ARRIVAL OF THE BRIDE;（花嫁の到着）
＊再版本には一八年本の絵6、7はない。
再版本　絵9（七ウ、八オ）結婚式の儀式
一八年本　絵8（九ウ、一〇オ）THE WEDDING CEREMONY.（結婚式）
＊再版本では、三三九度の整備された絵、一八年本では飲み過ぎ、食べ過ぎた花嫁がおなかを上にして倒れている絵。
再版本　絵10（八ウ、九オ）実家の訪問と宴会
一八年本　絵9（一一ウ、一二オ）THE BRIDE'S HOME VISITED.（花嫁の家を訪問）
＊ほぼ同じテーマ、構図の絵であるが、描き方は大きく異なる。

一八年本のみにある絵5、6、7では、婿方の家の掃除と、料理の準備、花嫁の到着の場面である。再版本にのみある絵2、3と絵8は、見合いの場面と嫁入り行列である。絵3のここに対応する本文は、

When the young folks were allowed to see each other, neither party objected, and so presents were exchanged.

である。この本文は一八年本、再版本ともに変化はない。訳者にとって結婚する二人の合意をどのように表現するかを考えた場合、見合いの場面を描くことが重要であると考えたからと推測できよう。一八年本の絵5、6の家の掃除や祝宴の料理の場面は、やや日常的に見える。一八年本の、絵7の ARRIVAL OF THE BRIDEに対応するのが、再版本では絵8であろう。この嫁入り行列は、見開きで長い行列が整然と描かれている。これも結婚式の風習として重要なものと考えた結果であろう。一八年本はすべての絵に画中詞が記されている。この画中詞（主に会話文である）は、絵と交流し、自由でのびのびとした場面を作り出している。一八年本の絵6（資料4参照）など、会話している二匹のねずみが顔を向けて口を開けている。会話が伝わってくるようである。これに対して再版本の場合は、一つ一つの絵が丁寧に細かく美しく描かれている。画中詞はすべて消えている。この変化は何を意味するだろうか。

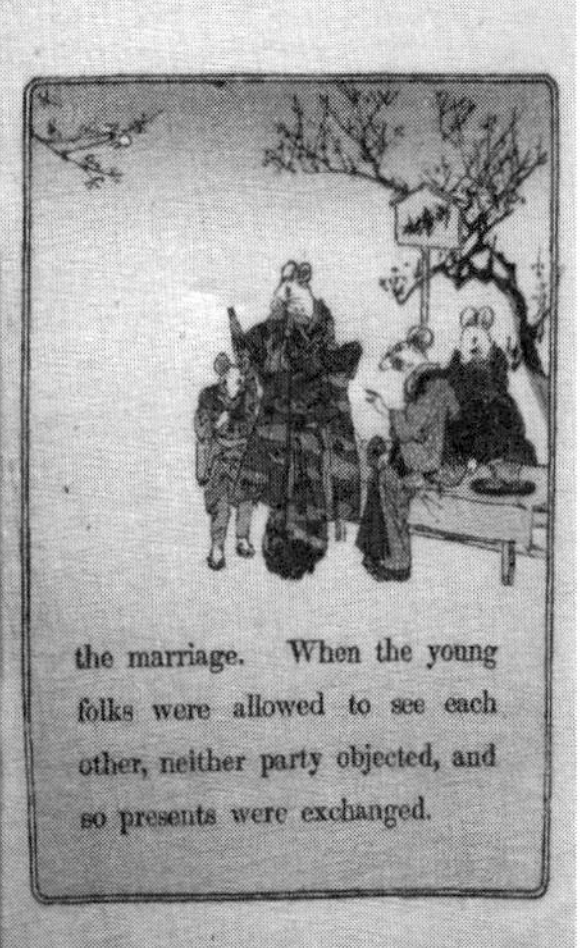

資料3『ねずみのよめいり』（筆者蔵）

資料4『ねずみのよめいり』（筆者蔵）

五、一八年本の絵と画中詞

二ウ　絵１　INTERVIEW WITH THE GO-BETWEEN（仲人との面談）

＊（　）内は拙訳である。

「The father-in-law is a cat of a man. Oh! there, I've done it! But never mind. The son is bright, and privately, let me say, he has some property.」

「Much obliged. Have had many proposals; but since it is you, my daughter shall go.」

（義父は男の猫です。おーそれは私がすませました。気にしないでください。息子は賢いです。私に言わせてください。彼は資産を持っています。ありがとう。多くのお誘いがありましたが、あなたの所へ、私の娘は行くことにします。）

三ウ、四オ　絵２　EXCHANGE OF PRESENTS（贈り物の交換）

「What a show of things! Please enter. You have managed the thing satisfactorily.」

「Here is every thing according to the agreement.」

「When will the wedding be? Every body will get a treat I suppose.」

（どうぞお入り下さい。満足行くよう準備しました。結婚式はいつになるでしょう。皆楽しみにしているでしょう。）

四ウ　絵３　MAKING THE BRIDES GARMENTS（花嫁の衣装作り）

「The bridegroom is fine looking.」（花婿は立派に見えます。）

「Has the silk-stuff come from the dyors!」（染物屋から絹の反物を持ってきてください）

六オ　絵４　BLACKING THE TEETH（歯を黒くする）

「Black teeth become you.」（黒い歯はあなたにふさわしい）

「Women should not show the white of their teeth, you know.」（知っているでしょう。女性は白い歯を見せるべきではないことを）

七オ　絵５　HOUSE CLEANLNG BEFORE THE WEDDING（結婚式前の家掃除）

「Yes all right. Plenty of drink now. So keep at work.」（結構だ。今、十分な飲み物がある。仕事を続けてくれ）
「Look here! Muscul us! can't we have a drink?」（ここ見て。……もう飲んでもいいじゃないか）
七ウ　絵6　PREPARING THE FEAST（祭礼の準備）
「I know what is on the shelf」（棚の上のものが何か知っている）
「Have a drink?」（飲みますか）
八ウ、九オ　絵7　ARRNAL OF THE BRIDE;（花嫁の到着）
「Be still! and prepere for the Reception.」（落ち着いて、歓迎の準備を続けてください）
「I've not seen such a fine turn-out. I congratulate you.」（私はそのような立派なものを見たことがない）
「Congratulate you on your safe arrival.」
「Very fine indeed!」
「Ride clear inside.」（そのまま中へ入って下さい）
九ウ、一〇オ　絵8　THE WEDDING CEREMONY.（結婚式）
「Will give it to the bride groom now.」（今、花婿にそれを与えます）
「I am so glad that you will be happy.」（あなたが幸せになることがうれしい）
「Let no discordant note be heard where all is peace.」（すべてが平和なところでは、耳障りな鳴き声は聞かせないで下さい）
一一ウ、一二オ　絵9　THE BRIDE'S HOME VISITED.（花嫁の家を訪問）
（Song）
「May you flourish long as a sheltered pine tree.」（保護された松の木として長い間茂るでしょう）→永遠の幸せを!?
「Yes, she dances well.」（踊りが上手です）
「Yes, she is a very Hamamuraya.」
「It's as good as a play.」（演劇と同じくらいうまい）

「The name of a celebrated dancer.」

絵5の会話には、掃除に疲れ切った者たちが少々泣き言を言っているようである。絵6においても、同様に早く終わらせて「一杯飲ませて」と言うような会話を想像させる。画中詞は絵の中の鼠たちを生き生きとさせて、町場の社会を表現しているのである。絵8にあるような「耳障りな鳴き声」というように鼠そのものまで物語に顔を出してしまうのである。また絵8では、「Will give it to the bride groom now.」と言う言葉とともに、横になりかかっている花嫁がいる。絵9には、めでたい歌と踊りがしなやかに展開し、踊りを褒める言葉とともに「はまむらや」の声がかかる。この「はまむらや」に、注がつけられていて、著名な踊り手と説明しているが、歌舞伎役者の話題が日常的に交わされていることを想像させる。町場の生き生きとした社会を描き、そこに時おり鼠たちをかい間見させているのである。

これに対して再版本になると、仲人の活躍、見合い、結納品の交換、花嫁の衣装揃え、お歯黒、嫁入り行列、結婚式の儀式、実家の訪問と宴会と続く。嫁入りが秩序だってお行儀よく描かれているのである。ここには婚姻の儀式・風習を伝える意志がつよくうちだされている。

六、『ねずみのよめいり』の典拠の検討

以上のように初版と考えられる明治一八年版本と明治二一年八月の再版本との違いを明らかにして、変化を確認した。典拠を検討する場合は明治一八年版本にもとづくべきである。

鼠と嫁入が結びつく物語には、中世の御伽草子がある。この種の物語は多いが、一つは、サントリー美術館、天理図書館等の『鼠の草子』[注5]である。この物語は、次のように展開する。

①都四条堀川の院のほとりに住む鼠の権頭という古鼠。

②人間と契って子孫を畜生道から逃れられるようにと清水観音に祈願。
③示現により五条油小路の柳屋三郎左衛門の娘を妻に迎える。権頭の方で姫君の道具を調え、金屛風等をたくさん立て並べた豪華な座敷、庭園は柳桜を混ぜ植えた美しい庭。式三献。
④祝宴には京中の芸人が集まり、引き出物をもらって帰る。
⑤権頭は妻を愛するが、妻は外出の際にかねて不審に思っていた禁ぜられていた部屋をのぞく。
⑥部屋をのぞくと、畜生道、鼠かと思い罠をかける。
⑦妻は仕掛けた琴の緒の罠にかかった権頭を見て逃げ出し、都人と結婚して用心に猫の房を飼う。
⑧悲しんだ権頭は占いと口寄せでことの次第を知り、ねん阿弥と名のり高野山に登る。

これも鼠（異類）と人間の婚姻譚である。結末は悲恋、遁世に終わる。物語の中心は絵にある。画中詞が多く書き込まれ、地の文が絵を領導している。また三台の輿や、長持ちの続く嫁入り行列、料理を用意している場面など、「日本昔噺」シリーズの『ねずみのよめいり』と類似するところがある。しかし異類との婚姻譚であるところに根本的な違いがある。

『弥兵衛鼠絵巻』[注6]にもまた嫁入り行列が詳細に描かれている。物語の内容は、東寺の塔に住む白鼠の弥兵衛は、野鼠の将監の一人娘を妻に迎える。雁の羽交いの身をほしがる妻に応えようとして雁に飛びつき、東の常磐の里まで連れて行かれる。放浪の末に長者左衛門殿の家に住み着き、大黒天の使者として大切にされる。やがて都へのぼる左衛門の車に乗って都に戻り妻子と再会。お礼に金銀とともに娘の鼠を左衛門殿に贈る。左衛門は大黒天の加護でますます栄える。弥兵衛も官位をもらい、一族は末広がりに栄える、というストーリーである。嫁入り行列が詳細に描かれていること、鼠が大黒天の使者とされていること、鼠の世界には富が豊かにあること、終わりが末繁昌で結ばれていることなど共通性がある。『鼠の草子』は嫁入りの次第を描くことに中心があるが、『ねずみのよめいり』は必ずしもそうはなっていない。両方とも嫁入り行列や婚礼の馳走準備など詳細に描かれているが、ともに「日本昔噺」シリーズの『ねずみのよめいり』の典拠であるとは考えられない。[注7]

次に検討すべきは江戸の草双紙である。まず赤本で西村重信画の『鼠のよめ入り』[注8]がある。これは次のような内容である。

一絵（一丁表）島台・高砂の図
婚礼や祝宴を語る島台が描かれ、蓬莱山を模した州浜台の上に松・竹、鶴・亀、高砂の尉と姥をかたどる。
二絵（一裏二表）水茶屋での見合い
浅草寺の仁王門前、多くの参詣者が描かれている。「あふみや」と書かれた軒行灯、縁台に腰をかけた二人の男、その一人が「てんと飛びきり。われら北の方にいたそう」の台詞、他の一人「近年の稀ものじゃ」の台詞。客の一人から「いよ、殺せ、大黒の申し子め」のかけ声、立ち姿の女性から「好いた男じゃ」の台詞。女性の目は縁台の男の方に向いている。参詣客の一人から「腰の巾着よりも化けの皮の猫に用心」の野次が飛んでいる。この場面は水茶屋での見合いの場面、双方合意の会話がある。
三絵（二裏三表）仲人の縁結び
母娘の会話「わしゃ、嫁入りたい」「かかが飲み込んだ」。父の台詞「婿の筋目といい、器量といい、申し分はないが、五百両の持参望みは胸につかえる」。対する仲人「五百両はご用達しの鼠屋で御借り…」の台詞。茶を運ぶ小僧「よふ茶を呑む反っ歯めじゃ。晩には梁の上から小便だろ」と悪口をたれている。妹が隣室から「はやうよめいりたい」と羨ましがっている。
四絵（三裏四表）結納の場面
嫁方の受取手と婿方の使いと結納の品々が描かれている。
五絵（四裏五表）嫁入の準備
お歯黒、衣裳の仕立てなど。作業中の女連が「衿裁ち祝いは、勘三が桟敷かえ」「わしゃ、宇左衛門ひいき」などと中村勘三郎や市村宇左衛門を出しながら作業をしている。歌舞伎の人気者を思わせる。
六絵（五裏六表）嫁道具の列とその待請
長持や提灯が運ばれている。ここにも「梁から小便左門」の鼠の習性を使った台詞がある。

七絵（六裏七表）祝宴のご馳走の料理準備
八絵（七裏八表）嫁入り行列
　長い行列を築地塀を使って二段に描くことで、行列の長さを表現している。
九絵（八裏九表）婚礼の宴席の場面
一〇絵（九裏一〇表）子供誕生
　座産の産婦の姿勢、産湯を使わせている。
一一絵（一〇裏）宮参り
　乳母が子どもを抱いており、初参りの場面。

　嫁入り次第を鼠によって擬人化し、異類で描いた作品である。島台を描いた後は、水茶屋での見合いの場面から、仲人を通した結婚の申込の場面、結納の場面、嫁方の結婚準備の様子、嫁道具を婿方に遣わす場面、料理方の場面、嫁入り行列、婚礼の宴席、子供誕生、宮参りまでが描かれている。ねずみの習性を使った台詞を言わせている遊びの要素や衣裳を仕立てながらの歌舞伎役者のひいき話などが飛び交っている様子も描かれている。祝儀の金額やその後の遊びのことなど無駄口をたたき合っている。最後の宮参りの場面など、「ねこのさいなんをのがれるやうにまもらせたまへ」と無事を祈る初参りの言葉の他に、「いつみてもうつくしいみこじゃ」という台詞のように巫女を茶化しているような言葉がある。見合いから結婚、子供の誕生から宮参りへと描かれているが、鼠の習性や江戸の町人社会の遊びが諧謔性ゆたかに、ときに猥雑に描かれているといえる。画中詞（主に台詞であるが）の存在がのびのびとした動きと諧謔性を引き出している。そして鼠のもつ富や祝言性において御伽草子の世界ともつながっている。

　次には黄表紙の『千秋楽鼠之娵入』[注9]（鳥井清長画、安永九年刊）である。内容は次のようである。

一絵　忠庵、隠れ里家を訪問

隠れ里という長者が息子に嫁を取らせて隠居を望んでいる。医者の忠庵は、知り合いの娘を紹介するため、長者の家を訪問。母は忠庵を信じて受け入れる。

二絵（見開き）忠庵、娘の家を訪問、話し終わって歓待を受ける。

縁台に坐っている婿を嫁方は通りすがりに見ている見合いの場面。婿方では、丁稚が夕方まで滞在して花火見物を提案、嫁方では侍女が付き添っている。善光寺の御開帳、鬼娘という見せ物、人気歌舞伎役者の飾物、両国の花火等。

三絵（見開き）忠庵、隠れ里家を再訪

嫁方の手代忠左衛門を伴って、婿方の番頭白助方と相談、白助方同意して歓迎。

四絵（見開き）結納の行列

箱提灯を先立てる袴姿の手代、諸白を入れた、柳樽が同じ紋の油単で覆われ舁がれている。

五絵（見開き）結納整い酒宴

奥に結納の品が飾ってある。描かれているのは、仲人の忠庵、婿方の番頭白助、嫁方の手代、娘の両親。

六絵（一丁）酔いつぶれて帰る忠庵

七絵（一丁）嫁入り衣装の仕立て

母、乳母、侍女等で着物を用意している。作業中、芝居の話をしている。

八絵（見開き）祝宴の準備をする人々

板前、魚屋、蛸洗いなど生き生きと描かれている。たすきがけの女が「もう知らせがあったに、きりきりしな」と声をかけ、緊張感を盛り上げている。

九絵（見開き）花嫁の輿入れ

三三九度の盃、小唄が歌われ、宴会は明け方まで。仕切っているのは仲人の女。

一〇絵（見開き）子供誕生

心配顔の新父、自信に満ち落ち着いている医師、とりあげる産婆など活気ある様子に描かれている。

一一絵　地蔵様への宮参り
　「百匹はたしかたしか」と初穂料を期待する神官。

隠里という理想郷の長者の家として紹介され、息子に嫁を迎え、財産を渡して隠居を望んでいる。そこに医者の忠庵が仲人として出てくる。同意を得た忠庵は嫁方を訪問する。台詞によってその訪問が数回に及んだこと、嫁方は手代の忠左衛門が対応している。その後、忠庵は隠れ里家を訪問し、同意されたこと。続いて結納の行列、それが整って酒宴、酔いつぶれた仲人忠庵の帰宅へと展開する。続いて嫁入り衣装の仕立て、祝宴の準備、花嫁の輿入れ、子供の誕生、地蔵様への宮参りと展開する。わずかな詞書の他はすべて登場人物の台詞として展開する。それが自由闊達な鼠たちの動きを生き生きと伝えている。一つの行事が終わった後の酒席や遊び等がのびのびとした生活が感性豊かに描かれているといえよう。

この二つの草双紙『鼠のよめ入り』と『千秋楽鼠之娵入』とは、展開はおおむね一致している。また絵の構図なども類似性を指摘できる。大きな違いは、『鼠のよめ入り』が最初に島台を描いているのに対して、『千秋楽鼠之娵入』では隠里長者夫妻の一人息子の嫁取りとその後の財産相続、隠居と設定していること、仲人忠庵の動きを多く描いていることであろう。またこの両作品とも、中心になって展開しているはずの婿と嫁には名が付けられていない。『千秋楽鼠之娵入』では、仲人や手代には、忠庵、忠左衛門と名が与えられている。ここからも夫婦の生涯の物語ではなく、結婚にまつわる行事、風習が中心に展開している。[注10]

この二つの草双紙と「日本昔噺」シリーズの『ねずみのよめいり』とを絵及び物語の展開から整理すると表1のごとくなる。

これで見ると、草双紙と「日本昔噺」シリーズの『ねずみのよめいり』とは、見合いの場面（草双紙の絵3、再版本の絵2、3）を除いて、絵1から絵8まで対応している。しかも再版本の絵2、3を加えるとほぼ対応する。

表1　「日本昔噺」『ねずみのよめいり』と『鼠のよめいり』と『千秋楽鼠之娵入』の内容と絵の対応

日本昔噺・ねずみのよめいり　初版本	鼠のよめいり	千秋楽鼠之娵入
（　）内は再版本の場合	絵1　島台	
白鼠のカネモチ、オナガ夫婦		隠里長者夫妻
家族の平和な生活		
フクタロウの結婚と親の隠居		一人息子の嫁取りと親の隠居
チュウダユウ家に娘ハツカあり		
仲人の仲介と見合い		絵1　医者の忠庵隠里家訪問
絵1　INTERVIEW WITH THE GO-BETWEEN		
（絵2、3　水茶屋での見合い）	絵2　水茶屋での見合い	絵2　茶屋での見合い
合意により贈り物の交換	絵3　結婚の申込	絵3　忠庵、隠里家訪問
絵2　EXCHANGE OF PRESENTS	絵4　結納	絵4　結納の行列
（絵4　結納の取り交わし　絵5　結納の品）		
		絵5　結納整い酒宴
		絵6　酔いつぶれて帰る忠庵
嫁入りの準備　嫁入り道具の準備	絵5　嫁方の結婚の準備	絵7　嫁入り衣装の仕立て
絵3　MAKING THE BRIDES GARMENTS		
絵4　BLACKING THE TEETH　お歯黒		
婿方の準備		
家の掃除と婚礼・宴会の準備	絵6　嫁入り道具の運び	
絵5　HOUSE CLEANING BEFORE THE WEDDING		

絵6 PREPARING THE FEAST（なし）	絵7 料理の準備	絵8 祝宴の準備
嫁入り		
嫁入りの行列 絵7 花嫁到着	絵8 嫁入り行列	
結婚の儀式 三三九度の杯 絵8 THE WEDDING CEREMONY	絵9 婚礼の場面	絵9 花嫁の輿入れ
花嫁の実家訪問 絵9 THE BRIDE'S HOME VISITED		
夫婦の繁盛	絵10 子供誕生	絵10 子供誕生
	絵11 宮参り	絵11 宮参り

以上から考えて、「日本昔噺」シリーズの『ねずみのよめいり』が典拠としたものは、江戸の草双紙『鼠のよめ入り』と『千秋楽鼠之娵入』であるといえよう。ことに『千秋楽鼠之娵入』が大きく関わっているといえる。これをもととして隠れ里の長者夫妻をカネモチ、オナガ夫妻として、息子をフクタロウと名付けた。そして嫁入りのお話としてはやや不要な、そしてあまり美しい画面ではない子ども誕生の場面は省略し、加えて初参りの場面も描かず、変わりに花嫁の実家訪問、新しい夫婦の末繁盛と結んだものであろう。

七、再び明治一八年初版本から再版本へ

初版本では画中詞が多く描かれていた。その画中詞からは、鼠のもつ属性、耳障りな鳴き声、梁からの小便等いささか諧謔的に描かれていた。また作業する人たちの生き生きとした会話、人気歌舞伎役者たちの話題等、のびのびと描かれていたのである。この画中詞は草双紙の『鼠のよめ入り』と『千秋楽鼠之娵入』の世界を引き継ぐものであった。

再版本への変化は、本文、絵の変更と変化、画中詞の消失の面に現れていた。これは嫁入りの風俗をより伝えたいとする意識であった。見合いの場面を加えたことや嫁入りの行列のさし絵が加えられた意味は大きい。日本の結婚の儀式や風習を伝えることに中心が移っているのである。それに伴って絵もより洗練されたものに変わった。緻密にして繊細なものに変わったのである。絵から画中詞を夾雑物と考えて消していったのである。同時に画中詞や絵が担っていた江戸の草双紙の世界につながる生き生きとした会話、諧謔的な面白さ等は弱くなってしまったのである。この洗練された再版本が東京での長谷川の出版のみならず、グリフィス・フェアラン社によってイギリスでも出版されたのである。

注

1 テキストにしたのは、明治二一年八月一日再版御届、出版人弘文社、長谷川武次郎、印刷人中尾黙次で、GRIFFIN FARRAN & Co. LONDON & SYDNEY.N.S.W のもの。

2 後に示す赤本の『鼠のよめ入り』では、この場面と対応するところに妹鼠が隣室から覗いている絵があり、「をいらもはうよめいりたい」としゃべっている。この場面に類似している。

3 石澤小枝子『ちりめん本のすべて』三弥井書店、二〇〇四年、三〇頁。

4 他に三本確認できる。一つは梅花女子大学図書館蔵本、白百合女子大学図書館蔵本、フェリス女学院大学図書館蔵本の三本である。いずれも明治二一年八月一日再版の刊記を持つが、梅花女子大学図書館蔵本は長谷川武次郎の住所が日吉町であり、フェリス女学院大学図書館蔵本は、上根岸町である。これは石澤の研究に（『明治の欧文挿絵本　ちりめん本のすべて』第二版、三弥井書店、二〇〇五年、一九頁）よれば、長谷川が日吉町を本拠としたのは、明治二三年から明治三四年である。上根岸町は明治四四年から昭和一二年である。明治二一年の刊記とは矛盾する。したがって別の版の可能性がある。白百合女子大学図書館蔵本は扉題が「ねすみのよめいり」と清音になっている。これも版が異なる可能性がある。しかし内容的な違いは見出せない。二種に大別することが可能である。なお、これらテキストの確認は次のホームページによった。

http://manabiya.baika.ac.jp/el/contents/00007_jaoFij/（2015.7.1）
http://www.shirayuri.ac.jp/lib/about/collection/chirimen.html（2015.7.1）
http://www.library.ferris.ac.jp/JapaneseFairyTale/list.htm（2015.7.1）

5　大島建彦校注・訳『御伽草子集』（日本古典文学全集、小学館、一九七四年）による。底本はサントリー美術館蔵本。同系統のテキストに東京国立博物館蔵本、スペンサーコレクション（奈良絵本国際研究会議編『在外奈良絵本』角川書店、一九八一年に影印）がある。別系のテキストに天理図書館蔵本、同別本（巻首欠）があり、ともに天理図書館善本叢書和書之部第八巻『古奈良絵本集一』（八木書店、一九七二年）にされている。（渡辺匡一「『鼠の草紙』──絵と詞書、画中詞の関係から──」〈『解釈と鑑賞』六一巻五号、一九九六年五月〉では、諸本をA・B二種に大別、Aに天理図書館蔵本、同別本（断簡）、桜井建太郎蔵本、Bに東京国立博物館蔵本、サントリー博物館蔵本、スペンサーコレクション蔵本に分ける。そしてA・B間のテキストの指向の差異を鋭く分析している）。

6　慶應義塾図書館所蔵。新潮日本古典集成『御伽草子集』、松本隆信校注による。

7　フォグ美術館寄託古絵巻の『鼠草子』（仮題）は、婚期の遅れたむすめと寂しく暮らしている尼君のもとに男（鼠）が現れ、むすめと契りをかわし、豊かになる。結婚の酒宴に及んだところで猫に食いつかれて殺された。姫君は浅ましく思いつつも、契った男のことが思い出される、とするものである。これも異類との結婚話である。類作の『雁の草子』の模倣作であろう。（これらのテキストは『室町時代物語大成』第一〇に翻刻。フォグ美術館寄託の古絵巻は『在外奈良絵本』に影印）

8　鈴木重三・木村八重子編『近世子どもの絵本集　江戸編』（岩波書店、一九八五年）所収。これを利用した。

9　注8に同じ。

10　A.B.Mitford の "Tales of Old Japan" がある。一八七一年にロンドンの Macmillan & C. で出版された。この中に「Fairy Tales」として、九篇の説話が入っている。『舌切雀』『文福茶釜』『勝々山』『花咲爺』『猿蟹合戦』『桃太郎』『狐の嫁入り』『坂田金時』『瘤取』である。この中の『狐の嫁入り』は、日本の婚姻風俗を描いた物である。父狐が息子の結婚に当たって隠居するなど「日本昔噺」シリーズの『ねずみのよめいり』と類似の部分がある。

追記（二〇一〇・三・六）

国立国会図書館蔵の平紙本『ねずみのよめいり』の再版本がある。その奥書は次のようになっている。

明治十八年九月十八日版権免許
同年　十二月一日　出版御届
同十九年九月　十日　添題御届
同廿一年十二月六日　再版印刷
同廿一年十二月七日　出版
　発行所　弘文社
　　　東京々橋區南佐柄木町二番地
　發者　右社主東京府平民
　　　長谷川武次郎
　　　右同所
　譯述者　米國人
　　　ダビド　タムソン
　　　東京々橋區築地居留地二十三番
　　　長嵜縣平民
　　　中尾黙次
　　　仝京橋區山下町廿二番地桑原活版所

取消線箇所は白紙を貼り付けて消去、下線部は白紙を貼り付け墨書、波線部は墨による書付である。おそらく納本の際に書き加え、削除（修正）を行ったものと思う。と考えれば一般には書き加え、修正のないものも出版されていったものと思える。これはちりめん本の版次を調べる上で十分な注意が必要であることを示している。

4　ちりめん本「日本昔噺」シリーズ『俵の藤太』考

一、はじめに

田原の藤太秀郷は、左大臣藤原魚名の子孫と伝えられる。『尊卑分脈』によれば、父の村雄は下野大掾で母は下野史生鳥取豊俊女である。その父豊沢も下野権守であり、母も下野史生鳥取業俊女である。在地に根ざした地方豪族であろう。その村雄の子秀郷が中央の歴史に登場してくるのである。国家に反逆した平将門の追討に突如押領使の肩書きで現れ、平貞盛とともに将門を敗走に追いやった。これ以後武蔵守、鎮守府将軍となり、東国に強固な地盤を築いていったと思われる人物である。その息子の千常、千晴も鎮守府将軍である。歴史上は不明なところの多い、やや伝説的人物である。御伽草子の『俵藤太物語』では、異類退治、異界訪問者として語られる英雄である。この俵の藤太がちりめん本「日本昔噺」シリーズの中でも、No.15『My Lord Bag-o'-Rice』として紹介されている。訳者はB・H・チェンバレン。チェンバレンは明治六年（一八八六）に来日し、英語教師の後、東京帝国大学文科大学で博言学、日本語学を講じた。アーネスト・サトウやW・G・アストンとともに日本学の樹立に貢献した人である。挿絵は鈴木華邨である。明記されていないが挿絵中の釣鐘に「華邨写」の文字がかすかに見えることから華邨であると判断できる。華邨は幕末の安政七年（一八六〇）の生まれで、後に花鳥山水画で一家をなすが、この頃は未だ二〇歳の中頃である。

この物語が何からどう解釈されて翻訳されたのか、どのような物語として海外に紹介されていったのかを明らかにしたい。

二、ちりめん本「日本昔噺」シリーズのNo.15『My Lord Bag-o'-Rice』（俵の藤太）の内容

この物語は次のように展開する。[注1]

①昔々、My Lord Bag-o'-Riceという勇敢な武士がいた。彼は王の親衛隊であった。
②ある日、冒険を求めて美しい湖から流れ出る長い橋にやってきた。
③そこに二〇フィートもある大蛇が横たわっていたが、彼は勇敢にもそれを踏み越えていった。
④すると大蛇はすぐに小人になってひざまずき、湖の底に住む者であることを名乗り、向こうの山の頂に住む敵である百足退治を依頼した。
⑤勇者はこのような冒険話を聞いて喜び、快く小人の跡をついて行くと、湖の水の下の東屋に着いた。
⑥そこは珊瑚と海藻、水草の形をした金属の小枝できた不思議な家で、そこには護衛として人間ほどの大きさの沢蟹、water-monkey、イモリ、オタマジャクシなどがいた。
⑦歓待を受けご馳走を食べ、固い約束をしている時に、一マイル以上もある百足が現れ、閃光をきらめかせ、毒を毛穴からにじみ出させていた。体の両側に千人が提灯を持っているかのように見えた。（食器類の説明あり）
⑧My Lord Bag-o'-Riceはすぐに一五束三伏の弓を持ち一本目の矢を放った。矢は怪物の額に命中したが跳ね返ってしまった。
⑨二本目の矢も命中したが是も跳ね返ってしまった。怪物は水際まで降りてきて、湖は毒で汚染されそうになっていた。
⑩「百足には人間のつばが効く」ということを思い出し、残された一本の矢につばをつけ、矢を放つと矢は命中し、怪物の頭を貫通し、あたりは地震のように揺れ、百足は倒れ死んだ。
⑪勇者は気がつくとふわっと飛んで城に帰っていた。まわりにはたくさんの贈り物が「感謝を込めて、小人より」の手紙とと

もにあった。

⑫贈り物は一つめは、釣り鐘、勇者は勇気があるとともに信心深い人だったので、これを先祖からの寺につるした。二つめはすべての敵を倒す剣、三つめはどんな矢も防ぐ甲冑、四つめは決して尽きることのない巻絹、五つめはどんなに食べてもなくならない米俵であった。

⑬五番目の最後の贈り物から「My Lord Bag-o'-Rice」と呼ばれた。俵は持ち主を金持ちにまた幸せにした。

勇敢な武士が大蛇を畏れず踏み越えたことから、大蛇に変身していた小人から敵である百足退治を依頼され、それを退治した。それによつて贈り物をもらい、金持ちになり、また幸せになったとする、やや単純な冒険物語である。華邨の挿絵も山を取り巻くムカデが二ページにわたって描かれるなど、大胆でまた緻密であり美しい。

三、田原藤太の物語

一、『太平記』の三井寺園城寺の鐘の由来譚、秀郷の百足退治譚

『太平記』の巻一五に「三井寺合戦」[注2]がある。合戦を語った後に当寺撞鐘のことと俵藤太のことが語られている。「昔竜宮城より伝はりたる鐘なり」として語り出す。ちりめん本におおむね対応させたプロット番号で内容を紹介する。

①承平の頃、俵藤太秀郷という者あり。

③一人勢田の橋を渡ると長け二十丈ほどの恐ろしき大蛇あり。秀郷は大剛の男であったので大蛇を荒らかに踏んで越える。

④怪しげなる小男、忽然と秀郷の前に現れ、敵討ちを依頼する。

⑤秀郷、一義も言わず「子細あるまじ」と了承する。

⑥湖水の波を分けて、水中に入ること五十余町、楼門あり。内部は瑠璃の沙、玉の石畳等、未だかつて見たことのない壮観で

綺麗な所であった。
⑦男は服装を整えて秀郷を客として迎え、歓待した。数時間たって、夜が更けてくると、敵がくる頃になったとあわてる。
⑧秀郷は五人張りの弓、三年築の一五束三伏の武具、三本の矢を用意して待つ。比良の高嶺より松明、二、三千ほどが二列になって島のような物が竜宮城に向かってくる。ムカデであるとわかり、矢を射るが第一の矢は跳ね返される。
⑨第二の矢も跳ね返される。
⑩残りの矢一本になって、唾をつけることを思い出して射ると、眉間の真ん中に当たり、矢は羽の先まで突き刺さった。それは百足のムカデであった。
⑪龍神は悦び秀郷をもてなし、太刀一振り、巻絹一つ、鎧一領、首結うたる俵一つ、赤銅の撞鐘一つを与え、「子孫に、必ず将軍になる人が多いであろう」と示した。
⑫都に帰ってから使うと、絹も俵も尽きることがなかったので豊かになった。そこで俵藤太と言われるようになった。

とするものである。秀郷が剛胆な人であったので、ムカデ退治を小男から頼まれ、龍神の所に行く。そこにムカデが現れ、三の矢で倒す。褒美五つを貰い豊かになり、俵藤太と言われるようになったとするものである。プロット⑪で撞き鐘等を与えた龍神は「御辺の門葉に、必ず将軍になる人多かるべし」と語っている。ここに秀郷譚の核がある。在地土豪的な存在であった秀郷が押領使をきっかけに、将門の乱の平定で活躍し、鎮守府将軍にまで上った(息子二人までも)とする秀郷の出世・子孫の繁昌の意味説きである。御伽草子の『俵藤太物語』の本文はこれに基づく物語であることが明らかにされている。[注3]

二、馬琴の『昔語質屋庫』

近世の草双紙の中にも秀郷はしばしば登場する。『麻布一本松』では、将門の叛逆に際し、討手を告げられた秀郷が旅人に変じて将門の給仕奉公の娘と親しくなって、将門の弱点を見つけ出し、将門を討ったとする。御伽草子『俵藤太物語』では、将門に協力を提案し、将門邸に入り、小宰相と親しくなって将門の欠点を聞き出すのであるが、この点と共通する。『浦島七世孫』

では、七世の孫の代に浦島太郎が竜宮から帰還するという趣向であるが、秀郷が竜宮で浦島に対面したとする話が書かれている。また和漢の勇者の逸話を集めた『武者鑑』では、秀郷が三上山の百足を退治し、竜宮に迎えられ、饗応を受け、宝をもらったことを記している。

馬琴の『昔語質屋庫』巻二の五「俵藤太竜宮入の弓袋」[注4]では、「ある書に云く」として次のように紹介する。

承平の年間、俵藤太秀郷只ひとり、勢田の橋を渡りけるに、長二丈ばかりなる大蛇、橋の上に横はりて臥したり。秀郷これを物ともせず、彼の大蛇の背上を踏みて、徐やかに喩えにければ、大蛇忽ち小男となりて、秀郷の前に来りつ。さていふやう。「某年来、貴賤往来の人を試みるに、御辺が如き剛なるものなし。われに従来地を争ふ大敵あり。これを討ちとりてたびてんや。」といへば、秀郷一議には及ばず、「仔細候はじ」と領諾し、この男を先に立てて、湖水の浪をわき、水中へ入ること五十余町にして一つの楼門あり。開きて内へ入るに、瑠璃の沙、金玉の甃、綺麗荘厳、言葉には尽されず。朱門高閣、帝王の百石城にましたり。かくて男まづ内へ入りて衣冠を整へ、秀郷を客位に請ずるに、左右侍衛の官、おのおの袖を列ねて、これを歓待す程に、酒宴既に蘭にして、夜いたく深けにければ、衆皆はや敵の寄せ来べき比になりぬとて周章す。秀郷は、一生涯身を放さでもてりける、五人張りにせき弦かけて噛ひ湿し、十五束三伏に搾へて、鏃の中根を、筈本までうち徹したる矢、只三条を手挟みて、今か今かと、待つ程に、比良の高峯の方より、焼松二三千ばかり、二行に燃えて、中に島の如くなるもの、この竜宮城をさして近づき来つ。物の為体を熟く視るに、二行に燃せる焼松は、彼が左右の手にともしたりと見えたり。あはれ、これは百足の馬蚿の化けたるよとこころ得て、矢比ちかくなりければ、弓矢うち刻ひて彎き絞り、眉間の真中を射たりけるに、その矢手ごたへはしたれども、鉄を射るごとく聞えて、筈をかへして立たざりけり。秀郷一の矢を射損じて、安からず思ひしかば、二の矢を刻うて、おなじ矢所を射たりけるに、これも又身には立たず。憑むところの矢、今ははや一条になりぬ。いかにせんと思ひけるが、佶と案じ出したる事ありて、この度射んとする矢頭に、唾を吐きかけて、おなじ矢所をぞ射たりける。この矢に毒を塗りたる故にや、又おなじ矢所を三度射たりける故にや、この矢眉間の真中を徹りて、喉の下まで、羽ぶくら逼めてぞ立つたりける。二三千と見えたる焼松も忽地に滅えて、島のごとくにありつるものの倒る、音、大地を響かしたり。立ちよりて見るに、果たして百足の馬蚿なり。龍神はこれを歓びて、秀郷をさまざまに款待しけるに、太刀一振、巻絹一つ、鎧一領、頸結うたる俵一つ、赤銅の撞鐘一つを与へて、「御辺の門葉、必ず将軍になるもの多かるべし」とぞ示しける。秀郷都に帰りて、この巻絹を截りて使ふに尽くることなし。俵は中なる物を、取れども取れどもつきざりける間、財宝倉に満ちて、衣裳身に余れり。故にその名を俵藤太とぞいひける。

これと『太平記』の秀郷譚と比較すると、①〜⑬までの展開が一致している。またほぼ一致する文章も多い。特に敵討ちを依頼された秀郷が「一義も言わず、「仔細あるまじ」と領掌」(『太平記』)と「一議には及ばず、「仔細候はじ」と領諾」(『質屋庫』)の場面や、接待中の敵の襲来の場面が「衆皆はや敵の寄せ来べき比」「敵の寄すべきほどになりぬとあはて騒ぐ」「御辺の門葉、必ず将軍になるもの多かるべし」のような一致である。異なるのは、『太平記』では、大蛇を「両のまなこは輝いて、天に二つの日をかけたるが如し。並べる角、するどにして冬枯れの森の梢に異ならず。鉄の牙上下に生ひちがうて、紅の舌、炎を吐くかと怪しまる。もし尋常の人これを見ば、目もくれ魂消えて、すなはち地にも倒れつべし」と説明するのに対して、このような修飾部分がないことである。馬琴は『太平記』の内容・描写を正確に引用し、修飾部分は省略しているのである。明確に異なるのは大蛇の大きさ二十丈が二丈であること。箭竹が「三年竹の節近」から「二年竹の節近」となっているところである。ここから見ると、『昔語質屋庫』において「ある書に云く」と書かれたある書とは、『太平記』であるといえよう。

三、御伽草子『俵藤太物語』

御伽草子『俵藤太物語』[注5]は、「田原藤太秀郷という名高き勇士あり」として父より相伝の刀を授かる。百足退治をして、竜宮に案内され、釣鐘をもらい、三井寺に奉納する。そこから三井寺の草創譚が語られる。さらに将門討伐譚が加わり、最後に将門討伐、東国に威勢を振るったのは竜神の擁護によるものであった。とする。三井寺草創譚と将門討伐譚がやや強引に一つにされ、最後に将門討伐の成功と、東国に威勢を振るったことを竜神に結びつけている。三井寺草創の部分は『太平記』に基づいたものである。

その内容は、

近江国勢田の橋で大蛇が人を悩ましている。その大蛇を秀郷は大剛の男であったので踏みつけて通る。その夜の宿に大蛇の変化の女性、水海にすむ者が現れ、百足退治を依頼する。

秀郷、難儀に思いつつも、世の常ならぬ者の依頼、竜宮と和国とが金胎両部であることから、引き受ける。

藤太は重代の太刀をはき、しげ藤の弓、五人張り、一五束三伏の三年竹の矢三本をもって勢多に行く。

湖水で三上山を眺めていると比良のたかねの方より松明二三千本かかげてやってくる者がいる。

化け物が矢頃になったところで矢を放つが、一の矢、二の矢は効果がない。三の矢にはツバキをはきかけ祈念して射ると、化け物を倒した。見ると百足であった。

明けの夜、夕べの女性が来て、御礼に巻絹二つ、くびを結んだ俵、赤銅の鍋を与える。いずれも尽きることのないものであった。それから藤太は俵藤太と言われた。

その後一層美しい女性が現れ、竜宮に案内される。湖水の中に分け入り、水輪際、金輪際、風輪際を過ぎると人の世に出る。そこは立派な宮殿、楼閣、極楽世界のようであった。さらに進むと玉の階、庭には瑠璃の沙黄金の柱等、ここで歓待を受けた。さらに子孫のためにと黄金札の鎧、太刀一刀、赤銅の釣鐘をもらう。浦島が子のことを思い出し、また朝家奉公の身であることを思い、いとまを申した。

海中を歩み、刹那の内に勢田の橋に着いた。

父に対面して釣鐘を三井寺に奉納した。


と語る。『太平記』と比較して変化した部分は、

・秀郷が化け物退治を決心する場面が「難儀の事かな」「日本六十余州にぬきんでて」「竜宮と和国とは、金胎両部の国なれば」

と煩悶、思案しつつ決断すること。
・ムカデ退治後に再び現れた女性と竜宮訪問をすること。
・竜宮の描写が詳細、竜宮は湖水の中で、水輪際、金輪際、風輪際を過ぎた遙かに遠いところであること。竜宮で現世的な富と快楽をえていること。
・ムカデ退治の返礼として、龍神から切れども尽きぬ巻絹、取れども尽きぬ俵、食べ物の尽きない鍋を貰うこと。これが俵藤太の名前の由来。次に竜宮を訪問し太刀、鎧、鐘を貰うことであり、武門の家としての繁盛の由来である。
・最後に竜神の擁護によって将門を討つ話である。

御伽草子『俵藤太物語』の特色の一つは詳細な竜宮の描写である。また秀郷が帰郷する理由として浦島が竜宮で三年を過ごした後、ふるさとに戻ってみると三百余年が経過していたことを記し、さらに「われはことさら朝家奉公の身なり。ことさらふるさとに老いたる父母のましませば、時のまも見まほしくて、はやばや御いとまを申され」て帰郷したとするように、浦島の竜宮訪問譚が取り込まれていることである。その人物像は反逆者将門への対抗上から、忠臣、孝行、信仰心（三井寺への釣鐘の奉納）、智略と情（将門の弱点を見出すために小宰相に誼を通す）に厚い人物として形象する。これらの源に竜宮訪問が位置づけられる。物語は次のように結んで、

そもそも俵藤太秀郷の、将門をうち滅ぼし、東国に威勢をほどこし給ふ事、ひとへに竜神擁護し給ふなるべし。（中略）其うへ、三井寺の御本尊弥勒薩埵の御めぐみふかきゆへ、子孫の繁昌相続す。日本六十余州に、弓矢をとって藤原と名のる家、おそらくは秀郷の後胤たらぬはなかるべし。いかめしかりしためし也。

と、秀郷一門の繁栄を龍神の擁護と解釈・説明しているのである。

四、「日本昔噺」の『俵の藤太』の典拠と翻案

以上見てきたように、ちりめん本「日本昔噺」の『俵の藤太』と馬琴の『昔語質屋庫』及び『太平記』とのプロット展開は、ほぼ一致している。『太平記』と『昔語質屋庫』の内容はほとんど共通していた。異なる点は、大蛇の大きさである。『俵の藤太』では「tweny feet long」である。『太平記』では、「長二十丈ばかりなる」であり、『昔語質屋庫』では「長二丈ばかり」である。長さがおおむね一致するのは『昔語質屋庫』になる。つまり訳者チェンバレンが直接翻訳の典拠としたものは、馬琴の『昔語質屋庫』巻二の五「俵藤太竜宮入の弓袋」中に引用されていた秀郷の竜宮訪問・ムカデ退治譚であったといえよう。[注6]しかし典拠、参考にしたものは、これだけではないようである。プロット①では、「My Lord Bag-o'-Rice」を、

who spent all his time in waging war against the King's enemies.

と紹介している。これは『太平記』でも『昔語質屋庫』でも、「俵藤太秀郷といふ者ありけり」「俵藤太秀郷只ひとり」である。ここからはちりめん本①のプロットは出てこない。これは『俵藤太物語』における「若輩のころより朝家に召され、宮仕へし侍る事、とし久し」という朝廷に仕える秀郷という属性をとらえた表現であろう。したがって『俵藤太物語』を参照している可能性がある。また、ちりめん本における藤太の人物像は、プロット②のように、

he had sallied forth to seek adventures.

と、勇んで、冒険を求めて、美しい長い橋にやってきたのである。この部分は『太平記』にも『昔語質屋庫』にもない、チェンバレン独自の解釈であろう。さらにドワーフ（小人）が助けを求めたのに対して、

The Warrior was delighted at having found such an adventure as this.

と冒険話を聞いて悦んでいる（プロット⑤）。この部分は『太平記』でも『昔語質屋庫』でも「仔細候はじ」と承諾したところからも解釈可能であろう。しかし『俵藤太物語』では、「さても難儀の事かな。世の常ならむ物の、たのみて来たりしをいへんずるもわろびれり。又大事をしそんじたらんは先祖の名折り」と思案し、煩悶のあげく決断したこととも異なる。ちりめん本独自の解釈であろう。チェンバレンは冒険話としているのである。そして『太平記』の三井寺園城寺の鐘の由来譚でも『俵藤太物語』でも、重大な関心事として書き続けてきた在地土豪的な存在であった秀郷が押領使をきっかけに、将門の乱の平定で活躍し、鎮守府将軍にまで上った（息子二人までも）出世の意味説きは意識されず、

it was from this fifth and last present that he took his name and title of “My Lord Bag-o'-Rice;” for all the people thought that there was nothing stranger in the whole world than this wonderful bag, which made its owner such a rich and happy man.

と名前の由来と称号を語り、その俵が持ち主を金持ちにし、幸せにしたと結んでいるのである。

五、「日本昔噺」の『俵の藤太』の竜宮の描写

この「日本昔噺」の『俵の藤太』の中には、竜宮の語は使われていない。竜宮に相当するところの描写は次のように描かれている。

勇者がドワーフに随って行ったところは、

his summer-house beneath the waters of the lake.

と海ではなく、湖の水の下であった。

summer-house の様子は、

It was all curiously built of coral and metal sprays in the shape of sea-weed and other water-plants, with fresh-water crabs as big as men, and water-monkeys, and newts, and tadpoles as servants and body-guards.

である。珊瑚と海藻、水草の形をした金属の小枝飾りで作られている。典拠とは少し異なる奇妙な光景である。典拠と考えられる『昔語質屋庫』では、建物の様子は、

瑠璃の沙、金玉の甃、綺麗荘厳、言葉には尽されず。朱門高閣、帝王の百石城にましたり。

であった。『太平記』の方もほぼ同じである。食べ物については具体的な記述がない。fresh-water crabs（沢蟹）、water-monkeys、newt（いもり）、tadpoles（おたまじゃくし）は、海の生物ではなく、淡水の生物である。この中の water-monkeys とは何であろうか。『和英語林集成』（第三版）では、「Kappa 河童」が立項されており、その説明は、

A fabulous animal something like a monkey, said to inhabit rivers.

である。つまり猿のようで空想上の動物、川に住んでいるといわれるものである。御伽草子的用語でいえば異類である。川に住んでいる空想上の動物といえば河童である。猿に似ているともいえようか。water-monkeys とは、河童をイメージしているのであろう。

ここにおける食事は、

dinner was brought in on trays shaped like the leaves of water-lilies. The dishes were water-cress leaves, —— not real ones, but much more beautiful than real ones; for they were of water-green porcelain with a shimmer of gold; and the chopsticks were of beautiful petrified wood like black ivory. As for the wine in the cups, it looked like water; but, as it tasted all right, what did its looks signify?

植物の葉を使ったお盆、水緑色の磁器でできたちらちらと金色に光るお皿、黒象牙のような樹木でできている箸、水のようであるが味のよい酒と楽しそうに表現されている。訳者のチェンバレンは、建物を東屋として、生き物を淡水の普段は見ないような生物、なかには想像上の川に住む河童まで登場させているようである。

すでにチェンバレンはNo.7の『THE FISHER-BOY URASIMA』(『浦島』)において、竜宮城を描いていた。そこでは、竜宮の主をSea Godとして、竜宮を、

Dragon Palace beyond the waves.(浪の彼方の竜宮)

とか、

we will live happily together for a thousand years in the Dragon Palace beyond the deep blue sea.(ともに暮らそう一〇〇〇年、深い、青い海の彼方で)

と表現している。そして浦島は姫とともにオールを握って、

they rowed, and they rowed, and they rowed, till at last they came to the Dragon Palace.

と、漕ぎ続け、上陸したところが松の木の生えている砂浜とおぼしきところの挿絵である。ここの建物の様子は、

The walls of the palace were of coral, the trees had emeralds for leaves and rubies for brries, the fishes' scales were of silver, and the dragons tails of solid gold.

と描いた。珊瑚、翠玉、紅玉、銀、純金で作られたかつて見たことのない美しく、輝いた世界である。当時既に『和英語林集成』（第三版）では、「Ryugu,or Ryugujo『リウグウジヤウ』竜宮城」が立項されている。そこでは、

The castle of the dragons, supposed to be at the bottom of the ocean.

であり、大海原の海底がイメージされている。

ちりめん本『浦島』において、チェンバレンが竜宮城をやや陸にこだわって創造したのは海底の異境が理解しにくかったのであろうか。それがもう一つの湖水の下の異空間を創造したのであろう。

六、おわりに

ちりめん本「日本昔噺」のNo.15『My Lord Bag-o'-Rice』（『俵の藤太』）の典拠と考えられるのは馬琴の『昔語質屋庫』巻二の五「俵藤天竜宮入りの弓袋」で、「ある書に云く」として紹介されたものであるとほぼ断定した。ある書とは、ほぼ確実に『太

平記』巻一五「三井寺合戦」に付された「当寺撞鐘の事付けたり俵藤太が事」であった。さらに御伽草子の『俵藤太物語』も参照している形跡があった。訳者のチェンバレンは対象作品を博捜していたことが考えられるのである。「外人に昔話を長谷川が語り、それを訳してもらって出版したようだ」[注7]と解釈するような安易な方法でないことが十分想像されるのである。

一方、俵の藤太の物語は、三上山の百足退治、竜宮訪問と龍神からの御礼である撞鐘、太刀、鎧、巻絹、俵であり、これらは武人としての強さと豊かさの源泉であった。藤太の強さは竜神の擁護に依存する。したがって竜宮訪問譚は物語を形成する大きな要素であった。また藤原秀郷は在地土豪と思われるが、将門の乱の際に突如中央に現れ、乱を平定した功績により鎮守府の将軍にまで出世した。息子の千常、千晴も鎮守府将軍となり、子孫は繁昌している。この秀郷一門繁栄の意味説きが藤太物語の核になっていると推察した。

「日本昔噺」シリーズの『俵の藤太』では、秀郷の破格と思われる出世物語の要因には目を向けず、巨大な英雄の冒険物語として描いた。それも子供向けを意識して。訳者チェンバレンは、竜宮についても同じ訳者である『浦島』とは異なる湖水の下の淡水生物の住む、また異類の住む空間として描いた。そして物語の後に「Told English for Children by B.H Chamberlain」とメッセージを送ったのである。

注

1　テキストはグリフィス・フェアラン社版を用いる。このテキストは「明治廿年九月廿入日版権免許」と記載している。

2　『太平記』二（山下宏明校注、新潮日本古典集成、新潮社、一九八〇年）による。底本は慶長八年の古活字版である。

3　大島由紀夫「お伽草子『俵藤太物語』の本文成立」、『伝承文学研究』三一号、一九八五年五月。

4　テキストは『近代日本文学大系』一六巻（国民図書株式会社、一九二七年）による。

5　『室町物語集』下（校注は田嶋一夫、新日本古典文学大系五五、岩波書店、一九九二年）による。

6　ちりめん本の出典と馬琴の作品との関係は深い。No.2『舌切雀』が『燕石雑志』によることは、「ちりめん本「日本昔噺」シリーズ『舌切雀』

『瘤取』考」(『いわき明星大学大学院人文学研究科紀要』第七号、二〇〇九年三月)において明らかにした。

7　福田清人の「日本最初の英訳本叢書ちりめん本について」(『日本古書通信』五一一号、一九七二年二月)は、ちりめん本を最初に紹介した文献であるが、長谷川武次郎ゆかりの人から聞き出したこととしてこのように紹介している。

5　ちりめん本「日本昔噺」シリーズ『海月』考

一、はじめに

ちりめん本「日本昔噺」シリーズのNo.13は、『THE SILLY JELLY-FISH』である。明治二〇年、チェンバレンの訳によって出版された。和名は「海月」とされているが、英文タイトルを直訳すれば、「おめでたいクラゲ」とか「愚かなクラゲ」が適切であろう。絵師の名前は明記されていないが、表紙の右下に「玉章」の落款があるから（資料1参照）、川端玉章であろう。玉章の挿絵はこのシリーズの中では唯一である。その絵は波の中に竜宮と思われる建物が描かれ、そこに大きさの異なる二匹の亀が立ち上がった形で海の先を眺めている。その視線の先にはくらげに乗り、赤いベストを着た猿が波の上を漂っている風に描かれ、その先方に島が描かれている。はるか離れた島からくらげに乗ってやってくる猿を期待をもって眺めているようである。この挿絵は、作品内容を的確に表現しているように見える。

本稿ではこの作品がどのような典拠からどのような物語として描かれているかを明らかにする。

二、ちりめん本「日本昔噺」シリーズ『海月』の内容

最初に内容を拙訳によって示す。

おめでたいクラゲ

昔、あるところに、竜王がいました。彼はそれまで未婚でしたが、結婚することを決めました。花嫁は竜の娘で、若く一六才、優しく穏和な性格で、竜王の妻になりました。結婚の儀式は盛大なものでした。

魚たちは大きいものも、小さいものも、皆贈り物を持ってお祝いに駆けつけ、数日にわたってごちそうを食べ楽しく過ごしました。しかし何ということか竜王に試練（苦難）がありました。一ヶ月もたたないうちに若い竜の妃は病気になりました。お医者さんたちは知る限りのありとあらゆる薬を与えましたが、効果がありませんでした。ついに医者たちは首を横に振り、なすすべがないことを告げました。このままでは妃は死んでしまうでしょう。

病気の妃は夫に言いました。「私は治療法を知っています。猿の生き肝がいいので、取ってきてください。私はすぐよくなると思います」。

「猿の生き肝？」王は叫びました。「あなたは何を考えているのです。忘れたのですか。私たちは海に住んでいて、猿ははるか離れた陸の森の中にすんでいるのですよ。猿の肝、いとしい人よ。あなたは気でも狂われてしまったのですか」。

若い妃は口ごもって、「私はほんの小さなことをお願いしただけなのに」と、しくしく泣き出しました。「あなたはそれを手に入れられないのですね。私はあなたが私を愛していないのだと常々思っていました。ああ、母や父と一緒にいればよかったのに」。

ここまで言うと妃の声はむせび泣きで詰まり、これ以上は何も言えなくなりまし

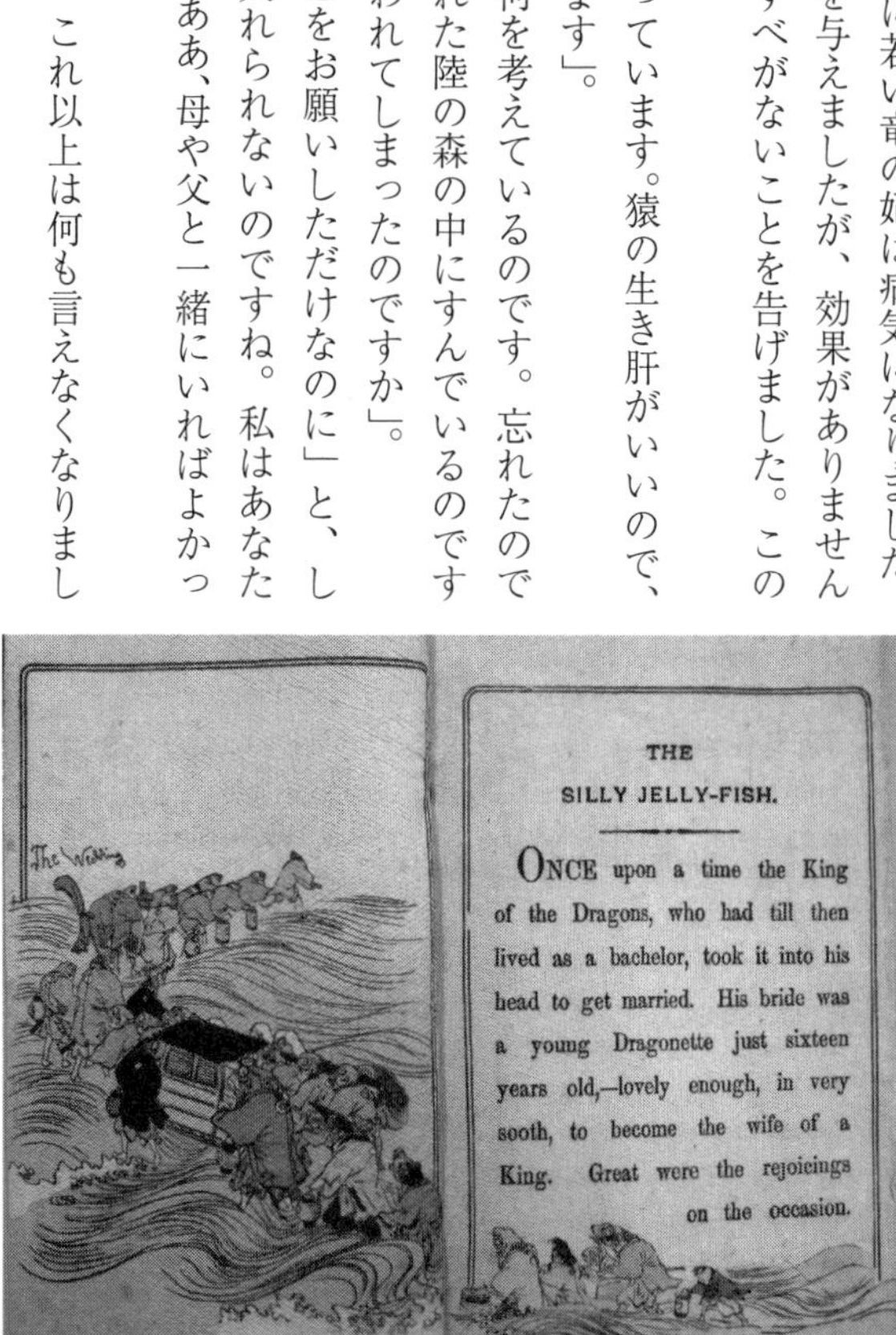

資料２『海月』（筆者蔵）

資料１『海月』（筆者蔵）

た。もちろんのこと竜王は、美しい若い妻に親切ではないと思われたくありませんでした。そこで彼はもっとも信頼している部下のクラゲを使いに出し、次のように言いました。

「大変難しいことだが、陸まで泳ぎ渡って生きた猿を説得して、ここに連れてきてほしいのだ。猿がここに来るのを承諾するには、この竜の国は遠いところであるが、猿が住んでいるところより何もかもすばらしいところだと言いなさい。しかし私が本当に猿をほしいのは、彼の肝を切り出して、それを若い女王様の薬に使うのだ。君も知っているように、とても危険な病気なのだ」。そこでクラゲは重い任務に出かけました。この頃のクラゲは他の魚と同じように、目、ひれ、尾がありました。さらに小さな足もあり、水の中を泳ぐだけではなく、陸を歩くこともできたのです。

それほど多くの時間を取らずにクラゲは猿が住む国に泳いでゆきました。運よく、クラゲが着いたところに、立派な猿がいて、木々の間を飛び跳ねていました。そこでクラゲは猿に言いました。「猿さんよ、私はあなたにもっと美しい国について話すために来ました。そこは海の彼方にあって竜の国と言われています。一年中快適な気候で、木々には熟した果物があり、人間という有害な生き物はいないのです。もし一緒に来てくれるなら、私の背に乗ってください。」と言いました。猿は新しい国を見るのも面白いだろうと思いました。そこで猿はクラゲの背に乗り、海を渡り始めました。しかし半分くらいまで行ったとき、何か危険が隠されているのではないかと思いました。突然、見知らぬ者が来て、このように連れて行くのですから。そこで猿はクラゲに言いました。「どうして私を迎えに来たのかね」。

クラゲは「私の主人、それは竜王です。あなたの肝を取って病気である妻に、薬として与えるためです」と答えました。「おお、何と卑劣なことか」と猿は思いました。しかし猿はそれを心の中にしまっておいて、「王様の役に立てるならうれしい。しかし私がとび跳ねていたあの大きな栗の木の枝に懸けてきてしまいました。肝というのはとても重いものですから。通常昼間は取り出して遊んでいるのです。それを取りに戻らなければならない」と言いました。

クラゲはこんな事情では同意せざるを得ませんでした。何しろおめでたいクラゲなのです。猿は殺されて、自分の肝を若い竜の国の妃の薬にされたくなかったのです。

二人が猿の国に再び着くと、猿はクラゲの背中から飛び降り、あっという間に栗の木の一番高い枝に登りました。それから、「ここにおいた肝が見つからない。誰かが持って行ったのだろう。探してみよう。あなたは戻ってご主人に何が起こったのか話した方がよいでしょう。暗くなるまでに帰らないと心配するでしょう」と言いました。

そこでクラゲは帰りました。帰るとここで起こったことのすべてを竜王に話しました。王はクラゲの愚行に怒りだし、部下たちに大声で叫びました。「こいつを追い払え。捕まえて討ちのめせ、体中の骨を一つ残らず潰せ」。

部下たちはクラゲを捕まえ、王の命令通り打ちのめしました。

こういうわけで今も猶、クラゲに骨なく、しかもどろどろした塊だけになっているのです。

一方、竜の妃は猿の肝を手に入れることができないと知ると、それなしでうまくやっていくしかないと、心に決めました。

三、物語の展開

①竜王、一六才の若く温和な竜の娘と結婚（王をthe King of the Dragonsとしている）。
②結婚式は盛大に行われたが、一ヶ月もたたないうちに重病になり、猿の生き肝を要求（病名無し）。
③王は困惑するも若い妻の要求の受け入れ、部下のクラゲに生きた猿を連れてくることを命令（くらげはhis trusty servant the Jelly-Fish）。
④クラゲは重い任務を引き受け、猿の住む国に行く。その頃のクラゲの様相は、目、ひれ、尾があり、足もあり泳ぐことも歩くこともできた。
⑤猿を見つけたクラゲは、竜の国のすばらしさを説明して誘い出し、背に乗せて海を渡る。
⑥不審に思った猿は理由を尋ねる。クラゲは秘すべきことをしゃべる（途中で不審に思った猿が質問し、クラゲがしゃべる）。
⑦猿、クラゲをだまして陸に戻ろうとする。
⑧クラゲ、猿をのせて引き返す。猿の国に着くと飛び降り栗の木に登り、肝が見つからないと言い、クラゲを帰す。
⑨竜王の怒りとクラゲの骨つぶし。

⑩クラゲ骨なしの説明と、妃のその後。

という内容である。つまり猿の生き肝や海月骨なしの由来説明である。竜王、結婚後の妃の病気、猿の生き肝の要求、クラゲのおしゃべりによる失敗と展開している。

この物語を訳者はどのような資料からどう解釈して、翻訳したのか、その様子を明らかにする。

四、「海月骨なし」「猿の生き肝」の類話

この類話は世界的にも確認され著名な話である。日本でも夙やくより仏教説話集の中に伝えられている。『今昔物語集』五巻二五話、『注好選』下一三話、『沙石集』巻五本等である。

『今昔』では次のように伝える。

今昔、天竺ノ海辺ニ一ノ山有リ。一ノ猿有テ、菓ヲ食シテ世ヲ過ス。其ノ辺ノ海ニ二ノ亀有リ。夫妻也。妻ノ亀、夫ノ亀ニ語テ云ク、「我レ汝ガ子ヲ懐妊セリ。而ルニ我レ、腹ニ病有テ定メテ難産カラム。汝ヂ、我ニ薬ヲ食セバ、我ガ身平カニテ汝ガ子ヲ生ジテム」ト。

夫答テ云ク、「何ヲ以テ薬トハ可為キゾ」ト。妻ノ云ク、「我レ聞ケバ、猿ノ肝ナム腹ノ病ノ第一ノ薬ナル」ト云フニ、夫海ノ岸ニ行テ、彼ノ猿ニ値テ云フ様、「汝ガ栖ニハ万ノ物豊也ヤ否ヤ」ト。猿ル答テ云ク、「常ニハ乏シキ也」ト。亀ノ云ク、「我ガ栖ノ近辺ニコソ四季ノ菓・蕨不純ヌ広キ林ハ有レ。哀レ、汝ヲ其ノ時ニ将テ行テ飽マデ食セバヤ」ト。猿謀ルヲバ不知ズシテ喜テ、「イデ、我レ行カム」ト云ヘバ、亀、「然ラバ、イザ給ヘ」ト云テ、亀ノ背ニ猿ヲ将行テ、亀ノ猿ニ云ク、「汝ヂ不知ズヤ、実ニハ我妻懐妊セリ。而ルニ腹ニ病有ルニ依テ、「猿ノ肝ナム其ノ薬ナル」ト聞テ、汝ガ肝モヲ取ムガ為ニ謀テ将テ来レル也」ト。

猿ノ云ク、「汝ヂ、甚ダ口惜シ。我レヲ隔ル心有ケリ。未ダ不間ズヤ、我等ガ党ハ本ヨリ身ノ中ニ肝無シ。只傍ノ木ニ懸置タル也。汝ヂカシコニテ云マシカバ、我ガ肝モ、亦他ノ猿ノ肝モ取テ進テマシ。譬ヒ自ヲ殺シ給ヒタリトモ身ノ中ニ肝ノ有ラバコソ其ノ益ハ有ラメ。極テ不便ナル態カナ」ト云ヘバ、亀、猿ノ云フ事ヲ実ト信ジテ、「然ラバ、イザ将還ラム。肝ヲ取テ得サセ給ヘ」ト云ヘバ、猿、「其ハ糸安キ事也。有ツル所ヘダニ行着ナバ、事ニモ非ヌ事也」ト云ヘバ、亀前ノ如ク背ニ乗セテ本ノ所ニ至ヌ。

打下シタレバ、旗下ル、マ、ニ走テ木ノ末ニ遙ニ昇ヌ。見下シテ猿、亀ニ向テ云ク、「亀、墓無シヤ。身ニ離タル肝モヤ有ル」ト云ヘバ、亀、「早ク謀リツルニコソ有ケレ」ト思テ可為キ方無クテ、木ノ末ニ有ル猿ニ向テ、可云キ様無キママニ打見上テ云、「猿、墓無ヤ。何ナル大海ノ底ニカ菓ハ有ル」ト云テ、海ニ入ニケリ。

昔モ獣ハカク墓無クゾ有ケル。人モ愚痴ナルハ此等ガ如シ。カクナム語リ伝ヘタルトヤ。[注1]

この話の要点は、

①天竺の海のほとりに山があり、一匹の猿が果実を食べて住んでいた。
②近くの海に夫婦の亀がいた。妻は懐妊したが腹の病があり、猿の肝の薬がほしいと言った。
③亀は謀って自分の方に誘い出すことに成功して、自分の背に乗せて案内していったが、途中で妻の病気に猿の肝が必要なことを述べてしまった。
④猿は肝を傍らの木に懸け置いてきてしまった。取りに戻りたいと言った。
⑤猿はもとの岸に上がるやいなや、すぐに木に登り、愚かなことに身体の外に肝があるかと言った。
⑥亀は言うべき言葉がないままに、大海の底に木の実や果物なんかあるものかと言い返して海に入った。

その後に獣の愚かさ、人の愚痴なる評語で結んでいる。

この話の「出典考証」で今野達は、

出典は注好選・下・13猿退嘲海底菓。原拠は特定しがたいが、猿と亀の関係で説く同話に生経・一・仏説鼈獼猴経第十（経律異相・二十三・13に転載）、六度集経・四・36があり、亀が虬（みずち）に入れ替わっただけの同話に仏本行集経・三十一・昔与魔競品（法苑珠林・五十四・詐偽篇詐畜部に転載）がある。猿と虬系の話が沙石集・五本・8に見えるほか、日本の広域に流布した説話で、昔話「猴の生き肝（くらげ骨なし）」ともなっている。

と考証している。[注2] つまり出典は『注好選』であると結論づけ、原拠として関連する経典と『経律異相』『法苑珠林』の二点を上げている。

また『注好選』下一三話では説話の後（『今昔』の場合の評語部に相当）に、

此の譬へは、即ち亀とは提婆達多なり。猿とは尺迦如来なり。昔、提婆達多、仏を失ひ奉らむとす。然而れども仏の方便勝りたるが故に、遂に勝ちて、一切衆生の為に正覚を成じ、法を説きて衆生を度したまふと者、[注3]

として、釈迦の本生譚として結ばれている。[注4]

岩本裕は、日本の昔話の中にインドの説話とモティーフを同じくするものがいくつかある。説話やモティーフを記した漢訳仏典から編述された日本の文学作品があるとして、インドの説話「猿の生肝」から「くらげ骨なし」への展開の経路をたどろうとした。「猿の生肝」のモティーフをもつ諸所伝を整理しても互いに錯綜していて系列が立てがたいとし、その理由を「猿の生肝」がひろく物語られていたことに求めた。この中で明らかにされたことは、ジャータカに三つの所伝があり、それがジャータカ57の猿王本生（A系統）と208の鰐本生（B系統）と342の猿本生（B系統）であるとした。ここで岩本は「猿王本生」（A）の梗概を紹介している。それをプロットに整理すると、

①ある川岸に猿が住んでいて、その川中に果実の実る島があり、そこに行っては食べていた。
②河に鰐の夫婦が住んでいた。妻は妊娠したので猿の心臓の肉が食べたくなって夫に言った。
③鰐の夫は島から帰る猿を捕まえようとして岩の上に伏せていた。
④猿は鰐に声を掛け、伏せている理由を「おまえの心臓の肉がほしいからだ」と言わせた。
⑤猿は鰐を騙さねばならないと考え、「口をあけて待っていろ、近づいたら捕まえろ」と言った。
⑥鰐は口を開くと目を閉じるものであったので、猿は鰐の頭を踏み、跳んで川岸に降りた。
⑦鰐は猿王に感心して家に帰った。

Bの「鰐本生」の物語は、

①鰐の妻が猿を見て、その心臓を食べたくなり、夫にねだる。
②夫の鰐は猿を騙して果実の多い向岸に連れて行ってやると語る。
③途中で計画を話す。
④猿は心臓を川岸の木にかけてきたと鰐を騙して逃げ帰った。

A系統では猿が鰐に騙されるということは記されていないが、鰐の妻が妊娠して異常嗜欲を起こして猿の心臓を食べたがることが記されている。『パンチャタントラ』第四巻の枠物語（ヒンズー教徒の所伝）では、鰐が猿を誘う場面は、だましではなく友情論で誘っていること。『マハーヴァストゥ』に見られる猿本生は、基本はジャータカのBと同じであること。『マハーヴァストゥ』の一異本の漢訳である『仏本行集経』では、基本は『マハーヴァストゥ』と大体同じであるが、鰐が虬になっているのは訳者の闍那崛多がシシュマーラ（古典梵語ではガンジス川に住む海豚、時に鰐）が理解できず中国の神話・伝説に現れる虬とした。虬の妻が妊娠して異常嗜欲を起こして猿の心臓を食べたいとするモティーフは、ジャータカAの所伝と同じであることを明らかにした。その他の漢訳仏典として『六度集経』巻四(36)は、『生経』巻一(10)の『仏説鼈獼猴経』にも登場すること。『仏本行集経』はそのまま『法苑珠林』巻五四、『生経』は、『経律異相』巻二三に収載されているとした。その上で『今昔』巻五の二五話「亀、猿の為に謀られたること」及び『沙石集』巻五の八の説話が、『仏本行集経』の所伝、つまり『法苑珠林』に収載された物語によったもの。加えて『生経』の記事を参照して虬を亀とした、と結論づけた。そして「くらげ骨なし」の昔話は、以上の所伝を踏襲し、後半に民俗的なものを加えたとした。[注5]

五、草双紙等にみる「海月骨なし」「猿の生き肝」譚

赤本に岩崎文庫蔵『猿のいきぎも』がある。木村八重子の『草双紙の世界』[注6]によれば、三丁半までの零本であるが、その内容は、「八大竜王の乙姫が重病になり、亀が薬用の生き肝の調達を命じられる。亀は猿をうまくだまして竜宮へ連れてくる。亀が成功を報告している間に、門番の海月が猿に真実をしゃべる。驚いた猿は知恵を絞り、大事な肝を忘れてきたと言うので、竜王は再び亀の背に猿を乗せて取りに行かせる。以下欠落しているが、亀が猿に甲羅を割られ、海月が告げ口のとがめで筋骨を抜かれて終わるはずである。」と紹介している。仏教説話と異なって、八大竜王の娘が登場し、薬用の生き肝を必要とすること、謀略をしゃべるのが門番のクラゲであることが特徴である。誘い出しの交渉は亀が、

結構な所じゃ。ひらに歩(あよ)ばっしゃい。

と誘うのに対し、猿の方は、

されば、どうしょうか。思案に落ち申さぬ。

と納得のいかない猿に対して、その妻が、

亀殿、こちの人のためになる事なら、やりましょう。

と勧め、

そんなら行きましょう、頼みます。[注7]

と猿が粋に感じて出かけることになっている。

また黒本『亀甲の由来』（ロンドン大学蔵本）がある。[注8] その内容は、丹後の浦で浦島が亀を釣り上げ、竜宮界に案内される。歓待を受けて帰るときに、乙姫が病気になる。浦島が猿の生き肝の処方を教える。猿の生き肝をとるという難儀を思案しているところに亀が進み出て、猿を騙して連れてくることを引き受ける。亀が猿の住む山に行き、竜宮に招待すると言うと、簡単に乗ってくる。猿を門前に下ろして竜王に報告していると、門番の海月が、「今日の暮れに生肝を取られん事の不憫さよ」としゃべってしまう。驚いた猿は思案して、「生き肝を干してきてしまった」と言う。竜王の命令で再び亀に乗った猿は、陸に上がるやいなや亀を捕らえ、亀の甲羅を打ち壊していると、鶴が舞い降りてきて亀を助ける。亀は、「浮木の亀」となってやっと竜宮に帰る。海月は筋骨を抜かれて海に漂い、海に映る月に似る。猿は命の恩人であるこの海月を、手の長い猿猴に助け上げさせる、というものである。「猿猴捉月」「亀の尾に灸」などという譬えが散りばめられている。木村八重子は、「昔話の本としては邪道かもしれないが、作者も成人読者も悦に入っている様が想像できる」と解説している。[注9]

竜宮から浦島が登場していること、乙姫の病気治療に猿の生き肝を求めているところは、

竜王、姫の事なればさまざまと療治なされしが、

と竜王の困惑と狼狽が書かれている。

竜宮への誘い出しは、亀の誘いに、

「いかにも」と、答へける。[注10]

で終わっている。物語としては猿を陸に送っていった亀が捕らえられ、甲羅を割られた亀が浮木の亀となって帰る趣向、筋骨を抜かれて流され、手長猿に助けられる趣向におもしろみがある。

馬琴の『燕石雑志』には「獮猴の生肝」の分析がある。

童話に云く、竜王の女少病て、猴の肝の灸を嗜り。よりて亀を島山へ遣し、猴を誂て貝闕へ誘引せしが、門卒なりける海蛇そと謀を漏せし程に、猴又偽りて、わが胆乾して島山なる林にあり。しばし放てかへらし給はゞ、携へ来てまゐらせんとて、脱去りしといふ本文は、祖庭事苑に見えたり。[注11]

馬琴は、「わらべのものがたりに云く」として、「竜王の少女が病気になって猴の胆の炙りものをたしなむ。猴をだまして宮殿に誘う。門番のクラゲがはかりごとをもらす。猴も胆を木に懸けてきたとだまして逃げ帰る」と説明しているが、「童話に云」と言いつつ『祖庭事苑』[注12]にありとして、以下『祖庭事苑』より引用している。馬琴の伝える内容は、赤本や黒本に基づいていることは明らかであるが、それらを伏せて『祖庭事苑』より『本行経』を引用しているところに特色がある。孫引きしてでも草双紙を典拠とせずに『祖庭事苑』を出している。また「鼈」を「かめ」と読ませている。また『本行経』の話を紹介したあと、「海蛇が機密を漏らせしといふは、蛇足の説なり」とか、「生肝」を「いきぎも」としていることに対して、「生の字をキと読て、俗

に生酒、生酢などいふは、他の物を一滴もまじへざるなり」と述べた上で、「このキも又生熟の生なり」と主張している。あくまでも「炙りもの」として語っている。病気治療のために必要になった物を猿の「生き肝」とするのは、ここまで単に「猿の肝」(『注好選』や『今昔』)としてきたものを刺激的に「生き肝」としたこと、それを馬琴は合理的解釈をして「炙りもの」としてさらに「生き」を「キ」と解釈しているようである。注13

六、ちりめん本「日本昔噺」シリーズ『海月』と先行文献の関係

①竜王、一六才の若く温和な竜の娘と結婚。

海の底の竜王とするところは、草双紙の『猿のいききも』『亀甲の由来』と共通する。

②結婚式は盛大に行われたが、一ヶ月もたたないうちに重い病気になり、猿の生き肝を要求。病名無し。生き肝を求める理由は、仏伝では、懐妊にともなう妻の異常嗜欲であり、草双紙では妃の病気、乙姫の重病である。

③妻の病気と王の困惑と若い妻の要求の受け入れ、部下のクラゲに生きた猿を連れてくることを命令。

一六才の若妻、竜王の困惑と狼狽など『亀甲の由来』に近い。しかし猿を連れてくる役は亀である。

④その頃のクラゲの様相、目、ひれ、尾があり、足もあり泳ぐことも歩くこともできる。クラゲ重い任務を引き受け、猿の住む国に行く。

クラゲが迎えに行く趣向はちりめん本、草双紙では門番であった。

⑤猿を見つけたクラゲは竜の国のすばらしさを説明して誘い出し、背に乗せて海を渡る。

仏伝でも丁寧な説明をしている。しかし草双紙では、不審を見せつつも簡単に納得あるいは粋に感じて承知している。

⑥半分くらいまで来たところで、不審に思った猿は理由を尋ねる。途中で不審に思った猿が質問し、クラゲがしゃべる。

⑦クラゲ、秘すべきことをしゃべる。猿は何気ない風をよそおいつつ、肝を木に懸けてきてしまったと言い、取りに帰ろうとする。

仏伝でも迎えの者であるが、草双紙では門番のクラゲである。

⑧クラゲは同意せざるを得ず、引き返す。猿の国に着くと飛び降り栗の木に登り、肝が見つからないと言い、クラゲを帰す。

仏伝では猿が亀を罵倒する。草双紙にはこの部分がなく、すぐに失敗者に対する処置にうつる。

⑨失敗者に対する処置、竜王の怒りとクラゲの骨つぶし。

黒本『亀甲の由来』では、猿が亀の甲羅を打ち壊し、秘密をしゃべったくらげは骨を抜かれる。

⑩クラゲ骨なしの説明と、妃のその後。

以上のように明確な関係性の指摘は難しい。しかし『亀甲の由来』が参照されていることはおおむね首肯できるであろう。これがアーネスト・サトウのコレクションの一部であったことからすれば、チェンバレンが見ていたことが考えられるであろう。

七、ちりめん本『海月』の特色

類話が世界的にも確認される著名な説話。チェンバレンも耳にしていた説話であろう。チェンバレンも出典にこだわることなく、のびのびと創作した様子がうかがえる。その上で目に付くことは、結婚の行事の描写である。儀式の盛大さ、お祝いに駆けつける人々、ごちそうを食べる描写がある。挿絵も表紙裏から一丁表にかけて結婚の行列が描かれている（資料2参照）。これは先行文献にはなく、ちりめん本の中で作られたものであろう。結婚式の行列はNo.6の『ねずみのよめいり』でも詳細に描かれていたことが思い合わされる。竜宮の王として海底に設定しているのは、赤本、黒本の中ではじめて表れてくる。猿の生き肝を求める理由はジャータカでは、妊娠に伴う異常嗜欲であるが、これを若い妃の苛酷な要求として描いている。願い（要求）が通らなければ、すぐに竜王への不信が出てくるなど、物語としては不十分であるが、竜王の妻を一六才としたチェンバレンの遊び心が伺える。

注

1　『今昔物語集』一、新日本古典文学大系、四六〇～四六一頁（校注は今野達）による。

2　注1の「出典考証」五〇六頁。

3　『注好選』新日本古典文学大系、三六五頁。

4　『沙石集』では次のように伝える。

海中に虬と云ふ物あり。蛇に似て、角なき物と云へり。妻の孕みて、猿の生け肝を願ひければ、得難き物なれども、志の色も見えむとて、山の中へ行きて、海辺の山に猿多き処へ尋ね行きて、云はく、「海中に菓多き山あり。あはれ、おはしませかし。我が背に乗せて、具してこそ行かめ」と云ふ。「さらば具して行け」とて、背に乗りぬ。海中遥かに行けども、山も見えず。「何かに、山は何くぞ」といへば、「げには海中に争でか山あるべき。我が妻、猿の生け肝を願へば、そのためぞ」と云ふ。猿、色を失ひて、せむ方なくていふやう、「さらば、山にて仰せられたらば、安き事なりけるを、我が生け肝は、ありつる山の木の上に置きたりつるを、俄かに来つるほどに忘れたり」と云ふ。「さては、肝の料にてこそ具して来つれ」と思ひて、「さらば返りて、取りて給べ」と云ふ。「左右なし。安き事」と云ひけり。さて、返りて山へ行きぬ。猿の木に登りて、「海の中に山無し。身を離れて肝無し」とて、山深く隠れぬ。虬、ぬくぬけとして帰りぬ。(新日本古典文学全集『沙石集』巻五本、小島孝之校注)

5　岩本裕『インドの説話』精選復刻紀伊國屋新書、一九九四年。

6　木村八重子『草双紙の世界』一五「猿のいきぎもと馬琴」ぺりかん社、二〇〇九年。

7　『近世子どもの絵本集　江戸篇』岩波書店、一九八五年、四二～四五頁。

8　『草双紙集』、新日本古典文学大系所収。

9　注6に同じ、二六『亀甲の由来』。

10　注8の五八頁。

11　『日本随筆大成』第二期、一九所収本による。

12　『祖庭事苑』は、陸庵の著で『雲門録』以外の語録中から故事や熟語を挙げ、その出典を示し、注釈を加えた一種の禅宗辞典である。

13　島津久基の「猿の生肝」の昔話が現在の昔話の形に整ったのは、近世になってからとの研究が思い合わされる。(『日本国民童話十二講』山一書房、一九四四年)

本稿は科学研究費補助金《(基盤研究(c))二〇一〇年度～二〇一二年度　課題番号22520188》に基づく研究である。

6 ちりめん本における記紀神話

――No.9『八頭ノ大蛇』の典拠と翻案――

一、はじめに

二百数十年にわたって続いた徳川幕府の支配は大政奉還の形で終幕を迎えた。これにより討幕派は王政復古の大号令を発した。新政府から幕府勢力を一掃するとともに武力でも幕府を圧倒し、一八六八年三月、明治天皇の神前での「五箇条の御誓文」の誓いによって、新政府の基本方針を内外に示した。改革路線への邁進である。

改革によって近代国家の実現に突き進む維新政府。ここには新しい国家の出発に当たって国民を統合し民意を統合してゆくシンボルとして新しい天皇像を機能させる必要性があった。そこに天皇の地方巡幸が行われた。同時に天皇の支配権の由来と正当性の確認、普及が求められた。このため記紀神話、ことに『古事記』はあらたな脚光を浴びることになったのである。

長谷川武次郎によって英語版で推進されたちりめん本「Japanese Fairy Tale Series」(「日本昔噺」シリーズ)においても、

No.9「The Serpent with Eight Heads」(八頭ノ大蛇)
No.11「The Hare of Inaba」(因幡の白兎)
No.14「The prince Fire-Flash and Fire-Fade」(玉の井)

の三作品が作られ、記紀神話が活用され、海外に発信されていった。これらの作品において記紀神話がどのように解釈されたのか、日本文化がどのように解釈されて海外に発信されていったのかを明らかにすることは、今日の日本像とも関わる重要な問題である。

本稿ではこうした関心のもとに、No.9「The Serpent with Eight Heads」（八頭ノ大蛇）について、典拠と翻案の問題を明らかにしたい。

二、『The Serpent with Eight Heads』（八頭ノ大蛇）の内容と展開

本作品は、一八八六年（明治一九年）一〇月に出版された。訳述者はBasil Hall Chamberlain、挿絵師は小林永濯である。チェンバレンは一八五〇年に英国に生まれ、一八七三年来日し、海軍兵学校の英語教師、一八八六年から東京帝国大学の教師となった人である。アーネスト・サトウやウィリアム・ジョージ・アストンとともに一九世紀の後半期に日本学の基礎を作り上げた一人である。[注1]まず作品内容を正確に把握するところから始めたい。拙訳により説話の内容と展開を確認する。丸数字の後に小見出しをつけた。

①導入

八頭の大蛇の話を聞いたことがありましたか。もし聞いていないなら私が話しましょう。長い話です。この話の始まりは大昔に戻ります。それも世界の始まった頃です。このように、語りかける文体で始まる。

②三人の子供の分治

世界の創造後、巨大な権力を持った妖精（fairy）が現れた。そしてこの世を去るとき、この世界を二人の息子と娘に分け与えた。娘はAmaといい、太陽を与えられた。長男はSusanoと言い、海を与えられた。次男は名前は忘れたが月を与えら

れた。月男は立派に振る舞ったので、満月になると澄み切った美しい顔が今も見られる。

③スサノオの乱暴

しかしSusanoは、冷たい海しか与えられなかったので、とても怒り失望させられていた。そこで空に駆け上り、太陽の中の美しい部屋を壊した。そこでは姉が少女たちと服を編んでいた。織機を壊し、仕事を踏みにじり、ちょっとの間にありとあらゆる悪戯をして、少女たちは死んでしまった。

④天の岩戸

Amaは必死に逃げて岩山の斜面にある洞窟に身を隠した。洞窟に入って入り口を閉めると、この世は真っ暗になった。それはAmaが太陽を支配していて、明るくすることも暗くすることも自由にできたからである。実はある人たちは太陽の輝きはAmaの目の輝きだと言っている。ともあれ太陽が隠れてしまったことは大きな事件だった。世の中を再び明るくするにはどうするか、ありとあらゆることが試みられた。ついにAmaが好奇心が強く、今起こっていることを何でも見たがっていることがわかったので、他の妖精たちは洞窟の入り口でダンスをすることにした。

Amaは、ダンスや歌声、笑い声を聞くと入り口を少し開けたくなり、その割れ目から妖精たちが楽しんでいるのを覗こうとした。妖精たちはこのときを見守っていた。「見てください」と妖精たちが叫び、「この妖精たちはあなたよりももっと美しい」。そこで鏡を取り出した。Amaは鏡の中の顔が自分自身だとはわからなかった。そこで新しい妖精をもっと知りたくなって、ドアの外に出てみたくなった。そのときAmaは、他の妖精たちに捕まり洞窟の入り口に大きな岩を積み上げられた。そこで再び洞窟の中に入ることができなくなった。Amaは、策略に引っかかり洞窟から出て、これ以上すねても無駄であるとわかり、太陽を戻し以前のように世の中を照らすことを受け入れた。

⑤スサノオの追放

同時に兄弟のSusanoを罰し、遠くに送ることを決めた。一緒には住めなかったからである。Susanoは命を落とすほどにたたかれ、妖精たちの世界から追放され、再び姿を見せないように命じられた。

⑥八頭の大蛇退治と宝剣

妖精の国から追い出された哀れなSusanoは、地上に降りるしかなかった。Susanoがある日、川岸を歩いていると、老人と老婆が、娘を抱きしめて激しく泣いているのを見た。

「どうしたのですか」とSusanoが尋ねた。「おお」と二人の声はすすり泣きで詰まっていた。「私たちは八人の娘をもっていました。しかし私たちのあばら屋の近くには巨大な八頭の大蛇が住んでいます。毎年やって来て娘を一人食べるのです。私たちには娘が一人しか残っていません。今日は大蛇が来る日なのです。私たちには娘が一人も居なくなってしまいます。すばらしいお方、私たちを助ける何かをしてくださいませんか」。「もちろん、簡単な事です」とSusanoは応えました。「もう悲しむことはありません。私は妖精です。娘さんを助けます」。

そこでSusanoはビールを用意すること、八つの門のある柵をめぐらせ、門の中に木の棒を立て、ビールを入れる大きな桶を置かせた。Susanoが指示したように用意できたとき、大蛇がやってきた。その蛇は異常に大きく体は八つの丘と八つの谷にまたがり、くねらせながらやって来た。しかし彼は八つの頭と八つの鼻を持っているので、他の生き物より八倍もはやくかぎ分けた。そこでビールを遙か離れてかぎつけると、あっという間にビールの桶に突っ込んで、飲んで飲んで、飲んで酔いつぶれてしまった。それから頭を垂れ下げ、深く眠ってしまった。それからSusanoは隠れていた穴から飛び出し、剣を抜いて大蛇の頭を切り落とした。胴体もばらばらに切り落とした。しかし不思議なことにしっぽを切ったとき、彼の剣が折れた。硬いものに当たったようであった。大蛇はすでに死んでいて危険もなかったので、よじ登り硬いものが何であるか調べた。それは宝石をすべてにちりばめた、これまで見たこともない美しい剣であった。

⑦スサノオの結婚と生活

Susanoは剣を手に入れ、その美しい若い乙女と結婚した。姉に対して乱暴であったのと異なり、とても優しかった。それから彼らのために建てた美しい宮殿で過ごした。またお爺さんもお婆さんもそこに住んだ。

⑧宝剣と天皇家の保持

Susanoたちすべてがこの世を去ると、その剣は、子供、孫へと受け継がれ、今は日本の天皇が保持し、もっとも貴重な宝物の一つとして保持されている。

というはなしである。

この説話の冒頭、相手に向かって語りかける形から始まり、妖精が出てくることなど大胆、個性的な作品である。一方永濯の挿絵は、スサノオは前半では無頼風な男として描かれ、最後の絵では威厳をもった風采のよい人間として描かれている。また八頭の大蛇は、らんらんとした目、長く伸びた角、大きく裂ける口等恐ろしい姿でその上緻密に描かれている。色彩はごく淡い朱、緑がうかがえるが、ほぼ黒と白であり力強い挿絵である。（資料1参照）

三、『The Serpent with Eight Heads』（八頭ノ大蛇）の典拠

これに関し髙島一美は、この物語の展開を、導入部、「三貴子の分治」、スサノヲの乱暴、天の岩戸、ヤマタノオロチ退治、宝剣の行方と読み取り、『古事記』のチェンバレン英訳『KO-JI-KI』と比較し、「チェンバレンが『古事記』からそのままちりめん本『The Serpent with Eight Heads』へと翻訳しているのではない」とした。その上で「fairy」を分析し、「ちりめん本では日本の上代の神、西洋の人々にとっては異教の神を「fairy」と翻訳することで、キリスト教文化圏の英語を話す人々に、物語を読む上での違和感を与えないように工夫した」と指摘した。また物語要素を分析し、「スサノヲの冒険の物語として物語を展開させるために、矛盾を生じさせる説話や語る必要のない説話を削った上で、主人公としたスサノヲの内面に冒険を経ての成長を遂げさせていた」と結論した。[注2]

しかし髙島論文では、三者の関係の分析が十分ではなく、典拠を明確に論証したと言い難い。そこであらためて分析する。

資料1『八頭の大蛇』（筆者蔵）

一、『古事記』におけるスサノオの神話の展開

『古事記』でのスサノオ神話は次のように構成されている。[注3]

①伊弉諾尊が黄泉の国の穢れを禊ぎで清めた際に三柱の貴子が生じた。

②三貴子の分治。

伊弉諾命の指示で、天照大御神は高天の原を、月読命は夜の食国を、建速須佐之男は海原を分治する。

③須佐之男命の涕泣と追放（カムヤラヒ〈神の国からの追放〉）

須佐之男命は命に従わず涕泣する。このため青山は枯れ山となり、海川は干上がる。伊弉諾命が理由を問うと母の国根堅洲国に行きたいと答える。

④天照大御神と須佐之男の誓約（ウケヒ）。

辞去に際して天照大御神のもとに行き誓約をする。

⑤須佐之男命の暴力。

須佐之男は邪心がないことが証明されたとして神聖を冒涜する。織女は死ぬ。

⑥天の岩屋戸。

たまりかねた天照大御神が天の岩屋戸にこもり、天上天下は暗闇にとざされ混沌、騒然たる状況に陥る。諸神の協力で天照大御神は岩屋戸を出て秩序は回復する。

⑦須佐之男の追放。

八百万の神たちが協力して再び追放する。

⑧須佐之男命の大蛇退治。

追放された須佐之男は出雲国に降る。そこで川上に上り国津神の足名椎、手名椎に出会い、八岐の大蛇を退治する。大蛇は八頭八尾をもち、その身は八つの谷や峰にわたる巨大な怪物で、年ごとに現れて人間の娘を餌食にしてきた。須佐之男は八つの酒器に酒を準備させ、大蛇を酔わせてその体を切り刻み、大蛇の尾の中から草那芸の剣を得る。

⑨須賀の宮殿と八雲立ち

国津神の足名椎、手名椎の娘櫛名田比売と結婚した須佐之男は、出雲の須賀に宮を作り、国作りを始めた。

二、チェンバレンの『KO-JI-KI』におけるスサノオ神話の展開

チェンバレンはちりめん本『八頭ノ大蛇』に先立つ一八八三年（明治一六年）に『古事記』を英訳している。[注4] いわゆる「英訳古事記」として『アジア協会紀要』一〇巻附録として発表されたものである。スサノオ神話は、以下のようにチャプターごとに翻訳している。タグとして丸数字で示せば（括弧内は田嶋の補記）、

①X THE PURIFICATION OF THE AUGUST PERSON
②XI INVESTITURE OF THE THREE DEITIES THE ILLUSTROOUS AUGUST CHILDREN（三貴子の分治）
③XII THE CRYING AND WEEPING OF HIS IMPETUOUS-MALE-AUGUSTNESS（須佐之男の涕泣）
④XIII THE AUGUST OATH（うけい）
⑤XIV THE AUGUST DECLARATION OF THE DIVISION OF THE AUGUST MALE CHILDREN AND THE AUGUST FEMALE CHILDREN（須佐之男と天照大神の誓い）
XV THE AUGUST RAVAGES OF HIS-IMPETUOUS-MALE-OUGUSTNESS（須佐之男の破戒）
⑥XVT THE DOOR OF THE HEAVENLY ROCK DWELLING（天の岩戸）
⑦XVII THE AUGUST EXPULSION OF HIS-IMPETUOUS-MALE-AUGUSTNESS（須佐之男の追放）
⑧XVIII TIE EIGHT-FORKED SERPENT（八頭の大蛇）
⑨XIX THE PALACE OF SUGA（須賀の宮）

ちりめん本『八頭ノ大蛇』、『古事記』、チェンバレンの『KO-JI-KI』の内容は、以上のように把握できる。相互の関係を整理すれば、

表1

ちりめん本 『八頭ノ大蛇』	『古事記』	B.H.Chamberlain の『KO-JI-KI』
①呼びかけ		
	①三人の貴子の誕生	① THE PURIFICATION OF THE AUGUST PERSON
②三人の子供の分治	②三人の貴子の分治	② INVESTITURE OF THE THREE DEITIES THE ILLUSTROOUS AUGUST CHILDREN
	③スサノオの涕泣と追放	③ THE CRYING AND WEEPING OF HIS IMPETUOUS-MALE-AUGUSTNESS
	④スサノオと天照大神との誓約	④ THE AUGUST OATH
③スサノオの乱暴	⑤スサノオの暴力	⑤ THE AUGUST DECLARATION OF THE DIVISION OF THE AUGUST MALE CHILDREN AND THE AUGUST FEMALE CHILDREN
④天の岩戸	⑥天の岩戸	⑥ THE DOOR OF THE HEAVENLY ROCK DWELLING
⑤スサノオの追放	⑦スサノオの追放	⑦ THE AUGUST EXPULSION OF HIS-IMPETUOUS-MALE-OUGUSTNESS
⑥八頭の大蛇退治と宝剣	⑧八頭の大蛇退治と草那芸の太刀	⑧ THE EIGHT- FORKED SERPENT
⑦スサノオの結婚と生活	⑩須賀の宮と八雲立ち	⑨ THE PALACE OF SUGA
⑧宝剣と天皇家の保持		

表1のようになる。これを見ると、スサノオ神話の場合、物語展開は『古事記』と『KO-JI-KI』はほぼ共通している。展開のみならず内容もおおむね一致している。一例のみ示せば次のようである。タグ②の箇所であるが、『古事記』では、

此の時伊邪那岐命、大く歓喜びて詔りたまひしく、「吾は子生み生みて、生みの終に三はしらの貴き子を待つ。」とのりたまひて、即ち御頸珠の玉の緒母由良邇取り由良迦志て、天照大御神に賜ひて詔りたまひしく、「汝命は高天の原を知らせ。」と事依さして賜ひき。故、其の御頸珠の名を、御倉板挙之神と謂ふ。次に月読命に詔りたまひしく、「汝命は、夜の食国を知らせ。」と事依さしき。次に建速須佐之男命に詔りたまひしく、「汝命は、海原を知らせ。」と事依さしき。（大系、七一～七三頁）

『KO-JI-KI』では、

At this time His Augustness the Male-Invites greatly rejoiced, saying: "I begetting child after child, have at my final begetting gotten three illustrious children," [with which words,] at once jinglingly taking off and shaking the jewel-string forming his august necklace, he bestowed it on the Heaven-Shining-Great-*August-Deitx*, saying: "Do Thine Augustness rule the Plain-of -High-Heaven," With this charge he bestowed it on her. Now the name of this august necklace was the August-Store-house-Shelf-Deity. Next he said to His Augustness Moon-Night- possessor: "Do Thine Augustness rule the Dominion of the Night." Thus he charged him. Next he said to His-Brave-Swift-Impetuous-Male-Augustness: "Do Thine Augustness rule the Sea-Plain,"

である。固有名詞の訳に工夫している様子がうかがえる。「His Augustness the Male-Invites」は伊邪那岐命、「the Heaven-Shining-Great-*August-Deity*」は、天照大神である。ほぼ直訳のように翻訳されていることが理解できよう。ここにはチェンバレンの『古事記』の評価が明確に反映しているからである。『KO-JI-KI』には、冒頭「TRANSLATOR'S INTRODUCTION」があ

る。ここにはチェンバレンの『古事記』研究の総論が述べられている。関連部分を相原由美子の論文[注5]を参考に要点を述べれば、

・『古事記』は、「古代日本の神道風俗言語及伝説を載せたる事他書よりも誠実」である。
・「中国文化の影響を受けるのが最も少ない書物であるから日本固有の性質を見極めるためには」最適の書物である。
・このために全訳をする。
・翻訳の方法として、「厳密に一字一句逐語的に訳すことが必要」である。

としているのである。チェンバレンが用いたテキスト（底本）が何本であったか不明であり、日本古典文学大系のテキスト『訂正古訓古事記』との関係は不明であるが、逐語的に翻訳しているが故に『古事記』と『KO-JI-KI』との間に共通性があるといえよう。また注意すべきことは日本を知るためのテキスト、日本学のテキストとして翻訳しているのであって、文学的に扱っているのではない。

またちりめん本『八頭ノ大蛇』と『KO-JI-KI』との関係を見ると、ちりめん本が『KO-JI-KI』の③及び④のプロットを欠き、逆に⑧のプロットが強調されている以外、説話の構成は共通する。作者が同一人であることを考えれば、『KO-JI-KI』が典拠であると見なせる。

以上から、ちりめん本『八頭ノ大蛇』の典拠は、チェンバレンの英訳『KO-JI-KI』であること、英訳『KO-JI-KI』が『古事記』ときわめて近いことが明らかである。さらに、ちりめん本の『八頭ノ大蛇』の執筆に当たり、ちりめん本のための翻案をしていることも明らかである。しかし、典拠がどのようなものであったか、翻案状況の分析こそがちりめん本『八頭ノ大蛇』研究の課題である。

四、翻案の状況

翻案状況につき、物語の構成と内容の問題と言葉の問題との二面から考える。

まず、構成と内容の面であるが、表1で示したように、ちりめん本『八頭ノ大蛇』では、『古事記』に見られる③のスサノオの涕泣と追放、④のスサノオと天照大神との誓約の部分がないことである。スサノオは皇祖神である天照大神の弟であり、神々の世界では海の支配を命ぜられたがサボタージュする。理由を問われたスサノオが母の国、根の堅洲国に行きたいのだと答えてカムヤライされる。そこで姉のもとに行く。そこで姉と誓約する。誓約をしたスサノオは忠誠が証明されたとして、勢いに乗じて数々の神聖の冒涜に及ぶのである。ちりめん本『八頭ノ大蛇』では、冷たい海しか与えられなかったので、怒り空に駆け上り、太陽の中の美しい部屋を壊したと語るのである。ここには神話性は語られない。語りの主眼は①の導入部分であり、ここには八頭の大蛇の話をするという姿勢が呈示されている。物語全体としても⑥の八頭の大蛇退治の所に中心がある。いわば神話性を捨てて大蛇退治の話として、スサノオの「fairy tale」として語られている。この「fairy tale」性格は、伊邪那岐命に相当する神は「After the world had been created, it became the property of a very powerful fairy; and when this fairy was about to die, he divided it between his two boys and his girl」と巨大な権力を持ったフェアリーと表現されているのである。天照大神もその他の神々も、「For she was the fairy who ruled the sun, and could make it shine or not as she chose.」「the other fairies got up a dance outside the door of the cave」とすべてフェアリーとなっている。スサノオ自身も「I am a fairy, and I will save your daughter」と名乗る。『古事記』の中の神々は、ちりめん本『八頭ノ大蛇』においてすべて「fairy」である。

また天照大神とスサノオも、「The girl called Ama, was given the sun; the eldest boy, called Susano, was given the sea」と、つまりAma、Susanoと普通名詞として表現し、本来の神性を切り落としているのである。

以上の他、八頭の大蛇に飲ませる酒をbeerとしていること、草薙の剣を「a sword all set with precious stones, —— the most beautiful sword you ever saw」として、宝石で装飾された未だ見たこともない美しい剣と描いていること。その剣が「the sword was handed down to their children, and grandchildren; and it now belongs to the Emperor of Japan, who looks upon it as one of his most precious treasures.」と、子々孫々に伝えられ、もっとも貴重な宝物の一つとして現在も皇室にあるとしているが、あくまでもクサナギの名称は出していない。

五、チェンバレンがとらえた『古事記』の神

チェンバレンにとって日本の神をどのように解釈するかは大きな課題であった。『古事記』を英訳するに当たって『古事記』総論を書き、そこで以下のように記している。

Of all the words for which it is hard to find a suitable English equivalent, *Kami* is the hardest. Indeed there is no English word which renders it with any near approach to exactness. If therefore it is here rendered by the word "deity" ("deity" being preferred to "God" because it includes superior beings of both sexes), it must be clearly understood that the word "deity" is taken in a sense not sanctioned by any English dictionary; for *kami*, and "deity" or "god," only correspond to each other in a very rough manner. The proper meaning of the word "*kami*" is "top," or "above"; and it is still constantly so used. For this reason it has the secondary sense of "hair of the head;" and only the hair on the *top* of the head, —— not the hair on the face, —— is so designated. Similarly the Goverment, in popular phraseology, is *O Kami*, literally "the honorably above"; and down to a few years ago *Kami* was the name of a certain titular provincial rank. Thus it may be understood how the word was naturally applied to superiors in general, and especially to those more than human superiors whom we call "gods." A Japanese, to whom the origin of the word is patent, and who uses it every day in contexts by no means divine, does not receive from the word *Kami* the same impression of awe which is produced on the more earnest European mind by the words "deity" and "god," with their very different associations. In using the word "deity," therefore; to translate the Japanese term *Kami* we must, so to speak, bring it down from the heights to which Western thought has raised it. In fact *Kami* does not mean much more than "superior." This subject will be noticed again in Section V of the present Introduction; but so far as the word *Kami* itself is concerned, these remarks may suffice.

（"TRANSLATOR'S INTRODUCTION" II. METHOD OF TRANSLATION pp.xix 〜 xx）

つまりチェンバレンは、「Kami」（神）に相当する英語がない。翻訳するのは難しい。今、仮に「deity」を用いる。しかし「Kami」（神）と英語の「deity」または「God」と字義は似ているけれども同じではない。本来、「Kami」の意味は、頂上あるいは上の意味で今も使っている。ここからさらに頭髪（頭のカミ〈髪〉）の意味となった。それも顔の毛には使わない。また世間一般では政府のことを「O Kami」という。これは尊称で使っているのである。また数年前までは、官名に某守ということがあったがこれも「Kami」の意味であった。このように「Kami」とは頂上・長上の意、ことに人間を離れたものに対して用いられていたことを知るべきである。ヨーロッパの人には「deity」または「God」の語は、畏敬の念を起こさせるのである。日本人には「Kami」の用例（語源）から考えても、畏敬の念を起こすことはない。日本語の「Kami」という語に英語の「deity」を当てるのは、西洋で重々しく畏敬の念を持つ語を軽く用いたものと理解しておくべきである、と書いているのである。ここには論拠をあげて学問的に分析しようとする側面と八百万の神々が登場する日本の神、その神が畏敬の念を感じさせないとする感性、違和感を示している。むしろ偏見ともいえるようなチェンバレンの解釈である。論拠としたKamiの用例からの論証も不十分である。日本の『古事記』の中の神々に「deity」を使うことさえも、神性のレベルを下げて使うと言っていることに注意したい。

六、「fairy」とは何か

チェンバレンがちりめん本『八頭ノ大蛇』の中で「deity」に代えて登場させた「fairy」とは何かについて分析する。Katharine Briggs 編著『A DICTIONARY OF FAIRIES』を翻訳した『妖精事典』[注6]によれば、編著者の序文に、

われわれが本書で取り上げている妖精伝承では、〈フェアリー〉という語に二つの主だった用法がある。まず、「人間と天使との中間の性格の」――17世紀にこう述べられているのだが――あの超自然的存在の一種――それは大きさ、能力、寿命、

性格などの点でお互いに多少の差異はあるものの、ホブゴブリン、怪物、ハッグ、人魚などとは画然と区別されるものである――を言い表すための狭い厳密な使い方があり、これが第1の用法。第2は、範囲をもっと広げて、天使、悪魔、あるいは亡霊を除いた超自然界の全領域をこの語にカバーさせる一般的な使い方である。

と定義されている。つまり狭義には人間と天使の中間の性格のもの、広義には天使、悪魔、亡霊以外の超自然界の全領域のものである。立項されている項目の一つとして「ドラゴン」の例を見ると、大ブリテン島のドラゴンは北欧系統のいわゆるワーム。ケルトのドラゴンもほとんどがワーム。両者とも、体は鱗で覆われ、井戸やよどみの近くに出没、乙女をむさぼり、財宝を秘蔵し、殺すのは困難（要点を抜粋）と説明されている。いわゆる民間伝承の伝説や信仰と理解して良さそうである。そして北欧系統とかケルト等、民俗や地域的伝承の上に多様なフェアリーがあることがわかる。[注7]

チェンバレンは、『Things Japanese』を一八九〇年に出版し、一九三九年出版の六版まで（五版の次に増補版あり合計では七種）刊行し続けた。[注8] 初版の一四〇項目から、新設と削除を経て最終版は一九〇項目となっている。この内、一九三九年の第六版（最終版）が『日本事物誌』として高梨健吉訳で刊行されている。[注9] 日本の歴史・文化事典といえるような内容である。この中に「Fairy Tales」が立項されている。一八九一年の第二版[注10]では次のように記されている。

The Japanese have plenty of fairy-tales; but the greater number can be traced to a Chinese, and several of these again to a Buddhist, that is, to an Indian, source. Among the most popular are *Urasima, Momotaro, The Battle of the Monkey and the Crab, The Tongue-Cut Sparrow, The Mouse's Wedding, The Old Man who Made the Trees to Blossom, The Crackling Mountain and The Lucky Tea-Kettle.*

Though it is convenient to speak of these stories as "fairy-tales," fairies properly so-called do not appear in them. Instend of fairies, there are goblins and devils, together with foxes, cats, and badgers, possessed of superhuman powers for working evil. We feel that we are in a fairy-land altogether foreing to that which gave Europe "Cinderella" and "Puss in

Boots," —— no less foreign to that which produced the gorgeously complicated marvels of the "Arabian Nights,"

これを見ると、日本人は多くの fairy-tales を持っているとして、その fairy-tales としていったん「浦島」、「桃太郎」、「猿蟹合戦」、「舌切雀」、「鼠の嫁入」、「花咲爺」、「かちかち山」、「文福茶釜」をあげて、正しい意味の fairy は出て来ない。代わりに出てくるのは、ゴブリンでありデビルであるとしている。さらにこの「a fairy-land」の世界は、「シンデレラ」や「ブーツを履いた猫」などを持つヨーロッパのものとは異なることを指摘している。[注11] また「Literrature」の項目中で、

The earliest book commonly classed among the romances is more properly a fairy-tale; for it deals with the adventures of a maiden who was exiled from the moon to this our workaday world. It is entitled *Taketori Monogatari*, or the "Bamboo-cutter's Romance," because the maiden was discovered in a section of bamboo, where she lay sparkling like gold.

の記述がある。乙女が竹の節の中に金のように光って横たわっているのを発見されたことから題された『竹取物語』が、一般にはロマンスに分類されているが、この最古の物語が正しくいえば「fairy-tale」であると言っている。その属性は月から追放された乙女が、現実のあくせくした日常世界にやってきて活躍することである。こうしてみるとチェンバレンの言う「fairy-tale」とは、シンデレラやかぐや姫のような伝承性や伝奇性をおびた、日常性を超えた登場人物の物語なのである。神性を削除した Kami (God) や Deity とはかけ離れた存在なのである。

七、まとめとして

ちりめん本『八頭ノ大蛇』が典拠としたのは、同じ著者である Basil Hall Chamberlain の英訳『KO-JI-KI』であった。チェンバレンは『古事記』を古代日本を知るための大切な書物としてとらえ、逐語的に全訳するとの立場で翻訳した。『古事記』の中

の神々を翻訳するに当たって「Kami」に相当する英語がないと主張していた。その主たる根拠はヨーロッパにおける神々が重々しく畏敬の念を持つのに対して、日本における「Kami」の用例には畏敬の念を起こさせることがないというものであった。そこで「God」ではなく、「deity」(神性を持つもの)と訳した。チェンバレンはちりめん本『八頭ノ大蛇』を執筆するに当たって、神話性を捨て「fairy-tale」として書き上げた。そこで『KO-JI-KI』では、「deity」(神性)は与えていたが、それも捨て「fairy」とした。同時に説話全体も「fairy-tale」として執筆された。この説話が海外に発信されたのである。

注

1 バジル・ホール・チェンバレンについては、高梨健吉訳『日本事物誌』一巻(東洋文庫、平凡社、一九六九年)の解説がある。また楠家重敏『ネズミはまだ生きている チェンバレンの伝記』(雄松堂出版、一九八六年、新版二〇一〇年)がある。

2 「ちりめん本「日本昔話」シリーズ"The Serpent with Eight Heads"(八頭ノ大蛇)考」、『いわき明星大学人文学部研究科紀要』第九号、二〇一一年三月。

3 日本古典文学大系『古事記祝詞』倉野憲司校注による。以下『古事記』の引用はこれによる。

4 TRANSLATION OF "KO-JI-KI"(古事記)or "Records of Ancient Matters" BY BASIL HALL CHAMBERLAIN; with ANNOTATION BY W.G.ASTON: SECOND EDITION THE ASIATIC SOCIET OF JAPAN(一九三二年、ゼー・エル・タムソン株式会社による)。

5 相原由美子「B.H.Chamberlainの『古事記』の翻訳」、『英学史研究極』一六号、一九八四年一〇月。

6 平野敬一・井村君江・三宅忠明・吉田新一訳(冨山房、一九九二年)による。

7 及川智早は、「FAIRYはキリスト教定着以前の土着の神の形骸化したものであり、FAIRY TALEは「おとぎばなし」であるとともに零落した異教の神々の物語でもあるからだ」とする(「『古事記』・『日本書紀』に載録された「海幸山幸神話」の近代における受容の諸相——ちりめん本『THE PRINCES FIRE-FLASH & FIRE-FADE』と巖谷小波『玉の井』を中心にして」、『帝塚山学院大学研究論集』四五号、二〇一〇年一二月)。

8　『Things Japanese』において展開した「条約改正」問題に対する認識と主張の変遷を第一版から六版にわたって分析した篠原大助は、チェンバレンの立場を、在日外国人としての「文明化の司祭」、「日本学の権威」としての立場、「居留地コスモポリタン」とでもいえるような立場の三つがあると分析した。その上で「文明化の司祭」は、西洋文明の精髄を日本に植え付けようとする立場にある。一方教師としての地位あるいは権威的な立場の維持には、日本が永久に未習熟の段階になくてはならないというジレンマが日本観にオリエンタリズム的な影響を投げかけているであろうことを指摘している（神戸大学研究者紹介システムの遠田勝教授の研究室ホームページ上の論文「『日本事物誌』改版に伴う項目「対外条約」の変遷」）。貴重な指摘と受け止める。

9　『日本事物誌』一・二、東洋文庫、平凡社、一九六九年。

10　Things Japanese: being notes on various subjects connected with Japan for the use of travellers and others/BY BASIL HALL CHAMBERLAIN/London: K.Paul, Trench, Trubner & Co.,Ltd.;Yokohama, Shanghai, Hongkong, Singapore: Kelly & Walsh, 一八九一年。

11　高梨健吉訳の第六版（注9）では、「次の見本は、日本文の逐語訳で、故リーズデール卿の比類なき名著『昔の日本の物語』から借用する」とある。そして訳者の注があり、貝原益軒の『諺草』から原文を転載するとして、「鬼に瘤とらるゝ」が示されている。また「fairy-tales」を「お伽噺」と訳している。

本稿は科学研究費補助金《（基盤研究（c））二〇一〇年度〜二〇一二年度　課題番号 22520188》に基づく研究である。

7 ちりめん本「日本昔噺」シリーズと中世説話文学

一、はじめに

ちりめん本「日本昔噺」シリーズは、日本が必死になって西洋化、近代化を推し進め、鹿鳴館でダンスパーティが繰り広げられていた明治一八年、長谷川武次郎の弘文社によって出版された。日本の説話文学や記紀神話等を中心に、英訳されて刊行され、西洋に渡っていった。訳者には東京帝大で言語学・日本語学を講じたチェンバレンや本格的な和英辞書を最初に作製したヘボン等の学者、ダビド・タムソンと言う宣教師（№1〜6までの六作品）、ちりめん本の翻訳によってプロの翻訳者になったようなKate James（ジェームズ夫人と記され、№10〜12、14〜20までの九作品）が協力している。ソフトなちりめん布風の紙に、錦絵風の挿絵をふんだんに添えて作られた美しい、小型の本である。絵を担当したのは主に小林永濯であるが、彼は江戸狩野派の絵師であり、明治になって新しい挿絵師としての道を開いた人である。

このちりめん本が西洋の人々に大きな反響を呼んだことは、当時著名な児童文学書肆であった、ロンドンのGRIFFTH FARRAN社がいち早く出版・販売したことによっても明白である。[注1]また多くの版が残されているところからも明らかである。[注2]このシリーズの中で、日本文学がどう解釈されて、英訳されたのか。あるいは日本文化がどう解釈されて、西洋に発信されていったのかを明らかにすることは、日本文学研究にとって、今日的課題である。

一般にちりめん本というとき、「日本昔噺」シリーズの二〇点（No.16の『鉢かづき』が中途より『文福茶釜』に変わっており、書目としては二一点）を意味する。しかし単発の挿絵本やカレンダーなど多様であり、二一点にとどまるものではない。注3 また同時期にちりめん紙ではない平紙のままで印刷刊行された物もあり、これらも広義のちりめん本として研究対象とする。基本として日本紹介の要素を持っている作品群である。

本論では、「日本昔噺」シリーズ二一点について提示し、数点につき具体的に典拠を確認し、中世説話文学との関係にふれるとともに、日本の何がどう紹介されたか、あるいは翻訳できなかったかを明らかにする。

二、「日本昔噺」シリーズの二一作品

ちりめん本「日本昔噺」シリーズは次の二一点である。和文タイトルのないものもある。できるだけ古い版に基づき、書誌的情報を提示する。和文タイトルのないものは（ ）内に示す。

No.1 外題：Momotaro、内題：MOMOTARO or Little Peachling（桃太郎）
ダビド・タムソン訳述、明治一八年九月出版、GRIFFTH FARRAN & Co.LONDON & SYDNEY.N.S.W

No.2 外題：TONGUE CUT SPARROW、内題：THE Tongue Cut Sparrow、舌切雀（扉）
ダビド・タムソン訳述、鮮斎永濯画、明治一九年七月添題再版御届、弘文社、GRIFFTH FARRAN Co.LONDON（初版は明治一八年）

No.3 外題：BATTLE of THE MONKEY & THE CRAB、内題：BATTLE OF THE MONKEY & THE CRAB、猿蟹合戦（扉）、
ダビド・タムソン訳述、出版所：弘文社
明治一九年一一月二日再版御届、GRIFFTH FARRAN & Co.LONDON.Kobunsha（初版は明治一八年）

No.4　外題：THE OLD MAN WHO MADE THE DEAD TREES BLOSSOM、内題：THE OLD MAN WHO MADE THE DEAD TREES BLOSSAM、花咲爺（扉）
明治一九年九月二九日添題御届、GRIFFTH FARRAN & Co.LONDON. KOBUNSHA TOKYO.
ダビド・タムソン訳述、（初版は明治一八年）

No.5　外題：KACHI-KACHI MOUNTAIN、内題：KACHI-KACHI MOUNTAIN、かち〳〵やま（扉）
ダビツド・タムソン訳述、出版所：弘文社
明治一九年九月二九日御届、GRIFFTH FARRAN & Co.LONDON & SYDNEY.N.S.W（初版は明治一八年）

No.6　外題：THE MOUSE'S WEDDING、内題：THE MOUSE'S WEDDING、ねすみのよめいり（扉）
ダビド・タムソン訳述
明治二一年八月一日再版御届、弘文社、出版人：長谷川武次郎、印刷：中尾黙次、GRIFFTH FARRAN & Co.LONDON & SYDNEY.N.S.W（初版は明治一八年）

No.7　外題：THE OLD MAN & THE DEVILS、内題：THE OLD MAN & THE DEVILS、瘤取（扉）
ドクトル・ヘボン訳述、鮮斎永濯画、出版人：長谷川武次郎、出版所：弘文社
明治二〇年一一月一八日添題御届、GRIFFTH FARRAN & Co.LONDON & SYDNEY.N.S.W（初版は明治一九年）

No.8　外題：THE FISHER-BOY URASHIMA、内題：THE FISHER-BOY URASHIMA、浦島（扉）
チャンブレン訳述、出版人長谷川武次郎、出版所弘文社
明治一九年七月九日添題御届、GRIFFTH FARRAN & Co.LONDON & SYDNEY.N.S.W

No.9　外題：The Serpent with Eight Heads、内題：The Serpent with Eight Heads、八頭ノ大蛇（扉）
チェンバレン訳述、永濯画、出版人：長谷川武次郎
明治一九年一一月出版御届、GRIFFTH FARRAN & Co.LONDON & SYDNEY.N.S.W

No.10　外題：THE MATSUYAMA MIRROR、内題：THE MATSUYAMA MIRROR、松山鏡（扉）

ジェイムズ夫人訳者、出版人長谷川武次郎、（母親の形見の鏡と残された父娘の物語）
明治一九年一二月出版御届、GRIFFTH FARRAN & Co.LONDON & SYDNEY.N.S.W

No.11　外題：THE HARE OF INABA.、内題：THE HARE OF INABA.、因幡の白兎（扉）
ジェイムズ夫人訳述、出版人：長谷川武次郎
明治一九年一二月出版、GRIFFTH FARRAN & Co.LONDON & SYDNEY.N.S.W

No.12　外題：THE CUB'S TRIUMPH、内題：THE CUB'S TRIUMPH、野干ノ手柄（扉）
ジェイムズ夫人訳述、鮮斎永濯画、出版人：長谷川武次郎
明治二〇年一月出版御届、GRIFFTH FARRAN & Co.LONDON & SYDNEY.N.S.W（初版は明治一九年）

No.13　外題：THE SILLY JELLY-FISH、内題：THE SILLY JELLY-FISH、海月（刊記）
チェンバレン訳述、出版人：長谷川武次郎、出版所：弘文社
明治二〇年二月一七日版権免許、GRIFFTH FARRAN & Co.LONDON & SYDNEY.N.S.W（骨なしクラゲの由来譚）

No.14　外題：THE PRINCES FIRE-FLASH & FIRE FADE 内題：THE PRINCES FIRE-FLASH & FIRE FADE
ジェームズ夫人訳述、弘文社出版、出版人：長谷川武次郎、明治二〇年七月一六日、GRTFFTH FARRAN &
Co.LONDON & SYDNEY.N.S.W（玉の井）（記紀神話）

No.15　外題：MY LORD BAG-O'-RICE、内題：MY LORD BAG-O'-RICE.（俵藤太）
チャンブレン訳述、出版人：長谷川武次郎
明治二〇年九月二八日版権免許、GRIFFTH FARRAN & Co.LONDON & SYDNEY.N.S.W

No.16　外題：THE WOODEN BOWL、内題：THE WOODEN BOWL.（鉢かづき）
ジェイムズ夫人訳述、絵師：土佐又兵衛、出版人：長谷川武次郎
明治二〇年一一月二二日、GRIFFTH FARRAN & Co.LONDON & SYDNEY.Y.S.

No.16'　外題：The Wonderful Tea-Kettle、内題：The Wonderful Tea-Kettle（文福茶釜）

著者：ジェイムズ、発行者：長谷川武次郎、印刷者：小宮ヤス、絵師：新井芳宗

明治二九年六月七日

No.17　外題：SCHIPPEITARO、内題：SCHIPPEITARO、竹篦太郎（扉）

ジェイムズ夫人訳述、発行者：長谷川武次郎、印刷者：金子徳次郎

明治二一年一二月一日印刷、同月七日発行（名犬竹篦太郎の化け猫退治の物語）

No.18　外題：THE OGRE'S ARM、内題：THE OGRE'S ARM、羅生門（扉）

ジェームズ夫人訳述、発行者：長谷川武次郎、印刷者：柴田喜一

明治二二年八月八日印刷、同月一五日発行

No.19　外題：The OGRES of OYEYAMA、内題：OYEYAMA、大江山（扉）

発行者：長谷川武次郎、印刷人：高木麟太郎、明治二四年四月二八日出版

（昭和七年七月二八日発行の第一六版では、「ヂェイムス夫人訳述」と記す。出版を明治二四年四月二八日とするが、長谷川武次郎の住所が、「四谷区本村町」と記されていることから明治三五年から四四年の間となる）[注4]

No.20　外題：The Enchanted Waterfall、内題：The Enchanted Waterfall（養老の滝）

by Mrs.T.H. James（表紙表）、絵師記載なし、発行者：長谷川武次郎、印刷者：西宮與作、明治二五年一二月二八日出版

以上の二一点である。ちりめん本「日本昔噺」の第一号『桃太郎』が明治一八年の九月に出版され、最後の『養老の滝』が明治二五年に出版されている。一号から一八号までがおおむね順調に出版され、一九号の『大江山』と二〇号の『養老の滝』の二本がやや間をおいて出版されている。この出版年次から見て、GRIFFTH FARRAN社による出版がすぐに行われたことになる。出版の下限については、昭和三〇年の『海月』の一六版、『ねずみのよめいり』一八版、『大江山』の一七版の三点を確認している。昭和一五年に『桃太郎』の一八版、『舌切雀』の一八版、『猿蟹合戦』の一八版、『花咲爺』の一八版が確認できる。これが商業的海外向け出版の最後であったのかもしれない。[注5]題名を一見して中世説話、御伽草子、記紀神話（No.9のスサノオの八頭大蛇退治、

11の大国主命の物語、14の海幸山幸）、とかかわる説話が使われている。典拠の確認には緻密な考証が求められ、簡単に指摘できることではない。特に江戸の草双紙は、馬琴の『燕石雑志』[注6]を介して間接にかかわる場合がある。直接かかわる場合も想定される。

三、『舌切雀』『瘤取』『養老の滝』の典拠

この三話は、いずれも中世説話集の中に類話を持つ。『宇治拾遺物語』（以下『宇治拾遺』）の四八「雀報恩の事」、三「鬼ニ瘤被取事」があることはよく知られた事実である。また美泉伝説や酒泉譚としての養老の滝伝説もよく知られた話である。これにつき、ちりめん本『養老の滝』は、『古今著聞集』第八孝行恩愛中の説話や、『十訓抄』第六「忠直を存ずべき事」中の養老の滝伝説を主な典拠としていること、しかし孝養譚や孝行譚ではなく、単に奇瑞譚として描かれている。[注7]孝養譚や孝行譚は訳者にとって理解しにくかったものと思われる。

『舌切雀』の場合は、『宇治拾遺』を利用しているのではないこと。馬琴の『燕石雑志』（巻四）中の「今の童どもの」語る話をもとに翻訳されていることを明らかにした。[注8]この結果昔話の持っていた雀の宿探しの前の牛馬の小便を飲む、牛馬の洗い汁を飲むなどの厳しい試練（これらは非都市社会、つまり農村社会のものと解釈）、難題の克服は語られていないのである。さらに馬琴のものは、雀の宿を探し尋ねてきた爺婆に対する雀の接待場面がお座敷であること、そこに歌舞伎踊りが使われているなど、昔話の上に微妙に草双紙の世界が反映して、都市化された舞台になっているのである。都市文化の日本が発信されているのである。

『瘤取』の場合は、プロット展開の一致から、細部の異なる部分（訳せなかった部分）を含みつつも『宇治拾遺』がもとになっていることを明らかにした。[注9]十分には翻訳されなかった部分は、「鬼」の問題である。鬼の容貌などは直訳に近い形で翻訳されていた。形は十分にまねていた（資料1参照）。しかし『宇治拾遺』では、容貌の奇怪さとは裏腹に人間的に振る舞い、翁はまったく鬼に恐怖を感じていなかったのである。そして暁に鳥が鳴く時間を境として、退出する。いわば褻の時間にのみ存在し、晴れの時間には存在しない、異界のものである。そのような日本文化の深淵に関わるような所は翻訳されなかったのである。

以上の三作品の典拠と翻案の問題の分析から明らかになったことは、江戸の成熟した都市社会を背景に都市文化が発信された

こと、孝行譚から奇瑞譚として翻訳されたことである。それと鬼の不思議さの発見であったといえよう。そこで次には、ちりめん本における鬼の問題を考えてみよう。

四、ちりめん本における「鬼」

ちりめん本「日本昔噺」で鬼が描かれる作品として、No.1の『桃太郎』、No.18の『羅生門』、No.19の『大江山』の三作品を取り上げる。

No.1の『桃太郎』は、ダビド・タムソンの訳である。外題は"MOMOTARO"、内題が"MOMOTARO or Little Peachling."である。扉題やその他の題はない。再版本になって尾題に「桃太郎」の和名題が入る。ここでは、

・island of the devils
・a great multitude of the devil's retainers who showed fight,
・After this Akandoji the chief of the devils said he would surrender all this riches,

グリフィス　フェアラン本と再版以降のテキストでは、本文は変化しないが、つまり"devil"であるが、絵の方は赤鬼から黒鬼に変わり角がある（資料2、3参照）。絵師は小林永濯である。『桃太郎』には、後になってジェームス夫人訳本が作られる。[注10]

ここでは絵はおおむね再版本が使われるが、鬼は、

Having often heard stories about the ogres who lived in an island not far off, he made up his mind to cross over to this island and carry away the ric hes which the ogres had stored there.

と描かれる。つまり「the ogres」と変化するのである。

№18は、外題、内題とも『THE OGRE'S ARM』、扉題が「羅生門」である。訳者はジェームス夫人である。ここでは冒頭で、

> there dwelt in the mountain called Oyeyama a race of fierce ogres. The chief of these ogres was named Shutendoji.

と獰猛なオグレと紹介し、続けて「causing great terror」（恐怖を引き起こすもの）とする。次に羅生門で待つ綱の上に現れるその鬼の形相が、

> There, above him, stood an ogre of fearful aspect, his horrible head armed with a pair of copper coloured horns.

と二本の赤褐色の角と説明される（資料4、5参照）。

この場面は次の『大江山』に引き継がれる。№19の大江山は、外題「The OGRES of OYEYAMA」、内題「OYEYAMA」、扉が「大江山」である。訳者はジェームズ夫人である。絵は詳細精密に鮮やかに描かれているが、絵師は不明である。『羅生門』同様に「Shutendoji the chief of the ogres」と酒呑童子をオグレの親分とする。酒呑童子の姿は、

> With his red body, hideous features and coppercoloured horns, he was enough to strike terror into the boldest heart.

赤い肉体、醜い容貌、赤褐色の角、どんな勇敢な人でも畏れる姿と紹介される。

「酒呑童子とその家来たちの絵」（資料6参照）では、本文中には、

> were handed to the ogres by captive maidens whom they forced to wait upon them.

資料２『桃太郎』グリフィス版
明治 18 年 9 月刊（いわき明星大学図書館蔵）

資料１『瘤取』平紙本
明治 19 年 6 月出版（筆者蔵）

資料４『羅生門』
昭和 7 年 8 月 16 日刊の 16 版（筆者蔵）

they pressed still inwards, and at
last encountered the chief of the
devils, called Akandoji. Then
came the tug of war. Akandoji
made at Momotaro with an iron
club, but Momotaro was ready for
him, and dodged him adroitly.

資料３『桃太郎』明治 19 年 8 月 26 日再版御届（筆者蔵）　長谷川の住所が日吉町であるので明治 23 年から 34 年の間の出版。

資料6『大江山』（筆者蔵）　明治24年7月2日出版とあるが、長谷川の住所が、四谷区本村町であるので、明治35年から44年の間の出版。

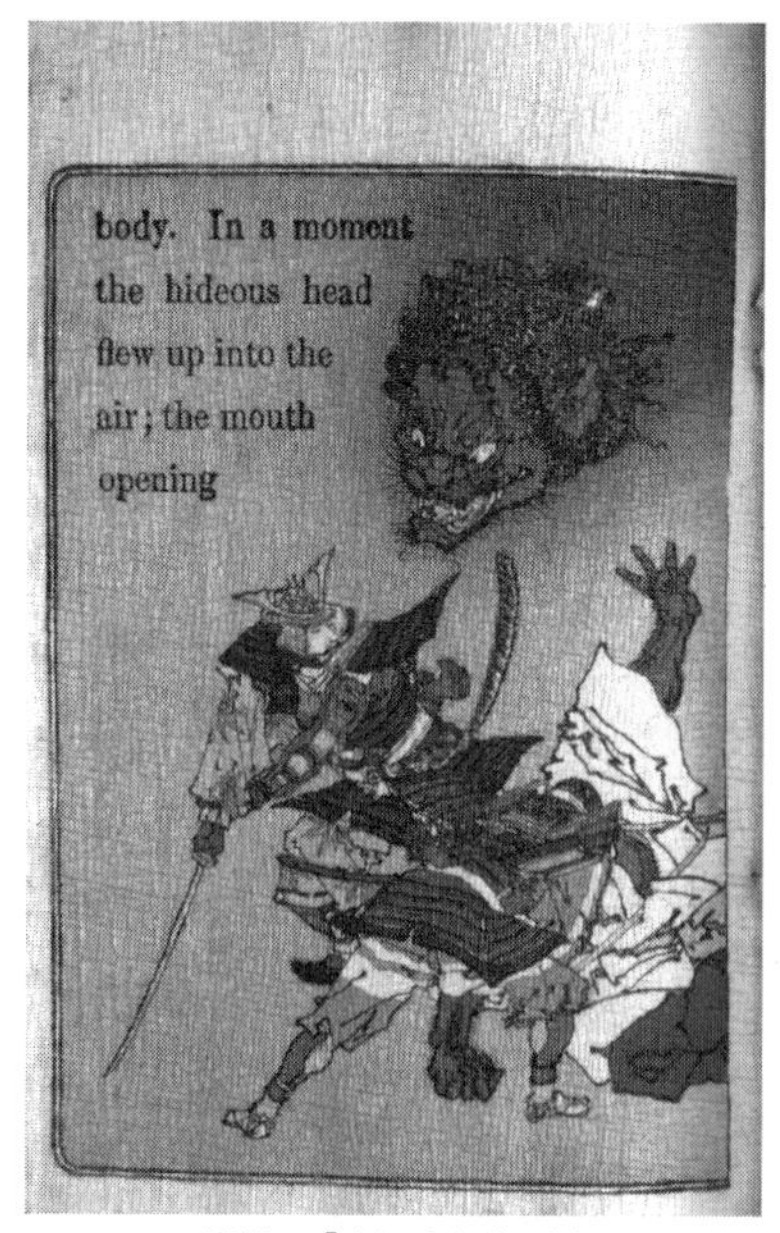

資料7『大江山』（同上）

資料5『羅生門』
昭和7年8月16日刊の16版（筆者蔵）

とあり、囚われた乙女たちも酌をしていると書かれているが、絵の中には乙女らしい姿は見あたらない（資料6参照）。「切られた酒呑童子の頭が飛び交う場面」（資料7参照）では、

In a moment the hideous head flew up into the air; the mouth opening and shutting, the teeth grinding, the eyes rolling, and the horns springing out to an appalling length.

と、空中に飛び上がった鬼の頭は、口がぱくぱくし、歯がきしり、目がぎょろぎょろする。角が恐ろしいほどにのびたと描写する。極めて恐ろしい鬼の姿である。これは表紙の絵そのものでもある。本文中の鬼の牙が頼光に突き刺さってゆこうとする場面では、

The demon's teeth bit through the hat,

とある。物語展開上はこれより前になるが、頼光たちを酒呑童子に取り次ぐ鬼に対しても、

The demon cook begged the pretended priests to wait at the gate…

と「demon」が使われている場合もある。これで見ると「demon」と「ogre」は、使い分けられていないのかもしれない。

以上で見ると、タムソンとヘボンはデビルと理解し、ジェームス夫人はオグレと理解したと一応は言えそうである。ヘボンが日本の鬼について関心を持っていたであろうことは先にもふれた。[注11]また『和英語林集成』において版ごとに説明を変化させ、多くの用例を用いて説明していることからして、十分に考えられることである。『和英語林集成』の三版を出版したのは明治一九年（一八八七）であり、「日本昔噺」の『瘤取』とほぼ同じ時期である。いずれの版にも「ogre」は出てこない。また

第二版（明治五年）にあった用例の部分が第三版ではなくなっていた。この事実は、ヘボンにとって、日本の鬼は「OGRE」のように獰猛さを持っていないと考えたように思われる。その理解には、『宇治拾遺』の瘤取りの翁の説話が強く反映しているのであろう。それでもなおヘボンは鬼をデビルと訳すことにためらいを感じていたように思えるのである。その鬼は、顔の部分を除けば人間そのものの姿をしているのである。

ちりめん本の「鬼」の絵画上の描写を見てゆくと、『桃太郎』の再版以降の絵と『羅生門』『大江山』の鬼の絵は、二本の角、人間とは異なる皮膚の色、らんらんとした大きな目、人間に比してより大きな肉体等に共通性が読み取れる。ここから読み取れる属性は異国・異界につながるであろう。訳者たちは自分たちの文化の中の「鬼的なるもの」と日本のそれとの相克を感じていたようである。絵師は『大江山』を除いて小林永濯である。『大江山』の絵師は不明である。ここには訳者と絵師の共同作業も想像されるが、永濯の描写の根元こそ重要であろう。

五、ちりめん本「日本昔噺」によって紹介された日本文学と文化

ここで明治一八年から二四年にかけて外国に紹介されたのは、記紀神話から中世説話、御伽草子、昔話であった。近世の草双紙の世界も関わる。近世狩野派の絵も挿絵という新しい様式を確立して描かれた。和紙をちりめん紙にするという発想、また強靱でソフトな和紙でなければ不可能な方法で作られた。いわば伝統的な日本文化が総合的に発信されたのである。

物語の内容の面に目を向けると、『舌切雀』で分析したように、都市的な世界、都市文化の一端が描かれ発信されていた。決して未開の国日本、遅れた日本、素朴な農村風景の日本のみが紹介されたのではないのである。また豊かなローマン的な記紀神話も発信されたのである。

日本の鬼を「devil」とするか、「demon」とするか、「ogre」とするか。これは訳者たちにとってきわめて大きな問題であった。そこに真剣に悩み、煩悶していたと思えるのが、ドクトル・ヘボンであった。それは日本の文化を知れば知るほど、困難な問題に突き当たってきたからである。文化翻訳の問題が大きく立ちはだかっているのである。

ちりめん本の出版がはじまった明治一八年は、あの鹿鳴館時代であった。幕末に結ばれた不平等条約の改正は、維新政府にとって大きな課題であった。その解決のために涙ぐましい、視点を変えれば滑稽な努力を繰り返していた時代である。その時代に長谷川武次郎が果たした日本の都市文化の発信の意義はきわめて大きい。

注

1 グリフィス・フェアラン社については、アン・ヘリングの次の論文から教示を得た。「縮緬本雑考（下）」（『日本古書通信』六三六号、一九八二年七月）、「続・縮緬本雑考（1）」（『日本古書通信』六三八号、一九八二年九月）。

2 齋藤祐佳里「ちりめん本「日本昔噺」シリーズの版に関する考察」（『いわき明星大学大学院人文学研究科紀要』第八号、二〇一〇年三月）では、これまでに確認しえたテキストの一覧表を作製している。それによれば、版としては一八版が最新版である。

3 ちりめん本の全体像に関する網羅的な把握は、石澤小枝子の『明治の欧文挿絵本　ちりめん本のすべて』（三弥井書店、二〇〇四年）で行われ、ちりめん本研究の最重要基本文献になっている。

4 長谷川武次郎の住所は、京橋区南佐柄木町、同丸屋町、同日吉町、四谷区本村町、下谷区上根岸と五度変更している。その年次は石澤によって明らかにされている（注3の文献、一八頁）。これは出版年の決め手として有効である。

5 注2の文献。

6 巻四に「日本昔噺」に関連する物語のうち、「猿蟹合戦」「桃太郎」「舌切雀」「花咲翁」「兎大手柄」「猕猴生胆」「浦島之子」が取り上げられている。

7 箱崎昌子「ちりめん本 "The Enchanted Waterfall"（養老の滝）考」、『いわき明星大学大学院人文学研究科紀要』第六号、二〇〇八年一月。

8 拙稿「ちりめん本「日本昔噺」シリーズ『舌切雀』『瘤取』考」、『いわき明星大学大学院人文学研究科紀要』第七号、二〇〇九年三月。また石澤も、「『宇治拾遺』の「鬼にこぶとらるる事」から直接英訳したと思われる」（注3の文献、三三一頁）としている。

9 注8の文献。

10 昭和七年九月一日発行で長谷川商店より出版されている。紙型は一三・八×一九・八センチで、ややサイズが大きくなっている。用紙はちりめん紙である。

11　注8の文献。

8 ちりめん本研究文献目録

田嶋研究室編

1、福田清人「日本昔噺の最初の英訳本叢書　ちりめん本について」（『日本古書通信』三七（二）第五一一号、日本古書通信社、一九七二年二月、一頁）
2、福田清人「ちりめん本について詳記――附・日本昔噺の外国紹介（本誌三七　巻二号に続く）」（『日本古書通信』三七（五）第五一四号、日本古書通信社、一九七二年五月、二～四頁）
3、瀬田貞二「昔話再話の系譜（『日本お伽集1』解説「二」）」（『日本お伽集1――神話・伝説・昔話――』東洋文庫二二〇、平凡社、一九七二年一一月、三五七～三六四頁）
4、福田清人「日本昔噺の最初の英訳叢書――ちりめん本について」（『日本児童文学研究』叢書近代文芸研究、三弥井書店、一九七四年、五二～五九頁）
5、福田清人「日本昔噺の外国語訳――ちりめん本を中心に」（『文学』四四巻九号、岩波書店、一九七六年九月、一二〇〇～一二〇二頁）
6、瀬田貞二「明治御伽名義考」（『文学』四四巻九号、岩波書店、一九七六年九月、一二五六～一二六一頁）
7、瀬田貞二「挿絵本あれこれ（第9章　明治Ⅰ「五」）」（『落穂ひろい――日本の子どもの文化をめぐる人びと――』上・下巻、福音館書店、一九八二年）
8、アン・ヘリング「縮緬本雑考（上）」（『日本古書通信』四七（五）、第四五七号、日本古書通信社、一九八二年五月、四～五頁）
9、アン・ヘリング「縮緬本雑考（中）」（『日本古書通信』四七（六）、第六三五号、日本古書通信社、一九八二年六月、三～五頁）

10、アン・ヘリング「縮緬本雑考（下）」（『日本古書通信』四七（七）、第六三六号、日本古書通信社、一九八二年七月、六〜七頁）
11、アン・ヘリング「続・縮緬本雑考（1）」（『日本古書通信』四七（九）、第六三八号、日本古書通信社、一九八二年九月、一二〜一四頁）
12、アン・ヘリング「続・縮緬本雑考（2）」（『日本古書通信』四七（一一）、第六四〇号、日本古書通信社、一九八二年一一月、一〇〜一二頁）
13、アン・ヘリング「続・縮緬本雑考（3）」（『日本古書通信』四七（一二）、第六四一号、日本古書通信社、一九八二年一二月、一二〜一三頁）
14、アン・ヘリング「続・縮緬本雑考（4）」（『日本古書通信』四八（二）、第六四三号、日本古書通信社、一九八三年二月、一四〜一五頁）
15、アン・ヘリング「続・縮緬本雑考（5）」（『日本古書通信』四八（三）、第六四四号、日本古書通信社、一九八三年三月、一〇〜一一頁）
16、アン・ヘリング「続・縮緬本雑考（6）」（『日本古書通信』四八（四）、第六四五号、日本古書通信社、一九八三年四月、一六〜一七頁）
17、アン・ヘリング「続・縮緬本雑考（7）」（『日本古書通信』四八（五）、第六四六号、日本古書通信社、一九八三年五月、一四〜一五頁）
18、アン・ヘリング「続・縮緬本雑考（8）」（『日本古書通信』四八（七）、第六四八号、日本古書通信社、一九八三年七月、一〇〜一二頁）
19、アン・ヘリング「続・縮緬本雑考（9）」（『日本古書通信』四八（八）、第六四九号、日本古書通信社、一九八三年八月、八〜一〇頁）
20、アン・ヘリング「続・縮緬本雑考（10）」（『日本古書通信』四八（九）、第六五〇号、日本古書通信社、一九八三年九月、一〇〜一一頁）
21、アン・ヘリング「続・縮緬本雑考（11）」（『日本古書通信』四八（一〇）、第六五一号、日本古書通信社、一九八三年一〇月、一〇〜一一頁）
22、アン・ヘリング「続・縮緬本雑考（12）」（『日本古書通信』四八（一一）、第六五二号、日本古書通信社、一九八三年一一月、一二〜一三頁）
23、アン・ヘリング「続・縮緬本雑考（13）」（『日本古書通信』四九（四）、第六五七号、日本古書通信社、一九八四年四月、一八〜二一頁）
24、アン・ヘリング「続・縮緬本雑考（14）」（『日本古書通信』四九（六）、第六五九号、日本古書通信社、一九八四年六月、一四〜一五頁）
25、アン・ヘリング「続・縮緬本雑考（15）」（『日本古書通信』五〇（五）、第六七〇号、日本古書通信社、一九八五年五月、六〜七頁）
26、アン・ヘリング「続・縮緬本雑考（16）」（『日本古書通信』五〇（一二）、第六七七号、日本古書通信社、一九八五年一二月、一二〜一三

頁）

27、一九八六年子どもの本世界大会周辺プログラム委員会編集・企画『日本の子どもの本歴史展——17世紀から19世紀の絵入り本を中心に——』（日本国際児童図書評議会、一九八六年八月）

28、アン・ヘリング『江戸児童図書へのいざない』（くもん出版、一九八八年）

29、清瀬市郷土博物館編『特別展「五大昔噺——江戸期よりの絵本」』（清瀬市教育委員会、一九九〇年九月）

30、福生市郷土資料室編『ちりめん本と草双紙——19世紀後半の日本の絵入本——』、アン・ヘリング「国際出版の曙——明治欧文草双紙」（東京都福生市教育委員会、一九九〇年一〇月、二一～四四頁）

31、鈴木あゆみ「縮緬本の書誌について」（『白百合女子大学児童文化研究センター報』（二）、白百合女子大学児童文化研究センター、一九九二年七月）

32、林晃平「〈複〉所謂縮緬本『浦島』覚書（その一）」（『駒沢大学苫小牧短期大学紀要』（二六）、駒澤大学苫小牧短期大学、一九九四年三月）

33、鈴木あゆみ「長谷川武次郎と縮緬本について」（『白百合女子大学児童文化研究センター』（一三）、白百合女子大学児童文化研究センター、一九九四年七月）

34、「Takejiro Hasegawa:Meiji Japan's Preeminent Publisher of Wood-Block-Illustrated Crepe-Paper Books」Frederic A. Sharf（『Peabody Essex Museum Collections』130）、一九九四年一〇月）

35、松浦あき子「小林永濯の人と作品」（『Museum ミューゼアム国立博物館美術誌』五三四号、東京国立博物館、一九九五年九月、一九～三四頁）

36、中野幸一「上方版チリメン本の日本昔噺」（『日本古書通信』六一（五）、第八〇二号、日本古書通信社、一九九六年五月、二～四頁）

37、藤野雅子「スペインにある日本の昔話——「松山鏡」と「浦島太郎」の変容の歴史——」（『京都産業大学論集　外国語と外国文学系列』（通号二四）、京都産業大学、一九九七年、一九三～二一九頁）

38、鈴木あゆみ「縮緬本の中の子どもたち—— A Day With Mitsu を中心に」（『白百合女子大学児童文化研究センター研究論文集』一

号、白百合女子大学児童文化研究センター、一九九七年三月、六四〜八一頁）
39、国立国会図書館編「「お伽の国」日本とちりめん本」（『国立国会図書館常設展示』（八八）、国立国会図書館、一九九八年三月）
40、石澤小枝子「B. H. チェンバレンの AINO FAIRY TALES について」（『梅花女子大学文学部紀要（児童文学編）』一五（通巻三二）、梅花女子大学文学部、一九九八年一二月、二五〜五七頁）
41、村川京子「ちりめん本日本昔話」（『彷書月刊』一五（五）（通号一六四号）、弘隆社、一九九九年五月、八〜一〇頁）
42、藤野雅子「西訳　縮緬本『Japanese Fairy Tale Series』」（『Hispanica』（43）、日本イスパニヤ学会、一九九九年、一七二〜一八二頁）
43、放送大学附属図書館編『ちりめん本：放送大学附属図書館所蔵目録：長谷川武次郎とちりめん本』（二〇〇〇年）
44、石澤小枝子「長谷川弘文社の「ちりめん本」出版目録」（『梅花女子大学文学部紀要（児童文学編）』一七（通巻三四）、梅花女子大学文学部、二〇〇〇年一二月、二三〜七五頁）
45、村松定史「異文化交流のひとこま――ヴェルハーレンと縮緬本」（『東京成徳大学研究紀要』（八）、東京成徳大学、二〇〇一年三月、四一〜五四頁）
46、小島唐亨・佐藤典子「国立国会図書館所蔵ちりめん本目録」（『参考書誌研究』（五四）、国立国会図書館、二〇〇一年三月、三六〜六八頁）
47、放送大学附属図書館編『放送大学附属図書館所蔵目録ちりめん本　長谷川武次郎とちりめん本の歴史』解題：アン・ヘリング（放送大学附属図書館、二〇〇一年）
48、村川京子「「ちりめん本」Japanese Fairy Tale Series と長谷川武次郎」（鳥越信編『はじめて学ぶ日本の絵本史Ⅰ――絵入本から画帖・絵ばなしまで――』ミネルヴァ書房、二〇〇一年、三五〜四九頁）
49、石澤小枝子「明治の出版人　長谷川武次郎」（『梅花女子大学文学部紀要（児童文学編）』一八（通巻三五）、梅花女子大学文学部、二〇〇一年一二月、一〜四一頁）
50、石井正己『図説日本の昔話』（河出書房新社、二〇〇三年）
51、野崎琴乃「近代におけるイナバノシロウサギ――古事記の享受史を考える――」（『語文』一一七、日本大学国文学会、二〇〇三年

一二月、一〜二三頁）
52、石澤小枝子『ちりめん本のすべて　明治の欧文挿絵本』（三弥井書店、二〇〇四年）
53、中村正明「〔紹介〕石澤小枝子著『ちりめん本のすべて　明治の欧文挿絵本』」（『國學院雑誌』一〇五（八）、通巻一一六八号、國學院大學綜合企画部、二〇〇四年八月、五七〜六〇頁）
54、上笙一郎「書評――絵本研究文献から『明治の欧文挿絵本　ちりめん本のすべて』」（『Bookend』ブックエンド（三）、絵本学会、二〇〇五年六月、一二一〜一二三頁）
55、石澤小枝子「明治の欧文挿絵本――ちりめん本による海外への発信――」（『昔話――研究と資料』（三三）三弥井書店、二〇〇五年七月、四七〜六八頁）
56、自主企画展　企画展「明治・夢の絵本――ちりめん本と『大日本の児童の歌』について」佐尾博基（『叡智の杜』（三）、宮城県図書館、二〇〇六年三月、五九〜六一頁）
57、『明治期に刊行されたチリメン本の基礎的研究』平成17年度広域科学教科教育学研究経費報告書　研究代表者　石井正己（東京学芸大学、二〇〇六年三月）
58、江口磨希「国際子ども図書館所蔵ちりめん本について（日本児童文学の流れ）」（『国際子ども図書館児童文学連続講座講義録』二〇〇五年度、国立国会図書館国際子ども図書館、二〇〇六年一〇月、一四三〜一五三頁）
59、京都外国語大学付属図書館・京都外国語短期大学付属図書館編『文明開化期のちりめん本と浮世絵：学校法人京都外国語大学　創立60周年稀覯書展示会』（京都外国語大学付属図書館・京都外国語短期大学付属図書館、二〇〇七年五月）

（CD-ROM版）
『長谷川弘文社の「ちりめん本」について【機械可読データファイル】：Japanese fairy tale series を中心に』
［講演］石澤小枝子（梅花学園生涯学習センター、二〇〇一年）
『長谷川弘文社の「ちりめん本」について【機械可読デ1タファイル】：Japanese fairy tale series を中心に〔改訂版〕』

［講演］石澤小枝子（梅花学園生涯学習センター、二〇〇五年）

〔付記〕田嶋研究室で現在進めているちりめん本「日本昔噺」の共同研究の成果として次の三つの論文と研究文献目録がある。いずれも田嶋氏のもとで学ぶ院生の論文で、『いわき明星大学大学院人文学研究科紀要』第六号（二〇〇八年一月）に掲載された。

小野あゆみ　ちりめん本 "The Fisher-boy Urashima"（浦島）考――原典と翻訳の方法――

箱崎昌子　ちりめん本 "The Enchanted Waterfall"（養老の滝）考――原典と翻訳、孝行譚から奇譚へ――

髙島一美　ちりめん本 "The Ogre's Arm"（羅生門）考――頼光説話の騎士道物語化――

田嶋研究室編　ちりめん本研究文献目録（本書に収録）

田嶋氏はこうした院生の研究成果も十分に活かして本書に収録する論文を書いている。

なお、その後に刊行された、いわき明星大学大学院の研究紀要および各種の学会誌に、右の三氏のほかに田嶋氏のもとで学んだ齋藤祐佳里氏の「ちりめん本『日本昔噺』シリーズ」その他に関する数多くの論文が掲載されている。詳細は「国文学研究資料館」の「国文学論文目録データベース」でお調べ願いたい（編者）。

V エッセイ

1 日本・日本語・日本人——明治百年祭を考える

●一九六九年三月（『古典遺産』一九号）

　私の耳の底には〝紀元は二千六百年〟ということばがこびりついている。四つ年上の姉が〝キゲンハニセンブツタクネン〟と歌っているのを父が〝六百年〟と直してやっている姿である。紀元二六〇一年に生まれた私にとって、この歌を直接の体験として、覚えているということはあるいはあやまりであるかも知れない。あるいは二次的に、私が物心つくようになって、父が思い出として語っていたことが、あたかも直接体験のようになって、私の記憶として残っているのかも知れない。いずれにしても、これが万国博を企画し、国民精神総動員運動の中で官民一体を叫んで行われ、やがて太平洋戦争へと突入していった紀元二六〇〇年奉祝式典の中で行われたものであることを知る時、私の頭は奇妙な錯覚に陥ってくる。

　私にとって戦争の記憶とは、病床の中から母に抱き起こされ、驚怖のＢ29をカッコイイとながめたこと、姉と共に逃げこんだ防空濠の中で声をひそめて〝もう出てもいいかい〟と呼びかけたこと。それは恐怖であるよりは遊びと何ら変りのない、緊張感に満ちた好奇心の発揚であった。

　敗戦とは、新らしく覚えた〝カモツ〟ということばを子供心に得意になって使い、運転手から〝トラック〟と言わなければ、米兵に連れて行かれるぞ、とおどされ、数日その恐怖に襲われ、そっと母に〝ベイヘイって何〟と聞いたこと。米兵にガムをはきつけられたこと、狩猟にやってきた米兵のあとを、空やっきょうを拾うためにつきまわり、猟銃でおどされたこと、やっきょう拾いの日本婦人を面白半分に射殺したジラードという米兵が実刑を受けなかったこと。等々、すべて恐怖と屈辱であり早く米兵がいなくなることへの願いであった。戦争中の死の恐怖や、暗い抑圧された生活を精神的に受けとめるまでに成長していなかった私にとって、敗戦後の社会それは私がはじめて、物心のついた人間として受けとめる社会であったが、解放された社会として、明るいものとしては受け取り得なかった。アメリカから占領された社会として重くのしかかってくるものであり、その排除をひたすらに望むものであった。

　敗戦後のささやかな体験を思い起こしてくるとき、物理的にも精神的にも、戦中と戦後を除いて明治一〇〇年はあり得ない。戦後をどう評価し、戦後のレール上の現在をどう考えるかを除いては、明治一〇〇年の問題はあり得ない。

　今なお、恐怖として襲いかかってくる米軍基地の問題、原潜入港の放射能調査にしても十分な真相を究明しえぬ現状、今なお一一七の基地を持ち、アメリカに占領されたまま、日常的に起こる人権侵害、県民の自治権への侵害等、さまざまの耐えしのび難い問題をかかえた沖縄、どれを取って見ても敗戦と結びつく。こんな現代日本のほんの一面を見ただけでも、明治一〇〇年を〝壮大なる進歩と発展の実績をあげた〟（昭和四一年五月佐藤総理の明治百年記念準備会議でのあいさつ）とか、〝飛躍、高揚、壮挙、奇蹟的な復興、繁栄〟（準備会議委員の近代日本歴史の統一見解）などと見るのには、かなりの自己暗示と精神操査が必要だ。（日本近代化の他の多くの問題点はここでは割愛する）

こうして見ると明治百年祭とは、いわば一〇〇年を一連の興隆発展過程としてとらえ、一〇〇年の国民的統一見解をおしつけようとするものである。ここには、明治国家と今の日本国との間の連続面が強調され、その間の断層意識がぼかされている。したがってここからは、昭和のあの戦争も、重なる挫折としか受け取られず、大きくながめれば、飛躍的充実繁栄の道の中にあるとする考えとしかならない。

以上のような歴史感覚をもつて、その光栄史観を、計画的に、あらゆる手段を用いて、国民に押しつけようとしているところに、より本質的な問題がある。佐藤首相が、〝自ら国を守る気概〟を強調し、灘尾文相が、〝国防教育の充実〟を訴え、福田赴夫が、政府・与党の任務が〝民族精神をたたきこむ〟ことにあると発言をし、椎名悦三郎、保利茂、三木武夫等が、〝一九七〇年は安保危機の年ではなく、万国博の年だ〟などと強調し、経営者が、〝日本的なものを再評価し、意識的に洗練しつつ新らしい経営理念の中にくみ入れていくことが必要である〟（経済同友会発表の「新らしい経営理念」六五年一月）ことを説く時、明治百年祭の推進者のメンバーの一人に紀元二千六百年祭の事務局長をつとめた人物のいることを知る時、この冒頭に記した記憶のよみがえりは、単なる錯覚ではなくして、まさに現実に体験しつつあるこの現代社会の問題であることを知り得る。明治百年祭とは、明治以来一〇〇年に当るから、日本の近代化が必らずしも正しく進歩していない現在、近代国家への出発となった維新の頃に学ぼうとするとか、日本の国際舞台でのあり方を、この一〇〇年を機会に再検討しようなどというように、維新の当初と現代とを対自的に究明しようとするなら意義深いものとなる。しかしながら、こういう前向きの姿勢を持っているものではなく、目的のためにこれを利用しようとするような体制側の強い意図が秘められたものなのである。

このように考えてくると、官民一体の名のもとに、政府の主唱する明治百年祭は、イデオロギー的にも大きな危険性を持ったものであることは明白である。こうした中から、日本と日本人の真の発展はあり得ないだろう。

正しく歴史を見つめ、たじろぐことなく現実を把握すること、それは表面的な発展の裏に多くの民衆の犠牲と痛恨があったこと、そして現にあることを認めること、そしてその排除に立ち上がること、これのみが日本と日本人の真の発展をもたらすであろう。

2 創造性とは何か

●一九九九年七月（『創造』一四号）

けさの新聞では「創造性を生かす知恵の社会」なる活字が躍っている。経済審議会が新経済計画を決定し、答申されたとするものであった。しかし新聞のどこを見ても、いかにして創造性を生み出すかについては書かれていない。創造性や独創性を伸ばすという掛け声は、常に賛美される。しかし独創性や創造性とは何か、いかにして発揮させるかの議論はほとんど行われない。それどころか何も手をかけないことが創造性や独創性を伸ばすかのごとき錯覚が多い。

＊

よく赤ちゃんが、子供たちが独創的であるかのように思うことがある。どのような生物の個体であっても当初は生理的な欲望に基づいて行動するものであるから、赤ちゃんの行動は、むしろ没個性的である。また幼児の何気ない行動・しぐさに微笑むことがあるが、これも多くの場合、幼児が親の行動、しぐさをしっかり観察していて、そのまねをしているのである。子供たちが生まれながらにして独創的であり、抑圧しない限り独創性を発揮するという考えは、間違いである。

私たちは、自分たちの下の世代の人々が独創性を持っているかのような期待と恐れを抱いている。また彼らが独創性を持っているかのように思うことがある。それは価値の変換が、組織的に起こっている時、つまり時代の変革期である。この変革期の中では、旧来の秩序・体系が揺らいでいるから、既存の考えに自信がもてなくなる。多くの人たちが自信を喪失する。

独創性とか創造性とかは、実は私たちの決めてきたこと（文化・慣習）に対して変更を加える行為や態度を含むものである。文化をしっかり理解することなくして、文化に対して変更を加えるならば、それは私たちのアイデンティティの喪失につながる。決して新しい創造性をもたらすものではない。

*

世阿弥は、その最初に執筆した能楽論である『風姿花伝』の中で、「物数を尽くして、工夫を得て、珍しき感を心得るが花なり」（別紙口伝）と言っている。世阿弥の伝書類は、他の芸能者集団の中で、自分の家の芸を伝え、競争社会を勝ち抜こうとする中で、執筆されたものであるが、このことばこそ創造性・独創性に対する至言であろう。「物数を尽くして工夫する」とは、稽古に稽古を重ねてレパートリーを広くするの意味であり、「珍しき感」とはレパートリーの広さから、芸域の広さから、観客に感動を与えることである。窮め尽くしてここに初めて新しい創造が生まれるのである。

創造性・独創性を生かす教育とは、世阿弥における稽古で体得したごとく、しっかりと先人の業績を学び、何が創造的で何が創造的でないかを理解して、その上で少しの変更を加える能力のことである。

3　現代社会の「老い」

●二〇〇二年一〇月（『創造』二七号）

『風姿花伝』は、今からおよそ八〇〇年前に能楽を大成した世阿弥が、ライバルたちとの芸術的戦いを勝ち抜くために子孫に与えた口伝の書である。

そのなかの物真似（写実芸）の神髄を伝えることばに、

> 年寄りぬれば、その拍子の当て所、太鼓・歌・鼓の頭よりは、ちちと遅く足を踏み、手をも差し引き、およその振り・風情をも、拍子に少し遅るるやうにあるものなり。（中略）年寄りの心には、何事をも若くしたがるものなり。

というものがある。

老人はすべての行動が少し遅れ気味であること、何事においても若ぶりたい心のあることを鋭く指摘したものであるが、これこそ老いを分析した最も優れた表現であろう。私もこの言葉が特に実感をもって理解できる。私のみならず、これが社会的にもよくあることのように思う。

「あのとき何々しておけばよかったのに」とか、「あのサインは実は何々だったのだ」などと後から気づかされることが多い。大学でいえば、一八歳人口の減少は既成の事実であって、何年も前からわかっていることであった。しかし、多くの大学人にとって、それを実感し、真剣に自分たちの問題として大学の危機を感じだしたのは、それほど古いことではない。それどころか今になっても無謀な大学の新設や増設が続いている。東電の問題にしても、「あのとき勇気を持って云々」と臍をかむ思いで苦しんでいる人が多いであろう。また、アメリカのイラクに対する行動などいささか狂気じみていて、「大人しくない」行動であろう。大人とは成人して分別と知恵を備えた者のことである。「大人しい」とは、分別があって常識や知恵を備えていることである。分別を失ったかに見えるアメリカのイラクに対する行動は最も大人しくない行動であり、この行動こそ若ぶる感情そのもの、大人が取った子どもらしい行動である。このように個々人の行動のみならず、いろんな所に社会的行動の遅れが目立つ。この社会的行動の遅れは、世阿弥が言うように、老人的行動であり、社会の老化である。

私たちの未来にとって、明日において、恐ろしい社会的課題は、老人が増加することではなく、社会が老化していくことである。社会の老化は老人の問題ではなく、私たちの心の老化の問題である。

いうまでもなく心の老化をくい止めるのは、私たちのなかに豊かな感受性を形成することである。それはこれまでの大量生産、大量消費に支えられ、効率性や物質的豊かさのみを追求してきた人間の価値観を根本から問い直すことである。人間を大切にして、人間を尊重する、心の豊かさを求める感受性を追求することである。

4 大学教員に何が問われているか

●一九九九年一月（『日本文学』四八―一）

大学の教育改革は九〇年代に入るやにわかに明白になってきた。カリキュラム改革やシラバスの作成と公開、学生による授業評価、教授法の改善等の言葉の横行がそれを示している。バブルの崩壊とも対応しつつ始まった大学受験者人口の減少は、少子化の波と重なって、明確に現れ出した。のんびりしていた経営基盤の弱い怠惰な大学にも問題が、崩壊の危機が見え始めてきたのである。やっと改革しなければの意思が教員自身の中から見え始めたのである。

さて、その教育改革とは何であろうか。言葉が先行し、形だけの変化が進行してはいないか、そんな危惧の念を抱く。そもそも教育改革は、大学を形成している属性の変化からくるものである。

その一つは学生の変化である。大学入試に当たって受験生と面接していると、あまりにも目的意識のない、自分自身に戸惑っているような受験生が多いことにいささかうんざりする。やがて四月になれば教室での私語、またゼミの時間における沈黙である。将来の職業目的がはっきりしない、学問研究にも関心がない、とは今の学生を称してしばしば言われることである。

変化しているのは学生ばかりではない。学会の事務局を引き受けていた一昨年、大会案内の送付のために大学一覧を開いたとき、あまりにも大きな変化に驚きためらった。国立大学の中には、国文科や日本文学科などほとんど見当たらない。どこに送るべきか大いにためらったのである。そこには国際とか人間とか、言語文化・情報等の学術用語が氾濫しているように見える。学部や学科の名称の変化は、学問自体の変化があり、それをふまえた改善や、変革の結果が背景にあることは間違いないであろう。学際的な学問の登場、先端科学での専門分化・高度化の進行は学問体系、知の体系のゆらぎを示している。人文科学の世界でもそのゆらぎは顕著であろう。しかし名称の変化が、大学教育についてのラジカルな問い直し、の結果であるのかは、大いに疑問がある。

生涯教育とか、生涯学習が叫ばれている。ここでは単に教養が求められているのではなく、専門的な技術や知識がたえずメンテナンスを求めていることである。このことは大学の四年間の教育では不十分であり、大学における職業教育が現在の職業に対し、あまり役立っていないことを意味している。大学は何を教育すべきかを真剣に考えなければならない時なのである。

人は基本的に豊かさを求める。豊かさとは物質的な側面と精神的な側面の二面を有する。しかし近時のあり方は、物質的な側面により大きな比重がかかっていた。ことに日本の明治以降の歩み、特に戦後を考えれば、明らかであろう。この豊かさへの信仰は大きくゆらいでいる。本当に日本は豊かであるのか、誰しも納得できないところであり、心の底には豊かになったといわれる今なお、豊かさを求め続ける。その中で精神面での豊かさへの希求がなかなか明確にならないのである。

学生、学問、職業世界での変化が相互に関連しつつ起こっている。さらにそこに人々の価値観の変動が重なってくるのである。将来の職業目的や学問への関心の持てない学生には学習への動機づけが重要になる。教員は教えることへの努力を、技術を求められるのである。その基本になる知の体系は大きくゆらいでいる。教員もまた不安である。追い打ちをかけるように産業界の急速な変化、価値観の変動が重なってくるのである。大学教育の魅力は明らかに減少している。しかし大学への進学者層は増加している。この中に現代の大学がある。

無気力で目的意識を持たない学生の中でもまったく逆の学生も何人も見かける。私の勤務している大学は、客観的に見れば入学の楽な大学である。その中で受験の面接で国語の先生になる夢を目を輝かせて語った受験生が居た。四年後、公立学校の採用試験に合格し、入学時の希望どおり教師をしている者がいる。その子は先生になる動機を高校の国語の先生との出会いにあったことを語っていた。また大学四年間野球部で活躍し、その後高校の先生になる夢を抱き、卒業後四年たってから大学に戻り、研究生、大学院を経て、ついに念願かなえて高校の教師になって野球の指導と国語の教師に専念している者もいる。彼もまたある教員との出会いを大切にしている。教員のみならず他の職業でも明確な目的を持って入学し、それを貫徹した者もいる。こんな側面を見ると、私たちの時代とそれほど大きな違いがあるわけではない。少なくとも私個人に関していえば違いはない。唯一違いがあるといえば、私はハングリーであった。まわりもおおむねハングリーであった。そして幸せだったのは、優れた先生に出会えたこと、そしてその中で学問への興味を見出したことである。また、今のゼミの学生たちも驚くほど熱心に研究し、そしてリポートする。彼らの感性の高さに驚くことしばしばである。そして彼らに良き出会いを与えることができれば、彼らの目標は明確になる。

こうしてみると学生が変化している以上に、その周辺が、社会や時代が変化しているのである。大学改革とは、その変化をしっかり認めるところから出発する。現代の大学問題は学生だけに起因するのではないのである。

このように考えた時に、今の大学に問われているのは、大学教育に理念を掲げ、その達成のために、教育プロセスを再編成することである。このような取組みはかつて大学に存在したであろうか。すでに一段落した感があるが、既存の学部、学科の名称変更、新設の学部学科の名称が一変した。いうまでもなくその裏には、知の体系のゆらぎが反映していよう。しかしこのことがどこまで真剣に検討されたであろうか。

今、大学教育には真剣な改革が求められている。その改革は、研究そのものから、大学の理念、教育の理念、教育のシステム、そして個々人の教育への取組む姿勢の変化が求められているのである。

大学の教員の教育面への重視という言葉が出現すると、これに少なからぬ喜びを感じ、安堵の思いを抱いている教員がいる。この面を考えると、大学は研究と教育の両面で根源的な危機に面している。研究なしに教育がありえないという素朴な原点、現在の学問状況が知の体系のゆらぎの中にあることを考えれば、教育面の重視はそのまま研究面の軽視ではない。大学教員により厳しい仕事が加わったというよりも、本来の仕事が明確になっていることを自覚せざるをえない。

5 方丈記八〇〇年――無常を生きる知恵

●二〇一二年一〇月～一二月（『佛教タイムス』）

一、鴨長明の生涯と著作

二〇一二年の三月の晦日は、鴨長明（一一五五～一二一六）が、桑門（僧）の蓮胤として『方丈記』を書き上げてから八〇〇年目の年である。その七九九年後の三月一一日、私たちは未曾有の災害に遭遇した。原発事故という長明の体験を超える果てしない災害。自然を軽視した人災である。一年半も経過した今なお、癒えるどころか、癒しの糸口さえ見えず、ますます重く私たちにのしかかる。私たちはこれからどうすべきか。どうできるのか。答えは遠い。

鴨長明は今からほぼ八六〇年前、賀茂御祖（みおや）神社（下鴨）の禰宜長継の次男として生まれた。一九歳の時父を失い、みなしごを意識せざるを得ない状況の中、神官としての昇進の道も閉ざされた。

そして二〇代から三〇代の八年間に、京の都の大火事、辻風（竜巻）、飢饉、大地震の災厄、遷都（平清盛による福原遷都）の混乱に遭遇。この間に妻子との離別、長年親しんだ父方の祖母の家を出て、独り身の生活をしていたようである。

歌人としては地下歌人ながら、後鳥羽院に評価されその歌壇で活躍。和歌所の寄人となった。

しかし、後鳥羽院の後ろ盾を得て期待した下賀茂河合社の禰宜職を断たれてよりついに出家遁世、洛北の念仏聖の別所大原に隠遁した。

五年ほどでここを出て日野に移り、方丈の草庵を竟の住処として生涯を終えた。

この日野の地で自分の人生と社会と自然を見つめなおし、『方丈記』を書き上げた。他に『無名抄』という歌話説話集、仏への発心の機縁説話を集めた『発心集』の編纂もこの地であった。

二、災害の実況放送

長明は四十数歳の時に、青年時代に体験した火事、辻風、飢饉、地震の自然災害と清盛の行った福原遷都を世の不思議と総括している。

最初の災厄の体験は安元三年（一一七七）の四月、長明二三歳、都のうちの三分の一を焼いたという大火である。それは「扇を広げたるがごとく末広になりぬ」とか「空には灰を吹きたてたれば、火のひかりに映じてあまねく紅なる中に、風に堪えず吹き切られたる焔、飛ぶが如くして一二町を越えつつ移りゆく」

などという、燎原の火のように焔が広がっていく恐怖と風に乗って拡散されていく恐ろしさをルポルタージュ的に描いている。激しい臨場感と逆に鳥瞰的に冷静に描いていることである。

なぜこのような描写が可能であったのか。長明の資質、文才によることは明らかであるが、基本は正確に情報を把握できていたからである。また『方丈記』執筆時点であるとすれば体験から三五年も後のことである。自然災厄の体験は次第に無常の認識として抗うことなく心の中に沈潜しているのである。

このたびの原発事故、私は不安の中で原発がどうなっているのかを知るためにテレビにかじりついていた。しかし後に知ったあの悲惨な破壊ぶりは知らなかった。私のみではなく日本中の多くの人々が知らなかった。事故が起こってなお安全の大合唱であった。

被災地の人々に与えられたあまりにも貧弱な放射能情報。これらが事故の拡大と多くの風評被害をもたらし、二次的事故を拡大したのである。私たちはこれをあとでどのように表現できるのであろうか。

三、長明の政治批判

治承四年（一一八〇）の六月、長明は、平清盛による福原遷都を体験した。それを遷都を憂いあっていた人々が、「大臣公卿みな悉くうつろひ給ひぬ」と直ちに移動したと観察し、「官位に思ひをかけ、主君のかげを頼むほどの人は、一日なりともとくうつろはむ」と鋭く分析する。

そして偶然の機会と書いているものの、自ら新都に出かけて実見する。そこで彼が見たものは、条理を割れない狭さ、進まない新築、遅滞する開発のいらだちから「古京はすでに荒れて、新都はいまだならず。ありとしある人は、皆浮雲の思ひをなせり」と、すべての人が不安定な心になっていると分析する。そして旧住民は、「地を失うて憂ふ」と土地を奪われた怒り、新住民は、「土木のわづらひある事を嘆く」と喝破する。

この政治のあやまちから五カ月後の一一月末、むなしくもとの都に戻る。しかし一端破壊された家はかならずしももとのようには戻らなかったと観察する。そして古の「民をめぐみ、世をたすけなさった」憲政と対比して、時の権力を批判する。

そもそも福原の地は平家一門の屋敷が多くあった。清盛はここに港を整備し、日宋貿易の拠点とする新しい国家戦略を持っていた。

しかし国家戦略も失敗すれば災害である。自然災厄を書いていた長明がここに遷都を書き込んだ。長明の政治・行政批判があり、災害時の確かな人間の心の分析がある。権力に服従した人間の悲劇、権力に振り回された人間の悲しさ、長明の確かな目は、原発に振り回されている今の私たちの状態もそのまま分析しているようである。

四、実証的精神と人間観

養和元年（一一八一）の飢饉を、「あさましき事侍りき」と言葉では表現しきれない自分が見た惨状として書く。五穀を得られない農民が自らのふるさとを捨て、あるいは山に逃れすむ。その結果、都の生活が窮する。体裁を繕えない人々を、「目見たつる人なし」と記して、人の荒廃を見つめる。

自然や社会が荒廃する中に薪を求める人々が寺社や仏像さえも破壊する実情を、「割り砕けるなりけり」と伝聞として伝え、さらに、「濁悪世にしも生れあひて、かゝる心うきわざをなん見侍りし」と記す。すべてを自分の目で確認したことではないが、多くは確かに見ましたよと書いているのである。

さらに長明の目は、飢渇して死んでゆく人々の上にも注がれる。

夫婦は、「思ひまさりて深きもの、必ず先立ちて死ぬ」「親子あるものは、定まれる事にて、親ぞ先立ちける」と観察する。それはわずかに得た食物を、「人をいたはしく思ふあひだに……、かれに譲るによりてなり」と分析する。己を犠牲にしても、あるいは己を差し置いても愛するものを守ろうとするのが人間であるとする長明の人間観である。八〇〇年前の長明の心と目が、私たちを鋭く突き刺してくる。

さらにこの実情を正確に伝えようとする長明は、京のうちの一条から九条まで、京極と朱雀の間（左京、京の半分）の「死者四万二千三百余人」と数えた人がいることを記す。災厄を伝えるジャーナリスト長明、そこに基本的な人間観と実証的精神が息づいている。

五、地震の描写記録

大地震の様子を、「山は崩れて河を埋み、海は傾ぶきて陸地をひたせり。土さけて水わきいで、巌われて谷にまろびいる」と鮮やかに描写し、「恐れのなかに恐るべかりけるは、只地震なりけるとこそ覚え侍りしか」とその体験のすさまじさを語る。

さらに余震を語った後に文徳天皇の時代の地震で東大寺の大仏の御頭が落ちたことを付け加え、それに続けて「すなはちは（その当時は）、人みなあぢきなき事を述べて、いささか心の濁りもうすらぐと見えしかど、月日重なり、年経にし後は、ことばにかけて言ひ出づる人だになし」と看破している。

元暦の地震は一一八五年の七月である。ここでもこの文が、『方丈記』執筆の時点で書かれたとすれば、二十数年が経過している。三五〇年余り前の文徳天皇の時代の地震を出すまでもなく、長明は人の心のはかなさを、移ろいやすい人の心を語っているのではないか。わずか二十数年で地震のこわさを忘れかけ、凄まじかった地震の体験を自らの生きる糧にしていない世の人々の兆候を鋭く見ぬいているのである。見えすぎる心がこれを書かせている。「地震をしっかり学べ」と教えているのである。

長明が体験した元暦の大地震に先立つことおおよそ三百余年前の貞観一一年（八六九）、三陸の地を巨大地震・津波が襲ったことを研究者は突き止めていた。

しかし肝心の原発を預かる人たちは無視した。忘れたこと以上に全く学習していなかったのである。それが原発災害を大きくしたことは誰の目にも明らかである。

六、出家遁世生活の選択

大火事、辻風、飢饉、大地震の四大種の災厄と福原への遷都を糾弾してきた長明は、世の無常の上に我が身とすみかのはかなさを重ね合わせ、「すべてあられぬ世を念じ過ぐしつつ、心を悩ませる事、三十余年也」と総括して、齢五〇歳にして大原に出家遁世する。

ここに至りついた長明は、「ゆく河の流れは絶えずして、しかももとの水にあらず。よどみに浮かぶうたかたは、かつ消えかつ結びて、久しくとゞまりたるためしなし。世の中にある人と栖と、又かくのごとし」と高らかに無常観を表明する。そして自らの人生で体験した五大災厄と我が家の変化（縮小化）の中で無常を証明する。その無常観は、「かつ消えかつ結びて」に示されているように消える方（消滅面）により比重を置いた無常観である。

言うまでもなく無常観とは、無常と観ずることでもない。無常と感ずることでもない。世の中を人を無情であると嘆くことでもない。無常観とは、ものも人も生々消滅し常に変化する、変わりゆくものであると考え、その上に立って行動の基準を作って生きるという世界観である。ここでは心の目、心の持ち方が問題なのである。

今回の災害の中で、ある識者は、「被災地の方々の表情の一つ一つが穏やかで静かだった。日本人が無常観を持っているからである」と言っていた。穏やかで静かな表情の内面に心の葛藤、もがきがあることを見逃してほしくない。

何度も裏切られてきた科学者に対する期待、行政に対する期待。この中で懸命に心の折り合いをつけて生きているのである。

七、大原での覚醒

大原を出家遁世の地と選び、そこに長明が隠棲したのは一二〇四年から一二〇八年頃である。大原は京都の北東部にあり、比叡山西麓を流れる高野川の上流に位置する小盆地、建礼門院の寂光院や往生極楽院を持つ三千院がある。平安末期、寂念・寂超・寂然（大原の三寂）の三兄弟が官の束縛を離れて仏道に心をひそめたとする伝承を生み、隠棲の地としてのイメージが固定した地である。

また文治二年（一一八六）、法然は、この地の勝林院において、諸宗の碩学を相手に論議し称名念仏の優位性を論証（大原談義）。その思想形成に大きな意義を持った浄土宗の聖地でもある。

長明はなぜか、「むなしく大原山の雲に伏して、又五かへりの春秋をなん経にける」とのみ記している。大原の五年の生活を「むなしく」と記しているのである。何がむなしかったのか。長明が語るところは少ない。

しかし、法然義確立後においても念仏を巡って論争は絶えなかった。念仏をたくさん唱える多念義と、後の親鸞に代表される一念義との論争である。

大原の念仏聖の中にもこの論争が激しく展開していたであろうことは想像に難くない。念仏聖の念仏の声によって滝の音も聞こえなかったとする音無の滝の伝説が伝えられていることからすれば、多念義の修行者の方が多かったと考えられる。

長明が「むなしく」と総括しこの地を去ったのは、論争に巻き込まれ心の安らぎを得られなかったこと、多念義に疑問を持っていたことが推測される。長明はここからの脱出によって、新しい自分に目覚めたのである。

八、ぬくもりを求めて

長明は大原の生活について黙して語らなかったが、日野での生活については饒舌である。「その家のありさま、世の常にも似ず、広さはわずかに方丈、高さは七尺がうち也」と方丈の庵を語り、閼伽棚、阿弥陀、普賢菩薩の絵像の安置、『法華経』の用意、和歌、管弦、『往生要集』、琴、琵琶の持ち込みを説明し、「仮の庵のありやう、かくの如し」と誇らかに語る。

周辺の環境を、「西はれたり。観念のたよりなきにしもあらず」「藤波を見る。紫雲のごとくして、西方ににほふ」「郭公を聞く。語らふごとに、死出の山路を契る」「ひぐらしの声…世を悲しむほど聞ゆ」「雪をあはれぶ。積り消ゆるさま、罪障にたとへつべし」と四季折々の自然が仏教的環境・浄土思想を満たし、その中に融合した生き方を誇る。この中で文学散歩を楽しみ、「ひとり調べ、ひとり詠じて、みづから情をやしなふばかりなり」と澄み切った心を開く。

ところが、「かしこに小童あり。時々来りてあひとぶらふ。若しつれづれなる時は、これを友として遊行す」。「窓の月に故人をしのび、猿の声に袖をうるほす」「山鳥のほろと鳴くを聞きても、父か母かと疑ひ」と赤裸々に人恋しき心を語る。長明が捨てて捨て切れなかったものはこの人とのぬくもりではなかったか。日野で得たものはこれであった。

災害後の大学、授業を再開して一週間後くらいから研究室に来る学生が増えた。話すでもなくじっと座っている。遅くなって「帰るぞ」と声をかけると頬を緩めて一緒に研究室を出た。あの子が求めていたのは、人のぬくもり、人といる安心であったのであろう。

九、他力の本質不請の阿弥陀仏

大原から移り住んだ日野は豊かな浄土思想の世界であり、長明を日野に導いた禅寂も日野にいた。

「抑一期の月かげ傾きて、余算の山の端に近し。たちまち三途のやみに向はんとす。何の業をかかこたむとする」

時折心の寂しさを覗かせつつも閑居生活の楽しさを述べ、狂(きょう)言綺語(げんきぎょ)と戯れていた長明は、ある朝、残月が山の端に消えゆくのを見る。そのときふっと我が齢も残月のように少ないことを自覚する。

私は自分の人生の不条理を他人のせいにしてきたことはなかったか。自分は仏の教えに反して執着心を捨てきっていない。草庵生活に執着し、閑居の楽しさを述べてきたのも執着でありすべて仏道の妨げである。なのになんと無駄な時を過ごしてきたのか、と。

内省に内省を重ねるけれども心は応えてくれない。もう自力の余裕はない。そこで「只かたはらに舌根をやとひて、不請の阿弥陀仏、両三遍申してやみぬ。于時建暦の二年、弥生の晦日ごろ、桑門の蓮胤、外山の庵にして、これをしるす」と書き上げる。他力への確信である。

かつて大原で長明を悩ましていた論争はひたすら念仏を唱え続けなければならないのか、あるいは念仏は少なくても心を重視するのかであった。多念を追求してゆけば自力に近づき、他力念仏の本質をも危うくする。

長明の心は次第に他力の念仏の本質に目覚めていたのである。その上で「桑門の蓮胤」と仏教者蓮胤と自署して自信に満ちて『方丈記』を書き上げたのである。

一〇、鴨長明三部作

長明は晩年の承元二年（一二〇八）の頃、日野に移り、亡くなる建保二年（一二一四）までおおむねこの地で過ごしたようである。

日野に隠棲しておよそ三年ほどたった建暦元年（一二一一）

の一〇月、飛鳥井雅経の挙によって鎌倉に下向している。目的等不明であるが、将軍実朝に数回謁見していることから和歌の指南などが考えられる。しかし実現はしなかった。頼朝の忌日に当たり念誦読経し、「懐旧の涙頻りに相催し」たと記されている（『吾妻鏡』）。

この鎌倉下向と体験は自らの人生を総括する機縁になっていた。帰庵した長明はその後の四年間で、『無名抄』、『方丈記』、『発心集』と立て続けに三作品を完成した。

『無名抄』を分析すると、歌話の配列から、連想の展開で執筆していることがわかり、そこに数寄へのこだわりが重なる。歌の世界にこだわる自分の有様を生死の余執と冷めた目で見つつも、現実的世界へのこだわりを示し、かつ無益のことと総括する。和歌や歌合の勝負にこだわるこの世界を無明（根源的な煩悩）の世界と一括しているのである。

次の『方丈記』では、無明をうけて自己の矛盾を捨てて仏にすがる自己、無明から発心への転換を描いた。

最後に迷いの多い人間、易きに流れやすい人間をいかに仏の世界に導くかを描いたのが『発心集』であった。長明三部作である。

長明が表現したものは、混乱する変革期、災害のうち続く時代の生き方の一つであり、無常観を持って生きた一人の魂の記録であり、人生の総括であった。

6 鴨長明編纂の『発心集』
——現代こそ心の問題重視

●二〇〇二年四月一一日（『いわき民報』）

鴨長明が編纂した説話集『発心集』の序文は、

仏の教へ給へる事あり、「心の師とは成るとも、心を師とする事なかれ」と。

との、仏の言の引用から始まる。これに続けて、人が一生を過ごす間に心に思うことのすべてが悪業であるとして、仏門に入った人でも善心は野生の鹿のように離れやすく、悪心は飼犬のように身辺から去らないと分析する。ましてや一般の人においては心の師となることがいかに難しいかを強調する。次に自分の心を分析して、仏の教えのままに、悪心を許さずして悟りを開いてこの世の苦しみから脱しようとすれば大変難しいことだとしている。

ここで注目すべきは、人の心を分析して心に二面性を見ていることである。その一方に心の弱さ、心を愚かなるものとしてとらえていること、我が心を内省して、その心の二面性を見ていることに気づく。そしてこの弱い心を、愚かな心をどう教育するか、説話を集めて座右に置いて、賢い人の話を見てはそれを目標として、愚かな人の話を見ては自らの反省の材とするとしている。いわば説話による教育を言っている。

　この心の分析は長明のみならず同じ中世の時代、他の人の中にも類似の考えがよく現れている。浄土宗の祖師たちの言葉をあつめた『一言芳談』にも、無常の理解についてどう考えるかではない、「いささかなりとも心に乗せてのうえのことなり」（心に掛けることの重要性）とか、臨終時の心細さに対して、「無始よりもとめならひたる命なれば、心細くおぼゆることもあらんか」（生に対する不安）とか、「欣求だにも深くば、いちじょう往生はしてん」（欣求浄土のこころざしの重要さ）等の心を分析して、弱さを克服する心構え、こころざしの重要さを示す言葉が多く記されている。この中世の時代に心が問題にされているのである。人間の行動、思考を分析して心の問題がクローズアップされているのである。

　長明の生きた今からおよそ八〇〇年前は、古代から中世への大きな変革期であった。この変革のために源平の争乱、承久の乱、南北朝の内乱とうち続いた、それも全国的規模で続いていた。いわば中世は乱世そのものであった。長明は、うち続く戦乱や、自然災害、加えて我が身の不幸な体験を通して、この世が消滅していく側面に目を凝らし、無常観という世界観を獲得していった。『発心集』に先だって長明が執筆した『方丈記』では、この世が無常であることを理解し、その世界観の中で出家遁世の生き方を選択した。しかし晩年に至ってその人生を見つめ直し、出家者としての自らの生き方を猛省したのであった。それに連続する形で冒頭の言が記されているのである。

　今から八〇〇年前は、日本の歴史の中で中世と呼ばれる時代である。その時代に、自分の心の弱さ、愚かさに悩み、苦しんだ人が居て、心を見つめ直し、その二面性に気づいた人々が居たのである。心の問題がクローズアップされたのである。

　ふと長明の時代が今、現代といかに近いものであるかを思う。その心の教育として説話を使っているのである。説話を文学と置き換えるならば、現代社会にこそ心の問題、人文科学、文学の問題が重視されるのである。

7　帝を悩ませる御殿の上の怪物―鵺

●一九八九年六月（『歴史読本』臨時増刊三四―一二）

一、「ぬえ」とは何か

今日、「ぬえのような人物」と形容すれば、得体の知れない怪しげな人物や、物事をはっきりさせない曖昧な態度をとる人を意味する。どこかうさん臭さが付きまとい、決して良い意味には使われない。いにしえ、中国でも同様であったようだ。隋の時代に陸法言らの撰になる韻書である『広韻』には「怪鳥」と説明されているし、宋代の『集韻』（仁宗の勅により丁度が撰したもの）では、「鳥ノ名、雉ニ似タリ」とその形を明らかにしている。また『山海経』北山経では、「単張ノ山、……鳥アリ。其状雉ノ如クニシテ、文首ハ白ク翼ハ黄足、名ヅケテ白鵺トイウ。之ヲ食スレバ嗌(えき)痛ヲ已(な)シ、以テ痸ヲ已ス」とあって、形は雉に似た鳥、それを食すと癩病さえも傷すと説明している。中国でも得たいの知れない摩訶不思議さを見せている。漢字では「鵺」と「鵼」の二つの表記が存在するが、指し示すものは同じであろう。

日本では『万葉集』の中にも「ぬえ」が詠みこまれている。鵼子鳥(ぬえことり)とか、ぬえ鳥と詠まれているが、とらつぐみがそう詠まれていた。その悲しげに鳴くさまが「うら嘆く」「のどよふ」などと表現されている。

　ひさかたの天の河原にぬえ鳥のうら嘆(な)きましつすべなきまでに〈巻一〇・秋雑歌〉

（天の河原でひとりで嘆いておりました。なんとも手のほどこせぬままに）

　よしゑやしただならずともぬえ鳥のうら嘆き居りと告げむ子もがも〈同〉

（たとえ直接ではなくともぬえ鳥のように、心のうちで嘆いていると告げられる子がほしいものだ）

　……青丹よし奈良の吾家(わぎへ)にぬえ鳥のうらなきしつつ下恋に……〈同〉

（奈良の我が家で涙をこぼしつつひとに隠した恋しさに……）

等の歌があり、いずれも嘆かわしくつらく淋しい心を歌っている。『万葉集』以外でも、

　雨にまた水そひぬなり夜もすがらもの思ふやどにぬえの声しつ〈『夫木和歌集』二七雑　源俊頼〉

　さらぬだに世のはかなさを思ふみにぬえなきわたる明ぼのの空〈同前　西行。『山家集』の歌〉

のような歌がある。前者は雨にぬれた侘しさの中、その上に鵺

の声がして、いっそう侘しさをつのらせる。単なる添景ではなく鵺の声が具体的に詠みこまれている。後者もまた世の無常を感じ悲しみにくれている心に、鵺の声が響きわたる。早くも夜が明けんとしているさまを歌っている。この歌もまた鵺の鳴き声がいっそうもの侘しさ、無常観を示している。

このようにとらつぐみが鵺と思われたところから、その悲しげな鳴き声を連想して、「うら嘆く」「のどよふ」「下恋」の枕詞となるとともに、淋しさ、侘しさを歌う歌語となっている。いつの頃、とらつぐみが「ぬえ」と思われ、「鵺」や「鵼」の字を宛てられたのか不明ではあるが、この漢字を用いた時、その鳴き声と夜鳴くという習性からくるもの侘しきイメージは、漢字からくる怪鳥のイメージと結びついたものであろう。この結びつきはすでに『和名抄』の中に「怪鳥也」とあることから知られる。また『堤中納言物語』の「はなだの女御」の中には、

人はただ今はいかがあらむ。ぬえの鳴きつるにやあらむ。忌むなるものを。

とある。好き者の呼びかけた歌に女房たちが冷たく反応し、心当たりもないとして語ったことばである。人は今ごろ起きているはずもないから、男たちが呼びかけてきたのではなくて、鵺が鳴いたのであろうというものである。鵺の鳴き声がきわめて忌わしきものであると考えられていたことを示す。これらの例のように、鵺にはしだいに不吉なイメージが結びついてきたのである。

二、頼政の鵺退治

『平家物語』の伝えるところによると、近衛院が在位の仁平の頃（一一五一〜五四年）、天皇が毎夜怯え驚き、気を失うことがあった。効験のある高僧、貴僧に仰せつけて、仏法の大法秘法を行わせたけれども、いっこうにききめがない。帝がお悩みになるのは、いつも午前の二時頃であった。東三条の森の方から黒雲がひとむら立ち昇ってきて、御殿の上をおおってくると帝は必ずお悩みになった。このため公卿会議が開かれた。

そこで出た意見は、寛治の昔（一〇八七〜九四年）、堀河天皇が在位の時に、今の近衛天皇とちょうど同じように、天皇が夜毎に怯えることがあった。時の鎮守府将軍源義家が南殿の大床に控えて、帝がお悩みになる時刻に、弓の絃を三度ならし、大きな声で「前陸奥守源義家」と名乗ると、物の怪は恐ろしさに震え、帝のお悩みも治った。こういう先例があるので、源平両家の兵の中から帝を守る武士を選ぼうという意見であった。そして源頼政が選び出された。

当時、頼政は兵庫頭であった。そもそも朝廷における武士の役割は、反逆者を退け、勅命に背く者を滅ぼすことである。頼

政は、「目にも見えない妖怪変化を退治せよという命ははじめてだ」と言いつつ勅命にしたがって参内した。深く頼みにしている井（猪）の早太一人をつれていた。

帝がお悩みになる刻限になると、日ごろ人々の話していたとおり、東三条の森の方から黒雲が立ち昇ってきて御殿の上にたなびいた。頼政がキッと見上げると、雲の中に怪しい姿がある。決死の覚悟で矢をとって弓につがえ、心の中で「南無八幡大菩薩」と祈念して、十分ひきしぼってヒュッと射ると、手ごたえがあった。井の早太がツツと寄り、怪物の落ちるところを取り押え、すばやく刀を九回刺した。人々が火を灯して見ると、頭は猿、胴体は狸、尾は蛇、手足は虎の姿である。鳴く声は鵺に似ていた。

資料1　近衛天皇を悩ませた妖怪変化、鵺
（早稲田大学演劇博物館蔵「源頼政鵺退治之図」
「丁七唱」資料番号 012-1419）

帝は感動のあまり頼政に師子王という御剣をくださった。これを左大臣頼長がとりついで階段を半分ほど降りると、ちょうど四月の一〇日の頃だったので、ほととぎすが二声三声鳴いてすぎた。その時左大臣が、

　ほととぎす名をも雲井にあぐるかな

と詠んだ。頼政はすかさず、

　弓はり月のいるにまかせて

とつけて剣をいただいて退出した。帝をはじめ皆、頼政が弓矢のみならず歌道にもすぐれていることをほめたたえた。その後、妖怪変化はくりぬきの丸木船に入れて流されたという。

また応保の頃（一一六一～六三）、二条天皇が在位の時にも、鵺という怪鳥が宮中で鳴いて、天皇を悩ますことがあった。この時にはすぐに頼政をお召しになった。時は五月二〇日あまりの宵、鵺はただ一声鳴いて二声とは鳴かなかった。闇夜で姿形も見えず的を定められない。頼政は謀りをめぐらして、まず大鏑の矢をとって弓につがえ、鵺の声がした内裏の方へ射上げた。鵺は鏑の音に驚いて、しばし、「ひひ」と声を立てて大空に飛び上がった。さらに二の矢に小さい鏑矢をつがえ、ひぃふっと射きって、鵺と鏑矢とを並べて前に落とした。宮中全体がどよ

めき、帝の感動もひととおりではなかった。
　この時もいただいた御衣を、右大臣公能公がとりつぎ、「昔の養由は、はるか雲のかなたの雁を射た。今の頼政はまっ暗な雨の中に鵺を射た」と感心しつつ、
　　五月闇名をあらはせるこよひかな
とお詠みになると、頼政は、
　　たそかれ時も過ぎぬと思ふに
とつけて退出した。
　頼政はかくも立派な人物であったが、つまらない謀反をおこして高倉宮（以仁王）もお亡くしし、頼政自身も亡びたのは情けないことであった――。
　この頼政の鵺退治の説話は、帝が夜ごと午前の二時頃になると怯え、気を失う。その様子は黒雲が立ち上ってきて御殿の上を覆うという先例があり、源義家が鳴弦することで解決した。この先例により頼政に命じたのである。頼政は武士の身として変化の者を退治するのは気が進まなかったが、名誉にかけて必死の覚悟で退治した。退治してみると頭は猿、むくろは狸、尾は蛇、手足は虎の姿で、鳴く声が鵺に似ていた。つまり、ここでは鵺の実態は明らかになっていない。それは、帝を悩ますものの実態が、明らかになっていないことを意味している。
　二つ目の二条天皇の頃現れた鵺退治では、鵺を射落とすことに成功している。ここでも頼政が射落とした出来事が書かれているだけであって、なぜ鵺が現れて帝を悩ましたかということは書かれていない。
　『太平記』巻一二にも怪鳥の話がある。元弘三年（一三三三）七月に改元があって建武に改められた年、紫宸殿の上に怪鳥が飛びきたって、「いつまで続くか、いつまで続くか」と鳴いていたという。人々は皆不吉に思い恐れていた。
　不吉であるので放置できず、頼政の鵺退治の先例などを考えて、隠岐次郎広有がその任に当たった。やはり首尾よく射落とすと、頭は人のようであり、身は蛇の形で、嘴の先は鋸のようで、足には長いけづめがあって剣のごとく鋭かった。羽先を広げてみると、長さは一丈六尺もあった。鳴く時は口より火炎をはくかと思われ、鳴き声とともにいなびかりがしたとある。
　ここでも鵺であるとは語っていないが、明らかに頼政の鵺退治の故事を下敷に広有の武勲譚が描かれている。作者がここで怪鳥の説話をもち出したのは、怪鳥に、「いつまで続くか」と歌わせていたように、後醍醐天皇の建武新政の前途が多難であることの予兆としてであった。
　『平家物語』の頼政の説話にもどるが、この章段は、頼政が高倉宮をたてて権力者清盛への謀反を起こし、その謀反が清盛への反対勢力を一つにまとめることができず、失敗に終わり、

頼政自身も自害し、ついに高倉宮も自害した。それらの章段の後に置かれている。作者の筆は（覚一本系を中心に見ているが）、文武に優れた頼政を称揚し、歌を詠み昇殿が許されたこと、子息とともに官職にもめぐまれたことを描き、それにもかかわらず謀反を起こした頼政を情けないと結んでいるように、頼政を批判する意図が働いていると見ることができよう。

同時に歴史的真実から見るならば、近衛天皇を悩ませた変化のものも、二条天皇を悩ませた鵺も、歴史を予兆するものになっている。帝や貴族を悩ませる物の怪は、当時の貴族や皇室にとって日常に近い出来事であった。

物の怪に対する祓は、『平家物語』に、「有験の高僧貴僧に仰せて、大法秘法を修せられけれども、其しるしなし」と、明確にあるように、物の怪から遁れるために高徳、有験の僧による呪術が行なわれたのである。

ところがこの時代になると、そのような古代的構造、古代的権威の中には、それを解決する能力が失われていた。歴史は確実に進展し、新しい中世的世界が近づいており、新しい方法が求められていたのである。それは武力の活用、武士を登用することであった。とはいえそれは、活用する主体、すなわち天皇の側、官僚・貴族の側にあった。あくまでも武士は活用される側にあった。前中世のあり方である。

『今昔物語集』巻二五に収められた武将譚は、武士が歴史の前面に登場しようとする前段階の鼓動をいきいきとあざやかに伝えている。なかでも第六の「東宮大進源頼光朝臣、狐を射る語」と題した説話は、三条天皇が東宮であった頃、東三条院に狐が出てきて逃げ去らない。頼光に狐を射る命が下された。頼光はためらっていたが、辞退することも許されなかったので、先祖に加護を祈り、そのお陰で無事射ることができた。東宮は喜び主馬の御馬を与えた。頼政の鵺退治の先蹤譚となっている。

頼政の鵺退治の説話は、従来の古代的構造、古代的体制の中では解決できなくなっていた問題を、源頼政という武将によって解決させたこと、言い換えれば、帝を悩ませる怪鳥や鵺の存在は、新しい武家の世の到来を指し示す予兆、あるいは新しい武家の時代が来ることを描く方法の一つであった。その予兆を頼政がどこまで自覚して行動していたかが問題なのであって、『平家物語』作者の頼政批判の一端は、この点にあると考えられるであろう。

三、鵺の顕在化—世阿弥のとらえた世界

この『平家物語』の頼政説話を素材として作られたと思われる謡曲が、世阿弥作という『鵺』である。この曲は、次のように構成されている。

①ワキの登場　旅の僧の熊野から芦屋までの道行。
②ワキ、アイの応対　宿泊を拒絶し、洲崎の堂に泊める。
③シテの登場　うつほ舟を操る怪しい舟人（化身）が現れる。
④ワキ、シテの応対　異様な姿で現れ、法事を頼む。
⑤シテの物語　本性（鵺）であることを明かし、頼政の鵺退治を語る。
⑥シテ中入　うつほ舟に乗って去る。
⑦アイの物語　鵺退治譚の再説。
⑧ワキの待受け　読経。
⑨後シテの登場　鵺（霊）読経に感謝する。
⑩シテの物語　鵺退治による頼政の名誉と、鵺の末路の悲哀。

この曲の中で、最後の場面（⑩）で、シテ（鵺）は読経に感謝してワキ（旅の僧）の前に現れる。その姿は、

　面は猿、足手は虎

という変化（へんげ）の姿である。そして次のように語る。

　私は悪心を抱き、仏教以外の外道に落ちた化物となって仏法王法（仏道や天子の政道）の障害となって、皇居の近くを我が者顔にあばれまわっておりました。東三条の林のまわりをしばらく飛び回り、真夜中の頃になって、殿上に飛び降りると、帝の悩みは深く、玉体を悩ませ、肝を消させました。すべて自分のしわざと威張っておりましたが、思いもかけず、頼政の矢先に当たって、変化の通力を失ってしまいました。

鵺は、悪心ゆえに外道に墜ちた化物であって、仏法王法の障害となることを目的化したものである。外の世界からの外来物ではなく、体制の中から発生したものであることをいみじくも顕在化させている。世阿弥の謡曲においてはじめて鵺の構造が説き明かされ、実態化されたのである。

説話文学の手法では、退治する頼政側からの叙述であり、退治された鵺の側にたっての描写はない。あくまでも頼政側からの鵺退治譚であった。したがって鵺の心、鵺の意図は説明されない。

これに対して謡曲では、シテ（鵺）の語りが中心になっており、鵺の意図が詳しく語られる。世阿弥はこのようにとらえたのであった。鵺の立場で物語ることによって、花々しい手柄話の中に、敗者の哀感がまじり、陰影の濃い作品になっている。

四、鵺の構造―体制の矛盾

とらつぐみの悲しくもの侘しい鳴き声、夜鳴く習性は歌の世界に取り入れられ、「ぬえ鳥」の名を与えられた。そこから次第に怪鳥の名を与えられていったのである。

天皇家を中心とする古代的体制は、歴史の中で、必然的に矛盾をはらんでくる。鵺はその矛盾の表現媒体として役割を担った。

天皇家への祟りとして、呪いとして文学の中に表現された例は、『平家物語』の頼政の中に見られた。数えれば、近衛天皇、二条天皇、『太平記』の広有の怪鳥退治における後醍醐天皇の三例ぐらいである。

しかしそれは氷山の一角であり、海面下に無数の鵺の発生、鵺退治が存在する。一つの体制が、矛盾を包含しつつ存在し続ける限り、あり続ける。天皇家を中心とした古代的体制を王法仏法のシステムととらえるならば、鵺はその王法仏法への強力な批判者である。その批判、障害物を取り除き得るものが、次の時代の主役となったのである。

鵺は古代的体制の中にのみ存在するものではない。鵺は体制の中にいつでも存在する。自らの中にこそ存在する。体制の矛盾に気がつかず、あるいは矛盾を放置しておくならば、そこに鵺が発生する。自らの矛盾に気がつかず、あるいは矛盾を放置しておくならば、そこに鵺が発生する。

鵺のようなあり方は、自らの座標軸のはっきりしない無自覚的存在か、自らのアイデンティティを失い、文化を失ったところにもある。鵺のような男とは、国際社会における日本の姿そのものである。日本人と日本社会の中から胚胎してくる鵺、鵺的なもの、鵺の存在を放置し、成長させていくならば、やがて体制は崩壊せざるを得ない。鵺は現代の我々へのしたたかな警鐘であることを我々は心の中に銘記しよう。敗者の哀感を後世の芸能が語ることの無いように……。

8　教林文庫（早大図書館現蔵）のことについて

●一九七四年八月（『日本文学』二三―八）

文字どおり、あの本・この本のことを書いてみたいと思う。早稲田大学の図書館の片すみに、教林文庫という耳なれない名を冠した一コレクションがある。これについて私は過去『説話文学研究』第八号の中に、『三井往生伝』という建保五年成立の往生伝の存在を紹介し、全国大学国語国文学会の研究発表で『猿鹿懺悔物語』という信長の叡山焼討に材をとった、中世から近世への転換期の文学として見逃しえぬ一書について研究紹介を行った（昭和四八年一〇月）。この二書以外にもかなり注目すべき作品が残っていて、まだまだ調査の必要性が残されているので、この文庫のことを書いておきたいと思う。

前稿に触れた点と若干重複するが、総点数一一一一点。文庫の名称の由来は、本文庫を購入したのが、昭和三一年のことで、教林坊一〇世辻井徳順師からであるとのことや、本文庫本中の多くに「教林蔵章」の印記の見えることなどから、〝教林文庫〟と名づけたものと思われる。『昭和現在天台書籍総合目録』の中にも、本文庫に関する記載は見られないし、『国書総目録』中にも、本文庫中のものについてはほとんど記載がなく、いままで完全にと言ってよいくらいに埋れていた文庫である。このために、この文庫が早大図書館に入る前に、比叡山のどこに、どのようにして存在していたのかはほとんどわかっていない。受入れの際の記録によれば、比叡山雞足院の教林坊の文庫を購入したということになっている。ところが教林坊の存否についてはいっこうにわからないのである。[注] そこでいささか考証を重ねざるを得ない。

この文庫中のもので目立つことは、先の「教林蔵章」「徳順」の印記の他に、「雞頭院本覚蔵」または、「天台山兜率渓雞頭院」の墨章が見られることである。つまり教林蔵の多くのものはもと雞頭院本覚蔵のものであったことを示している。さらに、例えば本文庫中の『江談抄』の奥書に、

貞享丁卯歳仲秋仏生日
叡嶽穢陀峯雞足院住
法印大僧都覚深識

の如き覚深の識語がみられ、そのあとに別筆で、

宝永五年十一月令日伝持巳講厳覚

と記されている。同様のものは『山王権現略縁起』の奥書にも、

昔元禄八載竜集乙亥孟夏之吉
台山穢陀峯雞足院住

法印大僧都擬講堂覚深識

とあり、同様に、

宝永四年秋八月伝領雞頭院厳覚

とある。同様の資料は他にも多い。つまり雞足院の覚深のものを、雞頭院の厳覚が多く伝領していることがうかがえるのである。

それでは雞足院と雞頭院とはいかなる院で、どんな関係をもっているのであろうか。

望月の『仏教大辞典』の「五箇灌室」の説明の中には、雞足院が、法曼院、正覚院、総持坊、行光坊とともに、秘密灌頂道場五箇所の一つであると説明されている。雞頭院については本書には説明がない。現在の元三大師堂執事の今出川行雲師の御教示によれば、古くは元三大師堂をケイズインと言ったという。また本文庫中の『横川各院歴代記』と外題する一書（内題は『六谷各院主僧記正徳三年遣東叡』とあって正徳三年以前の成立を語っているが、この後も加筆されている）には、各院の法系が記されているが、これによれば、雞頭院はもとの名を本住坊と言い、日海（第五世）の時、雞頭院と改めたという。また兼秀によって天正に再興された旨記されている。兼秀は雞足院の第一世としても記されており、第二世の栄源、第四世の臻海（雞足院第六世）まで、雞足院を監し、臻海が慶長年間に至って雞足院の坊舎を建立して以来、「監雞足院」という記述は消えている。信長の叡山焼討の後兼秀によって再興された両院が、臻海の坊舎建立によって完成されたわけである。ここから両院の密接な関係が知られる。そうして難足院の第九世が覚深であり、雞頭院の第八世が厳覚である。

覚深は前掲書によれば、実応の弟子で、貞享三年大僧都に任ぜられ、元禄六年擬講に、同十年探題に補せられている。そしてその年譜の終りに、

生年著述　山王知新記、三大師伝各三巻滝尾権現霊託記、樹下御法、貞享三年・禁裏御八講記、大会新記、元禄宝永・東国紀行、小夜千鳥、天台大師和讃注各一巻、及校定者甚多不尽記。

と記されている。単なる僧としての活躍のみならず、研究、著述をよくしたことがうかがえる。殊に『東国紀行』、『小夜千鳥』といった文学書と思われるものがあること、さらに「校定者甚多不尽記」とあるごとく、文学への関心も深く基礎的な研究にも手をつけていたことがうかがえて大変興味深いものがある。

一方、厳覚は、万治二年（一六五九）に生れ、寛文一〇年四月に恵心院探題権僧正実応に請うて祝髪し、同一二年には豪憲阿闍梨（実応の弟子で覚深に師資相承印明を授けた人物）より灌頂を受けている。以後順調に法衣も進み、正徳元年には探題に補せられ、同四年恵心院に移り、別当に補せられ、享保五年六二歳

をもって寂寿している。覚深との直接の交渉はここからはうかがえないが、先にみた雞足院、雞頭院の関係の他に、師を等しくするなど、両者の関係の密接なることが知られる。そして先に示したような覚深の資料の伝領の記録からして、厳覚が多くの資料を伝領していることが知られるのである。

以上雞頭院の墨章、覚深の識語などを手がかりとして教林文庫本伝来のプロセスを跡づけようとした。雞頭院、雞足院と教林坊との関係はなお不明ではあるにしても、これが比叡山兜率谷横川を代表する坊であって、その一坊ことごとくの資料が教林文庫であることは、ほぼ確認できるように思う。伝来のうえからみても教林文庫本が価値あることを主張しているのである。そしてこの事実の重みをしっかり受けとめたいと思うのである。現蔵の早稲田大学図書館における本文庫の扱いは、どう見ても十分なものとは言い難い。私が不本意ながら拙い一文をここに綴ったのは、一にかかってこの点にあるのである。

注　雞足院に直接問いあわせたところ、教林坊の存否のことはいっこうわからぬ旨、叡山文庫の方より御教示いただいた。

〔以下私の関心にもとづいてメモしたものの中から書名をあげておく。霊異記（三巻完本、高野本系）、地蔵尊利生記、地蔵利生記（地蔵説話集、江戸中期以後の成立か）地蔵鈔（断片、二話）、山王縁起（九巻本、天和二年厳覚の写）、日吉山王霊験記（元禄七年厳覚の写）、著述雑集（元禄九年、澄憲の「言泉集」と一致するもの多し）、伊勢物語口伝、六代君物語、等々〕

＊編者注　教林文庫は現在、早稲田大学図書館の貴重古書扱いとなっている。

9 教林文庫考（覚書）

●一九八五年三月（『国文学研究資料館調査研究報告』六号）

教林文庫は、早稲田大学の図書館に、「文庫7」としてまとめられた一つのコレクションである。今回、本文庫の目録を作成するにあたって、本文庫の性格と概要について、簡単な覚書をまとめておきたいと思う。

目録上の総点数は一一一一点。しかし今回全点を調査して見ると、合綴本、合写本などいくつか見られる。正確な書目数はおさえ難いが、これよりは若干増加すると思う。江戸期ないしはその頃と思われる写本、江戸後期から明治初期にかけての版本類が、比較的目につく。室町期もしくはそれ以前と思われる写本類も数点含まれている。これら古典籍の他、一〇〇点余の活字本も含まれている。内容から見れば、仏教書が中心である。その他には、日記、記録の類がいくつか見られる。文学関係のものでは、『猿鹿懺悔物語』（文庫7／128：以下教林文庫本を示す場合に整理番号のみを示す）や、『三井往生伝』（240）などのように作品自体が学界未見であったものがある。また『日本霊異記』（150）、『江談抄』（896）、『続古事談』（898）、『四季物語』（955）、『山王縁起』（37）などの、説話文学関係の写本もある。この他、山王神道関係の資料や寺縁起などが少しまとまって存在している。この他の具体的な書目については今回の目録を見てほしいと思う。

ここで特に指摘しておくべきことは、筆者の紹介以前にはこの教林文庫及びここに蔵されている様々な資料は、ほとんど埋もれていたのであり、学界にはまったく知られていなかったことである。たとえば、『昭和現在天台書籍総合目録』（昭和一五年～一八年）にも、本文庫に関する記述はない。また『国書総目録』にも、本文庫の書目は収録されていないのである。

一、早稲田大学図書館所蔵の経緯

早稲田大学図書館において、本文庫を受入れたのは、昭和三二年四月となっている。図書館当局の方々、及び福井康順博士に伺ったところでは、同博士が仲介の労をとられ、比叡山延暦寺の教林坊の資料を一括購入したものである、とのことであった。しかし延暦寺内には教林坊という坊は存在しない。この間の事情は、第三者である筆者にはわかりにくい。

教林文庫の名称は、早稲田大学図書館に収蔵される際に、教林坊の蔵書であったことから、あらためて名づけられたものと思われる。本コレクション中には、「教林蔵章」の朱印が多く見られるが、教林文庫の名称は見られないからである。

次に筆者がようやくにしてたどりえた教林坊の現状と、本コレクションの形成の中心となったと思われる辻井徳順師の事績を紹介し、少々の考証と推測を試みておきたい。

二、教林坊の現状と辻井徳順師について

比叡山の延暦寺内には、教林坊という坊は存在しないが、延暦寺とは湖をはさんだ湖南の地の、滋賀県蒲生郡安土町石寺に教林坊の建物は現存する。西国三十二番札所として知られ、参詣に訪れる人も多い観音正寺の一坊である。

観音正寺は、近江源氏佐々木氏の祈願所であったが、それ故に佐々木氏の盛衰と寺運をともにした。かつては数多く存在した山坊も、現在は教林坊一坊を残すのみであるが、付近には多くの苔むした石垣や、武家の屋敷跡を残している。教林坊は、繖山（きぬがさやま）に向かって、札所への参道から少しずれ、竹林をぬけた山すその杉林の中にひっそりとたたずんでいる。山石をたくみに組み合わせた庭園は、慶長年間の初め小堀遠州の作庭と伝えられている。今でも杉林と竹林の織りなす静寂な森が借景となり、深閑とした趣を伝えている。現在は付近に住む木瀬市右衛門氏が、鍵を預かり管理している。昭和五七年の八月に訪れ、同氏に伺ったところでは、辻井徳順師の死後（後述するが同師の死は、昭和二七年である）、そのゆかりの女性がつい先年まで住んでいたが、老いがはげしくなったため、付近のひとびとが相談して施設にいれたので、今は無住となっている、とのことであった。同氏にご案内いただき、庭園と、坊内を見学することができたが、現在の教林坊は茅葺の書院風の主屋と、土蔵があるものの、書籍類はまったく残っていなかった。わずかに徳順師遺愛の品であったかと思われる硯が、文机の上に置かれ、きれいに掃き清められた庭園に対しており、徳順師の生前の姿を偲ばせていた。まことに残念ながら、教林坊は在りし日の外形をとどめるだけなのであった。

辻井徳順師は、教林文庫中の『辻井徳順履歴』[注1]によれば、幕末の元治元年（一八六四）の三月二三日に、近江の国野洲郡祇王村大字北の、木村源五郎の次男として生まれている。祇王村は『平家物語』に登場する白拍子の祇王、祇女に因んだ村名である。現在は野洲郡野洲町大字北（野洲市北）である。教林坊からおおよそ三、四里位のところであろうか。以下同書を中心に徳順師の人となりを瞥見してみよう。

明治一〇年九月三日、一三才の時であるが、滝本徳性師に従って得度し、昭和二七年一二月八日に円寂している。時に八九才であった。

明治一〇年の得度、加行の後、明治一六年灌頂、一七年沙弥

戒、一八年円頓戒を受け、二〇年竪義を遂業、三六年に阿闍梨開壇を伝法、四三年出家灌頂、翌四四年戒灌頂を受けている。

若年の時から勉学の機会にも恵まれ、明治八年（一一才）より滝本徳性師について、内外典を修学、同一五年（一八才）より中学林へ、同一八年大学林に進み、二年後の遂業に至るまで学問にいそしみ、さらにその後も哲学館講、早稲田大学高等国民講なども受講している。

次にその教職を列挙してみると、

明治11年　教導職試補
18年　権律師
20年　大律師
24年　権少僧都
30年　少僧都、
同年　9月僧都
34年　権大僧都
40年　大僧都
45年　権僧正
大正2年　僧正
6年　権大僧正（盛門）
昭和7年　僧正

となっている。大正二年の僧正と昭和七年の僧正と二度同位を

えているのは、理解に苦しむが、おそらくその間の権大僧正を盛門（天台宗真盛派）から受けているから、大正二年の方は盛門派から受け、あらためて昭和七年に山門派から受けているものかと思われるが、確実なことは後日調査したいと思う。

また、住職の関係は次のように記されている。

明治17年　願成就寺
28年　教林坊
33年　観音正寺兼住
39年　比叡山別格三等五智院兼住
40年　善光寺別当大勧進副住特命
43年　小樽浅草観音寺事務担当
大正14年　教林坊住職
同年　東南寺兼住職
昭和3年　再兼住

この他、明治四三年の小樽浅草観音寺事務担当から、大正一三年九月に西来寺住職を依願解免され、翌一四年の八月に教林坊に再住するまでの間は、盛門派で活躍している。まず明治四五年六月一〇日に盛門顧問職に就き、数日後の同月一六日に西来寺住職となっている。西来寺は、現在も三重県津市の乙部寺町にある天台宗真盛派の別格本山である。本寺は、天保の頃、広く古書をあつめ、西来寺版を出版した名刹である。徳順師が

盛門派に転じた事情は明確ではない。しかしこの明治四五年以前の三四年四月一日に盛門学林専門講師になっていることなどからして、その関係は相当早くからはじまっていたものと思われる。また盛門に転じたとはいえ、山門に背を向けたという性格のものではなかったように思われる。それは、盛門転派中の大正八年四月三日に、延暦寺本山山林経営の功により袈裟一領を下賜されていること、西来寺住職の項に「本山ノ勧請ト門末檀信徒ノ特請ニヨリ転派転住ス」とわざわざ記されていること、大正一三年の山門復帰が「法脈相続ノ為」と記されていること、等々から考えられよう。

こうした住職を勤めた寺々のうち、願成就寺は、聖徳太子伝説を有する古刹であり、近江八幡市に現存する。東南寺は、この付近に、戸津説法の行なわれる道場として著名な寺（大津市下坂本）と、繖山桑実寺の別院で最澄開基を伝える寺と、二つあるが、おそらく後者であろうか。また明治四〇年の二月から勤めた善光寺別当大勧進副住特命、同四三年九月からの小樽浅草観音寺事務担当、先の西来寺住職などの、ごく一部の仕事を除けば、その九〇年に及ばんとする生涯の大半を、この近江の地で過ごしたのであろう。また中学林で学ぶようになる以前の滝本徳性師に師事していた幼少年時代。その晩年、それは大正一四年八月に六〇才で教林坊住職となった以後の二七年間であるが、東南寺を兼住した他は、他住の記録がない。これらのことを考えると、幼少年時代とその晩年の大半は、この静かでふるさとにもごく近い教林坊に住したのであろう。

わずかな資料の中から、徳順師の生涯を垣間見るとき、僧侶として学僧として、その旺盛な知識欲と、真理への探求心をもって、その生をまっとうしたように思えてくる。今、早稲田大学図書館の所蔵する教林文庫は、その徳順師の生涯と深いかかわりをもっているであろう。

三、教林文庫伝来の一端

教林文庫の蔵書形成について、おおまかな推測を試みるならば、そのルートは次の五点にまとめられるだろう。

（1）師僧徳性師より伝領をうけたもの、あるいは徳順師以前から教林坊に存在するもの。

「滝本」の朱印があるもの、及び徳順師が徳性師より伝領した旨のメモのあるものがある。また単に「教林蔵章」の朱印のあるものがある。これらは徳順師以前から存在していたものと思われる。いわば教林文庫形成の核ともいうべきものであろう。

（2）徳順師が住持となってから後、他寺から伝来したもの。

本寺である観音正寺の「観音正寺什物」の朱印のあるもの、伊勢の西来寺の「西来寺蔵」の朱印のあるもの、あるいはそこのものを書写した旨の奥書のあるものなどがある。これらは徳順師の積極的な収書活動をものがたっている。

（3）雞頭院本覚蔵であったもの。

「雞頭院本覚蔵」の墨印、「雞頭院蔵」の朱印を有するものが多い。これらの中には、雞足院の覚深が書写したもの、雞頭院の厳覚が書写したもの、厳覚が覚深から伝領したもの、厳覚関係の人物が書写したもの、厳覚が校を加えたものなどが多く含まれている。これらの典籍と教林蔵、徳順師とのかかわりなどは、不明である。またこの中には外典類も多く国文学研究に身を置く立場の者からは、最も注目すべきものが集中している。

（4）徳順師自身が書写したもの。

この中で最も書写年代が古いものは、明治九年で『考経国字疏』（909）を写している。比較的遅い時期の書写は、『円頓戒口訣集』（605）の昭和一一年などである。明治一五年頃からほぼ一〇年間位、彼の修学時代でもあるが、この間にことに積極的な書写を行なっている。その数は四〇数点に達すると思うが、内容的にはほぼ内典類である。

（5）その他

以上の（1）から（4）までに含まれないものであるが、今後詳細に調査していく中で、典籍の流れがより明確となるであろう。

四、雞頭院、雞足院及び厳覚、覚深について

教林文庫の中で量的にも、内容的にも重要な意味を持つ雞頭院、雞足院の二院と、多くの書写を行なった厳覚と覚深の両名について、これまでに知り得たことを記しておきたいと思う。

雞足院は、法曼院、正覚院、総持坊、行光坊とともに五箇灌室の一つである。『横川各院歴代記』[注2]によれば、元亀以後、歴代次の人々が住持している。次の雞頭院とあわせて示す。下段が雞頭院である。

第一世	兼秀	兼秀
第二世	栄源	栄源
第三世	良俊	順長
第四世	光芸	臻海
第五世	光秀	日海
第六世	臻海	山海
第七世	実応	山舜
第八世	豪憲	厳覚
第九世	覚深	天忠
第十世	円瑜	真源
第十一世	妙橋	
第十二世	表通	

第十三世　真源

雞頭院は、もとの名を本住坊といい、第五世の日海の時、雞頭院と改めたという。また兼秀によって再興された旨記されている。その住持は、先に示したように兼秀、栄源、臻海、真源が両院に住している。天忠も晩年雞足院に転じた旨記されている。また臻海のところに「慶長年中新建雞足院」と記されている。元亀の焼討の後、兼秀によって再興された両院が、臻海の坊舎建立によって、完成されたことを意味しているのであろう。このように両院の間はきわめて密接な関係が知られるのである。

雞足院第九世の覚深は、次のように記されている。

第九世覚深字非際

自号天均子。実応弟子。延宝九年十月従静光院移住。同六年四月奉勅三季修秘密具。貞享三年八月禁裏懺法御講任大僧都。元禄二年十月望擬講。六年補擬講。同十年領浄蓮台院室。同月補探題。十二年四月十九日授累代相承卯明於円瑜。同六月任権僧正。移正覚院。改名豪寛。生年著述山王知新記。三大師伝各三巻。瀧尾権現霊託記。樹下御法。貞享三年　禁裏御八講記。大会新記。元禄宝永東国紀行。小夜千鳥。天台大師和讃注。各一巻及校定者甚多不尽記。

生没年等は、はっきりしないが、実応の弟子であること、貞享三年大僧都に任ぜられていること、元禄六年擬講、同一〇年探題に補せられていること、また生涯にわたって著述をなしたこと、多くの校訂を行なったことなどが知られる。また『小夜千鳥』などの書名から推して文学書と思われるものが含まれていることや、校訂という基礎的研究に着手していたことが伺えて興味深いものがある。

一方の厳覚は、雞頭院の八世として、続いて恵心院の一一世として次のように記されている。

第八世厳覚字洪道

大伴連道臣命裔孫。紀州那賀郡粉河産也。父忠益、母木村氏。万治二年己亥十一月朔（戊初刻）生。寛文十年三月四日登山。四月十八日於本山祝髪請恵心院探題権僧正実応為戒和上。同十二年夏修三部法。同秋従豪建（ママ）阿闍梨受灌頂。延宝六年三月入院。年二十。元禄五年四月七日修聖天供。竟同年十月廿八日修八千枚護摩。同六年三月十七日被補別当代。七月三日任大僧都。九月南禅寺東照宮遷宮為八座問者。十一年九月三日東叡山中堂落慶為讃衆。十四年六月解別当代役。同十五年七月修東南寺説法。（十六年十一月十日秘密参社）宝永元年三月為新礼拝講勧進。十月望擬護。同三年六月建立表門。同五年春買得左麓別房。二月親王新殿安鎮為東北方阿闍梨。同八月補法華二会講師。六年五月　仙洞新殿　安鎮為西南方阿闍梨同冬為青蓮院宮御師範。（七月　日為柳原従一位大納言藤資廉子）七年九月三日為別請竪義一問。正徳元年八月廿六日補探題。廿七日賜楞伽院室。正徳三年八月十二日任権僧正。廿八日拝謝。九月三日為別請竪義探題。四年廿六日　准后大王陞移恵心院。

恵心院

第十一世探題大僧正別当厳堂宇洪道

　正徳四年正月廿六日　輪王寺准后大王陞移恵心院。三月五日補別当。又五六両日法皇召山僧令論議法花教主三惑同断也。為両証義。六年三月九日転正廿八日拝謝。七月八日補吉野山学頭。九月廿八日於江城拝謝。十月廿九日登吉野山。

享保三年戊戌正月廿五日為元応寺戒和上。三月廿八日入院四年已亥

四月廿四日転大。廿八日拝謝。五年庚子。七月十七日寂

　寿六十二。戒五十。瘞全身於陀峯。

　万治二年（一六五九）に生まれ、寛文一〇年四月に恵心院探題権僧正実応に請うて祝髪し、同一二年には家憲阿闍梨（実応の弟子で覚深に「師資相承印明」を授けたと、雞足院八世の項にあり）より灌頂をうけている。以後順調に法位も進み、正徳元年には探題に補せられ、同四年恵心院の別当となり、享保五年（一七二〇）六二才で寂寿している。また教林文庫本の奥書によれば、円朗、実舜等の号も用いている。

　ここからは、覚深との直接の交渉はうかがえないが、先に見た雞足院、雞頭院との関係、師を等しくすることなどから、両者の密接なることが知られる。また教林文庫本の奥書には、覚深のものを厳覚が伝領した旨の書きつけのあるものがある（例えば『江談抄』〈896〉、『山王権現略縁起』〈38〉など）。教林文庫本をとおして見た叡山内における覚深、厳覚の両名を中心とした資料の書写活動、対校活動は、単なる両名の私的な趣向によるものだけではなく専門職的なものを感ずる。この点は非常に気になるところであるが、ひとまずここでとどめておきたいと思う。

五、最後に

　本目録の作成によって、教林文庫の全貌が把握しやすくなった。この貴重な資料が、今後いっそう学界で活用され、学の発展に寄与するであろうことを望んでいる。

　早稲田大学図書館においては、すでにカード目録が作られており、他の書目とともに書名目録の中に配列されており、検索し利用することは可能であった。

　今回私たちに教林文庫全体の調査を御許可くださり、さらに

このような冊子体の目録を、作成することを許可してくださった早稲田大学図書館に感謝申し上げます。（一九八五年二月七日）

注

1　文庫7／1111、観音正寺の罫紙に墨書されたものを写真撮影したもの。

2　文庫7／241、本書は外題が『横川各院歴代記』である。内題は『六谷各院主僧記正徳三年遺東叡』。内容は以下の六谷各院の歴代の主僧を記したものである。都卒谷（恵心院、雞頭院、禅定院）、樺尾谷（定光院、戒光院、大慈院）、飯室谷（松禅院、長寿院、円乗院、唯心院、華徳院、戒定院）、般若谷（一音院、覚定院、妙光院）、戒心谷（瑞応院、大林院、龍禅院）、解脱谷（華蔵院、慧雲院、南楽院）。原本は、正徳三年の成立と思われるが、それ以後のことも書き加えられている。また天台宗全書二四巻に『横川堂舎並各坊世譜』（正徳年中山門執行代智湛法印の輯成したもの）が、収められているがほぼこれと内容を等しくする。本書には「本奥書云」として、「寛政十年戊午仲春以本院記家之蔵本令書写之者也　大僧都真超誌」と記されている。

付

1　これまでに教林文庫に関し、紹介、資料の翻刻、研究を行なったものには、次の文献がある。なお（1）（2）（3）等の中では、教林文庫を所在がつかめないままに叡山内のものと考えていた。（7）の中でそのまちがいをはじめて訂正したのであるが、改めて本稿において訂正する。

（1）田嶋「教林文庫蔵『三井往生伝』」（資料紹介）、『説話文学研究』八号、一九七三年六月。

（2）田嶋「教林文庫（早大図書館蔵）のことについて」、『日本文学』二三巻八号、一九七四年八月。

（3）田嶋「『猿鹿懺悔物語』について—信長の叡山焼討と文学に関する一考察—」、『国語と国文学』五一巻九号、一九七四年九月。

（4）田嶋「早稲田大学図書館教林文庫『猿鹿懺悔物語』」（翻刻）、『国文学研究資料館紀要』三号、一九七七年三月。

（5）田嶋・小峯・播摩「教林文庫本『三井往生伝』翻刻と研究」、『中世文学　資料と論考』、伊地知鐵男編、笠間書院、一九七八年。

（6）田嶋「地蔵尊利生記」（翻刻）、『国文学未翻刻資料集』、大久保正編、桜楓社、一九七八年。

（7）田嶋「教林坊を訪れて」、『わせだ国文ニュース』三七号、一九八二年一一月。

10 和古書の本物にふれる教育をめざして

●二〇〇三年七月（『いわき明星大学図書館報』四―二）

書誌学や文献学の講義をするとき、紙の説明や書物の形態をことばでどのように説明しても物足りない。ましてや旋風葉の説明など聞かされる側は混乱するばかりであろう。学生に理解させるどころか、古典嫌いを作ってしまうことになりかねない。版本や古活字本の説明も同様である。また写本の美しさも、先人たちが書物にかけた情熱を語るにも、複製本や影印本では語りきれない。

大学四年の時、伊地知鐵男先生より文献研究の指導を受けた。先生は当時宮内庁の書陵部にお勤めであった。一回目の授業のおり、教室に現れ、「来週からは書陵部に来い」とだけ告げて帰ってしまった。書陵部に伺うと私の卒論のテーマを確認され、「そうか」の一言だけを残されて再び消えてしまわれた。まもなく一冊の写本をもって現れた先生は「これを読みなさい」と告げて、またまた消えてしまわれた。

初めてやってきた書陵部の閲覧室の中、私の他には誰もいなかった。あたかも大海にボートで漕ぎ出しひとりぼっちになったかのように、不安と緊張の中で過ごしていた。そのうちにやや落ち着き、少しずつ文字の識別ができるようになってくると、緊張も次第に解けてひたいの汗も消えていた。すると目の前の書物が何とも柔らかな表情を示してきて洋装本にはない美しさが感じられてきた。この本が『御所本うち拾遺物語』であったことを知ったのは、数年後にこの影印本が出され、それを手にした時のことであった。

一人の学生を信頼し、貴重な書物を使わせた先生の指導方針と人柄は、ずっと私についてきている。私がこの道を選んだきっかけの一つもこの時の人と書物との出会いがあったからだと思う。いつかこの方法により近い形で指導したいものと思ってきた。

先年、大学からも理解され、古典籍を購入する費用を認めてもらった。コレクションを形成するための費用ではなくあくまでも教育用である。そこで何点かの古典籍を購入している。選書の基本方針は、教育を中心に考えて、書物の歴史を説明できるような古典籍の収集（装丁や文字・印刷）、文学史の講義に活用できる古典籍の収集（江戸の文学の変遷を語る時など、現物を示すことが最も理解を深める方法であろう）においている。

これまでに光悦本、古活字本（『曽我物語』端本、すでに開学時に購入した古活字版の『義経記』あり）、木活字本（幕末の『海国兵談』）

を購入した。装丁の面では、巻子本、折本、列帖装等を揃えた。写本も鎌倉以前のものも一点くらいはと期待しているが…。ジャンル的には歌書や物語の他、江戸期の文学の変遷を示せるものを念頭に収集したい。浮世草子や仮名草子の他、洒落本、読本、黄表紙、俳書等少々収集できた。丹緑本のような最近高価になったものは無理かもしれないが。

近く、本館の古典籍の全貌を明らかにし、研究・教育用資料として活用できるよう、学内で共同研究を始める予定である。歴史ある経済的に豊かな大学に比しては、恥ずかしいほどのものであるが、本物を使った教育、本物にふれさせる教育を実現させるべくこつこつと歩み始めたところである。いつの日か「原典で見る日本の書物の歴史」「原典で見る日本文学史」などの企画を実現させたいものである。日本の文化を豊かに育てるためにも。

11 大学カリキュラムにおける乗馬
──いわき明星大学における実践報告

●二〇一三年三月（『いわき明星大学人文学部研究紀要』二六号）

一、はじめに

いわき明星大学では一九九三年度から二〇一一年度までの一九年間、体育の授業の一つとしてカリキュラム化して乗馬の授業を実施してきた。私は体育担当の教授に協力し、乗馬の授業を行ってきた。大学のあるいわき市はかつては馬産地であったものの乗馬環境（施設）としては恵まれていない。実施に当たっては多くの課題があったが関係者の努力、協力と履修する学生の熱意、大学の理解によって実施してきた。特に二〇〇五年度よりカリキュラム委員会によって検討され設置された〈乗馬ふれあい〉は、カリキュラムとしてもユニークであり、大学教育としても画期的なものであった。今は中止状態であるが、本論では乗馬授業の実施例を報告し、その意義を確認するとともに、課題を整理し今後の発展を期待する。本論は、学術論文と言いがたいが事例報告として、大学や教育現場が抱える問題に対して十分に寄与するものと考える。

二、乗馬授業の歴史・授業内容等

本学におけるカリキュラムへの「乗馬」の導入は、本学の「体育」が必修として設置されており、かつ「体育」の中にシーズンスポーツとして、スキー、スキューバダイビング、スカイダイビング、ゴルフ等の科目があり、その中に乗馬を追加することで実施した。二〇〇五年度よりこのシステムが改正され、「体育」そのものが選択になった。あらたに〈乗馬ふれあい〉が設置された。体育科目としての授業内容は、事前授業として、乗馬スポーツ、乗馬の基礎知識（馬の性格、馬具、馬の識別方法等）を解説し、実技としての馬装、練習、手入れ等である。乗馬の内容は、常足・軽速歩、速歩である。駆け足は目標として設置。これを四日間で八鞍の中で実施した。適宜逍遥乗馬、外乗も取り入れた。八鞍は速歩まで一応受講者全員ができるようにすることを最低線と想定した。履修学生は二〇～二五人である。履修期間は四日間の集中授業として、外部の乗馬施設を利用して行った。このために乗馬施設側に求められる条件は、

・八鞍（一鞍三〇分）で二四〇分（六時間）／履修者一人あたりの所要時間
・履修者二〇人×六時間＝一二〇時間／四日間で必要とする馬の稼働時間
・五時間／一日とすると六頭……必要とする頭数

である。

しかし現実には、初心者である履修生が使える馬を六頭用意するということは過酷な条件であり、また履修者としても四日間で八鞍の騎乗は体力的にもハードである。乗馬に関する座学を馬の性格と特質、乗馬スポーツの特質等の講義を加えた。カリキュラム上の問題としては、実技として二五コマ、事前授業五コマ以上として三〇コマの授業時間をクリアした。

実技は外部の乗馬施設で行うが、これが表1で明らかなように、五回変遷している。最初はいわき市内の大利（大学より一〇km）に乗馬クラブが誕生し、ここで行った。このクラブは誕生したばかりであり、小規模であり、授業に使える馬は三～四頭であった。このため教授者側で一頭の馬を用意せざるを得なかった。しかし経営者の死去に伴い、閉鎖され、ここでの授業は不可能になった。次の三株高原乗馬クラブ（大学より四〇km）では、一九九五年の九月より二〇〇三年までの九年間、一七回の授業を実施できた。ここは三株高原の山上近くにあり、外乗コースもあり、指導者も優れており、授業環境としては恵まれていた。しかしここも種々の事情で閉鎖された。冬期雪のためアクセスが困難になることが主な要因であったと思う。その後は水戸の中島トニュアシュタール、栃木県の上三川ホースパークに協力してもらった。しかし可能な限り福島県内のクラブで行いたい

との要望もあって、棚倉町の棚倉ルネッサンスの乗馬クラブと変遷した。この変遷は、乗馬の授業において協力してくれる乗馬クラブの存在が不可欠であったことを示している。

年	授業数と実施月	授業	乗馬施設	
1993	1（8月）	体育必選	いわき乗馬	
1994	2（2月と9月）	集中	いわき乗馬	
1995	2（2月と9月）	集中	いわき乗馬・三株	
1996	2（2月と9月）	集中	三株	
1997	2（2月と3月）	集中	三株	
1998	2（3月と8月）	集中	三株	
1999	2（8月と9月）	集中	三株	
2000	2（8月と9月）	集中	三株	
2001	2（9月、9月）	集中	三株	
2002	2（8月、8月）	集中	三株	
2003	2（8月、8月）	集中	三株	
2004	2（8月、8月）	集中	水戸中島・上三川	
2005	2（8月、9月）	選択	水戸中島・上三川	
		選択	学内馬場	学内馬場は乗馬ふれあい
2006	2（8月、9月）	選択	棚倉・学内馬場	学内馬場は乗馬ふれあい
2007	2（8月、9月）	選択	棚倉・学内馬場	学内馬場は乗馬ふれあい
2008	2（8月、9月）	選択	棚倉・学内馬場	学内馬場は乗馬ふれあい
2009	2（8月、9月）	選択	棚倉・学内馬場	学内馬場は乗馬ふれあい
2010	2（8月、9月）	選択	棚倉・学内馬場	学内馬場は乗馬ふれあい
2011	1（9月）	選択	棚倉・学内馬場	学内馬場は乗馬ふれあい

表1

三、乗馬ふれあいの設置と授業内容

一九九三年以来、一三年間の乗馬授業において、授業効果（後述）がきわめて大きいことが理解されてきた。このため学内のカリキュラム委員会においてあらたに馬とのふれあいを重視した授業が検討され、〈乗馬ふれあい〉が設置され、体育担当教員とともに田嶋に実施が依頼された。この実施のために体育担当の上野直紀教授とともに方法と施設を検討した。大学近郊の外部施設で実施することを前提に調査検討を始めたが残念ながら条件を満たす施設は皆無であった。[注1] そこで学内に馬場を作り、馬房を用意する決断をせざるをえなかった。幸い大学側の理解が得られ、馬房と馬場が用意できた。しかし日常的に馬を飼育することは不可能であった。そこで教授者として馬一頭を保有し、乗馬クラブに預託すること、授業に当たっては馬三頭を借用することとして、上三川ホースクラブの篠崎宏司氏に協力を依頼した。幸い同氏の破格の理解と協力を得て、授業期間馬を借用することにした。同時に学生のサークル活動として馬術愛好会（後に同好会）も活動をはじめ、その部員たちの協力によってこの授業を二〇〇五年度から二〇一一年度まで七年にわたって実施した。授業の目的と意図は、乗馬技術の向上よりは、馬という動物の理解、動物とのふれあいに重点を置いた。短期間ではあるが、馬を飼育するため、飼料の用意、敷ワラに変るオガクズの用意、その片づけ等が発生し、結果として総合教育を行うこととなった。授業内容は『乗馬（ふれあい）事前授業テキスト』参照。

四、授業効果

体育「乗馬」及び〈乗馬ふれあい〉の授業を通じて次のような教育効果が得られた。第一には、これまでスポーツでなしえなかったことを達成して喜ぶ（興奮する）学生の存在である。乗馬というスポーツは、動物の助け、協力を得て、行うスポーツである。しかも自分より数倍の大きさである（乗馬用によく使われている馬は競走馬を引退したサラブレッドである。これは体重五〇〇kgほどである）。これを自分の意志で動かすのである。誰しもはじめは恐怖心がある。これを克服しなければ乗馬はできない。それを達成し得た喜びである。またスポーツの得意でない者にとっても馬の補助によって一定の達成感が得られる。大きな動物とふれあい、体験したことのないような高い位置からの視野、スピード感を味わう。馬に乗った満足感、そこから自信を得た喜びであろう。

第二は、履修者の中に生まれた連帯感である。初心者の乗馬に際しては補助者を要するが、補助作業も次第に協力関係ができていた。騎乗前の馬に対するケア、騎乗後のケア、厩舎作業等において自発的に協力して取り組むことが行われていた。乗馬は基本的には個人スポーツであるが乗馬の前後においては補助が重要である。他人の協力は不可欠である。これは馬をいたわることにつながっている。

第三には、学内で乗馬授業を行っているとき、日常とは異なる大学に馬のいる光景が作られる。大学に馬が来ると次第に馬の周りに集まってくる学生が居ることである。馬が大学に来るたびに必ず姿を見せる学生が居るのである。そのうちの一人に話しかけてみると「休学中です」という応えであった。馬に癒しを求めていたのである。また講義になかなか出席できなかった学生が、乗馬の授業を履修したことによって自分を取り戻し、講義にも実験にも精励できて卒業したケースもある。この事例は書き尽くせないほど多い。

また、乗馬終了後、教授者である田嶋は馬の軽い調教を行った。初心者たちの騎乗では、しばしば馬の自由行動を許し、馬に悪いくせをつけがちになる。それを矯正し、翌日にもちこさせないための配慮である。この裏方の仕事を履修者に理解させる効果があった。この乗馬授業によって得られた教育効果がどこから来るのか、この問題を分析する。

五、スポーツとしての乗馬

乗馬をスポーツとしてみると、次のようなものがある。

(1)馬場馬術(ドレッサージュ)

人馬単位(人と馬との組み合わせ)で出場し、一定の四角い馬場の中で、馬をいかに正確かつ美しく運動させることができるか。運動の活発さ、美しさ、騎乗者の姿勢や態度、馬への指示の的確さが審査される。つまり馬との疎通、馬を操る優雅さが総合的に審査される。馬が運動量のピーク時に騎乗者に対してどれだけ従順に服従できるかが問われるのである。

(2)障害飛越競技

人馬単位で出場し飛び越すべき障害が設置されたコースを乗馬して通過する技術を競うものである。スピード(コース完走までの時間)と、拒否(障害をいかにスムースに越えたか)、落とした障害物の個数を減点法によって評価する。馬と選手双方の能力が競われている。

(3)総合馬術

あらかじめ出場登録された一組の馬と人のペアーが連続三日間、障害飛越・馬場馬術・野外騎乗の三種目を行い、総合得点で順位を競う。したがって馬の耐久力、スピード、従順性、騎乗者の能力を競っているのである。初日に馬場馬術競技(調教審査)、二日目に野外騎乗で一六マイル(二五km)を走破する(耐久競技)。三日目に障害飛越競技(余力審査)を行う。騎乗者には常に馬への配慮が求められる。

(4)エンデュランスEndurance riding(耐久騎乗競技)

一九五五年八月にアメリカカリフォルニア州で行われた一〇〇マイルワンデイより始まった。日本では一九九九年に公式競技となった。しかし日本では環境(場所と競技用の馬)が整わず余り行われていなかったが、近年徐々に活発になりつつある。競技は本来の一日一六〇km走破するものから、距離を四〇~七九kmにしたもの、二日にしたものなどもある。コースは数区間で構成し、区間の終点で獣医師による馬体検査(心拍数、脱水症状、歩様のチェック)が行われ、合格した馬が一定時間の休憩の後、次にすすむ。馬になるべく負担をかけずに、所定の距離をいかに早く走りさるかが競われている。馬の原点である長距離移動を競技として体系化したものである。騎乗馬の体調維持が勝つための絶対条件であり、競技者には、他の馬スポーツより以上に馬が生き物であることを常に認識することが求められる。競技者のみならずチームとしてのサポートも不可欠である。馬が生き物であることの認識が基本である。馬スポーツの究極の姿がここにあるように思える。

（5）ポロ競技（乗馬ホッケー）

通常一チーム四人で構成されるチーム競技。メンバーは馬に乗り、マレットと呼ばれるスティックで球を打ち、この球を相手ゴールに運び得点する。競技時間は七分間のチャッカー（chukkas）が六回で、一人の選手が試合中4頭まで馬を替えることができる。競技場はサッカーグラウンドほどの広さである。馬には瞬時にしてトップスピードで走ることが求められる。馬にとっては過酷な競技である。したがって馬は常に準備運動をしていなければならない。そのため競技者以外にもサポーターが参加している。[注2]

以上が主なところであるが、ヨーロッパに端を発するものでブリティッシュ馬術である。（1）～（3）まではオリンピック種目でもある。他にカウボーイ乗馬に端を発するウエスタン競技がある。また各国で伝統文化として伝わる競技（日本では流鏑馬、笠懸、打毬など）も多い。

以上のように乗馬スポーツはどの競技においても馬と人とがペアとなって行う競技である。競技者にとって馬は単なる道具ではない。競技者の肉体の一部と言っても過言ではない。馬術競技のすべてにおいて馬が生き物であることの認識、愛馬精神の尊重が基本であり、他のスポーツと異なる点である。

以上の競技馬術の競技の他、乗馬スポーツとして逍遥乗馬・トレッキング、外乗（野外での乗馬）、乗馬の練習（馬場内）がある。

六、馬という動物の特質と馬とのコミュニケーション

馬は温和な性質であり、敏感で臆病であり攻撃性を持たないところに特質がある。このため人間と比べ聴覚、視覚、臭覚などが発達しており、これが馬が身を守るため敏感に反応する。馬の行動は何百年もの進化の過程で形成されてきた本能によって支配されている。人間の手で選択淘汰されてきた結果である。人間は、質の高い馬を選択し、異なるタイプ間での異系交配、ファミリー間での近親交配、系統間での交配を行いつつ繁殖してきた。その結果、非常な強健さを持った馬（ポニー、木曽馬など）、特別なスピードを持った馬（サラブレッド）、特別な美しさを持つた馬（アラブ）、特別な馬力を持つた馬（ばんえい競馬の馬）などを作り出している。この進化の過程で、人間よりもはるかに優れた感覚機能を獲得しており、これがすべてと言ってよいほどに馬の自己防衛のために使われている。これを理解することは乗馬において重要なことである。視覚（眼の位置）は、ほぼ全周を視野におさめるが、横方向に広く、縦には狭い。このため馬の後ろは危険域である。嗅覚は、どんなときでも働かせる。臭いで群れの仲間を識別し、行動圏を確認する。このため自分を世話をしてくれる人を識別する。乗馬上達のためには馬

の世話が重要になる。聴覚は、馬の可聴域は三万ヘルツであり、上限が二万ヘルツの人間を大きく超える。また走っている馬の姿は優雅であり、その動きは洗練されている。この美しさとスピードは、骨格の釣り合いで決まる。これらは人間が馬を選択淘汰してきた結果である。

　このような馬と人間（騎乗者）がコミュニケーションを取るためには、馬の表情、習性、動きを知ることが重要になる。

　馬は感受性の強い動物で、「こわい」と人が思えば即座に感知し、馬も「こわい」と思ってしまう。馬とのコミュニケーションがとれるためには、馬の表情、習性、動きを知らなければならない。

　元来、馬は人の表情、行動から、人が近づいただけで、馬体に触れる前から、人の心を感知することができる。ましてや、馬に乗った際、バランスを移動したり、筋肉をピクピク動かせば、馬は常に何らかのことを感じている。騎手の体系立ったバランスの変化、筋肉の使用による合図が扶助であり、これに反応して馬からメッセージが送られてくる。これに対し騎手から再度扶助が発せられ、馬が反応することが繰り返され、騎乗中の人馬のコミュニケーションが成立するのである。人からの一方通行ではなく、人馬の間に意志が往復しているのである。[注3]

　これは『乗馬指導者教本』中の文である（傍線は田嶋）。「馬が人の心を感知することができる」「人馬の間に意志が往復している」と記されている。乗馬の指導者からしばしば「馬は人を見る」（騎乗者の技能を感知する）とか「馬になめられる」という言葉を聞く。誰しも人間以外の動物が人間の技能を判断するなどということは信じがたい。しかし上記のように馬の特質を分析するならば、乗馬界における常識が納得できるのである。こうした点を履修者に理解させるよう心がけた。

七、乗馬によって得られる効果

　乗馬によって得られる効果として重要なことは、騎乗者の全体的な健康の増進と循環器系機能の向上である。常足（通常の速度は一一〇m／分）の場合であっても、消化器等内臓系への適度な刺激がある。馬上での姿勢は馬の動きについて行く上で重要であり、ただ座っているだけではなく、馬の動きについて行く騎乗者の動きが求められる。より具体的に言えば、馬の動きに合わせて腰が上下左右に動く。これによって脊髄の支持、平衡感覚の向上、筋力及び運動機能の向上がはかられるのである。これらは他のスポーツにおいても見られる効果であろうが、乗馬の場合には、特に顕著に表れる。また馬の体温は37度程度であり、人間より少し高い。これが緊張の和らげと血行の促進に

効果がある。つまり頭部と躯幹の統制に効果がある。この問題を整理すると、

①スポーツやレクリエーションとしての機能
②心理的・教育的機能
③治療や訓練としての医学的機能

に分類できる。①においては、近年乗馬施設も増え、乗馬環境も改善され、乗馬人口は増加傾向にある。②においては、近年ここに着目し、障害を持つ人々の健康回復に活用することが徐々に研究・実施されている。乗馬や馬の世話、厩舎作業などを通じて教育上の効果を得た事例など、乗馬愛好者の周辺に存在する。[注4] 大きな動物とのふれあい、体験したことのないような高い位置からの視野、馬のスピード感が味わえる。ごく自然に馬に乗った満足感があり、自信が生まれるのである。③としては、身体に障害のある人のリハビリテーション、たとえば小児麻痺児童の機能回復をはかった事例などが報告されている。馬が前進すれば体は前後・左右・上下に揺れる。馬の体温は人間よりやや温かい。騎乗者は自然に馬の動きに合わせてバランスを取ろうとする。馬の揺れと馬の体温が適度に緊張をリラックスをさせる。馬上での揺れが脳幹を刺激し、筋肉の発達や血液の循環を助ける。肺活量を増し、健康を促進する。加えて心理的な効果がある。つまり物理的な面と心理的な面で効果がある。言うまでもなく健常者に対しても効果がある。

八、実施上の課題

乗馬を大学のカリキュラムに加えることの重要性、今日的課題であることは十分理解できるものと思う。大学からの退学者の減少は確実である。乗馬授業の顕著な効果は、第一に馬とのふれあい、乗馬によって肉体的精神的に健康を回復し、その後の学生生活を全うした学生が出現したことである。第二にはややスポーツを苦手としているように見える履修者の体験後の変化、スポーツで目標を達成した喜びである。いわば、人間的にやや弱い立場の人に対する温かい視点を作ることを意味するのである。これが乗馬授業の最大の効果である。しかし大学における乗馬授業の実現方法を考えると大学でそのリソース（馬場、馬、厩舎、その管理・調教等）を常備するとすれば経済的負担が大きい。このため専門の乗馬施設（乗馬クラブ）の理解と協力が不可欠である。大学側には学生と馬を愛する教授者、乗馬の効果を理解し、大学運営に反映させる意志をもち、大学の個性を主張する運営者が求められるのである。

注

1 「馬を飼っている人が居る」「牧場がある」という情報をもとに、

上野教授とともに調査を続けたが、いわき近郊ではすべて当時でさえ一〇年前の話であった。利用できる、あるいは協力してもらえる施設は皆無であった。

2　二〇年ほど前であるが、アメリカ、コネチカット州のニューヘブンのイエール大学に滞在中にポロ競技を楽しむ人々に出会った。数家族で競技しているとのことであったが、出番前の馬を五、六歳の子供が引き運動しているのを見た。家族ぐるみの楽しみに羨望を覚えたものである。

3　『乗馬指導者教本』全国乗馬倶楽部振興協会、PP.9～10、二〇〇二年三月刊の一四版。

4　栃木県の上三川ホースクラブに併設する「なみあし学園」を運営する篠崎宏司氏は「馬に乗って体を動かせば、夜はぐっすり眠れます。生活リズムが整って心も元気になる。それに馬が第一だから、馬から下りたら自分より先に馬の汗を拭いてやらなければならない。大切な存在ができることで、人を思いやる気持ちが育つんです」と述べている（『週刊ポスト』が特集する「カリスマ教育者の全国フリースクール」四四巻四六号）。これまで多くの不登校の子供たちを学校に通わせた実績を持つ方であるが、飾らない率直な表現である。また週刊誌がこのような特集を組むところにも不登校にかかわる問題がいかに大きな今日的課題であるかを示している。

謝辞

ご協力くださいました皆様に厚く御礼申し上げます。乗馬授業のスタートにご協力くださいましたいわき乗馬クラブの藁谷さん（故人）、三株高原乗馬クラブの伴孝徳さん（現グリーンヒル乗馬クラブ四街道）、馬術苑中島トニアシュタールの中島さん、ルネサンス棚倉乗馬クラブの青木大介さん、上三川ホースクラブの篠崎宏司さんに御礼申し上げます。特に篠崎さんは〈乗馬ふれあい〉の授業のため馬を貸与してくださいました。

付『乗馬（ふれあい）事前授業テキスト』

テキストの項目とコメントの一部を示す。ゴシック体で掲示した分は講義の意図を示す。

1　乗馬というスポーツ人間が馬という生き物を使って行うスポーツ

（1）競技としての乗馬・馬術競技

（2）競技外の乗馬

（3）乗馬という運動

（4）乗馬によって得られる効果

2　馬という動物

3　馬の種類と乗馬　品種はおよそ一六〇種。

付：日本在来馬の悲劇

4　乗馬実践編
（1）乗る馬を覚える
①馬体の特徴　毛色　頭部の白斑　肢部の白斑
②馬体の名称
（2）乗馬の準備
①馬具　**より安全に馬にやさしく人が快適に乗るためのもの**
鞍　勒（ろく）　乗馬の服装　安全と乗りやすさのために
ヘルメット　シャツ（できるだけぴったりしているもの）
キュロット　手袋長靴
②馬の扱い
馬の目や耳に注意して
ためらわず怖がらず、馬の左側から近寄る
③馬体の手入れ
ブラッシング 血液の循環をよくする
馬の健康と人間とのコミュニケーション
根ブラシ→毛ブラシ→鉄ぐし
蹄の手入れ　蹄内を清潔にする
④馬装　馬体の左側から　鞍をつける→勒をつける
（3）基本馬術
①乗馬と下馬
②騎手の姿勢馬上での姿勢の目的は馬に随伴し正しい扶助操作ができるようにする
動いている馬上で一定の姿勢を維持する
→騎手の柔軟性とバランス　手綱の持ち方
正しい騎乗姿勢の重要性
③馬装の点検
④馬を動かす　発進と停止
⑤扶助　騎手が馬に運動を伝えるときに使う合図のこと。
⑥馬の動き方
常足
軽速歩
速足　ここまでが全身の目標
駆歩（駆け足）
⑦部班運動と号令　各種運動の指示
実習中の指示の徹底と安全のため
5　馬の管理　**馬を通じた総合学習と馬に対する注意、集中力の喚起のため**
（1）飼養管理
主な飼料は、牧草（青草、乾草、ヘイキューブ）と穀物（エン麦、大麦、トウモロコシ、ぬか）、塩、カルシウム
（2）馬の病気

皮膚炎　脱毛、ふけ、湿疹等
鞍　傷　鞍下のシワ、腹帯の緩み、鞍置き位置の間違い等によって起こる鞍ずれ等
肺葉炎　蹄内部の血行障害
蹄叉腐乱　蹄の角質が腐乱する
疝　痛　腹痛のこと。運動不足や飼料のやり過ぎ、繊維分の不足等
熱射病　等。

6　今回使用する馬
（省略）

12 文学・人間・コンピュータ

●一九九三年三月（小泉弘・林陸朗編『日本文学の伝統』三弥井書店）

一、はじめに―私とコンピュータの出会い―

私たちの生活の中で身近な道具となっているコンピュータ。コンピュータに対して如何にして日本語を教えるか、コンピュータはどうして日本語が理解できるのか、人間が言葉を理解することとコンピュータが言葉を理解することとどう違うのか、と言った人間とコンピュータとの根本的な問題についてお話ししたいと思います。

はじめに国文学者でありながら、私がコンピュータにかかわった事情からお話ししたいと思います。私は昭和四七年に新しく設立された国文学研究資料館に勤めることになりました。資料館ではこれからの組織としてコンピュータを利用することは不可欠であると考えていました。また、人文科学の分野にコンピュータを導入して、どういう風にコンピュータが使えるのかをパイロット的に実施してほしいとの、文部省からの要請もありました。始めからコンピュータの導入計画があったのです。その時資料館に集ってきた研究者はすべて国文学者でした

から、たまたまその時一番若かった私が担当せざるを得ませんでした。

昭和四七年当時、コンピュータは現在とは比較にならないほど幼稚なものでした。さらにコンピュータで言葉を扱うのは、まだスタートしたばかりです。その言葉もアルファベットが中心で、日本語の文字処理もやっと平仮名・カタカナが使える程度でした。本格的に漢字を扱えるコンピュータなどまったくなかったのです。そこで私は、漢字を扱えるコンピュータにはどのような条件が必要なのかという研究を始めることにしました。一年ほどの間に日本語・漢字を扱うことのできるコンピュータシステムの概要設計を行い、三年後の昭和五三年に新しいコンピュータが資料館に導入されました。そこで日本語をアルファベットと同じ様に使えるコンピュータシステムを日本ではじめて導入したわけです。それが社会的に一つのきっかけとなり、その後にワープロが登場することになりました。そしてその時は想像も出来ないほどに発達し、今日に至っております。

以上のような私の過去一五、六年間の経験の中で得たこと、コンピュータの専門の方々がなかなか分ってくれないことを、これからの若い皆さんに訴えて、人間とコンピュータはどこがどう違うのか、人間はコンピュータに対して何を誇ることが出来るのか、ということを、〝言葉〟を中心にして述べたいと思います。

二、日本語とコンピュータ

コンピュータはそもそもが「コンピュートするもの」という意味です。「コンピュート」は計算するという動詞ですから、コンピュータはあくまでも計算機としてスタートしているのです。それになぜ言葉を処理させるようにしたのか、それがどういう風にして言葉を理解できるのか、というのがまず第一のテーマです。その問題を単純化するために、最近はやっているワープロを中心にして考えてみたいと思います。

「日本語をコンピュータで使えるように分析する」という問題はワープロだけの問題ではなく、英語を日本語に翻訳するとか、日本語を英語に翻訳するといった、機械翻訳とか、データベースの蓄積、検索等多くの分野で課題になっていますが、ここではワープロを中心に考え、ワープロが登場した歴史的意味を考えてみましょう。

ワープロという道具の思いつきは、コンピュータに仮名を入れて必要な部分を漢字に変えることに始ります。それだけではなく、一度作った文章をコンピュータの中に入れておき、後で取り出したり、編集し直したり等もう一度使えるようにしたり、また文章を印刷して出すというのが、ワープロという道具の機能です。

また、最近は一般的にコンピュータの専門用語以外にも使っていますが、「入力」（インプット）とは、文字をコンピュータで処理可能なように、電機信号に変えて、コンピュータに入れることを言います。ワープロを作り出した根本発想は、便利な日本語のタイプライターが欲しいとか、日本語をアルファベットのような少ないキーボードで入力したい、というものでした。それはワープロが登場する以前のコンピュータへの日本語の入力方式は、いくつかの方法がありましたが、いずれも少なからず問題がありました。仮名漢字変換方式との違いを確認する意味で、やや詳しく説明いたします。

漢字テレタイプ方式

日本語（アルファベットも含めて）を入力する方法として初期に（昭和四〇年くらい）登場した方式です。小さな板に漢字を九〜一二個割り振ったものを二〇〇個位並べたもの。シフトを押したり、足を使う等して専門家が入力していました。この方式に熟練すると入力のスピードは早くなるのですが、訓練が必要な上に難しく、作業者の疲労度が大きい。しかも装置が大きく製作費もかかり、持ち運びが出来ないので、一般に普及させるには無理がありました。

文字盤入力方式

漢字テレタイプ方式の次に登場したものです。一枚の板に具体的に漢字を当てはめておき、必要とする漢字をペンでさし、その電気信号を受け取って、コンピュータの中に文字の符号が入っていく方式。余り練習は必要でないが、逆に練習の効果がうすい。また二〇〇〇から三〇〇〇の漢字を盤面から入力することが必要であったために、装置が大きく、持ち運びにくい。これも入力方式としては主力になりえませんでした。

連想コード方式

漢字をなんらかの記号に変え、その記号を憶えて、一〇本の指で入力できるようにした方式。装置は小さいけれども、訓練が大変である。普通のタイプライターが代用できるので具合がよいが、若い時から訓練しなければあまり効果が期待できないほど訓練が必要でした。これも主力にはなりえなかったのです。

以上のような状況の中に、「仮名漢字変換」という方式が登場しました。つまりワープロの発想の登場です。アルファベットを入力する時と同じキーボードで入力したい。利用者にとっては簡単な方式でありたい。この二つのニーズから、仮名を漢字に変えるという考え方が起ってきました。

三、ワープロが仮名を漢字に変える仕組み

仮名を入力して漢字に変えるには、なんらかの仕組が必要です。その仕組がどういうふうになっているのかというところから考えてみましょう。

仮名を漢字に変えるのに一番簡単なのは、コンピュータの中に、仮名に対応する漢字のリストを作成する。仮名列に対応する漢字列（辞書）を用意する。この二つを対応させるようなプログラムを用意する。これで原則的には変換が可能となります。初歩的な変換辞書で考えてみましょう。

「愛情」という漢字を入れてみましょう。一字ずつ変換しようとすると、まず「あい」という音に対応する漢字列は、

哀　藍　相　愛　逢い　会い　合い　遭い　遇い　挨　姶
隘

のようにたくさんあります。この中から「愛」を選び出し、次に「じょう」に対応する漢字は、

上　丈　場　錠　常　城　情　定　条　状　嬢

のようにこちらも少なくありません。これに対して「あいじょう」を熟語単位で変換してみましょう。この場合では、

愛情　哀情　愛嬢

のごとく選択の範囲が狭まります。つまり一字ずつの変換リスト・変換辞書では、原則的には可能なのですが、実用的ではありません。つまりこの初歩的な一字単位の辞書でも、かなを漢字に変えるという目的は達成できるのですが、同音の漢字が余りにも多いため、この方式だけでは、実用にはなりません。

この結果、

もっともっと長い単位で入力したい
変換キーを押すのを少なくしたい
考えながら文章を打ちたい
思考を中断させたくない

ということが、きわめて大きなニーズになってきます。そこで、

文章単位で変換させたい
まとまった単位を一括して変換したい

というあたらしいニーズが起ってきました。こうなると、そう簡単ではありません。「どうすればコンピュータに単語を理解させられるか」が、課題になります。英語の文章では、常に単語と単語の間が分かち書きされていますので、この問題はありません。コンピュータの中に入っている文章を使って、コンピュータに単語の単位を理解させる研究が行われたのです。そこでコンピュータに単語の単位を理解させるということを考えてみましょう。

字種による単語の分割

（1）　コンピュータに次のような文章がすでに入力してある場

合、

滝川の夏はさわやかだ。

コンピュータに、ひらがな、漢字等の「字種の単位で区切れ」と命じます。すると、

滝川／の／夏／はさわやかだ／。

と区切ります。最後の「はさわやかだ」を除いて、コンピュータは単語単位の分割に成功しています。

次には「はさわやかだ」をどうするかということになります。私たちには漢字列の次にある「は」は、助詞であることが分ります。ここから「が、の、に、を、へ、と、より、にて、がきたら、その字は独立させよ」と命令を加えます。これで「は／さわやかだ」が、単語単位に分割できました。

(2) コンピュータにかな漢字変換をさせる場合

日本語の助詞は、ひらがな一字でできている。時には二字三字の場合もあるが。助詞　の、　は、　の前にくる文字は名詞の場合が多い。→名詞は漢字に変えよ。

こう考えて間違いは少ないことが分ります。

これは、日本語の特色の一つである、膠着語の性格を利用したことになります。日本語では、文節内の単語の出現順序は確立しているのです。つまり「夏の／滝川は／さわやかだ。」という文章はあっても、「の夏／は滝川／さわやかだ。」はないのです。つまり助詞を巧く活用することによって、コンピュータに単語の単位を理解させることが出来るのです。このようにコンピュータの中に仮名に対応する辞書を作り、そこに品詞情報を入れることによって、コンピュータはおおむね文節を理解できるようになりました。そこで文節単位の変換が可能になりました。これによって、文節単位のかな漢字変換が可能となりました。

同音異義語への対応

次に残っている問題は何でしょうか。さきほど、同音の漢字が多いと言いましたが、同音の漢字のみならず、同音異義語も多いのです。「橋と箸と端」「雨と飴」これらは同音異義語です。この場合私たちの言葉の使い方としては、「石狩川の橋」「箸の使い方」「机の端」とか、「雨が降る」「飴をなめる」のような使い方をするのが常識であって「飴が降る」などは異常な状態です。これらの識別は漢字一字ずつでは識別しにくく、文脈の中で解決しなければなりません。「異議」(他の異なる意見)と「異義」(他と異なる意味)の場合には、解決方法があります。

「異議」「異義」の単語の他に「同音異義語」のように、長い単位の語を作ってしまえば、かな文字列の一致だけで、ほぼ正しい変換が可能になり、同音異義語の発生が少なくなります。しかし辞書は膨大なものになってしまいます。

そこでもう少し賢い方法で識別する方法が必要となります。コンピュータが同音異義語が巧く処理できないわけは、何でしょうか。コンピュータは単語の意味を理解していないこと、その語の周辺の知識を持っていないことの二点に集約されます。そこで同音異義語の発生状況（同音異義語がどういうところに発生してくるか）を調べて、何とか体系的に処理する方法を考える必要があります。そこで同音異義語の発生状況を調べます。同音異義語の発生状況はおおよそ次のように整理できます。

（1）自立語の品詞、活用が異なる
カイ　→貝、買い、回
ハシラ→柱、走ら
（2）品詞、活用は異なるが、一部の活用形が同じ
イッタ→言った、行った、
終止形（言う）（行く）
ニル→似る、煮る、
ハル→春、貼る
（3）自立語の品詞、活用が同じ
ハナ→花、鼻、
カイタ→書いた、欠いた
（4）接辞、派生語として同じ
ゼンセカイ→全世界、前世界、
ニホンブン→日本分、日本文
（5）文節として同じ
ヒトハ→人は、火とは、
ナイヨウニ→内容に、無いように
（6）異なる文節列として同じ
コガナイ→漕がない、子が無い
ソノヒハイシャニ→その日は医者に、その日歯医者に

このように同音異義語の発生パターンを整理して、この中でどのような方法を取れば処理できるかを考えます。たとえば、（1）では、品詞の情報を与えておくことによって、相当多くの部分が識別できます。この場合は、自立語については活用の情報・品詞の情報を辞書の中に入れておけばよいのです。

次に、これまでの同音異義語に対する処理方法として、どのようなことを考えたでしょうか。主に次のようなことが考えられました。

形態素解析の利用

形態素、つまり単語の構成単位（意味を持った最小の言語単位で、それ以下の有意味単位に分解できないもののことです）を利用する方法です。（1）の場合、「柱」は形態素ですが、「走ら」は形態素ではありません。したがってこのケースは形態素を解析していくと識別可能です。（6）の「漕が」は形態素ではなく、「子」

は形態素ですので、これも識別可能となります。（2）の場合は、「似る」と「煮る」、「春」と「貼る」はともに形態素ですから、識別は不可能です。同様に（3）（4）（5）のケースも識別不可能です。

頻度情報の利用

私たちの使っている言葉には育ってきた環境、趣味、学問等によって個人差があります。専門用語もそれぞれの分野において違いがあります。それぞれの中でよく使われる言葉の層があるのです。その言葉の層を利用して、語彙の世界を作っていく。各々の世界の言葉の辞書を区分けして作ることによって、かなりの部分の同音異義語の識別が可能となるのです。

複合語、関連語情報の利用

日本語は短い単語がひとまとまりになって複合語として用いられることがよくあります。そこでつながり易い単語を辞書に登録しておき、同音語の優先づけに利用する方法です。「キシャ」という言葉は、貴社、記者、汽車、帰社のようにたくさんあります。「キシャ」の前に「シンブン」という言葉があれば、「新聞」という言葉に関係の深い「記者」を優先させる情報を与えておくわけです。つまり新聞というものの周辺に存在する知識を整理して、優先順位を与えておくわけです。これによって「新聞」が出てきた時に、次に「記者」が選ばれる確率が高くなるのです。

あるいは「イッセンヲ　カクス」という場合でも、「一線」が出てきたら「隠す」ではなく「画す」に優先順位を与えておくのです。このように言葉と言葉の関連の知識をコンピュータに与えておくことでも、同音異義語の識別が可能になる場合があるのです。しかし頻度情報の利用や、複合語、関連語情報の利用は、コンピュータの変換のロジック（ロジックは一度作ったものが色々なところに使われるため活用効果が大きい）ではなく、一つ一つの言葉の使い方を分析して、辞書に反映させていくために多くの労力（それも知的労働）を必要とします。

サ変動詞の活用

日本語の名詞の中にはサ変動詞となる名詞がたくさんあります。「キシャ」の例でいえば、「記者（する）」は正しい日本語ではありません。ここでサ変動詞となるのは「帰社（する）」だけです。したがってサ変動詞の情報が与えられていれば、「キシャノ　キシャガ　キシャデ　キシャスル」とある場合の「帰社する」はすぐに識別できるのです。このようにコンピュータにサ変動詞の情報を与えておくことによって、同音異義語を判別できる場合もあるのです。サ変動詞を辞書に付加する作業は、比較的楽で、効果も大きくよく利用されています。

以上の中で明確に理解していただけたことは、コンピュータが日本語を処理できるのは、人間と同じように言葉の意味を理解しているのではなく、人間が意味を理解しているように見せかけの仕組をいくつか作っているのです。

四、ワープロの現状と本当の技術革新

おおよそこんなことが考えられています。だんだんむつかしくなっていることがお分りでしょうか。より良い変換効率を求めるための技術は、高度になればなるほど、得られる効果は次第に低くなってくる。次第に難しい技術が求められてくるのです。文節を理解させるための最初の技術として使われた助詞の利用・活用を考えた時には、飛躍的に高い確率が得られました。それが次の段階に入ると、さまざまな情報を個々の言葉ごとに与えていく必要が生じてきました。優先順位を与えたり、頻度情報やサ変動詞の活用などの方法は大変な労力を必要とします。

ワープロの仮名漢字変換を考えると、このほかに、辞書の作り方、変換のアルゴリズム（ワープロソフト部の骨子で、どう入力文を分析し、変換するかを指示する基本的論理）などを研究して、より良いシステムを工夫しているのです。

以上がワープロのかな漢字変換の現況です。ある決まった分野の仕事をする場合のワープロや相当使い慣れて自分の言葉の世界をワープロの中によく理解させたシステムにおいては、ほとんど変換ミスがないところまできています。もちろん完璧ではありません。ところが最近は本当の技術革新ではなく、単に辞書を大きくすることや処理スピードを早くすることで問題を解決しようとする傾向が見られます。次の飛躍をめざすには、また本当の技術革新を計るには、言語と人間の原点に立ち戻り、より一層の日本語の分析を進める必要があります。

五、ワープロと日本文化

これまでワープロやコンピュータがどのように仮名を漢字に換えるのかを見てきました。その中で用いられた日本語の分析を見ていますと、日本語の字種に着目していました。日本語の中には、漢字や平仮名、片仮名、数字、漢数字等が入り交じって使われています。英語の文献の中では、記号類を除きますと五二個のアルファベットと数字だけで出来上がっています。日本語では平仮名、片仮名合わせますと一七五個、これに漢字が加わりますと膨大な数になります。コンピュータの言語処理が始まった時、日本語にはハンディキャップがあるといわれていました。しかし今見てきたワープロの技術からは、字種が多いことは、日本語のデメリットだけではなかったのです。つまりマイナス面をプラスに転化することによって、ワープロの基礎技術が出来てきたのです。この結果、日本人は書くことに対す

る楽しみをより強く実感できるようになりました。しかも日本語に何等変更を加えることなく、それを実現してきたのです。ワープロは日本の文化を変えることなく、コンピュータを使うことによって、より効率的に使うことに成功しました。そして日本人の言語生活をより豊かにしてきたのです。

ワープロは現在、販売台数からしますと、日本人の五人に一人が持っている計算になるそうです。ほこりをかぶっている機械のことを考えても、驚くべき普及率です。いつの間にかアメリカのタイプライターの普及率をはるかに越えているのです。日本語を変えることなく、ハンディと考えられていたことをプラスに変えて実現してきたのです。これは日本文化を考える上でもきわめて大きな出来事といえるでしょう。

六、ワープロ文化と知識の情報化

ところで、ワープロの技術の中で使われている、頻度情報とか複合語・関連情報の活用は、視点を変えて見ますと、日本人の知識を情報化することを意味します。コンピュータに知識を大量に与えて、あたかもコンピュータが意味を理解しているかのごとく見せているのです。例えば「一線を画す」の場合、「一線」がきたら次には「画す」が来るのであって、「隠す」ではないのだ、という知識を与えて、コンピュータに理解させるわけです。それはコンピュータが本当に理解しているのではなく、あたかも意味を理解しているかのごとく見せかけているだけなのです。

以上によって明らかになったことは、言語の理解ということで、現状ではコンピュータに完全を求めることは不可能であるが、コンピュータと人間の上手なつきあいかたによって、きわめて便利な道具として利用することが可能であること。ワープロに関していえば、完全な仮名漢字変換は不可能に近いが現状でもほぼ使えること。そして今後さらに良くなる可能性がある、ということでしょう。

七、コンピュータと人間

今後の問題は、コンピュータと人間の上手なつき合い方はどうあるべきかということです。言うまでもなく、完全に日本語を理解させるための研究は必要でしょう。これまで言語解析の研究は、国語学者・言語学者と情報科学者（コンピュータシステムの研究者）たちの間で研究されてきました。どちらかといえば、情報科学者の方が大きな働きをしてきました。今後は文科系の研究者の参加がより強く望まれます。それによって、これまでと違った新しい技術が生まれてくる可能性が充分あります。

次の大きな課題は、コンピュータに日本人の知識・文化を与えていくことです。かつてのコンピュータは、日本語を相手にしてくれませんでした。漢字が本格的に扱えるようになったのは、ワープロが登場する一年ほど前（一九七八）くらいからです。まだ浅い歴史しかありません。この面を発展させることが必要です。コンピュータに知識・文化を与えていく仕事が不可欠です。それゆえコンピュータの研究世界にもっともっと文科系の人間の参加が必要なのです。文科系の人間が産業構造の中に位置付けられて行かなければならない時代になりました。

現在の日本の産業構造の中でコンピュータと関わりなく仕事の出来る人はほんの少しだと思います。皆何等かの形でコンピュータと関わった仕事をしています。今はそこまで情報化が進んでいます。この中で文科系の人々の働く場はより広がっています。文科系の人間が積極的にコンピュータの世界に入って行かなければならないのが現在なのです。

八、コンピュータと文学

次に、コンピュータに与える日本の知識・文化の問題を考えるために、コンピュータによる文学の創作の問題に触れてみましょう。

小説のような散文学をコンピュータに書かせるのは、相当無理があり、情報科学を少しでもかじっている者ならば、誰も考えないと思います。しかし、俳句や短歌のような韻文ならば、コンピュータで遊びたくなります。過去の文学作品と同じようなものを作り出すことは考えられるのでしょう。

「閑かさや岩にしみ入る蝉の声」（芭蕉『奥の細道』立石寺）、すなわち「しずかさや　いわにしみいる　せみのこえ」という五十音表の八八の文字をインプットし、そのすべての文字列の組合せを、コンピュータにさせれば、次の二つのこと、

・これと同じ文字列の組合せを作り出すこと

・優れた俳句になっているであろう文字列の組合せ

が可能でしょう。そして作り出された物を俳句と考えるならば、それを文学と見ることもできるでしょう。

しかし、私たちがこの芭蕉の句をすばらしいと感ずるのは、単に言葉の持つひびき、リズムだけではないはずです。私たちは、この句に、

漂泊の詩人松尾芭蕉をみます。

蝉の声には暑い夏がイメージされます。

蝉のジーンという、ややはげしい音もイメージされます。

さらにこの句が立石寺で詠まれたことを知った時、さらに立石寺が古刹であることを知った時、古寺のもつ重み、静寂さを思います。

このようなもろもろの心の動き、イメージの展開の中に、静

かさを突き破る蝉の声の激しさ、それを「いわにしみいる」と表現した芭蕉のもつ詩的世界に酔いしれるのです。

　私たちが文学を鑑賞する時、大多数の人々は、作品を通して、作者の人間を見、作品の環境を思い描いています。また、同じ文字列を作り出すことは可能であっても、あるいは新しいすばらしい句が生まれたとしても、それをすばらしいと評価するのは誰でしょうか。言うまでもなく、コンピュータ自身が評価することは不可能です。コンピュータはこの人間を見ることはおろか、この環境を理解することはきわめて難しい。この環境を理解させようとすれば、膨大なデータ（先程は知識という言葉で説明しました）を与えなければなりません。コンピュータは、創造的な仕事が得意ではないのです。

　コンピュータと知識という点で文章理解の問題を少し考えてみましょう。

　　おれはうなぎだ。

　これは日本文としてあり得るスタイルです。同じパターンの文はよく使われます。もう少していねいに言う人は、
　　おれはうなぎにする。

と言うでしょう。これを定型的な文章にしますと、私たち人間はごく普通に、
　　俺はうなぎどんぶりを注文する。

　　俺はうなぎどんぶりを食べる。

となるでしょう。これをコンピュータに理解させようとしますと、
　　場面はレストランの中である。

　　数人の集団がレストランにやってきた。

　　メニューには、うなぎどんぶり、かつどん、てんどんなどがある。

　　みなそれぞれが注文している。あるいは誰か注文を取りまとめている。

　　うなぎとは、料理の一つで、うなぎどんぶり、うなじゅう、すいものなどがある。

少なくともこの位の情報を与える必要があります。

　　わたしはきつねだ。

この場合はどうでしょうか。
（1）　私はきつねの役をします。
（2）　わたしはきつねうどんを注文します。
（3）　わたしはそれをきつねだと思います。
等の解釈が成り立ちます。
（1）は、幼稚園か小学校、劇の役割でも決めているのでしょう。
（2）は、うなぎの場合と同じくレストランの中かも知れま

せん。

（3）は、憑物の話をしているのか、絵本でも見ているのでしょう。

この二つ（うなぎときつね）の違いは、私たちが普通にもっている知識、つまり「うなぎとはいかなるものか」「きつねとはいかなるものか」の知識に違いがあるからです。うなぎの場合には、ほとんどがうなぎ料理がイメージされます。一方のきつねの場合は、うなぎよりも多様性があります。

こうした問題を考えますと、人間はコンピュータに比べ、遙かに高い能力をもっています。その能力は、長い歴史的遺産、文化の中に形成されています。環境を理解し、順応する能力、やわらかな心でまわりを包みこむ能力です。

また「情報の量・知識の量」ということで考えますと、人間は誰でも膨大な量をもっています。皆さんは、今までに一八年から二〇年位生きていますね。その間に膨大な情報・知識を詰込んでいます。知識とはそれほど高級なものばかりではありません。たとえば、道を歩いている時、石があればそれを避けて通ります。石を蹴れば足が痛いことを知っているからです。

コンピュータは、人間の手によつて、情報を整理し、体系付けて、知識・情報を蓄積することが可能です。しかし人間のもっている知識をコンピュータに蓄積しようと思えば、膨大な時間と金を必要とします。それでも完全に蓄積することは不可能でしょう。人間のもっている知識は、長い年月にわたって蓄積してきたものですから、どんな人でもすべてが体系的になっているとは限りません。このため知識をすべて体系的に取り出そうとすることはきわめて難しいのです。

これに対してコンピュータには、体系的に知識・情報を与えていきますので、またコンピュータがきわめて早い処理能力をもっていますので、蓄積した情報・知識をすみやかに取り出すことができます。このためあらゆる面で人間より遙かに高い能力を持っているように錯覚してしまうのです。

それでは、人間とコンピュータとの違いの根本はどこにあるのでしょうか。

私は人間のもつ《感性》という問題に尽きると思います。人間は人の顔を見て判断することも、言葉のもつニュアンスを読み取ることも、自然の美しさに感動することも、美しい文学を読み感動することも、感動の涙を流すことも、逆に怒りを表すこともできます。それが人間の豊かさです。

究極のところ「こころ」の問題に尽きるでしょう。これはコンピュータが今後どのように発達したとしても、冒されることのない人間の聖域であり、人間の尊厳性につながるのです。そういう意味においても、私たちの生活の中に文学が要求されるのです。

学生諸君は残された大学生活の中で、しっかり文学を学んで、より豊かな「こころ」を養って卒業されることを望みます。


〔付記〕小稿は一九九一年七月六日の国学院短期大学国文学会講演会の講演録音テープを播摩光寿氏がまとめてくれたものに若干手を加えました。

13 国文学におけるコンピュータの役割と漢字

●一九七八年九月（『コンピュートピア』一二―九）

一、はじめに

国文学研究資料館設立の背景を述べ、国文学の世界に導入されたコンピュータの果す役割、活用構想について考える。ついでこれを推進していくシステムについて、単に国文学の問題のみならず、国字情報処理　国字字種の問題点とその対策について述べたいと思う。

二、国文学研究資料館設立の背景

日本文学は上代から現代にいたるまでの一三〇〇年余の永い歴史がある。明治以前の古典に限っても、一二〇〇年余の歴史を持っている。この間に書かれた『万葉集』『源氏物語』『平家物語』などの古典はおびただしい数にのぼっており、その数はおよそ六〇万点に達するだろうといわれている。

これほど大量な古典文学に関する文献や資料に恵まれている国は他にはないであろう。ところが、貴重な資料は全国の社寺、文庫、図書館、個人の家などに散在しており、そのごく一部は重要文化財として国の指定を受け、大切に保存、管理されている。しかしその多くは保存体制が十分でなく、年とともに消失している。関東大震災や太平洋戦争の際に、多くの資料が焼失したことはよく知られている。また海外に流出し、国内では見ることのできなくなった資料も少なくない。水害により消失する例もある。私自身も水害による消失を眼のあたりにしたこともあり、古い社寺に調査に行った時、長年さがし求めていた資料を見つけながら、虫くいがはげしく、いかんとも読めず無念の思いをしたこともある。自然災害のみならず、古書を利用している間にも汚損や虫損により、しだいに原形がくずれていく場合も多いのである。

それ故、現代のわれわれは貴重な古典籍を後代にまで残せるよう、十分な研究と保存体制を考えなければならない。

一方、最近における国文学研究の進展は、研究の対象を拡大し、これまで国文学の研究対象外であったような作品が研究対象になってくるとともに、研究方法も精緻なものとなり、テキストを吟味し、位置づける基礎的な本文研究が、以前にもまして重視されるようになってきている。このため研究に必要なテキストとなれば貴重な時間と費用をかけて、遠方まで出かけてゆき、マイクロフィルムにおさめてくることがよく行われている。しかも注目されるテキストは複数の研究者が各々フィルムにおさめるということがしばしば行われていた。こうした無駄を省くために、文献資料をマイクロフィルムにおさめ、一カ所に集め、利用できるような体制を作ろうと考えるようになった。

また、一方において、国文学の研究は非常に盛んである。近年とみに盛んになっている。たとえば『国語国文学研究文献目録』の昭和三八年度版[注1]と四九年度版[注2]を比較してみると、表1のようになる。

年度／種別	研究論文（点）	研究書（点）	執筆者（人）	発表誌
昭和 38 年度	3,644	265	2,183	324
昭和 49 年度	4,764	698	3,473	650
増加率（%）	130.7	263.4	159.1	200.6

表 1

この目録では国内で発表されたものに限っているので、外国で発表されたものを加えれば、若干増えるであろう。全体的に量的拡大が著しいが、特に注意すべきは、発表誌の多様化である。この多様化をもたらした原因の一つに、大学や研究機関等から出される研究紀要が考えられる。これは発行数も少なく、市販されることもないので、把握しにくい。こうした現象は、研究者にとって、自己の研究分野の状況把握が次第に困難になりつつあることを語っている。

完璧に国文学関係の学術雑誌紀要類を収

集・整理し、分野ごとの論文目録を編集し、研究者の利用に供する機関の設立がつよく望まれていた。

以上のように、世界に例を見ないほど大量に存在する原本(写本・版本等)やその他の文献資料の存在、それらの保存対策、資料を求めて東奔西走し、同じ資料を複数研究者が撮影する無駄、研究文献の量的拡大等々の問題があった。

こうした事情を背景に、国文学者の間に資料センター設立の声が高まるとともに、日本学術会議の勧告(昭和四一年)、学術審議会の報告(昭和四五年)に基づき、文部省内に準備調査会が設けられ、検討を行ったのち、国文学に関する国立の共同利用研究機関として、一九七二年の五月に設立されたのが、国文学研究資料館である。単なる保存の目的だけではなく、研究利用のための生きた機関であるところに特色とむつかしさがある。

三、国文学研究資料館の事業

設立の目的を達成するために、館内のスタッフのみならず、日本全国の八〇名にあまる研究者に依頼し、組織的で網羅的な所在調査、マイクロフィルムによる収集を行っている。年間五〇〇〇点を目標に行っており、現在三万点をこす原資料を収集している。さらに収集したマイクロフィルムを複製し、目録を作り利用に供している。原資料の他、研究情報の調査収集およびその目録の編集刊行、レファレンスサービス、文芸講演会、展示会等を行い、一般利用者への普及も心がけている。

ここでマイクロフィルムの複製であるが撮影したオリジナル・フィルムは保存用とし、これより作業用ネガフィルムを作製し、その上で閲覧用のポジフィルムまたは紙焼写真本を作製している。最近はオリジナル・ネガフィルムは原資料の所蔵者に返さなければならない場合もあり、解像力の良いネガフィルムの保存ができない場合も起っている。

資料の保存方法として、マイクロフィルムで良いかどうかは、別に十分な研究を行う必要がある。すくなくとも和紙に毛筆で書写する過去の方法は、一〇〇〇年に近い年月の間保存されてきた実証がある。単に保存を考えるなら、これにまさる方法はないであろう。ところが、この方法では大量の収集には限界がある。また書写する際の書き誤りや、一字や一行の書きもらしがあらたな本文を発生させていたことを考えるならば近代的な方法とはいい難いであろう。マイクロフィルムが登場してから、未だ日の浅い今日、保存性に対する実証はない。しかし完全な複写、大量の画一的処理、容量のコンパクト化という点で、現状ではマイクロフイルムによる収集が有効であろう。同時にマイクロフィルムの長期保存のための完璧な方法の研究と、理想的な保管庫の作製および管理が不可欠である。

この他、情報の高次な処理や、国文学研究に活用するためにコンピュータおよび漢字システムを導入した。五三年一月の設置であるが現在順調に稼動している。

四、国文学における情報検索

ここでコンピュータ・システムの果す役割は、最初に文献検索にあるといえよう。国文学の場合、文献検索といっても、一般の文献検索とは趣きを異にするので、私は原本検索と論文検索に二分して考えている。

原本検索

これは原本（写本・版本等のいわゆる和古書）をさがすことをコンピュータ化したデータベース・システムである。

このデータは、先にもふれたように、約六〇万点あるだろうと推測されている。データ作成は年間ほぼ五〇〇〇点ずつ処理していくのが当面の計画である。

研究者が〝本〟を調査探索する時には、『源氏物語』について調べたいとか、「青表紙本」が見たいとか、「〇〇文庫蔵の源氏物語」を見たい、等の言い方をしている。また研究者の間ではこれで通じている。しかしこの検索要求はレベルが各々異なっている。つまり原本情報は、

作品（書）→諸本（本の系統）→図書
　　　　　↘版→図書

というツリー構造を持つといえるだろう。たとえば『源氏物語』といえば作品というレベルであり、源氏物語という名、紫式部という著者、物語文学というジャンル、一条帝の頃の成立、といった属性を有する。「青表紙本」、「河内本」、「古本」という言い方は、それぞれ共通の特色を有する一群に対する言い方である。ある作品の図書の中で、ある傾向を共通にする図書群の呼び方を「諸本」と考える。この他「書陵部蔵の源氏物語」というのは、書陵部という所蔵者、巻冊、外題、内題、目次題等のこの本に実際に記述されている題（記述題）、誰がいつ写したとか、誰がいつ刊行した等の出版事項、書誌的注記、請求番号などを属性に持つ。これを「図書」と名づける。これらのすべてにわたってデータをつけておかねばならないであろう。しかし諸本の情報をつけることは、それ自体がかなりの研究を要することであって、現実には不可能に近い。そこで諸本の系統をきめうる情報の一部（記述題、著者、所蔵者、巻冊、出版事項、書誌的注記など）をつけておくことによって補いたい。

原本情報のデータ構造は、

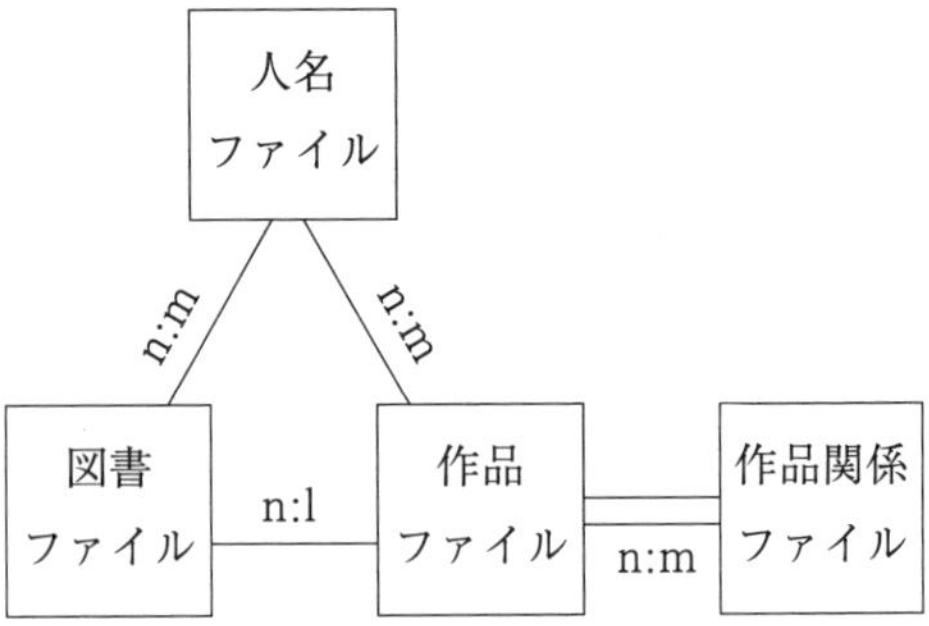

人名ファイル
n:m　n:m
図書ファイル　n:1　作品ファイル　n:m　作品関係ファイル

の形である。図書ファイルは書誌単位のものであり、作品ファイルは、一種のオーソリティ・ファイルと考える。人名ファイルも、人名のオーソリティ・ファイル的なものであり、統一著者名、別名、歌人、戯作者などの種別、生没年などである。この他作品と作品との関係を示す情報も必要なものである。しかし、これも諸本の情報と同じように作成がむつかしいものである。いずれにしても、データの面では研究者ファイル（研究者自身の作成した研究成果の蓄積）の活用が重要であろう。

最初にデータベース化した九〇〇〇件について、若干の統計をとって見れば、

項目	最大	最小	平均
書名（作品名）の長さ	28字	1字	5.2字
著者の長さ	13字	1字	4.6字
記載題の長さ	44字	1字	5.3字
書肆（出版者）の長さ	14字	1字	6.4字
著者の繰り返し	13字	0字	1.3字
記述題の繰り返し	20字	0字	1.9字
書肆（出版者）の繰り返し	19字	0字	1.9字

表2

となる。データの可変長性を如実に示している。このようなデータを、オンライン検索のための検索効率を考慮しながらファイル化しようとすれば、

a　可変長、可変個繰り返しフィールド

b　レコード間構造の表現と検索方式

この二点を無視することはできない。[注3] 現状では、この問題を解決してくれるようなデータベース・マネジメント・システムは、身近かなところには存在しない。当面この解決のために全力を尽さねばならないであろう。

したがって現在は、オンラインの検索システムは動いていない。今は冊子体の目録を作成し、関係機関に配布して利用に供している。オンラインの検索システムは、しばらく時間がかかるであろう。

論文検索

論文検索システムは、一般の文献検索とほぼ同じものと考えている。年間で対象となるデータは、六〇〇〇件程度である。しかし発表誌が多様化していることと、国文学の研究の性格として、対象に対する理解、解釈という思考のプロセスも重視されているために、論文の有効寿命が永く、遡及検索を必要とするために、データ量も相当多くなる。これもオンラインの検索システムが要求される。

国文学の学術雑誌には、論文に抄録が付加されている場合はほとんどない。検索のためのキーワードを付加しようとすればかなりの費用がかかるであろう。そこでタイトルからのキーワード自動抽出を試みた。その結果ほぼ満足のいく結果が得られている。[注4] これに分類キーを若干つけることでシステム化している。

このシステムも未完である。それは原本検索ほど問題は深刻ではないが　DBMS 待ちである。論文目録については、手作業であるが『国文学研究文献目録』を編集し、刊行している。これを機械化する方向で検討を行っている。同時に遡及分のデータベースの作成をすすめている。

以上の二つのシステムは、当分の間目録を作成配布し利用してもらうのが基本である。オンライン検索システムが完成すれば遠隔地でも端末を設置することによって、直接利用することが考えられる。しかし、文字種が八〇〇〇種も要求される国文学システムでは、システム技術、ハードウエア面、経済性、操作性等々の面で問題が多い。安価で操作性の良い漢字端末の出現が期待される。

五、今後の活用

語彙検索

以上二種の文献検索の他語彙の検索がある。国文学の研究では、内容や表現の分析に語彙を手がかりとすることが多い。作品をとく上で、キーとなるような語について、周辺作品との用法の比較をし、当該作品の意義をあきらかにするなどよくとられる方法である。その際に利用するのが語彙索引である。手作業で作成するのには、克己的な努力が要求される。勤勉な国文学者はこの克己的な労苦に耐えて、多くの語彙索引を作成している。誰もが索引の必要さと便利さを知っているからであろう。

たとえば『平家物語』のようなやや長編の作品になると、のべ語数二〇万語くらいになる。二〇万枚のカードをとり、二〇万枚の配列をし、さらに原稿用紙に転記する。それを植字工が活字を拾い、さらに校正をすることを考えると、気の遠くなるばかりの作業である。コンピュータを使うといっても、一気にこうした苦労がなくなるわけではない。現状では語区切りや、配列のためのルビふり、入力データの校正など、手作業の部分も多い。しかし手作業にまさるところも多く、このシステムに対する期待は高い。と同時に、単に情報の探索のみならず、本格的な研究の面にふみこんでいる場合が多い。語の単位をどうするか、品詞の認定の問題などもむつかしい。さらに単独の索引ではなく、古典語彙データベースとなると、これらの課題は多い。それだけにこのシステムが完成したときの持つ意味の大きさははかりしれないものがある。

国文学研究の最も基本的なプロセスは、課題の発見からテキストの選定、対象作品、対象課題に対する研究現状の把握、問題点の整理、内容分析である。このプロセスに沿った学術情報の検索システムが原本検索、論文検索、語彙検索である。国文学におけるコンピュータの活用とは、この三つのシステムを完成することが第一歩となるであろう。その目的は研究者の基礎的な作業の負担を軽減することにあるが、同時に随所に研究者の参画が必要であり、そのことがシステムの信頼性に大きくかかわっているのである。

この他活用分野として考えられるものに、文体論への統計的方法の応用、文献の著者判定への統計的手法の応用、さらに近時さまざまなハードウエア、システムが生まれてきている図形処理分野での利用など、考えたい課題はさまざまに拡がっている。また利用形態として、オンライン・ネットワークの問題が検討課題になるであろう。

六、国文学コンピュータ・システムと漢字

以上のような国文学へのコンピュータを活用するにあたっては、漢字情報処理システムが必要であるが、当館のシステムは、

- ハードウエア
  - 漢字入力装置
  - 漢字ビデオデータ・ターミナル
  - 漢字プリンター
- ソフトウエア
  - 漢字入力編集
  - 漢字編集プログラム
  - 外字処理ルーチン

で構成されている。

　現状の漢字情報処理システムは、一般のデータ処理システムに比べれば歴史も浅く、さまざまな問題を持っているが、私はCPU本体との接続と、漢字字種の問題について私の経験を述べてみたいと思う。

CPU本体と漢字プリンターの接続

　最近は漢字情報処理システムも随分普及しているが、未だCPU本体と一線を画している感があり、満足のいくものではない。コンピュータと同じ室内に、わずか数メートルしか離れていない漢字プリンターが通信制御回線で接続されていたり、磁気テープ等の入力窓口を二つもち、完全なオフライン機器として利用されているのがほとんどであろう。これではラインプリンターによる出力に比べてみれば著しいハンディキャップを負っていることになる。私が最初に抱いた疑問は、漢字処理は何故こんなハンディを負わなければならないのか、ということであった。当館のシステムでは日立製作所の協力を得て、ラインプリンターなみにチャネルに直結している。当然、操作性は良く、使用者の評判は良い。英数字だけの情報処理に比べて、漢字が負っていたハンディを一つでも、どんなささいなことでも、改善すべきであろう。

漢字字種

　欧文表記の場合、使用文字種はそれぞれの国語において有限かつ少数文字種で十分であるのに対し、漢字の場合は、その数がきわめて多い。たとえば『康熙字典』では、四二一七四、『大漢和辞典』四九九六四、『大字典』一四九二四、『新字源』（角川書店）九九二一である。しかも古来より偏と旁の組み合わせで、新しい漢字ができることや、字形の変化から別の漢字ができるなど、オープン・システム的側面があり、その総数はつかみ難い。

　一方、漢字プリンターなどの出力装置には、漢字パターン発生装置を必要とし、その費用の占める割り合いが高い（近年メモリー媒体の発達により安くなってはいる）。漢字システムの経済性を考慮すれば、ある基準を設け、出力文字種に制限を加えることが必要となる。また制限された文字種であるならば効率的な使用が必要である。

　メーカー提供の漢字フォントは、数年前までは各メーカーとも四〇〇〇種前後を用意している場合が多かったが、最近は一万種を超すフォントを用意しているメーカーもあり、単純に字種の多さを誇っている場合が見られる。これがユーザーにとって有効に利用できる文字セットかどうかには若干の疑問を感ずる。

　これまでの字種調査では、一九六三年に出された国立国語研究所の『現代雑誌九十種の用語用字』が出されているが、ここでは漢字三、三二八字となっている。また一九六七年の「郵便報知新聞使用漢字一覧表」（『国語研究所論集3』所収）では、三、六八〇字、行政管理庁行政管理局による官報の使用漢字（『行政情報処理用標準漢字の選定に関する調査研究・報告書』一九七四）では三、六一六字と報告されている。

私のところでもいくつかの漢字調査を行っているが、それによれば、表三のようになっている。どの調査でも単独では三、〇〇〇字に満たない。ところがA、Bあわせると三、四八九となる。A、Bに共通するものは一、四七三字である。古典本文の場合は、作品により著しい差があることになる。Dは、九、〇〇〇件を対象にしたものであるが、JIS外[注5]（JISになく、かつ館の基準で代替漢字のないもの）の漢字は一一六である。その後の調査では、データ一、〇〇〇件（総漢字数約二七、〇〇〇）に対し、一〇字ほどの出現率で、JIS外（JIS六、三四九＋一一六以外）の漢字があらわれている。未だ詳しい分析は行っていないが、原本書誌データや、論文目録データの分野では、

	霊異記本文（A）	弓張月本文（B）	論文抄録（C）	原本書誌データ（D）
総漢字数	44,308	25,165	196,000	242,852
異り漢字数	2,453	2,509	2,680	2,666

表3

おそらくJISの六、三四九字の基本文字セットを持てば、これを七、五〇〇くらいまで拡大することで、漢字はほぼ満たされるであろう。しかも漢字字種の調査事例から見ても、基本文字セットのうち出現しない漢字の数も相当数になり、これを引けばさらに少なくなるものと思う。

以上の経験から考えると、漢字の字種は使用分野によって大きく異なるから、他の調査だけを利用して漢字セットを定めることは不適当である。ユーザー・オリエンテッドな調査が必要である。それもゼロから調査していくのではなかなか必要字種が満たされない。何らかの文字セットを利用する必要がある。これにユーザー独自のデータの字種を追加していくのが、便宜的で有効な方法である。この意味において、JISが制定されたことはありがたいことである。

ところが追加していくということは、いうまでもないが、運用過程において行っていくことである。これは漢字情報処理システムにおける文字セットをオープン使用することを意味しており、実際上はむつかしい。

これを可能にするためには、メーカーが漢字フォントを大量に用意しておき、ユーザーの必要により迅速に提供できるシステムができているか、あるいはユーザーが独自に、かつ簡便に漢字を登録できる外字処理機能が用意されている必要がある。

また基本とする文字セットと追加文字との間に矛盾が生じないよう、基本文字セットはしっかりした原則に貫かれているものでなければならない。さらにコード体系のことを考えればメーカーによる提供がよりベターであることはいうまでもない。

七、おわりに

国文学の世界にコンピュータを導入し、IRシステムを作り、研究に活用しようとするとき、日本語であるが故にさまざまな問題にぶつかる。

一つはハードウエアの遅れであり、ソフトウエアの不備である。漢字データでなかったならば簡単であったろう仕事も、漢字なるが故に多くの労力を必要とする場合が多い。漢字自体の持っている問題も多い。あまりにもオープン・システム化しすぎていた漢字は、字形をあいまいにしてきていた。字種が多いという印象が漢字の不用意な制限を行わせる場合もあった。むしろ必要な漢字は必らず使える体制が必要である。

これらの問題が解決され、日本の国字の情報処理が英数字の処理に比し、何らのハンディのない日が一日も早くくることを望むものである。

注

1　東京大学国語国文学会編『国語国文学研究文献目録』昭和三八年版、至文堂、一九六五年。

2　国文学研究資料館編『国文学研究文献目録』昭和四九年版、国文学研究資料館、一九七七年。

3　文部省科学研究費による特定研究：情報システムの形成過程と学術情報の組織化　第二年次報告　C-17班報告、宮沢彰執筆、一九七八年。

4　星野雅英「国文学関係論文タイトルからのキーワード自動抽出について」第一四回科学技術研究集会発表論文集、一九七八年。拙稿「国文学研究と情報検索」同上。

5　C-6226　図形文字用符号表、一九七八年。

14 国文学研究も電算機時代
——「ボタン一つで資料探せる」システム作り

●一九七八年一二月一五日（『日本経済新聞』）

一、おびただしい情報の量

たとえば、ことし出た『源氏物語』の研究論文を探したいと思ったとき、コンピューターのボタンを押すと「ソレハ、タンコウボンナラ……」と、たちまち答えが出てくると、便利なことこのうえない。

これは話がやや夢物語だが、国文学研究資料館では国文学の資料をコンピューターに詰め込んで、データベースを作り、情報サービスをする体制を作ろうと、研究を進めているところである。この一〇月から、一部は実際にサービスができるようになり、困難はまだ山積しているが、研究員一同、夢の実現に向けてはりきっている。

「文学をコンピューターに入れる」というと、「文学研究を機械などにまかせられるか」「自然科学と文学とはちがう」「コンピューター万能主義だ」などと、今でもおしかりを受けるようで当方も困る。

しかし、である。まずは国文学の〝情報〟がいかにおびただしい量にのぼっているかを見ていただきたい。

まず全国で一年の間に雑誌や大学の紀要、単行本に発表される国文学の研究論文だけでも、最近はざっと六〇〇〇点にも及んでいる。定期に出る研究書や学術誌は約七〇〇で、一〇年前の倍以上になってしまった。

こうなると、仮に江戸時代の酒落本（しゃれぼん）の研究が近ごろどこまで進んでいて、どんな新発見があるのか、全体のありさまを知りたいと思っても、個人ではどうにもならないといって過言ではあるまい。洪水のような国文学情報に埋もれてアップアップしている、といっては研究者に悪いが、「なんとかならないか」という〝悲鳴〟にも近い叫びもあがってきた昨今なのである。

また、研究の基礎になる古代から幕末までの古典文献はどうか。これも写本などを含めてざっと六〇万点が残っているとみられる。これらは、全国の社寺、博物館、図書館、個人の蔵などに散在している。かくて研究者たちは、必要な文献や論文を追い求めて、東奔西走を続けなければならなくなる。

ここまでくるとどこで、いつ、どんな文献が出て、中身はこうこうだ——といった〝国文学情報〟を詰め込んだ情報センターがどうしても必要になってくる。それには、コンピューターを使っていくしかない、というわけである。

二、入力前の調査に苦労

我々はまず、国文学研究資料館がマイクロフィルムに収めている文献類をコンピューターに詰め込んでいった。それを基にした一〇〇〇ページにのぼる文献目録も一年ほど前に第一巻が完成し、近く第二巻ができる。中世の能の本である「藍染川」から近世に「笑ひ草しの字尽」まで、アイウエオ順に約八九〇〇点の文献が収録されている。題名のあとに出し入れ番号や内容を示す数字やアルファベットの記号がついていて、著者や所蔵場所もその記号を使ってコンピューターに指示すればすぐわかるというわけだ。これを基礎に、たとえば「平賀源内」の書いた本、写本などをすべて記録した著者名目録も作っていくことができる。手作業だったら、何年がかりになるかわからない仕事で、コンピューターあればこそ、一年もかけずにできる。

もちろん、その間の苦労は多い。その一つは、データが極めて複雑多岐にわたることである。たとえば、江戸時代の式亭三馬一人にしても、本名は菊地久徳で、通称西宮太助、ほかに本町庵、四季山人など、二〇近いペンネームをもっていた。こういった著者名を漏らさず詰め込んでいかなくては正確なデータバンクにならないから、詰め込む前の調査に骨が折れる。

また、古典文献には漢字が多い。今のコンピューターシステムでは、漢字を記録させる方法がまだまだ満足すべきものになっていない。私どもは、あれこれ研究して、従来のものよりかなり進んだシステムを作ったつもりだが、まだ改善の余地はあるようだ。

三、古典の漢字の数も調べる

漢字処理のために、私たちは出典に出てくる漢字の数も調べた。『日本霊異記』の総漢字数は四四三〇八、『弓張月』は前編だけで二五一六五と出た。しかし、漢字の種類だと、前者は二四五三、後者は二五〇九であった。しかし分野や対象が異なるとまた別の漢字がでてくる。このほかのデータも集めてみて、漢字はだいだい七五〇〇ぐらいあれば古典文献の文章をほぼ収録できるだろうと、それだけの漢字を記憶できるだけのシステムを作った。あらゆる漢字を自動的に収録するのは今のところまだムリなのである。

文献のタイトル、著者などについて、その長さの平均をとってみた。こんなこともコンピューターあればこそできることだが、九〇〇〇件をもとにした調査ではタイトルの平均は五・二字と出た。最大は二八字で、「冷泉家祖来迎院従一位前権大納言為富卿二百五十回忌追悼和歌」（本の表紙にこうあり、本の中に書いてある内題では、この上に「延享三年十一月廿日」の字があり九字ふえる）。最小はもちろん一字で「箙（えびら）」（能の本）などがあった。

著者の長さでは、平均が四・六字。いちばん長い人は「石清水別当田中光清女」（『小侍従集』の著者）の一〇字。最小はこれまた一字で、「白（はく）」という人が、桃山時代にいる。これも別に、遊びでやっているわけではない。全体の平均をとることで、データ処理をより簡素化し、調べやすいシステムを作り出していこうとするものだ。

また、研究論文を検索する、つまりだれそれが芭蕉について書いた論文を探したい――などの要請にこたえるためには、タイトルなどのデータから探していくが、タイトルから中身が推測できないこともけっこうあるわけで、この分類が難しい。私たちは当初、論文の抄録を作ってテーマごとに分類し、コンピューターに記録すればいいだろうと考え、その実験もやってみた。

ところが、年に数千点も集まってくる論文が相手である。一つ一つ読んで、抄録を作っていては、何年かかるかわからない。で、結局、これはムリとわかり、人手でやるのは大わくの分類を与えるだけとして、コンピューターに自動的にキーワードをつけさせるシステムを作った。例えば、「宇治十帖と紫式部序説」という論文があったときに、人手による分類でまず「物語」にはめこみ、コンピューターの分析から「宇治十帖」と「紫式部」と「源氏物語」がつけられ、この四つのキーのどれを指定しても、この論文がとり出せる、ということである。

四、将来は著者判読に使用も

このほか、語彙検索システムといって、「あはれ」が、どの文献のどこに、どう使われているか、一目でわかる、といった記録も作り始めている。

こうしたデータがどんどん蓄積されていけば、国文学の研究も大きく変わってくるだろう。将来はだれの作だかまだよくわからない文献でも、膨大なデータを基礎に、その文体や記述内容、年代を他のものと統計的に比較して、著者をさぐり当てる――といったことができるかもしれない。さらに判読できない文字、蔵書印府譜をコンピューターに読ませることも可能ではなかろうか。

そんな夢を描きながら、コンピューターによる国文学データバンク作りを進めている。

15　漢字コード化のポイント

●一九九九年九月（情報処理学会情報規格調査会 IT）

漢字のコード化、標準化をすすめる場合に、常に問題になるのは、どの形の文字をコード化の対象とするかである。

私たちが日常的に、また歴史的に用いている漢字の形には、同一概念を表す漢字であってもさまざまである。一般的にはその中に標準的な形として活字の形がある。それには歴史的変化、地域的な差がある。明朝体と清朝体は、地域的、時代的な違いであるが、今日でも利用されている。またあらたな活字体が生み出されている。同じ活字体でも、デザイナーにより、ひとまとまりのフォントの形になる時は、微妙な違いが表現される。これが個々の文字が示す〝顔〟である。これらのどれを対象としてコードを与えるかが、漢字の標準化・コード化の基本的課題である。

この問題の理論的な整理として作り上げてきたものが、漢字を三次元の構造として捉える考え方である。抽象的な文字（いわばある文字のもつ概念、かりにX）の段階から、その概念を表現する字体（かりにY）と、字体を具体的に表現する字形・書体のレベル（かりにZ）の考え方である。たとえば、「国」と「國」、「剣」と「劍」と「剱」は同じ概念を表していて、字体のレベルで異なっている。この「国」を字形・書体で表現する時には、手書きには手書きの形での表現があり、活字体で表現する時には、明朝体やゴシック体がある。それぞれの活字体にはフォントが存在する。Xのレベルがコード化の対象である場合には、コード上では「国」と「國」との識別は現在のコード化の体系の中では、不可能である。逆にZのレベルでコードを与えるとほとんど収拾不可能であろう。このXYZとしての構造把握、Yレベルへのコード付加という考えが、漢字の標準化・コード化の歴史の中で最も意義のあることである。これによってCJKの国際コードも推進してきた。

最近、中国古典の本文のデータベース化などもはじまり、おのずから漢字コードへの関心を深め、この問題に積極的に関わろうとする人も増えてきた。しかし少々危惧すべきことは、このXYZの構造把握を否定する意見が時に聞かれることである。そもそもこのYとZの関係は、筆記具やメディアの変化が、書体を変化させ、その書体の変化がある段階を超えた時に字体の変化として捉えるのであるから、そこに明確な線を引くことはきわめて困難である。

漢字コードの利用者が飛躍的に増えてきた今日、漢字が何を

コードの対象としてきたのか、その間のプロセスへの理解を共
通に持つことが求められよう。

Ⅵ 略歴及び著述目録

田嶋一夫　略歴及び著述目録

学歴

一九六〇年三月　埼玉県立春日部高等学校卒業
一九六五年三月　早稲田大学教育学部国語国文学科卒業
一九六七年三月　早稲田大学大学院文学研究科日本文学専攻修士課程修了（文学修士）
一九六八年四月　早稲田大学大学院文学研究科日本文学専攻博士課程入学
一九七二年三月　早稲田大学大学院文学研究科博士課程修了（単位取得）

職歴

一九六六年五月～翌三月　早稲田大学教育学部国語国文学科副手
一九六七年六月～翌三月　群馬県立境高等学校教諭
一九七一年九月～　早稲田大学系属早稲田実業学校教諭
一九七二年五月～　国文学研究資料館助手（文部教官）
一九七五年四月～　同助教授　この間情報処理室長、第一資料室長
一九八七年四月～　いわき明星大学教授（人文学部日本文学科〈二〇〇五年、表現文化学科に改組〉）
二〇一二年三月　同定年退職

非常勤講師

一九八〇年二月～一九八三年三月　宮城学院女子大学非常勤講師（集中）
一九八二年四月～一九九三年三月　目白学園女子短期大学非常勤講師
一九八八年四月～一九九〇年三月　跡見学園女子大学非常勤講師
一九九〇年四月～一九九一年三月　早稲田大学講師（兼任・教育学部）
一九九一年四月～一九九七年三月　大東文化大学非常勤講師
一九九五年四月～一九九七年三月　日本大学短期大学部（三島）非常勤講師
一九九八年四月～二〇〇〇年三月　國學院大学大学院講師（兼任）
二〇〇七年四月～二〇一二年三月　大東文化大学非常勤講師（大学院）

いわき明星大学における役職

一九九七年四月～一九九九年三月　日本文学科主任
一九九九年四月～二〇〇三年三月　人文学部学部長
一九九九年四月～二〇〇五年三月　大学院人文学研究科長
二〇〇五年四月～二〇〇七年三月　表現文化学科主任

学会及び社会における活動

一九八三年六月～現在　仏教文学会委員
二〇〇八年六月～二〇一〇年五月　仏教文学会副代表
一九九三年六月～　説話文学会委員
一九九五年六月～一九九七年五月　説話文学会代表委員
一九九五年六月～一九九七年五月　中世文学会委員
一九九七年六月～二〇〇五年六月　中世文学会常任委員
一九九八年七月～二〇〇二年六月　日本文学協会委員
一九九九年七月～二〇〇九年六月　全国大学国語国文学会理事

一九八五年四月～一九八九年三月　通産省工業技術院　漢字符号系調査研究委員会委員長（JISX0203-90 改訂、X0212-90 制定）

一九八九年四月～一九九五年三月　日本規格協会　特別調査研究委員会委員長

一九九〇年四月～一九九四年三月　情報処理学会情報規格調査会漢字標準化専門委員会委員長

一九九三年四月～一九九四年三月　UCS調査研究委員会（工業技術院委託）委員

二〇〇一年六月～二〇〇二年三月　いわき市文化交流施設整備検討懇談会会長

二〇〇二年度　文化交流施設「市民企画運営準備会」会長

二〇〇三年度　プレ事業実行委員会委員長

二〇〇三年六月～同年一一月　いわき市文化交流施設整備等事業選定審査委員会委員長

賞罰

（社）情報処理学会情報規格調査会　平成一一年度標準化貢献賞

【著書】

一九八一年六月　『説話文学Ⅰ（古代編）』〔共著〕（双文社）

一九八一年六月　『説話文学Ⅱ（中世編）』〔共著〕（双文社）

一九八九年七月　『室町物語集』上（新日本古典文学大系54）〔共著〕（岩波書店）

一九九〇年一一月　『最新ＪＩＳ漢字字典』〔監修〕（講談社）

一九九二年四月　『室町物語集』下（新日本古典文学大系55）〔共著〕（岩波書店）

二〇〇二年九月　『続古事談』〔共編〕（おうふう）

二〇〇四年三月　「いわき明星大学和古書目録」〔共著〕（いわき明星大学）

【論文】

一九六五年一二月　「神道集論稿—研究史の展望—」『古典遺産』（古典遺産の会）15号

一九六九年一二月　「神道集の世界—在地性についての一考察—」『古典遺産』（古典遺産の会）20号

一九七〇年六月　「平家物語研究上の諸問題に関する諸説一覧　文学論的研究」市古貞次編『諸説一覧　平家物語』（明治書院）

一九七一年二月　「神道集の評価についてその教理的側面からの一考察」『日本文学』（日本文学協会）20巻2号

一九七一年六月　「謡曲における天狗の造型と天狗観—怨念の構造把握への覚書—」『古典遺産』（古典遺産の会）22号

一九七二年六月　「『一言芳談』考—その基礎的性格についての覚書—」『仏教文学研究』（仏教文学研究会）11集

一九七三年六月　「教林文庫蔵『三井往生伝』」『説話文学研究』（説話文学会）8号

一九七四年九月　「『猿鹿懺悔物語』について—信長の叡山焼討と文学に関する考察—」『国語と国文学』（東京大学国語国文学会）51巻9号

一九七五年二月　「琉球神道記」『国文学』（学燈社）20巻1号

一九七六年一二月　「『三井往生伝』檜谷昭彦ほか『説話文学必携』（日本の説話別巻、東京美術）

一九七七年一二月　「『地蔵菩薩霊験記』」同右

一九七八年二月　「早稲田大学図書館教林文庫『猿鹿懺悔物語』（翻刻）」『国文学研究資料館紀要』3号

一九七八年三月　「国文学と情報検索」（日本科学技術情報センター編『第14回科学技術研究集会発表論文集』）

一九七八年三月　「国文学におけるコンピュータの活用―コンピュータ国文学提要への覚書―」『文学・語学』（全国大学国語国文学会）80・81合併号

一九七八年五月　「国文学と漢字情報処理」（共著）『日立評論』（日立評論社）60巻5号

一九七八年九月　「国文学におけるコンピュータの役割と漢字」『コンピュートピア』12巻9号

一九七八年一一月　「教林文庫本『三井往生伝』翻刻と研究」（共著）伊地知鐵男編『中世文学　資料と論考』（笠間書院）

一九七九年一月　「JIS漢字表の利用上の問題―情報処理システムにおける漢字のデザインと管理―」『情報管理』（日本科学技術情報センター）21巻10号

一九七九年二月　「国文学研究資料館におけるコンピュータシステムと図書館業務機械化」『図書館の杜』（稲門ライブラリアンの会）2号

一九七九年六月　「『三井往生伝』編者考―昇蓮と法然教団のかかわりを中心として」西尾光一教授定年退官記念論集『論纂説話と説話文学』（笠間書院）

一九八〇年一月　「逐次刊行物目録作成システム―システム編―」（共著）『ドクメンテーション研究』30巻1号

一九八〇年三月　「データ処理用漢字辞書」（共著）『国文学研究資料館報告』（国文学研究資料館）6号

一九八〇年三月　「漢字シソーラスの作成―漢字情報処理システムの問題点と対策―」『第16回科学技術研究集会発表論文集』（日本科学技術情報センター）

一九八〇年三月　「漢字情報処理システムの課題―漢字セットの設計と漢字辞書運用システムについて―」『国文学研究資料館紀要』（国文学研究資料館）6号

一九八〇年九月　「漢字世界の分析と情報処理システムの役割」『データ通信』12巻8号

一九八一年二月　「Kanji Information System : The Design and Manipulation of a Kanji Character Set」Committee on East Asian Libraries Bulletin No.64

一九八一年三月　「中国語情報処理システムの課題」『アジア・クオータリー』（アジア調査会編・刊）13巻2・3合併号

一九八一年三月　「漢字情報処理システムにおける文字セット管理システム―データベースとソフトウエア―」（共著）『情報処理学会全国大会講演論文集』第22回（情報処理学会）

一九八一年五月　「『イソポノハブラス』―イソップ伝の一説話の分析から―」『日本文学』（日本文学協会）30巻5号

一九八一年五月　「地蔵尊利生記（翻刻）」大久保正編『国文学未翻刻資料集』（桜楓社）

一九八一年一〇月　「日本語情報汎用割付サブルーチン―KOMSYSI―情報構造表現としての考え方―」（共著）『情報処理

学会全国大会講演論文集』第23回（情報処理学会）

一九八一年一〇月　「データ処理におけるＪＩＳ外漢字の標準コード化の問題点と方法」〔共著〕『情報処理学会全国大会講演論文集』第23回（情報処理学会）

一九八一年一〇月　「日本語ＩＲシステムによる国文学論文検索」〔共著〕『情報処理学会全国大会講演論文集』第23回（情報処理学会）

一九八二年三月　「漢字情報処理システム運用上の課題―ＪＩＳ外漢字の出現状況とその対策―」〔共著〕（日本科学技術情報センター）『第18回科学技術研究集会発表論文集』

一九八二年八月　「本文研究の立場からみたテキスト・データベースの機能について」〔共著〕『情報処理学会自然言語処理研究会資料』32巻6号

一九八二年八月　「日本語テキストデータの蓄積処理システム」〔共著〕『情報処理学会自然言語処理研究会資料』32巻7号

一九八三年三月　「国文学データベースの形成と日本語処理上の問題点」『文部時報』（文部省　ぎょうせい）１２７０号

一九八三年六月　「日本語テキストデータの検索システム」〔共著〕『情報処理学会全国大会講演論文集第25回』（情報処理学会）

一九八三年六月　「古典テキストデータの検索システム」〔共著〕『自然言語処理技術シンポジウム論文集』（情報処理学会）

一九八三年一〇月　「Character Set Control System and "Kanji Thesaurus"」〔共著〕Chinese Language Computer Society（米）Information Processing Society of Japan, Proceedings of ICTP' 83

一九八三年一〇月　「日本語処理システムにおける〝漢字シソーラス〟」『第20回科学技術研究集会発表論文集』（日本科学技術情報センター）

一九八三年一〇月　「日本語情報処理における文字セットコントロール」『情報管理』（日本科学技術情報センター）26巻7号

一九八三年一二月　「一言芳談―求道の光―」『国文学解釈と鑑賞』（至文堂）48巻15号

一九八四年三月　「漢字シソーラスの構想と課題」『日本語学』（明治書院）3巻3号

一九八五年三月　「中世往生伝研究―往生伝の諸相と作品構造―」『国文学研究資料館紀要』（国文学研究資料館）11号

一九八五年三月　「早大図書館蔵教林文庫目録稿」〔共著〕『国文学研究資料館文献資料部調査研究報告』6号

一九八五年三月　「教林文庫覚書」『国文学研究資料館文献資料部調査研究報告』6号

一九八五年六月　「神道集をめぐって」〔共著〕『説話文学研究』（説話文学会）20号

一九八五年九月　「御伽草子研究史（明治以降―昭和二十年）」『解釈と鑑賞』（至文堂）50巻10号

一九八六年三月　「『日吉山王利生記』の研究」『国文学研究資料館報』（国文学研究資料館）26号

一九八六年三月　「早大図書館蔵教林文庫本翻刻―山王関係資料三種」〔共著〕『文献資料部調査研究報告』（国文学研究資料館）7号

一九八七年一月　「文献検索：異体字と機械」『言語生活』（筑摩書房）No.422

一九八七年二月　「漢字世界の構造―無限集合的文字セットとコード体系の問題―」『情報学基礎』（情報処理学会）4巻1号

一九八七年三月　「日吉山王関係目録稿（一）」（共著）『文献資料部調査研究報告』（国文学研究資料館）8号

一九八七年三月　「早大図書館蔵教林文庫本翻刻―山王関係資料二種―」（共著）『文献資料部調査研究報告』（国文学研究資料館）8号

一九八七年七月　「本地物成立論　『神道集』熊野権現事の構成と形式」日本文学協会編『日本文学講座3　神話・説話』（大修館書店）

一九八七年八月　「漢字のJISにおける字形変更の背景」『PAGE』（日本印刷技術協会）1巻4号

一九八七年九月　「『神道集』研究史　附・神道集研究文献目録」『解釈と鑑賞』（至文堂）52巻9号

一九八七年一二月　「高野山往生伝の編者如寂をめぐって―日野資長の可能性―」国東文麿編『中世説話とその周辺』（明治書院）

一九八七年一二月　「漢字字書の構成―漢字世界の分析と漢字マスターファイル」水谷静夫編『朝倉日本語新講座1　文字・表記と語構成』（朝倉書店）

一九八八年一一月　「言語情報処理の文字セット管理」『日本語学』（明治書院）7巻12号

一九八九年二月　「JIS漢字補助集合の案の設定と今後の課題」『情報処理学会研究報告』（情報処理学会）89巻13号

一九八九年二月　「文字コード標準セットの拡張―JIS補助集合の制定の動向と印刷業界の対応―」『プリンターズサークル』（（財）日本印刷技術協会編）23巻2号

一九八九年三月　「教林文庫と辻井徳順師」『早稲田大学図書館紀要』30号

一九八九年五月　「説話文学―仏教の庶民化と地方化」江本裕・渡辺昭五編『庶民仏教と古典文芸』（世界思想社）

一九八九年五月　「漢字のJIS標準セット拡張の動向―文化とコンピュータの接点はいかにあるべきか―」『人文科学データベース研究』（勉誠社）3号

一九八九年六月　「帝を悩ませる御殿の上の怪物―鵺―」『歴史読本・臨時増刊』34巻12号（新人物往来社）

一九八九年六月　「コンピュータと漢字」佐藤喜代治編『漢字講座11巻　漢字と国語問題』（明治書院）

一九八九年一一月　「往生伝の世界―人は死後に何を望んできたか―」『生活と科学』（いわき明星大学編・刊）

一九八九年一二月　「高野参詣記―碩学実隆の旅と文学―」『解釈と鑑賞』（至文堂）54巻12号

一九九〇年五月　「中国語文処理と文化―漢字分解方式の背景と入力方式の課題―」『しにか』（大修館書店）1巻2号

一九九一年三月　「本地物の世界」『解釈と鑑賞』（至文堂）56巻3号

一九九二年三月　「文学・人間・コンピュータ」『滝川国文』（滝川短期大学）8号

一九九二年一一月　「おもろさうし」尾崎秀樹監修『歴史と文学の回廊14巻　南九州・沖縄編』（ぎょうせい）

一九九三年二月　「国際標準化のための活動と経緯」『しにか』（大修館書店）4巻2号

一九九三年三月　「文学・人間・コンピュータ」小泉弘・林陸朗編『日

本文学の伝統』（三弥井書店）

一九九三年四月　「日吉山王利生記成立考」本田義憲ほか編『説話の講座5巻　説話集の世界Ⅱ—中世—』（勉誠社）

一九九五年二月　「国際符号化文字集合（UCS）の活動から」『画像電子学会誌』24巻1号

一九九五年八月　「往生伝」伊藤博之ほか編『仏教文学講座6巻　僧伝・寺社縁起・絵巻・絵伝』（勉誠社）

一九九六年五月　「御伽草子類の表現」解釈と鑑賞（至文堂）61巻5号

一九九六年七月　「『三国往生伝』考—『普通唱導集』内の位置」今成元昭編『仏教文学の構想』（新典社研究叢書99）

一九九六年九月　〈翻刻〉内閣文庫蔵『今物語』」（共著）『いわき明星大学文学・語学』5号

一九九八年三月　「『保暦間記』の歴史叙述」梶原正昭編『軍記文学の系譜と展開』（汲古書院）

一九九九年五月　「中世文学と神道」『中世文学』（中世文学会）44号

二〇〇一年四月　「説話　古典籍からの影響」枕草子研究会編『枕草子大事典』（勉誠出版）

二〇〇一年五月　「中世における説話論証」『国語と国文学』78巻5号

二〇〇二年六月　「外から見た中世文学」のテーマについて」『中世文学』（中世文学会）47号

二〇〇八年一月　「ちりめん本『日本昔噺』研究の現状と課題」『いわき明星大学大学院人文学研究科紀要』6号

二〇〇八年四月　「中世往生伝」小林保治編『中世文学の回廊』（勉誠出版）

二〇〇九年三月　「ちりめん本「日本昔噺」シリーズ『舌切雀』『瘤取』考—典拠と翻案、『宇治拾遺物語』との関連—」『いわき明星大学大学院人文学研究科紀要』7号

二〇〇九年七月　「シンポジウム〈日本〉像の再検討—〈東北〉を視座に—」『説話文学研究』（説話文学会）44号

二〇一〇年三月　「ちりめん本「日本昔噺」シリーズ『ねずみのよめいり』考」『いわき明星大学大学院人文学研究科紀要』8号

二〇一〇年七月　「ちりめん本「日本昔噺」シリーズと中世説話文学」説話文学研究（説話文学会）45号

二〇一一年三月　「ちりめん本「日本昔噺」シリーズ『俵の藤太』考」『いわき明星大学大学院人文学研究科紀要』9号

二〇一二年三月　「ちりめん本「日本昔噺」シリーズ『海月』考」『いわき明星大学大学院人文学研究科紀要』10号

二〇一二年四月　「趣旨の説明とささやかな総括」『仏教文学』（仏教文学会）36・37合併号

二〇一三年三月　「ちりめん本における記紀神話—№9『八頭ノ大蛇』の典拠と翻案—」『いわき明星大学大学院人文学研究科紀要』11号

二〇一三年三月　「大学教育における乗馬　いわき明星大学における実践報告」『いわき明星大学人文学部研究紀要』26号

二〇一三年一〇月　「中世往生伝をめぐる諸問題—『高野山往生伝』の編者如寂を中心に—」『仏教文学』（仏教文学会）38号

【報告書等】

一九七七年三月　『データシステムのための漢字シソーラス（試作版）』国文学研究資料館科研費特定研究「言語」報告書

一九七九年一一月　「国文学文献資料情報の蓄積と検索システムに関する研究」『情報システムの形成過程と学術情報の組織化』

（文部省科学研究費特定研究総合報告）

一九八二年三月　「国文学語彙探索システム及び索引誌の作成に関する研究」〔共著〕「昭和55—56年度　科研費研究報告書」（国文学研究資料館）

一九八三年二月　「日本語処理システムのための漢字シソーラス（同義漢字字書）研究開発」『情報化社会における言語の標準化、総括班研究成果報告１９８２』（文部省科学研究費特定研究総合報告書）

一九八三年三月　「日中の漢字コード法と文字セットの比較について—ユニバーサルな漢字コードの可能性について—」（『情報ドクメンテーション・システムにおける自然言語に関する研究』）昭和56年—58年度　文部省科学研究補助金・総合研究A研究成果報告書

一九八四年三月　「国文学情報検索システムの共同利用に関する研究」〔共著〕「57—58年度　科学研究費研究報告書」（国文学研究資料館）

【書評等】

一九八四年九月　「林雅彦・徳田和夫編『絵解き台本集』」『解釈と鑑賞』（至文堂）49巻11号

一九八五年七月　「福田晃『神道集説話の成立』を読んで」『古典遺産』（古典遺産の会）36号

一九八八年二月　「親鸞・道元参考文献案内」『国文学』（学燈社）33巻4号

一九九三年二月　「関口忠男著『中世文学序考』」『日本文学研究』（大東文化大学）32号

一九九八年六月　「志村有弘著『超人役行者小角』」『古典遺産』（古典遺産の会）48号

一九九九年五月　「三木紀人著『今物語』」『国文学』（学燈社）44巻5号

二〇〇三年六月　「榎本千賀編著『神道縁起物語（一）』（伝承文学資料集成5）、大島由起夫編著『神道縁起物語（二）』」（伝承文学資料集成6）『説話文学研究』（説話文学会）38号

【随想・小文等】

一九六九年三月　「明治百年祭を考える」『古典遺産』（古典遺産の会）19号

一九七四年八月　「教林文庫（早大図書館現蔵）のことについて」『日本文学』（日本文学協会）23巻8号

一九七四年九月　「国文学研究と電子計算機」『国文学研究資料館報』3号

一九七五年一月三〇日　「〈研究ノート〉国文学と論文検索」『朝日新聞夕刊』

一九七八年二月六日　「〈研究ノート〉国文学論文のキーワード」『朝日新聞夕刊』

一九七八年二月一五日　「国文学研究も電算機時代」『日本経済新聞』

一九八二年一一月　「教林坊を訪れて」『わせだ国文ニュース』37号

一九九九年一月　「大学教員に何が問われているか」『日本文学』（日本文学協会）48巻1号

一九九九年七月　「創造性とは何か」『創造』（いわき未来作りセンター）14号

一九九九年九月　「漢字コード化のポイント」情報処理学会情報規格調

査会

二〇〇二年四月一一日「心の時代と科学鴨長明編纂の『発心集』─現代こそ心の問題重視」『いわき民報』

二〇〇二年一〇月「現代社会の「老い」」『創造』（いわき未来作りセンター）27号

二〇〇三年七月「和古書の本物にふれる教育をめざして」『いわき明星大学図書館報』

二〇〇八年八月「ちりめん本」『いわき明星大学図書館報』10号

二〇一三年一〇月～一二月「方丈記800年　無常を生きる智慧①～⑩」『佛教タイムス』

【口頭発表】情報処理関連を除く

一九六八年九月「神道集の世界」説話文学会例会　於國學院大學

一九六九年六月「神道集説話の特色─「鏡宮事」を中心に─」早稲田大学国文学会大会　於早稲田大学

一九七〇年九月「神道集について─その仏教思想の一面─」仏教文学研究会（現仏教文学会）　於大正大学

一九七三年五月「国文学と情報検索」全国大学国語国文学会春季大会　於上智大学

一九七三年一〇月「猿鹿懺悔物語について」全国大学国語国文学会秋季大会　於新潟大学

一九七八年六月「国語教育とコンピューター」早稲田大学国語教育学会講演

一九八四年七月「中世往生伝について」日本文学協会研究発表大会　於東京女子大学

一九八四年九月「神道集をめぐつて」説話文学会シンポジウム　於駒澤大学

一九九三年一一月「中世往生伝─「三国往生伝」について」仏教文学会東部例会　於成城大学

一九九四年七月「神道集における本地譚形式」仏教文学会東部例会シンポジウム　於立正大学

一九九八年五月「中世文学と神道」中世文学会シンポジウム基調報告と司会　中世文学会春季大会　於立正大学

一九九八年六月「世阿弥の能楽論と無常観」仏教文学会大会　於国士館大学

二〇〇三年一二月「文字と書物の交響曲」シンポジウム　於国文学研究資料館

二〇〇六年一月「鴨長明三部作の論」仏教文学会東部例会　於大東文化大学

二〇〇八年九月　公開シンポジウム「〈日本〉像の再検討─〈東北〉を視座に─」説話文学会・仏教文学会支部合同例会　於弘前大学

二〇〇九年六月「ちりめん本「日本昔噺」シリーズと中世説話文学」説話文学会大会　於奈良女子大学

二〇一一年五月　50周年記念シンポジウム「仏教文学研究の可能性」仏教文学会　於東洋大学

二〇一二年九月「中世往生伝をめぐる諸問題」仏教文学会　於龍谷大学

【講演等】

一九九一年七月「文学・人間・コンピュータ」國學院短期大学国文学会講演会　於國學院短期大学

一九九三年二月　「情報化社会の中の日本文学―豊かな感性と学校―」於いわき市好間高等学校
一九九三年六月　「沖縄の歴史と『おもろさうし』」　於大熊町公民館
一九九六年七月　「情報化社会と図書館―過去・現在・未来―」学校図書館研究会　於飯田橋会館
一九九六年一一月　「中世文学に表れた羽黒修験」於いでは文化記念館
一九九六年一二月　「電子図書館時代の図書・出版」稲門ライブラリアンの会　於早稲田大学
一九九九年七月　「『一言芳談』を読む―人間の心の弱さと信仰―」勝行院暁天講座
二〇〇〇年一月　「世阿弥に学ぶ教育論―『風姿花伝』の「年来稽古」を読む―」原町成人大学　於原町市民文化センター
二〇〇〇年九月　「古典文学に見る子どもと大人」於NTTいわき
二〇〇一年七月　「仏道を求める心―道元・懐奘の『正法眼蔵随聞記』から―」勝行院暁天講座
二〇〇二年七月　「大権の化身徳一菩薩について」勝行院暁天講座
二〇〇三年三月　「徳一伝承と歴史的事実」麦の芽会
二〇〇三年六月　「『平家物語』巻九「宇治川先陣争い」を読む―源平合戦における軍事力と馬の役割―」福島県高等学校国語教育研究会いわき方部研究会
二〇〇三年七月　「『平家物語』における仏法」勝行院暁天講座
二〇〇三年九月　「現代の親と子の関係・古典に見る親と子の関係」NTT退職者の会
二〇〇四年一一月　「キリシタン版『エソポノハブラス』におけるイソップの人物像」第五五回福島県高等学校国語教育研究会　於ホテルラフィーネ郡山
二〇〇六年八月　「利休のいた時代」茶道裏千家淡交会いわき支部主催「お茶（茶道）ってなあに！」記念講演　於いわき市生涯学習プラザ
二〇一一年七月　「文学・記録・絵絵にみる地震災害―地震をどう受け止め対処してきたか」勝行院暁天講座

【いわきヒューマンカレッジ（市民大学）】

二〇〇〇年九月　「中世文学と無常観―日本文学の基盤を考える―」
二〇〇三年一〇月　いわき学部「徳一菩薩といわき」
二〇〇五年一〇月　いわき学部「社寺参詣曼荼羅の世界―那智参詣曼荼羅を中心に―」
二〇〇六年九月　いわき学部「いわきの語り物文学―安寿と厨子王伝説を中心に―」
二〇〇九年一〇月　健康・スポーツ学部「乗馬と健康―乗馬療法の期待と課題―」
二〇一〇年九月　いわき学部「仏法による国づくりと国際化―鑑真伝の『東征伝』を読む―」

【いわき明星大学公開講座】

一九八八年一一月　往生伝―人は死後に何を望んできたか―
一九九九年一一月　『風姿花伝』を読む
　第一講　能・狂言の歴史と「年来稽古」
　第二講『風姿花伝』における花とその思想的背景
　第三講　世阿弥の「物まね」と老い
二〇〇二年六月　『平家物語』巻九を読む
　第一講「義仲最期」

第二講「猪俣小平六の行動の意味するもの」
第三講「小宰相の死と平家物語の女性たち」

【いわき明星大学理工学セミナー】

一九八八年四月　漢字の〝顔〟
一九九〇年七月　ＪＩＳ漢字補助集合の制定と文字コードをめぐる世界の動向
一九九五年六月　阪神大震災から学ぶ　文学・記録は地震をどう受け止め対処してきたか

【開催担当の国文学系学会】

一九八九年一〇月　仏教文学会東部例会（於いわき明星大学）
一九九〇年一一月　全国大学国語国文学会秋季大会（於いわき明星大学）
一九九六年一〇月　中世文学会秋季大会（於山形県羽黒 いでは記念館）
一九九七年六月　説話文学会大会（於いわき明星大学）
二〇〇九年九月　仏教文学会地方大会（於磐梯町中央公民館）
二〇一〇年六月　仏教文学会大会（於いわき明星大学）

【国際的学会活動】

一九八三年九月　III X I International congress of Human Science in asia and North Africa におけるSeminar A-6: Computerrization in Asian and African Studies 運営委員
一九八三年一〇月　ICTP'83.（漢字等文字種の多い言語に関する国際会議）プログラム委員

【外部資金の獲得状況】

一九七三年度　文部省科学研究費補助金 奨励研究（A）「神道集の研究――主として安居院作者の問題と思想的側面について――」研究代表者
一九八一年～一九八三年度　文部省科学研究費補助金 特定研究「情報化社会における言語の標準化」研究分担者
一九八一年～一九八三年度　文部省科学研究費補助金 総合研究Ａ「情報ドクメンテーションシステムにおける自然言語に関する研究」研究分担者
一九八二年度～一九八三年度　文部省科学研究費補助金 特定研究「日本語処理システムのための漢字シソーラス（同義漢字辞書）研究開発」研究代表者
一九八六年度～一九八八年度　文部省科学研究費補助金 一般研究（Ｂ）「寺院所蔵日本文学関係資料に関する基礎的研究」（小山弘志、国文学研究資料館）研究分担者
一九八六年度　文部省科学研究費補助金 一般研究（Ｃ）「中世文学と山王神道関係資料の係わりに関する研究――『山王縁起』を中心に――」研究代表者
一九八七年度　文部省科学研究費補助金 海外学術調査「在米国文学資料の所在に関する予備的調査―国際協力による在外国文学文献の総合的研究のために―」（長谷川強、国文学研究資料館）研究分担者
一九八八年度～一九八九年度　文部省科学研究費補助金国際学術調査「在米国文学資料の所在に関する予備的調査―国際協力による在外国文学文献の総合的研究のために―」（長谷川強、国文学研究資料館）研究分担者
一九九五年度～一九九七年度　文部省科学研究費補助金　一般研究（Ｃ）「中世往生伝全体像の究明と文学史上の位置づけに関する研究」研

究代表者
二〇一〇年度〜二〇一二年度　学術振興会科学研究費補助金　基盤研究（C）「ちりめん本「日本昔噺」シリーズの典拠と翻案及び出版版次の研究」研究代表者

初出一覧

Ⅰ　中世往生伝の視界

1　「中世往生伝」（小林保治監修『中世文学の回廊』勉誠出版、二〇〇八年三月）
2　「往生伝」（伊藤博之他編『僧伝・寺社縁起・絵巻・絵伝』仏教文学講座六巻、勉誠社、一九九五年八月）
3　「中世往生伝研究――往生伝の諸相と作品構造――」（『国文学研究資料館紀要』第一一号、一九八五年三月）
4　「往生伝の世界――人は死後に何を望んできたか――」（いわき明星大学編『生活と科学』一九八九年一一月）
5　「中世往生伝をめぐる諸問題――『高野山往生伝』の編者如寂を中心に――」（『仏教文学』第三八号、仏教文学会、二〇一三年一〇月）
6　「高野山往生伝の編者如寂をめぐって――日野資長説の可能性――」（国東文麿編『中世説話とその周辺』明治書院、一九八七年一二月）
7　「『三井往生伝』編者考――昇蓮と法然教団のかかわりを中心として――」（西尾光一教授定年記念論集刊行会編『論纂　説話と説話文学』笠間叢書一二五、笠間書院、一九七九年六月）
8　「『三国往生伝』考――『普通唱導集』内の位置――」（今成元昭編『仏教文学の構想』新典社研究叢書九九、新典社、一九九六年七月）
9　「『一言芳談』考――その基礎的性格についての覚書――」（『仏教文学研究』第一一号、仏教文学研究会、一九七二年六月）
10　「『一言芳談』求道の光」（『解釈と鑑賞』第四八巻一五号、至文堂、一九八三年一二月）

Ⅱ　神道集と神明説話

1　「本地物の世界」（『解釈と鑑賞』第五六巻三号、至文堂、一九九一年三月）
2　「本地物成立論――『神道集』熊野権現事の構成と形式――」（日本文学協会編『神話・説話』日本文学講座三、大修館書店、一九八七年七月）

3 「『神道集』論稿――研究史の展望――」(『古典遺産』第一五号、古典遺産の会、一九六五年一二月)
4 「『神道集』の評価について――その教理的側面からの一考察――」(『日本文学』第二〇号、日本文学協会、一九七一年二月)
5 「『神道集』の世界――在地性についての一考察――」(『古典遺産』第二〇号、古典遺産の会、一九六九年一二月)
6 「『神道集』研究史 附・『神道集』研究文献目録」(『国文学解釈と鑑賞』第五二巻九号、至文堂、一九八七年九月)
※本書収録にあたり「研究文献目録」は省いた。
7 「山王利生記成立考」(本田義憲他編『説話集の世界Ⅱ――中世――』説話の講座第五巻、勉誠社、一九九三年四月)

Ⅲ 中世の説話と歴史叙述

1 「〈日本〉像の再検討――〈東北〉を視座に――」(『説話文学研究』第四四号、説話文学研究会、二〇〇九年七月)
2 「中世における説話論証」(『国語と国文学』第七八巻五号、東京大学国語国文学会、二〇〇一年五月)
3 「説話文学――仏教の庶民化と地方化」(江本裕・渡辺昭五編『庶民仏教と古典文芸』世界思想社、一九八九年五月)
4 「『イソポのハブラス』――イソップ伝一説話の分析から――」(『日本文学』第三〇号、日本文学協会、一九八一年五月)
5 「御伽草子類の表現」(『解釈と鑑賞』第六一巻五号、至文堂、一九九六年五月)
6 「御伽草子研究史　明治以降~昭和二〇年」(『国文学解釈と鑑賞』第五〇巻一一号、至文堂、一九八五年一〇月)
7 「『猿鹿懺悔物語』について――信長の叡山焼討と文学に関する一考察――」(『国語と国文学』第五一巻九号、東京大学国語国文学会、一九七四年九月)
8 「『保暦間記』の歴史叙述」(梶原正昭編『軍記文学の系譜と展開』汲古書院、一九九八年三月)
9 「謡曲における天狗の造型と天狗観――怨念の構造把握への覚書――」(『古典遺産』第二二号、古典遺産の会、一九七一年六月)
10 「高野参詣記――碩学実隆の旅と文学――」(『国文学解釈と鑑賞』第五四巻一二号、至文堂、一九八九年一二月)
11 「趣旨の説明とささやかな総括」(『仏教文学』三六・三七合併号、仏教文学会、二〇一二年四月)

Ⅳ　ちりめん本の世界

1　「ちりめん本「日本昔噺」研究の現状と課題」（『いわき明星大学大学院人文学研究科紀要』第六号、二〇〇八年一月）

2　「ちりめん本「日本昔噺」シリーズ『舌切雀』『瘤取』考――典拠と翻案、『宇治拾遺物語』との関連――」（『いわき明星大学大学院人文学研究科紀要』第七巻、二〇〇九年三月）

3　「ちりめん本「日本昔噺」シリーズ『ねずみのよめいり』考」（『いわき明星大学大学院人文学研究科紀要』第八号、二〇一〇年三月）

4　「ちりめん本「日本昔噺」シリーズ『俵の藤太』考」（『いわき明星大学大学院人文学研究科紀要』第九号、二〇一一年三月）

5　「ちりめん本「日本昔噺」シリーズ『海月』考」（『いわき明星大学大学院人文学研究科紀要』第一〇号、二〇一二年三月）

6　「ちりめん本における記紀神話―― No.9『八頭ノ大蛇』の典拠と翻案――」（『いわき明星大学大学院人文学研究科紀要』第一一号、二〇一三年三月）

7　「ちりめん本「日本昔噺」シリーズと中世説話文学」（『説話文学研究』第四五号、説話文学研究会、二〇一〇年七月）

8　「ちりめん本研究文献目録」（『いわき明星大学大学院人文学研究科紀要』第六号、二〇〇八年一月）

Ⅴ　エッセイ

1　「日本・日本語・日本人――明治百年祭を考える」（『古典遺産』一九号、古典遺産の会、一九六九年三月）

2　「創造性とは何か」（『創造』一四号、いわき未来作りセンター、一九九九年七月）

3　「現代社会の「老い」」（『創造』二七号、いわき未来作りセンター、二〇〇二年一〇月）

4　「大学教員に何が問われているか」（『日本文学』第四八巻第一号、日本文学協会、一九九九年一月）

5　「方丈記八〇〇年――無常を生きる智恵」（『佛教タイムス』二〇一二年一〇月～一二月）

6　「鴨長明編纂の『発心集』――現代こそ心の問題重視」（『いわき民報』二〇〇二年四月一一日）

7　「帝を悩ませる御殿の上の怪物――鵺」（『歴史読本』臨時増刊、第三四巻第一二号、一九八九年六月）

8　「教林文庫（早大図書館現蔵）のことについて」（『日本文学』第二三巻第八号、日本文学協会、一九七四年八月）

9 「教林文庫考（覚書）」（『国文学研究資料館調査研究報告』第六号、一九七四年八月）

10 「和古書の本物にふれる教育をめざして」（『いわき明星大学図書館報』第四巻第一号、二〇〇三年七月）

11 「大学カリキュラムにおける乗馬――いわき明星大学における実践報告」（『いわき明星大学人文学部研究紀要』第二六号、二〇一三年三月）

12 「文学・人間・コンピュータ」（小泉弘・林陸朗編『日本文学の伝統』三弥井書店、一九九三年三月）

13 「国文学におけるコンピュータの役割と漢字」（『コンピュートピア』第一二巻第九号、一九七八年九月）

14 「国文学研究も電算機時代――「ボタン一つで資料探せる」システム作り」（『日本経済新聞』一九七八年一二月一五日）

15 「漢字コード化のポイント」（『情報処理学会情報企画調査会』HP、一九九九年九月）

解説——田嶋一夫氏の仕事

小峯和明（立教大学名誉教授）

本書は、日本中世文学を主とする田嶋一夫氏のほぼ五〇年にわたる研究業績を集大成した論文集である。論文は長短あわせて数十本に及び、資料紹介や翻刻、エッセイ他もあわせると膨大な数に上る。その研究活動は大学院時代（一九六〇年代後半から七〇年代初期）、国文学研究資料館在職時代（七〇年代前半から八〇年代後半）、いわき明星大学在職時代前期（八〇年代末から九〇年代）、同・後期（二〇〇〇年代以降）の四期に分けることができる。初期は、早稲田大学の「古典遺産の会」の会誌『古典遺産』を主な発表場とし、研究の起点であった『神道集』や『一言芳談』研究を進め（初出論文は一九六五年）、第二期の国文学研究資料館時代は、早稲田大学図書館所蔵の教林文庫の調査にもとづく叡山や日吉山王関連の資料紹介から、氏の代表作となる中世往生伝の研究の推進など、第三期はいわき明星大学に転任してそれまでの研究を集約し、第四期はさらに院生達とのちりめん本を中心とする研究へと飛躍する（最新は二〇一一年）、といった展開をたどる。その間、説話や仏教文学、お伽草子、中世の歴史叙述、謡曲、キリシタン版のイソップ等々の論も書いており、新出資料の紹介、翻刻、新日本古典文学大系の校注など、実に多岐にわたる。中世文学の説話、物語系のかなりの領域をカバーしていることがうかがえる。

さらには国文研時代の大きな業績に漢字コンピューター開発のまさに草創期を担った関連論考がたくさんあるが、今となれば時代の進展とともに役割を終えたものもあり、やむなくエッセイ数編を掲載するにとどめ、多くは割愛せざるをえなかった。

ここでは便宜、研究論文を中心に、Ⅰ「中世往生伝の視界」一〇本、Ⅱ「神道集と神明説話」七本、Ⅲ「中世の説話と歴史叙述」一〇本、Ⅳ「ちりめん本の世界」八本の五部に区分けし、最後にⅤ「エッセイ」一五本をそえた。内容の重複するものや短章の紹介文的なものは編者の判断で割愛したことをお断りしておきたい。

まずⅠ「中世往生伝の視界」は著者の代表的研究であり、一九七〇年代後半の『三井往生伝』の紹介にはじまり、一九八五年の「中世往生伝研究」、二〇〇八年の「中世往生伝」と続く最もまとまった論考群である。これに初期の研究成果である『一言芳談』の論考もあわせた。往生伝は極楽浄土信仰の隆盛にともない、『日本往生極楽記』を皮切りに平安期から院政期にかけて続々と編纂され、研究も進んでいたが、一方で中世になると終息してしまうとみるのが通説であった。特に歴史学系にその傾向が強く、いまだに払拭されていない面が残る。他方、近世は各種往生伝が輩出し、これらは刊本で確認できるため、研究は進んでいないものの、認知はされていたのに反して、中世はテクストが散逸したり、埋もれてしまい、いわゆる鎌倉新仏教の法然、親鸞、一遍など先鋭的な浄土教の隆盛によって逆に往生伝ジャンルがほぼ消えたかのようにみなされていた。田嶋論はこれを一気にくつがえし、中世日本も陸続と往生伝が制作されていた実像を鮮やかに浮かび上がらせた。とりわけ「中世往生伝研究」の論は初めて中世往生伝について本格的、総合的に追究した雄編である。

著者の中世往生伝研究の端緒は、教林文庫所蔵の鎌倉期成立『三井往生伝』写本の発見にある（後に『続天台宗全書』に叡山文庫本が紹介されるが、教林文庫本の転写本である）。残念ながら上巻のみの残欠本ではあるが、書名自体知られていなかったもので、著者はさらにその下巻の逸文を見いだした。それにあわせて、『高野山往生伝』をはじめ、『今撰往生伝』（散逸）、『念仏往生伝』、『三国往生伝』等々、充分視野の及んでいなかった中世期の往生伝に次々と照明を当てて、その意義を浮彫りにしていったのである。『三井往生伝』の昇蓮や『高野山往生伝』の如寂など、編者の考証も周到になされ、如寂が日野資長であることを精密に論証し、昇蓮が法然系の念仏聖であることをつきとめている。また、良季の著名な『普通唱導集』に収載される『三国往生伝』についても、テクストの書誌や構成から検証し、「感応因縁」としての往生伝の位置づけを究明し、仏事法会の場での唱導に往生伝が深くかかわっていたことも浮き彫りにした。天竺、震旦、本朝三国それぞれの往生伝の特徴など内容には踏み込んでいない点、物足りなさは残るが、研究の起点を拓いた意義は大きい。

総じて古代と異なる中世の往生伝の特徴について、伝の撰者が文人貴族から僧侶に移ったこと、とりわけ法然系の念仏聖が多いこと、三井寺や高野山など一宗派や一寺に限る専修的傾向が色濃いこと、往生の奇瑞や夢告などの往生の具現の確認より実見者の確認に力点が移っていること、往生譚よりも僧伝の傾向が強まること等々、多面的、多角的にまとめている。往生伝が時代によって変質しながらも、古代から中世、近世をつらぬく（さらには明治近代にも）正統なジャンルとして生産され続けたことを証明した点、高く評価される。仏教史や文学史の空白が埋められたわけで、この路線は谷山俊英『中世往生伝の形成と法然浄土教団』（勉誠出版、二〇一二年）などに引き継がれている。今後は近世往生伝の集約がさらなる課題となり、ひいては東アジアへと視界がひろがっていくことになるだろう。

著者の研究の起点のひとつ『一言芳談』もまた、往生への希求の法談集として往生伝とあわせ位置づけうる。すでに近世期から読み継がれ、注釈本も出ており、『歎異抄』などとともに近代の浄土教学からあらたに照明を当てられ、カノン化されたが、近年は研究もやや停滞気味の印象を受ける。往生のあり方や求道を語る聖達の肉声がじかに伝わってくるし、言談の筆記という観点からも着目されるテクストである。著者は関連する『祖師一口法語』や『勅修御伝』、『明義進行集』、『和語灯録』等々、周辺の諸作品と丹念に読み比べて、「聖の文芸」というべき表現構造を解明しようとしている。「きびしい求道心の燃焼の中から、したたり落ちてきたしずくのごとき抒情」（一八五頁）とか、「そのきびしい問いつめから生れてきたあたかも木の葉に集まり玉となる朝つゆのごこききらびやかなことば」（一九四頁）という形容が印象深い。

たとえば本書の随所でくり返される、お通夜で故人の生と死を語り合う場への感慨に典型的なように、本書には人間が避けがたく抱えている生と死の根源を見つめようとする、研究の根底ないしモチーフがきわめて鮮明に見て取れる。

Ⅱ「神道集と神明説話」は、著者の学的出発点であった『神道集』、主に「本地物」と呼ばれる分野の論考と、これに神明説話の代表ともいえる『日吉山王利生記』の論もあわせた。

一四世紀の南北朝の内乱期から応仁文明の乱、戦国期にいたる時代は日本全国が戦乱に巻き込まれた未曾有の時代で、共同体の再編成のためにあらたな神が必要となり、神々の秩序が再編成され、その正統化のために仏菩薩との結合が強化される。垂迹説にもとづく本地を追究したのが『神道集』であった。研究の動機には、著者の出身地である群馬県ゆかりの本地物が少なからず語られていることも影響していたであろう。

『神道集』の研究は主に北関東の在地の縁起や民間伝承をはじめ、語り物等々の関連から民俗学系主導の研究が推進され、さらに近年、急速に進展し広範に影響を及ぼしている唱導研究や寺社縁起研究、あるいは中世神道の研究などとつきあわせることで、あらたなステージに入ったといえる。その限りでは、著者の研究は過渡期的な段階に属す。戦前の始発期以降の研究史をたどり直すことから始め（初出は一九六五年）、神々の正統性にかかわる仏菩薩の本地を持つか否かの選別による「権者」と「実者」の問題を検証し、周辺の言説との対比から『神道集』の独自性を引き出そうとし、村上学らとの論争になりかけたが、途上で終わった感が否めない。近年著しく進展した中世神道論との連関からあらたに定位されるべき課題であり、その先蹤として位置づけることができる。

また、お伽草子系物語との比較も根本課題で、『神道集』「鏡宮縁起」と仮名物語の『鏡男絵巻』と比較し、「自らの生活の条理を打ち立てていく主体的な集落民の表象」「都へのあこがれとしての在地の生活に対する諦念をもった人間の表象」（三六三頁）という二面性を取り出している。

本地物全体像をめぐる論は、お伽草子の本地物にみる「本地」の語例の検証を始め、本地譚の形成から本地物の成立を多面的に論ずる。神仏の根源や始原を語る物語のありようが究明されている。『神道集』の「熊野権現事」を例にその構成や構造を分析し、神仏への変身や転生観を基層とする見解をつらぬくが、この問題を近世における一揆集団の蓑笠姿、乞食姿、非人姿などの異形への変身、すなわち「世直し神」への変身と結びつける着眼が目を引く。『神道集』のテクストはだいぶ整備されたものの、いまだに詳細な注解研究がなされず、多くは今後にゆだねられている。本編があらたな研究情勢を醸成する契機となればと思う。

神明説話も近年注目されるようになった分野であるが、『日吉山王利生記』はその代表作で、これも著者が発掘した教林文庫の伝本研究から始まっている。本論は著者の伝本と読解研究の水準を示すもので、可能な範囲での精密な比較検討を行い、『日吉山王利生記』と『山王絵詞』との比較から、前者の山王の自立性への主張を読み取る。

これに関しては近時、本論ではまだ視野に入らなかったニューヨークのスペンサーコレクション蔵絵巻を中心とする藤原重雄「『日吉山王利生記絵巻』復元の前提」（『絵が物語る日本』三弥井書店、二〇一四年）の論考がある。

Ⅲ「中世の説話と歴史叙述」は、便宜この表題のもとに、説話集、お伽草子、キリシタン文学、歴史書、謡曲、参詣記等々、多岐にわたる関連論考を集めた。

冒頭の東北への視野から日本像を見直す論は説話文学会のシンポジウムでの提言で、主に田村麻呂伝承を例にしており、著者の問題意識のありようがよくうかがえる。

次の説話論証の論は、鎌倉末期の『真言伝』や『沙石集』を中心にその論述方法から説話の様態をとらえようとする論で、「叙述主体の中にとりこまれた歴史史料としての確かな意識」に着目する。歴史叙述としての説話集の言説論で、論述のために語られる説話の機能や役割を取り出しており、今成元昭の説話・説示論とも響き合う（『今成元昭仏教文学論纂・第三巻　説話と仏教』法藏館）。唱導との連関の分析がさらにもとめられるところであろう。次の「説話文学」の論も副題に「仏教の庶民化と地方化」とあるように、地域へのまなざしを基調とする方位から往生伝、僧伝、東国伝承、寺社縁起、琉球及びキリシタン文学等々をとりあげている。仏教説話集でも『真言伝』や『私聚百因縁集』などが取り上げられ、さらに『琉球神道記』や天草本イソップが俎上に載せられている点、著者の指向するものが文学史的な方位とあいまって端的に見いだせるが、近世に「中世説話文学」が終焉し、「荒々しくも素朴な感性もまた消えていった」（三三一頁）という結論はやや図式に流れた印象を与える。ついで、天草本イソップの論は天草本と近世の『伊曽保物語』との比較から「自由」への指向を読み取る。単発にとどまったのが惜しまれる。

ついでお伽草子では、著者が新古典の校注を担当した『窓の教』を対象に文章と絵の関係が抽出され、画中詞の作用についても言及がみられるが、近年のイメージとテクスト研究と重ね合わせて読みうる論といえるだろう。

本編でとりわけ注目されるのは、これも教林文庫から見出した『猿鹿懺悔物語』の論である。副題に「信長の叡山焼討と文学に関する一考察」とあるように、信長の叡山焼討という甚大な事件をふまえ、嵯峨の釈迦堂で猿と鹿がやりとりする懺悔物語、異類擬人ものの対話様式の物語である。猿は猿侯房で日吉山王、鹿は春日明神を示し、戦国期に再度、東大寺大仏殿が焼失したことにふれ、猿は信長の叡山焼き討ちを語り、最後に狐と白髪の翁が現れ、狂歌を詠んで千秋万歳を祝す。その背景に著者は山王七社の再建を見、信長批判よりも叡山の悪徒や逆徒への批判の強さをとらえ、「浮世」を鍵語に過渡的な特性を読み取ろうとしている。従来、埋もれていた本書にあらたな光を当てて甦らせており、今後種々の方向から再検証されうる論であろう。以下、歴史叙述の『保暦間記』、謡曲を主とする天狗論、三条西実隆の『高野参詣記』、と続く。『保暦間記』では「奢り」への観点から尊氏側への視座をとらえ、天狗論も比較的早い時点（七一年）で天狗造形と怨念・怨霊化の連関をとらえている。いずれも単発の論にとどまるものの、鍵語に着目して論を展開する周到な方法に根ざしており、学的意義は高いといえよう。

Ⅳ「ちりめん本の世界」は、明治近代の西洋との文化交流の記念碑であるちりめん本の「日本昔噺」シリーズを対象に研究状況の分析と書誌的な基礎学をふまえ、古代の神話、中世の説話、近世の草双紙、随筆などとの関わりを詳細に検証する。著者がいわき明星大学で役職から解放され、院生との共同研究で新しい領域を開拓した点が意義深い。ちりめん本は従来、好事家の対象でしかなかったが、近年の国際交流の発展を契機に関心が高まり、口承文芸をはじめ、出版文化や絵本論等々、種々の分野から注目されている。著者によって説話研究の対象として正面から照明が当てられたものである。

ちりめん本は十九世紀末期、財界人の長谷川武次郎によって公刊されたが、その後も版をかさね、後に海外でも出版され、言語も英語、フランス語、ドイツ語、ポルトガル語、スペイン語にまで翻訳され、きわめて複雑な刊行状況を呈しており、その全容をたどるのは容易ではない。

著者はまず、昔話の『舌切雀』と『瘤取』をとりあげ、前者は馬琴の『燕石雑志』の「今の童どもの」云々の記述をもとにし、後者は『宇治拾遺物語』に拠っていることを明らかにしている。複数の同類話と比較しつつ丁寧に読み解いており、ほぼ首肯できるであろう。ついで『ねずみのよめいり』はお伽草子の絵巻ではなく、近世の草双紙に拠ることを探りあて、再版本では画中詞が消去され、挿絵も洗練されたものに変化していることに言及する。さらに『俵の藤太』では、お伽草子の『俵藤太物語』も参照しつつ、馬琴の『昔語質屋庫』をもとに、そこに引かれる『太平記』をふまえるとした。一対一対応の単純な典拠論ではたちゆかない様相が浮かび上がる。次に『海月』は、「くらげ骨なし」や「猿の生き肝」で有名な昔話で、やはり馬琴の『燕石雑志』や草双紙をもとにしつつ、自由に改変していると見、結婚の行事に力点をおいて絵も文も描かれている特性にふれる。

さらに目を引くのは、日本神話をもとにする『八頭の大蛇』である。記紀神話で著名なスサノヲの八岐大蛇を例に、典拠がチェンバレンの『古事記』の英訳であることをつきとめ、しかも『古事記』英訳での「神」の訳語はランクの低いdeityであったが、ちりめん本では、fairy（「妖精」）に変えており、八岐大蛇譚がfairy-taleに変貌していることを明らかにしている。これをうけて、まとめの意義をもつ「中世説話文学」の論では、『桃太郎』や『大江山』『酒呑童子』などにおける「鬼」の翻訳を問題にしている。devilかdemonかogreか、様々に揺れ動いていた位相が取り出されている。翻訳の文化位相という根源的な問題にゆき当ったといえよう。

以上、典拠論から翻訳文化論に至る論の展開がよくうかがえ、ちりめん本を説話や物語の研究領域として定位させた功績は大きい。絵本としての挿絵の考証が少ないが、本文の検討とともに挿絵研究の進化（深化）が今後の課題として残るだろう。

Ⅴ「エッセイ」

最後にエッセイ十五本を集める。内容はおおきく五つのまとまりに区分けされる。現実社会への批判や思想性の顕著なものから、中世文学の現代へのかかわりを説くもの、教林文庫について、大学教育について、そして漢字コンピューターの意義と役割について等々である。これらエッセイには著者の指向するエッセンスが最もよく表れており、著者のたどった軌跡や研究・教育への熱き思いが伝わってくる。すべてに言及するいとまはないので、以下、要点を拾っておこう。

巻頭の一九六九年発表の明治百年祭批判は正面切っての政府の文化政策批判であり、大学闘争が熾烈な時代らしい発言で、著者自身の戦争体験をも交えての文章である。今また安保法案をめぐる論議の時代にも重なって意義深いものがある。

著者には研究を突き動かす原点やモチーフがきわめて鮮明であり、それが著者の学風を形作ってきたといえるが、『方丈記』や『発心集』をめぐる心の問題や災害、環境をめぐる問題についての提起をはじめ、鵺退治の物語の「鵺」を現代への「警鐘」ととらえる見方などによく表れている。

また著者の研究は、教林文庫の発掘に代表される地道な資料調査と、当時の最先端を担った漢字コンピューターの開発との振幅に象徴され、そのあわいに大学での教育があったと位置づけることができる。後者の漢字コンピューターはまさに日進月歩を遂げた分野で、一時代前の状況とは全く様相が変わってしまった。国文研時代の著者の努力の結晶がこれらのエッセイに刻み込まれている。時代の証言といえるだろう。

一方、前者の資料調査は、埋もれていた教林文庫を文字通り発掘して、文庫本来の所在や来歴を探り当てたもので、著者の研究の礎となった。ちなみに教林文庫は比叡山や日吉山王関係の貴重な資料が多く、国文研の事業の一環として、文庫の総目録及び資料の翻刻解題（主に日吉山王関係に特化）を著者と筆者との共同研究で試みた。

著者はまた教育熱心であり、院生とのちりめん本の共同研究の成果に結実しているが、よりうかがえるのが乗馬の教育実践報告であろう。著者の趣味が乗馬であることは知る人ぞ知るであったが、体育のカリキュラムにまで取り込み、実践していたことに驚嘆させられる。それが学生の心のケアにまでつながるという意義付けに感慨をおぼえる。

総じて、著者の研究は人柄に応じて誠実であり、真摯に対象と向き合い、地道に積み上げていく方向性で一貫している。研究史の記述が多いのもその表れであり、研究対象とその方法の枠組み作りにきわめて意識的である。とりわけ何故研究するのか、研究とは何かを常に問いかけ続けてきた足跡がそのまま論考に結実化していて、若い研究者への今後の道行きを照らし出しているといえるだろう。

あとがき

小峯和明

本書の著者田嶋一夫氏は、二〇一二年いわき明星大学を定年退職された。その二年後の昨年暮れから今年二〇一五年にかけて闘病生活に入っておられる。三月に畏友錦仁氏から田嶋氏見舞いの折り、著書刊行への切なる思いを伺ったとのメールが届いた。氏の論文集については以前から気にかかっていたので、田嶋氏の意向を電話で伺い、編集をこちらに一任して頂き、笠間書院に相談、即座に刊行の快諾を得た。錦氏が一気に著作リストをまとめ、それをもとにいわき明星の学部時代の教え子の目黒将史氏が大車輪で論文コピーを網羅的に集めた。四月末に笠間書院で集まって大綱を具体化し、錦、小峯の編集、目黒、学部大学院時代の教え子齋藤祐佳里氏の編集協力という形で校正も分担し、この度の刊行に至ったものである。不備があれば編者の責任ということでご寛恕頂ければと思う。

いささか私事にわたるが、編者の立場から著者田嶋氏との四〇年以上に及ぶ交流の経緯を述べておきたい。田嶋氏は六歳年長の先輩で、大学院時代と国文学研究資料館時代と二度の出会いがあった。筆者が早大の大学院に入った一九七一年当時、田嶋氏は博士課程にまだ在籍中で、中世の研究室は伊地知鐵男、国東文麿両先生合同の『太平記』ゼミがあり、院生が一堂に会する場があった。そこで田嶋氏が『雑談集』の梵鐘をテーマに発表したのを覚えている。また、田嶋氏の紹介で勤めた高校の非常勤講師先で妻と出会うので、田嶋氏は縁結び役でもあった。

田嶋氏と筆者の間に修士の播摩光寿氏（現、國學院大北海道短大）がいて、中世の説話三人組となった。その後、田嶋氏は早稲田実業の専任になるが半年くらいで、七二年に創設された国文学研究資料館の助手に転任する。話のきっかけは覚えていないが、その前後に、教林文庫に『三井往生伝』という写本があるから、これを三人で読もうということになり、大井競馬場近くの官舎で読み始めた。田嶋氏の手料理を味わいながら播摩氏とよく飲んだが、田嶋氏は全くの下戸であった。馬好きで競馬場近くの官舎が気に入っていた（イエール大学の調査の折り、休日に馬場に出かけて乗馬の鞍を買って持ち帰ったほどである）。品川時代の国文研の研究室や群馬県の実家の書斎にも伺った。

そして、『三井往生伝』を読み終えて、三井寺関連の共同研究をやろうという話までは進んだが、播摩氏が女子高校の専任に、筆者も早実の専任になってお互い多忙をきわめ、結局それきりになった。七八年、伊地知先生の定年記念論集を機縁に『三井往生伝』の翻刻と解題を共同研究の分担作業でまとめたのが唯一の成果となった。筆者にとっても、写本をもとに翻刻、注解、解説を施す初めての経験となり、学的起点はこの三人組の活動にあったといえる。

七〇年代の後半、筆者の早実時代、学会に飽き足らず、田嶋氏と林雅彦氏を筆頭に大学間を越えた若手中心の説話の会を作ったが（当時の物語研究会の影響が強かった）、国東研で説話文学会の事務局を担当することになり、数回開いただけで打ち切りになってしまったこともある。

二度目の出会いは国文学研究資料館である。田嶋氏は七二年、開設ほどなく助手として着任、創設期の若手メンバーとして活躍し、漢字コンピューターの開発を任された。今となっては信じがたいが、当時は巨大な電算機が大部屋一杯に設置されていた。組織面でも技術開発の面でも、その苦労は並大抵ではなかったと思われるが、田嶋氏はこれに果敢に取り組み、漢字コンピューターの第一人者となり、海外でも高く評価された。関連著作の予定があったが、館長の交替に伴う文献資料部への配属替えにより、残念ながらその試みは頓挫した。筆者は八四年に徳島大学から国文研に移籍し、田嶋氏と同じ部署になった。大学と異なる機関で全く勝手が違い、当初はとまどうことも多く、田嶋氏の存在は大きな支えになった。いろいろな面で頼りになる先輩であった。

文献資料部は海外の資料調査が軌道に乗り出した頃で、バークレー校の旧三井文庫、台湾大学の旧帝大の調査を終え、田嶋氏の立案で八七年からアメリカのイエール大学の朝河貫一収集資料の調査を始めることになった。その年、田嶋氏はいわき明星大学に転任したが、海外科研の分担者としてプロジェクトを担当、二人で予備調査として西海岸のシアトルのワシントン大学を手始めに東海岸のコロンビア大学、プリンストン大学、イエール大学、ボストン美術館、ハーバード大学などを調査した。これも田嶋氏の漢字コンピューター関連による海外の図書館スタッフとの人脈の賜物であった。翌年から二年間イエールの朝河収集資料の本格調査を行い、筆者が後を引き継ぎ、簡易目録をまとめた。翌九〇年から筆者が海外担当となり、ヨーロッパに拠点を移し、フランスやアイルランドの調査に赴くことになるので、基本路線は田嶋氏が敷いたといえる。

一方、国内関連でも、八六年からこれも田嶋氏の計画で寺院資料の総合調査が始まり、それと前後して教林文庫の悉皆調査も行い、目録をまとめ、資料の翻刻紹介もした。『日吉山王利生記』の研究会も立ち上げ、叡山文庫の調査に赴いたりしたものの、本格化しないまま潰えたことが未だに心残りである。田嶋氏の転出後、教林文庫の資料紹介を続け、書名索引などをまとめた。これも田嶋氏の始めた仕事の継承であった。

その後一九八九年秋、いわき明星大学での仏教文学会例会で播摩氏ともども発表し、久々に三人組が復活したこともある。田嶋氏は世話好きで面倒見がよく、学会事務局や大会会場校を引き受けることも多く、九七年に説話文学会大会、二〇一〇年に仏教文学会大会などをいわきで開催している（後者では田嶋氏の依頼で講演した）。中世文学会、説話文学会、仏教文学会等々を中心に活動し、後半は仏教文学会の運営に力を入れていた。二〇一一年の仏教文学会五〇周年記念シンポジウムのコーディネーターも務めている（『仏教文学』三六・三七合併号）。二〇一三年一月、谷山俊英氏が立教大学に提出した中世往生伝研究の学位論文審査の副査を田嶋氏にお願いしたが、その折りのコメントが実に的確で問題点が手際よく整理されていたことが強く印象に残っている。

思えば長きにわたり、田嶋氏から受けた恩恵は数限りなく、忘れがたいものである（田嶋家で作られたお米もよく頂戴した）。たとえば、大学院初期の頃、田嶋氏の実家の書斎で熱く語られた天草本イソップや『琉球神道記』のことなど、当時全く未知の世界であったのに、後々熟成して筆者の重要なテーマになったことにあらためて気づかされる。

ちりめん本に関しては一書にまとめる計画もあったようだが、それもかなわず、さぞかし不本意であったことと思う。せめて本書が田嶋氏の意向に少しでもかなう形になっていれば幸いである。研究とは何か、なぜ研究するのかが見えにくい昨今、随所に研究の意義やあり方を、熱情をもって説いている本書が、若い研究者の今後の指針となることを切に祈るものである。

刊行を快諾された笠間書院の池田圭子社長をはじめ、迅速に編集を進めて頂いた橋本孝編集長、岡田圭介氏、西内友美氏に深甚なる謝意を申し上げげたい。

凡 例

1 本索引は、前近代の固有名詞の総索引である。書名・人名・地名の三類に分かち、各類において見出し語を五十音順に配列し、頁を示した。
2 人名には、固有名詞的機能をもつ、仏、菩薩・諸天、怨霊や鬼など異類の個々の名称も含めたが、単に「仏」「菩薩」「神」などの一般的呼称は省いた。また、Ⅳ「ちりめん本の世界」のみ明治期の人名も対象にした。
3 地名には、寺社名も含め、さらに地獄・極楽などの仏教的世界観における場の名称も立項した。

書名索引

あ

い

う

え

お

か

き

く

け

こ

さ

人名索引

お

か

き

く

け

こ

さ

し

す

つ

て

と

な

に

地名索引

と

な

に

ね

の

は

ひ

ふ

ほ

ま

み

む

め

も

や

［著者］

田嶋一夫（たじま・かずお）

昭和16年（1941）群馬県生まれ。昭和47年（1972）早稲田大学大学院文学研究科博士課程修了（単位取得）。同年国文学研究資料館助手。昭和50年（1975）同助教授。この間情報処理室長、第一資料室長を兼務。昭和62年（1987）いわき明星大学人文学部日本文学科教授（2005年、表現文化学科に改組）。平成24年（2012）定年退職。

主な著書に、『説話文学Ⅰ（古代編）』『説話文学Ⅱ（中世編）』（共著、双文社、1981年）、『室町物語集』上（新日本古典文学大系54、共著、岩波書店、1989年）、『最新JIS漢字字典』（監修、講談社、1990年）、『室町物語集』下（新日本古典文学大系55、共著、岩波書店、1992年）、『続古事談』（共編、おうふう、2002年）、『いわき明星大学和古書目録』（共著、いわき明星大学、2004年）など。

中世往生伝と説話の視界

平成27（2015）年11月30日　初版第1刷発行

［著者］
田嶋一夫

［編者］
小峯和明・錦　仁

［編集協力］
目黒将史・齋藤祐佳里

［発行者］
池田圭子

［装幀］
笠間書院装幀室

［発行所］
笠間書院
〒101-0064　東京都千代田区猿楽町2-2-3
電話03-3295-1331　FAX03-3294-0996
http://kasamashoin.jp/　mail：info@kasamashoin.co.jp

ISBN978-4-305-70788-8　C0091　

印刷／製本　モリモト印刷